# UNDER CONTROL

MARIE HAYLE

# UNDER CONTROL

Partager une tasse de café fumant avec les gens qu'on aime,
décorer le sapin de Noël en écoutant
des musiques ringardes de circonstance,
ne pas aller au travail et faire des crêpes
alors que la neige tombe dehors,
tenir un bébé dans ses bras et fondre en respirant son odeur,
écouter la pluie battante sur le toit,
bien au chaud sous la couette,
fermer les yeux et savourer la caresse du soleil sur son visage,
s'émerveiller devant un papillon
et guetter le retour des bourgeons dans le jardin,
aimer, rire, manger, lire, écouter de la musique, faire l'amour,
profiter de ces petits plaisirs et chaque jour mesurer sa chance
d'avoir appris de toi que le vrai bonheur réside dans les petites
choses du quotidien.

Parce qu'on n'a qu'une vie.

Pour toi, Mam.

# TABLE

# I

# 1

Et voilà ! Moi d'ordinaire si ponctuelle, il faut croire qu'aujourd'hui tous les bébés de Londres se sont passé le mot pour venir au monde le même jour et me mettre en retard. Heureusement, il n'y a pas eu de complications et j'ai aidé cinq mamans à donner la vie à des enfants en parfaite santé. J'adore mon métier de sage-femme et je serais bien restée féliciter individuellement les nouveaux parents comme d'habitude, mais là, si je ne me presse pas, je vais me faire trucider par Charlie, ma meilleure amie ! En effet, je l'ai convaincue, il y a quelques mois, de soumettre l'un de ses clichés à un concours qui a pour finalité une mise aux enchères dont les bénéfices seront reversés à la lutte contre le cancer. Et, comme je m'en doutais, elle a été sélectionnée pour proposer l'une de ses photos à la vente. Cela pourrait être pour elle une possibilité de se faire connaître et ainsi de vendre peut-être d'autres de ses fabuleuses photos, car elle le mérite amplement !

Or le gala pendant lequel se déroulera la mise aux enchères a lieu ce soir et je suis super à la bourre.

Après avoir traversé Westminster Bridge, Covent Garden et Soho au pas de course, j'arrive enfin devant mon immeuble situé à Camden Town, en sueur et tout échevelée.

J'ai à peine passé la porte d'entrée que Charlie me saute dessus :

– Bordel, Sam, tu as décidé de jouer avec mes nerfs ou quoi ?

Je retiens une blague à deux balles pour ne pas envenimer les choses, car je sens qu'elle n'est pas d'humeur, et je sais à quel point cette soirée lui tient à cœur, c'est pourquoi je préfère plutôt la rassurer.

– Pas de stress, honey, dis-je tout en ouvrant ma porte d'entrée, je saute sous la douche, j'ai déjà préparé ma tenue hier soir donc je te promets qu'on sera à l'heure.

– J'espère bien, je veux être certaine de ne louper aucune critique !

– Mais au fait, tu n'es pas habillée non plus ! Tu es gonflée !

– Non, mais j'ai réussi à dompter mes cheveux et, du coup, le plus gros du travail est fait, plaisante-t-elle.

Charlotte Harris est un phénomène à elle toute seule. Elle est entièrement tatouée sur les bras et le dos, et l'assume à cent pour cent. Ses dessins, que je trouve magnifiques, font partie d'elle et sont si colorés qu'ils reflètent parfaitement bien sa personnalité haute en couleur ! Ils ne sont pas choisis au hasard : au contraire, ils représentent tous des moments-clés de sa vie ou reflètent sa personnalité comment dire… détonnante ! Il y en a un que j'adore particulièrement : c'est un dessin d'Ariel, la petite sirène, héroïne aux cheveux aussi rouges que ceux de Charlie mais revisitée en personnage un peu *badass*, tatouée et rebelle. Mon amie est également piercée : une petite boule argentée est située sous sa bouche et un fin anneau orne sa narine. Elle a le corps d'une pin-up des années cinquante, ce qui veut dire qu'elle a tout ce qu'il faut là où il faut. Mais il est vrai que ce que l'on remarque le plus chez elle, ce sont ses cheveux : longs jusqu'au milieu du dos, naturellement ondulés et rouge vif ! Une vraie beauté atypique qui fait craquer beaucoup d'hommes.

Ce soir, elle a décidé de dompter sa crinière et de la lisser plus sagement, ce qui a pour effet d'allonger encore plus ses cheveux et de les faire descendre au niveau de ses reins.

– Tu as bien fait, tu es magnifique coiffée comme ça !

– Ouais… ben, j'y ai presque passé une heure et j'ai même dû me faire une entorse de l'épaule, alors ça restera exceptionnel, je te le garantis, me dit-elle en me faisant un petit clin d'œil. Allez, je te laisse sauter sous la douche, je vais m'habiller, on se retrouve chez moi dans une demi-heure ?

– OK, je me dépêche ! À tout de suite.

J'habite l'appartement en face de celui de Charlie, au rez-de-chaussée, dans le même immeuble. Elle y habite depuis quelques années avec Cameron, son frère jumeau. Alors que je venais d'obtenir ma place de titulaire à l'hôpital et que je vivais toujours chez ma mère dans Chiswick – un quartier de l'ouest londonien –, un jour, les jumeaux m'ont annoncé que le studio d'en face se libérait. J'ai alors sauté sur l'occasion de prendre mon indépendance et d'être encore plus proche de mes deux meilleurs amis. Nous nous sommes rencontrés il y a une douzaine d'années, quand ils ont emménagé avec leur père près de chez moi, et de fil en aiguille nous avons sympathisé pour très vite former un trio de choc. En plus, j'adore Camden Town, qui est un quartier vivant réputé pour ses nombreux marchés et où la population est relativement jeune.

Dix minutes de douche chrono et me voilà en train de me sécher les cheveux tout en essayant de me brosser les dents pour gagner du temps. Résultat qui, étonnamment, fait ses preuves, car à l'heure convenue, me voilà prête à partir.

Un dernier coup d'œil dans le miroir me confirme la sensation que j'ai d'être déguisée. Moi qui suis très naturelle au quotidien, j'ai du mal à reconnaître mon reflet. Ce soir, j'y vois une jeune femme brune aux cheveux coiffés en chignon haut. Mon visage ne me semble plus si familier non plus : le maquillage qui orne mes yeux les fait paraître encore plus sombres qu'ils ne le sont, et ma bouche est désormais d'un rouge vif brillant qui la rend bien plus pulpeuse qu'elle ne l'est en réalité. Ma robe à bretelles en mousseline noire, décolletée en V, s'arrête juste au-dessus de mes genoux. La forme princesse met en valeur ma taille et camoufle bien mes cuisses grâce à ses jolis volants mais est bien trop courte à mon goût. J'aurais dû enfiler le tailleur-pantalon qui était mon premier choix ! Au moins, j'aurais été plus à l'aise en cachant mes jambes. C'est Charlie qui m'a convaincue de choisir la robe et, sur le moment, ça m'a paru être une bonne idée. Elle connaît mes complexes, mais je fais confiance à son jugement vu qu'elle m'a souvent aidée à me sentir un peu mieux dans ma peau au fil du temps.

Je détourne les yeux et me dis que, de toute façon, cette soirée est pour Charlie et que c'est à mon tour d'être là pour elle.

J'attrape donc ma pochette noire assortie, enfile mes talons hauts, ferme à clé et entre chez elle, de l'autre côté du couloir. Elle est époustouflante dans sa robe rouge assortie à ses cheveux et à sa bouche. Elle tient son smartphone à la main.

– Juste une seconde, Sam, je réponds à Cam et je suis à toi.

Cameron, son frère, ne peut pas venir au gala avec nous car il a une session de tatouages à assurer en nocturne, comme souvent les vendredis soir.

– C'est bon, MacIntyre, on peut y aller ! Tu es sublime et ne me dis pas que ça n'est pas vrai ! J'aimerais tellement que tu te vois telle que tu es ! me complimente ma meilleure amie en levant un doigt pour m'empêcher de répondre.

Elle me connaît par cœur. Elle me prend par le bras pour sortir de son appartement et nous rejoignons le taxi qui nous attend en bas de notre immeuble.

***

Le gala de charité pour la lutte contre le cancer a lieu dans une galerie de Londres prestigieuse et très à la mode, la « MOSY », The Modern Style Gallery.

À peine entrée, j'en prends plein les yeux. L'espace est gigantesque et le cadre grandiose. Plusieurs pans de murs sont vitrés et la vue sur la Tamise est superbe et quasi panoramique. Nous nous dirigeons vers la salle principale de l'exposition, et c'est avec émotion que je découvre la photographie de mon amie. Elle est accrochée au mur, sous des lumières très étudiées qui la subliment.

C'est un cliché cher à mon cœur, car Charlie a su capter un moment complice partagé avec Ethan, mon petit protégé depuis bien longtemps déjà. Elle m'a demandé la permission de choisir cette photo-là pour cette vente aux enchères sur le thème du cancer, et j'ai bien entendu accepté.

En plus de mon travail de sage-femme, je fais partie d'une équipe de bénévoles de l'hôpital qui visite les enfants malades du service de pédiatrie. Cette photo, mise aux enchères ce soir, est une image en noir et blanc d'Ethan et moi riant aux éclats dans une chambre d'hôpital. J'y apparais déguisée en clown et Ethan est tellement beau et semble si heureux sur cette photo qu'elle me fait instantanément du bien quand je la regarde.

Je me détends donc un peu, même si je remarque que les gens présents ce soir sont incroyablement élégants et que le moindre collier porté par l'une des femmes de la soirée devrait suffire à payer mon loyer pour au moins une année !

Charlie s'agite dans tous les sens, surtout lorsqu'un groupe de personnes s'attarde devant son œuvre. Je l'entraîne vers un serveur et attrape au vol deux coupes de champagne.

– Respire, honey ! dis-je en lui tendant une coupe. Inutile de vouloir écouter tous les avis et crier sur la première personne qui osera critiquer ton chef-d'œuvre. Prends comme ça vient, profite du moment et détends-toi !

– Ouais, facile à dire ! dit-elle en buvant une bonne rasade de champagne. Mais je serai quand même vraiment rassurée quand quelqu'un aura misé ne serait-ce qu'un tout petit peu sur ma photo. T'imagines la honte si personne n'en veut ?

– Qu'est-ce que tu m'as dit ce soir ? D'essayer de me voir telle que je suis ? Alors je peux te garantir que ta photo sera vue telle qu'elle est par beaucoup de gens ici et qu'elle va te faire connaître ! Tu es douée, alors, s'il te plaît, crois-moi ce soir quand je te dis que tu peux te détendre, OK ?

– Ouais, merci... mais j'ai quand même hâte que la vente soit terminée, m'avoue-t-elle boudeuse en cognant son verre contre le mien.

Nous déambulons dans ce cadre magnifique et je constate en contemplant les autres œuvres mises en vente que le thème de la soirée est on ne peut plus subjectif et que chaque photographe a su se l'approprier à sa manière. Certaines toiles sont tristes, d'autres semblent volontairement choquer, tandis que d'autres encore émeuvent, comme la photo de cette toute jeune grand-mère sous chimio et donc sans cheveux, mais qui rayonne et sourit de plus belle en constatant la ressemblance frappante entre son crâne chauve et celui de sa petite fille qui vient de naître. La légende de la toile dit : « Il n'y a pas de meilleure motivation que de me dire que je vais tout faire pour que nous allions ensemble nous faire coiffer le jour du mariage de cette petite merveille. »

Trente minutes et deux coupes de champagne plus tard, une voix provenant d'un micro nous propose de rejoindre une salle adjacente pour le début de la vente. Nous pénétrons dans une pièce dont l'univers colle parfaitement à l'idée que je m'en faisais, à savoir des fauteuils style Louis XVI, garnis de tissu couleur vieux rose et alignés au cordeau. Chaque acheteur potentiel est donc assis confortablement face au commissaire-priseur qui se tient sur une scène. Derrière lui est suspendu un immense écran plat qui permet de présenter les photographies sans avoir besoin de les décrocher. Nous restons en retrait, au fond de la salle, sur nos fauteuils déjà attitrés avec ceux que j'imagine être les autres artistes de la soirée.

Je les détaille un peu et me dis qu'ils sont tous très différents les uns des autres : mon regard tombe sur une petite brune gothique qui joue à la dure mais qui se ronge les ongles dès qu'elle pense qu'on ne la regarde pas, puis j'observe son voisin, un homme d'une trentaine d'années un peu hautain et qui toise tout le monde. Mais je m'attarde surtout un peu plus longtemps sur cette jolie dame d'une soixantaine d'années qui, comme si elle avait senti que je la détaillais, se retourne et me sourit gentiment. On voit tout de suite qu'elle n'est pas du tout là pour se comparer ou dénigrer les autres œuvres, car pensant sûrement que je suis l'une des artistes, elle me lance un clin d'œil complice comme pour me rassurer, avant de se tourner à nouveau vers l'estrade en face de nous.

Le maître de cérémonie commence par la lecture des conditions de vente, puis le premier lot est mis aux enchères. Il s'agit d'une photographie très choc ! En effet, une femme sans cheveux a accepté de maquiller la moitié de son visage comme une tête de mort alors que l'autre partie est apprêtée de façon élégante. La légende est la suivante : « Le mental est essentiel dans la lutte. Et vous ? De quel côté préféreriez-vous être ? » Les enchères débutent à dix mille livres sterling et déjà plusieurs mains se lèvent. Au final, cette photographie dérangeante, mais délivrant ce message si vrai, est adjugée à quatre-vingt mille livres sterling ! C'est un univers excitant, mais qui a les moyens de payer cette somme pour une photographie ?!

Quand vient le tour de la mise aux enchères de la photo de Charlie, nos doigts entrelacés se crispent en même temps. Mon cœur s'accélère et je n'ose même pas imaginer celui de mon amie. Je lui jette un regard et elle me répond par un faible sourire.

– Voici dès à présent une photographie de l'artiste Charlotte Harris, jeune femme londonienne de 25 ans. Le titre de l'œuvre est *Rire est un pas de plus vers la guérison*.

L'image en format géant apparaît alors derrière le commissaire-priseur qui annonce que la mise à prix de ce soir est fixée, comme tous les autres biens, à dix mille livres sterling. Je baisse les yeux et je remarque que les jointures de mes doigts, tout comme celles de Charlie, sont blanches tellement nous nous serrons les mains.

Une première main se lève et une femme propose une jolie offre à quinze mille livres, une deuxième main se lève et une voix masculine annonce vingt mille livres. La femme renchérit à trente mille livres, l'homme enchaîne alors avec une proposition à cinquante mille livres, suivie d'une contre-proposition de la femme à quatre-vingt mille livres. L'inconnu propose alors la somme de cent mille livres. Mon cœur bat à tout rompre et je vois le rouge monter aux joues de Charlie qui se balance nerveusement d'une fesse sur l'autre. J'ai beau essayer d'étirer au maximum mon cou de façon discrète sur ma chaise, je n'arrive pas à voir de quoi ont l'air les deux personnes qui se battent pour obtenir la photographie de ma meilleure amie. Après plusieurs offres successives et une proposition de la femme à cent quinze mille livres, l'homme, que le jeu ne doit plus amuser, lève encore sa main et annonce cent cinquante mille livres ! La femme ne semble pas vouloir suivre et le commissaire-priseur annonce donc :

– Une fois ? Deux fois ? Trois fois ! Adjugé pour cent cinquante mille livres sterling à M. Cole, pour la société Tohana & Cole.

Charlie, qui est une femme très forte et qui ne se dévoile pas facilement, a les yeux brillants de larmes de joie et cela me remplit de bonheur.

Nous nous éclipsons discrètement pendant la mise en vente des biens suivants et une fois aux toilettes nous sautillons sur place et entamons une danse de la victoire dénuée de toute classe. C'est tellement bon de se dire que cette jolie photo va permettre de financer la recherche contre cette foutue maladie à hauteur de cent cinquante mille livres sterling !

Après dix minutes à faire les folles et dix autres minutes à essayer de ressortir de cet endroit présentables, nous sortons toutes deux, la tête haute (et espérant fortement que nos cris de joie n'aient pas filtré à travers le mur !), impatientes de fêter ça.

La vente terminée, les participants et les artistes sont conviés à un dîner. Nous prenons donc place à une table et goûtons les meilleurs plats que nous ayons mangés de notre vie. Après avoir dégusté chaque bouchée de notre dessert avec un plaisir évident, – une glace à la fraise surmontée d'un dôme de caramel très travaillé – nous sirotons un café lorsqu'un homme très élégant arrive à notre table et se présente à Charlie :

– Mademoiselle Harris, je suis Tyler Cole. J'ai acheté votre photo pour mon entreprise.

Charlie, qui ne s'y attendait pas, se lève pour lui serrer vigoureusement la main. Il esquisse un sourire mais celui-ci semble un peu trop forcé à mon goût. C'est un homme d'une trentaine d'années, qui doit bien mesurer un mètre quatre-vingt-dix. Il a des cheveux châtain foncé coiffés en une queue-de-cheval très basse et ramassés en *bun*, et je me demande immédiatement s'ils sont aussi longs que je le suppose. Ses yeux sont d'un bleu très clair, presque transparent, ce qui lui donne un étrange et néanmoins incroyable regard. Il a la peau mate et arbore une barbe fournie mais taillée parfaitement. Il doit avoir des origines hawaïennes. Son smoking, forcément taillé sur mesure, lui va comme un gant et je me dis que de toute façon tout doit lui aller vu le corps très musclé qu'il semble avoir. Il porte plusieurs bagues en argent à ses doigts. Il est le savant mélange entre un géant viril et superbement taillé et un homme d'affaires on ne peut plus stylé et classe.

– Je suis ravie de faire votre connaissance et je vous remercie de l'attention que vous avez portée à mon travail, monsieur Cole. Je suis super contente, enfin je veux dire que je suis très honorée, ajoute-t-elle en rougissant un peu. Permettez-moi de vous présenter une amie, Samantha MacIntyre.

– Enchanté de vous rencontrer, mademoiselle MacIntyre.

J'avance ma main pour la lui serrer mais, au dernier moment, il la fait pivoter et ses lèvres se posent alors très délicatement sur le dessus pour le premier baisemain de ma vie. Ce geste pourtant anodin me fait malheureusement rougir et je me sens très mal à l'aise de lui montrer que je réagis à un simple contact courtois.

Je baisse donc les yeux vers mes escarpins pour lui répondre d'une voix à peine audible :

– Moi de même, monsieur Cole.

Heureusement, je ne vois pas sa réaction à mon trouble et il prend place à notre table pour parler de l'œuvre qu'il a achetée ce soir.

Alors que Charlie lui parle de façon très naturelle, je lutte contre le trouble qui m'a envahie.

*Reprends-toi, bordel !*

Charlie me sort de mes pensées en me posant une question que, forcément, je n'ai pas entendue, ce qui me fait rougir de plus belle. Son téléphone sonne et elle s'excuse de devoir répondre à l'appel en se levant de table.

Je me retrouve donc seule à table avec cet homme hyper canon mais surtout inconnu, ce qui me met très mal à l'aise.

– Alors, mademoiselle MacIntyre, puis-je vous poser une question qui me taraude ? me demande-t-il d'une voix assurée en s'adossant à sa chaise et en me regardant bien droit dans les yeux.

– Bien sûr, je vous en prie, monsieur Cole, réponds-je en luttant pour soutenir ce regard d'un bleu acier pénétrant.

– Si je ne me trompe pas, c'est bien vous sur cette photo à cent cinquante mille livres sterling ? Je me demandais… On a dû vous payer cher pour jouer la comédie devant ce gosse, non ?

Le rouge me monte immédiatement aux joues mais pas pour les mêmes raisons que tout à l'heure. Ce mec vient-il de sous-entendre que je suis ridicule ?

– Eh bien, étant donné que c'était du bénévolat, c'est totalement gratuit, monsieur Cole.

– Waouh ! Je suis impressionné par cette capacité à ne pas tenir compte de son image, me répond-il.

Il me cherche, ce mec, ou quoi ? Attaquer sur le physique est quelque chose de tellement mesquin que je n'en reviens pas.

– Oui, j'ose tout pour faire rire ces enfants malades, monsieur Cole, et je me fiche de savoir que certaines personnes superficielles ne voient que l'aspect physique de tout cela ! Et même si j'ai l'air ridicule en me déguisant, je suis fidèle à mes convictions ! Je ne me fais pas passer pour une personne que je ne suis pas ! Selon moi, il y a un monde entre acheter cette photo pour la bonne cause et vouloir à tout prix donner une bonne image de soi en le faisant.

– Les apparences sont parfois trompeuses, mademoiselle, répond-il en souriant, et sachez que vous vous trompez sur un point, j'ai acheté ce cliché pour une tout autre raison !

Me sentant tout à coup un peu honteuse de m'être emportée de la sorte alors que je ne connais pas du tout cet homme, je m'apprête à lui présenter mes excuses quand il poursuit :

– En effet, il n'y a rien sur cette photo qui me plaise autant que votre décolleté, et j'aimerais beaucoup imaginer qu'un jour je pourrais découvrir ce qui se cache derrière cette blouse ! murmure-t-il, ses yeux quittant les miens pour se perdre quelque part au niveau de ma poitrine.

*Non mais pour qui se prend-il ?!*

Ce mec est incroyable, il me fait passer du chaud au froid en cinq minutes chrono ! Mes joues s'empourprent à nouveau mais je n'ai pas le loisir de lui répondre que je déteste qu'on se fiche de moi, car Charlie se rassoit à notre table.

– Mademoiselle Harris, reprend Tyler Cole en se tournant vers elle, j'aimerais que vous passiez à mon bureau demain vers onze heures afin de me montrer votre book et que je puisse ainsi découvrir votre univers photographique. J'aimerais aussi avoir votre avis sur la meilleure place à accorder à votre photographie dans mon bureau, car je veux pouvoir la regarder du meilleur point de vue.

En prononçant ces derniers mots, il me fixe et je maudis alors ma fichue manie de rougir dès que je me sens troublée ou gênée. Ce mec est vraiment trop bizarre et c'est à croire qu'il sait parfaitement comment me mettre mal à l'aise.

– Bien entendu, monsieur Cole, j'en serais ravie, répond Charlie.

Elle rayonne de joie et cela me redonne le sourire.

– Mademoiselle MacIntyre, me ferez-vous le plaisir de vous joindre à nous ? demande-t-il alors.

Je n'ai pas le temps de trouver une excuse bidon que Charlotte, sur son petit nuage, répond à ma place :

– Bien sûr qu'elle sera là ! C'est ma meilleure conseillère, lui dit-elle avec un clin d'œil à mon attention.

Je marmonne donc un « d'accord », et c'est le moment que choisit le commissaire-priseur pour arriver à notre table et demander à Charlie et Tyler de venir dans son bureau signer les papiers. Ils se lèvent donc tous les deux et je les suis des yeux quand « M. Insolent » glisse un mot à l'oreille de Charlie, qui acquiesce, et revient à notre table. Il récupère un papier oublié, plonge ses yeux si spéciaux dans les miens, et malgré l'intensité du moment j'essaie de soutenir ce regard. Il se penche alors vers moi et me murmure à l'oreille qu'il espère que je viendrai vraiment le lendemain, car ça serait la moindre des choses qu'il puisse profiter du modèle en 3D vu la somme indécente qu'il a payée dans ce but ! Je n'arrive pas à croire qu'il puisse me dire une chose pareille sans ciller. Il me prend pour qui ? Une pute ? Je ne cherche pas à lui cacher que je n'aime pas ces sous-entendus et j'interromps volontairement notre échange de regards, recule ma chaise un peu plus loin de la table pour mettre un maximum de distance entre nous et, d'une voix la plus assurée possible et essayant de garder mon calme, je lui réponds :

– Vous êtes écœurant ! Je n'ai qu'une parole et je viendrai pour Charlie, mais l'argent n'achète pas tout, monsieur Cole !

– Oh que si, mademoiselle ! Détrompez-vous, répond-il le plus calmement du monde, un sourire insolent étirant un peu plus ses lèvres.

Ma colère remonte aussi sec : de quel droit se fout-il de moi ?! Je n'ai pas le temps de répondre qu'il me tourne déjà le dos pour rejoindre Charlie et le commissaire-priseur.

Ce mec me fait passer par toutes les couleurs, et je ne le cerne pas du tout ! Il me fait me sentir ridicule comme jamais, mais, la seconde d'après, me donne l'impression qu'il me drague. Lourdement.

Comme si c'était possible…

Je secoue la tête pour chasser cette idée absurde et Charlie finit par me rejoindre quinze minutes plus tard. Je décide de ne pas lui parler des remarques désobligeantes de « M. Goujat » pour ne pas lui gâcher sa soirée. Les papiers signés, nous pouvons finalement rentrer en taxi à la maison, soulager nos pieds compressés dans nos talons aiguilles, et, surtout, tout raconter à Cameron dans les moindres détails ou presque…

# 2

J'ai mal dormi. Je n'ai pas arrêté de me retourner dans mon lit. Quand mon réveil a sonné, j'ai eu l'impression que je venais de m'endormir… Résultat : j'ai une tête à faire peur. Heureusement que je ne suis de garde qu'en début d'après-midi ce samedi.

Il est neuf heures trente, ce qui me laisse une heure pour essayer de ressembler à quelque chose… Sacré challenge !

Dix heures quinze : je suis coiffée avec une queue-de-cheval très haute, maquillée légèrement, mais je me tiens devant ma penderie et rien ne me convient. Tout me semble tout à coup ringard et trop sage et je ne veux pas donner l'occasion à « M. Gravure-de-mode » de se foutre encore de moi. Et puis zut ! Je n'ai pas à lui plaire, après tout !

Finalement, j'opte pour un jean slim, des petites bottines à talons en cuir, un chemisier en soie blanc et un joli sautoir noir.

Charlie débarque chez moi, et ma tornade rouge, fidèle à elle-même, s'est habillée avec son style bien à elle : pantalon slim mais en cuir, débardeur « Motörhead » et une jolie petite veste noire plutôt classique. Un subtil mélange de styles qui lui va à ravir. Ses cheveux sont à nouveau « eux-mêmes » et ondulent librement dans son dos.

Comme d'habitude, je fais très sage à côté d'elle mais je sais que je n'assumerais pas de porter ce genre de vêtements.

– Coucou ! Tu es très belle, Mac !

Elle a toujours un mot gentil pour me rassurer. Cameron, son frère, arrive aussi dans mon appartement, une tasse de café à la main. Je lui fais un bisou sur la joue pour lui dire bonjour. Il s'installe dans mon fauteuil club marron en cuir vieilli, que j'ai réussi à chiner au marché aux puces de Camden il y a peu. Je fonctionne au coup de cœur pour meubler mon studio et il n'est composé que de meubles hétéroclites mais qui s'accordent tout de même. Les petites bougies disséminées un peu partout, les touches de couleur rose et mauve de mes gros coussins moelleux, de mes plaids tout doux ou de mes objets de déco apportent à mon petit appartement une touche féminine que j'ai néanmoins un peu « cassée » en peignant les murs dans des tons neutres qui vont du beige au taupe. Je me sens bien dans mon petit chez-moi cosy, et mes amis aussi, c'est le principal.

– Salut, ma beauté ! Alors comme ça, vous allez rencontrer le généreux donateur qui a dépensé une petite fortune pour la photo de ma sœurette ? S'il pouvait flasher sur une ou deux photos et les payer à titre perso cette fois, ça serait pas mal pour nos affaires aussi ! lance-t-il en me faisant un clin d'œil.

Cam est le mec le plus gentil que je connaisse et un artiste tellement doué que, depuis qu'il a ouvert son salon de tatouage il y a deux ans à Soho, le « Lond'ink », son carnet de rendez-vous ne désemplit pas. Mais les jumeaux ne sont pas issus d'une famille aisée et n'ont toujours pu compter que sur eux-mêmes financièrement, même si leur père, Pete Harris, ferait tout pour eux. Leur mère est décédée d'un cancer du sein quand ils avaient 10 ans, c'est d'ailleurs une des raisons pour lesquelles Charlie s'implique volontiers dans la lutte contre cette maladie. Ils ont déménagé à la mort de leur maman et sont venus vivre en face de chez moi, c'est ainsi que nous sommes devenus inséparables.

Nous plaisantons souvent sur le fait que nous sommes une fratrie de trois car, depuis quelques années, Pete sort avec ma mère. J'en suis d'ailleurs ravie, il est ce qui ressemble le plus pour moi à une figure paternelle. C'est un homme foncièrement gentil qui a toujours été aimant avec ses enfants et qui l'est tout autant avec ma mère et moi.

– T'inquiète, frérot, bientôt ça va être à mon tour de faire bouillir la marmite avec mon art ! Tu as toujours été là pour subvenir à nos besoins, mais maintenant le vent va tourner. Plus qu'une dernière année aux Beaux-Arts, et je pourrai bosser et gagner un salaire digne de ce nom.

– Je n'en ai jamais douté, sœurette ! Je plaisante, on a toujours su se débrouiller, ce n'est pas maintenant que ça va changer. Et, au fait, son bureau est situé dans la City, j'imagine ?

– Tu imagines bien, répond Charlie en sortant la carte de visite de sa poche arrière. « Tohana & Cole Cosmetics, 709 Lamphey Road – The City – London. » J'ai commandé un taxi, on devrait être à l'heure. Allez, c'est parti, croise les doigts pour que mes photos lui plaisent !

À la porte, elle lui fait un gros baiser sonore qui lui laisse une jolie trace rouge sur la joue et il secoue la tête, résigné à la folie de sa sœur tandis que je lui fais un bisou beaucoup plus soft.

La route se fait rapidement malgré l'heure de pointe, et nous arrivons devant une très grande tour sur la façade de laquelle est gravé en lettres immenses « T. & C. Cosmetics ».

Nous pénétrons, un peu intimidées, dans le hall d'entrée d'une taille démesurée. Après nous être présentées, nous sommes conduites au quinzième étage par un ascenseur de verre comme on n'en voit que dans les films, et qui ne me rassure pas outre mesure.

Nous atteignons le bon étage en moins de temps qu'il ne faut pour le dire et nous dirigeons vers une jolie femme blonde, très élégante, derrière un magnifique comptoir en bois noble. Nous nous présentons à elle et je ne peux m'empêcher de jalouser sa classe naturelle. Très professionnelle, Kelly, d'après ce qui est marqué sur son badge, nous invite à nous asseoir dans un petit salon pendant qu'elle va annoncer notre arrivée à M. Cole.

C'est tellement protocolaire que cela me fait sourire et, alors que je m'apprête à en parler à Charlie, la secrétaire nous invite déjà à la suivre car M. Cole nous attend dans son bureau. En me dirigeant vers la porte, mon ventre se tord et je me rends compte que je suis stressée à l'idée de revoir cet homme que j'ai bien du mal à cerner.

Nous pénétrons dans une pièce entièrement vitrée dont la vue sur l'extérieur est à couper le souffle et où trône un magnifique bureau plus grand que la moitié de mon salon ! M. Cole lève les yeux d'un dossier et se lève pour nous accueillir. Il est souriant et a l'air d'être de bonne humeur. Il est aussi élégant qu'hier, mais il est vêtu aujourd'hui d'un costume trois-pièces bleu marine, et je ne peux m'empêcher de constater que cette couleur met parfaitement ses yeux clairs en valeur.

– Bonjour, mademoiselle Harris, dit-il en contournant son bureau pour venir lui serrer la main, j'espère que vous allez bien depuis hier ?

– Très bien, et vous-même ?

– Très bien, merci ! Bonjour, mademoiselle MacIntyre, me dit-il en tournant ses magnifiques yeux bleus vers moi.

Il me serre la main également, ce qui bizarrement me déçoit un peu par rapport au baisemain de la veille. Puis il me demande si j'ai passé une bonne nuit.

– Oui, euh… très bonne ! bégayé-je.

*Enfin reprends-toi, tu as l'air d'une petite ingénue enamourée sur ce coup-là !*

– Je suis ravi de l'entendre, répond-il, un sourire moqueur aux lèvres. Alors, montrez-moi ce book, mademoiselle Harris, et expliquez-moi vos clichés, s'il vous plaît.

Il reprend place derrière son imposant bureau. Nous nous asseyons face à lui et Charlie se lance alors dans une explication détaillée et passionnée de son art. Son interlocuteur est fasciné par ses photos, tout comme moi qui ne me lasse jamais de les contempler.

Une demi-heure plus tard, il semble conquis et demande donc à Charlie de lui laisser son book afin qu'il le montre à ses collaborateurs, ce que, bien entendu, mon amie accepte, visiblement ravie de la tournure qu'a prise cet échange. J'espère vraiment que Charlie pourra vendre ses premières photos pour son profit personnel, car elle le mérite.

Kelly frappe alors à la porte et annonce à son patron qu'un livreur privé attend pour lui remettre la photo achetée lors de la vente aux enchères.

– Ça ne pouvait pas mieux tomber ! Faites-le entrer, Kelly, s'il vous plaît.

– Bien sûr, monsieur Cole ! lui répond-elle d'une voix suave en se retournant tout en faisant voleter ses cheveux, comme dans une pub pour shampooing et en exposant son fessier parfaitement moulé dans sa jupe crayon.

Si elle ne louche pas sur lui, je veux bien qu'on me coupe les deux mains, cette fille le drague clairement et, a priori, vu la façon dont il lui reluque les fesses, monsieur ne dirait pas non, si ce n'est déjà fait. Je suis tout à coup agacée d'arriver à ce raisonnement et je pousse malgré moi un soupir qui fait réagir « M. Je-mate-tout-ce-qui-bouge ».

– Un commentaire, mademoiselle MacIntyre ? demande-t-il, visiblement amusé.

– Non, je me faisais simplement une réflexion personnelle.

– Et peut-on en connaître le contenu ?

– Vous ne connaissez donc pas la définition du mot « personnel », monsieur Cole ? demandé-je en le regardant à mon tour droit dans les yeux, ce qui a priori ne le déstabilise pas le moins du monde, vu qu'il soutient mon regard sans ciller.

Il n'a pas le temps de me répondre que le livreur entre dans son bureau.

Il ne me quitte pourtant pas du regard et je sens que je l'ai surpris. D'ailleurs, je ne sais pas ce qui m'a pris de faire preuve de tant d'impolitesse envers un homme qui s'apprête peut-être à acheter les œuvres de ma copine. Je jette un coup d'œil à Charlie qui me sourit en retour, mais je la connais : elle doit se demander pourquoi je réagis comme ça, même si elle n'en montre rien. Je prends une profonde inspiration pour retrouver le contrôle de mes émotions.

– À présent, nous pourrions peut-être nous occuper de trouver cette fameuse place idéale pour votre magnifique photo, n'est-ce pas, mademoiselle Harris ? demande-t-il en insistant bien sur ses mots.

Je ne peux donc que repenser aux réflexions un peu malsaines de la veille, concernant mon décolleté et, gênée, je me referme à nouveau comme une huître.

– Bien sûr ! s'empresse de répondre Charlie, plus que jamais dans son élément.

Elle s'attelle instantanément à trouver le pan de mur le mieux adapté à son œuvre. Pendant tout ce temps, M. Cole ne m'a pas quittée des yeux, mais tout à coup l'ambiance change à nouveau quand il se lève à son tour, fait le tour du bureau, s'assoit sur le rebord, face à moi, et me détaille longuement des pieds à la tête, en finissant par fixer ma bouche… ce qui me perturbe d'autant plus que, aussi étonnant que cela puisse paraître, à cet instant précis, je ne peux m'empêcher d'imaginer ce que je ressentirais s'il posait ses lèvres sur les miennes. Je deviens pivoine. Cette réaction physique me met à nouveau en colère contre moi. M. Cole étire alors ses lèvres en un large et magnifique sourire. Je dois paraître tellement ridicule face à cet apollon qui s'amuse à mes dépens que je romps notre contact visuel et préfère, comme la veille, me concentrer sur mes chaussures comme une pauvre petite fille. Quelle idiote !

Charlie n'a pas perdu de temps et, d'un coup d'œil, a su en effet déterminer la place idéale pour la photo. Je contemple le sourire jusqu'aux oreilles de mon petit bonhomme, il irradie de bonheur et cela me déride instantanément.

Je suis tirée de ma contemplation quand j'entends M. Cole questionner Charlie sur ses tatouages désormais apparents vu qu'elle a ôté sa veste pour aider plus facilement le livreur. Là encore, je m'aperçois de l'intérêt non feint de M. Cole. Ils sont tous les deux enthousiastes et j'en viens à me demander s'il serait possible que ce type plaise à mon amie, vu que depuis hier soir elle n'a pas eu le temps de me donner ses impressions sur son physique ou sa personnalité.

– Vous avez des tatouages sublimes, mademoiselle Harris, ceux qui vous ont tatouée sont très doués, vous avez forcément dû les trier sur le volet, je me trompe ?

– Il ne s'agit que d'un seul tatoueur, mais en effet il est le plus doué que je connaisse. Je n'en laisserais aucun autre marquer son empreinte à vie sur ma peau.

– Pourriez-vous me donner ses coordonnées ? Je suis impressionné par la précision de cette tête de mort sur votre bras, on peut étonnamment deviner qu'il s'agit d'une femme et c'en est très troublant, dit-il en se penchant au-dessus du bras tendu de Charlie. Ce mec est très doué dans son style et il maîtrise parfaitement le réalisme et les couleurs, il exerce à Londres ?

– Oui, en fait, il s'agit de mon frère, lui révèle Charlie. Il a ouvert son salon il y a deux ans environ et, sans fausse modestie, il n'a jamais eu de réclamation ! Il a même eu droit à un article dans *Tattoo magazine* il y a six mois, et depuis il est tellement débordé qu'il pense à recruter quelqu'un, mais il est très exigeant quand il s'agit de sa passion !

Quand on lance Charlie sur le sujet des tatouages, elle est intarissable et surtout en ce qui concerne Cameron, dont elle est très fière.

– Tenez, voici sa carte, dit-elle en la lui tendant.

– Je le contacterai sans faute ! répond-il, enthousiaste.

– J'ignorais que vous étiez adepte de tatouages, monsieur Cole.

– J'ai sur le corps quelques pièces, mais j'évite de les dévoiler dans le cadre du travail, certains collaborateurs verraient cela d'un mauvais œil, tout le monde n'est pas assez ouvert pour apprécier cet art à sa juste valeur, mademoiselle Harris, lui répond-il en lui souriant gentiment.

Ils semblent sur la même longueur d'onde sur ce sujet, et tous les deux sont extrêmement passionnés. Je pense qu'il faudrait au moins une femme aussi forte que Charlie pour tenir tête à un mec comme lui, alors que moi je me ferais manger toute crue. Je me force à ne plus penser à cela et je vois bien que Charlie est désormais tout à fait détendue, ce qui me fait plaisir pour elle. Le livreur ayant fait office de main-d'œuvre a désormais terminé, et il quitte la pièce après que M. Cole lui a demandé de repasser voir sa secrétaire en sortant pour qu'elle le rémunère.

Charlie en profite pour lui demander s'il peut l'excuser un instant. Je sais qu'elle a dû engloutir des litres de café depuis son réveil, j'imagine donc aisément que sa vessie est sur le point d'exploser. Je lui souris avant de me rendre compte que je vais devoir rester seule avec cet homme qui me déstabilise.

M. Cole active alors son interphone et rappelle « Kelly-la-groupie » pour lui demander de venir à son bureau.

À croire qu'elle était derrière la porte car elle y frappe quasi immédiatement !

– Kelly, veuillez accompagner mademoiselle Harris, demande-t-il avec délicatesse sans préciser l'endroit où Charlie veut se rendre.

Les deux femmes quittent la pièce, nous laissant seuls.

– Alors, mademoiselle MacIntyre, j'imagine que vous ne partagez pas cette passion des tatouages, n'est-ce pas ? demande-t-il, le ton moqueur et un sourcil relevé, exprimant clairement qu'il me juge trop coincée pour ça.

Mais pour qui se prend-il pour prétendre savoir ce qui me plaît ? Il sous-entend quoi ? Que je ne suis pas assez cool pour oser me faire tatouer ? Merde, ce mec me voit donc vraiment comme la fille la plus nunuche de la terre et la moins fun ! Cela me met en colère qu'il ne me juge que sur mon physique, certes très éloigné de « Kelly-la-parfaite », ou même de Charlie, mais quand même ! Je déteste ce genre de jugements hâtifs, et alors que je m'apprête à répliquer, il enchaîne sans m'en laisser le temps.

– C'est vrai, j'imagine que vous êtes vierge de la peau, non ? Il y aurait pourtant une belle surface disponible pour réaliser une vraie œuvre d'art ! dit-il, un sourire en coin.

C'est la remarque de trop.

Ce type vient de se moquer de mon poids, et mes vieux démons prennent alors le dessus. J'ai souffert de surpoids pendant mon adolescence, et même si j'ai perdu mes kilos en trop et que, grâce à mes deux meilleurs amis, je suis tant bien que mal parvenue à prendre confiance en moi et à m'accepter telle que je suis avec des formes, toutes mes bonnes résolutions et tous leurs conseils s'écroulent dans l'instant, tel un château de cartes face à cet homme qui se fout ouvertement de moi et de mon physique.

Mon cœur s'accélère et je réalise à quel point j'ai pu être idiote de penser que ce mec canon pouvait jouer un jeu de séduction avec moi. La honte me fait monter le feu aux joues et je me force à respirer calmement mais un peu plus bruyamment que normalement.

– Vous êtes une adepte de la respiration yogique ? me demande-t-il ironiquement, en révélant une rangée de dents blanches parfaitement alignées.

Est-ce que ce mec a un seul défaut physique ? Même la grande cicatrice qui barre son sourcil droit lui donne un cachet supplémentaire. Je me sens petite et complètement ridicule tout à coup. J'essaie de garder bonne figure, mais face à ce rictus moqueur je ne peux empêcher les larmes de me monter aux yeux, ce que j'essaie immédiatement de lui cacher en baissant la tête.

– Eh bien, mademoiselle MacIntyre, aucune repartie grinçante ? Vous n'avez pourtant pas l'air d'avoir votre langue dans votre poche, d'après ce que j'ai pu remarquer…

J'aimerais être capable de lui dire d'aller se faire foutre, mais mes complexes me coupent la voix. Malgré toute ma bonne volonté, c'est comme un réflexe de protection. Je ne peux pas parler à cause de la boule qui s'est formée dans ma gorge et qui menace de me faire fondre en larmes d'un instant à l'autre si je ne me contrôle pas très vite.

Je décide donc de me lever tout simplement, tout en serrant les poings très fort.

*Respire, tu es la meilleure, et ne laisse plus jamais personne en douter.*

Je me répète ce mantra, radoté des centaines de fois par les jumeaux.

Je ne suis pas convaincue, mais je leur dois bien de ne pas m'avouer vaincue aujourd'hui.

Je relève donc la tête et croise son regard, mais M. Cole change complètement d'expression. C'est comme si je lui avais cloué le bec par magie. Il plisse les yeux comme pour essayer de me sonder avant de dire :

– Mademoiselle MacIntyre, que se passe-t-il ? Je ne voulais pas vous faire pleurer, je pensais que cette joute verbale était réciproque. Je vous prie de m'excuser si je vous ai blessée…

Je jette un coup d'œil à l'immense miroir accroché au mur à ma droite. Eh merde ! Trahie par mon propre corps ! Les quelques larmes qui se sont échappées et que j'avais réussi à dissimuler ont fait couler mon mascara, et non seulement mon plan de faire bonne figure tombe à l'eau, mais je ressemble désormais à un panda ! Je ne me suis jamais autant sentie dans la peau de Bridget Jones qu'à cet instant précis.

Je ne sais même pas quoi lui dire tellement je me sens mal. Je me lève et me dirige vers la glace pour essayer de limiter les dégâts. Je farfouille donc en silence dans mon sac pour essayer de trouver un kleenex mais mes mains tremblent tellement que je n'y parviens pas. M. Cole s'approche de moi très doucement, comme s'il avait peur de ma réaction, et m'offre alors l'un de ses mouchoirs en papier. Je déteste me sentir en position de faiblesse, mais vu l'étendue des dégâts, je n'ai pas vraiment d'autre choix que d'accepter.

– Merci.

– Je suis navré, mademoiselle…

– Non, laissez tomber, monsieur Cole, lui réponds-je sèchement. Cela n'a rien à voir avec vous, j'ai eu une semaine difficile. N'en parlons plus, s'il vous plaît.

– Sachez que si… tente-t-il de continuer.

– Non, je vous assure que tout va pour le mieux. Si vous voulez bien m'excuser, je vais rejoindre Charlie.

Il s'apprête alors à appeler Kelly mais je l'interromps :

– Non, je vais trouver le chemin, inutile de déranger « miss Monde ».

Ma remarque lui fait hausser un sourcil et il se met à sourire de façon franche pour la première fois depuis que je l'ai rencontré, ce qui le rend encore plus séduisant, et ce qui m'agace plus encore !

– Merci encore de nous avoir reçues, monsieur Cole, je suis certaine que vous ne regretterez pas votre acquisition ! grincé-je en prenant sur moi pour contenir ma colère et rester cordiale.

– Je n'en ai jamais douté, répond-il en regardant la photo désormais accrochée au mur. Même si l'originale est bien plus mystérieuse à mon goût !

Cet homme se joue visiblement de moi, et les mots que je retenais sortent de ma bouche :

– Vous ne voyez donc que ce qui vous arrange ! Alors oui, cette photo de moi est l'exact reflet de celle que je suis. Elle n'est en rien une photographie de mannequin destinée à faire rêver, mais elle est au contraire l'immortalisation d'un moment sincère entre deux personnes qui s'aiment très fort et qui traversent les épreuves main dans la main. Depuis quelques jours, ce petit garçon était si affaibli par sa chimiothérapie qu'il n'avait même plus l'envie de communiquer, et cette photo est le moment où Ethan n'a pas pu s'empêcher d'éclater de rire à mes âneries. Et c'est cet instant précis que Charlie a réussi à immortaliser ! Mais j'imagine que vous n'avez jamais eu à traverser une épreuve telle que vous aviez oublié que sourire et rire étaient des options envisageables ?

Il ne répond rien mais son regard se trouble, et après quelques secondes interminables, il me lance sèchement :

– Il se pourrait bien que cette fois ce soit vous qui alliez un peu trop loin, mademoiselle MacIntyre !

Je n'ai aucune raison de m'excuser et il est hors de question qu'il parvienne à m'attendrir avec sa phrase d'homme blessé. Je n'y crois pas. C'est trop facile de se moquer du physique et de penser que la personne en face encaissera les coups sans rien dire. Alors que je fais tout mon possible pour garder la même assurance et continuer de le fixer sans baisser les yeux, c'est ce moment que choisit « Super-Kelly » pour frapper et revenir dans le bureau, accompagnée de Charlie. M. Cole et moi sommes tous les deux debout, face à face, et la tension doit être palpable, car Charlie hausse un sourcil et me lance un regard interrogateur.

Il faut que je sorte de ce bureau, j'ai l'impression de manquer d'air !

Un simple coup d'œil et nous nous comprenons, c'est pourquoi elle prend les devants et annonce :

– Sam, si tu veux commencer ta garde à l'heure, je crois que nous devrions y aller.

– Tout à fait, réponds-je, rassurée qu'elle ait trouvé le moyen de me sortir de là au plus vite.

– Je vous remercie de vous être déplacée, mademoiselle Harris, je vous recontacte prochainement quand j'aurai étudié l'ensemble de vos photographies, dit M. Cole qui a retrouvé un ton posé et courtois.

Il lui serre la main, ce qui met un terme à notre entrevue.

– Au revoir, monsieur Cole, tout le plaisir est pour moi ! lui répond-elle.

Il se tourne alors vers moi et je lui tends la main, mais il la porte à ses lèvres pour un baisemain un peu plus appuyé que la veille. Il me sourit gentiment cette fois, mais je ne sais vraiment plus comment réagir face à ses revirements d'humeurs. Je la lui retire donc doucement en prenant congé sans le regarder.

– Bordel, qu'est-ce qui s'est passé là-dedans le temps que j'aille aux toilettes ? demande Charlie, à peine les portes de l'immeuble franchies.

Je hèle un taxi qui, par chance, s'arrête devant moi.

– Je vais réellement être à la bourre, donc je te promets de tout te raconter ce soir après ma garde, honey !

– OK, mais alors on se retrouve au Old Tavern. Cam et moi, on a prévu d'y passer la soirée pour voir Donovan.

– Alors va pour une soirée bières et hot-dogs ce soir ! Tu ne prends pas ce taxi avec moi ?

– Non, je crois que je vais aller faire un peu de shopping, histoire de fêter cette entrevue positive ! Ça va aller, toi ?

– Oui, t'inquiète ! Je te raconterai, lui réponds-je en lui faisant un clin d'œil.

Nous nous faisons donc un signe de la main et, une fois hors de sa vue, j'expire tout l'air qui semblait coincé dans ma poitrine. Il était hors de question que je gâche le plaisir de Charlie en lui racontant que ce type a su appuyer là où ça me fait mal. Je me suis sentie ridiculisée et je m'en veux d'avoir un peu baissé ma garde, vu ses sous-entendus blessants. Je ne sais pas si je suis plus en colère contre lui ou contre moi-même. Je me laisse porter par le taxi dans une sorte d'état second, direction l'hôpital Saint-Thomas, et plus précisément la maternité où des bébés sont certainement sur le point de voir le jour.

# 3

Ma garde de jour est passée à vitesse grand V, et après avoir aidé quatre mamans à mettre au monde leur enfant, dont une sans péridurale mais qui s'est débrouillée comme un chef, c'est avec reconnaissance que je termine mes transmissions et que je repasse au vestiaire pour me changer. Il fait très beau aujourd'hui et je suis ravie d'avoir laissé traîner une robe longue d'été dans mon casier. J'enfile une paire de sandales nu-pieds, ma veste en jean et c'est parti pour une soirée sympa entre amis !

Tout en marchant, je recommence à ruminer sur ce qui s'est passé ce matin avec M. Cole et je me force à ne plus y penser. Après tout, je n'ai aucune raison de devoir le supporter à nouveau donc il faut que je zappe tout ça.

*Stop !*

Je repousse mes pensées négatives le plus loin possible et accélère le pas pour rejoindre rapidement mes amis au Old Tavern. Il s'agit d'un pub tenu par un très bon ami à nous, Donovan O'Neill. Nous avons tous les quatre suivi nos études ensemble au lycée, et Charlie, même si elle ne l'avoue pas, a un petit faible pour lui. J'ai l'impression que c'est réciproque, mais ni l'un ni l'autre ne semble décidé à se lancer. Je lui ai déjà posé la question, mais elle reste très évasive à ce sujet. Charlie peut être aussi féroce et forte qu'une tigresse, mais si elle a peur, elle est comme un petit animal blessé qu'il faut approcher tout doucement pour ne pas la faire fuir. Donovan a peut-être compris cela, lui aussi.

Mes réflexions au sujet des amours de ma meilleure amie ont eu le mérite de me détourner de mes pensées maussades, et me voilà déjà arrivée devant le pub.

Pas mal de clients sont devant, leur verre de bière à la main, et il y en a plus dehors que dedans, la faute au beau temps estival sans doute. Je rentre pour ma part dans l'établissement et vais directement au bar, où j'aperçois Charlie assise sur un des tabourets, en train de discuter avec Donovan, de l'autre côté du comptoir. Ce mec est un rayon de soleil à lui tout seul, et tenir un pub lui va à merveille car il peut ainsi distribuer sa bonne humeur au plus grand nombre. Ce grand gaillard musclé d'un mètre quatre-vingt-treize, à la peau très pâle et aux cheveux mi-longs auburn ne pourrait pas renier ses origines écossaises même s'il le voulait. Depuis le temps qu'il vit à Londres, il a perdu son accent, mais quand il s'énerve ou qu'il est ému, ses intonations aux « r » roulés reviennent au galop.

– Salut, Mac ! Alors, cette garde ? lance Charlie pour m'accueillir.

– Assez intense pour ne pas m'être aperçue qu'il était déjà l'heure de partir !

– Salut, ma cocotte, dit Donovan en souriant et en se penchant pour me faire la bise. Qu'est-ce que je te sers ? Une Bud, comme d'habitude ?

– Non, ce soir, j'ai envie d'attaquer par un petit truc un peu plus fort ! Charlie, tu m'accompagnes ? J'ai bien envie d'une petite tequila frappée !

– Oh là là ! La Sam des grands soirs est de sortie ! Bien sûr que je t'accompagne, Mac !

– C'est juste un verre, Charlie, n'exagère rien ! Où est Cameron ?

– Il a fini plus tard que prévu, il vient de m'envoyer un SMS pour me dire qu'il arrivera dans une demi-heure.

– Nickel, alors trinquons à ton succès, honey !

Je plaisante avant de lécher le sel sur ma main, d'avaler cul sec mon verre aussitôt préparé et de sucer ma tranche de citron en grimaçant de plus belle.

Quelques citrons plus tard, mon esprit commence sérieusement à se vider et je me sens de mieux en mieux, de plus en plus détendue. Charlie et moi n'abordons même pas le sujet de ce matin, je ne veux ni m'attarder sur le négatif ni risquer de gâcher son plaisir. Nous rigolons comme deux adolescentes quand son jumeau arrive vers nous de sa démarche décontractée. Il serre la main de Donovan, m'embrasse sur la tempe et fait un check à sa sœur. J'adore ce mec, il est comme un frère pour moi, mais j'ai assez de recul pour me rendre compte de l'effet qu'il fait à la gent féminine.

Il fait beaucoup de sport pendant son temps libre, ce qui lui a permis de se sculpter une silhouette digne d'un mannequin, tablettes de chocolat incluses ! Il a les cheveux châtains (les mêmes que ceux de Charlie, à ceci près qu'elle se les teint) portés en un coiffé-décoiffé étudié, et comme sa jumelle il est tatoué sur tout le corps. Il arbore seulement des tatouages aux symboliques très positives et, paradoxalement, leur nombre accentue le côté bad boy qui fait craquer tant de filles. Alors qu'il tend la main à Don pour la lui serrer, j'admire une nouvelle fois la boussole ultra réaliste tatouée sur sa main droite. Une façon pour lui de l'avoir toujours sous les yeux et ainsi de ne jamais perdre le nord, comme il dit. Il a un beau visage et des yeux noisette aussi expressifs que ceux de sa sœur.

– Eh ben, je vois qu'on ne m'a pas attendu ! dit-il en remarquant les verres vides posés devant nous.

– Non, on trinque à ma santé et pour aider Sam à décompresser de sa garde ! lance Charlie en riant.

– Journée difficile ? demande alors une voix masculine derrière moi.

Je manque de tomber de mon tabouret en me retournant trop vite et je me rattrape de justesse au bras de M. Cole ! Il se tient là, son sourire moqueur rivé aux lèvres. Eh merde ! Dès qu'il est présent, je collectionne les gaffes. J'essaie de me redonner une contenance mais ces verres vite avalés ne m'y aident pas.

Cam nous explique que Tyler – *ils s'appellent déjà par leurs prénoms ?! J'ai loupé un épisode ou quoi ?* – est passé au salon alors qu'il allait fermer et qu'ils ont discuté d'un projet de tatouage qu'il avait de longue date. Ils n'ont pas vu l'heure passer et Cam l'a invité à se joindre à notre petite bande pour boire un verre.

– J'espère que je ne vous dérange pas, mesdemoiselles ? demande-t-il.

*Si, dégage !* crie une voix dans ma tête.

– Bien sûr que non, assure Charlie à qui je n'ai pas encore révélé les sous-entendus blessants de ce matin.

– Alors, c'est ma tournée ! Je crois bien que nous avons quelques verres de retard, Cameron, dit-il en prenant place sur le tabouret près du mien.

– Donovan ? appelle Cameron. Tu nous mettras quatre tequilas, s'il te plaît, mon pote ?

Je ne suis pas du tout ravie de devoir supporter cet homme. Je pensais passer une bonne soirée, et voilà que je me retrouve à nouveau confrontée à lui, me sentant très maladroite et pas du tout à l'aise. Le destin s'acharne, on dirait ! Je décide de l'ignorer et me concentre donc sur mon verre, mais en moins de temps qu'il ne faut pour le dire les shots se succèdent. Je sens qu'il me regarde mais il ne me parle pas non plus, ce qui me convient parfaitement.

– Bon, je crois qu'il est temps pour notre estomac d'ingurgiter un truc solide pour nous caler un peu, non ? nous propose Cam, la voix de la raison… la mienne ayant dû se barrer pour la soirée !

Je n'ai aucune envie de manger, mais il commande d'office quatre hamburgers accompagnés de frites. Nous nous installons donc à une table, dans l'un des canapés en cuir du pub.

Charlie est restée parler à Donovan au bar en attendant que les burgers soient prêts, et Cam se relève pour sortir se griller une cigarette.

Tyler Cole et moi nous retrouvons donc seuls sur cette banquette, et, immédiatement, la tension est de nouveau palpable entre nous. Il est habillé complètement différemment ce soir : il porte un jean, un blouson en cuir et un T-shirt noir, sous lequel sont dissimulés deux colliers qui contrastent totalement avec l'image BCBG de l'homme d'affaires que j'ai vu ce matin. Ses cheveux sont relevés en un chignon. Ce mec est aussi sexy en costume qu'habillé simplement, mais surtout, il est impressionnant. Assise à côté de lui, je me sens vraiment toute petite. Il boit une gorgée, et mes yeux s'attardent sur ses grandes mains, dont le pouce et le majeur portent des bagues en argent, puis se fixent malgré moi sur sa barbe virile puis sur ses lèvres charnues. Il ne dit toujours rien et je remarque alors qu'il me détaille, lui aussi.

Un peu saoule, et pour masquer ma gêne, je lui dis la première chose qui me vient à l'esprit :

– Vous êtes allé voir Cam dans la foulée ? Vous ne perdez pas de temps, dites-moi !

– Jamais ! répond-il laconiquement de sa voix grave.

Le silence me met mal à l'aise et je poursuis donc :

– Cam ne fume que lorsqu'il a un coup dans le nez !

– Je suis content de le savoir !

– Pourquoi êtes-vous toujours aussi condescendant, « monsieur Moqueur » ?

– Je vous assure que je ne le suis pas *toujours*, madame la juge, et j'espère pouvoir vous le prouver à la barre un de ces quatre ! ajoute-t-il en me faisant un clin d'œil.

*Il me drague ou il se fout encore de moi, ce mec ?*

– Je vous conseille de prendre un bon avocat car mon jugement est bien souvent sans appel, monsieur Cole !

*Et bim !*

– Je sais mettre le temps qu'il faut pour mes plaidoiries et je fais toujours ce qu'il faut pour arriver à une conciliation, ajoute-t-il.

– Je délibérerai un autre jour sur votre cas, et en l'occurrence, ce soir, je vous déboute, monsieur Cole.

– J'aime assez quand vous m'appelez monsieur Cole, Samantha.

– Et je n'aime pas que vous m'appeliez Samantha, Tyler !

– Ah oui, pardon : Sam ? J'ai en effet cru comprendre que c'est le diminutif utilisé par vos amis.

– Oui, mais Sam, c'est seulement pour les intimes, voyez-vous.

– Alors, ça ne saurait tarder, conclut-il.

– Dans vos rêves, très certainement !

Il m'adresse un superbe sourire suite à ma repartie.

Mon regard est, malgré moi, à nouveau attiré par ses lèvres. Quand je relève mes yeux, je constate que les siens sont eux aussi rivés à ma bouche et je me force alors à m'écarter. Ce petit jeu m'amuse un peu trop et je commence même à me détendre en sa compagnie – décidément ces citrons font merveille ! – mais je dois rester vigilante ! Je me fais certainement un film et je risque fort de passer pour une idiote dans les prochaines minutes.

– Pardonnez-moi un instant, s'il vous plaît, lui dis-je avant de partir sans oser le regarder à nouveau.

Dans les toilettes, je me jette de l'eau sur la figure pour essayer de reprendre un peu mes esprits. Je contemple mon reflet dans le miroir et une petite voix dans ma tête me raisonne.

*Ma vieille, tu dois être hyper bourrée pour ne serait-ce qu'imaginer un instant que tu peux plaire à un mec comme ça ! OK, il est canon, mais il est tellement imbu de sa personne que ce que tu as pris pour de la drague ou un jeu de séduction ne doit être en réalité qu'un jeu malsain pour lui. Allez, sors de là dignement, tu ne vas pas laisser quelqu'un te piétiner à nouveau, danger ! Alors ne le calcule plus de la soirée si tu ne veux pas qu'il se moque de toi plus longtemps.*

Je me lave les mains, me regarde à nouveau dans la glace et je le vois dans le reflet.

La porte est entrouverte et il est tranquillement adossé au mur d'en face en train de me reluquer. Il ne me quitte pas des yeux et cela me met en colère. Ce type a un culot incroyable.

– C'est votre truc de mater les filles dans les toilettes, « monsieur le Voyeur » ?

– Pas forcément dans les toilettes, mais oui, c'est assez mon truc ! répond-il sans se démonter le moins du monde. Mais vous, « mademoiselle Je-réfléchis-trop-dans-la-vie », c'est quoi votre truc ? Si tant est que vous ayez déjà eu des pensées inavouables quelques fois…

Ce mec me prend pour une nana complètement coincée et je ne trouve rien à lui rétorquer car il arrive, une nouvelle fois, à me faire ressentir ce foutu sentiment d'infériorité, à me faire douter de moi et de ma capacité à être attrayante aux yeux de quelqu'un.

Je remets donc ma carapace en lui disant simplement :

– Je suis fatiguée, monsieur Cole, je vais finalement rentrer me coucher comme la bonne petite fille que je suis !

Je suis vexée, mais au moment de le dépasser, il me plaque

contre le mur en collant son corps au mien. Ses mains à plat sur le mur encadrent mon visage. Mon pouls s'accélère mais je ne veux rien lui montrer, et je prends sur moi pour soutenir son regard et paraître blasée. Je suis agacée de me sentir prise au piège et j'essaie de le repousser en mettant mes mains sur son torse. Incroyablement ferme et musclé, il me résiste.

– Je ne demande qu'à croire que vous n'êtes pas sage, Samantha, glisse-t-il en approchant sa bouche de mon oreille.

Son souffle chaud caresse ma peau et j'essaie à nouveau de me dégager de son étreinte, mais il resserre encore un peu plus nos corps. Il est si proche de moi désormais que l'odeur enivrante de son parfum me monte à la tête. Il faut absolument que je mette de la distance entre nous. Étonnamment, je ne me sens pas agressée mais je ne veux pas baisser ma garde et lui céder.

– Bonne nuit, monsieur Cole ! Faites de beaux rêves, lui dis-je d'une voix un peu trop rauque.

– Oh ! Mes rêves risquent d'être très érotiques après avoir pu contempler vos jolies formes ce soir, « mademoiselle J'ai-tout-ce-qu'il-faut-là-où-il-faut », répond-il en plongeant ses yeux dans mon décolleté et en effleurant ma joue de sa main.

Nos corps sont à présent si collés l'un à l'autre que je sens qu'il pense ce qu'il dit, vu la bosse qui s'est formée dans son pantalon. Cela me trouble et je sens que je suis en train de perdre ce combat, je n'arrive même plus à penser de façon cohérente, et comme s'il lisait dans mes pensées, il me dit :

– Arrêtez de réfléchir, certaines fois il faut simplement vivre l'instant, Samantha.

Il dépose alors un baiser très doux sur ma joue et ses doigts caressent délicatement mon cou. J'ai beau essayer de trouver la force de lui balancer une bonne repartie à la figure, ou juste de fuir, je me sens tellement bien, là maintenant, face à ce mec carrément canon, que le peu de volonté que j'ai à le repousser s'évanouit.

Nos corps se rapprochent et il me surprend une nouvelle fois : alors que les premiers baisers de mes relations passées étaient toujours doux et plutôt chastes, celui-ci ne ressemble en rien à cela. Au contraire, après m'avoir regardée bien droit dans les yeux, il s'empare de ma bouche, sans timidité aucune, comme s'il voulait me dévorer. Ma langue répond tout d'abord timidement à la sienne, mais très vite je me prends au jeu et suis le rythme qu'il m'impose. Nos corps se collent l'un à l'autre. L'une de ses mains est rivée à ma nuque tandis que l'autre, plaquée contre le bas de mon dos, rapproche soudain encore plus nos corps de façon très autoritaire, et j'accepte de le laisser diriger ce qui est en train de se passer. Mes mains s'agrippent à sa nuque et mes doigts se perdent à la base de ses cheveux ramassés. Sa bouche a le goût du citron et de la tequila, et nos langues s'enroulent et se lèchent sans répit. Je sens son érection contre moi et je ne peux étouffer un gémissement de plaisir, ce qui semble l'enhardir. Il agrippe alors mes fesses et me porte comme si j'étais une plume. Mes jambes enserrent sa taille de façon naturelle, c'est comme si nos corps se connaissaient déjà. Ses mouvements et les miens sont évidents et fluides, comme synchronisés. À travers nos vêtements, il frotte sensuellement son sexe dur contre mon entrejambe, déjà trempé d'excitation. Lui aussi grogne, et quand nos lèvres se séparent il lèche mon cou juste en dessous de mon oreille, ce qui me fait fondre.

– J'ai tellement envie de vous baiser ici même, mademoiselle MacIntyre… murmure-t-il comme pour me demander la permission.

Mais ces mots me font reprendre conscience du lieu où nous sommes et me font l'effet d'une douche froide.

*Putain, mais qu'est-ce que je fous ?!*

Je me raidis et cherche à me dégager de son étreinte, mais il maintient l'emprise de ses mains autour de mes fesses.

– Vous n'appréciez pas de vivre l'instant, mademoiselle MacIntyre ? demande-t-il, le souffle court et son regard plongé dans le mien.

– Je... si... mais... quelqu'un pourrait aller aux toilettes et nous voir et...

– Et alors ? demande-t-il. Qui ne tente rien n'a rien, « mademoiselle Dégonflée », et le risque peut être un excellent aphrodisiaque, je vous le promets.

Ce mec est tellement sûr de lui et arrogant que, d'ordinaire, je lui aurais envoyé une réplique cinglante à la figure, mais je suis en position de faiblesse et, même si je ne veux pas l'admettre, je suis surtout toujours aussi excitée. Un mouvement de son corps pour nous repositionner lui permet tout à coup de glisser sa main sous ma robe et d'atteindre le fin tissu de mon string, pour constater à quel point mon sexe est déjà trempé. Il me caresse sans cesser de m'observer. Je gémis de plaisir et ferme les yeux malgré moi pour apprécier au mieux ses doigts inquisiteurs. Je n'ai plus envie que ça s'arrête.

– Putain, comment résister à ça ! dit-il d'une voix plus rauque que jamais.

Alors, tout en me portant toujours, il nous emmène rapidement vers l'intérieur des toilettes des femmes et rentre dans l'une des cabines étroites. La porte étant verrouillée, je décide de profiter de son conseil, et donc de l'instant, en n'écoutant pas le chuchotement de la voix de la raison étouffée par le vacarme de mes instincts qui, eux, me disent de baiser furieusement, là, maintenant, tout de suite, et peu importent les conséquences.

Je place une main sur sa mâchoire virile et, de l'autre, saisis son chignon. Nos langues se cherchent frénétiquement tandis qu'il fait descendre mon string le long de mes jambes pour me l'ôter et glisse deux de ses doigts à l'intérieur de mon sexe, me faisant gémir de plus belle. À ce rythme-là, je ne vais pas tarder à jouir. Je n'arrive plus à réfléchir, mais ce qui se passe est tellement inhabituel pour moi que ma raison reprend tout à coup le pas sur la passion du moment et, le cœur battant, je m'arrache à notre baiser enflammé. Je ne sais pas quoi lui dire et, tout en continuant de me caresser, il me sourit et murmure à mon oreille qu'il veut que je profite de ce moment volé. Ses cercles autour de mon clitoris ont raison de mes doutes et mon corps reprend le contrôle, même si je suis perdue. Ma respiration s'accélère malgré moi et il m'ordonne alors d'un ton grave de le regarder. Je m'exécute et plonge mon regard dans le sien. Ses pupilles sont dilatées et ne laissent presque plus de place au bleu qui les entoure généralement. Il ne me quitte pas des yeux et, à un tel point d'excitation, cela me fait basculer et l'orgasme le plus puissant de ma vie explose en moi et me fait perdre conscience de tout le reste pendant quelques secondes.

– C'était la chose la plus excitante qu'il m'ait été donné de voir ! Vous me faites tellement bander qu'il faut que je vous baise tout de suite, mademoiselle MacIntyre !

Sa façon perverse de m'appeler comme ça ne fait que renforcer mon excitation et mon trouble face à cette situation totalement inédite pour moi.

Me posant délicatement au sol, il sort alors sa queue, longue et large, de son jean. Elle se dresse fièrement devant moi et il place alors ma main dessus afin que je la caresse. Timidement, malgré tout ce qui vient de se passer, je saisis délicatement son membre dur et le caresse doucement. Ce geste m'excite terriblement et, très vite, l'envie de le sentir en moi se fait plus forte. Mes mouvements s'accélèrent et c'est à moi de lui faire fermer les yeux. C'est en effet très excitant d'observer l'autre prendre son pied, et mon corps, attiré comme un aimant, se colle à nouveau au sien. Je me sens en position de force et accélère volontairement le tempo. Immobilisant ma main, et m'offrant un magnifique sourire, il sort alors un préservatif et, une fois la capote en place, il me relève avec autorité, me plaque contre le mur et me porte à nouveau en plaçant ses mains sous mes fesses. Je sens le bout de sa queue frotter et taquiner mon clitoris, puis se retirer un peu plus loin, me forçant à lui en réclamer davantage. Il n'est plus question du jeu du plus fort, nous sommes à égalité et nous voulons tous les deux la même chose. Je ne peux m'empêcher de m'accrocher à nouveau à sa nuque et je goûte sa peau en le léchant dans le cou. Je sais que j'ai touché une zone sensible car, sans préavis aucun, il me pénètre profondément. Nous poussons tous les deux un râle de plaisir. Il s'immobilise un instant pour laisser à mon corps le temps de s'habituer à lui, mais très vite, il reprend ses coups de reins qui s'intensifient peu à peu et me demande de le regarder. Ses yeux n'ont plus rien de dur et je me noie dans ce regard bleu nuit sans artifice. Enhardie et excitée comme jamais, je déboutonne les deux boutons de sa chemise et caresse les poils en haut de son torse. Tout en passant doucement ma main dans ses cheveux, je l'embrasse à nouveau très sensuellement dans son cou puissant, malgré le fait qu'il me baise très fort. Aurais-je trouvé son point faible ? Toujours est-il que ce simple geste semble le faire basculer :

– Putain, c'est trop bon… grogne-t-il avant d'accélérer ses coups de boutoir qui me font rapidement atteindre le point de non-retour, et je jouis cette fois en chœur avec celui qui gémit dans mon cou.

Haletant pendant quelques secondes, il me pose finalement délicatement, et la première chose qui me vient à l'esprit est que j'espère qu'il n'a pas trop mal aux bras après m'avoir portée tout ce temps. Je lui pose donc la question et cela le fait rire.

– Toujours aussi pragmatique, mademoiselle MacIntyre. Merci de vous inquiéter pour mes bras mais ils en ont vu d'autres et ça n'est sûrement pas cela qui leur fait peur, lance-t-il avec un clin d'œil.

C'est vrai que maintenant que j'ai pu le toucher, je me rends compte de la musculature impressionnante de cet homme. Mais peu à peu, la voix de la raison reprend sa place, et je réalise le risque que nous avons pris ce soir et les sous-entendus de sa réponse. Il baise beaucoup de femmes, et pour lui, je ne suis qu'une conquête de plus sur son tableau de chasse. Je ramasse mon string au sol et l'enfile rapidement en rajustant ma robe. Je n'ose même pas le regarder dans les yeux. L'alcool qui m'avait désinhibée ne fait plus aucun effet et cela ne me ressemble tellement pas de lâcher prise de la sorte que j'ai beaucoup de mal à redescendre sur terre. Baiser dans un lieu public ne m'était jamais arrivé, et encore moins avec un mec que je ne connais ni d'Ève ni d'Adam, alors je n'ai aucune idée de ce qu'il faut dire ou faire. Lui semble beaucoup plus à l'aise et me regarde m'agiter, un sourire aux coins des lèvres. Il ne me facilite pas la tâche.

Nous sommes toujours dans notre cabine quand la voix familière de Charlie résonne alors tout à coup dans les toilettes :

– Tu es là-dedans, Mac ?

Je sursaute et, tandis qu'il me regarde avec un air amusé, je suis pétrifiée, mais j'arrive à prendre sur moi pour lui répondre d'une voix plus ou moins assurée :

– Oui, j'en ai pour une seconde, honey…

– J'espère que tu n'es pas en train de rendre tripes et boyaux parce que les super burgers frites de Don sont prêts ! dit-elle en riant.

– T'inquiète, tu seras sous la table bien avant moi, honey ! réponds-je en priant pour qu'elle sorte vite de là.

– Ah ah ah ! Allez, à tout de suite. Je vais chercher Cam et M. Sexy qui doivent être en train de cloper dehors !

Je ne réponds rien et je lâche un soupir de soulagement.

– M. Sexy ? Sympa comme surnom, vous validez ?

Je lui tape sur le bras en lui disant qu'il n'y a que Charlie pour inventer des trucs pareils et ça le fait sourire. Mais l'ambiance entre nous change du tout au tout et l'amant d'il y a cinq minutes à peine laisse à nouveau la place au mec arrogant du matin qui ne m'accorde plus de regards ni de sourires complices. Comment peut-il changer comme ça du tout au tout ? Je me sens mal et j'ai la désagréable impression de revoir le Mr. Hyde qui se cachait ce soir sous un Dr. Jekyll beaucoup plus sympa. Nous sortons donc tous les deux de notre cachette.

– Je vais m'éclipser du côté des WC pour hommes et en sortir avec l'air le plus naturel au monde, vous ferez de même et tout se passera bien. Arrêtez de stresser, mademoiselle MacIntyre… à moins que ce qui vient de se passer ne me donne le droit de dire « Sam ». Comment disiez-vous déjà ? me demande-t-il. C'est seulement pour les intimes, c'est ça ?

Je ne peux m'empêcher de sourire à cette repartie à laquelle je ne sais pas quoi répondre, je secoue la tête et en profite pour sortir des toilettes pour femmes le plus naturellement du monde.

Ce mec a du culot, mais je dois admettre qu'il m'a fait ressentir plus de choses en une partie de jambes en l'air que beaucoup de mes meilleures expériences sexuelles réunies. Comment prendre autant de plaisir avec un homme aussi con qu'attirant ? Les questions affluent les unes après les autres mais là, tout de suite, il faut que j'assure devant les autres pour ne pas lui donner la satisfaction de me voir mal à l'aise.

*Prends sur toi, MacIntyre !*

Je prends cinq minutes pour me redonner figure humaine : j'ai les cheveux hirsutes et les joues rouges et enflammées par la barbe de M. Sexy. Je dois bien l'avouer, Charlie n'aurait pas pu choisir meilleur surnom !

Je regagne la table où, effectivement, mes amis sont réunis et où un burger et des frites maison m'attendent. Je commande un coca car ma conscience reprend le dessus sur la folle furieuse qui a pris le contrôle de mon corps et de mon esprit, et j'arrête l'alcool pour ce soir.

– M. Cole a dû partir, il m'a dit de te saluer, m'annonce Charlie.

– Ah ? OK, réponds-je en souriant, essayant de masquer l'irritation que cette annonce provoque en moi.

À quoi je m'attendais ? Honnêtement à tout, mais pas à ça… Je pensais qu'il aurait au moins la délicatesse de me dire au revoir après ce qui s'est passé entre nous. Il faut croire qu'il m'a bien eue sur ce coup-là et je m'en veux terriblement d'avoir été si faible, face à ce mec que j'avais finalement bien cerné le matin même.

– Allez, on attaque, je meurs de faim. Et ensuite, je vous ramène, les filles, et au lit ! plaisante Cam.

Je souris et picore distraitement mes frites en écoutant vaguement Charlie et Cam se chamailler sur le fait de savoir lequel des deux tient le mieux l'alcool. Je n'arrive pas à me concentrer sur la conversation, rejouant en boucle ce qui vient de se produire. C'est tellement surréaliste que j'ai du mal à croire que j'ai pu me faire avoir comme une bleue comme ça.

Trente minutes plus tard, nous disons au revoir à Donovan et apprenons alors que M. Cole a déjà réglé l'ensemble de toutes nos consommations.

– Ce mec a vraiment la classe ! déclare Charlie.

*Ou pas !*

Pour moi, un mec qui a vraiment la classe n'a pas à utiliser son portefeuille pour impressionner les gens. Au contraire, un mec classe l'est par des actes gratuits et bienveillants. Pour moi, un mec classe tire les autres vers le haut, or, ce soir, au-delà du sexe que je ne peux pas nier avoir adoré, je me sens mal et plus bas que terre.

# 4

Il est une heure du matin mais je prends néanmoins une douche bien chaude pour me détendre puis, épuisée, je me couche. Dans le noir, je m'autorise enfin à repenser aux événements de cette journée riche en rebondissements. La voix de la raison me serine :

*Mais qu'est-ce qui a bien pu te passer par la tête de coucher dans les toilettes d'un pub avec un mec que tu ne connais quasiment pas ? Il doit être bien content maintenant et il doit te prendre pour une fille super facile, bien joué, Marie-couche-toi-là !*

Je me retourne rageusement dans mon lit et une autre petite voix beaucoup plus cool prend alors la parole et insinue d'autres pensées dans ma tête.

*Et puis merde ! On s'en fout de tout ça, tu ne le reverras pas et c'est une petite bombe qui t'a fait jouir comme jamais ! Alors assume et dis-toi que tu as effectivement kiffé l'instant ! Tu es juste une femme respectable qui a été sexuellement active ce soir ! Deux fois !*

Mon téléphone émet un bip annonçant un message. Intriguée, je l'attrape en tendant le bras vers ma table de nuit et ouvre un SMS d'un numéro inconnu.

[Arrêtez de cogiter,
mademoiselle MacIntyre !]

Je me redresse brusquement dans mon lit.

*Mais comment a-t-il eu mon numéro de portable ?*

Ce mec a définitivement un sacré culot ! C'est comme s'il lisait dans mes pensées et il est hors de question que je lui montre qu'il a vu juste.

[Pour votre gouverne,
« monsieur Je-crois-tout-savoir »
je ne cogite pas du tout,
même si je me demande comment
vous avez eu mon numéro
de téléphone...]

Sa réponse ne se fait pas attendre :

[Tout le monde a ses petits secrets !
Je vous laisse donc
« ne pas cogiter », Sam...]

[Ne vous ai-je pas déjà précisé
que Sam était un surnom réservé
aux intimes, monsieur Cole ?]

[Le fait que mon sexe ait été en vous
il y a moins de deux heures
ne vous a-t-il pas semblé assez intime ?]

*Wow !! Touché...*

[L'intimité peut avoir une tout autre définition
et ne saurait être réduite à une partie
de jambes en l'air, monsieur Cole.]

[Vous ne pouvez pas nier que
cette partie de baise n'aurait pu avoir lieu
si vous n'aviez pas eu très envie
de me laisser « pénétrer votre intimité ».]

[Les tequilas ont fortement
contribué à ce « lâcher-prise »
qui n'a rien d'habituel chez moi !
À jeun, cela ne se serait pas produit,
monsieur Cole…]

[Si cela vous rassure de penser cela,
pas de souci. Mais ce genre de réponse
constitue à lui seul un défi,
et vous êtes parvenue
à me faire bander rien qu'à l'idée
de vous baiser à nouveau, Sam…
à jeun cette fois, cela va de soi :)
Et même si cela m'excite beaucoup
que vous m'appeliez « monsieur Cole »,
Tyler pourrait tout aussi bien convenir
car, a priori, nous n'avons pas
la même définition de l'intimité.]

Le fait qu'il mentionne son sexe a fait instantanément réagir le mien et cela me trouble. Il est temps de mettre fin à tout ça, cette conversation devient trop dangereuse pour mon équilibre !

[Bonne nuit, monsieur Cole.]

[Bonne nuit, Sam.]

Je suis presque déçue qu'il respecte ma décision de couper court. Mais qu'est-ce qui m'arrive ? Ce mec a le don de me faire tourner en bourrique. J'éteins donc la lumière et me pelotonne dans mon lit en essayant d'occulter les pensées qui s'insinuent dans mon esprit. Il faut vraiment que je mette de la distance entre cet homme et moi. Il bouscule tout ce que je suis, et c'est trop perturbant.

***

Les jours suivants, la vie a repris son cours et je n'ai plus reçu de SMS de M. Sexy. Je suis d'ailleurs partagée entre le soulagement de ne pas avoir à me confronter à lui à nouveau et l'irritation de me sentir aussi peu intéressante à ses yeux malgré ce qui s'est passé.

Depuis cette folie sexuelle, deux petites voix cohabitent dans ma tête : j'ai l'impression d'avoir affaire à deux aspects de ma personnalité bien distincts mais complémentaires. D'un côté, la voix très sage que j'ai surnommée « miss Van de Kamp », en hommage à l'héroïne trop sage de *Desperate Housewives*. C'est elle qui me rappelle à l'ordre, qui me serine que ce que j'ai fait ne me ressemble pas et qui m'a empêchée de tout révéler à Charlie. Pourtant, on ne se cache jamais rien, mais je me sens vraiment honteuse de m'être laissée aller avec ce quasi-inconnu, et je ne sais pas ce que ma meilleure amie penserait de moi en sachant tout cela.

De l'autre côté, il y a celle que j'appelle « miss Monroe », beaucoup plus fun et délurée.

Cette petite voix-là voudrait bien remettre ça au plus vite et prend un malin plaisir à me rappeler à quel point cette partie de jambes en l'air était intense. On dit que quand on ne fait pas l'amour pendant un moment, le manque ne se fait plus sentir, mais le fait d'avoir goûté à nouveau au sexe m'y a indiscutablement redonné goût.

Je travaille aujourd'hui en garde de nuit et je suis là où je suis le mieux : en salle de naissance.

– Poussez, Mary ! Oui, c'est bien ce que vous faites ! Bravo ! Là… Respirez, reprenez de l'air, oui, c'est bien. David, vous pouvez aider votre femme en plaçant votre main derrière sa nuque pour soutenir sa tête. Oui, parfait, comme ça ! dis-je pour lui donner un rôle actif à jouer, au moment où bon nombre de papas se sentent impuissants.

Lors de l'accouchement, la place du papa est très passive et frustrante malgré ce que l'on pourrait en penser. Il est très difficile pour eux de n'être que spectateurs de la naissance de leur enfant, et surtout d'être incapables de soulager la maman lors de ses efforts.

– Allez, on y retourne, la tête est sortie, une dernière poussée pour libérer les épaules et vous serez délivrée, vous pourrez enfin faire la connaissance de votre bébé. Allez, on reprend de l'air, on bloque tout et on pousse ! Oui, parfait ! Ne poussez plus, posez les fesses, Mary. Et voilà ! Votre magnifique bébé est là !

Je porte le nouveau-né sous les aisselles et le hisse alors sur la poitrine de sa mère. Il crie bien fort et sa couleur est normale, je ne m'inquiète donc pas et laisse les parents profiter de la rencontre de leur vie.

– Voulez-vous couper le cordon, David ?

Je demande toujours à mes patients de m'appeler par mon prénom pour les mettre à l'aise et souvent ils me demandent d'en faire de même.

– Oui, je veux bien, me répond le papa, des larmes plein les joues.

– Coupez entre les deux pinces, oui là, parfait, un chirurgien n'aurait pas mieux fait, lui dis-je avec un clin d'œil.

Après quelques minutes de peau à peau entre bébé et maman, pendant lesquelles je m'occupe de la patiente qui vit à présent la délivrance du placenta, je leur enlève leur petite Callie afin de procéder aux premiers examens tels que le test d'Apgar, l'examen de ses articulations ou encore la prise de ses mensurations. Puis je termine en vérifiant ce que l'on appelle les réflexes archaïques que je conclus avec le test du réflexe de la marche chez le nouveau-né, qui consiste à le faire marcher sur une surface plane en le soutenant sous les aisselles. Ce test important à vérifier est aussi celui qui plaît toujours le plus aux parents, déjà fiers des prouesses de leur bébé. Je repose finalement Callie dans les bras du papa en les informant que ma collègue va prendre le relais et procéder à sa toilette.

– Cette petite fille va très bien, mais je devais terminer ma garde il y a une bonne heure et je vais me faire taper sur les doigts si je reste encore, leur dis-je avec un clin d'œil.

– Merci beaucoup d'être restée pour aller jusqu'au bout de l'aventure avec nous, Samantha ! Vous êtes la meilleure sage-femme dont j'aurais pu rêver pour mon accouchement. Vous, plus la péridurale, c'était le top ! me dit la maman très spontanément.

– Mais de rien, Mary ! C'est toujours un plaisir de pouvoir faire connaissance avec bébé, quand on a soi-même suivi le déroulement de l'accouchement dès le début. Mais là, je vais aller me reposer et reprendre des forces avant ma prochaine garde. Encore toutes mes félicitations à tous les deux, vous vous êtes débrouillés comme des chefs !

Je suis en effet épuisée par cette garde et il est temps pour moi d'aller dormir. Je passe faire mes transmissions quand je remarque sur mon portable que ma collègue Mia Walsh me demande par SMS de la rejoindre dans son service de pédiatrie où est hospitalisé Ethan. Elle ajoute de ne pas stresser et que tout va bien, mais qu'elle veut simplement voir une petite chose avec moi. Je suis intriguée, mais Mia sait comment me rassurer et s'il y avait eu quoi que ce soit de grave, elle serait déjà venue me chercher. Son message date d'il y a déjà deux heures. Mon lit devra attendre un peu, et je vais donc en profiter pour aller dire bonjour à mon petit garçon préféré. Je passe rapidement à la cafétéria prendre un café noir *king size* ainsi qu'un donut au glaçage multicolore, et je monte au troisième étage.

Mia Walsh et moi avons commencé à travailler dans cet hôpital le même jour, et depuis notre rencontre aux vestiaires où nous passions nerveusement nos tenues pour la première fois, nous sommes devenues de bonnes amies. Elle m'a proposé le soir même de boire un verre au bar situé tout près de là et nous avons beaucoup ri en nous racontant nos premiers pas dans cet hôpital. Elle est passionnée par son métier d'infirmière et travailler en pédiatrie lui va comme un gant.

À peine ai-je franchi les portes du service que je la repère dans le couloir. Mia est une femme d'un mètre soixante, métisse, qui porte ses cheveux longs coiffés en locks. Ses yeux noirs sont très expressifs et elle me fait penser à l'une des filles du feuilleton *Cosby Show* que je regardais enfant. Elle a 32 ans, est mariée et a deux enfants. J'arrive à sa hauteur alors qu'elle est en train de regarder des résultats d'analyses sur un ordinateur. Elle se retourne vers moi et m'embrasse sur la joue.

– Comment ça va, toi ? Tu viens seulement de terminer ta garde ? demande-t-elle en voyant mes yeux fatigués.

– Oui, j'ai voulu rester pour aller au bout du truc parce que les parents étaient super sympas et je viens seulement de voir ton texto. Rien de grave ?

– Non, cela n'a rien à voir avec Ethan. Il a bien dormi et n'a pas vomi aujourd'hui. En fait, j'ai eu une réunion hier soir et je croyais que tu étais de garde de jour aujourd'hui, c'est pour ça que je t'ai envoyé ce message ce matin… Mais laisse tomber : je vais me débrouiller. Va vite au lit, tu dois être épuisée !

– T'inquiète, ça peut encore aller, j'ai pris mes munitions de caféine et je ne bosse pas avant demain, lui dis-je en lui montrant mon énorme café. Allez, vas-y, raconte, c'était une réunion à quel sujet ?

– Au sujet du fonctionnement des bénévoles visitant les enfants du service. Et étant donné que tu es la responsable des « blouses colorées », j'aurais aimé qu'aujourd'hui tu fasses visiter le service à quelques personnes qui semblent vouloir s'impliquer financièrement.

– Pas de souci, c'est à quelle heure ? Et qui sont ces gens ? demandé-je.

Mais alors que Mia s'apprête à me répondre, les portes s'ouvrent sur trois personnes qui s'approchent, et je découvre avec stupéfaction que l'une d'entre elles n'est autre que Tyler Cole ! Il est une nouvelle fois très élégant, son superbe corps musclé moulé dans un costume gris anthracite. Ses cheveux longs sont impeccablement tirés en arrière et un sourire étire sa bouche quand il m'aperçoit. Je dois être affreuse, je ne me suis pas regardée dans un miroir depuis hier et j'aimerais me cacher dans un petit trou de souris. Non seulement nous ne nous sommes pas revus depuis ce fameux soir au pub, mais il ne m'a plus donné de nouvelles non plus. Je ne sais pas quelle attitude adopter et je ne peux m'empêcher de rougir de plus belle tellement je suis surprise et nerveuse de le revoir ici.

Mia me chuchote que ce sont justement les financiers à qui

l'on doit faire visiter le service.

*Génial.*

Ils arrivent à notre hauteur et Mia leur tend la main en se présentant. M. Cole ne se départit pas de son sourire et me fixe ouvertement. Il se rend compte que je suis mal à l'aise et il ne fait rien pour me faciliter la tâche.

– Messieurs, reprend alors Mia, permettez-moi de vous présenter Samantha MacIntyre, sage-femme. C'est la personne dont je vous ai parlé hier au téléphone. Malheureusement, un malentendu au niveau des emplois du temps m'a laissé penser qu'elle serait disponible pour vous faire visiter le service, or elle vient tout juste de terminer une longue garde de nuit. Je vais donc la remplacer au pied levé.

Mes vieux réflexes ont la dent dure et j'évite soigneusement de le regarder dans les yeux. Je suis fatiguée et je n'ai pas envie de supporter ses sarcasmes alors que je suis en position de faiblesse. Je me concentre donc plutôt sur les deux autres hommes qui l'accompagnent et qui me serrent la main à tour de rôle. M. Cole me tend alors la sienne, je la serre brièvement mais je fais en sorte de ne pas prolonger ce contact avec ces mains qui ont su explorer mon intimité comme peu avant elles. Il est hors de question que je lui montre mon trouble aujourd'hui.

Je m'apprête à prendre mes jambes à mon cou – « une sage décision », me glisse miss Van de Kamp alors que miss Monroe ne peut s'empêcher de me conseiller de rester encore un peu pour profiter du physique loin d'être désagréable de Tyler Cole –, mais Mia est alors bipée et me lit à voix haute le message d'un médecin qui lui demande de l'assister afin d'intuber Noah, un enfant en détresse respiratoire. Elle a une seconde d'hésitation, mais nous nous comprenons en un regard.

– Vas-y, Mia, ne te pose pas la question. Je vais faire la visite pour toi et je passerai voir Noah avant de partir, dis-je.

– Oh ! Merci, Sam, tu es un ange !

Puis se tournant vers les trois hommes, elle ajoute :

– Messieurs, pardonnez-moi de ce contretemps, nous aurons l'occasion de refaire un point tout à l'heure si vous le voulez bien. Je vous laisse entre de bonnes mains.

– Ça, j'en suis persuadé, lui répond M. Cole, un sourire aux lèvres. À tout à l'heure, madame Walsh. Alors, mademoiselle MacIntyre, par où allons-nous commencer ? demande-t-il.

– Eh bien, à vrai dire, je ne sais même pas dans quel but vous êtes là, monsieur Cole, donc je ne sais pas ce qui doit vous être montré ou expliqué, réponds-je, les yeux toujours fuyants à droite et à gauche, alors que je sens bien qu'il s'évertue à essayer de capter mon regard.

– Alors permettez-moi de vous renseigner tout d'abord : suite à l'achat de la photo de mademoiselle Harris, mon équipe marketing, avec l'accord de mon service financier, a eu l'idée d'offrir une subvention à un service hospitalier. Logiquement, nous avons pensé l'accorder au service dans lequel est hospitalisé le petit protagoniste de ma photo. Cette photo collait parfaitement à la campagne que nous voulions mettre en place et, quand je l'ai vue, j'ai su qu'elle saurait toucher nos consommateurs. Vous savez, cet achat qui avait pour but d'aider la lutte contre le cancer a déjà eu des retombées plus que positives au niveau du public et pourrait rapporter gros. Il faut surfer sur la vague du succès quand elle se présente.

Un sourire éclaire son visage et je suis confortée dans l'idée que ce mec ne pense qu'au fric et à son image ! Comment ai-je pu me laisser endormir ? Je suis furieuse de m'être laissée avoir par un type aussi odieux et vénal et qui semble très stratège pour obtenir tout ce qu'il veut ! L'idée qu'il ait pu avoir un coup de cœur pour la toile de Charlie s'évanouit avec ses mots, et cela me déçoit un peu plus encore.

Je respire un bon coup pour m'empêcher de lancer une réplique cinglante.

– Ah ! Le retour de la fameuse respiration contrôlée, mademoiselle MacIntyre ?

– Oui, tout à fait ! Quelquefois, il vaut mieux tourner sa langue dans sa bouche avant de parler ! craché-je.

Mais je me rends compte du double sens de mes paroles et je rougis de plus belle, ce qui le fait éclater de rire !

– Mais comme je suis d'accord, mademoiselle ! me lance-t-il joyeusement devant les deux hommes qui se regardent, ne comprenant rien au double sens de notre échange, du moins je l'espère !

Je décide de commencer la visite pour en finir au plus vite et leur montre donc la salle de jeux collective des enfants, qui est vide à cette heure matinale car les soins se font dans les chambres. L'un des hommes photographie les lieux tandis que l'autre prend des notes. M. Cole, lui, est très attentif et pose même des questions pertinentes sur les besoins, autant sur les plans humain que matériel. Heureusement que je connais parfaitement ce service ! Je visite les enfants en tant que « blouse colorée » depuis un certain temps maintenant. Il m'interroge d'ailleurs à ce sujet et je lui en explique le principe :

– Deux fois par semaine, une équipe de bénévoles passe visiter les enfants malades et se déguise, chante, danse ou fait tout ce qu'il faut pour essayer d'apporter un peu de gaieté aux enfants. Nous portons tous des blouses très colorées, d'où notre surnom. Nous passons dans les chambres des petits malades pour leur proposer de la lecture, de la musique, des jeux ou des vidéos et pour ceux qui le peuvent, nous organisons des ateliers collectifs créatifs ou autres dans la salle de jeux.

M. Cole a une écoute très professionnelle et cela me rassure dans l'idée qu'il est peut-être là dans un but plus louable que je ne le pensais, finalement. Après leur avoir fait visiter les pièces communes, Mia revient vers nous. Elle me glisse à l'oreille que tout s'est bien passé et que Noah respire mieux, ce qui me soulage. Je connais bien ces enfants à force de les côtoyer et certains, comme Noah, sont très attachants.

– Je suis aussi passée voir Ethan, il est content que tu viennes le voir ce matin, me dit-elle, surtout après que je lui ai dit que j'avais repéré un donut dans ta poche !

– Oups, je suis démasquée ! Je peux ?

– Bien sûr, vu la semaine qu'il vient de passer, un peu de nourriture ne pourra lui faire que du bien, et si un donut lui fait envie, il ne faut pas hésiter ! Vas-y, je prends le relais.

– Merci, Mia, alors je vais vous laisser, messieurs, dis-je en me retournant vers eux et en regardant droit dans les yeux M. Cole pour la première fois.

Il me fixe intensément un instant puis, sérieusement, me demande :

– Pardonnez mon indiscrétion, mais ce petit Ethan ne serait-il pas le petit garçon de la photo ?

– En effet, répond Mia, et il n'en est pas peu fier !

– Tant mieux ! Croyez-vous qu'il serait possible de saluer ce jeune homme ? demande-t-il à Mia en continuant à me regarder.

– Oh ! Je crois qu'il en serait ravi, tu ne penses pas, Sam ? demande ma collègue avec enthousiasme.

Je suis également certaine que Ethan adorerait, mais je veux le protéger.

– Entendu, mais aucune photo de lui et surtout pas trop longtemps, s'il vous plaît, il a eu une séance de chimiothérapie difficile en début de semaine et il s'en remet à peine.

– Je suis entièrement d'accord avec tes consignes, me soutient Mia, par contre, si ça ne te dérange pas, du coup, je vais encore vous abandonner car ça sonne à la 324.

– Pas de souci, vas-y !

M. Cole se tourne alors vers ses collaborateurs et leur propose de rentrer sans lui au bureau afin qu'il n'y ait qu'un seul inconnu dans la chambre. Je trouve cela très prévenant et je l'en remercie. Ses employés prennent donc congé. Nous marchons tous les deux en silence dans le couloir que je connais par cœur. Nous sommes côte à côte, pas si proches que cela, mais je peux néanmoins sentir son parfum délicieux et enivrant, qui a contribué à me faire chavirer l'autre soir. Je bois une gorgée de café pour me donner une contenance et me remettre les idées en place, et, sans avoir échangé un seul mot, nous arrivons rapidement devant la chambre 203.

# 5

Je marque une pause pour lui rappeler que, comme sur la photo, Ethan n'a plus de sourcils ni de cheveux à cause de son traitement, et je lui demande donc de ne pas être surpris et d'essayer de ne rien laisser paraître. Il hoche la tête, ne dit rien, mais son air se fait très sérieux tout à coup.

Je frappe notre « code » : trois coups rapides suivis de quatre autres plus espacés et sa voix frêle m'invite à entrer. Le petit garçon est assis sur son lit, en pyjama, et en effet, il n'a pas la mine des meilleurs jours. Il a les traits tirés et des cernes noirs sous ses jolis yeux, mais bien entendu je ne lui montre rien de mon inquiétude.

– Bonjour, monsieur, c'est vous qui avez commandé un donut ?

– Ouiii, c'est moi ! dit-il en riant et en cherchant des yeux où peut être caché le gâteau.

– Alors génial, car il se trouve qu'un livreur en a déposé un dans ma poche, lui dis-je sérieusement.

– Menteuse ! Je sais que tu l'as acheté pour moi, Sam !

– Tu es drôlement malin, tu me connais trop bien, mon chéri, lui dis-je en lui donnant son donut.

Il le pose délicatement sur sa table de chevet puis se redresse sur le lit et, tout en faisant attention à ses perfusions, m'entoure de ses petits bras. C'est la meilleure sensation au monde. Je le serre fort en retour. Il me dit alors d'une voix toute douce :

– Je t'aime, Sam.

– Je t'aime aussi, mon chéri, lui dis-je en prolongeant encore un peu notre étreinte.

Ces mots prononcés si naturellement me touchent en plein cœur comme à chaque fois.

– Bonjour Mimi, dis-je en m'adressant à son doudou en forme de koala, comment te sens-tu aujourd'hui ?

– Il est fatigué et il a mal au ventre, alors Mia a dit qu'on allait avoir un cachet tout à l'heure mais que c'est trop tôt.

– Tu es un koala très courageux, Mimi ! dis-je en faisant un clin d'œil à Ethan, qui regarde derrière moi.

Je me retourne alors vers la porte d'entrée où M. Cole est resté en retrait. Il semble un peu intimidé, son regard est teinté d'une douceur que je n'ai encore jamais perçue chez lui. Gentiment, il sourit à Ethan.

– Mon chéri, je voudrais te présenter quelqu'un.

Il regarde M. Cole qui s'approche doucement du lit.

– C'est ton amoureux ?

– Non, mon chéri, réponds-je, mes joues rougissant encore de plus belle.

Foutue manie ! Je risque un regard vers M. Cole qui me sourit à pleines dents désormais et qui hausse un de ses sourcils, faisant mine d'attendre que je m'explique. Mais je continue en disant à mon petit bonhomme que c'est le monsieur qui a acheté la photographie de nous deux, prise par Charlie !

Le regard d'Ethan s'illumine alors et il s'exclame :

– Waouh ! C'est vous qui avez donné plein de sous pour aider les docteurs à trouver des remèdes contre le cancer !

Sa spontanéité nous fait sourire.

– Si je pouvais aider les docteurs à guérir tous les gens malades, j'en donnerais encore plus, mon bonhomme ! Je m'appelle Tyler Cole, et toi ? demande-t-il en s'approchant du lit.

– Je m'appelle Ethan Smith, récite-t-il fièrement.

– Et tu as quel âge, Ethan Smith ?

– Cinq ans, Tyler Cole, lui répond-il de la même manière.

– Tu as l'air d'aimer les donuts, Ethan, alors tu devrais le manger car il est tellement appétissant que je risque de le dévorer, sinon ! plaisante-t-il.

– Tu en veux un morceau ? demande naturellement Ethan, ce qui semble attendrir M. Cole.

– Non merci, j'ai déjà pris mon petit déjeuner, répond-il doucement.

Je n'aurais pas pensé que cet homme si froid puisse être capable d'être aussi doux et gentil avec un enfant. Mes certitudes à son sujet en prennent un petit coup, mais je sors de mes réflexions quand Ethan me demande :

– Sam, tu en veux ?

– Non merci, mon chéri, j'ai mon café et je ne vais pas rester très longtemps, je vais aller me coucher car j'ai travaillé toute la nuit.

– D'accord, tu reviens quand ?

– Demain, ça te va ? Je commence mon service à six heures. Je passerai te voir dans la matinée, si une horde de bébés ne décide pas de naître en même temps !

L'image le fait rire et il poursuit :

– OK, en plus comme je dois faire un atelier pâtisserie avec Phil à dix heures, tu pourras manger un bout de mon gâteau !

– J'ai déjà hâte d'y goûter, mon chéri.

Je lui refais un gros câlin, lui mets la bonne chaîne de télé pour qu'il ne loupe pas son dessin animé préféré et, après que M. Cole l'a salué, nous sortons tous deux de la petite chambre.

Nous faisons quelques pas quand il me demande :

– Vous êtes comme ça avec tous ces enfants ou Ethan a-t-il droit à un traitement de faveur ?

– C'est mon petit protégé. C'est une longue histoire entre nous.

– D'accord, me répond-il simplement, en respectant mon jardin secret. Il souffre d'un léger bec-de-lièvre, non ?

– En effet.

– Et ça n'est pas opérable ? demande-t-il, visiblement intéressé.

– Si, mais son histoire est un peu plus complexe que celle des autres enfants, me contenté-je de lui répondre, ne voulant pas trop en divulguer à un homme que je ne connais presque pas.

Son attitude avec Ethan m'a un peu radoucie, mais je ne veux pas trop baisser ma garde.

Nous marchons jusqu'au hall d'entrée de l'hôpital et sortons. Aucun de nous ne semble savoir quoi dire. Nous nous retrouvons face à face pour nous dire au revoir. Des images de l'autre soir me reviennent alors subitement, et je mordille ma lèvre inférieure, un peu embarrassée. Ses yeux se rivent instantanément sur ma bouche. Mes deux petites voix recommencent à se disputer : miss Van de Kamp me recommande de prendre mes jambes à mon cou tandis que miss Monroe (celle que j'apprécie de plus en plus !) me conseille de prolonger l'instant.

Mais mes réflexions intérieures sont interrompues par M. Cole qui me dit :

– Écoutez, je dois y aller. Sachez que cette visite m'a inspiré ! J'ai deux ou trois idées à soumettre à mes collaborateurs, mais je souhaiterais en reparler avec vous. Pourrions-nous nous voir en fin de journée pour que vous me donniez les infos qui pourraient me manquer ?

– Eh bien, euh… je ne sais pas. Oui, pourquoi pas, où souhaitez-vous que l'on se voie ?

– Il y a un établissement, Le Ned, tout près de mes bureaux, peut-être pourrions-nous nous y retrouver ? Ils font les meilleurs cocktails de Londres, ajoute-t-il comme si cet argument pouvait me motiver encore plus à le revoir.

– Alors d'accord.

– Soit ! Alors, à ce soir, Sam ! me dit-il en prononçant mon prénom avec un air de défi.

– À ce soir, monsieur Cole, réponds-je malicieusement, ce qui lui fait instantanément lever les yeux au ciel et sourire avant d'ajouter :

– Je n'ai jamais autant galéré pour entendre mon prénom dans la bouche d'une femme !

– Tout vient à point…

– … à qui sait attendre ! De toute façon, sachez que j'arrive toujours à mes fins, mademoiselle MacIntyre !

– C'est une mise en garde ?

– Plutôt une promesse ! Je vous envoie l'adresse du bar par SMS.

– Merci, euh… bafouillé-je bêtement, tandis qu'il regagne déjà son véhicule avec chauffeur sans m'accorder un regard de plus.

Ce mec est définitivement trop compliqué à suivre et je suis trop crevée pour essayer.

***

Je bois mon café quand mon téléphone émet un son annonçant l'arrivée d'un SMS.

[J'espère que vous avez bien dormi.
Inutile que je vous donne l'adresse du Ned,
mon chauffeur passera vous chercher à 17 h 30
chez vous si vous me donnez vos coordonnées.]

Reposée et d'humeur taquine, je lui réponds :

[Bien joué, le coup du chauffeur,
monsieur Cole. Serait-ce un moyen
détourné de découvrir où j'habite ?
Quoi qu'il en soit, je peux prendre le bus !]

[Pourquoi prendre un bus bondé
quand vous pourriez être
confortablement installée ?]

[Va pour le chauffeur.
Merci, à tout à l'heure.]

Je lui envoie mon adresse dans un dernier SMS et, sans réponse, je file sous la douche pour essayer d'être plus jolie que ce matin, ce qui ne me semble pas trop compliqué. D'après Google, Le Ned semble être un club chic et je choisis donc la seule tenue habillée que je possède, à savoir une jupe trapèze de couleur crème que j'assortis à un petit chemisier noir assez sage mais doté d'un joli décolleté. Je sublime ma tenue avec des escarpins noirs à talons qui ont le mérite de rallonger mes jambes. Mes longs cheveux bruns et lissés tombent bas dans mon dos, et mon maquillage est léger, comme d'habitude.

Je me regarde et suis assez satisfaite de mon reflet, même si je ne suis jamais vraiment sûre de moi. J'aurais aimé demander conseil aux jumeaux, mais ils ne sont pas chez eux à cette heure-ci et, de toute façon, je ne leur ai pas parlé de ce qui s'est passé l'autre soir. Je garde donc mon « petit » secret pour moi, car je ne suis pas prête à leur avouer que j'ai lamentablement échoué à résister à ce connard arrogant et que j'ai couché avec lui dans les toilettes du pub de notre pote… Je suis d'ailleurs assez stressée de repasser un moment seule avec lui.

À dix-sept heures trente précises, je sors de l'immeuble quand une belle BMW série 7 noire aux vitres teintées s'immobilise devant mon escalier.

Un homme en descend. Il doit avoir une petite cinquantaine. Il est très élégant en total look noir, avec une chemise blanche qui tranche avec le reste de son uniforme. Il est assez grand et svelte, chauve, mais il arbore une barbe grise de biker qui lui donne beaucoup de style.

– Jack, pour vous servir, mademoiselle MacIntyre. Permettez ? me demande-t-il en ouvrant la portière. Les conditions de route devraient nous permettre d'être à l'heure, m'annonce-t-il.

– Génial ! réponds-je un peu gauchement.

Il me sourit avec gentillesse et je m'assieds à l'arrière, dans un intérieur tout en cuir, noir également. Je n'ai jamais mis les fesses dans une voiture aussi classe et je ne suis pas du tout à l'aise. Le trajet se déroule donc dans un silence quasi religieux et j'imagine que si je ne suis pas la première à parler, Jack considère probablement qu'il doit respecter ce désir. Il immobilise finalement la voiture devant un grand hôtel de luxe surplombé de lettres d'or : Le Ned. Je vais pour ouvrir ma portière, mais me ravise en voyant Jack faire le tour de la voiture. Il m'ouvre en effet la porte et je le remercie. Il me sourit et s'éclipse après m'avoir dit que M. Cole m'attend au bar lounge à l'intérieur. Je pénètre donc dans cet endroit si luxueux. Un hall immense, tout en marbre, se dresse devant moi, et je me sens toute petite sous les hauts plafonds qui me semblent interminables. Un homme en uniforme s'approche de moi et me propose son aide, puis m'indique l'emplacement du bar en m'y conduisant.

J'entre donc dans une autre salle, encore une fois immense et décorée de façon très élégante et dans un style mêlant le moderne à l'anglais ancien. De moelleux canapés et fauteuils en velours vert se dressent autour de jolies tables en bois foncé tandis que, devant un bar rutilant, sont alignés des tabourets modernes et originaux. Je n'ai pas l'habitude de fréquenter ce genre de lieux et je dois avouer que je suis impressionnée.

Je le repère alors, assis à une table derrière une grosse colonne, dans un coin un peu reculé et cosy du bar. Dès qu'il m'aperçoit, il se lève et me détaille des pieds à la tête. Son regard appréciateur me flatte et me trouble à la fois. Je remarque que lui ne porte pas de veste, mais une cravate noire sur une jolie chemise blanche dont il a relevé les manches, dévoilant ses bras tatoués. Il arbore toujours aux doigts les bagues en argent qu'il ne semble pas quitter. Habituée à m'intéresser aux tatouages grâce à Cam entre autres, j'ai beaucoup de mal à m'empêcher de les regarder. Il me tire le fauteuil afin que je m'asseye et commande immédiatement un whisky *on the rocks* ainsi qu'un cocktail au nom exotique. Je lui dirais bien que je suis capable de choisir, mais je décide de rester courtoise et de paraître à l'aise dans cet univers totalement inconnu pour moi.

– Vous êtes superbe, Sam ! Je vais avoir du mal à me concentrer.

– Merci, vous n'êtes pas mal non plus ! dis-je, les yeux encore une fois attirés par ses tatouages et les désignant d'un mouvement de tête.

Il avance spontanément ses avant-bras massifs face à moi et je me penche pour les détailler. Les dessins sont réalistes et très bien réalisés. Cameron a dû apprécier leur qualité quand Tyler est passé le voir à son salon l'autre jour. À première vue, les professionnels qui l'ont tatoué sont plus qu'expérimentés. J'observe, au-dessus de sa grosse montre, sur son avant-bras gauche, une tête de mort dont le crâne est surmonté d'une montre brisée en mille morceaux, ainsi qu'un enchevêtrement de dessins plus complexes les uns que les autres et ayant certainement une signification personnelle. Son avant-bras droit est entièrement recouvert d'une manchette, composée de courbes et de lignes de style maori. En ayant déjà observé plusieurs, je remarque des symboles tels que la tortue ou les coquilles. Je me demande jusqu'où ce tatouage remonte car ses manches sont roulées seulement jusqu'au coude. Je relève les yeux et je m'aperçois qu'il sourit. Mon « examen » ne semble pas l'avoir embêté.

– Ils sont superbes, vous savez choisir vos tatoueurs !

– C'est bien pour cela que dès que j'ai vu les bras de M^lle^ Harris, j'ai foncé au salon de son frère ! Chaque tatouage a une signification particulière et j'ai depuis longtemps une idée complexe sur laquelle planche d'ailleurs Cameron. Je suis impatient de voir ce qu'il va me proposer !

– Il est incroyablement doué, et je ne dis pas ça parce qu'il est mon meilleur ami.

– J'ai pu le constater en regardant son book ainsi que les photos de son site Internet. Il m'inspire confiance et c'est impératif en ce qui concerne cet art.

– Je suis complètement d'accord. Allez-y les yeux fermés, aucun autre tatoueur ne vous proposera mieux que Cam !

Un serveur dépose nos verres et pose devant moi un joli cocktail coloré tout en dégradés de rouges, servi dans un verre à pied de forme triangulaire et surmonté d'une framboise ! Je goûte du bout des lèvres, moi qui ne suis pas habituée aux alcools un peu forts, mais je suis agréablement surprise par le goût délicieux de la framboise qui prédomine sur le reste.

– Mmmh, c'est délicieux.

– Oui, je vous avais bien dit qu'ils servaient les meilleurs cocktails de la ville, dit-il en me souriant.

Je me détends un peu et le deuxième verre de la même mixture fait des miracles pour m'y aider.

Notre conversation sur les tatouages se poursuit un peu et je le trouve alors très passionné et donc beaucoup plus naturel. Il me regarde encore dans les yeux alors que j'ai beaucoup de mal à soutenir son regard clair si profond. Je n'ai jamais vu de tels yeux et j'évite de trop m'y attarder de peur de perdre le fil. Plusieurs fois, alors qu'il baisse son regard pour me décrire ses dessins, je me surprends à le détailler un peu plus, discrètement. Quand il décide finalement d'aborder la question de l'hôpital, je lui demande une minute, puis je rejoins les toilettes et me passe un peu d'eau sur le visage pour essayer de garder l'esprit clair. Ces cocktails sont super traîtres et ce mec aussi, en un sens. Il a beau m'énerver, son côté sexy et séducteur m'a déjà assez joué de tours, alors il faut que je me force à me concentrer uniquement sur le boulot.

Je regarde autour de moi et me rends compte du luxe de ces WC ! Tout y est en marbre et il y a même des échantillons de produits cosmétiques luxueux mis à disposition ! Je me mets donc un peu de gloss d'une marque hors de prix, face au miroir qui recouvre totalement un pan de mur, quand la porte s'ouvre et que M. Cole entre nonchalamment dans cette pièce réservée aux femmes. L'intensité de son regard fixé au mien me trouble au plus haut point. Je me retourne doucement et l'air se charge subitement en électricité. Je me force à rester immobile, malgré les battements de mon cœur qui s'emballent.

*Ah non, pas encore, hein !* me gronde miss Van de Kamp. *Il est abonné aux toilettes, ce mec, ou quoi ? Sois forte, cette fois !*

Mais je ne l'entends qu'à peine, hypnotisée par l'homme qui ne me quitte pas des yeux. Ce mec est une bombe et j'avoue que j'aimerais beaucoup découvrir si d'autres tatouages décorent son corps musclé. Il s'approche lentement et, sans un mot, dépose un baiser dans mon cou, ce qui me fait frissonner.

Je garde les mains derrière moi agrippées au lavabo en marbre pendant qu'il me détaille, comme un prédateur observe sa proie. Je suis d'ores et déjà à sa merci et il le sait. Je crois qu'il n'y a personne d'autre à part nous mais je ne peux en être vraiment certaine et je jette un regard inquiet aux portes des cabines. D'un geste doux, il m'invite à ne me concentrer que sur lui en relevant mon menton, de façon à ce que je ne puisse rien faire d'autre que de plonger mes yeux dans les siens, qui semblent définitivement avoir ce pouvoir de m'hypnotiser.

Il se penche un peu et fait glisser délicatement sa main droite de mes mollets vers mes cuisses, relevant ma jupe au passage. Il ne cesse de déposer des baisers dans mon cou, ce qui me fait gémir doucement tandis que sa main gauche déboutonne lentement mon chemisier et se glisse sur l'un de mes seins par-dessus mon vêtement. Je ne me reconnais pas, tant cet homme parvient à enflammer mon corps et mon esprit. Alors que je sais qu'il faudrait lui résister, je suis subjuguée par son audace. Son autre main atteint le petit bout de tissu qui me fait office de culotte et ses doigts m'effleurent sans se presser, ce qui a pour effet de m'exciter encore plus. J'ai l'impression d'être comme détachée de mon esprit et je n'arrive pas à réfléchir. Je me contente de me concentrer sur ses caresses et sur la sensation de ses mains sur ma peau. Personne ne m'a jamais fait perdre pied de la sorte et je suis plus excitée que jamais. Alors, toujours très délicatement, il se baisse pour descendre mon tanga le long de mes jambes et le range comme un trophée dans sa poche. Comme rappelée à l'ordre par ce geste un peu trop pour moi, je reprends alors peu à peu mes esprits et panique à l'idée que quelqu'un entre à ce moment précis.

– Joker ? lui soufflé-je, presque à regret.

Il me désire et le renflement dans son pantalon au tissu léger me le prouve une nouvelle fois, ce qui me flatte et m'excite aussi au plus haut point. Mais il respecte ma demande et, comme pour me rassurer, passe ses mains dans ma nuque et m'embrasse avec douceur avant de se reculer et de m'offrir l'un de ses sourires ravageurs. Alors, sans un mot, et après m'avoir jeté un long regard plein de promesses, il quitte la pièce comme il est arrivé, me laissant toute pantelante et me sentant tout à coup ridicule de ne pas être capable de calmer les battements de mon cœur.

*Mais bordel ! Qu'est-ce qui t'a pris ?* me demande miss Van de Kamp de sa voix stridente.

Je ne me suis jamais comportée comme cela de ma vie. Je n'ai rencontré ce mec que deux ou trois fois et, à chaque fois, je finis en train de me faire tripoter, voire pire, dans les toilettes de l'endroit où nous nous trouvons. Je suis mortifiée ! Mais qu'est-ce qui m'arrive ?

Je me contemple dans le miroir : j'ai les lèvres encore gonflées, mes yeux sont brillants et mes pommettes toutes roses et, surtout, je suis horriblement gênée de m'être à nouveau laissée aller ! C'est fou ce que ce mec éveille comme pulsions en moi. Je sens comme cet homme sexy me désire et cela me fait du bien, à moi qui ne me suis jamais sentie aussi désirable ou attirante, mais j'ai cette part de moi toujours peu sûre d'elle et trop raisonnable qui me pousse à freiner des quatre fers dès que la situation m'échappe un peu trop.

Je mets vite fin à mes réflexions intérieures et, après m'être à nouveau appliqué du gloss pour la deuxième fois en moins de cinq minutes, je retourne à notre table. Il n'est pas là. Mon cœur se remet à battre précipitamment. Serait-il possible qu'il se soit enfui comme la première fois, m'abandonnant comme un vieux mouchoir dont il s'est servi et qu'il jette après ? Mes pensées se bousculent. Se peut-il qu'il ne m'ait invitée que pour se livrer à un jeu malsain ? Ma gorge se noue malgré moi, ma colère monte et mon cœur s'emballe. Mais quelle idiote je fais ! Il faut que je sorte d'ici au plus vite. Je fais volte-face mais une main se pose au creux de mes reins et il me glisse à l'oreille :

– Je rêve ou tu comptais m'abandonner dans ce bar pendant que je réglais la note ?

Il n'est pas parti. J'ai eu tellement peur que le scénario se reproduise une deuxième fois que je me sens rassurée. Doucement, mon cœur reprend peu à peu son rythme normal. Je bafouille, ne sachant pas trop quoi répondre, et ça le fait rire, ce qui me détend aussi. Il enchaîne :

– Nous n'avons même pas abordé le sujet qui nous intéresse. Je t'invite à dîner chez moi, si tu es d'accord, afin que nous passions aux choses sérieuses, me propose-t-il.

– OK, lui réponds-je, mais seulement si vous… euh, si tu me rends ma petite culotte avant.

Cela le fait sourire, et il me répond avec des yeux pétillants de malice qu'il n'en est pas question. Je râle un peu, mais, ne pouvant pas faire d'esclandre ici, j'accepte son invitation et il me guide vers la sortie, sa main toujours plaquée en bas de mon dos. C'est bête mais c'est la première fois que je sors sans culotte et je me sens à la fois gênée mais surtout audacieuse. Le désir qu'il a réveillé en moi tout à l'heure ne semble pas vouloir s'éteindre facilement, d'autant que sa main ne quitte pas mon dos. De la fille la plus raisonnable de la terre, je passe à cette fille qui accepte de suivre un homme qu'elle connaît à peine jusque chez lui et qui, pour couronner le tout, a son tanga caché dans sa poche. Si on m'avait dit il y a quelques jours que j'allais vivre cette situation surréaliste, jamais je ne l'aurais cru !

Son chauffeur est garé devant l'hôtel et nous ouvre la porte arrière de la berline. Est-ce qu'il nous attend depuis qu'il m'a déposée ?

Nous démarrons et Jack nous annonce que nous devrions arriver chez M. Cole d'ici une vingtaine de minutes. Tyler le remercie et prend un appel sur son portable. Je l'écoute parler d'investissements et de fonds budgétaires. Il demande à son interlocuteur de s'en occuper car il est en rendez-vous d'affaires, ce qui me fait sourire, car pour l'instant notre « rendez-vous d'affaires » me semble assez peu orthodoxe.

Il raccroche, range son portable dans la poche de sa veste et, comme si cela était parfaitement normal, en sort ma petite culotte. Il la tient dans sa main et me regarde, un air de défi et une lueur amusée dans les yeux. Je jette immédiatement un coup d'œil dans le rétroviseur central pour voir si son chauffeur regarde mais il est concentré sur la route. Tyler fait remonter la vitre de séparation entre Jack et nous pour qu'il n'entende pas notre conversation, mais cette vitre, même teintée, est transparente et j'ai peur qu'il puisse nous voir. Je ne peux m'empêcher de me demander ce qu'il a derrière la tête. Étonnamment, je n'ai peur que d'être vue par Jack, et cette constatation intérieure me trouble. Après tout, je pourrais avoir peur de ce qui va m'arriver, or je suis plutôt intriguée.

– Rends-la-moi ! dis-je tout bas en essayant de l'attraper.

– Et si je souhaite la garder ? demande-t-il en affichant un sourire satisfait et en l'éloignant de ma portée.

– Il n'en est pas question, elle ne t'irait pas, de toute façon !

Il éclate de rire.

– Et il est hors de question que tu la gardes comme un trophée, ajouté-je.

– Ça n'est pas du tout cela, je te la rendrai tout à l'heure quand je serai sûr de ne pas avoir de barrière inutile entre mes doigts et…

– Chuuut ! Arrête ça ! Oui, j'ai été faible, mais tout cela est bizarre pour moi, tu sais, et oui je sais qu'il faudrait vraiment que j'arrête de…

Sa bouche se plaque alors sur la mienne, m'empêchant de continuer à parler, tandis que l'une de ses mains se cache dans mes cheveux et que l'autre se pose sur mes cuisses serrées. Je tente mollement de me rebeller, mais plus sa langue taquine la mienne, plus je sens ma détermination à lui résister se faire la malle, au grand dam de miss Van de Kamp.

Cet homme sait y faire et je ne peux pas lutter contre lui. J'ai beau essayer, son odeur et la douceur de ses lèvres me rendent dingue. L'une de ses mains caresse mes cuisses par-dessus le tissu de ma jupe, et je pose une main sur la sienne même si je ne sais pas vraiment si c'est pour lui intimer d'arrêter ou de continuer. Il n'interrompt jamais notre baiser qui se fait de plus en plus passionné. Je garde néanmoins les yeux ouverts et n'arrive pas à me détendre. Je me sens gênée et jette des regards incessants vers Jack qui, lui, reste imperturbable. Sentant que je suis mal à l'aise, il interrompt alors notre échange, me sourit et dépose finalement un léger baiser sur ma bouche en rangeant ma culotte dans la poche de sa veste, me laissant haletante, un peu frustrée, mais surtout plus perdue que jamais. Ce mec souffle le chaud et le froid et j'ai bien conscience qu'il joue avec mes nerfs, ce qui m'énerve au plus haut point et, paradoxalement, attise mon désir pour lui. Je recommence à bouillir intérieurement de ne pas être capable de le repousser purement et simplement. Ça serait tellement plus simple. Je ne me suis jamais laissée porter de la sorte avec aucun autre homme et cela me perturbe. À cet instant précis, je me pose mille questions. J'ai vraiment besoin de reprendre le contrôle de mes émotions. Tout cela ne me ressemble tellement pas. Je me rassieds bien sagement, avec le plus de dignité possible vu la situation, mais déjà la voiture s'engouffre dans l'allée d'une propriété privée, et la maison qui apparaît devant moi me fait me redresser tant elle est sublime.

– Bienvenue chez moi, m'annonce Tyler en souriant devant mon air émerveillé.

# 6

Jack m'ouvre la portière et je me tiens devant la plus jolie maison que j'aie jamais vue. Il fait presque nuit, les lumières extérieures sont allumées et la mettent encore plus en valeur grâce aux teintes chaudes qui la décorent. Sur la façade, il y a d'immenses baies vitrées, certaines nues et d'autres voilées de beaux tissus blancs.

Tyler m'aide à descendre de la voiture en me proposant sa main, et nous montons les marches en marbre qui mènent à la porte d'entrée quand un homme nous accueille :

– Bonsoir Tyler, et bonsoir à vous, mademoiselle.

– Samantha MacIntyre, je te présente Victor Morisson.

– Enchantée, monsieur Morisson.

– Mais tout le plaisir est pour moi, mademoiselle MacIntyre.

C'est un homme souriant d'une petite quarantaine d'années. Ses cheveux sont poivre et sel, il arbore une moustache savamment recourbée aux deux extrémités et porte un costume classique. Mais le détail qui le différencie des autres majordomes traditionnels est que ses oreilles sont percées et qu'il porte des écarteurs. Victor nous annonce que le dîner est prêt à être servi dans la salle à manger. Il dénote tellement dans ce décor guindé qu'il m'inspire immédiatement confiance.

Tyler le remercie et me guide donc sur la droite vers une salle à manger décorée dans les tons beige et blanc. Un autre pan de mur, recouvert de bois et contrastant avec ces tons neutres, donne un côté chaleureux à la pièce.

La table est en verre et démesurément grande. Le couvert y est déjà dressé pour deux personnes.

Tyler tire ma chaise et je m'assieds. Encore une fois, je ne me sens pas dans mon élément dans ce décor si bourgeois. C'est si éloigné de ma petite vie toute simple que j'ai la sensation de dénoter.

– Quand je réglais l'addition au Ned, je me suis permis d'appeler ici et de demander à ma cuisinière de préparer un repas pour nous, je me suis dit que tu aurais peut-être faim, dit-il en me faisant un clin d'œil.

– C'est gentil, mais je ne… Je suis toujours très mal à l'aise quand vous… euh… quand tu es dans les parages, et le luxe de cette maison ne m'aide pas à me détendre, dis-je. Je suis désolée, je ne suis pas habituée à tout cela, tu dois me prendre pour une idiote. J'ai tendance à trop parler et à dire les choses telles que je les ressens quand je suis nerveuse, désolée. En fait, parler d'un sujet aussi important que la lutte contre le cancer ici me paraît presque décalé.

– Waouh ! s'exclame-t-il. Et tout ça sans reprendre ta respiration ?

Je lui souris mais je décide de jouer franc-jeu et continue sur ma lancée :

– Écoute, Tyler, à vrai dire je suis stressée car je m'en veux d'avoir craqué. Ce qui s'est produit l'autre soir n'est pas dans mes habitudes, je ne suis pas une fille facile, donc je ne veux pas que tu penses que…

– OK ! Stop, respire, et voyons si je peux répondre un peu à certaines de tes interrogations, « mademoiselle Je-réfléchis-trop » !

Cela me fait sourire qu'il emploie à nouveau ce terme, je relâche l'air que je bloquais sans m'en rendre compte dans mes poumons et il poursuit :

– Alors voyons, par où commencer ? Je suis obligé de te contredire sur le premier point : je ne te trouve pas toujours mal à l'aise en ma compagnie. En tout cas, je trouve même notre relation plutôt facile à certains moments précis de nos entrevues !

Je suis sur le point de lui couper la parole, mais il lève un doigt autoritaire, m'intimant de le laisser continuer. Je le laisse donc poursuivre.

– Je suis désolé d'avoir les moyens de pouvoir me payer cette maison trop « luxueuse » à ton goût, mais elle est l'endroit où je vis et tu vas devoir faire avec pour ce soir. Je ne te considère pas du tout comme une idiote, bien loin de là, et le fait que tu me dises tout ce qui te passe par la tête m'amuse et me change des hypocrites que j'ai l'habitude de côtoyer bien trop souvent. Enfin, parler du cancer ici ou dans un bureau lambda ne changera rien, selon moi, au fond de la discussion que nous allons avoir à ce sujet. Enfin, je ne te juge pas comme une fille facile, alors ne réfléchis pas trop.

– Oui, mais je ne comprends pas…

– Pourquoi vouloir tout analyser, Sam ? Nous sommes indiscutablement très attirés l'un par l'autre, pourquoi ne pas juste profiter des instants éphémères qui s'offrent à nous ? Tout le monde te le dira, Sam, je suis un homme qui profite des plaisirs de la vie, sans attache ni engagement, alors ne te pose pas trop de questions ! Que dirais-tu de manger à présent ? me propose-t-il comme pour couper court à cette conversation.

– Je meurs de faim, en effet, lui réponds-je, me sentant légèrement mieux après ces paroles franches.

Ses mots sont justes et je ne peux le contredire sur aucun point.

Je dois même avouer qu'entendre de sa bouche que je l'attire me flatte un peu trop. Je prends donc le parti une nouvelle fois de vivre cette soirée sans me poser trop de questions.

Nous dégustons les plats délicieux préparés par sa cuisinière en parlant sérieusement cette fois du sujet initial dont nous devions débattre : il m'annonce qu'il a eu une idée suite à sa visite de ce matin.

Tohana & Cole est une multinationale spécialisée dans le parfum et les produits cosmétiques de luxe. Il a réuni une équipe spéciale car il souhaite participer activement à l'amélioration de la vie des enfants malades atteints, en l'occurrence, du cancer. Il souhaite signer un partenariat avec le service de pédiatrie de Saint-Thomas Hospital afin qu'il soit le premier établissement à tester et à profiter des retombées éventuelles de cette idée.

Il m'explique qu'il souhaite qu'un pourcentage des ventes de ses produits en Angleterre (puis dans le monde, si le test s'avère positif) soit reversé à la lutte contre le cancer et que la moitié de cette même somme soit utilisée pour améliorer le quotidien des enfants hospitalisés en Angleterre. Il pense créer une campagne de sensibilisation auprès de ses clients potentiels qui pourraient, en achetant ses cosmétiques, participer à cette bonne action. Et comme dans moins de quatre mois nous serons à Noël, cela pourrait représenter des sommes non négligeables.

– Mais c'est une fabuleuse idée ! Et comment souhaites-tu améliorer le quotidien des enfants ? demandé-je, agréablement surprise par la teneur de ce projet.

– Eh bien ! C'est là que j'aimerais que tu interviennes, Sam. Mon équipe travaille sur ce projet et j'aurai bientôt les chiffres potentiels qui pourraient être attribués à Saint-Thomas, sur la base de nos ventes des années précédentes. D'ici quelques jours, tout sera plus précis. Et je souhaiterais que tu sois notre interlocutrice privilégiée pour nous aider à décider comment utiliser, au sein de ce service, les sommes mises à disposition. Tout cela est encore flou, mais je sais que tu es très impliquée et j'aime savoir à quoi et comment est utilisé mon argent. Je pense, d'après ce que j'ai vu ce matin, que tu saurais être impartiale et juste, dit-il en ponctuant ses paroles d'un hochement de tête décidé.

– Waouh, c'est très excitant ! Et très généreux de ta part ! Je suis impressionnée !

– Eh bien, ça n'est pas non plus à sens unique. L'image de T. & C. Cosmetics n'en serait que plus valorisée et, d'après mes conseillers financiers, nous pourrions même en sortir gagnants, ou du moins ne pas donner cet argent « à perte ». Tout est réfléchi et rien n'est gratuit en affaires, Sam. Il faut savoir miser quelquefois sur le bon cheval pour que ça paye…

– Et qu'est-ce que tu attends de moi, exactement ? À vrai dire, entre mon métier, mon bénévolat avec les « blouses colorées » et ça en plus, je ne sais pas si je pourrai tout concilier.

– Tu en seras capable, je pense, et tu ne seras pas seule… mais pour l'instant rien n'est fait donc je te demande juste d'y réfléchir un peu, le temps que tout cela devienne moins abstrait. Bien entendu, tu percevrais une rémunération, cela va de soi, ajoute-t-il le plus sérieusement du monde, ce qui me donne tout à coup l'impression d'être face à un potentiel employeur.

– Eh bien, je vais y réfléchir. Je suis touchée que tu aies pensé à moi… Tu me connais à peine, pourtant, et tu ne sais pas ce dont je suis capable.

– J'ai vu comme le regard des enfants s'illumine quand tu entres dans leur chambre et comme tu es passionnée quand tu parles des actions des « blouses colorées » ou des besoins et des lacunes du service. C'est rafraîchissant de voir des personnes comme toi qui ne sont pas obnubilées par le côté matériel des choses au détriment du côté humain, et ce, contrairement à beaucoup de gens que je côtoie dans mon domaine d'activité.

Il baisse les yeux et enchaîne avec une émotion que je n'ai jamais ressentie chez lui :

– Cette visite m'a fait pas mal réfléchir et m'a fait penser à certains moments forts de ma vie que je préfère essayer d'oublier. Tout ceci est peut-être une forme de thérapie pour moi, finalement…

Il a les yeux dans le vague et une expression si triste que je dois lutter contre mon instinct protecteur pour ne pas contourner la table et le prendre dans mes bras. Je n'ose interrompre le fil de ses pensées et Victor choisit cet instant pour apparaître avec deux assiettes. Il pose devant nous une part de tourte aux pommes accompagnée d'une boule de glace, je le remercie et il s'éclipse discrètement. Je porte une bouchée du dessert à ma bouche et brise le silence malgré moi :

– Mmmh ! C'est la meilleure tourte aux pommes que j'aie mangée ! Tu crois que ta cuisinière accepterait de me donner sa recette ? J'adorerais la faire goûter à ma mère, c'est la reine des pâtisseries, ajouté-je en souriant.

– Daisy ne partage pas ses secrets culinaires, mais peut-être pourrait-elle les troquer contre d'autres recettes intéressantes, dit-il en me faisant un clin d'œil.

– Toujours le sens des affaires, à ce que je vois.

Incapable de finir mon assiette, je pose ma cuillère en déclarant que je ne pourrai plus rien avaler pendant les deux prochains jours. Avec un timing parfait, Victor entre alors dans la pièce et nous annonce que du thé chaud nous attend dans le petit salon si nous le souhaitons. Tyler hoche la tête, nous nous levons de table, et je me laisse guider.

Il me semblerait aisé de me perdre tant cette maison est grande.

Je pense à mon petit appartement de trente-sept mètres carrés et la comparaison me fait sourire.

– À quoi penses-tu ? me questionne Tyler.

– À mon appartement ridiculement petit comparé à ta baraque démesurément grande !

Il ne fait pas de commentaire et me sourit en ouvrant une porte donnant sur un salon très accueillant. Face à moi, un immense foyer de cheminée tout en longueur est encastré dans un mur entièrement en pierre et rend cette pièce terriblement cosy, même si aucun feu n'y brûle en cette saison. Deux autres pans de mur sont recouverts de lambris, un grand écran plat est fixé à l'un d'eux et l'autre, quant à lui, est inhabituel car un miroir le couvre entièrement. Tyler m'explique que cela donne un effet de profondeur à la pièce et je ne peux qu'acquiescer. Des tapis jonchent le parquet et ajoutent une touche de douceur supplémentaire à la décoration.

– Waouh ! J'adore cette pièce, Tyler.

– C'est l'une de mes préférées également, me répond-il simplement.

Il s'approche d'une jolie table basse sur laquelle est posée une théière fumante et me sert une tasse en m'invitant à m'asseoir près de lui. Je prends place sur un canapé en tissu de couleur crème. Des plaids qui semblent très moelleux sont disposés sur le dossier et mis à disposition, et je dois avouer que j'adorerais m'enrouler dans l'un d'eux avec un bon bouquin face à un feu de cheminée.

– Puis-je te poser une question, Sam ? me demande-t-il, interrompant le fil de mes pensées.

– Oui, vas-y, lui réponds-je en ne sachant pas à quoi m'attendre.

– Pourquoi tu ne t'aimes pas ?

Sa question directe me prend au dépourvu et me gêne

terriblement. Le rouge me monte aux joues, je bois une gorgée de thé fumant pour réfléchir à ma réponse tout en gagnant un peu de temps. Il ne poursuit pas et attend patiemment.

– Je ne vois pas ce que tu veux dire par là.

– Tu n'es pas sûre de toi pour une raison que j'ignore, et je suis simplement curieux.

Je dois admettre qu'il m'a bien cernée et, je me demande si je dois m'ouvrir un peu plus à cet homme. Je ne sais pas encore si je peux lui faire confiance.

– Une partie de ma vie a été compliquée à vivre, et c'est difficile pour moi d'en parler, Tyler, j'ai besoin d'être en confiance pour me livrer et on ne se connaît pas depuis…

– Soit ! me coupe-t-il, tu n'as pas à te justifier, Sam, nous avons tous notre jardin secret et j'ai moi-même pas mal de squelettes dans mon placard ! On en revient toujours à cette bonne vieille intimité, il faut croire !

– Mes « intimes », lui dis-je en mimant les guillemets, sont importants pour moi. J'ai encaissé des choses pas très sympas dans ma vie, et ils sont peu nombreux à me connaître dans les moindres détails. Ils ne se comptent pas par dizaines et j'ai du mal à m'ouvrir aux autres facilement, c'est un vieux réflexe de protection.

– Et tu as raison ! Nous ne sommes pas si différents que cela, il faut croire, dit-il en buvant une gorgée de thé.

Il est à son tour plongé dans ses pensées et, quand il se tourne vers moi, ses yeux sont à présent teintés de cette nuance plus foncée que je commence à savoir interpréter.

– Je ne connais pas les raisons de ce non-amour, mais j'aimerais tellement te faire te sentir aussi belle que tu l'es. Tu as un corps terriblement sexy, Sam, ajoute-t-il en s'approchant un peu plus.

Ces mots que je n'ai pas l'habitude d'entendre me troublent.

Il est à présent tout près de moi et je plonge dans les yeux les plus exceptionnels que j'aie jamais vus. D'un bleu indescriptible, ils peuvent tour à tour révéler beaucoup de douceur ou au contraire devenir durs et très froids. Une cicatrice traverse l'un de ses sourcils et ses cheveux sont attachés sur sa nuque. Prise d'une subite inspiration, je ne résiste pas à l'envie de lui enlever son nœud pour me rendre compte de leur longueur. Ils sont épais et brillants. Ils lui tombent presque jusqu'au milieu du dos et ondulent naturellement. Je passe ma main dedans et il ferme les yeux, semblant apprécier cette caresse. Puis ma main se promène sur sa barbe et je me demande à quoi ressemblerait ce mec sans ces poils, même si j'adore le côté viril que cela lui confère.

Les yeux toujours fermés, il appuie sa joue contre la paume de ma main et je trouve ce contact plus intime que tout ce que nous avons pu faire. Je passe mon pouce sous sa lèvre et il pointe sa langue pour lécher mon doigt. C'est tellement excitant qu'une boule de désir se forme instantanément dans mon bas-ventre et que l'intérieur de mes cuisses réagit immédiatement. Il ouvre alors les yeux et se penche pour m'embrasser très lentement. Puis s'écartant à nouveau sans me quitter des yeux, il déboutonne mon chemisier, libérant ma poitrine. Je porte un soutien-gorge en dentelle blanche et, à travers le tissu, il s'amuse à agacer mes pointes déjà durcies d'excitation. Il libère l'un de mes seins en tirant sur le tissu et lèche alors mon téton en décrivant des cercles avec sa langue. Je me tortille de plaisir mais il décide de faire endurer le même supplice à mon deuxième sein, libéré à son tour. Je gémis et il descend du canapé pour se mettre à genoux devant moi. Il se passe la langue sur les lèvres comme on le ferait devant un mets appétissant et enlève ma jupe en la faisant glisser le long de mes jambes. J'en veux plus.

– Tu es magnifique, Sam, j'ai eu envie de te goûter dès notre première rencontre, dit-il de sa voix sensuelle.

*Mon Dieu, qu'ai-je fait pour mériter ça ? Comment un mec comme lui peut-il vouloir coucher avec moi ?*

Mes pensées sont interrompues par ses mains qui m'écartent doucement les cuisses. Je suis dans une position que miss Van de Kamp juge on ne peut plus vulgaire mais que miss Monroe valide à mille pourcents. Et moi, je suis coincée entre ces deux jugements. Sa langue, qui remonte le long de mes jambes, me fait frissonner, et il se redresse et titille toute la partie du haut de mes cuisses en évitant soigneusement l'endroit qui a tant besoin d'être soulagé. Bon, OK, là, maintenant, tout de suite, je préfère ignorer religieusement miss Van de Kamp, je veux trop découvrir ce qui va suivre. Mon corps aussi réagit et se tend instinctivement vers sa bouche inquisitrice mais pas assez. Il me regarde dans les yeux et accède à ma requête silencieuse : il plonge enfin sa langue dans le creux de mes lèvres. Il agace mon clitoris et me lèche langoureusement. Il n'en finit pas de me goûter et je m'abandonne désormais à lui en me concentrant simplement sur les mouvements habiles de sa langue. Je rejette la tête en arrière, perdant un peu plus pied avec la réalité mais il me demande :

– Regarde-moi !

Je m'exécute donc, et c'est l'expérience la plus sensuelle que j'aie connue jusque-là. Il me fixe tout en insérant deux doigts à l'intérieur de mon sexe trempé. Il entame alors un long va-et-vient qui me fait perdre définitivement la notion de tout ! Plus de jugement de valeur n'existe, ni de notion de bien ou de mal. Je gémis et m'arc-boute. Je pousse mon bassin vers lui pour le supplier de me donner ce que je veux… Je gémis de plus en plus fort et lui agrippe les cheveux pour le pousser à m'en donner encore plus. Je bouge sans retenue et ne peux m'empêcher de gémir de plus en plus fort. Je sens que je suis déjà prête à perdre pied.

– Oui, c'est ça, jouis pour moi, tu es trempée, viens !

Et l'orgasme, qui ne s'est pas longtemps fait attendre, tant cet homme sait y faire, m'emporte tout entière en me laissant toute pantelante.

Tyler se relève alors et sort de son pantalon sa queue qui se dresse déjà vers son ventre. Je suis à nouveau impressionnée par la taille de son sexe et je me redresse sur le canapé en position assise. Je suis rassurée de constater que je semble lui faire le même effet explosif. Je prends son sexe en main et le caresse lentement en étalant la goutte de liquide qui perle au bout de son gland. Je meurs d'envie de le sucer mais il ne m'en laisse pas l'occasion et me relève brusquement pour m'embrasser avec force. Étonnamment, cette domination n'est pas pour me déplaire, moi qui ai pourtant besoin de tout contrôler.

Il me positionne alors à quatre pattes sur le sofa, face au grand miroir, ce qui me prend au dépourvu car je n'ai jamais été confrontée de la sorte à mon image. Mes joues sont rosies par l'orgasme que je viens de vivre et mes cheveux ne sont plus aussi lisses, je ne me reconnais pas. Gênée, je détourne les yeux mais il me tire les cheveux d'une main, de façon à ce que je sois obligée de nous regarder ainsi. Définitivement, cette soumission me plaît et m'excite au plus haut point, même si je triche en ne regardant que lui dans le miroir. De son autre main, il caresse mes seins lourds et plus que réceptifs à ses frôlements et, à force de pincements précis, il fait se dresser un peu plus encore mes tétons, faisant rapidement naître une seconde vague de désir en moi.

– Regarde comme tu es belle ! Je veux que tu voies ce que je vois, me dit-il en ne quittant pas mon regard dans le reflet du miroir.

Il malaxe mes seins et j'adore cela, mais me contempler est un exercice difficile pour moi et, ne pouvant pas baisser la tête, je ne peux m'empêcher de fermer les yeux. Il me retourne alors doucement face à lui et me chuchote à l'oreille :

– Oublions cela pour l'instant. Là, je veux juste te baiser très fort, Sam.

Cette promesse me fait oublier mes blocages et ravive mon désir. Il s'assoit et installe un préservatif sur sa queue tendue et je comprends qu'il souhaite que je le chevauche. Je ne me fais pas prier et m'installe donc au-dessus de son sexe que je m'amuse à exciter en me frottant sensuellement contre lui. Il mène néanmoins la danse comme à chaque fois et quand il décide que le temps est venu de passer aux choses sérieuses, il me pénètre sans préavis, réduisant ainsi la distance insoutenable entre nos deux corps. Nous laissons échapper un râle de plaisir tous les deux et il entame un mouvement d'abord très doux puis de plus en plus rythmé pour finalement arriver à me baiser intensément comme promis. Ses couilles tapent sur mes fesses qu'il tient dans ses mains. Nos langues s'enroulent et se recherchent, nos corps ne font plus qu'un et je sens à nouveau monter la pression en moi. Tyler le ressent lui aussi et intensifie ses mouvements jusqu'à ce que mon corps soit secoué de spasmes de plaisir indescriptible et qu'il se joigne à moi en me mordant l'épaule pour étouffer son cri. Nous restons un moment enlacés, essoufflés, nos cœurs battant à tout rompre, et c'est à regret que je me glisse à côté de lui car je le sens un peu plus tendu tout à coup.

Je commence à reprendre mes esprits et déjà les questions m'assaillent de toutes parts.

Je replace mes seins dans mon soutien-gorge et boutonne mon chemisier, puis je ramasse nerveusement ma jupe que j'enfile très vite, n'osant pas réclamer ma petite culotte à Tyler. C'est fou ce que je peux être à l'aise avec lui quand nous faisons l'amour, et pourtant, en dehors de cela, je ne me sens pas à la hauteur de la situation. Tyler enlève le préservatif et le jette dans une poubelle, puis reboutonne son jean, mais reste torse nu et s'approche de moi en me caressant doucement la joue.

– Tu es incorrigible, Sam, me dit-il, toujours à te poser mille questions à la seconde.

*Merde, ce mec lit en moi comme dans un livre ouvert !*

– Pas du tout ! Je viens juste de comprendre que n'importe qui aurait pu entrer et nous surprendre.

– Le risque d'être pris en flagrant délit ne fait que m'exciter davantage, me dit-il, et quand on goûte à cela, il est difficile de ne pas y revenir, je t'assure.

Il me sourit mais je vois bien qu'il est sérieux et cela m'intrigue.

– Tu veux dire que tu ne prends ton pied que quand il y a du « danger » ?

– La plupart du temps, en effet. Je te l'ai dit, je profite des plaisirs que m'offre la vie sans aucune forme d'engagement, donc forcément mes rencontres sexuelles ont tendance à être « volées » dans des lieux plutôt insolites quelquefois.

L'entendre parler de son refus de s'engager et de ses conquêtes m'agace un peu trop à mon goût mais je suis curieuse d'en savoir un peu plus. Je me rassieds donc dans le canapé et bois une gorgée de mon thé à présent tiède.

– Par exemple ?

Il semble amusé par mes questions et il se rassoit à son tour, avant de me répondre :

– J'aime baiser en prenant le risque de me faire surprendre, mais pas que…

Je hausse un sourcil pour l'encourager à continuer, et il reprend :

– Eh bien, au contraire, j'aime beaucoup mater et pourquoi pas, à l'occasion, baiser devant d'autres personnes.

*Ah ouais, quand même…*

– Cela t'effraie, Sam ? demande-t-il après une longue minute de silence.

– Je ne sais pas si j'appellerais ça de la frayeur, mais ça ne ressemble en rien à ce que j'aime, personnellement.

– Ta mère ne t'a-t-elle pas appris qu'il fallait goûter avant de dire « je n'aime pas » ?

Sa repartie me fait rire mais je contre-attaque immédiatement :

– Si, en effet, mais elle m'a aussi appris à savoir ce que je veux ou ne veux pas dans la vie.

– Pourtant, tu n'étais pas farouchement opposée à l'idée de baiser dans des lieux publics, d'après ce que j'ai vu ?

– Je n'avais jamais fait ça avant et je n'ai pas l'intention de réitérer l'expérience. Comme je te l'ai dit, je…

– Ça n'était qu'une constatation, Sam, pas un jugement, me coupe-t-il.

Je me sens mal à l'aise de la tournure que prend notre conversation, mais déjà il reprend le fil de la discussion :

– C'est très dommage, vu que nous sommes a priori compatibles, j'aurais adoré partager avec toi certains petits jeux sexuels que j'affectionne particulièrement, dit-il le plus sérieusement du monde.

– Je ne suis pas intéressée, Tyler. J'ai adoré ces parties de jambes en l'air, mais je crois qu'il vaut mieux nous en tenir à cela.

Baiser devant des inconnus n'est pas un truc qui m'attire et comme il a joué franc-jeu avec moi je veux en faire de même. Je perçois une pointe de déception dans son regard, qu'il dissimule quasi immédiatement derrière un sourire forcé qui n'a plus rien de naturel.

Je me suis mal exprimée, car je pensais au fait de nous en tenir à des relations sexuelles normales, et je comprends le double sens de mes paroles. Mais alors que je suis sur le point d'éclaircir ma pensée, il enchaîne directement :

– Tu as parfaitement raison. Pour être honnête, ça m'arrange finalement. C'était sympa ! Je vais demander à Jack de te raccompagner, dit-il assez froidement. Tu m'excuseras, mais je dois encore travailler sur quelques dossiers ce soir.

Ouh là là ! On ne doit pas avoir la même définition du mot « sympa » !

– Tyler, tu as mal compris. Je voulais dire que nous...

– Ne t'inquiète pas, c'est mieux comme ça et puis ça n'est pas comme si ça avait été une « performance inédite » ! Bon, comme je te le dis, j'ai du travail, donc si tu veux bien... dit-il en laissant la fin de sa phrase en suspens.

Il se lève et j'en fais autant, me sentant tout à coup de trop, rejetée et blessée par ses mots : pour moi, ça a bien été une performance inédite, mais je me garde bien de le lui dire car il faut croire que je n'ai pas été marquante pour lui en retour. Comment une telle distance entre nous a-t-elle pu s'installer en une minute ? Je le regarde en essayant de masquer ma déception, mais il fuit mon regard.

– Eh bien, euh... merci pour cette soirée, Tyler.

– C'était sympa, redit-il sans même me jeter un coup d'œil. Je te mettrai en contact avec la personne chargée du projet dont nous avons parlé et je compte sur toi pour réfléchir à ma proposition... professionnelle.

Cette conversation est tout à coup si impersonnelle que cela me met en colère. J'ai très envie de lui dire le fond de mes pensées, mais je me retiens de peur de lui montrer que je suis vexée qu'il me jette comme ça. Rhabillés, nous traversons le grand hall d'entrée de la maison, il me demande de bien vouloir patienter et revient deux minutes plus tard en m'annonçant que Jack est en train d'avancer la voiture. Je ne sais pas quoi dire et je suis très mal à l'aise. Nous sortons, je descends deux marches quand je marque une pause en m'apercevant qu'il ne semble pas décidé à se donner la peine de m'accompagner jusqu'à la voiture. Je bous intérieurement. Je continue donc ma descente des marches, seule, et le plus dignement possible.

*Ne pas tomber, ne pas tomber*… me répètent en chœur mes deux miss, solidaires dans ma tête.

Jack m'ouvre la portière, et j'ose un dernier coup d'œil mais Tyler n'est déjà plus en haut des marches.

– Nous devrions être à votre domicile vers vingt-trois heures vingt, mademoiselle MacIntyre.

Je ne veux pas montrer à Jack que je ne vais pas bien et je lui souris, essayant de faire bonne figure.

Je remarque seulement maintenant que nous étions dans le quartier de Notting Hill. Je n'ai, en effet, pas vraiment eu l'occasion de regarder par la fenêtre à l'aller mais je m'empêche de penser à cela. Arrivée à bon port et après avoir remercié Jack, je monte les trois marches de mon immeuble la gorge serrée et retrouve enfin mon chez-moi avec soulagement.

# 7

Mon réveil sonne à quatre heures et demie. Je me dépêche de me préparer, j'ai mal dormi et j'ai une tête affreuse ce matin. Après m'être douchée, je m'habille confortablement, et l'efficacité de la caféine ayant déjà fait ses preuves, je déjeune en en buvant deux grandes tasses.

Je me dépêche d'attraper mon bus du matin, et ça n'est qu'une fois assise à l'intérieur que des images de la veille s'imposent dans mes pensées presque malgré moi. Je m'en veux tellement que je m'oblige à ne pas y réfléchir. Cet homme m'a même poursuivie jusque dans mes rêves la nuit dernière, mais le réveil a été difficile aussi bien ce matin qu'hier soir, plus symboliquement, après m'être fait congédier comme une moins-que-rien. Je sors mon smartphone pour regarder distraitement les dernières news sur les réseaux sociaux et m'occuper l'esprit. Enfin, j'arrive à l'hôpital.

Ma matinée est assez calme, cela me permet d'aller voir Ethan pendant son atelier pâtisserie et plus tard pour goûter au brownie au beurre de cacahuètes qu'il avait promis de me mettre de côté.

Je suis là, je fais mon travail et suis à l'écoute des patientes et des besoins de leurs bébés, mais une boule reste coincée dans ma gorge depuis hier soir et ne veut pas disparaître. J'envoie donc un SMS à Charlie lui proposant une soirée pizza entre filles à la maison, et elle accepte tout de suite, à mon grand soulagement. J'ai besoin de tout lui déballer et qu'elle me dise ce qu'elle pense de tout ça.

Je termine ma garde à quatorze heures et regagne donc Camden Town en mode pilotage automatique. Une fois chez moi, j'enfile un pantalon de sport, un T-shirt, des baskets, et je pars courir pour me vider la tête. J'ai appris à aimer ça. Je m'y suis mise il y a quelques années, quand j'ai commencé un régime, et depuis, je ne pourrais plus m'en passer tant cette activité me défoule et me permet de mettre mon esprit en pause. Je visse des écouteurs dans mes oreilles et j'enchaîne les kilomètres dans les rues de mon quartier aux façades colorées. Je ne m'arrête que quand je rentre à la maison, plus essoufflée que jamais, et le cœur battant la chamade. Toute transpirante, je ne veux néanmoins pas m'arrêter une seconde et nettoie mon petit appart de fond en comble. Finalement, je file sous la douche car Charlie ne va pas tarder.

L'eau chaude arrive à me détendre et à dénouer un peu les nœuds que je sens dans mes épaules et dans mon cou. Je me savonne avec ce gel douche que j'adore et mes mains s'attardent sur mes seins. Des images de Tyler s'imposent à mon esprit ; son regard de braise, ses grandes mains agrippant mes fesses alors que je le chevauchais…

*Stop ! N'y pense plus, tu as perdu la tête mais maintenant reprends-toi !* me gronde miss Van de Kamp, tandis que miss Monroe ricane en se faisant un malin plaisir de ramener à mon esprit d'autres scènes de la veille on ne peut plus classées X.

Ce mec m'a vexée au plus haut point hier, mais là, seule sous la douche, je repense à son sourire, à son corps de rêve, et c'est plus fort que moi, j'ai envie de lui. Il a cette façon de me regarder, de me caresser, de me chuchoter des mots salaces à l'oreille… Je n'ai jamais connu ça avant et je me rends compte que j'ai adoré ça. Presque malgré eux, mes doigts se sont dirigés vers mon clitoris que je stimule en me rendant compte de l'impact que mes pensées ont sur mon entrejambe. Je m'adosse à la paroi froide de la cabine de douche et accélère mes caresses quand la sonnette de la porte d'entrée retentit.

*Eh merde !*

– Oui, vas-y, entre, j'arrive tout de suite ! lui crié-je pour qu'elle m'entende.

Je sors rapidement de la douche et passe mon peignoir :

– Je ne vais pas tarder ! Tu n'as qu'à nous servir un verre de vin, honey !

– Si tu me dis où se trouve le vin, pas de souci, me répond la voix masculine qui m'a hantée toute la journée.

Le cœur battant la chamade, j'ai du mal à croire qu'il soit là. Je me précipite hors de la salle de bains et débarque, à peine séchée, dans mon petit salon pour me retrouver nez à nez avec Tyler. Il se tient là, dans mon entrée, aussi séduisant qu'à chaque fois que je l'ai vu et m'offrant son sourire Ultra Brite. Toutes sortes d'émotions telles que l'incompréhension, la surprise ou la gêne me submergent alors, mais la colère prend le pas sur toutes.

– Qu'est-ce que tu fais là ? demandé-je froidement.

– Tu m'as dit d'entrer, alors je suis entré, répond-il le plus simplement du monde.

– Charlie doit arriver, je pensais que c'était elle.

– Je m'en doutais.

Il semble gêné, ce qui doit être assez peu fréquent chez lui. Cela me décontenance un peu car je ne pensais pas qu'un mec aussi froid et pragmatique que lui puisse se montrer mal à l'aise.

Il se tient dans l'entrée de mon minuscule appartement qui, tout compris, ne doit même pas faire la surface de son hall d'entrée.

– Je suis passé te déposer les coordonnées de la personne qui sera ton référent si tu décides de t'engager dans cette aventure avec T. & C. Cosmetics. Il y a aussi une proposition détaillée du programme que nous souhaitons mettre en place. As-tu eu le temps d'y réfléchir aujourd'hui ?

– Non, pas vraiment, j'avais ma garde ce matin et je n'ai pas arrêté de la journée.

*Heureusement qu'il ne peut pas lire dans tes pensées que c'était pour éviter de penser à lui*, se moquent mes miss.

– Il te faut une réponse aussi rapidement ? demandé-je.

– Penses-y, c'est tout, me dit-il avant d'ajouter : j'aime que ça aille vite, dans les affaires comme ailleurs…

Je sais que c'est un sous-entendu, mais même si je fais mine de ne pas m'en apercevoir, sa réflexion me fait rougir et il sourit, faisant apparaître son adorable fossette sur sa joue.

Je ne sais pas quoi dire, alors je m'avance vers lui pour prendre l'enveloppe qu'il me tend, et nos doigts se frôlent. C'est chimique ! J'ai l'impression d'avoir 15 ans et que tous mes sens sont en éveil. Il faut vraiment que je me calme…

Un silence gênant s'installe entre nous. Mes cheveux gouttent sur le sol. Je ne prends vraiment conscience qu'à ce moment-là que je me tiens à moitié nue devant lui et je resserre machinalement la ceinture de mon peignoir. Ses yeux glissent alors vers ma poitrine pourtant bien dissimulée et il pousse un léger soupir.

– Je vais y aller pour te laisser te préparer.

– OK, merci.

Mes deux miss sont à nouveau en pleine guerre. Miss Van de Kamp me hurle de ne pas être gentille avec lui après ce qu'il a fait hier, me rappelant qu'il m'a traitée comme une moins-que-rien, mais miss Monroe n'a, elle, pas le temps de contre-attaquer car Tyler reprend la parole :

– Écoute, je ne suis pas très doué pour ça, mais il se peut que je… enfin que tu… Bref, hier je n'ai pas été très gentleman.

– Je dirais plutôt que tu t'es conduit comme un vrai connard.

– Touché ! Comme je te l'ai dit, je ne veux pas de relation suivie et quand tu m'as dit que tu préférais qu'on s'arrête là, j'ai sauté sur l'occasion, mais peut-être de façon impolie et trop rapide, je l'admets.

– Impolie ? Je me suis sentie jetée comme un vieux chiffon, Tyler. Je ne comptais pas te demander de m'épouser dans la soirée, tu sais ?

Il sourit et enchaîne :

– Je m'en doute, mais je ne gère jamais ce genre de situation, car tout est clair, en général.

– Et en quoi cela diffère-t-il des autres fois ? Je ne t'ai rien demandé, Tyler, mais un minimum de respect après ce que nous venions de faire n'aurait pas été du luxe. Tu m'as expédiée comme un vulgaire colis sans même me lancer un regard.

– C'est toujours moi qui fixe les règles, et c'est la première fois qu'une femme me dit qu'elle veut qu'on arrête là, et ça m'a piqué au…

– Et quoi, Tyler ? le coupé-je, furieuse. Tu as été blessé dans ton orgueil de mâle dominant ? C'est ça ? Au point de me jeter comme une conquête de passage avec qui tu en aurais fini ?

– Pas du tout. Mais je ne laisse personne me dicter les règles et décider à ma place. Je ne revois que très rarement mes partenaires et c'est toujours moi qui suis décisionnaire. Donc hier, quand tu m'as dit que tu préférais qu'on arrête là, j'ai préféré la jouer à l'attaque en quelque sorte.

– C'est tellement macho, m'exclamé-je, exaspérée par tant de bêtise. Et puis… je disais juste que je préférais m'en tenir à des relations sexuelles « normales », pas que je voulais tout arrêter. J'ai voulu approfondir ma pensée, mais tu m'as congédiée tout de suite.

– Vraiment ?! Je n'y étais pas du tout, on dirait… Toujours est-il qu'on ne me changera pas ! rétorque-t-il, toujours aussi arrogant et prompt à reprendre la main. Affaire réglée ?

– Oui, Tyler, excuses acceptées, si tant est que ça en soit… dis-je pour lui signifier qu'il pourrait faire mieux. Et puis, ce n'est pas comme si nous avions été au début de quelque chose vu que tu ne veux pas d'une relation de ce genre, donc, comme tu dis, affaire réglée…

– Pourquoi ? Tu aimerais une relation de ce genre, toi ? demande-t-il, semblant surpris.

– Dans l'absolu, évidemment ! Mais avec un homme qui veut la même chose que moi, comme tout le monde, j'imagine !

– Je suis désolé de ne pas pouvoir être ce « M. Tout-le-monde », Sam. Je ne suis pas doué pour ce genre de choses et je préfère garder des relations libres pour éviter les dommages collatéraux… mais tu ne peux pas nier avoir aimé nos ébats hier, alors comme a priori tu voulais me le proposer toi-même, pourquoi ne pas en profiter de cette manière au moins ? souffle-t-il en s'approchant de moi.

– Je n'ai jamais nié que tu m'attires, mais… tu sous-entends quoi exactement, là, Tyler ?

– Eh bien, je te demande pourquoi ne pas juste essayer de profiter de l'instant et prendre cela comme un petit passage d'expériences sexuelles exquises ?

Il est trop près et mes sens essaient de prendre le dessus sur ma raison. J'ai des papillons dans le ventre et mon cœur s'accélère. *Sois forte ! Pense avec le cœur, tu mérites mieux que juste de la baise !* m'intime miss Van de Kamp, tandis que miss Monroe m'encourage à plutôt ressentir ce qui se trame dans mon entrejambe et à profiter de l'instant, comme le suggère aussi Tyler.

Son visage est à présent juste en face du mien, il passe sa main dans mon dos pour me coller à lui et je peux sentir comme il a envie de moi à cet instant. Tyler a dû venir directement du boulot car il porte un costume beige élégant. Il a juste dû enlever sa cravate pour être plus à l'aise car son cou est dégagé et je meurs d'envie d'y mettre mon visage pour sentir son odeur. Comme par transmission de pensée, il dépose un baiser très doux dans le mien juste sous mon oreille. Le traître, il sait comment s'y prendre et surtout que j'adore ça. Un gémissement s'échappe de ma gorge quand il mordille le lobe de mon oreille et, instinctivement, mon corps se love contre le sien tandis que mes mains caressent les poils doux de sa barbe qui lui donnent cet air si sexy. Il ferme les yeux sous ma caresse et comme l'autre jour, face à cette marque de tendresse, je ressens chez lui une forme de vulnérabilité qui ne fait que renforcer mon envie de lui. Mais comme pour camoufler cette douceur latente, il s'empare alors de ma bouche et sa langue lèche mes lèvres entrouvertes, incitant ma propre langue à répondre à ce baiser qui n'a plus rien de doux. Impatient, il ouvre mon peignoir et je me retrouve quasiment nue devant lui. Je ne me suis jamais exposée de la sorte devant aucun de mes ex et je ne suis pas du tout à l'aise, mais son regard appréciateur réussit à me convaincre qu'il me trouve à son goût. Je cache néanmoins mes seins instinctivement et il me dit en se reculant un peu comme pour mieux me détailler :

– Tu es magnifique… Enlève ton peignoir et laisse-moi te regarder, Sam… s'il te plaît, ajoute-t-il d'une voix rauque.

– Joker ? lui soufflé-je en baissant les yeux.

Même si je veux croire en ses paroles, les vieux réflexes ont la dent dure, et je n'arrive pas à trouver la force de faire ce qu'il me demande, il est en chemise et en pantalon et je me sens mal à l'aise. Semblant le percevoir, il se rapproche et m'embrasse avec passion. Il promène ses mains sur mes épaules puis repousse mes doigts pour caresser mes seins, avant de les sucer de plus en plus fort jusqu'à ce que mes tétons me trahissent en durcissant plus que jamais.

*Bon Dieu !*

Je me tiens toujours face à lui, portant juste ma sortie-de-bain ouverte, et quand il s'agenouille sans abaisser son regard, mon corps sait exactement ce qu'il veut de lui ! En quelques minutes, ce mec a réussi à me faire passer de la colère à un lâcher-prise total et à un violent désir pour lui. Mes mains s'agrippent à sa tête et, au bout de quelques minutes de ce traitement délicieux, je jouis violemment. Il se relève et m'embrasse langoureusement, me faisant ainsi goûter à ma propre saveur. Cet homme m'excite au plus haut point : il sait exactement comment me donner les orgasmes les plus puissants de ma vie, et chaque fois est plus forte que la précédente. J'essaie de retrouver un rythme cardiaque normal et mes jambes ont du mal à me soutenir, mais je sais qu'il n'en a pas fini avec moi quand il me porte sous les fesses jusqu'au plan de travail de ma cuisine et qu'il me positionne juste à bonne hauteur de ses hanches. Je lui ouvre la braguette et extirpe sa queue de son fourreau. Je le caresse lentement en le regardant droit dans les yeux et j'accélère le mouvement, sentant son gland s'humidifier au fur et à mesure.

– Oh putain, oui, c'est trop bon, Sam, grogne-t-il en fermant les yeux.

J'ai la sensation d'avoir un pouvoir extraordinaire tellement il bande fort. Le mater en train de balancer son bassin au rythme de mes caresses m'excite, et je m'enhardis en accélérant encore un peu le tempo. Il gémit et rouvre ses yeux qui se fixent instantanément aux miens. Il sort alors un préservatif de la poche de son pantalon.

Je le lui prends des mains et lui enfile moi-même. J'en profite pour lui caresser les testicules, et ses yeux, si clairs d'ordinaire, se voilent un peu plus et s'assombrissent de désir. Il me positionne au bord et me pénètre doucement avec une lenteur calculée, ce qui me rend dingue. Il sort son sexe puis le rentre puis le ressort et ainsi de suite.

– Dis-moi ce que tu veux, Sam, m'ordonne-t-il.

– Tu le sais, dis-je pudiquement, tandis qu'il s'amuse à sucer l'un de mes doigts de la manière la plus sensuelle qui soit.

– Je veux t'entendre le dire, me dit-il en continuant son petit jeu.

Je n'en peux plus, j'agrippe sa nuque de mes deux mains pour rapprocher nos bouches et, rapidement, sa langue titille la mienne et je ne peux m'empêcher de gémir de plus belle.

Mais au moment où je suis sur le point de le supplier tellement j'ai envie de lui, la sonnette de ma porte retentit et je me fige. Tyler continue son va-et-vient et plaque alors sa main sous mon menton pour relever ma tête et me forcer à ne pas le quitter des yeux.

– Réponds-lui que tu n'es pas prête, Sam… grogne-t-il.

Je panique à l'idée d'être découverte dans cette position par ma meilleure amie si elle décidait de rentrer, ce qui n'est pas inconcevable ! Mais il m'est impossible de mettre fin à ça, j'ai trop envie de Tyler et je me rends compte que je préfère prendre le risque d'être découverte que de devoir interrompre cette partie de baise incroyable. Je prends donc mon courage à deux mains et lui dis en haussant la voix :

– Salut, honey, tu veux bien repasser dans un quart d'heure, s'il te plaît ?

Tyler me baise avec un rythme beaucoup plus rapide, ce qui m'excite et me fait peur à la fois. Je recommence malgré moi à bouger mes hanches à son rythme tout en répondant à Charlie, qui me demande si tout va bien.

– Oui, t'inquiète, je suis juste à la bourre.

Oh ! Mon Dieu ! Je ne peux pas croire que je sois capable de dialoguer alors que je ne veux qu'une chose : me faire baiser ! Tyler ne retient d'ailleurs pas ses efforts.

– OK, Mac, je reviens tout à l'heure, alors ! me crie Charlie de l'autre côté de la porte.

Je ne réponds pas tant mes sensations ont pris le dessus. Tyler accélère ses coups de reins et me pénètre profondément, et mon corps se fait l'écho du sien. Je sens monter l'explosion de plaisir et je ne me retiens pas, car je sais que Tyler attend que je vienne pour se laisser aller à son tour. Je jouis fort et sûrement en criant, mais je m'en fiche tant tout cela a été intense. Tyler étouffe son cri de jouissance dans mon cou, mais des spasmes continuent à faire bouger son sexe en moi. Nous restons enlacés un petit moment, puis il se retire doucement. Il me porte pour m'aider à descendre de là où il m'a posée et me demande s'il peut emprunter mes toilettes. Je les lui indique et je rajuste mon peignoir à la hâte avant de filer dans la salle de bains pour essayer de me recoiffer, vu que mes cheveux emmêlés et toujours trempés doivent être dans un état pitoyable. J'ai encore lamentablement échoué à lui résister, mais j'ai pris un tel pied que je m'en fiche et que je souris à mon reflet me renvoyant l'image d'une fille certes décoiffée mais hyper comblée sexuellement. Je retourne dans mon petit salon et Tyler se tient déjà près de la porte, prêt à déguerpir.

– Je vais y aller, tu dois te préparer pour ta sortie entre copines.

Je ne le contredis pas. J'aimerais qu'il ne parte pas tout de suite, qu'il ne me donne pas à nouveau cette sensation de n'avoir été qu'une manière agréable de prendre son pied. Son regard est à nouveau fuyant et je sens bien qu'il a envie de partir. Je suis à nouveau un peu vexée, et c'est ce moment-là que choisit Charlie pour sonner à la porte.

– Sauvé par le gong ! dit Tyler en me souriant largement, ce qui me blesse encore plus car sa réplique me conforte dans l'idée qu'il veut quitter les lieux rapidement.

Ma tornade rouge ouvre la porte et entre.

Elle me voit en peignoir, puis son regard se tourne vers Tyler qui me regarde, et je crois entendre les rouages de son cerveau se mettre en route même si elle n'en montre rien.

Charlie ne dit rien mais je sens qu'elle se contient.

– Bonjour, mademoiselle Harris ! lui dit-il en lui serrant la main. Au revoir, mademoiselle MacIntyre, me lance-t-il en franchissant la porte et en la refermant derrière lui sans même m'accorder un regard.

– Tu as du vin, MacIntyre ? Je sens qu'on va en avoir besoin ! me dit alors Charlie en me jetant un regard lourd de sous-entendus.

– Dans le placard. J'arrive, je file m'habiller.

Je retourne dans ma salle de bains et, cette fois, le reflet du miroir me renvoie l'image d'une femme à nouveau déçue, qui après s'être sentie épanouie comme jamais, ne se sent pas respectée comme elle le souhaiterait. Je suis perdue, mais je sais que je vais pouvoir compter sur Charlie pour m'aider à y voir plus clair.

# 8

J'ai relevé mes cheveux en *bun* sur le haut de ma tête et me suis mise à l'aise avec un bas de jogging et un pull basique. J'attrape un paquet de chips au passage et je rejoins Charlie, qui m'attend avec un sourire inquisiteur sur le visage.

– Alors ça va, honey ? Quoi de neuf ? lui demandé-je.

– Et tu crois qu'on va faire comme si de rien n'était ? Je veux tout savoir, MacIntyre !

– Comment ça ? Il n'y a rien à raconter !

– Bien sûr ! Et c'est pour ça que je te retrouve à moitié à poil, les joues rouges et irritées en compagnie d'un grand barbu sexy ?

Et elle éclate de rire.

L'heure des confidences a en effet sonné. Nous buvons une gorgée de vin et, d'abord un peu gênée de lui avouer ce qui s'est passé au pub de Donovan, je finis néanmoins par vider entièrement mon sac en racontant tout à ma meilleure amie, qui n'est pas du genre à juger les autres. Puis j'enchaîne sur notre journée de la veille et enfin sur ce soir, quand elle a sonné une première fois.

– Il était déjà là, avoue !

– J'avoue, réponds-je en rougissant. Je sais que c'est complètement fou, mais il me fait un tel effet que je n'ai encore pas pu dire stop à ce moment-là.

– Tu m'étonnes ! Je crois que je t'aurais même demandé de reporter notre soirée si j'avais eu un mec aussi craquant à disposition, m'avoue-t-elle en riant.

– Sûrement pas, j'avais besoin de passer cette soirée avec toi, honey.

– Pourquoi ? Je vois bien que tu es tracassée par un truc, qu'est-ce qu'il y a ? Tu as mis la main sur un mec canon, plein aux as, et qui, en plus, a de très bons goûts en ce qui concerne le choix de ses photographies, *Mazel Tov !* Non ?

– En fait, c'est un peu plus compliqué que ça.

Je lui explique donc qu'il a été parfaitement clair avec moi et qu'il ne veut rien de sérieux. Qu'il est à la recherche de plaisirs sexuels un peu originaux et qu'il prend la vie comme elle vient, sans penser à construire quoi que ce soit.

– Sam, je te connais. Je sais que tu as besoin de tout planifier et que dès que quelque chose sort de l'ordinaire, ça te fait peur… mais tu n'es quand même pas déjà tombée amoureuse, si ?

– Non, bien sûr que non ! Mais c'est la première fois que je couche avec un homme sans être en couple avec lui et ça me perturbe, je me sens un peu délurée.

Cela a le mérite de faire rire Charlie, ce qui me vexe un peu.

– Je n'ai pas eu trente-six hommes dans ma vie, mais j'ai déjà couché avec des mecs sans être leur petite amie, et ça a toujours été une réussite. Je ne te dis pas de renier tes convictions ni qui tu es au fond de toi, mais se lâcher un peu ne peut pas faire de mal, Mac !

Le besoin d'être conseillée et quelques verres de vin m'aident à me confier :

– Je n'ai jamais pris un pied pareil, Charlie !

– Eh bien alors, raison de plus ! Par contre, dès que tu sens que tu t'attaches, tu coupes les ponts ! Si le mec ne veut pas s'engager, n'y laisse pas des plumes, c'est tant pis pour lui et tout bénef pour toi !

– Mmmh, marmonné-je, dubitative. Je me connais, je ne suis pas faite pour ça, selon moi, et je comptais le lui dire mais… dès qu'on se voit, c'est plus fort que moi, je ne résiste pas.

– C'est plus fort que vous ! rectifie Charlie. J'ai bien vu comment il t'a regardée, Sam : ce mec te désire, c'est évident. Mais qu'est-ce que tu entends par « goûts spéciaux » ?

– Je ne sais pas vraiment, il parle d'être ouvert à toutes sortes d'expériences, du voyeurisme à l'exhibitionnisme en passant par je ne sais quoi d'autre, ajouté-je avec une grimace.

– Et toi ? Tu serais partante, dans l'absolu ?

– Non, je crois que je n'en ai pas envie et que j'en serais incapable même si je suis un peu curieuse, je l'avoue. Mais quand on est seuls, ce mec me regarde avec tellement d'envie qu'il me fait me sentir « normale ».

– Peut-être parce que tu l'es ! Et va savoir, le sexe pour le sexe pourrait peut-être t'aider à te libérer et à accepter enfin ton corps ?

– Je ne sais pas, j'ai l'impression de ne pas me respecter en faisant cela et, pourtant, je ne me suis jamais sentie aussi libérée sexuellement qu'avec lui, c'est hyper contradictoire, et je t'avoue que c'est un peu le bordel là-haut, dis-je en lui montrant mon crâne.

– Parfois, il ne faut pas trop réfléchir, Sam ! Allez, je commande des pizzas. Tout ça m'a donné faim !

– OK, par contre, je voudrais que tu évites d'en parler à Cam.

– Bien sûr, on peut aussi avoir nos petits secrets de filles ! Et tu as raison, il est aussi protecteur avec toi qu'avec moi, donc il vaut mieux éviter de lui en dire trop ! En plus, il travaille beaucoup sur le dessin que ton M. Sexy lui a demandé, je crois qu'il est pas mal inspiré, donc évitons de le perturber avec tout ça !

Une bouteille de vin, une pizza et quarante-sept fous rires plus tard, nous nous embrassons sur le pas de ma porte :

– Merci pour tes conseils, honey ! J'avais vraiment besoin de me confier et merci de ne pas m'avoir jugée.

– Je ne vois aucune raison de le faire, MacIntyre ! me dit-elle en me serrant fort dans ses bras. À demain, petite coquine, me lance-t-elle avec un clin d'œil.

– Grrrrr ! À demain, honey.

Une fois seule dans mon appartement, je remets tout en ordre et souris bêtement en m'arrêtant à hauteur du plan de travail de ma cuisine. Il est une heure trente du matin, je suis crevée et ne rêve que d'aller me coucher même si je ne travaille pas demain.

Je suis sur le point d'éteindre mon portable quand je remarque que j'ai reçu un SMS de Tyler à vingt-et-une heures trente :

[Bonsoir Sam, j'espère que tu trouveras
toutes les informations
qu'il te faut dans l'enveloppe
que je t'ai remise…
sinon, je me tiens à ta disposition.
Bonne soirée !]

Je n'ai pas envie de me prendre la tête à cogiter sur la formulation si formelle et impersonnelle de ce SMS et je décide de ne pas lui répondre.

Merde… Je n'ai même pas ouvert l'enveloppe, et ma mauvaise conscience me recommande d'y jeter un œil avant de dormir. Une fiche détaillée du programme proposé par Tohana & Cole Cosmetics, pour aider à améliorer le confort des jeunes malades y figure. Le nom de ma référente, Kate Lawson, et ses coordonnées sont mentionnés ainsi qu'une note manuscrite de sa part me suggérant une entrevue dans les locaux de T. &

C. Cosmetics à ma convenance. Je lui téléphonerai sans faute demain matin. Quelque chose attire mon attention au fond de l'enveloppe, et j'extirpe alors mon tanga, volé la veille par Tyler.

Je rougis en découvrant ma culotte et je ne peux m'empêcher de sourire face au culot de ce mec, décidément imprévisible. Je ne peux m'empêcher de me demander pourquoi il a joint mon tanga à ce courrier censé être professionnel. Son SMS était-il une façon détournée de s'assurer que j'avais bien trouvé sa petite surprise ? Je décide finalement de lui répondre :

[Bonsoir, j'ai bien trouvé
les documents et je contacterai
M^me^ Lawson dès demain matin.
Merci également pour la restitution
de l'otage :) À bientôt.]

Je vais tout juste au lit quand un bip m'annonce l'arrivée d'un SMS :

[C'est parfait ! Et pour ce qui est
de l'otage, ne me remercie pas,
le ravisseur l'a finalement
trouvée bien moins distrayante
que sa propriétaire ! ;)]

[Pardon, je pensais que tu aurais
ce SMS demain matin…
Tu es insomniaque ?
Il va falloir que je te dédommage
d'une façon ou d'une autre pour m'avoir
rendu ma petite culotte ?]

[Pas de souci, je ne suis pas
à la maison. Je pense en effet
qu'un dédommagement s'impose !
Bonne nuit, Sam.]

[Bonne nuit.]

Je ne sais pas pourquoi le savoir ailleurs que chez lui à cette heure de la nuit m'agace à ce point !

*Tu vois, si tu veux arriver à profiter de cette relation libre sans prise de tête, il va y avoir du boulot !* me murmure miss Van de Kamp. *Allez, on verra bien*, la contredit aussitôt miss Monroe. *Il faut au contraire prendre la vie du bon côté et juste profiter des séances de baise incroyables offertes par ce M. Sexy.*

J'éteins la lumière et décide de mettre aussi mon esprit sur « off ». Résolution difficile à tenir car je mets un temps infini à trouver le sommeil, la tête trop pleine de tout ce qui s'est passé avec Tyler ces derniers jours.

***

Le lendemain matin, je téléphone à ma référente, Mme Lawson, qui me fixe un rendez-vous à quatorze heures à son bureau, dans les locaux de T. & C. Cosmetics.

Je profite de ma matinée pour aller faire un saut à l'hôpital et voir Ethan, à nouveau très fatigué par sa séance de chimio qui a eu lieu deux jours auparavant, et dont les effets secondaires se font une nouvelle fois ressentir. En entrant dans sa chambre, je vois très bien qu'il a l'air épuisé, mais ce petit bonhomme courageux trouve quand même la force de me sourire. Je m'assois à côté de lui et lui fais un câlin.

– Salut mon grand, comment tu te sens ce matin ?

– J'ai vomi trois fois cette nuit et j'ai mal dans ma bouche, me dit-il.

Je sais qu'un des nombreux effets secondaires du traitement inclut une inflammation des muqueuses et du tube digestif, et mon cœur se serre.

– Qu'est-ce que je peux faire pour te faire plaisir, mon chéri ?

– Tu veux bien me lire mon livre, s'il te plaît ?

– Bien sûr ! Avant, essaie de boire un petit verre d'eau et ferme les yeux pour mieux imaginer l'histoire, d'accord ?

– Je suis sûr que tu vas m'endormir, Sam ! me dit-il avec un petit sourire triste.

– Oui, je l'espère, car tu as besoin de te reposer, et j'ai malheureusement un rendez-vous pour le travail. Mais je te promets de repasser en fin d'après-midi avec une surprise, ça te va ?

– D'accord, Sam, merci.

– De rien, mon chéri. Je t'aime très fort, tu le sais, hein ?

– Moi, je t'aime encore plus, me dit-il en ouvrant grand ses bras pour illustrer ses dires.

Dix minutes plus tard, il dort à poings fermés et je m'éclipse sur la pointe des pieds. Mia n'est pas de garde avant ce soir, je passerai donc faire un point avec elle en revenant tout à l'heure.

J'achète un sandwich que je mange sur mon trajet à pied et j'arrive devant les portes de T. & C. Cosmetics un peu en avance. Tyler est-il dans son bureau ? Je chasse cette idée de ma tête, car je dois me concentrer sur la raison de ma présence.

Je traverse le hall gigantesque et me présente à la personne de l'accueil, qui me dirige vers le septième étage. Je prends l'ascenseur de verre et frappe à la porte du bureau face à moi.

– Bonjour, je suis Samantha MacIntyre, j'ai rendez-vous avec M^me^ Lawson à quatorze heures.

– Bonjour, mademoiselle, je vais la prévenir que vous êtes là, si vous voulez bien patienter un instant, me répond l'hôtesse en me désignant des fauteuils.

– Merci beaucoup, lui dis-je en allant m'asseoir, un peu tendue à l'idée de l'enjeu de cette première rencontre.

Peu après, une très belle femme blonde se dirige vers moi en me souriant chaleureusement.

– Bonjour, je suis Kate Lawson, je suis ravie de vous rencontrer, mademoiselle MacIntyre !

– Tout le plaisir est pour moi, madame Lawson !

– Mademoiselle, me reprend-elle en souriant.

Nous nous serrons la main et nous dirigeons vers son bureau.

Il est très spacieux et épuré, et la vue est presque aussi incroyable que depuis celui de Tyler.

Elle m'invite à m'asseoir en face d'elle. De longues boucles blondes s'échappent d'un savant chignon et retombent autour de son visage. Ses yeux sont bleus et elle est maquillée avec goût, sa bouche rouge carmin révélant des dents blanches dignes d'une pub pour du dentifrice. Elle porte un tailleur qui laisse deviner son ventre rond de femme enceinte. Elle le tient d'ailleurs en s'asseyant et ajoute en souriant :

– Les joies de la grossesse, me disait-on, mon œil, oui !

Je lui souris, compatissante, et lui dis que le troisième trimestre est souvent le plus fatigant, mais qu'elle sera bientôt délivrée.

– Vous avez l'œil, j'en suis en effet au début du septième mois, me confie-t-elle.

– Je n'ai pas de mérite, je suis sage-femme !

– Ceci explique cela, me dit-elle gentiment. Bref, nous ne sommes pas là pour que je vous parle de mes envies de fraises et de mon besoin d'aller aux toilettes dix fois dans l'heure, plaisante-t-elle. Je suis la directrice marketing de T. & C. Cosmetics et M. Cole, que vous connaissez déjà, il me semble, m'a parlé de son projet. Je l'ai donc quelque peu chiffré et adapté au contexte économique actuel.

Elle m'explique alors qu'il s'agirait, dans un premier temps, de mettre en place un plan de communication pour sensibiliser les acheteurs potentiels sur le fait qu'un pourcentage de leurs achats de produits cosmétiques T. & C. Cosmetics serait reversé à la lutte contre le cancer. Cela serait expliqué via une publicité dans les journaux, à la radio, voire à la télévision, si les deux premières semaines « test » s'avèrent positives.

– Noël approchant à grands pas, les chiffres pourraient être conséquents, me dit-elle en me détaillant un diagramme complexe.

Elle me démontre alors, à grand renfort de chiffres prévisionnels, que la moitié de ce pourcentage serait reversée à la cause de la lutte contre le cancer et que l'autre moitié serait utilisée pour améliorer le quotidien des enfants hospitalisés en Angleterre, et plus particulièrement, dans un premier temps, à Saint-Thomas, si notre collaboration est conclue.

– C'est là que vous intervenez, si vous acceptez de faire partie de l'aventure. M. Cole a été très marqué par les lacunes, faute de moyens, de votre service de pédiatrie et par le nombre d'améliorations potentielles à apporter pour le confort des malades. Nous avons rencontré le directeur de Saint-Thomas qui a accepté, pour sa part, d'associer l'image de son hôpital à T. & C. Cosmetics et ainsi d'être le premier hôpital à bénéficier, pour son service de pédiatrie, des retombées financières de notre programme. Mais, pour superviser les besoins de ce service, nous avons besoin de vous, car vous êtes bien placée pour nous guider vers les améliorations à apporter en priorité. Cela fait beaucoup de choses à assimiler et c'est surtout un investissement personnel. J'ai conscience de tout cela, c'est pourquoi je ne vous demande pas une réponse immédiate, mademoiselle MacIntyre. Je vous ai fait préparer un récapitulatif de ce dont nous venons de parler, et si vous acceptez le poste, nous fixerons rapidement un nouveau rendez-vous afin que vous nous soumettiez vos premières idées. À l'intérieur de ce dossier, vous trouverez également une proposition de salaire.

– Je vais lire tout cela très attentivement et je vous donnerai une réponse très vite.

Je ne lui dis pas mais, en effet, tout cela fait beaucoup de choses à assimiler d'un coup. J'avoue que je suis très enthousiasmée par cette proposition, mais également un peu dépassée car tout ceci est bien loin de mon domaine d'actions habituel. J'ai un peu peur de ne pas être à la hauteur de cette tâche. Je veux donc prendre le temps de comprendre exactement où je mets les pieds avant de donner ma réponse, pour être certaine de donner le meilleur de moi-même si j'acceptais… et peut-être réfléchir à ce que cela impliquerait si je travaillais dans l'entreprise de Tyler.

– Alors, c'est parfait. Si vous avez des questions, vous avez mes coordonnées téléphoniques ainsi que mon adresse mail, donc n'hésitez surtout pas, je me tiens à votre disposition.

– Merci, mademoiselle Lawson, je vous recontacterai rapidement, lui dis-je en me levant.

Elle me raccompagne à la porte. Nous nous saluons et je retourne vers l'ascenseur. Je suis soulagée que cet entretien se soit bien passé. Kate Lawson est très professionnelle et assez sympa, donc travailler avec elle ne devrait pas être trop compliqué si tant est que je me décide à relever ce défi. Les portes s'ouvrent alors sur deux hommes, dont l'un est Tyler. Aussi élégant qu'à l'accoutumée, il est également beaucoup plus impressionnant, tiré à quatre épingles, dans ce cadre professionnel. Quand il pose les yeux sur moi, cette fois, il ne sourit pas, et son air très sérieux ne me permet pas de savoir s'il est content ou pas de me trouver ici. Je suis assez intimidée et je n'ose même pas lui sourire car il reste impassible et son expression est impossible à déchiffrer.

Il s'arrête à ma hauteur alors que l'autre homme continue son chemin vers les bureaux derrière moi.

– J'ignorais que tu étais dans nos locaux. J'imagine que tu viens de rencontrer Mlle Lawson. Tout s'est bien passé ? me demande-t-il.

– Oui, parfait, Mlle Lawson m'a détaillé le projet dans les grandes lignes et je vais l'étudier à tête reposée ce soir.

– Tu ne travailles pas, aujourd'hui ?

– Non, je reprends demain matin. Mais je vais quand même passer voir Ethan en sortant d'ici, lui dis-je même s'il doit s'en moquer.

C'est fou, malgré l'intimité de nos relations, je le sens très protocolaire et à nouveau très détaché. Comme si nous n'étions que des collègues travaillant ensemble sur un projet. C'est peut-être ça pour lui ? Il s'est déjà peut-être lassé de moi, alors que j'envisageais de tenter cette relation libre qu'il me proposait ? Quoi qu'il en soit, cette distance qu'il instaure à nouveau me déstabilise.

– Comment va le petit bonhomme ? s'enquiert-il.

Ou comment me surprendre mais dans le bon sens, cette fois ! Un peu rassurée par cette gentillesse, je lui réponds honnêtement :

À vrai dire, pas très bien, il a subi une autre séance de chimiothérapie et il supporte mal les effets secondaires. Je vais essayer de faire un point avec Mia, la chef du service, pour avoir ses derniers résultats d'analyses.

– Ses résultats ne sont-ils pas confidentiels, et seulement révélés à la famille ? Ou bien les « blouses colorées » y ont-elles accès ?

– Non, les résultats sont toujours confidentiels, tu as raison, lui réponds-je, mal à l'aise. En fait, c'est un peu plus compliqué que ça. Je, euh, à vrai dire…

– Sam ! Tu n'as pas à te justifier, c'était juste de la curiosité. De toute façon, je dois te laisser, me dit-il en regardant son portable qui vibre, je vais moi aussi voir Kate pour une réunion. Salue Ethan pour moi !

– Je n'y manquerai pas !

Je rappelle l'ascenseur, j'y pénètre quelques secondes plus tard et, en me retournant, j'aperçois Tyler penché sur un bureau et Kate Lawson qui le salue d'un baiser sur la joue. Ces foutues portes se ferment. Je suis plus irritée que je ne le devrais.

*Respire, MacIntyre, ils sont collègues, ils bossent ensemble !* me rappellent alors, à juste titre, les deux miss dans ma tête.

Il faut que je me reprenne, moi qui ne suis pas de nature jalouse quand je suis en couple officiel, je ne vais quand même pas l'être de toutes les jolies filles qui gravitent autour de Tyler, qui ne pense qu'à en profiter. Je secoue la tête pour chasser ces réflexions absurdes. Ce mec me fait tourner en bourrique, je ne sais plus quoi penser : il peut être adorable et la minute d'après, redevenir un vrai con arrogant et égoïste…

*Méfiance !* me conseillent mes deux miss, et je ne peux qu'être d'accord avec elles.

J'arrive dans le service de pédiatrie vers quinze heures trente, après m'être arrêtée dans un Starbucks pour acheter un café et quelques muffins aux pépites de chocolat pour Ethan, au cas où il aurait un peu d'appétit.

En entrant sur la pointe des pieds, je me rends compte qu'il dort toujours, je vais donc finir mon café dehors, dans les jardins, afin de le laisser se reposer et de profiter des derniers rayons du soleil de ce début octobre. J'en profite pour lire les documents que M^lle^ Lawson m'a donnés et griffonne quelques annotations dans la marge. Tout me semble très carré et parfaitement étudié.

Je sens que cela pourrait être une superbe opportunité d'améliorer considérablement les conditions de vie de nos malades. Je suis enthousiaste et déborde d'idées que je m'empresse de noter sur un morceau de papier. Le contrat stipule que je pourrai donner mon avis sur beaucoup des décisions que T. & C. Cosmetics pourrait prendre, et aussi que je serai tenue d'assister à une réunion hebdomadaire au sein de l'entreprise en compagnie des principaux décisionnaires. Cette réunion pourrait être fixée selon mon planning à l'hôpital, ce que j'apprécie d'autant plus. Je travaillerai essentiellement avec Kate Lawson et serai donc amenée à la voir plus souvent que les autres personnes impliquées dans ce projet, les plages horaires de nos rencontres étant déterminées selon les disponibilités de l'une ou l'autre.

J'arrive finalement à la dernière partie, qui traite de ma rémunération, et manque de tomber de mon banc : T. & C. Cosmetics me propose un salaire quasiment aussi élevé que celui de mon métier de sage-femme juste pour que je donne mon avis et que je m'implique comme il se doit dans ce projet. Je suis assez mal à l'aise de toucher autant pour quelque chose que j'aurais de toute façon pu faire en tant que bénévole si Tyler me l'avait demandé. Je ne vais pas mentir, avoir plus d'argent mettrait du beurre dans les épinards, mais je serais assez gênée de toucher cette somme démesurée pour la bonne cause. Je me promets donc de prélever un pourcentage de cette somme chaque mois et d'en faire profiter le service des blouses colorées, en achetant le matériel d'animation qui nous fait défaut ou de nouveaux jouets pour les enfants. Ça serait une façon pour moi de faire une bonne action et d'accepter ce salaire supplémentaire sans trop de culpabilité.

Je suis contente de me lancer dans cette aventure et ma décision est prise. Je décide de remonter voir si Ethan est réveillé, et, dans le couloir, je croise Mia qui m'embrasse chaleureusement.

– Comment vas-tu, ma belle ? demande-t-elle.

– Ça va, et toi ?

– J'attaque ma garde ici après avoir terminé ma première garde à la maison, plaisante-t-elle.

– Jason et les enfants vont bien ?

– Oui, il bosse beaucoup en ce moment car il a pas mal de chantiers, mais ça va. On a à peine le temps de se voir entre nos boulots respectifs, mais on a prévu de se faire un break, un week-end en amoureux pour nous retrouver un peu d'ici la fin de l'année.

– Vous avez bien raison ! N'hésite pas si tu veux que je garde tes enfants !

– Tu es adorable, Sam, me dit-elle, on verra, on n'en est pas encore là.

– Et Ethan, tu as ses résultats ?

– Oui, ses constantes sont bonnes mais il a beaucoup de mal avec les effets secondaires de la chimio : nausées, vomissements et troubles du système digestif qui est pas mal irrité. Il n'a pas fait de fièvre aujourd'hui et il n'a pas vomi depuis la nuit dernière. L'oncologue est passé hier soir et lui a prescrit de quoi le soulager. Je pense que le plus dur est passé pour cette fois encore, conclut-elle.

– Ouf, je suis rassurée ! Et sa tutrice ? Elle est passée ?

– Elle passe après-demain, normalement à quatorze heures.

– Toujours après la tempête, comme d'habitude…

– Eh oui, comme d'hab' ! Mais elle ne peut pas être partout, tu le sais bien. Le médecin doit la voir pour parler de la suite à envisager. J'essaierai d'être dans les parages pour te dire ce qui s'est décidé, me dit-elle.

– Merci Mia !

Je lui raconte ensuite dans les grandes lignes ce qui s'est passé suite à la visite de M. Cole et elle aussi est très enthousiaste, car elle imagine ce qu'une telle opération peut représenter pour son service.

Je lui demande de garder le secret tant que rien n'aura été rendu officiel, et je lui fais part de ma décision de m'impliquer dans ce projet, ce qu'elle valide à cent pourcents. Je la laisse travailler et regagne la chambre de mon petit bonhomme préféré. Sa longue sieste a dû lui faire du bien car il a retrouvé un peu de couleurs et semble plus reposé. Il sourit en me voyant.

– Coucou, mon chéri ! lui dis-je en m'asseyant près de lui pour lui faire un gros câlin.

– Coucou, Sam, tu vois, j'avais raison, tu m'as endormi avec l'histoire de ce matin !

– Oui, mais cela t'a fait du bien car tu as bien meilleure mine maintenant ! D'ailleurs, peut-être que tu as un peu faim ? demandé-je en espérant que ça soit le cas.

– Oui, un peu, mais pas pour de la compote, dit-il en faisant la grimace et en me montrant le petit pot posé sur la tablette au pied de son lit.

– Alors peut-être qu'un muffin aux pépites de chocolat passerait mieux ?

Je sors le sachet de mon sac.

– Oh ! Ouiii, me dit-il. Ça passera sûrement bien, ça !

Nous mangeons donc un muffin ensemble en regardant une émission à la télé. Je lui laisse le sachet sur la tablette, je sais qu'il n'en mangera pas plus qu'il ne peut. Ce petit garçon fait preuve d'une maturité trop précoce et la maladie y est forcément pour quelque chose. Nous jouons un peu aux cartes, je lui lis une autre histoire et je vois qu'il est fatigué. Je le laisse donc se reposer en lui promettant d'essayer de venir le voir le lendemain matin si j'ai un moment, vu que je suis de garde dès six heures. Après un énorme câlin, je sors de sa chambre, rassurée de constater qu'en effet le plus dur semble être passé cette fois-ci. Jusqu'à la prochaine chimio, du moins…

# 9

Je rentre chez moi et, après avoir hésité tout le long du trajet, je ne peux pas m'empêcher d'envoyer un SMS à Tyler :

[Bonsoir Tyler, j'ai étudié le contrat
que m'a laissé M^lle^ Lawson
et je voulais te prévenir en premier
que j'ai décidé de faire partie
de ton projet. Il faudra juste
que je revoie quelques points avec elle.
Merci de m'offrir l'opportunité
de participer à cette aventure.
Bonne soirée !]

[C'est surtout une opportunité
pour nous que tu participes
à ce projet, Sam ! Mon dîner d'affaires
est annulé, ça te dirait que l'on fête ça
ensemble ce soir ?]

J'espérais un peu qu'il me dise ça et je me doute bien qu'il a une idée derrière la tête, mais comme dit Charlie, prendre son pied sans attaches peut être une bonne façon de me donner confiance en moi tout en profitant simplement de ces parties de jambes en l'air incroyables. Alors je n'ai pas envie de réfléchir aujourd'hui, je vais suivre son conseil et vivre l'instant sans me projeter ou tout planifier. Je me sens audacieuse et je suis curieuse de voir ce que ce genre de relation purement sexuelle pourrait m'apporter.

[Oui, pourquoi pas,
mais je ne rentrerai pas tard
car ma garde commence
à six heures demain matin...]

[Alors viens boire un verre chez moi,
si tu veux, et je te promets
que je respecterai le couvre-feu
que tu choisiras. Jack peut être
chez toi d'ici vingt minutes.]

[D'accord, à tout à l'heure alors :)]

Je ne prends pas la peine de débattre une énième fois sur la question du transport, car je sais que c'est peine perdue, et j'avoue que c'est très agréable de se laisser conduire dans ses jolies voitures. Je file sous la douche et me change rapidement en enfilant une robe longue fleurie. Je dois admettre que j'ai néanmoins mis plus de temps que d'habitude à choisir mes sous-vêtements.

Miss Monroe se réjouit du choix de ce petit string en satin noir et du soutien-gorge assorti en narguant miss Van de Kamp qui, elle, boude dans son coin en me traitant de faible et de nymphomane.

Comme à son habitude, Jack est très ponctuel et je peux enfin repérer le chemin emprunté, contrairement à l'autre jour. Nous bavardons de façon très naturelle et spontanée. J'apprécie cet homme et je lui demande de m'appeler par mon prénom plutôt que « mademoiselle ». Il accepte en souriant et bientôt nous arrivons devant la superbe propriété de Tyler à Notting Hill.

Je descends de voiture et suis accueillie par le majordome que j'avais déjà rencontré.

– Bonsoir, mademoiselle MacIntyre, ravi de vous revoir, me dit-il.

– Bonsoir, monsieur Morisson, moi de même.

– Oh ! Vous pouvez m'appeler Victor, mademoiselle.

– Seulement si vous-même m'appelez Samantha, Victor !

Après Jack, j'espère qu'il acceptera, car je ne suis pas à l'aise avec toutes ces habitudes guindées.

Dans son dos, la voix de Tyler ne lui permet pas de me répondre :

– Si j'étais toi, je n'essaierais même pas de négocier, Victor. Samantha est impitoyable en termes de négociations, lui annonce-t-il en souriant.

– Très bien, qu'il en soit donc ainsi, Samantha ! me dit Victor en s'éclipsant discrètement après m'avoir débarrassée de ma petite veste en jean.

Tyler me guide alors au bord d'une grande piscine à l'extérieur. Il nous sert une coupe de champagne et nous nous asseyons, face à face, sur des fauteuils en osier. Il me regarde alors de ce regard direct et pénétrant que je commence à connaître et qui me trouble tellement.

– Je te trouve magnifique, ce soir. Plus excitante que jamais, dit-il en portant sa coupe de champagne à ses lèvres tandis qu'il continue à me détailler.

– Oh ! réponds-je bêtement en rougissant.

– J'aimerais que tu fasses quelque chose pour moi, dit-il d'une voix sérieuse. Écarte tes jambes pour me laisser voir ce qui se cache là-dessous.

– Mais…

– Tu peux le faire pour moi, nous sommes seuls, et j'ai très envie de te regarder.

Je suis excitée par cet ordre si impérieux et j'ai moi aussi envie de jouer, mais je ne suis pas à l'aise avec ce genre de défi. Il m'encourage d'un hochement de tête. Je remonte ma robe à hauteur de mes cuisses et décroise donc finalement et lentement mes jambes, mais les recroise immédiatement pour faire durer ce petit jeu. Cela le fait sourire mais il poursuit :

– Tsss tssss ! Je n'ai rien vu, écarte les jambes pour moi, Sam.

Son ton est ferme et la lueur dans ses yeux n'a plus rien d'amusée. Cet homme m'envoûte et j'ai très envie de lui faire plaisir. Je remonte donc un peu plus encore le tissu fleuri, heureusement assez large, et écarte mes cuisses l'une de l'autre, puis je le regarde fixer mon entrejambe. Je vois bien que ce petit jeu l'excite.

– Cette culotte est très jolie, mais c'est ce qu'elle cache que je veux pouvoir admirer ! dit-il le plus clairement possible.

Je n'ai jamais fait ce genre de choses et je ne suis pas très à l'aise mais je me fais violence et m'exécute. De toute façon, je suis déjà trop excitée pour songer à lui résister, et malgré mes complexes habituels, cette exhibition privée me trouble plus que je ne l'aurais pensé. Je me retourne quand même nerveusement vers la baie vitrée par laquelle nous sommes sortis sur la terrasse, et il me rassure :

– Mon personnel a ordre de ne pas me déranger, alors tu peux y aller.

Je me caresse doucement à travers le tissu de mon string puis passe timidement un doigt sous ma lingerie, mais je n'arrive pas à me résoudre à m'exposer ainsi. Mon cœur s'emballe et je suspends mon mouvement. Je ne veux pas m'exhiber de la sorte et je me rends compte que je suis face à une limite que je ne suis pas prête à franchir. Je retire ma main et referme instinctivement les cuisses. Puis j'ose enfin regarder Tyler. Son regard n'a rien de dur et je n'y lis aucun reproche. Il me fixe intensément et je vois clairement qu'il bande, mais je préfère jouer franc-jeu :

– Pardon, mais même si je sais que nous ne sommes que tous les deux, je ne suis pas à l'aise, je suis désolée… Joker ?

– Joker accepté. Pas de souci, et j'avoue que contrairement à mes habitudes, faire durer le plaisir peut aussi avoir du bon et se révéler être très excitant… Vous êtes décidément unique, mademoiselle MacIntyre ! Je dirais même plus : tu m'excites beaucoup, Sam. Je mentirais si je ne te disais pas que j'ai très envie de faire de toi ma sex friend. Mais soyons clair, je ne peux pas t'offrir plus que ça.

– Je l'ai bien compris, Tyler. Et je suis prête à essayer.

– Tant que tout est clair des deux côtés, je crois qu'on peut trinquer au fait que nous sommes tombés d'accord, alors ?

– En effet, lui dis-je en faisant tinter mon verre contre le sien.

– Viens ! me dit-il en prenant ma main et en me faisant rentrer à l'intérieur de la maison.

Nous retrouvons le salon qui a été le théâtre de notre première étreinte brûlante. Les souvenirs de la dernière fois s'imposent alors à mon esprit et j'espère que ce qui va suivre sera aussi intense que l'autre soir. Je m'assois sur le canapé.

– Sam, j'ai une caméra dissimulée dans cette pièce et je souhaiterais la mettre en marche pour nous filmer, m'annonce-t-il le plus naturellement du monde.

– Mais pour quoi faire ? demandé-je, aussi intriguée qu'inquiète.

– Se savoir filmés ou observés décuple le plaisir, comme je te l'ai déjà dit, et tu as ma parole que cette vidéo restera secrète et privée, Sam. C'est un bon moyen de voir si tu es réceptive à ce genre de choses ou pas… et si ça te déplaît, on arrêtera tout de suite.

Mon esprit et mon corps ne sont pas d'accord et, sur ce coup-là, j'ai du mal à lâcher prise.

– Tu me promets que…

– Si ça peut te rassurer, on pourra même détruire la vidéo après, OK ? propose-t-il simplement, s'asseyant près de moi pour embrasser cette zone sous mon oreille, qui me fait craquer.

À mesure que sa langue caresse la peau fine de mon cou, je sens ma capacité à réfléchir disparaître et laisse le contrôle à mon corps qui s'embrase déjà. Puis Tyler se recule un peu et hausse un sourcil interrogateur. Davantage rassurée et désireuse d'en avoir plus, je hoche la tête sans rien dire en signe d'assentiment.

Il appuie sur une télécommande et j'imagine qu'il vient de déclencher sa caméra à distance. Je ne peux m'empêcher de jeter un œil un peu partout pour essayer de découvrir où elle est cachée.

– Détends-toi, chuchote Tyler à mon oreille en se rapprochant encore plus de moi.

Il prend ma main, sur laquelle il dépose partout des petits baisers légers. Puis il s'empare de ma bouche et nos langues se retrouvent. Mon excitation monte crescendo et il est temps que je prenne un peu les choses en main. C'est toujours lui qui a ouvert les hostilités jusqu'à présent, or, à cet instant précis, caméra ou pas, j'ai très envie d'inverser les rôles. Je mets fin à notre baiser et le fixe avec intensité tout en m'asseyant à califourchon sur lui et en ouvrant un à un les boutons de sa chemise, dévoilant son torse et les colliers qu'il porte toujours. Le premier est un long collier en perles qui ressemble à un chapelet, et le second, une chaîne en argent assortie d'un pendentif. Je découvre des pectoraux parfaitement dessinés et un tatouage de style hawaïen qui commence en haut de son bras et recouvre son pectoral droit. Des lignes courbes et des symboles compliqués le composent, je prends le temps de l'admirer pour la première fois.

– Waouh ! Le tatoueur qui t'a fait ça est sacrément doué ! Je suis impressionnée.

– Je l'ai sélectionné car il est spécialisé dans ce style. Ce genre de tatouage est extrêmement détaillé et pointu, et il était primordial pour moi que la technique soit parfaitement maîtrisée. J'ai donc choisi le meilleur.

Je dessine du bout de mes doigts les lignes complexes et approche ma bouche pour y déposer des petits baisers, puis je mordille délicatement son téton, ce qui lui arrache un gémissement. Ma langue descend jusqu'à des abdominaux si fermes que j'imagine que ce mec doit passer un bon bout de temps à s'entraîner pour avoir ce corps de rêve. Bien décidée à en profiter, je descends doucement de ses jambes et m'installe devant lui à genoux. J'ouvre lentement la braguette et le bouton de son pantalon et ne trouve pas la barrière d'un caleçon. Je le regarde en haussant à mon tour un sourcil, ce qui le fait sourire, et j'extirpe de son pantalon son sexe trop à l'étroit car déjà en érection. Je commence par le caresser et je vois qu'il rejette sa tête en arrière et ferme les yeux. Sa réaction me donne encore plus envie de le satisfaire et j'approche donc ma langue de son gland. Je lèche délicatement son extrémité, ce qui le fait légèrement sursauter et se durcir encore plus. Puis ma bouche s'empare de sa queue et instaure de longs mouvements de va-et-vient très lents. Je sens que c'est moi qui mène le jeu et j'aime cette idée. Il grogne, ce qui m'excite encore plus. Je caresse alors ses testicules et les presse un peu plus fort.

– Putain, c'est trop bon, je ne vais pas tenir longtemps à ce petit jeu-là, tu me suces comme une déesse.

Ses mots m'excitent et j'accélère le mouvement de ma bouche. Il agrippe mes cheveux et bouge ma tête en un rythme rapide. Je me sens tout à coup moins dominante et le laisse une nouvelle fois reprendre le contrôle avec délice. Soudain, il me relève et m'embrasse avec passion. Puis il me fait m'asseoir sur lui, remonte ma robe au niveau de ma taille, et écartant mon string, il caresse mon sexe déjà trempé.

– Tu es toujours prête pour moi, et j'adore ça, m'avoue-t-il, la tête dans mon cou.

Il attrape une capote dans la poche de son pantalon et je la déroule sur son membre plus dur que jamais. Il soulève alors mes hanches légèrement et je m'empale sur son membre viril qui me donne ce que j'attends. Laissant le temps à mon corps de s'étirer et de s'adapter à son sexe, je donne un rythme lent à mes va-et-vient et il se laisse à nouveau aller, rejetant la tête et gémissant de plaisir. Mon excitation monte et mon rythme s'accélère. En parfaite harmonie, il agrippe mes fesses et me baise lui aussi de plus en plus fort.

– Tu es trop bonne, Sam… c'est ça, oui, bouge ton cul, me grogne-t-il à l'oreille.

Ces mots crus me font décoller et je ne tarde pas à jouir comme jamais tandis que je sens les spasmes de sa queue se joindre aux miens.

Nous restons enlacés un bon moment, nos cœurs battants à tout rompre et reprenant chacun notre souffle. Je me sens toute petite et incroyablement bien dans les bras de cet homme si fort et je pourrais rester comme ça pendant des heures, mais Tyler commence à bouger doucement sous moi, signe qu'il veut retrouver sa liberté de mouvements. C'est donc à contrecœur que je glisse près de lui sur le canapé. Je le vois appuyer sur la même télécommande que tout à l'heure, mais ni lui ni moi ne parlons. Dans le feu de l'action, j'ai même oublié que nous étions filmés. Il me regarde rapidement en se rhabillant mais je sens déjà une distance s'installer, comme presque à chaque fois que nous avons fini de faire l'amour. Je le sens se refermer comme une huître et je n'aime pas ça. Je m'approche de lui pour essayer de prolonger un peu notre complicité et avance ma bouche vers la sienne, mais il tourne la tête et m'embrasse sur la joue.

– Sam… commence-t-il.

J'ai un mouvement de recul tant ce rejet me blesse, mais je me reprends immédiatement pour ne pas le lui montrer et lui coupe la parole :

– Ne t'inquiète pas, ça va, réponds-je un peu sèchement avant de poursuivre. J'imagine que ça n'est pas le genre de choses que l'on fait avec un sex friend et que le baiser post-baise est exclu dans ce genre de rapports ?

– Sam…

– C'est bon, ne dis rien, Tyler, c'est moi qui en demande sûrement trop. Les choses sont claires, ne t'inquiète pas. D'ailleurs, je vais y aller.

– Très bien, je vais demander à Jack de te raccompagner, me dit-il, impassible, en sortant de la pièce.

Je sens une boule se former dans ma gorge rien qu'en pensant que je vais rentrer seule une nouvelle fois.

*Prends sur toi, MacIntyre !* m'encouragent mes deux miss qui ne veulent surtout pas que je perde la face, elles non plus.

Nous nous dirigeons sans un mot vers le perron de sa maison et, toujours blessée, je lui tends la main pour lui dire au revoir. Il me la prend et me fait un baisemain, mais je la retire très vite et lui souhaite une bonne nuit en descendant rapidement les marches, seule une nouvelle fois. Jack m'ouvre la portière, fait démarrer la voiture et, après quelques mots cordiaux échangés, me laisse perdue dans mes pensées qui se bousculent. Je ne veux pas pleurer.

# 10

Je frissonne et vais me jeter sous une douche chaude, où je laisse les vannes s'ouvrir et mes larmes couler à flots. Je ne sais pas si je pleure car je suis vexée ou parce que je comprends que je me voile la face en prétendant accepter de n'être qu'une sex friend à ses yeux.

Je n'ai pas eu beaucoup d'hommes dans ma vie mais, à chaque fois, je me suis sentie aimée et respectée. Et pourtant, je ne me suis jamais sentie aussi désirée que par Tyler. Je ne sais pas si je suis capable de dissocier ces deux éléments que sont l'amour et l'attirance. Je m'en veux de ne pas être en mesure de faire la part des choses en profitant de ces moments sexuels sans avoir besoin de plus. Et d'un autre côté, je lui en veux de ne pas avoir envie de me donner ce petit plus, même s'il a été clair dès le début. Me sentir rejetée de la sorte en essayant de l'embrasser a fait ressurgir beaucoup de souvenirs douloureux et le manque de confiance en moi. Comme un automate, j'enfile un pyjama tout doux et me glisse dans mes draps, toujours secouée par les spasmes dus à ma crise de larmes. Après avoir ruminé et même envisagé d'appeler Charlie pour me confier, je finis tout de même par m'endormir.

***

Le réveil à quatre heures quarante-cinq est difficile et je me prépare en ayant conscience que j'ai une tête de déterrée. Avant de partir, je vérifie bêtement que je n'ai pas reçu un SMS de Tyler, mais ma boîte de réception est vide.

*À quoi je m'attendais ?!*

J'ai déjà hâte de terminer ma garde pour faire une sieste cet après-midi ! Dormir pour ne plus cogiter. J'attrape mon bus de justesse et arrive pile à l'heure au travail. Pendant ma pause, je réussis à passer voir Ethan, qui va mieux qu'hier, ce qui me tranquillise. Il est beaucoup plus en forme et il est plongé dans l'un de ses dessins animés préférés quand je lui fais un gros câlin pour lui dire au revoir.

Je somnole dans le bus de retour et, à peine rentrée, m'écroule sur mon lit. J'émerge de ma sieste à cause d'un coup de sonnette. Ayant peu d'espoir que la personne derrière la porte soit Tyler ou ma meilleure amie, qui est en cours aujourd'hui, j'ouvre à contrecœur à un livreur caché derrière un joli bouquet de fleurs.

Je le remercie et pose cette petite merveille sur la table de mon salon. Je n'ai jamais reçu de bouquet de ma vie ! Il est composé de plusieurs fleurs blanches, d'un feuillage vert, et les tiges sont savamment maintenues entre elles par du raphia. Il est incroyablement beau et je décroche, fébrile, la petite carte glissée dans une enveloppe qui l'accompagne.

*Pour toi ! Merci pour hier, Tyler.*

Ce mot est si impersonnel que c'est à se demander s'il n'a pas un compte chez un fleuriste qui écrit la même carte à chaque nana que Tyler baise, ce qui m'énerve beaucoup trop.

Sex friend… Pfff, j'ai plutôt l'impression d'être un objet sexuel et je n'aime pas cela. Ce qui me semblait excitant hier ne l'est plus du tout aujourd'hui. Il ne veut pas se mettre en couple, soit. Mais même si j'ai cru en être capable, je ne peux pas être mise de côté et reprise quand bon lui semble, ça n'est pas moi, ça ! Je veux plus, j'ai *besoin* de plus. J'en ai déjà assez de ce jeu de yoyo, alors c'est décidé : je préfère qu'on arrête là, même si tous ces moments sexuels partagés avec lui sont les plus intenses et les plus intimes que j'ai partagés avec quiconque, et que tout ça va me manquer, lui compris.

Alors que je vais ranger la carte dans l'enveloppe, je m'aperçois qu'il y a quelque chose au fond et j'y trouve une mini-clé USB. Je rougis rien qu'en la tenant dans ma main, comprenant d'emblée ce qu'il y a dessus. Comment ai-je pu me laisser filmer ?! Je suis morte de honte. Je la mets de côté dans un des tiroirs de mon bureau, incapable de la regarder maintenant, voire peut-être jamais. Il faut vraiment que Tyler supprime l'originale, je suis mortifiée à l'idée que quelqu'un d'autre puisse tomber dessus.

Il vaut mieux que je lui parle rapidement pour mettre un terme à tout cela. Cette situation me dépasse complètement ! Et, même si ça me fend le cœur, je suis prête à me retirer de son projet financier pour l'hôpital. Il est hors de question que ce projet tombe à l'eau à cause d'une histoire de cul. Alors si je ne peux pas être celle qui aidera à le concrétiser, je lui proposerai le nom d'une ou deux autres blouses colorées très dévouées et aussi compétentes que moi.

Ma décision est prise et j'attrape mon téléphone.

[Merci pour les fleurs,
elles sont magnifiques.

Je souhaiterais te voir ce soir,
c'est possible ?]

[Ravi qu'elles te plaisent !
Où souhaites-tu que l'on se voie ?]

[Au pub Old Tavern, celui de mon ami
Donovan, vers 18 h ?]

[OK pour moi, à ce soir.]

Je ne réponds rien et me sers un café, histoire d'être bien réveillée pour affronter Tyler qui, semble-t-il, n'a pas bien compris le but de notre entrevue. Je ne sais même pas exactement ce que je vais lui dire. Une chose est sûre : je sais ce que je veux et ce que je ne veux pas, et ma décision est définitive. Alors oui, je redoute de le voir en personne, car je sais que j'ai du mal à lui résister. Si j'avais été lâche, je lui aurais envoyé un long SMS, mais je ne suis pas le genre de fille à me défiler, alors je vais prendre mon courage à deux mains et assumer.

Je m'habille volontairement très simplement, avec un jean et un pull gris à col en V sur lequel est marqué « *Keep cool and be yourself* ». Cet adage prend tout son sens aujourd'hui et me donnera le courage d'aller jusqu'au bout pour ne pas renier celle que je suis.

Il n'est que seize heures quarante-cinq mais je ne tiens plus en place, et arriver en avance me permettra de discuter un peu avec Donovan.

Je suis donc en avance d'une bonne heure quand je franchis les portes du bar. À ce moment de la journée, comme je m'en doutais, il n'y a pas beaucoup de monde et Don m'accueille avec un grand sourire, comme d'habitude. Je prends place sur un tabouret au bar et nous parlons de tout et de rien. C'est toujours facile de communiquer avec lui. Il n'est pas compliqué et il a toujours été gentil avec moi. Nous nous connaissons depuis le lycée. Il est le meilleur ami de Cameron, et très naturellement, il est venu compléter le groupe que nous formions, Cam, Charlie et moi. Nous avons évolué tous ensemble et il n'y a jamais eu d'ambiguïté entre nous. En revanche, j'ai souvent intercepté des regards entre Charlie et lui. Je l'ai souvent questionnée, mais elle m'a toujours répondu qu'il était comme un frère pour elle, même si je vois bien qu'il y a autre chose. Je soupçonne même qu'il s'est passé quelque chose entre eux, mais elle m'assure que non. Je ne veux pas l'embêter avec ça, mais je lui ai souvent dit que j'étais persuadée qu'ils seraient heureux ensemble. À chaque fois, elle se referme et je ne peux plus rien en tirer.

Je n'en ai jamais parlé à Don, même si je vois bien la façon dont il la regarde, lui aussi, comme si un secret les liait.

Je partage une belle crise de fou rire avec Don, qui me raconte une anecdote sur une cliente bien saoule qui dansait sur une table hier soir, quand je sens une main se poser sur mon épaule. Avant de le voir, je sais, à sa façon de me toucher, que c'est lui. Il salue Don et prend place près de moi sur un tabouret. Il commande une Leffe, Don me sourit et s'éloigne pour préparer le verre de Tyler.

– Comment vas-tu ? demande-t-il en mettant sa main sur mon bras.

– Ça va, lui dis-je en faisant mine de passer ma main dans mes cheveux pour rompre le contact.

Je veux mettre de la distance le plus doucement possible pour ne pas le braquer.

Il porte la veste en cuir noire qu'il portait déjà l'autre soir, un jean brut, un T-shirt dont le col en V blanc laisse apparaître une petite partie de ses tatouages. Ses cheveux sont ramassés mais mouillés et il sent divinement bon, ce qui me fait penser qu'il a pris sa douche juste avant de venir ici. Je commence malgré moi à l'imaginer sous la douche mais je repousse rapidement ces pensées. Je ne suis pas là pour ça !

– Alors, as-tu trouvé le petit bonus avec les fleurs ? demande-t-il, un sourire sensuel aux lèvres et son regard si bleu planté dans le mien.

– Oui, euh... Je ne l'ai pas encore visionnée et je ne sais même pas si je le ferai un jour, à vrai dire... avoué-je, faisant en sorte de bien choisir mes mots et de baisser les yeux pour garder en tête toutes mes bonnes résolutions qui ont tendance à être oubliées dès qu'il me regarde comme ça.

– Oh ! Vraiment ? Je ne l'ai pas encore vue non plus, mais on pourrait peut-être la regarder ensemble, pourquoi pas ? chuchote-t-il en me lançant un regard complice.

*Eh merde !*

Je souris faiblement mais ne peux m'empêcher d'inspirer profondément pour me donner le courage de poursuivre, et Tyler semble alors comprendre que quelque chose me tracasse.

– Sam ? anticipe-t-il.

– Je ne sais pas comment te dire les choses, Tyler, donc je vais le faire le plus simplement possible : j'ai compris hier soir que je ne suis pas faite pour ce genre de relation.

– Mais justement, il n'y a aucune relation autre que celle du plaisir, Sam, me rappelle-t-il, ce qui ne fait que me conforter dans mon choix.

– Justement. Je ne te reproche rien du tout et je ne chercherai pas à te faire changer d'idée sur quoi que ce soit. C'est moi qui ne suis pas faite pour ça. J'ai besoin d'être plus qu'une sex friend, Tyler, que ça soit avec toi ou avec un autre.

– Tu n'avais pourtant pas l'air de te plaindre de cet accord hier soir, me fait-il constater un peu sèchement.

Je prends sa remarque comme une gifle. Je ne peux pas le nier, la soirée d'hier était magique… jusqu'à sa conclusion. Je prends une profonde inspiration pour refouler les larmes qui me montent aux yeux.

– En effet, j'ai adoré à chaque fois que nous avons fait l'amour, Tyler.

– Tu veux dire à chaque fois que nous avons baisé, plutôt, non ?

Il me blesse volontairement et je ne reconnais pas l'homme devant moi.

– Tu n'as pas besoin de te montrer cruel, Tyler, inutile de jouer sur les mots.

– Tu sais que je suis joueur pourtant, répond-il, son regard très dur contredisant son ton supposément détaché.

– Bref, je crois que…

– Bref, je crois que tu vas redevenir la gentille petite fille coincée que tu étais avant que je te rencontre. Je me suis trompé, je pensais que tu serais à la hauteur, lâche-t-il.

Je commence à hausser le ton :

– À ta hauteur, Tyler ? C'est une blague ?

– Avec moi, tu as découvert une autre facette de toi, vrai ou faux, Sam ?

– Je ne nie pas le fait que tu as su révéler des choses en moi, c'est certain, et je ne remets pas du tout ça en cause, mais…

– Mais mademoiselle MacIntyre est bien au-dessus du commun des mortels, c'est ça ? me coupe-t-il, énervé à son tour. Mademoiselle MacIntyre mérite mieux, c'est bien cela ?

Il appelle alors Donovan et lui commande un whisky sec. Je jette un regard à mon ami qui semble comprendre qu'il se trame quelque chose et qui reste attentif tout en étant discret, ce que j'apprécie. Je suis vexée que Tyler sous-entende que je suis une nana qui se juge au-dessus des autres alors que c'est tout le contraire et j'éprouve le besoin de me justifier.

– Je ne me sens pas du tout supérieure. Tu ne sais rien de moi et je ne comprends même pas pourquoi tu t'énerves ! Après tout, tu n'attends de moi rien de plus que du sexe et je suis certaine que tu dois avoir plein de nanas prêtes à écarter les jambes pour toi, non ? Tu me remplaceras sans aucune difficulté !

Donovan choisit ce moment pour poser son whisky devant Tyler et s'éclipse après m'avoir fait un sourire me signifiant qu'il n'est pas très loin si besoin.

– Ne t'inquiète pas pour ma queue, chérie, elle n'a jamais dû se battre pour baiser et, en effet, ça n'est pas aujourd'hui que ça va commencer, balance-t-il avant d'avaler la moitié de son verre en une gorgée. Et surtout pas pour une nana aussi prude, si peu ouverte et si loin des femmes que j'aime me faire d'habitude. Finalement, ça n'est pas plus mal… on se lasse vite de la banalité, à vrai dire !

C'est la tirade de trop, qui réveille tous mes complexes. Une boule se forme dans ma gorge et menace de me faire pleurer. C'est hors de question : pas comme ça, pas devant lui ! Je rassemble tout mon courage pour ne rien laisser paraître.

– Je vais y aller. Je vais laisser ma place à quelqu'un d'autre, dans tous les sens du terme, car je ne m'impliquerai pas dans ton projet de lutte contre le cancer. Je peux te recommander quelques personnes, toutes aussi capables que moi pour…

– Non, dit-il sèchement.

– Non quoi ?

– Non, je refuse que tu lâches ce projet. Tu es adulte, et tu te dois de prendre tes responsabilités et de faire la part des choses.

– C'est l'hôpital qui se fout de la charité, là ! m'exclamé-je.

– Je ne m'engage jamais à la légère professionnellement et j'attends des personnes que j'ai sélectionnées qu'elles respectent leurs engagements. Certes, on ne baisera plus, mais tu peux mener à bien ce projet, non ? On ne sera pas forcés de se voir si c'est cela qui t'inquiète, dit-il en me fusillant d'un regard dur que je ne lui connaissais pas jusque-là.

– Excusez mon manque de discernement, oubliez ce que j'ai dit et considérez que je vais en effet respecter mes engagements professionnels, monsieur Cole, craché-je froidement.

Je me lève rapidement. Il se lève, lui aussi, et m'agrippe le bras, ses yeux lançant des éclairs. J'aperçois Donovan qui me surveille, sur le qui-vive, et lui fais signe que tout va bien. Je me dégage d'un coup sec de l'emprise de Tyler et poursuis, plus remontée que jamais :

– Je me suis trompée, Tyler. Tu m'as au moins appris une bonne leçon, et je ne parle pas de baise. Grâce à ce soir, je suis bien redescendue sur terre, alors merci, ça sera moins difficile de passer à autre chose. Je regrettais de ne rien savoir de toi mais je n'ai aucune envie d'en connaître davantage. Je ne suis peut-être pas la plus belle des nanas ou la plus douée au pieu, mais je mérite le respect ! Tu m'as donné l'impression d'être quelqu'un de particulier, mais je réalise maintenant que tu es comme les autres : un mec qui m'a manipulée pour me foutre dans son lit.

Je suis hors de moi et je n'ai pas envie de rester une seconde de plus près de lui, car je suis tellement vexée que je pourrais craquer à tout instant et il est hors de question que cela arrive devant lui.

– Sam, commence-t-il, nous devrions…

– Stop, on ne devrait rien ! Je me casse, je dois dîner avec des gens qui ne me considèrent pas comme une pauvre petite nana coincée et mal gaulée et qui, eux, ne me font pas me sentir comme une moins-que-rien !

– Je ne t'ai jamais... commence-t-il plus fort, mais je lui coupe la parole.

– J'ai morflé par le passé, et il est évident que je n'ai plus envie de laisser quiconque me traiter comme de la merde, alors bonne soirée ! conclus-je avant de faire volte-face.

Et sans jeter un regard en arrière, je quitte le pub. Tyler ne me suit heureusement pas, et je rentre à pied pour me défouler. J'arrive chez moi en un temps record et m'assieds sur le canapé le cœur battant à tout rompre, même si cela n'a aucun rapport avec ma marche rapide. Toutes sortes de sentiments m'assaillent : la fierté d'avoir été au bout de mes résolutions et de mes convictions, la colère et la tristesse de m'être fait avoir par un mec qui n'en voulait vraiment qu'à mon cul (une part de moi espérait encore qu'il essaie de me retenir), mais par-dessus tout, je me sens blessée. Ses mots humiliants ravivent en moi de mauvais souvenirs et ont ce pouvoir de me rabaisser et de me toucher en plein cœur.

C'est trop difficile de gérer ça toute seule, alors je passe un coup de fil à Charlie qui devine aussitôt que quelque chose cloche et m'invite à passer la soirée chez elle. Soulagée de pouvoir me confier et vider mon sac, je frappe à sa porte, et elle me crie d'entrer. Elle est sur son PC en train de retravailler des clichés.

– Juste une minute, Mac, je termine ça et je suis à toi.

– Prends ton temps, lui réponds-je en m'asseyant sur un fauteuil.

Cameron sort alors de la salle de bains, laissant derrière lui une bonne odeur de parfum.

– Salut ma beauté, tu vas bien ? demande-t-il en m'embrassant sur le front.

– Oui, et toi ?

Je ne veux pas parler de mes histoires de cul avec celui que je considère comme mon frère. Pudiques, l'un et l'autre, nous avons toujours gardé nos jardins secrets à ce niveau-là. Et je ne suis pas prête à lui parler de ce côté intime de ma vie qui a fait que j'en suis arrivée là. Avec Charlie, c'est différent. Peut-être que c'est plus facile pour moi de me confier à une femme ?

– Ouais, je file, j'ai un rencard avec une nana que j'ai rencontrée au studio.

– Tu aurais donc oublié ta règle de ne pas sortir avec une cliente ?

– Non, elle a juste accompagné son frangin, donc ça ne compte pas ! répond-il avec un clin d'œil.

– Tu es très beau, elle va craquer, c'est sûr !

– Merci ! Et vous, vous faites quoi ?

– On s'empiffre devant une série télé, en pyjama, et on casse du sucre sur le dos de tous les mecs de la terre ! répond Charlie à ma place.

– Oh là là, alors j'ai bien fait de sortir ce soir, moi ! Je n'ai pas du tout envie de revoir les mêmes épisodes de *Friends* pour la énième édition en vous regardant vous goinfrer de chocolat et de chips ! s'esclaffe-t-il, nous connaissant par cœur.

Il attrape son blouson et claque la porte en nous souhaitant une bonne soirée.

Charlie éteint son PC, me rejoint sur le canapé et me demande :

– Qu'est-ce que tu veux faire, Mac ? Picoler ? Sortir ? Manger des saloperies ? Dis-moi, je serai ta partenaire !

– J'ai besoin d'une oreille, honey, lui avoué-je, les larmes aux yeux.

– Raconte-moi tout, dit-elle simplement en se calant dans le canapé.

# 11

Charlie me connaît par cœur, je peux tout lui raconter : que j'ai fait l'amour comme jamais en acceptant d'être filmée jusqu'à notre dispute au bar de Don en fin d'après-midi, en passant par le fait que je ne suis pas faite pour être une sex friend. Elle me laisse parler sans m'interrompre, et une fois que j'ai fini de lui déverser mon torrent de confidences, elle répond :

– Ce mec est un con, un con sexy et incroyablement doué au lit a priori, mais ça ne lui donne pas le droit de te traiter comme ça !

– Je le sais, et ça m'a ramenée des années en arrière, quand je me suis sentie plus bas que terre… Je ne veux plus jamais ressentir ça, dis-je, sentant les larmes me monter aux yeux.

– Je sais, Mac, mais je sais aussi que tu n'es plus la même, que tu as évolué et que tu ne laisseras plus jamais cela arriver. Tu as bien fait de te méfier, la preuve : quand tu as dit stop, il t'a jetée comme une moins-que-rien. Il n'a même pas cherché à comprendre tes raisons et rien que pour ça, tu peux être certaine d'avoir pris la bonne décision.

– Alors, pourquoi je me sens si nulle maintenant ?

– Parce que tu es entière, Mac ! À vrai dire, quand je t'ai conseillé de te lâcher avec lui, de prendre comme ça vient, j'avais un petit espoir que ça déboucherait sur autre chose qu'un plan cul. Je comprends qu'être juste la sex friend d'un mec comme ça ne doit pas être évident et je pense que j'aurais réagi comme toi !

– J'aurais tellement voulu que ça se passe autrement.

– Je sais, mais dis-toi qu'au moins tu es fixée sur le fait qu'il ne cherche seulement qu'à enchaîner les femmes. Tu mérites le top du top et ça n'est certainement pas lui, MacIntyre ! Et si un jour tu dois le recroiser, tu as intérêt à garder la tête haute, car dis-toi que c'est lui qui a raté l'affaire du siècle ! Il est peut-être doué au pieu mais le jeu n'en vaut pas la chandelle !

Elle me fait un clin d'œil complice, un sourire, et je me détends quand elle me serre dans ses bras. Elle a raison, je ne devrais pas me rendre malade pour un mec avec qui j'ai simplement couché quelques fois, même si j'ai pris un pied d'enfer !

– Je fais une fournée de cookies « spécial connard » et un bon thé, pendant que tu nous cherches l'épisode où Monica se fait piquer par une méduse à la plage avec Joey et Chandler ! Ça ne pourra que te redonner le sourire.

– Ça marche, merci, honey !

Pendant qu'elle est dans la cuisine et que je surfe parmi les épisodes de notre série fétiche, je sens mon portable vibrer dans ma poche. J'y jette un coup d'œil pour y découvrir un SMS de Tyler.

[Tu as raison, jc n'aurais pas dû fairc
quoi que ce soit avec toi. Désolé.]

Ce SMS d'excuses, censé, j'imagine, me faire me sentir mieux, me fait au contraire encore plus mal car cela veut dire qu'il regrette tout ce qui s'est passé entre nous. Génial. Je refuse obstinément de lui répondre. Il regrette d'avoir couché avec moi ? Je regrette de l'avoir rencontré !

Déterminée à ne plus y penser, je passe la soirée avec ma

meilleure amie à manger des sucreries en pyjama devant la télé. Je refuse que Charlie voie combien je suis triste, car je veux lui prouver que je suis forte. Je fais donc bonne figure en essayant de chasser Tyler Cole de mon esprit… en vain. À vingt-trois heures, je rentre car je commence ma garde à six heures et après avoir tourné et viré dans mon lit, je finis par m'endormir au milieu de la nuit.

C'est donc aussi peu reposée que la veille que je me rends au travail.

La garde s'avère être très chargée, et les accouchements se succèdent à un rythme effréné. Une femme est même arrivée en hurlant dans le service et nous avons à peine eu le temps de l'installer sur un lit adapté et de découper son pantalon que la tête de son bébé était déjà là et que, trois poussées plus tard, un petit Enzo de trois kilos cent cinquante voyait le jour à grand renfort de cris puissants. Ces moments intenses ont eu le mérite de me faire me concentrer sur le moment présent et, à la fin de ma garde, je me sens finalement mieux et remplie d'adrénaline. Je suis en retard, comme souvent, pour quitter mon service et je descends donc, comme promis, voir mon petit Ethan qui doit recevoir la visite de sa tutrice, Amelia Lewis.

Quand je frappe à la porte, elle est déjà là et discute avec lui. Je lui serre la main et embrasse tendrement mon petit protégé. Nous parlons un peu tous les trois, puis nous sortons toutes les deux pour le laisser au calme et surtout pour pouvoir discuter entre adultes.

– D'après les oncologues, pour éviter de l'exposer à des infections éventuelles, il vaut mieux que Ethan ne retourne au foyer que lorsque ses séances de chimio seront terminées. Ce qui veut dire que ça n'est pas pour tout de suite car il lui en reste trois, et elles sont chacune espacées de plusieurs jours. Il devra donc passer Noël ici cette année, m'annonce Amelia.

Cela m'attriste aussi mais même si je me doute que ça ne sera pas le Noël rêvé pour lui, je la rassure :

– Il est hors de question qu'il soit seul le 25 décembre, Amelia. Mes proches et moi viendrons ici passer ce jour spécial avec lui. On décorera sa chambre comme il se doit, il déballera plein de cadeaux et mangera autant de bons petits plats maison que s'il avait passé ce jour en dehors de l'hôpital.

– Oh, Sam, vous êtes décidément adorable. Je vous remercie de prendre soin de ce petit bonhomme. Vous savez, je regrette de ne pas pouvoir passer plus souvent, mais je n'arrive pas à être partout tellement je suis occupée par l'organisation de la vie au foyer.

– Ethan est entre de bonnes mains, Amelia, et je comprends tout ça. Venir passer Noël avec lui ne sera en aucun cas un sacrifice pour moi, donc pas de souci. Il compte beaucoup pour moi, vous le savez.

– Oui, je le sais, Samantha, le lien qui vous unit est très beau. D'ailleurs, Ethan m'a confié tout à l'heure à quel point il vous aimait, ajoute-t-elle en me faisant un clin d'œil complice.

Entendre ces mots très précis me touche beaucoup, et je me sens tout à coup flattée et plus légère.

Nous retournons embrasser Ethan puis nous séparons aux portes de l'hôpital, et je prends le bus pour rentrer chez moi. Je m'affale sur mon canapé, dans le but de me reposer de ma mauvaise nuit, mais je reçois un coup de fil de Kate Lawson qui me dit qu'elle est ravie que je travaille avec eux, qu'elle a lu mes propositions et qu'elle souhaiterait que l'on se voie rapidement.

Je lui dis que demain serait envisageable pour moi, car j'ai trois jours de repos devant moi. Nous projetons de nous voir dans son bureau, vers dix heures du matin. Elle est toujours aussi spontanée et naturelle avec moi, ce qui me rassure, dans le sens où je me dis qu'elle ne doit pas se douter de ce qui a pu se passer entre Tyler et moi, et c'est tant mieux.

***

Grâce à une meilleure nuit de sommeil, je sors de chez moi parée pour ce joli projet qui m'enthousiasme malgré tout. Je suis sur le point de sortir quand j'entends la porte d'en face s'ouvrir : Charlie sort également.

– Bonjour, Mac, tu vas où ? On peut faire un bout de chemin ensemble ? Vu qu'on est vendredi, c'est mon jour pour donner un coup de main à l'accueil du Lond'ink et j'aimerais bien te parler d'un truc, débite-t-elle sans reprendre son souffle, signe de grande nervosité chez elle.

– Je dois voir M^lle^ Lawson pour faire un point sur le projet de T. & C. Cosmetics. Oui, faisons un bout de chemin ensemble si tu veux, dis-je en lui emboîtant le pas, inquiète. Qu'est-ce qui se passe, honey ? Tu m'intrigues là, ça ne va pas ?

– Eh bien, disons que j'ai reçu un coup de téléphone de l'un des directeurs de chez T. & C. Cosmetics pour m'annoncer qu'ils voulaient acheter trois de mes toiles.

– Waouh, mais c'est une nouvelle géniale, je suis trop contente pour toi ! dis-je en m'arrêtant pour la prendre dans mes bras.

– Eh bien... À vrai dire, je veux que tu me dises franchement, Sam : si tu ne veux pas que je signe, je ne le ferai pas !

– Mais enfin, tu es folle, pourquoi je voudrais ça ?

– À cause de M. Connard ? demande-t-elle un peu gênée, et je comprends enfin pourquoi elle semble si mal à l'aise avec moi.

– Écoute-moi bien, honey ! Tu as enfin l'opportunité de te faire connaître et ça peut être un super tremplin pour toi, alors fonce ! Ce qui s'est passé entre lui et moi n'a rien à voir avec ton talent, alors ne te pose même pas la question une seule seconde ! Et puis, je me sens beaucoup mieux depuis hier.

– Sûre ? Parce que je suis censée en reparler avec quelqu'un de chez eux au téléphone aujourd'hui, normalement.

– Certaine ! Depuis le temps qu'on attend ça, c'est pas ce mec qui va nous gâcher notre plaisir !

– T'as raison, ma poule ! On va fêter ça dignement ce week-end !

– Et comment ! lui réponds-je en l'étreignant.

– Allez, je vais à gauche et toi à droite, dit-elle, visiblement soulagée, et surtout, si tu le croises, Mac, n'oublie pas : tête haute, et pas un regard, OK ?

– T'inquiète, même pas en rêve ! lancé-je en espérant tout de même ne pas avoir à l'apercevoir, même de loin.

Une fois devant les bureaux de T. & C. Cosmetics, je croise les doigts dans la poche de ma veste et arrive au bureau de Kate Lawson. La secrétaire me dit que je suis attendue et que je peux frapper. La voix de Mlle Lawson m'invite à entrer. Elle est au téléphone et me fait signe de m'asseoir. Je suis rassurée de ne pas avoir croisé Tyler, et les battements de mon cœur reprennent doucement leur rythme habituel. Elle raccroche, je la salue en lui serrant la main :

– Bonjour, mademoiselle Lawson, je suis ravie de vous revoir.

– Moi de même, mais que diriez-vous de m'appeler Kate ? Après tout, nous allons travailler souvent ensemble sur ce projet, non ?

– Pas de souci, mais si vous m'appelez Samantha, alors !

Elle acquiesce et nous commençons à faire le point sur mes remarques et les annotations que j'ai pu apporter à son document initial. Elle les valide une à une et arrive à une idée que j'ai eue concernant la répartition des dons.

– Je souhaite que vous développiez ce point en particulier tout à l'heure, me demande-t-elle.

– Tout à l'heure ? lui demandé-je, soudain inquiète.

– Oui, vous n'avez pas reçu mon mail hier soir ? Le conseil se réunit à onze heures et a demandé à vous rencontrer pour faire votre connaissance.

– Le conseil ?

*Bordel, non, tout mais pas ça !*

– Mais… Je n'ai rien préparé du tout ! Oh ! Je suis désolée, je n'ai pas le réflexe de consulter mes mails le soir donc je ne l'ai pas vu, dis-je en commençant à paniquer, je me suis endormie très tôt et…

– Samantha, pas de panique ! me dit Kate. Il suffit que vous leur parliez comme à moi et ça sera parfait ! Il n'est pas question pour eux de porter un jugement sur vous, sur votre façon de parler ou votre travail, mais simplement d'une première prise de contact. Vous allez être parfaite, et je serai là.

– Merci Kate, mais je n'ai pas l'habitude de prendre la parole en public et encore moins d'être le centre d'attention.

– Ne vous en faites pas, ça va bien se passer. Il nous reste un petit quart d'heure, je suis désolée, mais je dois m'éclipser un instant, ma vessie est sur le point d'exploser, et il faut que j'y aille pour la trois centième fois de la matinée !

– Les joies de la grossesse, Kate ! lancé-je, compatissante.

Elle lève les yeux au ciel en souriant et quitte la pièce, très élégante dans son tailleur bleu pâle qui met en valeur sa silhouette parfaite au joli ventre bien rebondi. Je me retrouve seule et j'essaye de me raisonner.

*Après tout, il ne sera peut-être pas présent ? Il n'y aura peut-être que trois ou quatre personnes à cette réunion ? Et si je bégaye et que je perds tous mes moyens ? Oh ! Il faut vite que je me passe un coup de brosse dans les cheveux et que je vérifie un peu mon maquillage !*

Mais avant d'avoir pu me lever, mes pensées sont interrompues par le retour de Kate qui me propose de la suivre afin que nous nous rendions dans la salle où est prévue la réunion.

Nous descendons d'un étage et entrons dans une pièce sobre, où trône une grande table autour de laquelle sont déjà assises une dizaine de personnes. Je m'assieds là où mon nom est indiqué sur une carte et me détends, ne voyant pas de Tyler à l'horizon. Je consulte mes notes fébrilement pour me donner une certaine contenance quand, finalement, deux hommes entrent et ferment la porte derrière eux. L'un d'eux est évidemment celui que je ne veux pas voir aujourd'hui. Nos regards se croisent rapidement, je m'empourpre immédiatement en baissant les yeux et en maudissant ma foutue propension à rougir.

L'autre homme s'assied en bout de table. Lui aussi a des yeux bleus incroyables et je devine immédiatement qu'il s'agit de son père. Ils se ressemblent, imposants, tirés à quatre épingles et, par leur attitude de dirigeant, ils imposent le respect.

– Mesdames, messieurs, bonjour, commence-t-il, nous sommes ici pour aborder les principaux points à revoir en étude avant de lancer la campagne de soutien de lutte contre le cancer et d'amélioration des hôpitaux de Londres.

M. Cole a une prestance folle et sait s'exprimer. Il se dégage de lui un sentiment de force. Pendant tout ce temps, je m'empêche de regarder Tyler et je garde la tête baissée. Si je dois faire bonne impression, il faut que j'occulte le fait qu'il est dans la pièce, sinon je n'y arriverai pas. Il a ce don de me déstabiliser en un regard, je ne veux donc pas risquer un seul coup d'œil vers lui, même si la tentation est grande. Je suis focalisée sur mes notes quand Kate prend alors la parole :

– À ce propos, si je peux me permettre, monsieur Cole, je souhaiterais vous présenter M$^{lle}$ Samantha MacIntyre, ici présente, dit-elle en me désignant, elle sera le lien entre nous et l'hôpital

« test » choisi, à savoir Saint-Thomas.

– Bonjour, mademoiselle MacIntyre, je suis ravi de faire votre connaissance, me dit M. Cole père. Je suis William Cole, président de Tohana & Cole Cosmetics.

– Mlle MacIntyre m'a soumis une idée qui me semble intéressante, et c'est pourquoi je voudrais qu'elle la soumette aujourd'hui à la réunion du conseil, enchaîne Kate.

– Très bien ! Nous vous écoutons, mademoiselle MacIntyre.

Je remarque alors du coin de l'œil que Tyler garde, lui aussi, la tête baissée, et qu'il m'ignore prodigieusement, ce qui me facilite la tâche et me permet de rester concentrée. Je respire un grand coup, prends mon courage à deux mains et commence :

– En fait, il apparaît qu'une moitié des fonds récoltés ira à la ligue de lutte contre le cancer, mais que l'autre moitié sera destinée à l'amélioration des locaux, des appareillages et des conditions de vie des malades du cancer, en l'occurrence ici, des enfants. C'est un point essentiel et indiscutable du projet, bien entendu, mais au-delà de l'aspect matériel, je trouve que l'on oublie souvent la notion d'espoir, nécessaire au long processus de guérison. Certains malades, qui ont pu bénéficier d'autres aides de ce genre, ont pu exaucer quelques-uns de leurs désirs, pour ne pas dire rêves, et il s'avère que cela a souvent joué un rôle prépondérant dans leur guérison.

– Comment cela ? demande M. Cole.

– Eh bien, le fait de se donner un but à atteindre, un objectif, redonne bien souvent l'envie à ces enfants de continuer à se battre. Si je peux me permettre, imaginez-vous cloué au lit avec une maladie qui peut s'avérer mortelle, ne voudriez-vous pas exaucer certains de vos rêves et vous battre pour cela ? Alors, dites-vous que donner cette possibilité à un enfant malade peut représenter un gros pourcentage de la guérison ou de sa volonté de se battre. Les enfants n'ont pas la même façon que nous, adultes, de fonctionner, et leur offrir cela pourrait considérablement changer la donne, selon moi.

– Et comment proposez-vous de mettre cela en œuvre ?

Tyler me regarde à présent avec attention, mais peu importe, je suis lancée et je me concentre sur M. Cole père et sur mes petits protégés de l'hôpital.

– J'ai pensé qu'une partie de la somme attribuée au service pourrait l'être sous forme de chèques cadeaux virtuels. Chaque enfant a ses propres envies, alors nous pourrions, selon leurs passions ou leurs goûts, faire en sorte de financer le rêve de certains d'entre eux. Cela peut paraître de prime abord non prioritaire, mais je pense au contraire que c'est un point primordial.

– Intéressant, donnez-moi un exemple de ces rêves, mademoiselle MacIntyre, me demande M. Cole père.

– Le premier exemple qui me vient à l'esprit concerne un petit garçon qui se bat contre une leucémie : Patrick. Il est fan de football et plus particulièrement de l'Arsenal FC. Si, avec une somme de la partie « rêves », dont le montant serait plus ou moins décidé à l'avance, nous pouvions lui offrir des places pour assister à un match, par exemple, voire rencontrer certains joueurs, s'ils l'acceptent, je suis certaine que cela représenterait une bulle qui lui permettrait d'échapper un temps à sa maladie. Cela serait bénéfique à cet enfant qui ne voit que la même chambre chaque jour depuis longtemps et qui a sûrement oublié que la vie peut être belle en dehors de cet univers de souffrance.

– C'est un projet fort intéressant, et qui me parle, mademoiselle MacIntyre. Bien sûr, il faudrait chiffrer tout cela et procéder à une étude de marché adaptée à la mise en place de ce genre d'action.

Je suis tellement enthousiaste que j'enchaîne :

– Si je peux me permettre, monsieur Cole, je pense qu'au-delà du plaisir pour les enfants concernés, le fait de rendre possible des rêves d'enfants malades du cancer pourrait renvoyer au grand public une image très positive de T. & C. Cosmetics. Si ces moments privilégiés étaient mis en valeur à l'aide d'une campagne de communication adaptée, cela pourrait non seulement avoir un impact sur l'image que vous renvoyez à vos partenaires et aux consommateurs, mais également sur votre chiffre d'affaires.

– Eh bien, mademoiselle MacIntyre, je suis impressionné. C'est une idée qui me plaît beaucoup ! Tyler ? demande-t-il en se tournant vers son fils.

J'ose enfin jeter un regard à Tyler, qui, tête baissée, répond froidement :

– Je valide aussi.

*Plus loquace, tu meurs,* me dis-je ironiquement, un peu irritée qu'il ne soit pas aussi enthousiaste que son père.

– Alors, nous allons mener les études nécessaires à ce projet et nous tiendrons une réunion rapidement afin de connaître les possibilités techniques et financières à accorder à ces rêves, dit son père.

– Merci de m'avoir écoutée, monsieur Cole.

– C'est une bonne idée, mademoiselle, et si jamais vous décidez de changer de métier, je suis persuadé que nous pourrions vous trouver une place chez T. & C. Cosmetics ! J'aime les gens qui ont des idées et qui savent les exploiter.

– Je vous remercie, mais j'aime trop mon travail, monsieur, dis-je honnêtement, même si ses compliments me flattent énormément.

Après presque une heure de discussions entre les personnes présentes autour de la table sur la meilleure stratégie à adopter pour mener à bien ce projet, M. Cole conclut :

– Je vous remercie tous, et si personne n'a autre chose à ajouter, au boulot !

Je me lève et Kate me glisse à l'oreille qu'elle n'aurait pas fait mieux, ce qui me fait très plaisir.

Je suis interpellée par M. Cole qui me demande de rester un instant, avec Kate. Il a la main sur le bras de son fils, comme pour le retenir. Rien qu'à voir la posture de Tyler et son visage fermé, je constate qu'il est aussi tendu que moi à l'idée de nous retrouver en comité restreint. Une boule se forme dans mon ventre et je lutte pour garder un air enjoué quand M. Cole reprend la parole :

– Je suis ravi de votre intervention, mademoiselle MacIntyre. Demain, nous organisons un dîner chez moi avec quelques membres du conseil, et je souhaiterais que vous soyez des nôtres, si vous le voulez bien.

Tyler tourne rapidement la tête vers son père. Visiblement, il est décontenancé par cette invitation spontanée. Moi-même, je m'attendais à tout sauf à ça et je suis vraiment prise au dépourvu. Je ne peux alors m'empêcher de regarder Tyler pour qu'il me donne un indice sur ce qu'il pense et m'aider ainsi à répondre, mais il m'ignore religieusement même si je sais qu'il sent mon regard sur lui.

– Kate, tu ne peux toujours pas te joindre à nous ? demande M. Cole.

– Non, je suis désolée, mais je vais passer le week-end chez mes parents, comme prévu, avant de ne plus pouvoir bouger, ajoute-t-elle en montrant son ventre.

– Je comprends bien, une autre fois alors. Mademoiselle MacIntyre, pouvons-nous compter sur vous ?

Je jette un regard à Tyler, qui garde obstinément les yeux baissés. Il m'ignore et cela commence à m'énerver sérieusement. Je ne vois pas comment refuser une telle invitation et je réponds donc :

– Cela sera avec plaisir, monsieur Cole.

– Parfait, Kate vous donnera l'adresse. Nous vous attendons pour dix-huit heures. À demain.

Il me tend la main et serre fermement la mienne. Tyler me salue d'un faible signe de tête, avant de sortir.

Je le regarde s'éloigner, un peu déboussolée par tout ce qui vient de se passer. Kate me confirme qu'elle m'enverra l'adresse de M. Cole dans la journée et me félicite chaleureusement à nouveau, en s'excusant car elle a un déjeuner d'affaires.

Je quitte donc les locaux de T. & C. Cosmetics assez partagée par tout ce qui vient de se passer. Je suis soulagée et satisfaite d'avoir réussi à parler devant tous ces gens et a priori d'avoir eu de bons arguments. Je suis même assez fière d'avoir été complimentée par le grand boss. Mais maintenant que je suis loin de cette pièce, une autre part de moi n'arrive plus à faire comme si de rien n'était : avoir revu Tyler et essayer de faire abstraction de son regard a été un challenge aussi difficile que de faire cette présentation devant ces inconnus. Mais lui n'a même pas daigné lever les yeux vers moi une seule fois. Il a clairement fait comme si je n'existais pas et comme si nous étions de parfaits inconnus alors que ce que nous avons partagé me semblait pourtant très intime. Ne pas pouvoir le voir sourire, sentir son odeur, ou sentir ses mains sur moi me manque plus que je ne le pensais. Il faut vraiment que je le voie le moins souvent possible, car le côtoyer est encore trop difficile pour moi.

J'ai marché sans m'en rendre compte jusqu'au Lond'ink, où je retrouve Charlie et Cam.

Je leur propose de déjeuner, mais Cam, qui doit revoir la même fille qu'il a vue hier, mais qui n'a pas le temps ou l'envie de nous en dire plus, file comme une fusée.

– Et toi ? Ça te dit de manger un morceau, Charlie ?

– Oh que oui, je meurs de faim et tu as des choses à me

raconter, je le sens, alors *let's go* !

Dix minutes plus tard nous sommes attablées dans un Prêt à manger et je commence ma salade tandis que Charlie mord à pleines dents dans son sandwich au poulet.

– Alors vas-y, raconte ! Tu l'as vu ? demande-t-elle, la bouche pleine.

– Mieux que ça, j'ai passé une heure en réunion à la même table que lui !

Je lui raconte donc dans les détails tout ce qui s'est passé : de l'attitude de Tyler à mon speech devant tout le monde en passant par l'invitation de dernière minute de M. Cole. Elle me félicite d'avoir « trop géré », comme elle dit, et moi-même, je pense que je ne m'en suis pas trop mal sortie, même si je lui avoue qu'il y a encore de la marge avant que je n'arrive ne serait-ce qu'à croiser Tyler sans être attirée par lui malgré son attitude détachée.

– C'est normal, Mac. Il a su te faire grimper aux rideaux comme personne, il va falloir du temps pour que ta libido ne monte pas dans les tours dès que tu le vois ! Du coup, tu vas vraiment y aller demain ou tu vas esquiver ?

– Je vais y aller. M. Cole a été si gentil avec moi que je m'en voudrais de ne pas honorer ma parole, et dans les semaines à venir je vais être amenée à croiser Tyler par la force des choses, donc il faut que j'arrive à reprendre le cours normal de ma vie sans tenir compte de lui, tu ne crois pas ?

– Bien sûr que si ! Et tu vas mettre quoi sur ton joli p'tit cul ? J'imagine que ta soirée va être hyper chicos, non ?

– Oh ! Je n'y ai même pas pensé, à vrai dire… Je crois que j'ai trouvé ce que je vais faire de mon après-midi, lui réponds-je, loin d'être enchantée par cette idée de shopping de dernière minute, en solo, de surcroît.

– Mission tenue chic ? T'inquiète, j'appelle Cam pour lui dire que je ne repasserai pas cette aprèm au Lond'ink et je t'accompagne !

– Vraiment ? Ouf, génial ! Merci, honey !

– T'inquiète, ça me fait plaisir et ça va me faire du bien, à moi aussi !

Nous partons donc à la recherche d'une tenue habillée pour le repas de demain chez les parents de Tyler. C'est surréaliste ! Si on m'avait dit ça il y a une semaine, je ne l'aurais pas cru.

Nous dénichons finalement une robe longue rose poudré, très fluide, dont le col en forme « cache-cœur » met en valeur ma poitrine généreuse. Je craque aussi sur une jolie paire d'escarpins argentés auxquels j'assortirai le collier fin en argent que m'a offert ma mère l'an dernier.

Je me sens plutôt féminine dans cette tenue. Je ne peux m'empêcher de me demander si Tyler sera présent à cette soirée et, si c'est le cas, s'il me trouvera jolie. Je ne devrais même pas me poser ce genre de questions, mais grâce à lui je me suis sentie belle et désirable. C'est difficile de devoir tirer un trait sur cette sensation délicieuse de se sentir sexy dans les yeux d'un homme que l'on trouve également très attirant. Mais il faut que je passe à autre chose, même si je suis triste car, désormais, il ne me jettera plus le moindre regard et gardera obstinément les yeux rivés par terre dès que je serai près de lui.

# 12

Toute la journée du samedi, j'ai mal à l'estomac. Je suis même allée chez le coiffeur pour redonner un peu de forme à mes cheveux. Je me suis préparée à partir de quinze heures, pire que si je me rendais à un bal de promo. Charlie est passée m'aider à me maquiller et essaie de me rassurer, mais le stress monte peu à peu. J'ai aussi prévu un sac avec une tenue décontractée qu'elle emportera avec elle au pub pour que je puisse me changer en les rejoignant plus tard.

– Ne stresse pas comme ça, Mac, c'est juste une soirée chez des gens pleins aux as, mais dis-toi qu'ils sont comme toi et moi ! Et après tu nous retrouveras au Old Tavern, si tu veux encore côtoyer des petites gens comme nous, plaisante-t-elle.

– Oui je sais, mais je crois que je stresse car je veux être impeccable pour ne donner aucune occasion à Tyler de se moquer de moi.

– Aucun risque, tu es magnifique ! Regarde-toi, dit-elle en me faisant pivoter face à mon miroir, qu'est-ce que tu vois ?

– Honey, je ne…

– Pas de ça, Mac, je veux que tu me dises ce que tu vois, et point !

Pour me donner confiance en moi quand j'étais adolescente et très mal dans ma peau, Charlie me demandait de me décrire devant un miroir pour me faire prendre conscience de mes atouts. Nous n'avons pas renouvelé cette expérience depuis des années, c'est dire si elle me sent tendue et peu sûre de moi ! Je lui souris dans le reflet, soupire et lève les yeux au ciel, mais je sais que je ne vais pas y couper, alors je me lance :

– Je me vois moi, Sam MacIntyre. Je me sens endimanchée même si je dois admettre que cette robe est magnifique. Je ne me sens pas à l'aise car je n'ai pas l'habitude de porter ce genre de vêtements même si le tissu fluide évite de trop dévoiler mes formes.

– Arrête de me parler de tes fringues et décris-toi, Sam !

– OK, je vois une nana qui arbore un joli chignon savamment réalisé cet après-midi par un coiffeur hors de prix.

– Tu me donneras sa carte, plaisante Charlie, continue !

– Je me suis fait maquiller par une pro qui, grâce à un super effet *smoky*, a su mettre en valeur mes yeux marron et donner à ma peau un joli teint hâlé et doré.

– Trop forte, cette nana ! Tu aurais pu aussi mentionner tes lèvres naturellement pleines, sexy et magnifiées ce soir par ma touche de gloss, mais passons ! ajoute-t-elle, faisant mine d'être offusquée. Quoi d'autre ?

Je m'observe et me concentre alors sur mon corps. Mes complexes sont tenaces et, même si maintenant ça va mieux de ce côté-là, c'est toujours compliqué pour moi de me détailler physiquement. J'inspire profondément et poursuis :

– Mes seins sont un peu à l'étroit dans ma robe mais je dois admettre qu'elle me fait un joli décolleté en V.

– Oh que oui ! Si je pouvais avoir les mêmes, je signerais direct, rit Charlie qui, loin d'en être dépourvue, a toujours voulu avoir une poitrine aussi généreuse que la mienne.

– Ma taille est mise en valeur par la forme empire de la robe, et mes jambes et mes fesses sont bien camouflées, du coup.

– Stop ! Mauvaise réponse, Mac ! Je crois que tu as besoin d'une petite piqûre de rappel, me serine ma meilleure amie.

Elle se place derrière moi, face au miroir, et pose ses mains sur mes hanches.

– Tu as tout ce qu'il faut là où il faut ! Tu te vois toujours telle que tu étais avec tes kilos en trop, mais ton corps n'est plus le même. Tu as beaucoup changé : tu as un ventre plat et tes formes généreuses sont bien réparties et forment un ensemble équilibré, tout en féminité. Tu as la chance d'être pulpeuse tout en étant mince, Mac, c'est quand même génial ! Certaines femmes payent une blinde pour avoir ta chute de reins et d'autres tueraient pour avoir tes fesses rebondies, conclut-elle en me donnant une bonne claque sur le derrière, ce qui me fait éclater de rire. Écoute-moi, tu es belle, mais tu n'en as juste pas conscience. La beauté est subjective, arrête de faire une fixette sur les silhouettes parfaites qui n'existent pas en dehors des magazines. Ça ne veut rien dire d'avoir des mensurations parfaites. Tu as un corps bien proportionné, féminin et sexy, alors arrête de douter et fais-toi confiance, MacIntyre !

Je suis émue et je dois admettre que je me sens boostée et beaucoup plus sûre de moi. Je me retourne et serre dans mes bras celle qui sait toujours trouver les mots. Elle met un terme à notre câlin et, me tenant à bout de bras devant elle, me regarde en me disant le plus sérieusement possible :

– Alors tu vois, Mac ! Tu es au top ce soir ! T'es une killeuse ! Et n'oublie pas que si Tyler est assez con pour ne pas être correct, tu le remets à sa place bien comme il faut, tu trouves une excuse et tu t'arraches illico presto des griffes des chicos !

– Ça marche, t'inquiète, je prendrai un taxi pour vous rejoindre.

En parlant de ça, le mien klaxonne pour me signaler qu'il est là. Je prends la petite veste et la pochette assorties à ma tenue et j'embrasse Charlie avant de me laisser porter, destination la propriété de M. William Cole, au 10, Anfield Road, à Notting Hill, non loin de là où habite Tyler également.

***

Il est dix-huit heures quand le taxi me dépose devant un magnifique manoir à l'architecture de style classique. Toute la façade est recouverte de pierres de taille, et d'immenses baies vitrées apportent un style moderne à cette bâtisse pourtant très classique. Le jardin est lui aussi impressionnant et, évidemment, comme pour donner le ton, aucune mauvaise herbe ne dépasse.

Intimidée et fébrile comme jamais, je monte les marches et sonne à la porte, le cœur battant à tout rompre, mais bien décidée à faire comme si j'étais parfaitement décontractée et sûre de moi.

Un majordome beaucoup plus froid et conventionnel que Victor m'ouvre la porte.

– Bonsoir madame, comment puis-je vous aider ?

– Bonsoir, je suis attendue par M. Cole, je suis Samantha MacIntyre.

Il consulte une liste et m'invite à rentrer. Puis il me guide dans cette jolie maison pour me faire entrer dans un salon où discutent une dizaine de personnes. M. Cole père vient à ma rencontre et me salue avec gentillesse, ce qui me met un peu plus à l'aise. Nous discutons avec quelques personnes présentes et je ne vois pas Tyler. Avec un peu de chance, il ne sera pas là, vu qu'il sait que je suis invitée. Je commence donc à me détendre un peu et je déguste un délicieux cocktail sucré tout en parlant avec une jeune femme qui travaille chez T. & C. Cosmetics depuis quelques mois, mais qui est invitée, elle aussi, pour la première fois chez le boss. Cela me rassure et je souris en écoutant Clarice me raconter qu'elle a mis trois heures à choisir sa tenue. Je me sens moins seule du coup et contente d'avoir une alliée ce soir ! Mais alors que nous rions toutes les deux à une blague de l'un des associés de William Cole, j'entends Tyler avant de le voir. Malgré moi, un frisson me parcourt tout entière. Il parle à quelqu'un dans mon dos et semble faire le tour des invités pour saluer tout le monde, quand il arrive soudain à notre niveau. Il se tient devant moi, dans un costume gris anthracite qui lui va comme un gant. Ses cheveux sont attachés dans un chignon coiffé assez haut, comme j'adore, et je peux sentir son odeur de là où je suis : un subtil mélange de l'odeur naturelle de sa peau et de son parfum, dont j'ignore la marque, mais qui me plaît tant. Ses yeux bleus, plus transparents que jamais, se rivent aux miens l'espace de quelques secondes, et je crois y voir un peu de douceur quand il me détaille, mais son expression change très vite pour laisser la place à un regard froid.

– Bonsoir, mesdemoiselles, nous salue-t-il.

– Bonsoir, monsieur Cole, s'empresse de répondre Clarice dans une attitude séductrice.

Il lui fait un baisemain, se retourne vers moi et me tend la main. Je lui tends la mienne et il la serre volontairement fermement et sans galanterie aucune. Quel goujat ! Ce geste provocateur m'agace au plus haut point : le ton est donné et ça n'augure rien de bon. Mais peu importe, si ce petit jeu l'amuse, il se lassera avant moi. Il n'est pas question que je laisse paraître quoi que ce soit.

Clarice est alors interpellée par un couple avec qui elle travaille et se détourne de Tyler, à regret, semble-t-il. Je ne veux pas montrer à Tyler que son attitude me vexe et lève le menton en signe de défi.

Avant qu'il ne fasse demi-tour, son père arrive à notre niveau et salue son fils d'une poignée de main, et une jolie femme au teint hâlé et incroyablement élégante dans une robe du même rose que la mienne, mais certainement dessinée par un grand couturier, s'empresse de venir l'embrasser :

– Bonsoir, mon fils, lui dit-elle en le serrant dans ses bras.

Ses traits s'adoucissent instantanément au contact de sa mère, et il la serre dans ses bras d'une façon très tendre. Sa douceur n'a rien de feint et me touche malgré moi.

– Bonsoir, *makuahine* ! lui répond-il en l'embrassant à son tour.

– Samantha, permettez-moi de vous présenter mon épouse Maïna. Maïna, Samantha MacIntyre, qui travaille avec nous pour le projet de lutte contre le cancer dont je t'ai parlé.

– Je suis ravie de faire votre connaissance, mademoiselle MacIntyre, je trouve votre tenue ravissante, dit-elle gentiment.

– Oh ! merci, madame Cole. Mais si ma tenue est ravissante, vous, vous êtes magnifique ! lui réponds-je, ne me rendant compte que trop tard que ma réponse est peut-être un peu trop spontanée.

Elle sourit et, évidemment, je rougis, mais elle me rassure immédiatement en me disant que ça fait du bien d'échanger avec des gens qui parlent avec leur cœur et non pour se faire bien voir.

– Je ne peux qu'être d'accord avec vous, mon épouse est la plus belle, déclare William Cole en prenant sa femme par la taille et en lui déposant un léger baiser sur la joue.

Maïna est une femme hawaïenne d'une cinquantaine d'années. Ses cheveux longs et bruns sont aussi beaux que ceux de son fils, et ils se ressemblent beaucoup, si ce n'est que Tyler a hérité des beaux yeux clairs de son père.

Il n'y a qu'à voir la façon dont les époux se regardent pour comprendre qu'ils sont fous amoureux l'un de l'autre. L'une de mes théories selon laquelle Tyler aurait grandi sans amour, ce qui l'aurait poussé à ne pas vouloir tomber amoureux, tombe donc à l'eau ! Je souris en les observant, et je sens le regard de Tyler sur moi. Je tourne la tête vers lui, mais il se détourne et s'éloigne en attrapant une coupe de champagne sur l'un des plateaux présentés par les serveurs.

Après quelques minutes, ses parents prennent également congé poliment, et je me sens tout à coup bien seule parmi tous ces gens inconnus.

Je sirote mon cocktail et cherche Clarice du regard, quand je la vois discuter avec Tyler à grand renfort de sourires et d'œillades entendues.

Le petit jeu de séduction entre eux devenant de plus en plus évident (sa main à lui dans son dos, et elle, des étoiles plein les yeux) et m'énervant plus que je ne veux l'admettre, je m'éclipse dans la pièce d'à côté où se trouve un autre groupe d'invités.

Un homme avenant et de prime abord sympathique se présente à moi en me serrant la main :

– Bonsoir, mademoiselle MacIntyre, je suis Bryan Jones, j'étais présent à la réunion de T. & C. Cosmetics hier, et je dois vous dire que j'ai été très impressionné par votre présentation.

Il est naturel et cela me détend. C'est un homme d'environ 25 ans, aux cheveux blonds coupés court et aux jolis yeux verts. Il est élégant dans son costume et est tellement souriant que je ne peux que lui rendre la pareille.

– Bonsoir, monsieur Jones, je suis désolée, je dois vous avouer que je n'ai pas regardé grand monde tant j'étais nerveuse !

– Pas de souci, je peux comprendre ! Je suis toujours très stressé de devoir prendre la parole devant les Cole.

Cela me rassure de voir que je ne suis pas la seule à jouer franc-jeu ce soir, et cet homme est très sympa, j'accepte donc le verre plein qu'il me tend.

J'aperçois alors Tyler et Clarice qui traversent la pièce, et le regard mauvais qu'il me lance me conforte dans l'idée que ce mec n'est pas fait pour moi et qu'il ne peut plus me supporter. Je détourne donc les yeux et discute un bon moment avec Bryan Jones. J'apprends qu'il travaille au pôle communication de l'entreprise et qu'il ne vit à Londres que depuis son embauche. C'est très facile de parler avec lui, il est très sociable et je ne semble pas le laisser indifférent.

*Il n'est pas mal du tout mais il n'arrive pas à la cheville de M. Sexy*, attaque miss Monroe.

*Si ! Il est mignon, a un charme certain et, au moins, il a l'air gentil !* argumente miss Van de Kamp.

Une coupe de champagne plus tard, je m'excuse une minute auprès de Bryan et pars à la recherche des toilettes. Je tombe sur un employé qui m'indique une porte un peu plus loin.

Malheureusement, le destin peut être joueur car j'ouvre la mauvaise porte et tombe sur Tyler et Clarice qui s'embrassent passionnément. Elle est dos à moi et ne semble pas m'avoir entendue. Les mains de Tyler sont dans ses cheveux tandis qu'elle se colle langoureusement à lui. Le bruit de la porte fait s'ouvrir les yeux de Tyler. Ils se fixent aux miens instantanément, se plissent comme s'il me défiait de dire ou de faire quelque chose, mais il n'interrompt pas pour autant le baiser. Je sens une boule se former dans ma gorge. On a beau savoir une chose, la constater de ses propres yeux en est une autre. Mes jambes flageolantes reculent d'elles-mêmes. C'en est trop pour moi, je ne peux pas supporter ça plus longtemps. Je referme la porte précipitamment et m'enferme dans les toilettes de la pièce d'à côté, le cœur battant à tout rompre.

*Reprends-toi, MacIntyre ! Tu sais très bien que ce mec baise tout ce qui bouge et qu'il a déjà dû s'envoyer d'autres nanas depuis toi !* me gronde miss Van de Kamp.

*Alors oui, tu as eu mal de le voir avec cette fille, mais ne lui montre rien ! Pense à tes potes qui t'attendent, trouve une excuse et va picoler avec eux pour oublier ce connard*, renchérit miss Monroe.

Je sors mon mobile de ma pochette et, les mains tremblantes, compose le numéro du taxi qui m'a accompagnée ici et lui demande s'il serait libre pour venir me récupérer. Il n'est en effet pas très loin, ce qui me laisse juste le temps de fausser compagnie à tous ces gens et à un homme en particulier. Je sors et vais directement trouver M. et M^me^ Cole en leur expliquant qu'un imprévu personnel m'oblige à partir. Polis, ils ne me demandent pas d'explication, ce qui m'arrange car je mens très mal. Je leur présente mes excuses et les remercie sincèrement en leur promettant de revenir une autre fois. Je ne vois pas Tyler, qui doit sûrement être en train de s'envoyer en l'air, et je rejoins donc le hall d'entrée après avoir salué Bryan qui semble déçu de mon départ. Le majordome m'ouvre la porte et je dévale les marches, on ne peut plus pressée de quitter ce lieu.

Une fois dans le taxi, j'indique l'adresse du Old Tavern au conducteur qui me conduit vers mes vrais amis. Un quart d'heure plus tard, je pousse les portes du pub et je me sens enfin dans mon monde. C'est donc en petite robe rose poudré, juchée sur mes talons de dix centimètres et coiffée d'un chignon savamment réalisé que je me dirige vers le bar où j'ai repéré Charlie, Cam et Donovan, riant à gorge déployée.

Me voyant approcher, mes trois meilleurs amis interrompent leur discussion et me regardent avec étonnement.

– Tu es déjà là, Mac ? C'est pas bon signe, ça, je me trompe ? me demande Charlie.

– Je m'ennuyais et j'ai préféré venir fêter ta vente plutôt que de passer une soirée avec des gens chiants, honey, lui réponds-je.

– Tu es sûre que ça n'est que ça ? Tout va bien ? me demande-t-elle tout bas en m'enlaçant.

– Oui, ça va. Je t'expliquerai, t'inquiète. Tyler s'est encore surpassé, mais là je n'ai pas envie d'aborder les sujets qui fâchent, j'ai juste besoin de zapper ce mec, lui murmuré-je.

Je me tourne alors vers Cam et Don, très contente de retrouver de bons amis après le fiasco de ce soir.

– Je n'ai qu'une envie : profiter de mon samedi soir pour fêter avec mes amis de toujours la vente des photos de M^lle^ Harris, ici présente, assuré-je en les embrassant tous les trois.

– En tout cas, tu es superbe ! me complimente Cam.

– Je confirme, enchaîne Don en posant une Leffe devant moi.

Leurs compliments me réchauffent le cœur, mais j'attrape le sac de vêtements que me tend Charlie et je vais me changer dans la remise où j'enfile un jean slim et un petit pull léger à col en V. Je me sens plus à l'aise dans cette tenue et plus dans le thème, si l'on peut dire, même si la fluidité du tissu de ma jolie robe me faisait me sentir plus femme, plus sûre de moi. Je retourne rapidement au bar et je prends place sur un tabouret, bien décidée à profiter de ces gens géniaux et à oublier mon début de soirée désastreux en descendant quelques verres.

Charlie n'insiste pas et ne pose plus de questions, je me promets de tout lui raconter plus tard. Après tout, cette soirée est la sienne et je veux que rien ne vienne la gâcher.

Je grignote des cacahuètes et, sirotant une autre pinte de bière, je commence à réellement me détendre et à ressentir les effets anesthésiants de l'alcool, quand mon téléphone portable vibre, m'indiquant l'arrivée d'un SMS.

[Alors comme ça, tu es partie ?
C'est Jones qui doit être déçu.]

Ce mec commence à me gonfler sérieusement ! Non seulement il m'ignore toute la soirée, à part pour me lancer des regards mauvais, il ne se gêne pas pour me narguer en embrassant une nana devant mes yeux, mais en plus, il a le culot de m'envoyer un message comme si de rien n'était et qu'on était toujours en contact. Ni une ni deux, je lui réponds sans réfléchir :

[Ne t'inquiète pas pour Bryan,
je lui ai expliqué la raison de mon départ.
« J'aimerais poursuivre cette conversation
mais j'ai un vieil ami pour le dîner »... Salut.]

Je souris en envoyant ma réponse car je trouve ma réplique du *Silence des agneaux* bien placée, en référence à Clarice Starling. Ou peut-être que c'est nul et qu'il ne va pas comprendre, ou peut-être que je commence à être un peu saoule ? Je m'en fiche, de toute façon, je range mon téléphone et vais danser avec Charlie qui se déhanche sur un rythme entraînant. Quelques minutes plus tard, je rejoins Cam au bar, essoufflée et surtout assoiffée. Don me tend un verre d'eau, ce qui me fait hausser un sourcil.

– Un verre après l'autre, je te ressers une Leffe direct derrière, Mac, dit-il avec un clin d'œil.

Ce mec est un ange, et j'ai beaucoup de chance d'être entourée de personnes aussi géniales. Je grimpe sur le tabouret et je lui fais un câlin par-dessus le comptoir du bar, ce qui fait marrer Cam qui sait que je suis beaucoup plus tactile quand j'ai un peu trop bu.

Je me réinstalle sur mon tabouret et m'aperçois que j'ai reçu un autre SMS. J'hésite à ne pas l'ouvrir mais ma curiosité prend le dessus.

[Très drôle le coup du Silence des agneaux,
ça aura au moins eu le mérite

de me faire sourire pour
la première fois de la journée…]

[Contente de te faire marrer…
L'agent Starling n'a-t-elle pas eu assez
d'humour pour t'arracher un sourire ?]

[Jalouse, Dr Lecter ?]

Debout derrière moi, Charlie m'entoure de ses bras et lit les derniers messages échangés avec Tyler. Je lui explique rapidement pourquoi la référence au *Silence des agneaux*.

– Quel connard ! Ça va, toi, du coup ?

– Oui, t'inquiète, il faut juste que je rentre dans ma petite tête que ce mec n'est définitivement pas fait pour moi ! Mon cœur d'artichaut et mon cerveau ne semblent pas être très raccord sur ce coup-là… mais il faudra bien que ça rentre.

– Oui, c'est sûr, mais il continue à t'envoyer des SMS… C'est bizarre quand même, non ? S'il s'en fichait, il lâcherait l'affaire, tu ne crois pas ?

– Peut-être, mais là, je n'ai pas envie de réfléchir, honey, lui dis-je en faisant tinter ma nouvelle pinte de bière contre la sienne.

– Oh ! Tu devrais le tester, s'exclame Charlie, elle aussi un peu saoule.

– Genre ?

– Genre, sous-entends que tu es bien entourée…

– Et alors ? Il s'en tape, honey, il ne veut rien de moi sauf du sexe, donc que je me tape quelqu'un ne le dérangera pas, après tout il doit être aussi pour l'échangisme, non ?

Charlie rit de ma blague avec moi, mais reprend :

– Oui, sauf que tu es partie et qu'il n'a pas pu s'empêcher de te contacter direct ! Vrai ou faux ?

– Vrai, mais c'est seulement de la curiosité.

– MacIntyre ! Il t'a parlé de ce Jones, c'est que ça le saoule !

– Tu crois ? Oui, eh bien même si c'est le cas, j'ai trop peur que ça ne soit encore qu'un jeu malsain pour lui et que je trinque en me faisant avoir de nouveau, donc…

– Vas-y, file-moi ton portable, me coupe Charlie, je vais lui envoyer un truc, on va bien voir. T'as rien à perdre, Mac, et si on voit qu'il se fout de toi, au moins tu seras fixée une bonne fois pour toutes.

Je le lui donne, elle pianote quelques instants puis me montre, triomphante, le SMS qu'elle a directement envoyé à Tyler.

[Pas le moins du monde. Je suis bien
là où je suis et je n'échangerais
ma place pour rien au monde !
Je suis plutôt pas mal dans la peau
de Hannibal Lecter, « mangeuse
d'hommes » ! Bonne soirée.]

J'éclate de rire et lui tape dans la main, bien décidée à m'amuser. Et alors que nous changeons de sujet, une réponse ne se fait pas attendre. Je devrais m'en fiche, mais je dois avouer que ça me fait plaisir qu'il me réponde. Je lis son message tout haut pour Charlie :

[Tu es où ? Tu as bu, Sam ?]

[Peu importe,
et même si je suis bourrée,
je ne vois pas en quoi
ça peut t'intéresser.]

[Charlie ou Cameron
est avec toi?]

Charlie a arrêté de rire et je l'interroge du regard.

– Ce mec s'inquiète pour toi, ma poule ! dit-elle, trop sérieuse tout à coup.

– Meuh non, lui réponds-je, il est juste blessé dans son ego et il voudrait bien prendre son tour pour que je le mange aussi, mais c'est mort, honey !

– Mouais, possible, mais je trouve ça bizarre quand même. Je suis la première à te conseiller de t'éloigner de ce mec, mais il ne me semble pas si désintéressé que ça, sur ce coup-là…

– T'inquiète, il n'y a que le cul qui l'intéresse, ou le plaisir d'être méchant avec moi, donc je veux penser à tout sauf à lui !

– OK ! Alors on va enflammer le pub !

J'éteins mon téléphone et suis Charlie pour danser sur la musique au rythme endiablé.

Je suis vite en nage à force de me déhancher et je m'amuse beaucoup ! Nous avons lié connaissance avec un groupe de filles et de mecs sympas, et l'un d'eux n'arrête pas de me reluquer. Il est plutôt pas mal et je décide de me laisser draguer pour le fun. L'un de ses potes semble se rapprocher de ma copine, et nous nous lançons un regard complice avant d'éclater de rire. L'alcool faisant effet, je me sens comme sur un nuage, et toutes mes pensées et mes soucis s'envolent à mesure que je danse, comme si ma vie en dépendait.

Le mec se plaque derrière moi et je sens bien que je lui plais. Mais je n'ai pas envie de lui, je veux juste m'amuser et célébrer la vente de photos de Charlie comme il se doit !

*Et aussi un peu oublier Tyler, hein ?* me souffle miss Van de Kamp.

*Chuuut ! La ferme là-dedans ! Je ne veux plus vous entendre !* intimé-je à mes deux petites voix que je veux oublier au moins le temps d'une soirée…

Ne plus penser, c'est tout ce à quoi j'aspire pour ce soir… Ne plus penser à rien… Ne plus penser à lui…

# 13

Charlie me prend par la main et nous guide vers le bar où nous nous asseyons sur les tabourets.

*C'est moi ou le bar tangue un peu ?*

Elle me dit qu'elle en a marre du mec qui la colle comme une sangsue et je lui confirme, en riant de plus belle, que c'est pareil pour moi. Don, qui nous a entendues, intervient :

– Si tu veux, je n'ai qu'à me faire passer pour ton petit ami, ça devrait le décourager !

Visiblement prise au dépourvu, Charlie, que je vois rarement mal à l'aise, rougit un peu et accepte timidement.

Don fait le tour du bar et, prenant place sur un tabouret lui aussi, lui demande la permission de poser sa main sur ses épaules. Elle accepte et, quand ils se regardent, ils semblent se comprendre, ce qui me conforte dans l'idée que je ne sais pas tout ce qui a pu se passer entre eux et qu'ils ont leurs petits secrets.

– Vous savez où est Cam ?

– Il est parti s'en griller une dehors, pourquoi ? demande Don.

– Ben parce que lui aussi aurait pu me servir de faux mec sur ce coup-là ! râlé-je en lui décochant un clin d'œil.

Nous éclatons tous de rire et Don reprend la parole en me disant que je peux toujours demander à mon vrai mec.

– Alors je voudrais bien, mon ami, mais il faudrait que tu aies un mec à me proposer, alors, lui dis-je en riant jaune.

– Ben merde, et le mec qui est arrivé il y a un quart d'heure et qui ne te quitte pas des yeux ?! dit-il en se retournant. C'est pas ton mec, Mac ?

Charlie et moi tournons toutes les deux la tête en même temps et découvrons stupéfaites que Tyler est assis à l'autre bout du bar, en train de boire un whisky. J'en reste bouche bée. Je ne m'attendais tellement pas à le voir ici que j'ouvre la bouche pour dire quelque chose mais que je la referme aussitôt. Il a la tête baissée et les traits de son visage sont fermés. Il s'est lui aussi changé. Il a troqué tout comme moi sa tenue habillée contre un jean et un pull qui moule à la perfection son torse musclé, et dont les manches relevées révèlent ses tatouages. Putain, ce mec est canon. Et j'adore quand il s'habille simplement car il me semble plus abordable, même si ce soir sa mine renfrognée n'encourage pas à la discussion.

– Je croyais que vous étiez en couple, mais visiblement je me suis trompé, me dit Don. Pourtant quand on a parlé l'autre soir, il avait l'air sympa.

– Vous avez parlé ? relevé-je, abasourdie.

– Oui, la dernière fois, quand tu es partie avant lui, il est resté et il a pas mal picolé. Il a posé plein de questions sur toi et il n'est parti qu'à la fermeture. C'est un autre mec qui est venu le chercher en caisse pour le ramener. Je me suis dit que c'était une engueulade d'amoureux entre vous et je pensais vraiment que tu étais sa nana, vu comment il parlait de toi. Mais en tout cas, t'inquiète, je ne lui ai rien dit de perso te concernant, Sam !

– MacIntyre ! Tu vois, c'est ce que je te disais ! C'est pas aussi simple, ton histoire avec M. Sexy, c'est même chelou ! Je le suis plus, là ! dit Charlie aussi étonnée que moi.

Je ne peux m'en empêcher, je dois comprendre pourquoi il est là et je me lève de mon tabouret, éprouvant quelques petites difficultés de synchronisation de mes mouvements. Je ne sais absolument pas ce que je vais lui dire, mais tant pis ! Même pas peur, après tout il ne pourra pas être plus méchant qu'il ne l'a été, si ? Et quand bien même, je ne me prends pas la tête. Sans oublier ma bière posée devant moi, je me dirige donc en titubant un peu vers Tyler, concentré sur le verre de whisky qu'il tient si fort entre ses doigts que ses jointures sont toutes blanches.

*Oh oh... C'est pas bon signe, ça.*

J'ai l'impression de marcher sur du coton. Je ne suis pas très stable sur mes pieds, je préfère donc m'asseoir sur le tabouret près de Tyler plutôt que de rester debout. Il relève la tête et me regarde en esquissant un petit sourire en coin qui disparaît aussi vite qu'il est apparu. Me retrouver près de lui après tout ce qui s'est passé me semble si surréaliste que je lui pose directement la question qui me brûle les lèvres :

– Qu'est-ce que tu es venu faire ici, Tyler ?

– Je m'inquiétais.

– Pourquoi ? Parce que je t'ai vu rouler la pelle du siècle à miss Starling et que tu t'es dit que j'allais me rendre malade pour tes beaux yeux ? lui dis-je en souriant sans joie.

– Non, parce que j'avais peur que...

– Que quoi, Tyler ?

– Laisse tomber, Sam, oublie ça, je n'aurais pas dû venir ici, c'est tout.

Agacée, je bois une longue gorgée de bière, et c'est ce moment que choisit le mec avec qui j'ai dansé plus tôt pour venir me parler.

– Hey ! Tu reviens danser un peu, bébé ? demande-t-il en posant sa main dans mon dos, ce qui me déplaît instantanément.

– Dégage, mec ! ordonne Tyler sans lever les yeux de son verre.

– Oh ! T'es qui, toi ? rétorque le mec agressivement.

– Personne, mais je ne te le redirai pas deux fois : tu la lâches et tu dégages !

Son ton est ferme et son ordre sans équivoque. Je commence à avoir peur que tout cela dégénère mais, heureusement, le mec, voyant sûrement qu'il ne ferait pas le poids face à cette armoire à glace tatouée aux cheveux longs et à l'air féroce, souffle entre ses dents, me jette un rapide regard et s'éloigne sans chercher à faire d'esclandre. Je jette un coup d'œil à Donovan qui, bien sûr, gardait un œil sur la situation, et lui fais signe que tout va bien.

– Ce mec voulait clairement te baiser, Sam ! dit-il sans desserrer les dents.

– Et ? lui demandé-je sur un ton de défi.

– Et rien ! répond-il sèchement. Je n'aurais vraiment pas dû venir, je vais y aller.

– Et rien ? Tyler, j'ai besoin que tu m'éclaires un minimum, là : dès que je t'ai dit que je ne voulais pas être juste ta sex friend, tu m'as jetée comme une merde. Depuis, tu m'ignores, tu me regardes méchamment ou tu me nargues comme avec cette nana ce soir, et finalement tu viens jusqu'ici et tu grognes dès qu'un autre m'approche !

Je n'ose plus bouger, et, quand il relève enfin la tête pour plonger ses yeux dans les miens, ils sont chargés de plein d'émotions que je n'arrive pas à déchiffrer. Son regard est pénétrant et intense. Mon cœur bat très fort, mais je ne dis rien de peur de briser ce moment surréaliste.

Je n'ai aucune idée de ce qui se passe et, comme à son habitude, il me prend à nouveau à contre-pied.

– Je vais y aller, Sam. Charlie et Cam pourront te raccompagner, tu crois ?

– Oui, vu que nous habitons quasiment ensemble, il y a de

fortes chances ! lui réponds-je, déçue malgré moi de la tournure que prend cette conversation.

– Comment ça ?

– Ben, j'habite l'appartement en face du leur, lui expliqué-je, persuadée qu'il le savait déjà.

– Alors vous êtes vraiment aussi proches que vous en avez l'air, au sens propre comme au figuré, il faut croire… C'est bien, mais s'ils ne peuvent pas rentrer avec toi, envoie-moi un SMS et j'enverrai Jack te chercher.

– Tu n'as pas à faire ça. Tu ne me dois rien, Tyler.

– Laisse tomber, Sam, me coupe-t-il, j'ai trop bu et ça ne se reproduira plus.

Il termine son verre cul sec et se lève, me laissant à nouveau seule et désemparée face à cette drôle de réaction.

– Au revoir, Sam, dit-il en posant malgré tout sa main sur ma joue, je sais que je n'ai rien à dire, mais ne te laisse pas avoir par le petit connard de tout à l'heure, il ne te mérite pas.

Je presse ma joue contre sa main et ferme les yeux. Je ne peux m'empêcher de savourer ce contact, aussi éphémère soit-il. Il l'enlève doucement et m'aide à me relever de mon tabouret. Je titube un peu et il me rattrape alors que je manque de tomber. Se rendant compte que j'ai vraiment trop bu et que je ne suis pas stable sur mes jambes, il me propose son bras pour m'emmener vers mes amis. Je n'hésite pas du tout à m'y accrocher, trop consciente qu'il va partir et que ce sera peut-être notre dernier contact. Cam l'accueille avec naturel et enthousiasme. Charlie hausse un sourcil pour me demander silencieusement si tout va bien, et je hoche la tête pour la rassurer même si je ne sais plus très bien où j'en suis.

– Tu sais qu'on fait la fête grâce à toi ! annonce Cam.

– Comment ça ? demande Tyler.

– Ben pour la vente des photos de ma frangine à ton entreprise, mec !

– C'est une vente méritée et vous êtes une grande artiste, mademoiselle Harris, dit-il.

– Merci, mais moi, c'est Charlie, si vous voulez bien ! répond mon amie, aussi désinhibée par l'alcool que moi.

– Si je suis Tyler et plus M. Cole, alors ça me va, lui répond-il tout aussi spontanément.

– Ça marche, Tyler ! Allez, c'est ma tournée, clame Charlie à notre petit groupe.

– Eh bien, je ne voudrais pas m'imposer, et j'allais justement partir, donc…

– Tu ne connais pas encore ma sœur, mon pote, lui dit Cam, y a pas moyen que tu partes maintenant ! ajoute-t-il avec un clin d'œil et une moue complice, qui provoque enfin un vrai sourire sur le visage de Tyler.

– OK, un verre, mais après je vous laisse continuer à fêter ça entre vous.

Je suis soulagée qu'il ne parte pas immédiatement. Je sais qu'il faudrait que je zappe ce mec, mais là, je n'ai qu'une envie : profiter encore un peu de sa présence, même si ça ne mènera à rien. Je commande un jus de fruits à Don, car le cœur n'y est plus. En plus, je n'aime pas cette sensation de ne plus être maîtresse de mes gestes et je veux retrouver un peu mes esprits.

Nous trinquons donc tous les cinq, Donovan se joignant à nous, et nous rions tous des blagues pourries de Charlie, en compétition avec Cam. Je sens le regard de Tyler sur moi, et cela me fait plaisir, mais dès que j'essaie de croiser le sien, il esquive. Je me sens frustrée car j'adorais ses regards séducteurs et intenses. Ils avaient le pouvoir de me troubler au plus haut point. Je suppose que ce temps est révolu et cela me rend triste.

À minuit, Donovan sonne la cloche pour prévenir que le bar ferme. Les clients se dispersent peu à peu, et un quart d'heure plus tard il ne reste plus que nous.

– Allez, on finit à la maison ! propose Charlie, bien pompette et partie pour faire la fête toute la nuit.

– C'est parti, confirme Cameron en se levant lentement de son tabouret, les gestes un peu plus ralentis par l'alcool également.

– Je ferme devant, vous me retrouvez derrière ? demande Donovan.

– Ouais, mon pote, à tout de suite.

Nous sortons donc sur le trottoir quand Tyler nous dit qu'il va nous laisser. Je n'ai pas envie qu'il parte mais je me retiens de le dire. Je suis perdue et je ne sais plus si ça serait une bonne idée de le retenir. Par chance, Charlie, éméchée et guillerette, s'en charge pour moi :

– Y a pas moyen ! On a commencé ensemble, on termine ensemble, monsieur C... euh, Tyler !

– Merci, mais je vais plutôt vous laisser entre amis et...

– Reste... S'il te plaît, lui dis-je alors impulsivement, sans le regarder dans les yeux, l'envie de le retenir encore un peu prenant le pas sur la raison.

– Tu veux que je reste ? me demande-t-il, semblant surpris.

– Oui, lui avoué-je dans un souffle, en soutenant son regard pour le défier de refuser.

– Alors c'est réglé, dit Charlie, prenant par le bras Donovan qui vient de sortir et de fermer le pub à clé.

– Vous comptez rentrer comment ? demande Tyler.

– Ben, à pied, y a pas trop le choix ! répond Cam.

– J'ai une autre option, propose Tyler en sortant son téléphone et en appelant Jack qui devait l'attendre devant le bar.

Deux minutes plus tard, sa BMW s'arrête en effet à notre hauteur et mes amis restent bouche bée quand Jack nous salue, et moi particulièrement, en m'appelant par mon prénom. Nous nous serrons tous à l'intérieur de la voiture et, moins de dix minutes plus tard, nous sommes déjà arrivés devant notre immeuble.

Jack ferme la porte derrière nous et j'entends Tyler lui dire qu'il ne sait pas pour combien de temps il en aura et qu'il se débrouillera pour rentrer, ce qui me rassure sur le fait qu'il prend plaisir lui aussi à prolonger cette soirée.

– Vous êtes sûr, monsieur ? Je peux vous attendre le temps qu'il faudra, vous savez.

– Merci, Jack, mais allez dormir, je me débrouillerai, conclut Tyler.

– Merci, alors bonne nuit, monsieur. Si vous changez d'avis, je suis joignable.

– Merci à vous, Jack. Dormez tranquille !

Les deux hommes se serrent la main et, quand la voiture démarre, nous montons les petites marches qui mènent à l'entrée. Si on m'avait dit aujourd'hui que je finirais la soirée en compagnie de Tyler, je ne l'aurais pas cru. Cet homme me fait passer par tant d'émotions contradictoires que j'ai du mal à le suivre.

Tyler regarde ma porte puis se tourne vers celle des jumeaux. Il sourit, ne fait pas de commentaire mais semble comprendre qu'on ne pourrait pas vivre plus près les uns des autres.

Charlie parvient à ouvrir la porte de son appartement après deux tentatives, et nous pénétrons à l'intérieur. Nous nous asseyons autour de la petite table du salon et Cam sert un verre à tout le monde. Un jus d'orange pour moi ! La présence de Tyler me fait plaisir et me perturbe terriblement. Je pense percevoir son trouble à plusieurs reprises. En effet, le canapé n'est pas bien grand, et vu que nous sommes assis côte à côte, plusieurs fois nos bras et nos cuisses se frôlent. Je ressens que ce simple contact l'électrise lui aussi, car s'ensuivent des regards plus appuyés de sa part. J'ai de nouveau 15 ans. Je n'ai plus ressenti une telle attirance depuis longtemps. Ce petit manège ne perturbe pas le moins du monde mes amis, qui ne se rendent compte de rien, bien au contraire, car Don et Cam discutent tatouages. Tyler est très intéressé et participe désormais activement à la conversation.

Charlie, à la demande de son frère, relève ses manches pour montrer à nouveau ses dessins à Tyler. Il est impressionné et félicite Cameron.

– C'était facile de tatouer Cha'. Ils ont tous une histoire pour elle et donc un peu pour moi. Je peux donc y mettre toutes mes tripes en les réalisant. Quand on aime quelqu'un, décorer son corps est encore plus kiffant. D'ailleurs, pour Sam…

Je lui lance un regard noir, ce qui le fait taire, mais c'est trop tard : Tyler a compris.

– Tu es tatouée, Sam ? demande-t-il, interloqué.

Je suis embarrassée, car je ne voulais pas aborder ça avec lui devant tout le monde.

– Je suis désolé, Sam, s'exclame Cam, je croyais que… enfin, je me suis dit qu'il devait avoir sûrement…

– T'inquiète ! lui réponds-je.

– Et on peut savoir ce que ce tatouage représente ? demande Tyler sans me quitter des yeux.

Je sais qu'il doit être en train de se demander quelle partie de moi il a pu ne pas découvrir lors de nos ébats pourtant on ne peut plus libérés.

– C'est un dessin qui n'est visible que pour très peu de monde, je peux compter sur les doigts de la main les gens qui l'ont vu, alors on verra… peut-être un jour ? lui réponds-je, ne lui fermant pas définitivement la porte à clé.

Avec un parfait timing, Donovan choisit ce moment un peu

embarrassant pour faire diversion et propose à Tyler de regarder les siens. Il a les deux bras recouverts de dessins colorés. Son bras gauche est entièrement dédié à ses origines écossaises et il a choisi des symboles forts tels qu'un chardon, des motifs colorés faisant référence aux tartans et même le fameux monstre du Loch Ness, que Cam a revisité à sa sauce. La plus grosse pièce de son bras droit représente Jack et Sally, du film *L'Étrange Noël de M. Jack* que Don aime particulièrement. Même s'il ne montre pas tous ses tatouages ce soir, Don est tatoué presque partout et il n'y a plus beaucoup de surface vierge sur son corps. Je ne me rappelle même plus quand il n'en avait pas. Au fil des années, il a fait confiance à Cam qui a fait des merveilles. Tyler l'écoute, intéressé, parler de l'histoire de ses tattoos.

La soirée se poursuit, mais vers quatre heures du matin nous tombons tous de sommeil, et les jumeaux proposent à Donovan de dormir sur le canapé-lit du salon. Trop fatigué pour rentrer, il accepte volontiers.

– Merci pour cette soirée, c'était très sympa de m'accueillir, dit Tyler à mes amis.

– Pas de souci, répond Cam en lui serrant la main.

Charlie lui fait la bise et, après leur avoir dit au revoir, nous sortons tous les deux sur le palier. Je suis assez gênée car je ne sais pas du tout dans quel état d'esprit se trouve Tyler. Je pense qu'il est radouci et aussi troublé que je le suis, mais j'ai peur d'être à nouveau à côté de la plaque.

– En effet, on peut dire que vous vivez presque ensemble ! constate Tyler.

– Ils sont ma famille, réponds-je simplement, quand l'appart d'en face s'est libéré, je n'ai pas hésité une seconde à le louer.

Je ne peux réprimer un bâillement et ouvre ma porte, les mains un peu tremblantes, et il me suit à l'intérieur. Nous nous tenons donc dans l'entrée de mon chez-moi et nous nous rendons compte de la bizarrerie de la situation. Il détaille un peu mon appartement et, quand il pose les yeux sur le plan de travail de ma cuisine, il ne peut s'empêcher de sourire en me regardant. Je réponds à son sourire, pensant exactement à la même chose que lui mais ne sachant pas trouver les mots adéquats à ce souvenir intense. Nous sommes si proches physiquement que j'ai l'impression qu'il pourrait entendre les battements de mon cœur tant ce dernier bat fort. Mais je prends mon courage à deux mains car, si je ne parle pas, je m'en voudrais, donc je me lance :

– Tu vas galérer pour trouver un taxi à cette heure, donc si tu veux, tu peux dormir sur mon canapé, il doit être nettement moins confortable que le tien, mais ça devrait faire l'affaire, proposé-je timidement, dans l'espoir de le retenir.

À vrai dire, toute cette soirée a été si bizarre que j'aimerais que nous parlions un peu, et je n'ai pas envie qu'il parte tout de suite.

Il pose alors sa main sur ma joue comme dans le pub. Je ne m'y attendais pas mais je me laisse faire, incapable de lui résister, et, au contraire, ferme les yeux pour apprécier ce contact qui me plaît tant. Je prends le risque qu'il me rejette et j'enserre sa taille de mes bras, pose ma tête sur son torse. Je peux entendre les battements réguliers de son cœur s'accélérer. Il pose à son tour ses mains dans mon dos et me serre contre lui pour la première fois depuis notre rencontre. Je me sens toute petite dans les bras de ce géant, en sécurité, comme si rien de mal ne pouvait m'arriver.

– Je ne voudrais être nulle part ailleurs.

Il ne me répond pas, mais resserre son étreinte. Nous restons enlacés un bon moment et je savoure chaque seconde de ce câlin. Je respire à nouveau son odeur délicieuse et bouge doucement mes mains dans son dos pour resserrer mon étreinte. Il me serre un peu plus en retour également, puis il me dit enfin :

– Je vais te laisser dormir, Sam, je vais rentrer.

Il me prend encore au dépourvu et je suis triste qu'il ne veuille pas rester avec moi, mais je n'ose pas lui montrer. Hors de question de le supplier, même si j'en meurs d'envie ! Après tout, il veut partir malgré ma proposition de l'héberger. Mais je lui demande tout de même :

– Je peux te poser une question avant que tu partes, Tyler ?

– Je t'écoute…

– Pourquoi es-tu venu me retrouver ce soir, si ça n'est pas pour relever le défi personnel de me mettre à nouveau dans ton lit ? Tu n'as pas eu ton compte avec Clarice ?

– Et toi ? Tu voudrais que je relève ce challenge, Sam ?

Mes deux miss dans ma tête n'ont vraiment pas la même réponse à cette question, c'est le moins que l'on puisse dire, donc je choisis d'esquiver :

– J'ai posé une question la première, il me semble !

– D'une, je n'ai rien fait avec Clarice, à part l'embrasser quand tu nous as surpris, et de deux, j'ai en effet une folle envie de vous baiser comme il se doit, mademoiselle MacIntyre, mais c'est un peu compliqué, non ? Je ne veux pas que tu te réveilles avec des regrets demain matin et je ne veux pas profiter de la situation, donc la question ne se pose même pas.

– Et moi, pour répondre à ta question, je préférerais avoir des remords que des regrets sur ce coup-là ! Reste, Tyler, lui dis-je, préférant prendre le parti de miss Monroe.

– Non, Sam, si tu as envie que l'on se voie pour discuter de tout ça à jeun, pas de souci, mais je ne veux pas causer plus de dégâts pour aujourd'hui.

Enhardie par l'alcool qui brouille mon jugement, je pose ma main sur son entrejambe et constate qu'il est en érection.

– Je ne comprends pas… J'ai envie de toi et toi aussi, a priori, si je me fie à ça, lui dis-je en accentuant ma caresse à travers son pantalon.

Cela a le mérite de le faire réagir et il m'embrasse passionnément, ce qui me rend dingue. Je me colle à lui et agrippe ses cheveux pour presser sa bouche plus fort encore contre la mienne, mais contre toute attente il recule brusquement, me laissant plus frustrée que je ne l'ai jamais été de toute ma vie.

# 14

Nous nous fixons intensément et il me dévore des yeux. Nos bouches sont seulement à quelques centimètres l'une de l'autre et c'est une torture car je n'aspire qu'à une chose : qu'il m'embrasse à nouveau. Mais il se raidit et tout doucement s'écarte de moi.

– Je suis désolé, Sam. Je n'ai jamais eu autant envie de faire l'amour, mais il ne faut pas.

– Tu devrais moins réfléchir, j'ai envie que tu me baises, Tyler, ronronné-je, me frottant contre son corps parfait.

*Un peu de tenue !* me serine miss Van de Kamp que j'ignore prodigieusement, trop excitée par cet homme et l'esprit désinhibé par l'alcool, même si je ne me sens plus saoule.

Il ne me repousse pas mais se rapproche et me chuchote à l'oreille :

– Sauf que là, je n'ai pas envie de te baiser, Sam. Et c'est ça qui me fait peur, car j'ai envie de te faire l'amour.

J'arrête de le provoquer et ne bouge plus tant ses paroles ne sont pas celles auxquelles je m'attendais. Ses mots envoient directement une décharge dans mon cœur ainsi qu'au creux de mon ventre. Mon rythme cardiaque s'emballe, mais avant que je ne trouve quelque chose à lui répondre, il poursuit.

– Je commence à comprendre que tu es une femme qui pourrait compter, et ça me fait peur car je vais tout foutre en l'air. Je me connais, Sam, je ne suis pas le mec idéal, loin de là, et je ne suis pas fait pour ce genre d'histoire. Mais quand je t'ai vue, plus belle que jamais dans ta robe, discuter avec Bryan Jones, quand j'ai vu comme il te reluquait et quand je t'ai imaginée avec lui, ça m'a tellement emmerdé que j'ai voulu me venger en draguant Clarice. Le problème, c'est que je n'ai absolument rien ressenti, à part le fait que ce n'était pas ta langue ou ta bouche parfaite que j'embrassais, ou que ça n'était pas ton odeur que je respirais. Et puis, tu es partie, et je me suis senti soulagé. Soulagé que ton petit cul et ton regard accusateur ne soient plus sous mes yeux, et que je puisse enfin passer à autre chose. Sauf que je n'ai pas pu m'empêcher de chercher à savoir où tu étais, et quand tu as sous-entendu dans ton SMS que tu te saoulais, j'ai eu peur qu'il t'arrive un truc. Je sais, c'est débile, je ne m'inquiète jamais pour les autres, sauf quand j'en suis proche, et ça m'a fait encore plus peur. Tu ne m'as pas dit si tu étais avec Charlie ou Cam et j'ai décidé de venir vérifier si tu étais venue te réfugier auprès de tes amis au Old Tavern. J'ai été soulagé quand, de dehors, je t'ai vue rire avec Don et Charlie. J'allais partir discrètement, mais je t'ai vue aller danser avec Charlie et c'est là que le petit jeu de ce mec a commencé. J'ai cru que j'allais tout casser, en commençant par sa gueule. Je suis rentré, j'ai commandé un whisky que j'ai bu cul sec pour essayer de me calmer, puis un deuxième en bouillant intérieurement de te voir avec lui. Et tu connais la suite.

Je suis toujours blottie contre lui et n'ose pas l'interrompre. Ses mots et son honnêteté me vont droit au cœur. C'est la première fois que Tyler se montre vulnérable et s'ouvre à moi avec autant de sincérité, et cela me touche. Il reprend :

– C'est pour tout ça que je ne veux pas qu'on fasse n'importe quoi ce soir, bourrés tous les deux. J'ai trop peur d'envenimer cette situation que je ne comprends pas moi-même. J'ai besoin de prendre un peu de recul, Sam. C'est moi qui en ai besoin maintenant… C'est le monde à l'envers, bordel ! Je sais que je ne peux pas vraiment te donner ce que tu attends de moi, alors je ne sais pas quoi faire. Je sais juste que tu m'as manqué, que tu me manques. Je reste persuadé de ne pas être l'homme qui te rendra heureuse, mais j'ai beaucoup de mal à me passer de toi.

– Ce sont les choses les plus honnêtes que tu m'aies dites depuis qu'on s'est rencontrés, Tyler, et je n'arrive pas à trouver les mots, dis-je en levant les yeux vers lui.

– C'est pour ça que je vais te laisser cette nuit, Sam, insiste-t-il en caressant doucement ma joue avec son pouce. Et pas parce que je n'ai pas envie de toi, c'est tout le contraire, je peux te l'assurer. Je ne te jette pas, Sam, mais j'ai besoin d'un peu de temps pour digérer ce qui m'arrive, tu comprends ?

– Oui, tu as raison. D'ailleurs, je t'avoue que je suis aussi un peu perdue dans tout ça, confessé-je, retrouvant un peu de bon sens, et surtout très déstabilisée par ses paroles.

– Alors je vais y aller, dit-il en déposant un baiser sur mon nez.

Je me hisse sur la pointe des pieds et je l'embrasse à mon tour sur la joue, très tendrement. Il soupire et me serre à nouveau dans ses bras, avant de me lâcher doucement pour se diriger vers la porte.

– Tu vas rentrer comment ? Tu sais que tu peux vraiment dormir sur mon canapé, hein ? Je ne te sauterai pas dessus, promis !

J'ai bien conscience que je lui ai déjà posé cette question mais, même si je suis un peu paumée par ce revirement de situation, je n'ai pas envie qu'il parte.

– Sam, si je reste ne serait-ce que cinq minutes de plus, c'est moi qui vais t'arracher tes fringues, déclare-t-il. Alors, comme convenu, je vais marcher un peu et contacter un taxi de nuit. On s'appelle, OK ?

– OK.

– Bonne nuit, fais de beaux rêves ! me dit-il en me souriant.

– Bonne nuit, monsieur Cole.

– Vous ne perdez rien pour attendre, mademoiselle MacIntyre !

Et il ne me laisse pas la chance de répondre que déjà il referme lentement la porte derrière lui.

Je suis au même endroit que là où il m'a laissée, et j'ai du mal à réaliser tout ce qu'il vient de me dire.

Mais déjà les questions affluent : et s'il ne pensait pas vraiment tout ce qu'il vient dire ? Et s'il était juste un peu trop sentimental quand il est bourré ? Et s'il ne se souvenait de rien, demain, au réveil ? Et s'il ne me rappelait jamais finalement, s'il comprenait qu'il ne tient pas tant que ça à moi ? Et pourquoi moi, d'ailleurs ?

Il faut que je mette mon esprit sur pause ! Comme un automate, je me démaquille, enfile mon pyjama et me mets au lit quand je reçois un SMS :

[Arrêtez de cogiter,
mademoiselle MacIntyre !
Bonne nuit ;)]

Le même SMS que lors de notre premier échange. Cette attention me fait sourire. Je lui réponds de faire de beaux rêves et sombre rapidement dans le sommeil.

***

Je me réveille avec le pire mal de crâne que j'aie jamais eu. J'ai du mal à ouvrir les yeux et je suis nauséeuse. Je crois que je vais être obligée de passer les trois prochains jours à cuver au fond de mon lit et je me fais la promesse habituelle de ceux qui ont la gueule de bois, à savoir que je ne toucherai plus jamais un verre d'alcool de ma vie !

Le bip m'annonçant un SMS m'arrache une grimace et je parviens en tâtonnant à atteindre mon téléphone posé sur la table de chevet, près de moi. J'ouvre un œil et découvre un SMS de Tyler qui fait s'ouvrir mon deuxième œil comme par magie.

[Pas trop dur, ce matin ?]

La discussion de la veille me revient instantanément et je me redresse doucement, heureuse qu'il me contacte à nouveau et qu'il pense à moi.

[Chuut ! Ne parle pas si fort,<br>je me réveille à l'instant;)]

[Oups, café et paracétamol…<br>ça a l'air de fonctionner sur moi.]

[J'ai du café chez moi,<br>mais encore faudrait-il que je me lève !<br>Et je crois que trois boîtes de paracétamol<br>ne viendraient pas à bout<br>de ce mal de crâne, docteur :(]

[Je compatis. Je me disais que ça<br>serait peut-être bien que l'on se voie

pour parler un peu de ce que je t'ai dit
cette nuit, mais je comprendrais si tu veux
rester tranquille chez toi aujourd'hui.]

Je me redresse dans mon lit un peu trop vite, ce qui me provoque un élancement très douloureux dans la tête. Tout ce qui s'est passé cette nuit me revient en mémoire. Si Tyler veut parler, c'est peut-être qu'il regrette tout ce qu'il a dit ? Ou peut-être qu'il veut nuancer ses paroles ? Mon ventre se tord d'appréhension et je sais que, quoi qu'il arrive, il faut que je sache très vite ce qu'il en est. Comme on dit, mieux vaut arracher le pansement très vite, non ?

[De l'air frais ne pourrait pas
me faire de mal, j'imagine.
Tu veux qu'on se voie où ?]

[Il y a un resto à Soho qui sert
des super brunchs, ce serait
une bonne idée de manger, je crois;)
Je peux passer te prendre vers 12h45.]

*Oh là là, il veut te voir en terrain neutre, ça ne sent pas bon… Ne te fais pas trop d'illusions !* me chuchote miss Van de Kamp, et, aussitôt, miss Monroe enchaîne en me disant qu'il n'y a que lui qui a la réponse, donc qu'il n'y a pas d'autre option que de foncer tête baissée pour en avoir le cœur net. Il est midi passé !

*Il me reste moins de trois quarts d'heure, ça va être super chaud !* me dis-je en me levant au prix d'un effort colossal.

[OK.]

Ma réponse est brève, car je ne sais pas à quoi m'attendre, et surtout, j'ai peu de temps pour essayer de ressembler à quelque chose, ce qui est loin d'être gagné !

Je fais couler un café fort, prends une douche brûlante, me dépêche de me maquiller (quelle belle invention pour camoufler un peu les dégâts d'une nuit passée à faire la fête !). Le temps d'enfiler un jean à la hâte ainsi qu'une chemise fluide et un gros gilet en laine, et j'aperçois déjà la BMW se garer devant mon immeuble.

La météo s'est dégradée en cette mi-octobre et il pleut un peu. Je descends rapidement les marches devant l'immeuble. Jack m'ouvre la portière en me saluant chaleureusement. Je monte à l'arrière et m'assieds près de Tyler. Je ne sais pas si je dois lui faire la bise, l'embrasser sur la bouche ou lui serrer la main. Je déteste ce genre de situation pas très claire.

Je ne fais donc rien, dans le doute, et lui souris.

– Pas trop dur ? demande-t-il.

– Sur une échelle d'un à dix, je dirais sept !

– Ah ouais, quand même !

– Et toi ? Comment tu te sens ?

– Ça va, me répond-il brièvement, ce qui ne me rassure pas du tout.

Après vingt minutes de route plutôt silencieuse, nous arrivons au restaurant. Une serveuse nous accueille et nous conduit dans une pièce privée, où est dressée une table qui, malgré mon état, me met l'eau à la bouche, tant elle est garnie de mets sucrés et salés, très appétissants.

– Tu as réservé cette pièce pour nous seulement ?

– Oui, j'adore venir bruncher ici, c'est calme et, surtout, la bouffe est à tomber.

Je trouve que les lieux sont en effet très accueillants et que

Tyler a eu une bonne idée : certes c'est un lieu public, et nous allons pouvoir bien manger, mais nous pourrons parler tranquillement. Malin.

La serveuse revient, nous sert un café fumant et nous dit de ne pas hésiter à lui faire signe si nous désirons quoi que ce soit. Je bois une gorgée et cela me fait beaucoup de bien. Je croque alors dans le meilleur croissant que j'aie mangé de ma vie !

Je gémis de plaisir en savourant cette petite merveille, ce qui fait sourire Tyler. Lui ne semble pas encore motivé à manger, et il se contente d'un jus d'oranges pressées.

– Tu as raison, c'est divin ! Tu n'as pas faim ?

– Je suis un peu noué, confesse-t-il en baissant les yeux.

Je comprends que cela n'a rien à voir avec les excès de la veille, ce qui me serre le ventre à mon tour.

– Tu voulais que l'on parle ? dis-je en posant le reste de mon croissant qui ne passe plus, tout à coup.

– Oui. Je ne sais pas par où commencer, à vrai dire, m'avoue-t-il en gardant les yeux rivés sur son verre.

L'heure de vérité a sonné. Nous y sommes. Je sais que, même si je suis curieuse d'entendre ce qu'il a à me dire, cela ne va peut-être pas me plaire et cela me terrifie.

# 15

Il semble tellement vulnérable à cet instant qu'il ne ressemble pas à l'homme sûr de lui que je connais, et cela le rend plus séduisant encore à mes yeux.

Aujourd'hui, ses cheveux noirs sont relevés en chignon assez haut, à l'arrière de sa tête. Il porte un jean et un gros pull blanc à maille côtelée, ce qui me donne envie de me blottir dans ses bras puissants. Il est canon ! Pourtant, ce géant semble désemparé, je décide donc de lui faciliter la tâche et prends la parole :

– Écoute, hier soir nous étions bien bourrés et si tu m'as fait venir pour me dire que tu regrettes tout ce que tu as dit, c'est inutile ; j'aurais pu l'entendre par téléphone et cela nous aurait évité de nous mettre mal à l'aise tous les deux. Je suis une grande fille et tu ne me dois rien, donc...

– Ça n'est pas du tout ça, Sam.

Il pose sa main sur la mienne et la serre légèrement. Ce contact me rassure un peu. Il lève doucement les yeux vers moi et respire un grand coup avant de prendre la parole.

– J'ai dit beaucoup de choses hier soir, mais je ne les regrette pas. C'est simplement que j'ai un vrai problème à m'imaginer dans une relation normale, et cela me perturbe, car je sais que je risque de te faire souffrir, Sam. Je ne suis pas bon pour les relations longue durée et c'est pour ça que je ne m'attache pas et que je m'arrange pour ne pas revoir les femmes avec qui je couche. Ainsi, les choses sont toujours claires dès le début, et ça m'allait très bien jusqu'à ce que je te rencontre.

Je ne le coupe pas, retenant ma respiration et le cœur battant à tout rompre pour cet homme qui m'ouvre le sien.

– Je ne sais pas quoi te dire, reprend-il. Je tourne ça en boucle dans ma tête et, si je veux être honnête, je ne suis pas certain de ce que je veux faire. Je ne suis pas un romantique, et tu mérites de trouver un mec qui te rendra la plus heureuse possible, mais ça ne sera pas moi. Je suis instable et j'ai un passé compliqué, Sam.

– On a tous un passé, Tyler.

– Je sais, mais le mien est plus compliqué que ceux que vivent la plupart des gens, et j'ai du mal à me livrer. Je ne sais même pas si je serai capable de t'en parler un jour, à vrai dire. Tu es dans ma tête depuis le fameux soir de la vente aux enchères… J'ai bien essayé de lutter en étant un parfait goujat pour que tu n'insistes pas et que tu souffres le moins possible en me côtoyant, mais j'ai ressenti des choses que je n'avais jamais connues jusqu'ici, comme quand je t'ai vue danser au pub, hier.

– Tu me fais ressentir des choses inédites à moi aussi, Tyler.

– Je ne sais pas quoi te dire, Sam, si ce n'est que je pense qu'il vaut mieux pour toi que tu ne t'attaches pas à un mec comme moi, car je sais que tu seras déçue. Je n'arrive pas à te laisser partir, je n'en ai ni le courage, ni l'envie, alors je t'ai invitée pour te demander lâchement de faire le bon choix et de mettre un terme à tout cela avant de souffrir par ma faute.

Il lâche ma main pour passer nerveusement la sienne dans ses cheveux. Sa sincérité est évidente et je peux voir à quel point il semble en effet perdu. J'ai envie de le réconforter. Je suis soulagée qu'il ressente les mêmes choses que moi, mais je suis surtout morte de trouille à cet instant, car si je ne trouve pas les mots, je pressens qu'il risque de prendre cette fameuse décision sans me laisser une chance de le faire changer d'avis.

– Tu as l'air tellement persuadé que tu me feras du mal ! Et si le fait de ressentir tout ça pour la première fois changeait la donne par rapport à ton passé ? Et si tu nous laissais la chance d'au moins essayer ?

Il baisse la tête, pensif, et je continue sur ma lancée :

– Et si ça ne marche pas, eh bien, qu'est-ce qu'on risque ? Je ne suis pas en sucre, Tyler, et au pire je me relèverai, même si c'est difficile. Moi aussi, j'ai un passé qui n'est pas joli joli, mais qui a aussi fait de moi la fille que je suis aujourd'hui. Est-ce que, quelquefois dans la vie, ça ne vaut pas le coup de prendre des risques ? Quitte à se planter ou au contraire à s'épanouir ? Je ne te demande rien d'officiel si cela te fait peur, Tyler. Je sais seulement que la facette de toi que tu me montres depuis hier me donne envie de te connaître un peu mieux. Mais je ne veux pas décider de tenter le coup ou au contraire de mettre un terme à tout cela. J'ai besoin que, sur ce coup-là, on soit deux. Je ne veux pas qu'un jour tu me balances : « Désolé, Sam, je t'avais prévenue, c'est tant pis pour toi, c'est toi qui as choisi ! », ça serait trop facile et je ne l'accepterai pas.

Tout cela me semble vraiment paradoxal : je suis la fille la moins sûre d'elle au monde, et c'est pourtant moi qui essaie de rassurer ce top model assis devant moi. Dans quoi suis-je en train de m'embarquer ?

– C'est sûr... J'ai juste peur que l'homme que tu vas découvrir te déçoive...

– C'est peut-être la femme en face de toi qui te décevra, Tyler.

Et si on décidait qu'on a chacun deux règles que l'autre doit respecter ? proposé-je.

– OK, bonne idée. Alors première règle : je ne dormirai pas avec toi, Sam.

– Non ? Jamais ?

– Non, jamais, assène-t-il.

– Bon, j'imagine que ça va être un peu dur car j'adore être dans tes bras, mais d'accord. Je valide.

Je suis déçue mais si c'est le prix à payer pour que ça marche, je suis prête à faire l'impasse sur ça. Je me garde bien de le lui dire, mais je dois avouer, en mon for intérieur, que j'espère tout de même qu'il sera prêt à partager mon lit un jour.

– Merci. À toi de me donner ta première règle, Sam.

– OK, euh… Eh bien, je ne partage pas, Tyler… Tu ne couches plus avec d'autres femmes.

Il me regarde intensément, je n'arrive pas à lire en lui.

– D'après nos expériences passées, je suis certain que vous saurez me combler, mademoiselle MacIntyre ! Je valide aussi.

– Bien. Et ta deuxième règle ?

– Je vais peut-être te surprendre, mais je veux la même chose que toi : tu ne couches avec aucun autre homme que moi.

– OK, facile ! réponds-je spontanément, ce qui le fait sourire. Je suis moi aussi certaine que vous saurez me combler, monsieur Cole.

– Bon, répond-il d'une voix plus grave, l'atmosphère se chargeant d'une tension tout autre que celle qui régnait à notre arrivée… Et ta deuxième règle ?

– Même si tu n'arrives pas à tout partager avec moi, ce que je respecterai, sois franc avec moi, et si tu n'es plus bien dans ce que l'on vit, dis-le-moi rapidement et ne joue pas avec moi.

– Je te le promets, dit-il sérieusement.

Je bois alors une autre gorgée de mon délicieux café et je croque dans l'autre moitié de mon croissant, pensive. Je ne m'attendais pas à ce que cette conversation prenne cette tournure, et ce revirement de situation est assez déstabilisant, mais je suis contente qu'il s'ouvre à moi, ce qui est loin d'être évident pour lui, a priori. Tyler me scrute silencieusement, semblant attendre que je digère tout ce qu'il vient de me dire. Il semble un peu plus détendu.

– Alors, sommes-nous parvenus à un accord convenant aux deux parties, mademoiselle MacIntyre ?

– Il semblerait, monsieur Cole. Pourquoi ne pas qualifier pour l'instant cette relation de « contrat à durée déterminée » ?

– OK, ça me va, CDD, répète-t-il, un sourire éclairant son visage.

Nous finissons par retrouver l'appétit, ce qui arrange un peu notre gueule de bois, et il me propose de me raccompagner chez moi.

Quand nous sortons, il pleut un peu. Jack, qui est garé devant le restaurant, s'avance rapidement pour nous ouvrir la porte arrière afin que nous montions vite nous mettre au sec.

Nous roulons en silence, Tyler se rapproche un peu et m'attire vers lui.

– Alors, comme ça, tu aimes être dans mes bras ? demande-t-il en souriant.

Je souris contre son torse. Certes, tout à l'heure, cet aveu m'a échappé, mais je l'assume totalement.

– Je n'aime pas, j'adore, réponds-je honnêtement. Je m'y sens en sécurité.

– J'aime l'idée, dit-il pensivement.

Quand nous arrivons chez moi, je lui propose d'entrer un moment, mais il doit voir ses parents. Il prend mon visage entre ses mains et dépose un baiser tendre sur mes lèvres avant d'y enfoncer sa langue et de chercher la mienne avidement. Ce baiser réveille en moi instantanément une furieuse envie de lui, mais il sort de la voiture rapidement pour m'ouvrir la porte.

Je sors et il me plaque contre la carrosserie en m'embrassant de la façon la plus sensuelle qui soit, tout en me montrant comme il a envie de moi avec un frottement de son entrejambe on ne peut plus convaincant. Je suis toute pantelante, mais il arrête tout, se recule et me chuchote à l'oreille que c'est juste un avant-goût de ce qui m'attend la prochaine fois que l'on se verra. Je le retiens et me blottis contre lui en râlant. Cela semble l'amuser. Il effleure mes lèvres d'un baiser chaste et s'assied dans la voiture, après m'avoir dit qu'il m'appellera. Je rentre donc chez moi, fatiguée, frustrée, mais mieux que ce matin, néanmoins. Je me prépare un thé, m'installe confortablement sur mon canapé, enroulée dans un plaid bien chaud.

***

Le lendemain et les jours suivants, nous ne pouvons pas nous voir, la faute à une incompatibilité de nos emplois du temps. J'en profite pour passer une soirée chez les jumeaux. Cam étant en retard, j'explique à Charlie tout ce qui s'est passé depuis notre soirée commune. Elle est sincèrement heureuse pour moi et me fait un gros câlin mais, toujours aussi protectrice, me demande de faire attention à moi, de ne pas m'emballer et de garder quand même dans un coin de ma tête tout ce par quoi nous sommes passés depuis le début. Je lui suis reconnaissante d'être franche car je sais que je lui aurais dit la même chose si les rôles avaient été inversés. Puis j'annonce à Cam que je fréquente officiellement Tyler, et il est très content pour moi.

Tyler et moi échangeons néanmoins quotidiennement des SMS plus ou moins sérieux, mais souvent, ces derniers me donnent surtout envie de tout plaquer pour aller le retrouver là où il se trouve pour qu'il me baise comme il sait si bien le faire.

Le vendredi soir, après une semaine de gardes plutôt chargée, Ethan n'est pas au mieux de sa forme à cause de la reprise de ses séances de chimio, ce qui fait que tout mon temps libre lui est consacré. Quand je rentre chez moi, je suis épuisée et contente d'avoir deux jours de repos devant moi. Je me pose sur mon canapé et fantasme sur une soirée télé-pizza quand je reçois un SMS de Tyler :

[Comment va Ethan, ce soir ?]

Il a pris des nouvelles de mon bonhomme tous les jours depuis que je lui ai avoué passer la plupart de mes nuits à son chevet comme à chaque début de traitement. Cela me touche beaucoup qu'il comprenne et respecte cela. Je ne lui ai pas encore expliqué le lien qui m'unit à Ethan, mais il n'est pas exclu que je lui en parle plus tôt que prévu.

[Un peu mieux, il n'a pas vomi depuis
hier soir et il a pu dormir plus longtemps.
Je l'ai laissé un peu plus en forme ce soir.
Je pense qu'il devrait faire une nuit potable,
je l'espère. Il en a besoin, il est épuisé.]

[Tant mieux. Je voulais te proposer
de dîner avec moi, mais tu dois être
épuisée, toi aussi, non ?]

[Oui, mais j'ai très envie de te voir
et de me changer un peu les idées !]

[Voudrais-tu profiter de ma piscine
couverte pour te décontracter un peu
avant de dîner ? Bien sûr,
aucune obligation, c'est toi qui vois.]

[Ça serait génial, j'adore nager !
J'embarque mon maillot et j'arrive ?]

[Jack sera là dans vingt minutes.
J'ai hâte de te voir.]

[Moi aussi !]

Me baigner dans la piscine avec lui et pouvoir admirer son corps parfait sont les principales raisons de mon goût soudain pour la natation, mais je me garde bien de le lui dire !

Je file sous la douche pour un raccord épilation et fourre mon maillot dans un sac. Il fait de plus en plus frais dehors, j'opte donc pour un manteau chaud et un bonnet. Je ferme la porte et, comme d'habitude, avec un timing parfait, Jack est dehors et m'attend près de la voiture. Nous nous saluons et il me conduit vers Tyler, que je suis impatiente de revoir.

Tyler vient à ma rencontre et m'accueille avec un magnifique sourire. Arrivé à ma hauteur, il pose sa main dans ma nuque et, sans un mot, plaque sa bouche contre la mienne. Il m'embrasse avec une telle ferveur que nos dents s'entrechoquent tandis que nos langues se cherchent avec frénésie. Il me fait ressentir à quel point je lui ai manqué et je le lui rends bien. Instinctivement, je me colle à lui, mais quand notre baiser prend fin je me sens frustrée et je regrette que nous ne soyons pas à l'intérieur, loin des regards indiscrets plutôt qu'au beau milieu de son allée. Nous nous sourions comme deux jeunes adolescents et il me conduit vers sa piscine couverte. Cette pièce est magnifique, le bassin est de taille exceptionnelle et il y fait très bon, comparé à l'extérieur. Il m'indique une pièce où je peux me changer et ajoute que je peux prendre tout le temps que je veux pour me détendre dans l'eau.

– Oh ! Tu ne nages pas avec moi ? demandé-je, incapable de masquer ma déception.

– J'en sortais quand nous avons échangé nos SMS et j'ai plusieurs coups de fil à passer pour le boulot, donc prends ton temps pour te relaxer et en profiter. Quand tu auras fini, appuie sur cet interrupteur, Victor me préviendra et je te rejoindrai, dit-il.

– Et moi qui voulais me rincer l'œil…

– Ne t'inquiète pas, tu en auras l'occasion, répond-il avec un regard et un sourire chargés de promesses qui ne manquent pas d'embraser mon entrejambe.

Il quitte la pièce, je me change et entre dans une eau délicieusement chaude grâce à laquelle effectivement, peu à peu, je sens les tensions s'évacuer de mon corps. Je fais plusieurs longueurs et me laisse aller en faisant la planche. Au bout d'un long moment, je quitte le bassin et me rhabille. Après tout, si je ne le vois pas à moitié nu, il n'y a pas de raison qu'il en profite, et à vrai dire, en dehors de nos ébats, je suis encore mal à l'aise d'être presque nue devant lui qui est si parfait physiquement. J'appuie sur un interphone et la voix de Victor me répond qu'il va prévenir Tyler. Je m'installe dans l'un des fauteuils et, cinq minutes plus tard, Tyler me rejoint.

– J'espérais avoir la chance de t'admirer en maillot ! dit-il.

– J'imagine bien, oui ! Mais après tout, c'est donnant donnant, monsieur Cole !

Il éclate de rire et me prend la main pour me guider vers la salle à manger que je connais déjà.

Nous prenons place et dégustons un délicieux repas, en discutant de sa semaine et de la mienne de façon tellement naturelle et spontanée que je me sens incroyablement bien et à l'aise. Mais au bout d'un moment, il attrape ma main par-dessus la table et l'embrasse doucement, avant de se concentrer sur mon majeur et de le titiller de sa langue avec une lenteur calculée qui tient du supplice tant ce geste sensuel suffit à m'exciter.

Une femme d'un certain âge entre alors dans la salle, et je retire vivement ma main. Tyler, pas le moins du monde gêné, me sourit et me présente sa cuisinière, Daisy Brown. Cette dernière pose devant nous un crumble qui sent délicieusement bon.

– Bonsoir, mademoiselle MacIntyre, je suis enchantée, me dit-elle.

– Bonsoir, madame Brown, tout le plaisir est pour moi, dis-je en me levant, mais elle me demande de me rasseoir gentiment.

Elle poursuit en me tendant une feuille de papier :

– Tyler m'a dit que vous aviez apprécié ma tarte de l'autre jour et j'ai cru comprendre que vous seriez contente d'avoir la recette.

– Oh ! Merci, madame Brown. Je suis ravie… et « apprécier » est un doux euphémisme : c'est la meilleure tarte que j'aie mangée de ma vie !

Elle me sourit chaleureusement et fait demi-tour pour quitter la pièce quand je l'interpelle :

– Bien entendu, c'est un prêté pour un rendu, madame Brown ! Si vous le souhaitez, ma mère a deux ou trois recettes secrètes de gâteaux dont vous me direz des nouvelles !

– C'est très gentil de votre part, mademoiselle ! Nous verrons cela !

– Merci, Daisy, la remercie Tyler.

Elle lui sourit et quitte la pièce, nous laissant tous les deux déguster un crumble aux fruits rouges digne d'un restaurant étoilé.

– Bon, je crois que j'ai dû paraître ridicule en lui proposant une recette, car, visiblement, elle n'a besoin d'aucun conseil ! Cette femme est au top !

– Non, je suis certain qu'elle a apprécié ton offre. Mais tu as raison, elle est géniale, et c'est pour ça que je suis assez malin pour ne pas la laisser partir !

Nous nous levons de table et Tyler me conduit dans une salle où brûle un feu dans une grande cheminée, plongeant la pièce dans une atmosphère douce et agréable.

De grands tapis jonchent le sol, des canapés dans les tons marron et crème finissent de décorer cette pièce. Un grand bureau en acajou complète cette atmosphère épurée.

Sur tout un pan de mur sont rangés des CD de tous les styles ; un mélomane pourrait passer un mois enfermé ici sans jamais s'ennuyer, j'en suis sûre.

Tyler en choisit un et l'insère dans une chaîne dernière génération, entièrement tactile et intégrée au mur. La mélodie d'une chanson de Ray Charles résonne dans la pièce. Tyler s'approche alors de moi et m'invite à danser. Je me sens un peu gauche car je ne suis pas habituée à cela, mais bientôt il presse son corps contre le mien et m'embrasse de façon si délicate que notre danse se résume rapidement à un mouvement de nos hanches qui se cherchent.

Nos langues se cherchent également et, quand nous reprenons notre souffle, il enfouit sa tête dans mon cou. Sans préavis, il pose ses mains sous mes fesses et me soulève, ce qui me fait pousser un petit cri de surprise. Ce mec me porte comme si je n'étais pas lourde du tout. Puis il me dépose sur le bureau, sur lequel il me fait asseoir. Ses yeux ne quittent pas les miens tandis qu'il déboutonne un à un les boutons de mon chemisier, révélant mes seins lourds. D'une main experte, il les libère de leur fourreau et les empoigne. Il passe ses pouces sur mes tétons, ce qui les fait durcir immédiatement. Il les pince alors doucement, et ce geste inconnu pour moi m'arrache un gémissement tant c'est délicieux. Il continue à les titiller, avec sa langue cette fois, et je me tortille de plus belle sur la table. C'est si bon que je crois que je serais capable de jouir rien qu'avec sa langue sur mes seins. Il s'est placé entre mes jambes écartées, mais il y a trop de vêtements entre nous et je place ma main sur sa queue déjà dure et la caresse à travers le tissu de son jean. J'ai besoin de le sentir, de le caresser, mais il se recule, préférant visiblement s'occuper de moi. Ce mec a le pouvoir d'embraser mes sens et c'est comme si chaque fois était plus intense que la précédente.

Il se recule et déboutonne à présent mon jean, qu'il m'enlève, et ne s'embarrasse pas non plus de ma petite culotte, déjà trempée, qui tombe au sol près du reste de mes vêtements. Puis il se met à genoux entre mes jambes et, sans préambule, m'accorde ce que j'attends depuis plusieurs jours. Alors que sa langue vient à la rencontre de mon sexe, je renverse ma tête en arrière. Je ne suis plus que sensations. Sa langue est partout et ses doigts qui dessinent de petits cercles sur mon bouton gonflé me font perdre pied. Il enfonce deux de ses doigts en moi, tandis que sa langue accélère ses mouvements et lèche avidement mon sexe mouillé. C'est tellement bon que je jouis rapidement sous ses coups de langue experts. Je suis essoufflée. Sans un mot, il enlève son pull et, se retrouvant torse nu, dévoile des abdos fermes et une peau dorée. Enlevant avec hâte les boutons de son jean, il sort alors son sexe large et qui bande fort. Ma main est attirée comme un aimant et je ne peux m'empêcher de le branler. J'étale la petite goutte qui perle sur son gland et accélère mes caresses. Tyler se cambre de plus en plus et, comme hypnotisée, je ne quitte pas des yeux son sexe que je sens gonfler sous mes doigts. Il attrape une capote dans sa poche arrière et la déroule tout en me regardant dans les yeux. Il m'embrasse et me fait m'allonger complètement sur le secrétaire. Il me fait me sentir tellement sexy que je m'exécute avec plaisir quand il relève mes jambes de façon à placer mes pieds sur ses épaules et qu'il me pénètre très lentement. Je gémis de plaisir et sens une nouvelle montée de désir en moi. C'est comme si je n'étais jamais assez rassasiée de lui. Sa verge étire l'intérieur de mon sexe, mais je m'adapte peu à peu et il commence un va-et-vient de plus en plus rapide pour finir par me baiser très fort, et j'adore ça.

Perdu dans ses propres sensations, il grogne tout en marmonnant des mots quasi inaudibles. Ses mains pétrissent mes seins lourds et je m'accroche au rebord du bureau pour qu'il puisse me baiser aussi fort qu'il le veut. Les sensations qu'il me procure sont fortes et délicieuses, et je vois bien que lui aussi prend son pied. Il ne peut s'empêcher de me caresser et, tandis qu'il agrippe mes hanches, il me regarde avec des yeux pénétrants. Je ne romps pas ce contact visuel et je me perds dans ses yeux bleus assombris par le désir. Je n'en peux plus, je suis sur le point de jouir et, ressentant mon envie, il m'ordonne :

– Regarde-moi. J'adore te regarder, je veux te voir jouir fort. Je te baiserai jusqu'à ce que tu n'en puisses plus.

Ses mots m'excitent et j'atteins le point de non-retour en luttant pour ne pas fermer les yeux, ce qui décuple mon plaisir et le sien. Je crie de plaisir et il explose en moi en gémissant comme jamais. Je sens longtemps les muscles de son sexe se contracter en moi et je m'autorise à fermer les yeux pour profiter de cette sensation délicieuse. Il finit par bouger et j'ai les jambes toutes tremblantes quand il les descend de ses épaules.

– Je crois que je ne vais pas pouvoir marcher normalement pendant quelques jours, dis-je, ce qui le fait éclater de rire.

J'adore ce son si spontané et ce sourire qui me fait tant craquer. J'ai l'impression d'avoir enfin face à moi le vrai Tyler.

Il me tend alors mes affaires et je repasse ma culotte et mon jean. Mais avant de remettre le haut et alors qu'il rajuste lui aussi sa tenue, quand il pose à nouveau les yeux sur moi, je lui souris. Après le moment si intime que nous venons de partager, j'ai très envie de lui montrer une autre facette cachée de moi et de lui dévoiler enfin mes tatouages. Je me retourne donc. Je me tiens dos à lui depuis trente bonnes secondes quand il finit par me dire :

– Waouh ! Je ne sais même pas quoi te dire tellement c'est sublime, Sam ! Comment j'ai pu manquer ça ? C'est magnifique. Cameron est vraiment un sacré artiste.

– Je t'avais bien dit que Cam était le meilleur et, d'ailleurs, je n'aurais jamais laissé personne d'autre que lui me tatouer. Il a su me créer un dessin sur mesure qui me représente vraiment moi et certains moments de ma vie.

– Merci de le partager avec moi, Sam ! C'est un travail d'orfèvre, dit-il, admiratif, en promenant son doigt sur mes omoplates, me faisant frissonner.

– En bas à gauche, tu peux voir des myosotis remonter le long de mon flanc et rétrécir pour disparaître progressivement. Ils sont le symbole de l'absence et de la séparation et font référence à mon père. Il est parti de la maison quand j'avais 6 ans. Il avait tendance à picoler et à se défouler sur ma mère quand il en éprouvait le besoin, c'est-à-dire quasiment tous les jours. Ils sont de plus en plus petits car je ne souffre plus de son absence, bien au contraire.

Tyler ne me coupe pas la parole, mais ses doigts suivent la ligne de mes dessins au fil de mes explications. Ces caresses sont comme un baume sur les blessures de mon âme et m'encouragent à poursuivre :

– La pivoine rose en haut de mon omoplate droite exprime un désir de protection et de fidélité, pour ma mère. Elle a toujours été là pour s'assurer que je ne manque de rien, et je sais que, quoi qu'il arrive, elle sera là, dans les bons comme les mauvais moments. Cam l'a représentée assez grande car elle est très importante dans ma vie. À droite, le long de mon flanc, avec ses lianes puissantes qui grimpent jusqu'en haut, il y a une glycine mauve. Elle est associée à l'amitié et à la confiance, et j'ai voulu qu'elle soit représentée avec deux branches pour Cam et Charlie car ils sont mes meilleurs amis et mes piliers. Ils connaissent tout de moi, et ils sont, eux aussi, gravés en moi pour toujours, c'est une évidence.

– C'est incroyable, ces fleurs ressemblent à des photographies.

– Oui, Cam excelle dans le tatouage réaliste, elles m'ont plu immédiatement. Le papillon, quant à lui, représente ma métamorphose…

Ce sujet est le plus compliqué à évoquer pour moi et je prends le temps de réfléchir pour lui faire comprendre mon ressenti.

– Je crois que c'est ce que je préfère dans ton tatouage, l'ombré donne l'impression qu'il s'est posé sur ton dos ! Ta métamorphose à quel niveau ? demande-t-il, interrompant le fil de mes réflexions.

– Ma métamorphose physique. Cam s'est beaucoup appliqué à le rendre le plus réaliste possible, c'est un symbole fort pour moi. Quand mon père nous a abandonnées, ma mère bossait tellement pour joindre les deux bouts que je ne la voyais pas beaucoup, et j'ai ressenti le besoin de compenser ma solitude par la nourriture. Au fil des années, j'ai pris énormément de poids et je ne me supportais plus, mais j'étais dans un cercle infernal : « Je suis mal, donc je mange mais je mange, donc je suis mal. » Beaucoup d'élèves se sont moqués de moi, et je me suis peu à peu isolée de toute vie sociale. Et un jour, les jumeaux Cam et Charlie sont venus emménager en face de chez nous. Ils étaient scolarisés dans le même lycée et ils ont pris ma défense un jour quand je me faisais racketter et que l'on se moquait une nouvelle fois de moi, à cause de mes rondeurs. Nous sommes rentrés ensemble ce soir-là et, à partir de là, ils m'ont prise sous leur aile protectrice, car ils ne supportaient pas que l'on juge quelqu'un sur un physique plutôt que sur un tout. Nous sommes peu à peu devenus très proches, et quand je devais passer mes week-ends seule car ma mère travaillait j'allais chez eux. Ils m'ont appris à oser faire ce que je souhaitais de ma vie sans me soucier du regard des autres. Ils étaient eux-mêmes à l'époque un peu jugés comme rebelles, Cam habillé en cuir et déjà tatoué, et Charlie se teignant les cheveux de couleurs toujours plus improbables ! Leur mère est morte d'un cancer quand ils avaient 2 ans. Ils vivaient avec leur père, Pete. C'est un homme extra qui sort avec ma mère depuis quelques années, maintenant. Je l'adore !

– C'est génial, ça veut dire qu'ils sont devenus de vrais frère et sœur pour toi, en quelque sorte ? demande Tyler.

– Oui ! lui réponds-je en souriant. Nos destins étaient faits pour être liés d'une façon ou d'une autre. Je les aime comme tels, en tout cas. Bref, tout ça pour te dire qu'ils ont comblé un vide dans ma vie et, au fil du temps, je n'ai plus ressenti le besoin de compenser en mangeant, ce qui m'a naturellement fait retrouver un poids normal et me sentir mieux dans ma peau, même si les complexes restent gravés à jamais.

Tyler se rapproche et pose ses mains sur mes épaules.

– Tu es la plus belle femme que j'ai rencontrée, Sam. J'adore ton corps. Ne complexe pas, il n'y a aucune raison à cela, je t'assure ! Tu es juste parfaite !

Mes joues rosissent et une petite bulle d'air semble gonfler à l'intérieur de ma poitrine, signes que je suis flattée et très émue par ses mots.

– Je sais que je n'ai pas la taille mannequin, mais je commence à accepter mes formes et à apprivoiser mon corps, même si je suis encore très dure envers moi-même. Les complexes physiques ont la dent dure, mais j'y travaille.

– Oh ! Ça, je ne le sais que trop bien, me glisse-t-il à l'oreille.

Je suis toujours de dos et je reprends mon descriptif, car je n'ai pas envie de devoir le faire plus tard, étant donné qu'il s'agit de moments-clés de ma vie et que je sens Tyler attentif et intéressé.

– En plus de ces symboles qui me sont chers, comme tu peux le voir, tout le reste de mon dos est recouvert de dentelle, et ça, c'est l'idée de Cameron. Il a voulu m'habiller comme un couturier aurait pu le faire, pour que je n'oublie jamais que j'ai le droit de porter les plus beaux atours et que j'ai le droit au meilleur, à tous les niveaux. Quand j'ai vu son dessin pour la première fois, je suis restée sans voix face à cette sorte de bustier tout en dentelle, très sexy, censé habiller mon dos. Je lui ai dit qu'il était trop magnifique et délicat pour moi, et il m'a répondu que c'est justement pour ça qu'il me représentait, ce qui m'a fait pleurer. L'autoriser à me tatouer un si magnifique hommage, c'était juger mon corps digne de cette œuvre d'art et enfin m'accepter telle que je suis. Même si j'y travaille encore, je t'assure ! dis-je avec une boule dans la gorge, me sentant plus nue que jamais devant lui.

Je me retourne, gênée, les bras croisés sur ma poitrine nue, en baissant les yeux et en ayant peur de ce que je pourrais lire dans les siens. Il prend mon menton entre ses doigts et me force à le regarder. J'ai du mal à le faire et il me faut quelques secondes pour accéder à sa requête, mais dès que je plonge mes yeux dans les siens, plus clairs que jamais, je n'y vois que bienveillance et sincérité, ce qui me rassure et me touche beaucoup.

– Personne n'est parfait, je suis bien d'accord, mais Cam a raison, il faut que tu te donnes le droit de te voir telle que tu es ! Et j'ai bien envie de t'aider à te faire prendre conscience de cela, dit-il en me serrant très fort dans ses bras.

Lui aussi est toujours torse nu et notre peau-à-peau est si délicieux que nous restons un long moment dans cette position. Je savoure cet instant que je ne pouvais pas vivre il y a peu avec Tyler.

Je me sens bien d'avoir pu partager un peu de ma vie avec cet homme qui est le premier à me faire ressentir des choses aussi fortes.

– J'envie votre amitié quasi fraternelle, tu es entourée de personnes extraordinaires, et c'est le bien le plus précieux, crois-moi !

– J'en ai bien conscience, lui réponds-je avant de lui demander s'il a des frères et sœurs.

– Non, à vrai dire…

Mais avant qu'il ne continue à répondre à ma question, des coups discrets sont tapés à la porte. Tyler se raidit un peu, me cache sans difficulté derrière lui, vu que je ne porte toujours rien sur le haut du corps, et répond à la personne qu'elle peut entrer. Victor lui annonce qu'un appel vidéo important de l'un de ses collaborateurs l'attend dans son bureau.

– Ne t'inquiète pas, vas-y, je vais rentrer, lui chuchoté-je. Je suis crevée.

– Dis-lui que je l'appelle d'ici quelques minutes, merci Victor, lui dit Tyler, congédiant ainsi son majordome qui s'éclipse discrètement.

Nous séparons nos corps à regret et nous nous rhabillons en silence. Tyler me raccompagne jusqu'à la portière de la voiture, cette fois.

– Je suis désolé, je ne peux pas ne pas répondre, car si on m'appelle ici, c'est que, très certainement, il n'y a que moi qui puisse intervenir, dit-il d'un ton neutre et assez détaché.

– Il faut que je dorme de toute façon, je suis encore plus épuisée que lorsque je suis arrivée ici, dis-je avec un clin d'œil complice, ce qui malheureusement ne le fait pas du tout réagir.

– Prends soin de toi, Sam, me glisse-t-il à l'oreille.

Je vois bien que son attitude a changé, on dirait qu'il a l'air contrarié, ou triste ? Je n'arrive pas à mettre le doigt sur ce qui ne va pas.

– Ça va, Tyler ? Je te trouve bizarre tout à coup.

Il me sourit mais n'ajoute rien de plus.

– Soyez prudent, Jack !

Ce sont ses derniers mots avant qu'il ne retourne vers sa maison et que Jack fasse démarrer la voiture.

Une fois rentrée, je m'écroule de fatigue. Je me sens plus légère d'avoir pu partager toutes ces choses avec Tyler, mais je m'interroge sur ce changement d'humeur. J'essaie de remonter le fil de notre discussion pour voir si j'aurais pu dire une bêtise, mais en vain. Ce soir, j'ai fait un pas vers lui et j'espère vraiment qu'un jour, à son tour, il sera capable de s'ouvrir un peu à moi. Il est tard et il n'y a pas de lumière chez les jumeaux. Malgré la fatigue, j'avais pourtant envie de leur raconter ma soirée dans les grandes lignes et de leur demander conseil sur ce qui aurait pu contrarier Tyler, mais ça sera pour une autre fois. Je suis exténuée et je tourne et je vire dans mon lit. Stop ! Je dois arrêter de me prendre la tête. Après tout, je me remets tout le temps en question, mais si ça se trouve Tyler était juste contrarié par le collaborateur qu'il devait avoir au téléphone ensuite ? Il a de grosses responsabilités, après tout… C'est donc en essayant de me rassurer comme je peux que je m'endors finalement.

# 16

Ethan se remet de sa séance de chimio et croque à pleines dents dans la pâtisserie « secrète » que je lui ai achetée. D'après Mia, ses constantes sont revenues à la normale. Il ne lui reste plus que deux séances à subir, mais la fatigue s'accumule et il a de plus en plus de mal à remonter la pente. C'est un petit garçon courageux. Je lui ai également apporté des feuilles, de la colle et tous les prospectus de jouets d'enfants que j'ai reçus dans ma boîte aux lettres pour Noël – qui sera déjà là dans moins d'un mois et demi. Je le laisse donc rêver à tous les cadeaux qu'il voudrait recevoir et lui donne la mission de découper et de coller ses dix jouets préférés sur une feuille pour que l'on puisse l'expédier au pôle Nord avec une jolie lettre. Il est tellement enthousiaste que je suis ravie d'avoir eu cette idée toute simple, mais qui lui permet de s'échapper un peu de sa routine morose. Je lui promets de revenir voir ses collages le lendemain et je lui fais un énorme câlin avant de m'éclipser.

*Encore une idée intéressante à adapter aux rêves colorés*, me dis-je en repensant au collage de vœux.

Il faudra que j'en parle à Kate ce soir. Nous nous sommes vues plusieurs fois depuis pour rentrer dans le vif du sujet et avancer le projet. Je lui ai listé les besoins matériels premiers du service, mais je lui ai aussi rédigé un dossier complet concernant le premier souhait qui sera accordé à l'un des petits malades du service. Il s'agit de Jeremy qui aimerait plus que tout voir la mer. Cela peut paraître simpliste, mais cela lui tient vraiment à cœur. Ses parents sont loin d'être aisés et ils n'ont jamais eu l'occasion de la lui faire découvrir. J'ai ainsi détaillé toutes les étapes du rêve à réaliser, du lieu au choix de la date (idéalement au printemps), en passant par ce qu'il faudrait prévoir au niveau du matériel médical, du transport et des à-côtés, tels que trouver un endroit où manger le midi qui permette facilement l'accès aux fauteuils roulants, où trouver un accompagnateur suffisamment bien formé, qui puisse aider le petit garçon à mettre les pieds dans l'eau ou à jouer avec le sable fin. Kate, quant à elle, a contacté les financiers et a pu me donner le montant maximum à accorder idéalement à chaque bénéficiaire. Elle a aussi démarché leurs partenaires et les grandes enseignes vendant leurs produits, et la grande majorité d'entre eux ont été séduits par cette idée et ont accepté de jouer le jeu, chacun à leur niveau. Tout cela me prend du temps mais j'y prends plaisir, car je sais qu'au-delà du côté financier pour T. & C. Cosmetics, mes petits protégés vont avoir la chance de voir s'opérer dans les mois à venir de jolis changements aussi bien dans le service de pédiatrie que dans leurs vies.

Pour l'heure, j'ai rendez-vous avec Charlie pour une séance de shopping entre filles. Après avoir trouvé un jean pour moi et un petit haut très coloré pour elle, nous faisons une pause pour boire un thé. J'en profite pour lui expliquer où nous en sommes, Tyler et moi, et elle me félicite d'avoir osé lui ouvrir mon cœur en lui montrant mes tatouages.

– C'était trop bien ! Oh ! Honey, si tu savais, Tyler m'a fait grimper aux rideaux comme jamais, dis-je dans un énorme soupir, avec un grand sourire aux lèvres.

– Ben t'en as bien de la chance, Mac, parce que moi en ce moment niveau sexe, c'est le désert de Gobi ! Un troisième année des Beaux-Arts me drague pas mal et je crois qu'il ne faudra pas grand-chose pour que je craque, parce que depuis le temps j'ai dû oublier comment on fait l'amour !

Nous rions bêtement et je reçois un SMS de Kate :

[Bonjour Samantha, j'ai un imprévu,
serait-il possible d'avancer
notre rendez-vous
de ce soir à 16 h, STP ?]

Je demande à Charlie si ça ne la dérange pas d'écourter notre virée shopping et elle me répond que son compte bancaire me remerciera pour ça quand elle recevra son relevé mensuel !

[Bonjour Kate, pas de souci. J'arrive.]

Je me dépêche donc de me rendre au siège de T. & C. Cosmetics et monte directement au septième étage. Je me sens beaucoup plus à l'aise de venir ici maintenant que mes relations avec Tyler sont plus apaisées. Pour preuve : la semaine dernière, en sortant d'une réunion avec elle, Tyler m'a refait « visiter » son bureau et nous y avons pris un pied d'enfer.

Arrivée devant la porte de Kate, je frappe et elle m'invite à rentrer, mais elle n'est pas seule. Tyler et son père sont là.

Je sais que personne n'est au courant de ce qui se passe entre nous, je serre donc la main des deux hommes et embrasse Kate, que j'ai appris à mieux connaître ces dernières semaines et qui, désormais, me tutoie et réciproquement. Tyler ne laisse rien paraître, si ce n'est qu'il me regarde droit dans les yeux. C'est néanmoins difficile de savoir ce qu'il pense, et je suis assez intimidée par ces deux hommes d'affaires parfaitement dans leur élément, contrairement à moi qui ne suis que consultante.

– Bonjour, Samantha, je parlais justement de toi. Je racontais à ces deux messieurs comme tu t'es impliquée dans ce projet et combien il avance vite grâce à toi.

– Oh ! Merci, réponds-je, flattée, mais je n'ai pas fait grand-chose.

– Ne soyez pas modeste, mademoiselle MacIntyre, répond Tyler. Kate nous a parlé de tout ce que vous avez accompli toutes les deux, et mon père et moi-même tenions à vous remercier de votre implication et du bon travail d'équipe que vous avez fourni, dit-il en se tournant à présent vers Kate qui lui sourit et pose sa main sur son bras.

Ce geste me dérange plus qu'il ne faudrait et je réprime difficilement la vague de jalousie qui me submerge.

– Mademoiselle MacIntyre, comme vous le savez, Kate va prendre un congé maternité, nous voulions faire un point avec vous à ce sujet, dit M. Cole père.

– Que souhaitez-vous savoir ?

– Eh bien, maintenant que vous avez réussi à boucler toutes les demandes officielles liées à la création de ce projet et que les réponses et accords administratifs se font attendre, comme à chaque fois dans ce genre de requêtes particulières, nous vous proposons soit de prendre un nouveau référent et d'avancer sur le projet, soit d'attendre le retour de Kate, vers la fin février a priori, puis de reprendre les démarches à ce moment-là. C'est à vous de décider de la suite que vous souhaitez donner à l'avancement de ce projet.

– C'est tout décidé, je préfère attendre le retour de Kate, réponds-je. Nous avons commencé cette aventure ensemble, je ne me vois pas travailler avec quelqu'un d'autre qu'elle sur ce projet. Le fait de mettre au monde son enfant ne doit pas la priver du plaisir de mener à terme ce projet professionnel. Elle le mérite.

– Merci, Samantha, intervient Kate, mais si tu préfères avancer plus vite…

– Non ! la coupé-je. D'après ce que j'ai compris, il va falloir patienter un bon moment avant que les papiers administratifs ne soient signés et nous reviennent, ce qui fait que nous ne pourrions pas avancer beaucoup dans tous les cas, donc je préférerais t'attendre, si tu es d'accord.

– Bien sûr que je suis d'accord, répond Kate, ravie, en me prenant dans ses bras.

– Très bien, qu'il en soit donc ainsi, conclut M. Cole père. Je dois vous laisser, je suis attendu. Mademoiselle MacIntyre, félicitations à nouveau pour votre implication, merci pour Kate de mettre en pause ce projet, j'apprécie vraiment votre esprit d'équipe. Bonne fin de journée, mesdames.

Tyler est resté silencieux et déclare finalement :

– Mesdames, je vous prie de m'excuser également.

– Je pars demain, je vais apprécier de me poser un peu, me confie Kate une fois Tyler parti.

– C'est normal, il faut que tu penses à vous préserver, toi et le bébé. Au fait, tu connais le sexe ?

– Non. Peu importe, je veux la surprise, me répond-elle.

Je suis sur le point de demander ce qu'en pense le père, mais elle n'en parle jamais et je ne suis pas encore assez à l'aise pour lui poser des questions à ce sujet.

– Je ne t'ai même pas demandé où tu es suivie ?

– Au centre hospitalier universitaire de Manchester. C'est l'établissement médical le plus proche de chez mes parents, et je compte aller me reposer là-bas avant l'accouchement. Ils habitent à Warrington.

– Ils ont un très bon service de maternité d'après ce que j'en sais. Tout se passera bien, tu verras. Tu m'enverras un SMS quand tu tiendras ton bébé dans tes bras, hein ?

– Avec joie, Sam ! Merci encore d'avoir accepté de mettre tout ça en pause pour moi.

– Pas de souci. Allez, je te laisse moi aussi, je te souhaite un bel accouchement et on se voit très vite !

– J'espère, je suis morte de trouille !

– Crois-moi, tu n'as pas de raison de t'inquiéter, fais-toi confiance et ça ira, lui dis-je en la serrant dans mes bras et en quittant le bureau de cette femme que j'apprécie beaucoup.

À peine sortie, mon téléphone émet un bip :

[On se voit chez toi
comme prévu, ce soir ?]

[19 h, je commande les pizzas
pour 20 h, Cam apporte la bière
et toi le dessert.]

[Pas de souci, mais j'espère bien
que TU seras mon dessert !]

[Ça marche, prévois la chantilly ;)]

[C'est malin ! Je bande rien
qu'à l'idée de lécher
de la crème partout sur ton corps.]

[Qui a dit que c'est toi qui aurais le droit
de lécher la chantilly ???]

[Tu ne perds rien pour attendre !]

*Et toi non plus*, songé-je sans toutefois lui répondre.

J'imagine déjà ce que JE compte lui faire avec ma langue ce soir. J'adore ce petit jeu de sextos : rien qu'avec ses mots, il arrive à m'exciter.

***

Nous avons décidé de nous faire une soirée film ce soir avec les jumeaux. En buvant un verre au pub de Don l'autre soir, Charlie a lancé l'idée. Cam et Tyler s'entendent de mieux en mieux et se sont même vus seuls pour peaufiner les détails du tatouage de Tyler. Charlie l'apprécie aussi, ce qui me fait plaisir. Ce mec plaît bien à mes amis et, cerise sur le gâteau, il me fait vivre des séances de baise torrides. Il me fait l'amour de toutes les manières les plus originales possible et arrive à me surprendre à chaque fois. Moi qui ai toujours eu avec mes ex des rapports sexuels très classiques et sages dans mon lit, je suis comblée par son inventivité. De plus, même s'il ne manque pas de suite dans les idées pour me surprendre, il ne mentionne plus du tout ses fantasmes un peu trop particuliers à mon goût. Je me demande si ça lui manque. Moi, en tout cas, ça m'arrange car il me comble et je nous trouve très compatibles sexuellement, donc je n'éprouve pas le besoin de m'exhiber ou de faire je ne sais quoi. J'espère juste que je lui suffis et qu'il n'est pas frustré de ne pas assouvir les pratiques qu'il aime généralement.

Néanmoins, malgré notre complicité, il rentre chaque nuit chez lui. C'est notre accord et je ne lui demande jamais de rester car je veux respecter cette volonté qui semble être très importante à ses yeux. Cela me frustre car j'adorerais me réveiller à ses côtés, mais j'ose espérer qu'un jour, peut-être, il guérira de cette peur dont j'ignore toujours l'origine. Du moins, je l'espère.

Tout ce que nous vivons représente plus, question intimité, qu'une nuit partagée dans le même lit. J'ai beau essayer de ne pas trop y réfléchir, cela m'énerve, même si je ne lui montre pas. L'autre jour, il m'a fait l'amour sur mon lit, il m'a prise en levrette de façon brutale, mais non moins délicieuse. C'était tellement intense que je me suis écroulée tout de suite après, mais il est resté contre moi jusqu'à ce que je m'endorme. Je me suis réveillée à trois heures du matin. Il avait posé un plaid sur moi, mais j'étais toujours sur mon lit. Et lui était parti. Forcément. Je me suis vite glissée sous mes draps et me suis rendormie avec le manque de ses bras.

Je crois que je suis très attachée à lui et cela me fait peur. Peur que ça ne soit pas aussi réciproque. Mais je me force à ne pas trop y penser.

***

Il est treize heures et je viens de finir ma garde. Aujourd'hui, Tyler m'a proposé de venir avec moi faire mes emplettes de Noël. Nous ne sommes que début décembre et ça le fait rire, mais j'ai toujours adoré m'y prendre à l'avance pour profiter le plus longtemps possible de l'ambiance des fêtes de fin d'année, que j'adore.

Nous devons nous retrouver devant l'hôpital, mais il n'est pas encore là. Je passe par la cafétéria au rez-de-chaussée pour m'acheter un café à emporter. Alors que la serveuse est en train de le préparer, j'aperçois Tyler qui sort de l'un des ascenseurs menant aux étages. Je suis surprise de le voir ici et je lui fais signe mais il ne me voit pas et avance en regardant droit devant lui.

Je paye et, quand je sors, il m'attend à l'endroit où nous avions convenu de nous retrouver. Il m'embrasse.

– Bonjour ! Tu m'attends depuis longtemps ?

– Non, je viens d'arriver, dit-il sans se douter que je l'ai vu sortir des étages.

– Oh ! Mais je viens de te voir sortir de l'ascenseur, pourtant, non ? dis-je un peu sèchement, contrariée de constater qu'il vient de mentir avec tant de facilité.

– Oui, en effet, je rendais visite à quelqu'un, mais je n'ai simplement pas pensé que te le dire était si primordial, car ça ne l'est pas, voilà tout, répond-il froidement à son tour.

– OK. Loin de moi l'envie de te fliquer, je pensais juste que tu répondrais simplement, dis-je, blessée qu'il retourne la situation en faisant comme s'il était parfaitement normal de mentir.

– Eh bien, ne te prends plus la tête, Sam. C'est un détail et désolé si j'ai été maladroit, assure-t-il en tendant sa paume vers moi pour que j'y glisse ma main. C'est parti pour une virée shopping de Noël ?

Je ne suis pas ravie de cet échange, mais il s'est excusé et je n'ai jamais eu de raisons de douter de lui depuis notre mise au point. Je décide donc de suivre son conseil et de profiter de ma journée avec lui sans plus cogiter.

J'ai emporté avec moi la liste d'Ethan pour le père Noël et me dirige donc directement au cinquième étage pour acheter plusieurs sortes de Playmobil, qu'il affectionne particulièrement et avec lesquels il s'amuse pendant des heures. Je choisis le camion de pompiers qu'il a entouré en rouge sur sa liste et qui rentre dans mon budget. Je ne peux m'empêcher de faire un détour par le rayon des peluches et craque sur un gros labrador car Ethan rêve d'avoir un chien, un jour. Nous faisons une pause pour boire un thé et manger un délicieux brownie quand Tyler me demande :

– Ethan a des animaux de compagnie chez lui ?

Je bois une gorgée de thé et me dis qu'il est temps de lui parler de mon petit bonhomme.

– Non, il ne peut pas car il n'a pas de famille à proprement parler. À vrai dire, il est né d'une mère qui ne voulait pas de lui.

– Vraiment ? demande-t-il vivement, les sourcils froncés.

– En fait, à sa naissance, il était atteint d'une fente de la lèvre supérieure qu'on appelle aussi bec-de-lièvre et qui déformait son visage. Sa mère biologique, avant d'être mise au courant de cette difformité, avait déjà décidé de l'abandonner, mais cette anomalie physique détectée à l'échographie a fini de la convaincre.

– Mais c'est atroce ! me dit Tyler, que je sens indigné par cette révélation.

– Oui, je sais que c'est difficile à concevoir, mais chaque personne fait ses propres choix, aussi choquant que cela puisse paraître. Tu sais, quand une maman décide de placer son enfant, c'est toujours une naissance à part, et les sages-femmes ne peuvent pas se permettre de juger. Nous devons seulement aider la jeune femme, que nous avons prise en charge, à accoucher comme n'importe quelle mère. C'est notre rôle, et nous devons garder une certaine distance face à cette situation. Souvent, les mamans sont très tristes de devoir prendre cette décision, et si ça n'est pas le cas, nous devons de toute façon garder le même comportement impartial et professionnel envers notre patiente.

– Je n'avais jamais pensé à cette facette de ton métier.

– C'est normal, les gens ont tendance à l'idéaliser, mais plusieurs cas de figure compliqués existent et certaines naissances peuvent mal se passer pour la mère ou pour l'enfant. Il faut savoir composer avec cela et c'est le côté le plus difficile de mon métier.

Je bois à nouveau une gorgée de liquide brûlant pour me donner le courage de continuer. Tyler ne me presse pas, ce que j'apprécie.

– Quand Ethan a vu le jour, c'est moi qui supervisais sa naissance. Quand il est né, et selon les volontés exprimées par sa mère biologique avant l'accouchement, nous ne l'avons pas posé sur elle, mais je l'ai au contraire emmené dans une pièce à côté, pendant que mes collègues s'occupaient d'elle pour la phase de délivrance. Un médecin spécialisé est venu voir ce petit bonhomme et a confirmé le diagnostic du bec-de-lièvre. Il a pratiqué quelques examens et comme le bébé était capable de téter malgré sa malformation, j'ai pu lui donner son premier biberon de lait. Je me suis posée dans un fauteuil avec ce minuscule bout de chou, et il a bu sans me quitter des yeux. C'était l'un des moments les plus forts de ma vie. Une connexion silencieuse intense. Puis je l'ai préparé et ai pris soin de lui avec le reste de mon équipe pendant plusieurs jours. C'est même moi qui ai pu choisir son prénom, et les services sociaux lui ont attribué un nom de famille. Une assistante sociale, Amelia, est venue le cinquième jour le chercher. Elle m'a confié que ça serait plus difficile de lui trouver une famille d'adoption à cause de son bec-de-lièvre mais m'a promis qu'elle ferait son maximum. Les gens ne voient jamais beaucoup au-delà des apparences. À son départ, j'ai beaucoup pleuré.

– Tu m'étonnes, souffle Tyler. Et après ?

– Six mois plus tard, il est revenu en pédiatrie, afin de se faire opérer. C'est mon amie Mia qui m'a prévenue. Je lui avais confié ma peine pour ce petit bonhomme à l'époque, donc quand un joli bébé de six mois s'appelant Ethan a été admis pour une chirurgie réparatrice, elle a fait le rapprochement et m'a appelée. Quand je suis rentrée dans la chambre, je l'ai reconnu immédiatement et il m'a fait un magnifique sourire. Mia nous a laissés seuls et je l'ai pris dans mes bras, et là, j'ai su…

Je ne me suis pas rendu compte que des larmes roulaient sur

ma joue, mais Tyler, peu démonstratif en public, pose alors sa main sur la mienne, ce qui me touche et me donne la force de continuer le récit de la vie de mon petit bonhomme Je serre la sienne en retour, attends une seconde que la boule dans ma gorge diminue et reprends le fil de mon récit :

– Je l'ai bercé et il s'est endormi. Et là, sa tutrice est entrée et m'a demandé qui j'étais. Je lui ai rappelé que nous nous étions rencontrées à la maternité, elle a compris mon plaisir à revoir ce petit garçon et m'a dit qu'il méritait d'avoir le plus d'amour possible autour de lui, donc qu'elle ne voyait aucun inconvénient à ce que je le voie pendant son séjour en pédiatrie. L'opération s'est bien passée, même si les chirurgiens n'ont pas pu lui rendre une apparence complètement « normale ». Il devra se faire opérer à nouveau quand il aura 7 ou 8 ans car sa peau et son visage auront évolué, et ça sera le meilleur moment pour que cette dernière opération ait toutes les chances de lui offrir un visage tout neuf et une cicatrice très discrète. Pour finir, en voyant le lien étonnant que nous avions créé, Amelia a accepté que je prenne des nouvelles régulièrement et, plus tard, au fil des mois, a même accepté que je le voie parfois le week-end en tant que famille d'accueil. Nous ne nous sommes donc jamais vraiment quittés. Je ne peux pas l'avoir aussi souvent que je le veux, mais un week-end par mois, en général. Les jumeaux et nos parents respectifs sont fous de lui.

– Et là, pourquoi est-il hospitalisé précisément ? demande Tyler, ému par cette histoire.

– Depuis deux ans, Ethan est atteint d'un néphroblastome. C'est un cancer du rein.

– Putain, mais c'est pas vrai, grogne Tyler, le sort s'acharne vraiment sur ce gosse, bordel.

– Oui, malheureusement. Et là, comme tu le sais déjà, il est sous chimiothérapie, car le cancer du rein est particulièrement sensible à ce type de traitement qui, en général, réduit de beaucoup la taille de la tumeur qui sera ensuite retirée par exérèse – par ablation chirurgicale, si tu préfères. Ethan est donc hospitalisé tout le temps de la chimio et le sera encore quelque temps après l'opération. Il est très faible et supporte de plus en plus mal les effets secondaires, mais il se bat comme un chef, et je suis fière de lui, terminé-je en essuyant mes larmes qui continuent à couler. Voilà, tu sais à peu près tout de notre histoire particulière. C'est un enfant exceptionnel.

– Tu accepterais que je le rencontre à nouveau, un jour ?

– Il en serait ravi ! dis-je en acquiesçant avec joie.

Tyler a toujours sa main sur la mienne et la porte à ses lèvres pour y déposer un baiser tout doux.

– Vous êtes décidément exceptionnelle et pleine de surprises, mademoiselle MacIntyre.

– Merci, monsieur Cole, mais je suis certaine que votre vie n'est pas ordinaire non plus, je me trompe ?

Son visage change furtivement d'expression avant qu'il se recompose très vite un masque neutre.

– En effet, mais ça, ce n'est pas à l'ordre du jour, mademoiselle, dit-il en souriant mais d'un ton sans appel.

Je me force à sourire et, malgré ma curiosité, je n'insiste pas. Je n'en montre rien, mais je suis agacée d'être toujours celle qui se dévoile un peu plus, alors que, finalement, je ne sais toujours rien de très personnel le concernant. J'espère vraiment qu'il se livrera un jour à moi, car j'ai peur de perdre patience si les confidences sont toujours à sens unique. Je suis prête à faire beaucoup de compromis pour que ça marche entre nous, mais pour être rassurée j'ai besoin de sentir qu'il me laisse un peu entrer dans son univers, et pas seulement sexuellement.

Nous rentrons exténués de cette journée de shopping. Et malgré ses moqueries sur ma manie d'anticiper mes achats, Tyler a tout de même, lui aussi, acheté certains de ses cadeaux de Noël. Nous sommes chez moi et nous buvons un verre de vin, assis sur mon canapé. Je regarde une nouvelle fois ce que j'ai choisi pour Ethan et suis ravie de la robe très pin-up que j'ai dégotée pour Charlie.

– Elle est vraiment comme ta sœur, remarque Tyler.

– Oui, et même plus encore, je dirais ! Elle et Cam ont toujours été là, je me sens protégée et aimée par ces deux-là, donc je ne rate jamais une occasion de les gâter autant que je peux !

– Et ta mère ? Vous êtes proches ?

– Oui, très. On s'appelle au moins deux ou trois fois par semaine, et je passe la voir le plus souvent possible. Elle vit dans le *borough* londonien de Chiswick, dans la maison de mon enfance, elle n'a jamais déménagé. Petite, je jouais seule dans le jardin derrière et, plus tard, quand les jumeaux ont emménagé juste à côté, on passait notre temps les uns chez les autres. Ma mère a toujours travaillé sans relâche pour m'offrir tout ce dont je pouvais avoir besoin. Elle est le genre de mère que je voudrais être un jour, même si j'espère pouvoir avoir la possibilité de passer plus de temps avec mes enfants. Nous sommes très complices.

– Tu lui as parlé de ce que tu vis avec moi ?

– Euh… à vrai dire, non… Je sais qu'elle veut que je sois heureuse et vu que ce que nous vivons est, comment dire… inhabituel, disons que j'ai peur de l'inquiéter outre mesure…

– Parce que tu n'es pas heureuse, conclut-il sombrement.

– Non, ça n'est pas ce que j'ai voulu dire. Je dis simplement qu'elle aimerait que je vive une belle histoire d'amour sans souci, comme toutes les mères en rêvent pour leur fille… J'ai juste peur qu'elle ne comprenne pas ce que l'on vit, et…

– … et qu'elle trouve que tu mérites mieux ?

– Arrête de faire les questions et les réponses pour moi, Tyler Cole ! Je n'ai jamais rien vécu de similaire dans ma vie et je savoure chaque instant passé avec toi, même si ce que l'on vit ne rentre pas dans une case prédéfinie, lui réponds-je doucement.

– C'est pareil pour moi, Sam. Je veux juste le meilleur pour toi, même si je doute que ça soit avec moi que tu le trouves, alors si tu préfères, sache que…

– Stop ! On a déjà eu cette conversation, me semble-t-il, et on a décidé de se laisser porter, je ne vois pas pourquoi on changerait d'avis, dis-je en ayant surtout peur que ce soit lui qui décide de mettre fin à notre histoire.

Tyler m'offre un faible sourire et m'embrasse tendrement dans le cou avant de boire une gorgée de vin et de reprendre ses questions :

– Et Pete ?

– Pete ? C'est le père des jumeaux, et il est fou amoureux de ma mère, ce qui me fait super plaisir car je l'adore. C'est un homme courageux, il est retraité de la marine. Ils ne vivent pas ensemble, car il ne veut pas la brusquer. Il sait combien elle a souffert à cause de mon père et il respecte ça en lui laissant la possibilité de choisir quand elle voudra vivre avec lui, si elle le veut un jour.

– Tu ne crois pas qu'elle le voudra ?

– Je veux espérer que si. À cause de mon père, elle n'a plus confiance en les hommes, mais je suis sûre qu'un amour pur comme celui de Pete ne pourra que lui rendre confiance en l'amour et l'aider à lâcher prise.

Je me rends compte que ma réponse correspond à l'état d'esprit de Tyler, également. Merde, je n'avais jamais fait le rapprochement mais je vis exactement ce que vit Pete, en fait ! Je suis avec un homme qui est mort de trouille à l'idée de s'engager, tout comme ma mère. Ce constat me bouleverse car cela fait des années que

Pete attend patiemment que ma mère soit prête à déménager, mais en vain. J'ose espérer que ma mère franchira ce cap car il est évident que Pete a gagné sa confiance depuis le temps. Et moi ? Devrai-je attendre aussi des années que Tyler s'ouvre à moi ? Je bois à mon tour une gorgée de vin car j'ai la bouche sèche, tout à coup. Je regarde Tyler. Lui aussi est plongé dans ses pensées. Je ne résiste pas et tente à mon tour d'en savoir un peu plus sur sa vie :

– Et tes parents ? Ils ont l'air très amoureux, non ?

– Eh bien, mon père n'est pas issu de la bourgeoisie, il a eu des difficultés à se faire accepter par la famille de ma mère. Ils sont tombés amoureux dès leur première rencontre, un vrai coup de foudre, d'après ce qu'ils disent. La famille de ma mère ne voulait pas de cette union car ma mère était destinée, selon eux, à épouser un riche homme d'affaires, de préférence hawaïen, mais elle n'a rien voulu entendre. Elle voulait mon Anglais pure souche de père et elle a tenu tête à ses parents, qui ont finalement bien été obligés d'accepter le mariage. Il a dû travailler très dur et monter peu à peu les échelons dans l'entreprise pour mériter que son nom, Cole, soit associé à l'image de l'entreprise Tohana Cosmetics.

– Waouh, c'est une histoire digne d'un conte de fées ! C'est fou ! Mais, en même temps, c'est vraiment flagrant qu'ils s'aiment comme au premier jour. Ils forment un couple magnifique. Tu es donc à moitié hawaïen ?

– Oui, mes grands-parents maternels vivent à Hawaï, et nous y allons chaque année.

– J'imagine que ça doit être sublime.

– Oui, comme sur les cartes postales ! Quand je suis là-bas, je me vide la tête de tout. Je me sens moi-même, je fais du surf, je profite de mes grands-parents, du soleil et des cocktails !

– Tu m'étonnes, quel bonheur ça doit être ! Moi, je ne suis

jamais sortie d'Angleterre !

– Jamais, vraiment ? me demande-t-il, interloqué. Même pas en voyage scolaire ?

– Non, même pas. Mais tu sais, je ne le vis pas si mal que ça !

– Non, j'imagine. Ce n'est pas ce que j'ai voulu sous-entendre, Sam. C'est juste que, dès mon plus jeune âge, j'ai eu l'habitude de voyager, et cela me surprend toujours quand quelqu'un me dit ne jamais avoir quitté le pays. Ce n'est pas par prétention, je t'assure !

– Par pitié ?

– Mais non, pas du tout ! Cela me rappelle juste à quel point j'ai de la chance dans ma vie, malgré tout. Et tu es la première femme avec qui j'aimerais partir en voyage, je crois, me dit-il timidement, en caressant ma main.

– Vraiment ? Tu n'es jamais parti à deux ?

– Pas vraiment, non.

Tyler me prend mon verre des mains pour le poser sur la table. Je sens qu'il en a assez de parler et je commence à le connaître suffisamment pour savoir que je vais passer un très très bon moment.

Une heure plus tard, en effet, cet homme m'a fait grimper aux rideaux deux fois. D'abord avec sa langue puis en me baisant comme il sait si bien le faire. Sa queue en moi me donne l'impression d'être comblée et semble faite pour moi, même si mon sexe a souvent besoin d'un petit temps pour s'adapter à ses proportions plus que généreuses. Je suis allongée sur le canapé, dans les bras de Tyler, et je somnole quand il me chuchote qu'il doit y aller. Je le laisse passer dans la salle de bains et, quand il revient dans le salon, je lui glisse :

– Non pas que je me plaigne que tu me fasses jouir dans chaque recoin de mon appartement, mais m'endormir dans un lit après l'amour, ça serait pas mal non plus, tu sais ?

Il sourit puis, sans un mot, délicatement, passe ses bras puissants sous mes jambes et dans mon dos et me porte jusqu'à la chambre. Il me dépose dans mon lit, tire les draps sur moi et me borde en souriant.

– Merci, mais ça n'est pas tout à fait ce à quoi je pensais, dis-je.

– Je sais. Mais c'est tout ce que je peux t'offrir pour l'instant, me répond-il tristement.

– Je plaisantais, Tyler, dis-je pour le rassurer.

– Bonne nuit, Sam.

– Bonne nuit à toi aussi, fais de beaux rêves.

Il me sourit, dépose un baiser sur mes lèvres et quitte ma chambre, me laissant plus seule que jamais. Je sais que je ne dois pas le brusquer, mais j'aimerais tellement tout partager avec ce mec… Il faut croire que, malgré nos confidences du jour, ça n'est pas encore pour demain. Malgré tout, je suis tellement bien avec lui que je crois que je suis prête à attendre le temps qu'il faudra.

# 17

Le mois de décembre file à toute allure, apportant son lot de froid, de vent, mais aussi donnant à la ville un air de fête grâce aux décorations de Noël présentes partout. J'adore cette atmosphère, et malgré le fait que je n'aie pas vu Tyler depuis quatre jours car il est en voyage d'affaires à Paris, j'arrive à l'hôpital à l'aube, très souriante et de bonne humeur. Il devrait rentrer dans trois jours, et c'est la première fois que nous ne nous voyons pas durant aussi longtemps. Je dois avouer qu'il me manque beaucoup. Après être allée embrasser Ethan, je monte dans mon service pour commencer ma garde de jour.

J'embrasse mes collègues et nous passons une demi-heure à faire le point sur les patientes. La matinée est assez calme, sûrement parce que les bébés ne veulent pas mettre leur nez dehors par un froid pareil. Proche de la fin de ma garde, je suis en train de remplir les papiers de naissance du petit Samuel, que je viens d'accueillir dans ce monde, quand les urgences me préviennent de l'arrivée d'une femme amenée par les pompiers. Je termine donc rapidement et me tiens prête à prendre en charge la patiente que j'aperçois déjà au fond du couloir.

Ce n'est qu'en arrivant à sa hauteur que je reconnais Kate Lawson. Je suis un peu étonnée de la voir, car elle n'est pas suivie dans notre hôpital, mais je suis également contente de pouvoir être là pour elle parce qu'à son regard un peu perdu je devine qu'elle est assez stressée.

– Bonjour, Samantha, dit-elle en m'offrant un petit sourire crispé, je suis tellement soulagée que tu travailles aujourd'hui. Je crois que mon bébé a décidé d'arriver plus tôt que prévu ! Je devais partir chez mes parents demain, mais ce petit bout en a décidé autrement, il faut croire !

– Bonjour, Kate. Ne t'inquiète pas, il ou elle n'arrive pas si tôt que ça, lui dis-je en consultant rapidement son dossier. Un accouchement trois semaines en avance ne m'inquiète pas. Il faut juste que l'on vérifie quelques points importants ensemble.

Les pompiers installent Kate dans l'une des salles de travail et je préviens mes collègues que c'est une amie et que je vais donc la prendre en charge.

– Je vois que tu as perdu les eaux, donc on va vérifier où tu en es, expliqué-je en enfilant des gants.

Je l'ausculte et constate qu'elle en est déjà à quatre doigts de dilatation.

– Tu es une championne, ton col travaille très bien. Si tes contractions deviennent trop compliquées, dis-le-moi, j'appellerai l'anesthésiste pour qu'il te pose une péridurale, si tu le souhaites.

– Qui la refuserait ? plaisante-t-elle, mais une contraction plus forte lui enlève son sourire et elle gémit.

– Inspire profondément, Kate, comme moi, dis-je en lui montrant la bonne façon de soulager un peu sa douleur grâce à cette technique de respiration et en lui prenant la main.

Je lui explique qu'il faut commencer par expirer comme si elle soufflait dans une paille pour que le ventre se vide, puis je la fais inspirer en ouvrant les narines pour que son ventre se gonfle spontanément. La mise en place de cette respiration basse lui permettant de diminuer son stress, les émotions négatives, et surtout de bien oxygéner son bébé et son utérus, et ainsi de favoriser des contractions efficaces.

Quelques secondes plus tard, alors que la douleur est passée, elle s'excuse de m'avoir broyé la main, et je la rassure en dédramatisant. Après l'avoir confortablement installée et branchée sous monitoring, je la laisse se reposer et lui propose de sonner si elle a besoin de quoi que ce soit.

– Ne t'inquiète pas. Merci, Sam… Et puis, mon complice sera là dans deux heures, normalement, de toute façon, dit-elle en souriant.

– Parfait, c'est super ! réponds-je, soulagée de savoir que son fiancé va arriver pour la soutenir.

La pose de la péridurale se passe bien et j'aide Kate à se détendre car le futur papa n'est toujours pas arrivé. Soulagée de ne plus souffrir à chaque contraction, je la laisse se concentrer sur les derniers moments qui la séparent de la naissance. Je passe la voir un peu plus souvent qu'habituellement car je l'aime beaucoup et je suis ravie de vivre ce moment avec elle, d'autant plus qu'elle est toujours seule.

Une heure et demie plus tard, je suis dans le couloir quand je vois la lumière de sa salle s'allumer, j'entre donc rapidement et j'y trouve une Kate un peu affolée car elle ressent le besoin de pousser.

– Ne pousse surtout pas, je vais regarder où tu en es, lui dis-je en enfilant rapidement à nouveau mes gants.

Je vérifie deux fois et lui annonce en souriant :

– Tu es à dix ! Ça va être le moment, Kate !

– Oh ! Mais je ne peux pas faire ça toute seule… J'ai peur, Sam !

– Tu n'es pas seule, je suis là, Kate, regarde-moi, je reste avec toi. Tu vas accueillir ton bébé dans très peu de temps, alors concentre-toi là-dessus et sur rien d'autre, OK ?

J'enfile ma tenue d'accouchement, tandis qu'une autre de mes collègues prépare un chariot et rapproche le berceau qui accueillera dans quelques minutes le bébé de Kate. Je lui parle très calmement pour l'apaiser et, à ce moment-là, la porte s'ouvre et un homme grand entre, déjà vêtu de la tenue traditionnelle réservée aux papas, des couvre-chaussures au masque antimicrobien. Ouf ! Je suis soulagée parce qu'elle va finalement vivre ce grand moment épaulée par son homme.

– Oh ! Tyler, tu es arrivé pile à temps : le bébé arrive, je vais commencer à pousser ! dit-elle gaiement.

Tyler ? Je lève vivement mes yeux, le regarde à nouveau. Mais comment ai-je pu ne pas faire attention à ce regard limpide au-dessus du masque ? Il me regarde lui aussi et semble plus que mal à l'aise. Mon Dieu, qu'est-ce qui se passe ? Les battements de mon cœur s'intensifient et une boule se forme dans mon ventre.

*Reprends-toi, MacIntyre !* m'ordonnent mes miss, solidaires et en mode winneuse. *Tu verras plus tard, chaque chose en son temps. Le bébé avant tout, tu te défouleras sur ce connard après, pour l'instant c'est de Kate dont tu dois t'occuper. Mets-toi en mode automatique, en mode sage-femme uniquement !*

Je me force à sourire à Kate qui s'adresse à Tyler :

– Tu te rends compte, heureusement que Samantha travaille aujourd'hui, c'est génial que ce soit elle qui m'aide à mettre au monde mon petit Cole !

Merde, tout se bouscule dans ma tête, et je me force à respirer le plus calmement possible. Comment ai-je pu ne pas comprendre plus tôt ? Leur complicité, la tendresse de M. Cole père envers elle, les absences de Tyler, son refus de dormir avec moi... J'ai vraiment été la pire des idiotes. J'enfile mon masque à mon tour et respire profondément pour garder la maîtrise des événements.

Mes mains tremblent légèrement, mais j'inspire et me concentre sur mon rôle à jouer.

– Oui, c'est super. Sam est parfaite, dit Tyler alors que je sens son regard sur moi.

Je garde obstinément les yeux sur le vagin de Kate qui laisse déjà apparaître une petite touffe de cheveux et je me réfugie dans mon rôle de professionnelle.

– Kate, je vois déjà le haut de sa tête. À la prochaine contraction, tu vas pousser comme tu l'as appris en cours d'accouchement sans douleur : en inspirant profondément puis en bloquant l'air et en poussant vers le bas tout en te concentrant sur ton vagin, OK ?

– OK, je crois que j'en ai une, dit-elle en prenant la main de Tyler.

– Alors on y va, tu peux y arriver, Kate ! Allez, tu inspires, tu bloques et maintenant tu pousses… encore… oui, poursuis, pousse, pousse… encore, oui ! Et maintenant, souffle ! C'est très bien, Kate, tu te débrouilles très, très bien, c'est parfait, on y retourne dès que tu le sens.

Après plusieurs sessions de poussées, je lui dis d'arrêter tout pour dégager les petites épaules et sortir le bébé, que je pose sur la poitrine de la nouvelle maman.

– Félicitations, Kate, tu as été parfaite ! dis-je en évitant de fixer Tyler, que je vois néanmoins du coin de l'œil verser une larme d'émotion, comme bon nombre de papas.

En mode automatique, je lui demande s'il souhaite couper le cordon ombilical, en prenant soin de ne pas trop le regarder. Je perçois son émotion car, incapable de parler, et après avoir jeté un regard ému à Kate, il ne me répond que par un hochement de tête solennel. Je lui tends donc la paire de ciseaux et lui indique où couper le cordon qui relie son enfant à sa mère.

– Oh ! Merci, Sam. Je ne sais pas si j'aurais pu le faire sans toi, tu es géniale ! Tu as vu si c'est un garçon ou une fille ? demande alors Kate, pleurant elle aussi.

– Oui, mais si c'était toi qui soulevais ton bébé pour le découvrir, ça serait encore mieux, non ?

Je contemple donc cette jeune maman un peu maladroite soulever gauchement son bébé et éclater en sanglots, sa tête contre celle de Tyler, en découvrant que c'est un petit garçon. Une collègue entre à ce moment-là et j'en profite pour lui demander discrètement de prendre la suite pour l'évacuation du placenta et la prise en charge du nouveau-né et des parents.

– Je viens d'être bipée pour une urgence gynécologique, je vais devoir vous laisser. Julie va prendre ma suite. Je suis très heureuse que tout se soit bien passé. Ce bébé est magnifique, tu as bien travaillé, Kate !

– Oh ! J'aurais adoré que tu restes encore, mais vas-y bien sûr, je ne veux pas priver une patiente de la meilleure des sages-femmes, me dit-elle avec un sourire radieux.

– Merci, c'est gentil, Kate. Et encore toutes mes félicitations !

– Sam… commence Tyler, mais au même moment, ma collègue demande à Kate de pousser pour le placenta, et cette dernière lui reprend la main pour se concentrer à nouveau.

J'en profite pour m'éclipser discrètement et tombe immédiatement nez à nez dans le couloir avec M. Cole père et sa femme qui attendent, fébriles.

– Oh ! Bonjour, mademoiselle MacIntyre, est-ce vous qui vous occupez de Kate ?

Je prends sur moi pour me composer un visage neutre et leur réponds en essayant de contrôler ma voix :

– Bonjour, monsieur et madame Cole. En effet, je sors de la salle d'accouchement et tout s'est très bien passé !

– Alors ça y est ? Nous sommes grands-parents ?

Une boule se forme dans ma gorge et, au prix d'un effort surhumain, je leur réponds en souriant :

– Oui, toutes mes félicitations ! Je laisse néanmoins le soin à Kate et à Tyler de vous annoncer le sexe de ce bébé en parfaite santé. Excusez-moi, je suis attendue.

– Bien sûr, merci pour tout, me dit M. Cole père en me serrant chaleureusement la main.

– Merci beaucoup, mademoiselle, me dit à son tour Mme Cole, émue aux larmes en me prenant dans ses bras.

Ce contact est le geste de trop qui me fait monter les larmes aux yeux, je leur dis que je suis heureuse pour eux et m'enfuis très vite vers les vestiaires. Je ne prends pas la peine de me changer et file droit chez moi. Je tremble de la tête aux pieds et je n'arrive même pas à penser calmement tant tout ce qui vient d'arriver me semble surréaliste. Je jette quelques affaires à la hâte dans un sac et appelle un taxi. J'ai besoin de prendre de la distance et, surtout, je veux quitter tous les endroits où pourrait me trouver Tyler, même si je doute que son statut de jeune papa lui donne envie de quitter le domicile familial pour un bon moment.

Le cœur battant toujours la chamade, je m'engouffre dans un taxi et arrive finalement dans la rue que je connais si bien, à Chiswick. Devant la maison où j'ai grandi, je vois de la lumière filtrer à travers les rideaux du salon et je sais donc que ma mère est là.

Ma mère m'ouvre et m'accueille chaleureusement en me serrant dans ses bras.

– Bonjour, ma chérie ! Mais enfin, tu es ici chez toi, tu n'as pas besoin de sonner ! dit-elle.

– Bonjour, maman, lui réponds-je en me blottissant contre elle, je ne voulais pas te faire peur en rentrant directement, vu que tu ne savais pas que je venais.

– Je suis contente de te voir, chérie, tout va bien ?

– Pas vraiment, maman, ça ne te dérange pas si je reste un peu ici ?

– Tu es chez toi, je te l'ai dit. Je vais nous cuisiner quelque chose, tu n'as qu'à t'installer dans le salon, nous servir un verre de vin et tu me raconteras ce qui ne va pas. Si tu en as envie, bien sûr.

– Merci, maman.

Et c'est à ce moment que la boule coincée dans ma gorge depuis mon départ précipité décide de craquer et que je fonds en sanglots dans les bras de la femme que j'aime plus que tout au monde.

# 18

Il m'aura fallu une bonne heure pour tout lui raconter depuis le début. J'ai toujours parlé facilement à ma mère et pouvoir tout lui confier (en omettant évidemment les détails chauds de ma « relation » avec Tyler) me fait un bien fou, mais je me sens vidée. Me retrouver ici, comme avant, a néanmoins quelque chose de réconfortant. Ma mère m'a écoutée jusqu'au bout sans me couper la parole et s'est contentée de compatir.

– Je suis désolée, ma fille, dit-elle, j'aurais été heureuse que ça marche entre vous. Mais ce Tyler me semble tout de même être un homme très compliqué, et en tant que maman, et surtout en tant que femme déjà trahie, je ne veux pas que cela t'arrive. Tu mérites un homme qui t'aime comme tu l'aimes et qui soit honnête, or il t'a menti et a aussi trompé sa femme alors qu'elle était enceinte, tout de même ! C'est malheureusement très révélateur sur le genre d'homme qu'il est. Et vous êtes deux à être tombées dans ce piège. Il est impossible de faire confiance à nouveau après une telle trahison, selon moi, même si bien sûr c'est ta vie et ta décision, ma chérie.

– J'ai besoin de faire le deuil de ce que je croyais être un début de quelque chose entre nous. Je m'en veux tellement de n'avoir rien compris de ce qui les lie, Kate et lui !

– Tu n'aurais pas pu le deviner, vu qu'il ne t'a jamais mise sur cette piste. S'en vouloir est une réaction normale, mais tu n'es pas devin, Sam. Quoi qu'il en soit tu peux rester ici autant que tu le souhaites, ma fille. Et puis on est déjà le 20 décembre, et tu étais censée réveillonner ici le 24, donc on n'a qu'à se dire que tu es juste un peu en avance.

– Oui, je vais faire ça. Je devais travailler demain mais ensuite j'avais posé une semaine de congé pour Noël, donc je devrais pouvoir me faire remplacer assez facilement. De toute façon, je suis totalement incapable de bosser après tout ça. Il faudra juste que j'aille chercher quelques affaires chez moi.

– J'irai avec toi dès demain, si tu veux. Et, Sam… Je sais que c'est égoïste de dire ça, mais je suis contente de passer ces moments avec toi.

– Ça n'est pas rien, maman ! Je suis venue ici instinctivement, ça n'est pas pour rien, lui dis-je en me pelotonnant contre elle dans le canapé, comme je le faisais plus jeune.

– Noël est ta fête préférée, ma fille, et on va faire en sorte que cette année elle le soit encore.

– Merci, maman, lui réponds-je avec l'impression que rien ne sera pourtant plus comme avant… et cette pensée me fait terriblement mal.

Je suis épuisée et incapable d'avaler quoi que ce soit. Je monte donc rapidement me coucher dans mon ancienne chambre de jeune fille. Le décor si familier ne m'aide pourtant pas à m'apaiser, et c'est en pleurant à chaudes larmes dans mon oreiller que je finis par m'endormir vers quatre heures du matin.

***

L'odeur du café chaud chatouille mes narines mais, en ouvrant les yeux, tout me revient à l'esprit immédiatement et je n'ai qu'une envie : me rendormir pour ne pas avoir à affronter cette journée. Néanmoins, je ne veux pas infliger ça à ma mère, alors je me force à passer ma vieille robe de chambre, et c'est les yeux bouffis à force d'avoir pleuré une bonne partie de la nuit que je descends prendre mon petit déjeuner. Je reste quelques instants à observer ma mère qui est en train de faire des pancakes. J'adore ça mais je sais que je n'arriverai à rien manger ce matin. Elle est déjà habillée et ses cheveux châtains sont attachés en queue-de-cheval. J'ai toujours trouvé que ma mère était belle et, là encore, je me fais la réflexion qu'elle vieillit drôlement bien. Toujours très naturelle, elle ne se maquille que très légèrement. Ce matin, elle porte un jean et un gros gilet en maille ceinturé qui met en valeur la taille de guêpe que je lui ai toujours enviée. Je lui souris alors qu'elle lève les yeux vers moi et l'embrasse, quand Pete entre alors par la porte de la cuisine.

– Oh ! Mon ange. Tu es arrivée plus tôt que prévu ? demande-t-il gaiement, mais en voyant ma mine, il me demande immédiatement ce qui se passe.

Cet homme est ce qui se rapproche le plus d'une figure paternelle pour moi et je l'aime comme tel, alors le voir si inquiet pour moi me touche et me fait monter les larmes aux yeux. Pete est un bel homme d'une cinquantaine d'années, tout comme ma mère. Ancien de la Royal Navy, il a gardé l'habitude de couper ses cheveux, désormais grisonnants, très court. Ce matin, il porte sa grosse doudoune par-dessus une chemise à carreaux noirs et rouges, un jean et ses sempiternelles Dr Martens. Je le serre dans mes bras et lui dis simplement :

– Ne t'inquiète pas, Pete, une histoire compliquée avec un homme compliqué. Mais je vais m'en remettre, j'ai juste besoin de me poser un peu.

Il resserre son étreinte et me fait un gros câlin, qui me permet de ressentir toute l'affection qu'il a pour moi.

Nous nous séparons quand ma mère pose une belle assiette de pancakes devant nous ainsi que des tasses de café fumant.

J'arrive à grignoter un peu pour faire plaisir à ma mère et avale la moitié de mon café, malgré l'énorme boule de tristesse qui semble s'être installée entre ma gorge et mon estomac. Ma mère annonce à Pete que nous allons chercher quelques affaires chez moi et il décide de nous y conduire. Il compte en profiter pour aller voir Cam et Charlie.

Je file m'habiller et allume mon téléphone pour voir si l'un ou l'autre n'a d'ailleurs pas essayé de me joindre, mais je m'aperçois que j'ai reçu des SMS de Tyler. Je suis furieuse qu'il ose me contacter après tout ça, mais je ne peux m'empêcher de les lire :

[Sam, il faut qu'on parle, appelle-moi.]

[Sam, j'ai vraiment besoin
de t'expliquer les choses.]

M'expliquer quoi ? Qu'il est papa et que je ne savais même pas que la fille avec qui je collabore depuis des mois est en réalité sa nana ?

[Je suis inquiet, je suis devant chez toi,
il est minuit et tu n'es pas là.
Réponds-moi.]

Minuit ? Mais qu'est-ce qu'il foutait devant chez moi ?

[J'imagine que je l'ai bien cherché,
j'aurais dû te parler plus tôt.]

Quatre petits SMS qui me retournent et me font éclater en sanglots une nouvelle fois. Je voudrais tant le haïr ! Mais c'est plus difficile que je le croyais. Je suis vraiment trop faible. Je sèche mes larmes, essaie vainement de retrouver figure humaine et rejoins ma mère et Pete dans la voiture.

Nous arrivons à mon appartement et, heureusement, il n'y est pas. J'avais un petit doute, mais furieuse à nouveau je me reprends en me disant qu'il doit être sur un nuage avec son bébé, malgré ses SMS aussi manipulateurs que lui. En arrivant sur le palier, je me dis que je n'ai même pas prévenu les jumeaux de tout ce qui s'est passé, ni même que je partais chez ma mère. Je me dépêche de prendre des affaires propres et les cadeaux que j'avais déjà heureusement achetés, et nous nous rendons tous les trois au Lond'ink. Cam et Charlie sont ravis de voir leur père et ma mère, et malgré le fond de teint que j'ai appliqué à la va-vite, ils me questionnent sur ma mine de déterrée. Je leur réponds que c'est trop long à expliquer, de ne pas s'inquiéter et que l'on se voit le 24 au soir chez ma mère, comme prévu. Me voyant bien entourée, ils nous laissent partir après le déjeuner, respectant le fait que je ne veuille pas parler aujourd'hui. Je sais qu'ils sont sûrement curieux de comprendre ce qui a bien pu se passer entre Tyler et moi, mais ils se contentent de me faire des câlins sans exiger de réponse à leurs questions. Au moment de partir, je leur fais promettre de ne pas révéler à Tyler où je me trouve s'il les contacte, même si je doute que cela l'intéresse désormais.

Nous passons rendre visite à Ethan pendant deux bonnes heures et cela me fait un bien fou. Nous lui promettons de venir passer la journée du 25 Décembre avec lui, et ses petites mains autour de mon cou quand je lui dis au revoir me font l'effet d'un pansement sur mon cœur blessé. Quand il me murmure un « Je t'aime, Sam », je réalise à quel point je suis chanceuse d'avoir ce petit garçon dans ma vie et décide d'essayer de relativiser ce qui se passe pour moi. Je ne vais pas voir mes collègues en maternité, de peur de tomber sur Tyler ou quelqu'un de sa famille, et j'appelle ma supérieure pour lui demander de me remplacer. Requête qu'elle accepte tout de suite, vu que je ne lui ai jamais demandé de service et que je suis toujours prompte à arranger mes collègues si besoin.

***

Les trois jours avant Noël passent à une vitesse grand V, je me repose devant la cheminée, termine mes emballages, mais le cœur n'y est pas. Le 24, c'est pourtant avec plaisir que je vois arriver Cam et Charlie, des paquets plein les bras. D'un commun accord, nous ne parlons pas de Tyler et passons donc le réveillon en famille. Au moment de fermer les yeux dans mon petit lit, je me remémore les précédentes années. J'adorais cette nuit précédant l'ouverture des cadeaux. Mais tout ce que j'arrive à faire, cette fois, c'est me demander ce que fait Tyler ce soir. Des images de lui, de Kate, du bébé et de ses parents aux anges s'imposent à mon esprit et, une nouvelle fois, je m'endors en pleurant le plus silencieusement possible. J'ai l'impression que je ne serai plus jamais vraiment heureuse…

Je me fais réveiller par les jumeaux qui, comme tous les ans, me sortent du lit pour aller déballer nos cadeaux. Je leur souris pour leur faire plaisir et descends donc pour ouvrir et offrir mes cadeaux.

Charlie m'a offert le blouson en cuir marron qui me faisait de l'œil lors de notre dernière séance de shopping, et je suis super contente, mais elle m'offre également une photo d'Ethan qu'elle a prise récemment, en secret, avec lui, qu'elle a agrandie et mise sous cadre : c'est un cliché en noir et blanc sur lequel Ethan lance un bisou avec sa main. Je ne peux résister et saute au cou de ma meilleure amie qui me fait là un magnifique cadeau. Les larmes coulent sur mes joues, mais de bonheur cette fois, car je suis très touchée. Cette photo me ramène sur terre et me rappelle qu'il me reste de beaux moments à partager, que j'ai la chance d'être en bonne santé et qu'il faut relativiser les coups durs de la vie, aussi douloureux soient-ils. Cam, quant à lui, m'offre une petite carte à gratter. Je m'exécute donc et découvre la phrase « Bon pour un tattoo gratis ». Il sait que je souhaiterais me faire tatouer à nouveau et il m'offre la possibilité de le faire, ce qui me touche également beaucoup. Je fais donc un gros câlin à mon frère de cœur.

– De rien, ma beauté, c'est toujours un plaisir de te faire plaisir, me glisse-t-il à l'oreille.

Nous sourions tous, et l'ambiance est détendue quand maman et Pete nous annoncent que leur cadeau est identique pour nous trois et nous tendent à leur tour une boîte emballée. Chacune contient un billet d'avion aller-retour pour Paris.

Nous ne sommes jamais sortis de Grande-Bretagne et cette surprise me fait momentanément oublier ma peine ! Nous sautons de joie comme des gamins tellement nous sommes impatients d'y aller. Après avoir offert aux uns et aux autres les derniers présents, nous dégustons donc un délicieux petit déjeuner de Noël et je me sens un peu mieux.

Charlie rentre chez Pete pour prendre sa douche, ma mère, Pete et Cam sont sortis pour marcher un peu car le temps est plutôt pas mal en ce jour de Noël, même s'il fait très froid. Je reste donc seule dans la cuisine et me sers un autre café. Je suis heureuse d'être auprès de ces gens que j'aime tellement, mais je ne peux m'empêcher de penser à Tyler. Je lui en veux terriblement, mais il me manque, et dans la seconde qui suit je m'en veux de lui accorder la moindre de mes pensées. Je dois vraiment être la fille la plus faible et idiote sur terre pour me rendre malade pour un mec qui s'est royalement foutu de moi...

Nous déjeunons rapidement pour nous rendre tous les cinq à Saint-Thomas offrir ses cadeaux à Ethan. Les années précédentes, il avait le droit de passer quelques jours avec nous chez ma mère à cette période, mais son hospitalisation l'en empêche cette fois. Nous sommes donc tous tombés d'accord pour aller fêter Noël dans sa chambre avec des cadeaux, des sucreries et beaucoup d'amour !

Le voir déballer ses jouets avec un plaisir évident me redonne le sourire. Une fois que tous les paquets sont ouverts, la chambre est pleine de nouveaux jeux, et la peluche labrador collée à lui le fait paraître encore plus minuscule qu'il n'est. Nous rions tout en savourant une bonne part de *Christmas pudding* préparé par ma mère, lorsque l'on frappe à la porte et qu'un père Noël entre. Nous sourions tous devant l'air ébahi de Ethan. Je ne savais pas que des bénévoles passeraient aujourd'hui et je trouve cette idée géniale. Ethan est tout intimidé quand le père Noël lui tend un gros cadeau emballé dans un beau papier très coloré. Il lui chuchote un merci tout timide, ce qui me fait monter les larmes aux yeux. Il le déballe pour finalement découvrir un circuit de voitures dernier cri.

– Waouh ! C'est ce que j'avais entouré en premier ! s'exclame-t-il en sautant au cou du père Noël.

– Le père Noël sait tout, Ethan, lui dit le bénévole en faisant sa grosse voix et en lui rendant son accolade.

C'est une jolie scène et nous sommes tous émus, mais quand le père Noël se retourne vers moi et plonge son regard bleu pâle dans le mien, une décharge électrique traverse mon corps et mon cœur tellement je suis abasourdie. Je ne m'attendais pas à ça et je ne peux m'empêcher de bégayer :

– Mais… Mais qu'est-ce que…

Cam et Charlie ont également reconnu le bienfaiteur déguisé, et Pete et ma mère, quant à eux, se contentent de sourire, ravis de voir Ethan aux anges.

– Oh ! Merci, père Noël, renchérit Ethan, je suis trop content.

– Alors je suis content aussi, tu le mérites, mon bonhomme ! Amuse-toi bien et guéris vite ! répond Tyler en se dirigeant vers la porte.

Un sourire jusqu'aux oreilles illumine le visage d'Ethan et, malgré ma surprise et ma colère, j'emboîte le pas au père Noël en disant à Ethan que je vais me chercher un autre café et que je reviens tout de suite.

Nous sommes dans le couloir et Tyler s'est adossé au mur. Il a baissé sa barbe au niveau de son cou. Il reste muet mais ses yeux sont rivés aux miens. J'ai du mal à déchiffrer leur expression mais je crois y déceler… de la colère ?

– Sam, tu aurais au moins pu répondre à… commence-t-il assez froidement.

Ma colère reprend le dessus et je lui coupe la parole :

– Te répondre ? Tu m'as prise pour une idiote, Tyler… Putain, j'ai travaillé pendant tout ce temps avec ta fiancée et je n'en savais rien ! Nous nous sommes même liées d'amitié, tu imagines ? Et pendant tout ce temps-là, tu la trompais avec moi, tu me mentais sur ce que tu voulais construire avec moi, tu…

– Kate n'est ni ma femme ni ma fiancée, Sam, me coupe-t-il.

– Oh ! Arrête de jouer sur les mots, s'il te plaît… Femme, fiancée ou petite amie, c'est du pareil au même pour moi. L'important, c'est que tu m'as menti et que tu nous as trahies toutes les deux ! dis-je en criant presque.

– Elle est très importante pour moi mais ça n'est pas ce que tu crois, et d'ailleurs ce beau bébé n'est pas le mien. Je vais tout t'expliquer, alors essaie de prendre sur toi et de te calmer, Sam, et je pourrai peut-être en placer une, répond-il si sèchement que je suis interloquée.

C'est l'hôpital qui se fout de la charité ! Non seulement ce mec me trahit, mais en plus il se permet d'être arrogant et de me demander de garder mon calme ? Bordel, je ne le suis plus, là ! La colère prend le pas sur tout le reste et je n'ai même plus envie d'entendre ses explications.

– Quoi ? Me calmer ? C'est une blague, Tyler ? C'est ça ? Écoute, je crois qu'on n'a vraiment plus rien à se dire et qu'on va s'arrêter...

– Non, Sam, tu vas m'écouter et tu décideras après. Je ne suis pas blanc comme neige, OK. Mais tu me hurles dessus alors que tu n'as pas le fin mot de l'histoire. Tu m'as laissé, tu as fui au lieu de te confronter à moi et de nous épargner ces moments à la con, c'est pas ce qu'on est censé faire quand on... quand on... vit ce qu'on vit ?

Son ton s'est adouci et je redescends un peu en pression, mais je ne comprends plus rien. Et qu'est-ce qui me dit que, cette fois, il est sincère ?

Je ne sais plus quoi dire et m'adosse également au mur. Je respire un grand coup et essaie de réfléchir avec cohérence, ce qui n'est pas facile. J'appréhende de lui faire à nouveau confiance, ne serait-ce qu'une minute, mais je sais que je ne dormirai pas tranquille tant que je n'aurai pas eu le fin mot de l'histoire.

– Alors vas-y, je t'écoute, lui dis-je en essayant d'employer un ton le plus neutre possible pour ne pas lui dévoiler à quel point je suis perdue et nerveuse.

– Non, pas ici. Ce genre de choses ne se dit pas entre deux

portes. Je préfère te voir chez moi. Je peux envoyer Jack te chercher vers…

– Non, inutile. Je vais rester ici avec ma famille. Pete me déposera devant chez toi, ça ne fait pas un grand détour.

– Non, ne le dérange pas, Jack t'attendra à l'extérieur de l'hôpital à l'heure que tu souhaiteras.

– Non, Pete me déposera, lui rétorqué-je assez sèchement, ne voulant pas céder sur ce point.

Je me redresse et tourne les talons quand il me dit :

– Tu me manques, Sam.

Mais je ne me retourne pas.

# 19

Pete et ma mère s'arrêtent devant la maison de Tyler mais ne font aucun commentaire. Je leur ai raconté rapidement ce qui s'est dit entre Tyler et moi, et ils approuvent ma décision de vouloir lui parler. Je leur promets de leur donner des nouvelles pour que ma mère sache si je dormirai chez elle ou pas ce soir. Je leur fais signe alors que la voiture s'éloigne et, quand je me retourne, Tyler est à la porte d'entrée.

– Salut, dit-il sans essayer de m'embrasser ou de me toucher, ce qui me convient.

Je le sens très tendu et son visage est froid. Je suis moi-même très mal à l'aise et je n'ai qu'une envie : prendre mes jambes à mon cou. Il reste raide et droit tandis que nous marchons vers le petit salon où il m'a fait l'amour plusieurs fois déjà. J'essaie de ne pas y penser, mais c'est plus fort que moi.

Nous nous asseyons chacun dans un fauteuil, face à face. Le feu crépitant dans la cheminée est le seul bruit que j'entends pendant quelques minutes. Tyler a les mains si serrées que ses jointures sont blanches, et je vois le muscle de ses mâchoires se contracter à chaque fois qu'il serre les dents. Son visage est tellement fermé que je n'arrive pas à déterminer s'il est gêné ou en colère. Mon ventre se tord. J'ai peur d'entendre de sa bouche qu'en effet il a trompé Kate, et toutes mes questions tourbillonnent alors dans ma tête, faisant monter crescendo mon stress.

– Kate n'est pas ma femme, mais ma belle-sœur… ou plutôt la femme de mon frère.

– Tu as un frère ? Et tu te tapes sa femme ?! Mais enfin, où est-il ?

– À vrai dire, je n'ai plus de frère depuis peu, m'annonce-t-il, la voix nouée par l'émotion, Jackson était mon frère jumeau. Il est mort il y a six mois. Kate et lui sortaient ensemble depuis des années et étaient fiancés, et ils nous ont annoncé la nouvelle de sa grossesse lors d'un dîner de famille. Mais un mois plus tard environ, il a fait une rupture d'anévrisme qui l'a emporté en quelques instants.

– Oh ! Tyler…

Je suis assommée par cette annonce et je ne trouve pas les mots. Tout se bouscule dans ma tête, j'ai du mal à assimiler cette révélation dramatique. J'imagine ce que ressentirait Cam ou Charlie si l'un d'eux venait à mourir et je prends conscience de l'épreuve terrible que cela a dû être pour lui.

– Je te l'ai dit, je ne me livre pas facilement, Sam, enchaîne-t-il comme pour s'obliger à terminer rapidement son récit douloureux. J'ai toujours beaucoup de mal à en parler. À vrai dire, ma famille respecte mon impossibilité à mettre des mots sur ce que je ressens et c'est plus facile pour moi.

– Je suis navrée, je n'ose pas imaginer à quel point c'est difficile pour toi…

– Quand il est mort, j'ai promis à Kate d'être là pour elle et le bébé, et elle m'a demandé d'être présent à la naissance, en mémoire de son père absent. Ça m'a beaucoup remué mais j'ai forcément accepté. Voir ce petit être si parfait, mélange de Jax et Kate, m'a fait du bien en un sens. Mon frère vit toujours à travers son fils et cela m'a un peu apaisé pour la première fois depuis sa mort.

– Je suis désolée, Tyler. J'aurais dû attendre que tu t'expliques, en effet… mais, à ma décharge, non seulement j'ai cru en te voyant entrer que tu étais le papa que Kate attendait, mais quand, plus tard, dans le couloir tes parents m'ont dit être des grands-parents heureux, je n'ai plus eu le moindre doute que cet enfant était le tien. D'ailleurs, comment s'appelle-t-il ?

– James Cole-Lawson. Cole, car à la demande de Kate, mon père l'a reconnu, en mémoire de mon frère. Kate voulait vraiment que son fils soit un Cole et ne voulait pas que je le reconnaisse au cas où cela complique une hypothétique histoire d'amour avec une fille… plutôt ironique vu la situation, je crois ! Et puis, tu sais, quand Jax nous a annoncé qu'il allait être papa, il m'a immédiatement demandé d'être le parrain et j'ai évidemment accepté. Ce soir-là, on s'est pris une cuite mémorable, d'ailleurs, dit-il, un sourire triste adoucissant pour la première fois les traits de son visage.

Quelques instants passent pendant lesquels je le laisse à ses souvenirs pendant que mon esprit assimile toutes ces révélations improbables. Quel quiproquo ! Bon, il aurait dû me parler de tout ça bien plus tôt, mais j'ai mes torts aussi, car au lieu de m'enfuir j'aurais dû lui accorder le bénéfice du doute.

Je ne peux pas m'en empêcher plus longtemps, je me lève pour m'asseoir sur l'accoudoir de son fauteuil.

– Alors, tu me pardonnes ? On peut considérer qu'il n'y a pas rupture de notre CDD ? demande-t-il en laissant sa main tendue en l'air.

– Non, pas de rupture de contrat, monsieur Cole, affirmé-je en la serrant en signe de réconciliation.

Il passe sa main sur ma joue et rapproche timidement mon visage pour déposer sur mes lèvres un baiser doux et hésitant.

Cette dispute a failli tout gâcher et je frissonne malgré moi. Pensant sûrement que j'ai froid, il me caresse alors le dos.

Malgré toute la tendresse que je ressens dans cette caresse, ce geste éveille en moi un désir impérieux pour cet homme que j'ai failli ne plus pouvoir toucher. Il ressent immédiatement mon changement d'attitude et me fait glisser sur ses genoux. Il me positionne assise face à lui, mes jambes de chaque côté de ses cuisses. Je peux sentir que son excitation est aussi forte que la mienne. Tyler promène ses mains de mon cou à mes épaules et presse plus fermement sa bouche contre la mienne tandis que nos langues se cherchent et se retrouvent avec délice. Je ne peux m'empêcher de gémir et d'onduler tellement j'ai envie de lui, ce qui ne fait que l'encourager. Notre baiser devient passionnel, et rien ne pourrait nous arrêter. Il le rompt néanmoins, me laissant haletante, pour déboutonner à la hâte ma chemise en soie et m'enlever aussi rapidement mon soutien-gorge. La voie libre, il s'empare de mon sein droit, qu'il suce avidement et fort, ce qui me rend dingue. Sa langue mordille mon téton et les muscles de mon sexe se contractent douloureusement tellement c'est délicieux. Putain, ce mec pourrait me faire jouir rien qu'en faisant ça !

Je penche ma tête en arrière et gémis de plus belle.

Je suis excitée, mais moi aussi j'ai très envie de lui faire plaisir, ce soir. Prise d'une audace jusque-là inconnue, je me lève, le faisant grogner de désapprobation, et fais doucement descendre mon pantalon le long de mes jambes. Je me tiens devant lui, simplement vêtue d'une petite culotte en soie blanche très échancrée et qui ne laisse que peu de place à l'imagination. Je ne me suis jamais sentie aussi désirable qu'à ce moment-là quand il me dévore des yeux et lâche :

– Putain, Sam, t'es la femme la plus sexy sur cette terre.

Cette vision de moi semble lui plaire car il extirpe sa queue déjà dressée de son pantalon et se caresse doucement en me regardant. Il ne porte pas de sous-vêtement, comme à son habitude, et le voir bander si fort pour moi m'excite au plus haut point. Je serre les jambes l'une contre l'autre pour soulager la tension naissante dans mon entrejambe. Je me mets alors à genoux face à lui et lui enlève sa chemise. Je lui prends les mains et les pose sur les accoudoirs du fauteuil pour lui signifier qu'il n'a pas le droit de s'en servir. Il me sourit, visiblement ravi de cette passivité qui lui est imposée. Je commence par embrasser son cou, puis je descends doucement et lèche son corps parfait et ses abdominaux, en dessinant les contours avec ma langue. Sa peau est douce et salée, mais je n'en ai pas assez. Je dépose des petits baisers sur le bas de son ventre et ma langue suit alors la fine ligne de poils qui me guide là où je veux aller. Puis, faisant un peu durer le plaisir, ma langue décrit de petits cercles de plus en plus rapprochés de son sexe dressé qui ne demande qu'à se faire sucer, mais sans jamais le toucher. Ce petit jeu m'excite moi aussi, mais j'ai très envie de le goûter et je lèche son gland de façon très douce et sensuelle, ce qui le fait gémir. Je me sens comme la reine du monde quand il laisse échapper ces râles de plaisir. Ses sons m'encouragent, et j'ouvre la bouche pour l'engloutir. J'entame de longs va-et-vient. Je le lèche, le goûte, et c'est un pur délice. Mes mains le branlent de plus en plus fort, et il gémit de plus belle :

– Oui, vas-y comme ça. Suce-moi bien, oui c'est trop bon, putain.

Son bassin se soulève en rythme, de façon à enfoncer sa queue le plus profondément possible, et cette domination virile n'est pas pour me déplaire.

Ses paroles et le fait de le sucer fort me font mouiller, et mes doigts trouvent le chemin vers mon sexe palpitant et déjà trempé. Tyler semble prendre un pied d'enfer, mais quelques secondes plus tard il relève ma tête :

– Oh, Sam, ralentis, sinon je vais jouir dans ta bouche !

Il me relève et enlève ma culotte pour me caresser et prendre le relais de mes doigts :

– Oh ! Tu es trempée, j'adore que tu sois prête pour moi !

Je suis debout et lui toujours assis, mais ses doigts titillent mon bouton gonflé de désir et je me tortille sur place. Il me pénètre alors avec deux doigts, ce qui me fait me cambrer de plaisir. Il me baise avec ses doigts puis les retire, me rendant folle de désir.

– Viens sur moi, je veux être en toi !

Il me tend un préservatif que j'enfile sur son sexe et, alors que je m'apprête à lui enlever son pantalon, il me tire à lui de façon autoritaire, m'avouant ainsi son désir irrépressible de me sentir :

– Non, Sam, j'ai trop envie de te baiser comme ça. Grimpe sur ma queue, je n'en peux plus d'attendre, tu m'as trop manqué.

Je ne me fais pas prier et m'empale donc sur son énorme sexe. Il tient sa promesse et me baise très fort, dès le début. C'est exactement ce que mon corps réclame et, en moins de trois minutes, j'explose en jouissant à en perdre la tête. Il ne me laisse que très peu de répit : déjà il lèche et suce mes tétons, qui durcissent à nouveau, et ses doigts dessinent des cercles sur mon clitoris. Une nouvelle vague de plaisir me prend par surprise. Je prends appui d'une main sur sa cuisse et bascule mon corps vers l'arrière, lui offrant ainsi une vue dégagée sur ma chatte. De mon autre main, je me caresse et écarte encore plus les cuisses, ce qui l'excite beaucoup. Je sais que Tyler adore mater, alors je lui donne ce qu'il aime en me cambrant le plus possible pour qu'il puisse me regarder me caresser et bien voir sa queue me pénétrer. Le bleu de ses yeux est plus foncé que jamais et il me baise comme si sa vie en dépendait. Il insuffle un rythme effréné à ses coups de reins qui, très vite, nous mènent tous les deux à l'orgasme, en nous faisant crier comme jamais.

Mon cœur bat à tout rompre et mon visage, collé contre son torse, me confirme que le sien n'est pas loin de la tachycardie non plus. Je reste dans cette position un long moment et ce n'est que quand je le sens un peu bouger sous moi que je me redresse.

Je lui souris mais je me sens tellement épuisée que je ne peux réprimer un bâillement. Je n'ai presque pas dormi depuis des nuits et Tyler, qui m'imite malgré lui, me montre que lui aussi ne doit pas avoir beaucoup fermé l'œil ces derniers temps.

– Veux-tu dormir dans une des chambres d'amis ou préfères-tu rentrer chez toi ?

Je cache ma déception en me concentrant sur mes vêtements qui sont un peu éparpillés et je m'habille. Deux options pour Tyler : soit je rentre chez moi, soit nous faisons lits à part dans sa propre maison, mais il n'envisage même pas de dormir avec moi après tout ce que nous venons de vivre et, surtout, après ces retrouvailles si intenses. Cela me fait l'effet d'une douche froide mais je ne veux pas revenir là-dessus ce soir et je lui réponds :

– Je suis épuisée, je n'ai pas bien dormi ces dernières nuits, je crois que je serais bien dans mon lit si cela ne t'ennuie pas.

– OK, comme tu veux. Je vais prévenir Jack, dit-il en quittant la pièce.

J'en profite pour envoyer un SMS groupé aux jumeaux, à ma mère et à Pete pour leur dire que tout s'est arrangé, que je leur expliquerai, que je rentre chez moi et qu'on se voit très vite.

Tyler revient et nous nous dirigeons vers l'extérieur, chacun dans nos pensées. Sa suggestion pour la nuit a remis les choses à leur place. Je me rends compte que même s'il a accepté de se livrer à moi, nous avons encore pas mal de problèmes à régler.

J'ai vécu les montagnes russes côté émotions ces derniers jours et je me suis rendu compte que j'étais beaucoup plus attachée à cet homme que je voulais l'admettre jusqu'à présent. Il me serre dans ses bras pour me dire au revoir et il embrasse doucement mes lèvres. Il fait froid et quitter les bras protecteurs de cet homme est une torture, mais je monte pourtant à l'arrière de la voiture. Cette fois, c'est moi qui me referme comme une huître. J'avais besoin de rester avec lui cette nuit, besoin d'être rassurée sur ce que nous avons retrouvé ce soir, mais il a de nouveau dressé cette barrière invisible entre nous, signe évident qu'il n'est peut-être pas aussi investi que moi, et ça me fait mal.

# 20

Je me réveille à plus de dix heures le lendemain.

Je décide de profiter de ma journée pour aller courir, malgré les températures extérieures glaciales.

Vêtue de ma tenue de sport, je m'élance donc pour un parcours d'une bonne dizaine de kilomètres. Je rentre chez moi au bout d'une heure, ravie et défoulée de toute la tension accumulée ces derniers jours. Après avoir pris une douche, je m'attaque au nettoyage de mon studio, qui en a bien besoin. Charlie frappe vers treize heures et apporte des sandwiches que nous dévorons, tandis que je lui raconte les révélations de Tyler. Charlie est ma confidente et j'ai une confiance aveugle en elle. Je sais que comme je le lui ai demandé, elle gardera ce secret et n'en parlera à personne. J'ai besoin de son avis extérieur et ses conseils me sont précieux.

– La vache, perdre son frère jumeau ? Je ne crois pas que je m'en remettrais, dit-elle. Je ne m'attendais pas du tout à ça.

– Oui, ça doit être atroce. Et son décès est encore très récent, alors la douleur est toujours très vive. Il est à fleur de peau, mais le fait qu'il se soit livré à moi m'a rassurée.

– Tu es tombée amoureuse, Sam ? demande-t-elle, sérieuse tout à coup.

Je rougis malgré moi et bégaye un truc incohérent qui la fait éclater de rire.

– Ce n'était pas une accusation, Mac !

– Je me sens bien quand je suis avec lui et je ne me suis jamais sentie aussi attirée et libérée avec quelqu'un d'autre… alors oui, je crois que je suis amoureuse de lui.

Le dire à voix haute a quelque chose de libérateur et c'est comme si cela rendait la chose plus officielle.

– Quand j'ai vu la façon dont il te regardait à l'hôpital à Noël, je peux t'assurer que même si ce mec est mort de trouille à l'idée de s'engager et semble traîner derrière lui des kilomètres de casseroles, il ne peut pas s'empêcher de te dévorer des yeux, et il est évident qu'il tient sincèrement à toi. Si tu décides de te lancer dans cette histoire compliquée avec lui, il va falloir lire entre les lignes et l'apprivoiser… et surtout essayer de prendre comme ça vient, Mac.

– Tu as raison, maintenant que je sais que je ne peux pas me passer de lui, je vais essayer de ne pas me poser mille questions à la seconde.

– Je suis certaine que tu fais le bon choix. Je suis sûre que ça pourrait marcher entre vous, Mac !

– Croisons les doigts !

Nous discutons de tout et de rien en sirotant un bon café quand je reçois un SMS de Tyler.

[Je dois passer voir Kate et James
à la maternité, ils sortent demain
normalement, ça te dirait
de m'accompagner ?]

[Je serais ravie de venir avec toi
féliciter la nouvelle maman !]

[Je peux passer te prendre
vers 16 h, ça te va ?]

Parfait ! Il n'est que quatorze heures quinze, ce qui me laisse largement le temps de me préparer. J'avais oublié comme c'est bon d'être en vacances. Charlie s'en va, elle aussi, et nous nous promettons de nous voir le lendemain pour une virée shopping entre filles. Nous sommes en pleine période du Boxing Day, ce qui devrait me permettre de dénicher un joli cadeau de Noël à Tyler.

Ce dernier sonne à ma porte un quart d'heure plus tôt que prévu et m'embrasse de façon si sensuelle que je le supplie de rester à la maison, ce qui le fait sourire, mais il ne cède pas. J'obtiens néanmoins la promesse que ça n'est que pour mieux en profiter un peu plus tard. Je suis frustrée, mais j'enfile ma veste et ma grosse écharpe toute douce offerte par Pete, et nous courons nous mettre à l'abri dans la voiture. Nous pénétrons un quart d'heure plus tard dans le hall de Saint-Thomas, et comme dans chaque hôpital, une douce chaleur nous accueille alors que nous montons au service de maternité. Je salue quelques collègues qui, me voyant accompagnée par ce mec aussi imposant que canon, ne peuvent résister au plaisir de me lancer des œillades entendues et de me faire des gestes dans le dos de Tyler, ce qui me fait rire. Je sais l'effet qu'a Tyler sur la gent féminine et je ne doute pas qu'elles doivent bien se rincer l'œil aussi. Nous frappons à la porte de la chambre et entrons : Kate a très bonne mine et je suis ravie de la voir en si bonne forme. Son petit James dort dans son berceau à côté de son lit.

– Salut, vous deux ! Je suis tellement contente que tout se soit arrangé ! Je suis navrée, Samantha, je ne savais pas que… enfin que tu… que… bref, je ne savais pas, conclut-elle, visiblement incapable de trouver les mots pour définir ma relation avec Tyler, et je ne peux l'en blâmer, en étant moi-même incapable.

Je regarde Tyler qui semble amusé et je prends Kate dans mes bras.

– Ça n'est pas grave, Kate, c'est juste un quiproquo, donc ne t'inquiète pas. Félicitations encore, jeune maman ! Tu me présentes ton fils ?

– J'adore qu'on me le répète : « mon fils », dit-elle en souriant tendrement. Je te présente James Jackson Cole-Lawson.

– Il est magnifique, Kate ! C'est un très beau bébé. Moi aussi, je suis désolée, si j'avais su que le papa n'était plus là, j'aurais agi différemment, j'aurais pu faire plus…

– Tu as été parfaite, Samantha. Je n'aurais pas voulu accoucher avec une autre sage-femme, je t'assure ! Tes collègues m'ont beaucoup soutenue aussi, et mes parents sont arrivés et vont rester un moment dans un premier temps pour m'aider, donc ça va aller. Et puis, j'ai un super parrain sous la main, quoi qu'il arrive, conclut-elle en regardant le principal intéressé avec tendresse.

– Ouais, je ne vous lâche pas, tu risques d'en avoir vite marre, d'ailleurs, lui répond Tyler en plaisantant.

Je suis triste pour eux, même si je ne connaissais pas Jackson. Sa disparition a été si dramatique que cela me fait réaliser à quel point je suis chanceuse d'être en vie et en bonne santé.

Tyler pose sa main sur ma nuque pendant que je contemple ce petit ange qui dort à poings fermés. La ressemblance avec Tyler est frappante et je n'ose pas le dire, mais ils ont dû sentir mon malaise. Tyler anticipe la réponse à la question que je n'ai même pas posée :

– Tu trouves une ressemblance avec un beau gosse que tu connais déjà, c'est ça ?

Je me tourne vers Kate, ne sachant pas si je peux être honnête, sans la blesser.

– Oui, c'est très troublant de voir ce petit bonhomme, je l'avoue.

– On dirait une version miniature de Jax, me dit-elle, les larmes aux yeux.

Puis, cherchant dans son portable, elle me montre une photo de ce papa décédé avant de voir son fils. Son jumeau ressemble trait pour trait à Tyler, mis à part qu'il avait des yeux marron comme ceux de sa mère. Je suis envahie par une bouffée de compassion et de tristesse face à cette simple photo, et les larmes me montent aux yeux.

– Oh ! Pardon à vous deux, je ne devrais pas être submergée par l'émotion… Je me doute juste à quel point c'est difficile pour vous et… pardon, ça n'est pas très malin…

– Mais ne t'excuse pas, Sam ! Je suis touchée que tu réagisses comme ça ! dit cette femme forte en me prenant la main.

– Chut, me murmure Tyler à l'oreille en me prenant dans ses bras, c'est pour ça que je suis bien avec toi, Sam. Tu es vraie et tu ne caches pas tes émotions, alors, s'il te plaît, ne t'empêche jamais de rien en ma présence. Je sais ce que notre ressemblance a de troublant, ne t'inquiète pas. Entre moi qui suis incapable de montrer mes sentiments et toi qui es si adorablement démonstrative et sensible, il y a au moins un juste équilibre dans ce CDD.

Cela me fait sourire et je me détends en présence de ces deux personnes que j'aime de plus en plus.

– Ouais, enfin, sauf que tu es vachement moins beau que Jax ne l'était, le taquine Kate.

– Question de goût, très chère ! rétorque Tyler.

Mais Kate n'a pas le temps de le contredire que quelqu'un frappe à la porte et que les parents de Tyler entrent à leur tour. Ils embrassent chaleureusement leur fils et leur belle-fille et comme l'autre jour, M$^{me}$ Cole me prend à nouveau dans ses bras.

Ils se dirigent ensuite directement vers le berceau où dort James. Ils sont tous les quatre réunis autour de ce bébé si attendu et je me sens tout à coup de trop. Je veux leur laisser ce moment en famille et leur demande donc de m'excuser une minute.

J'en profite pour aller répondre aux questions de mes commères de collègues. Tyler me rejoint quelques instants plus tard et, contre toute attente, m'embrasse devant ce petit comité féminin. Je rougis jusqu'aux oreilles, peu habituée à ce genre de démonstrations d'affection en public.

– Je sais pourquoi tu es partie, et c'est très respectueux de ta part. Nous avons tous compris et apprécié mais, s'il te plaît, Sam, la prochaine fois, reste, car quand tu es là, je me sens plus fort, me murmure-t-il.

Cet homme vient de se livrer à moi et je sens mon ventre faire des nœuds tellement je le sens fragile tout à coup. J'ai tellement envie de le soulager de sa peine. Je le prends dans mes bras et lui glisse à l'oreille :

– Je te promets que, tant que tu auras besoin de moi, je serai là. Je ne serai pas celle qui rompra notre CDD.

– Ne faisons pas de promesses que nous ne saurions tenir, dit-il, terriblement tendu.

Je ne suis pas rassurée, mais je le sens tellement perdu ! Je suis minuscule par rapport à lui, mais je prends cette fois le dessus et je l'oblige à me regarder dans les yeux quand je lui dis :

– Tu as vécu des choses terribles cette année, alors inutile de te créer des soucis supplémentaires. Un pas après l'autre, OK ?

*Plus hypocrite, tu meurs,* me murmure alors miss Van de Kamp que je n'avais pas entendue depuis un moment. *Tu es terrorisée à l'idée que ça tourne mal et tu lui dis que tout ira bien et de prendre comme ça vient ? Dis-lui de te larguer quand il en aura marre, tant que tu y es !*

Miss Monroe, quant à elle, se garde bien de me contredire, trop contente de pouvoir profiter du corps de M. Sexy à loisir.

Je sais que je ne suis pas claire avec moi-même, mais mon côté protecteur prend à nouveau le dessus, même si je meurs d'envie d'avancer avec cet homme, de construire quelque chose. Je sais aussi que si je lui avoue à quel point il compte pour moi, je risque de lui faire peur et je préfère donc prendre mon mal en patience.

Il me prend la main et nous rentrons à nouveau dans la chambre de Kate. Tyler ne me lâche pas et je surprends un regard entre ses parents, qui me font un grand sourire. Nous bavardons un moment, puis Tyler me propose de me raccompagner avec un petit sourire complice qui ne me laisse aucun doute sur ses intentions, ce qui me convient parfaitement. Nous saluons tout le monde quand sa mère lui demande :

– Tu viens toujours à la maison comme prévu réveillonner le 31 au soir, mon fils ?

– Oh ! J'avais complètement zappé, *makuahine*, commence Tyler, je ne crois pas que…

– Vas-y, dis-je, ta famille et toi avez besoin de passer ces moments-clés ensemble, et moi, je peux très bien faire un truc avec Charlie, Cam et Donovan.

Mais avant que Tyler n'ouvre la bouche, sa mère s'adresse à moi :

– Je ne savais pas que vous aviez prévu de passer ce soir-là ensemble… mais peut-être seriez-vous d'accord de vous joindre à nous, mademoiselle ? Cela nous ferait très plaisir et nous pourrions ainsi faire plus ample connaissance. Kate et le bébé seront là également, ajoute-t-elle.

Je regarde Tyler, mais il ne semble pas aussi embarrassé que je l'aurais cru.

– J'en serais ravi aussi, mais si tu préfères on peut maintenir notre soirée tous les deux, me dit-il.

– Eh bien, je veux bien, mais je ne voudrais pas m'imposer…

– Ça n'est pas du tout le cas, mademoiselle MacIntyre. Pouvons-nous considérer que vous serez donc des nôtres ? me demande M. Cole.

– Seulement si vous et M^me^ Cole m'appelez Samantha !

– Alors marché conclu ! s'exclame spontanément M^me^ Cole avec enthousiasme, en tapant dans ses mains, ce qui nous fait tous rire.

Nous sortons après avoir embrassé Kate et le bébé. Il fait un froid glacial dehors, ce qui me donne une bonne excuse pour me coller à Tyler.

– Ils ont annoncé de la neige à la météo, m'apprend-il.

– Oh ! Ça serait génial ! J'adore ça. Passer le Nouvel An sous la neige serait le top !

Voyant son air étonné face à mon engouement, je m'explique :

– Je sais, je peux être très gamine quand il s'agit de ça ! Mais j'adore quand il neige !

Cela le fait sourire et il me demande :

– Tu es vraiment partante pour réveillonner chez mes parents ? Je peux encore trouver une bonne excuse, tu sais, donc si tu veux annuler…

– Non, si toi tu n'y vois pas d'inconvénient, je serais ravie de les connaître un peu mieux.

– J'en serais très honorée, mademoiselle Qui-demande-à-tout-le-monde-de-l'appeler-Samantha-alors-que-moi-j'ai-dû-galérer-pour-obtenir-ce-droit, récite-t-il en plaisantant.

Cela me fait rire et je lui rétorque que les autres, eux, ne sont pas des mecs insupportables ne cherchant juste qu'à me baiser, et que ce petit jeu était ma manière de garder un semblant de contrôle sur les événements. Il sourit, mais ne dit rien jusqu'à ce que nous rentrions dans la voiture, où il me susurre alors à l'oreille qu'une fois rentrés chez moi c'est lui qui va prendre le contrôle. Et cette promesse provoque immédiatement en moi des idées tellement torrides que je prie intérieurement pour que la circulation soit on ne peut plus fluide en cette fin de journée.

***

Tyler n'a pas menti et s'est montré plus entreprenant et imaginatif que jamais. Nous avons fait l'amour et j'ai joui plusieurs fois sous les assauts de sa langue, de ses doigts et de son sexe. Cela nous a affamés et nous nous sommes commandé mon repas préféré, à savoir un énorme kebab dans un pain pita et des frites. Nous le dégustons devant la télé, emmitouflés dans une couverture, lorsque ma tornade rouge frappe très fort à la porte et me hurle d'ouvrir. Je fais un bond pour me lever du canapé et lui crie d'entrer, en me demandant ce qui se passe. Elle pénètre alors dans mon studio et, avant que j'aie le temps de dire ouf, je me prends une boule de neige en plein sur l'épaule, ce qui la fait se tordre de rire.

– Tu as du bol : j'aurais pu viser ta tête, MacIntyre !

J'éclate de rire et cours à la fenêtre pour m'apercevoir qu'en effet une fine couche de flocons recouvre déjà le sol.

– Eh ben ! Vous n'avez pas dû vous ennuyer pour que tu ne te rendes même pas compte qu'il neige, coquine !

Tyler se lève alors du canapé et regarde à travers la vitre. Son visage change alors immédiatement d'expression et ses traits se durcissent. En voyant que le sol blanchit à vue d'œil, il semble inquiet et m'annonce que s'il ne veut pas être coincé ici, il vaut mieux qu'il demande à Jack de venir rapidement. Il remarque aussitôt mon air triste et se reprend :

– Ne le prends pas pour toi, Sam. J'adore passer du temps avec toi, mais tu sais que je ne peux pas dormir ici.

– Tu ne voudrais pas ?

– Ça n'a rien à voir avec la volonté, Sam.

– OK… Je t'ai promis d'accepter cette « clause », lui dis-je en mimant des guillemets, alors même si j'adorerais que tu restes, je respecte.

– Merci, répond-il.

Trente minutes plus tard, Jack se gare devant mon immeuble et je dis donc au revoir à mon géant.

***

Le lendemain matin, la couche de neige semble encore plus importante que la veille. Je déjeune et passe une bonne demi-heure au téléphone avec Ethan, en lui demandant pardon de ne pas pouvoir venir le voir à cause de la neige, mais il est tout excité car Jason, l'un des infirmiers, en accord avec l'équipe soignante, lui a promis de le faire sortir dans l'après-midi, bien emmitouflé, pour qu'il puisse faire un bonhomme de neige rapidement avec certains autres enfants du service.

Comme il n'a pas de chimio avant quelques jours et qu'il est en forme, je suis contente pour lui et lui fais promettre de bien se couvrir, même si je me doute que les infirmières vont faire en sorte de le faire crouler sous une tonne de couches de vêtements. Il me promet de tout me raconter au téléphone demain, quand on se souhaitera la bonne année.

Je file sous la douche, m'épile soigneusement et lisse impeccablement mes longs cheveux bruns. Je prends mon temps pour me maquiller et enfile la robe que j'ai achetée hier avec Charlie. C'est une robe bustier noire en soie, élégante, mais qui joue avec les transparences grâce à ses manches longues et son joli décolleté en dentelle. Des chaussures à talons hauts, empruntées à Charlie, un collier très discret et un bracelet viennent ajouter une dernière touche féminine à ma tenue. J'enfile mon long manteau noir, une écharpe fine, attrape le sac qui contient les cadeaux que j'ai achetés pour tout le monde et marche vers la voiture.

Jack, en vrai gentleman, me propose son bras pour que je ne tombe pas et nous faisons route vers Notting Hill. Je ne lui parle pas, car je le sens très concentré sur sa conduite. Je suis moi-même de plus en plus stressée à mesure que nous approchons de notre destination, et une fois que nous sommes garés devant la belle bâtisse des Cole, je respire un grand coup. Mais déjà la portière s'ouvre, et Jack me conduit vers la porte d'entrée où se tient un Tyler différent car il s'est rasé la barbe et s'est coupé les cheveux très court ! Il m'accueille avec un grand sourire et m'embrasse doucement sur la bouche. Je lui souris franchement, le découvrant pour la première fois imberbe et avec une coupe qui lui va à merveille. Ses traits semblent plus doux et l'absence de poils lui change complètement le visage, mais surtout il est toujours aussi craquant, et sa fossette, plus visible que jamais, me fait littéralement fondre. Je dois être vraiment accro car même la cicatrice que je découvre seulement aujourd'hui, et qui lui barre la mâchoire, n'enlève rien à la beauté de son visage.

– Tu aimes ?

– J'aime toutes les versions de toi, monsieur Sexy, mais celle-ci me plaît particulièrement !

– Tant mieux ! souffle-t-il, apparemment soulagé de ma réaction. Pour être honnête, j'ai eu comme une révélation en regardant cette photo de Jax à la maternité. Nous étions des copies conformes. J'ai compris qu'il est peut-être temps pour moi d'arrêter de ne voir que Jax tous les matins dans le miroir. Me différencier un peu de lui pourra peut-être m'aider à avancer dans mon deuil et sûrement dans celui de Kate et de mes parents. Ils ne me le diraient pas, j'en suis sûr, mais ils doivent certainement souffrir d'avoir l'impression de voir leur fils décédé rentrer dans la pièce chaque fois que je passe une porte. Quand je suis arrivé tout à l'heure, ils ont aimé ma nouvelle coupe. Ils semblent contents de cette initiative et c'est important pour moi, car ils en ont bavé eux aussi depuis qu'il est parti…

Qu'il se confie de la sorte me fait très plaisir, et je craque un peu plus pour cet homme qui se révèle davantage chaque jour.

– C'est une très bonne idée, Tyler. Tu as bien fait de le faire, en plus je te trouve à tomber ! lui dis-je d'une voix sensuelle en lui faisant un clin d'œil et en me rapprochant de lui, comme aimantée.

Je me demande si ce mec cessera un jour de me faire un tel effet. Un regard de sa part et mon cœur s'accélère. J'ai tout de suite envie de lui. Il lit mon désir dans mes yeux et sa bouche se pare de son sourire le plus charmeur quand il me glisse à l'oreille qu'il faudra être un peu patiente. Je me sens mieux grâce à sa présence rassurante et j'oublie un peu mes craintes. Je lui caresse la joue, toute douce désormais, et lui dépose un petit baiser sur sa mâchoire, là où se dessine sa cicatrice. Je l'effleure du bout des doigts, tout en haussant un sourcil interrogateur, mais il me prend une nouvelle fois à contre-pied en m'embrassant tendrement sur les lèvres, faisant ainsi en sorte de ne pas répondre à ma question muette. Puis il me tend la main afin que nous rejoignions la salle à manger de ses parents.

# 21

– Bonjour, Samantha, je suis ravie que vous soyez des nôtres ce soir !

M. Cole me serre la main et me salue amicalement, lui aussi. Je suis présentée à M. et Mme Lawson, les parents de Kate, qui semblent simples et gentils, à première vue. Puis Kate apparaît dans l'embrasure de la porte et m'embrasse à son tour.

– Bonjour, Samantha, je viens de coucher James, il tombait de fatigue. Tu le verras plus tard, du coup.

Je lui trouve un air triste et fatigué, et je suis sûre qu'elle doit ressentir le contrecoup de ces derniers événements. Je la prends dans mes bras.

– Pas de souci, Kate, on montera chercher ton petit bonhomme tout à l'heure, quand il réclamera à manger.

Je sens qu'elle maintient notre étreinte et je m'aperçois qu'elle ne semble pas vouloir y mettre fin. Tout le monde se tait. Je pense que les autres ne doivent pas trop savoir comment réagir face à cette situation. Je décide donc de prendre les choses en main en guidant Kate vers une chaise et la fais s'asseoir doucement tandis que je m'installe près d'elle.

– Raconte-moi, que se passe-t-il ?

Elle me regarde et des larmes se mettent à couler sur ses joues, mais je sens qu'elle n'ose pas s'exprimer en présence de tout ce petit monde qui nous regarde. Tyler échange un regard avec moi et le comprend lui aussi. Il prend donc les devants en proposant à ses parents et à M. et Mme Lawson d'aller boire un apéritif dans le petit salon pendant que nous discuterons un peu toutes les deux. Une fois que nous sommes seules, je lui prends les mains.

– Kate, parle-moi. Je suis ton amie, je peux être une oreille compatissante si tu le souhaites.

Mes paroles font redoubler ses pleurs et elle arrive à me dire entre deux sanglots :

– Oh ! Bien sûr que je le souhaite ! J'ai peur de ne pas y arriver sans lui. J'ai peur de ne pas savoir m'occuper de James correctement, de ne jamais réussir à faire le deuil de Jax et de ne pas être assez forte pour faire face à tout ça. Je suis morte de trouille, Samantha…

Je la laisse m'expliquer tous ses doutes et ses craintes, sortir tout ce qu'elle a sur le cœur. Et, comme je m'y attendais, toutes ses angoisses formulées à voix haute ont un effet libérateur, ce qui lui permet, au bout de quelques minutes, de calmer un peu ses pleurs. Elle a des cernes noirs sous les yeux et semble exténuée. Je sors un kleenex de mon sac et le lui tends.

– Ce que tu ressens est tout à fait normal, et là, c'est la sage-femme qui te parle. Tu souffres du syndrome du post-partum, sauf qu'au-delà de ça, tu te retrouves sans le papa pour gérer tous ces moments, et c'est très difficile. Je n'ose même pas imaginer le chagrin que tu éprouves à avoir perdu Jax, et il est certain qu'il te faudra beaucoup de temps pour faire ton deuil, Kate. Alors, prenons tes craintes les unes après les autres : tout d'abord, dis-toi que toutes les mères, seules ou en couple, doutent de leur capacité à être de bonnes mamans, mais tout se passe bien en général. De plus, tes parents sont là pour l'instant, et, après leur départ, je suis certaine que les Cole t'épauleront au maximum. Et surtout, je suis certaine que tu vas t'en sortir comme un chef, Kate ! Sincèrement. Et tu m'auras, moi. Tu pourras m'appeler aussi souvent que tu le souhaiteras, pour la moindre question au sujet de ton fils, et je t'aiderai du mieux que je peux, de jour comme de nuit. Pour ce qui est de faire le deuil de Jax, laisse-toi du temps, Kate. Ta grossesse t'a fait tenir le coup pour l'instant, mais dis-toi que maintenant, grâce à ton fils, tu seras encore plus forte. Il va te donner l'énergie, chaque matin, de te lever, et vous avancerez main dans la main jusqu'à ce que la douleur du souvenir de Jax se transforme en jolis souvenirs d'un homme qui t'a laissé le plus beau des cadeaux : une partie de lui à chérir et qui t'aimera pour toujours. Et, bien entendu, si malgré tout, tout cela te semble trop dur, je peux te recommander une très bonne psychologue que je connais et qui sera très compétente pour t'aider.

Kate se mouche, ses sanglots ont cessé. Elle me prend dans ses bras, je lui caresse les cheveux comme j'aimerais qu'une bonne amie le fasse pour moi dans un cas similaire.

– Tu es épuisée, alors tu vas me faire le plaisir de manger avec nous et de laisser tes parents s'occuper des nuits de James pendant quelque temps, le temps que tu récupères tes forces. Tu verras qu'une fois reposée, tout te semblera plus facile, je te le promets.

– Merci, Samantha. Vraiment. Merci de m'avoir écoutée... Tu sais, c'est difficile de montrer mon chagrin aux Cole, car je sais qu'ils souffrent beaucoup, eux aussi. Entendre tous ces mots réconfortants et savoir que tu es là si ça ne va pas compte beaucoup pour moi, alors merci du fond du cœur. Je me sens déjà un peu plus légère grâce à toi.

– J'en suis ravie. Vous êtes tous passés par des moments terribles, il faut vous laisser le temps de vous reconstruire. Je sais qu'en vous serrant les coudes, vous y arriverez.

Kate me sourit à présent et je suis soulagée de la voir un peu apaisée. Les autres reviennent quelques minutes plus tard dans la salle à manger et nous prenons place autour de la table. Les parents de Tyler ont les yeux un peu brillants et je me demande s'ils n'ont pas entendu des bribes de notre conversation. En passant à côté de moi, Mme Cole me regarde avec reconnaissance. Tyler prend ma main sous la table et la serre très fort. M. Cole nous sert alors une coupe de champagne et lance un toast, visiblement ému, en prenant la main de sa femme.

– Je ne veux pas placer ce réveillon sous le signe de la tristesse. Je vais donc, avant que nous fassions la fête comme il se doit, évoquer rapidement les choses qui nous tiennent à cœur, à Maïna et à moi. À cette année difficile qui s'achève. Nous avons perdu un fils et nous ne cesserons jamais de l'aimer du plus profond de notre cœur. Il nous manque terriblement ce soir. Néanmoins, une part de lui vit encore à travers notre petit James. Alors, levons notre verre à l'année qui s'annonce et au plaisir de voir grandir ce petit garçon que notre chère Kate a mis au monde. Kate, tu fais partie de la famille et tu auras toujours ta place ici, aussi longtemps que tu le désireras. Nous t'aimons très fort.

Je jette un œil à Kate, qui renifle, mais qui sourit et semble un peu moins abattue désormais. Je sais que ces paroles la rassurent, M. Cole sait toujours trouver les mots justes. Il poursuit, se tournant vers les Lawson :

– Claire, Richard, nous sommes désormais liés tous les quatre grâce à notre magnifique petit-fils. Sachez que notre maison vous est à jamais ouverte, également. Je lève mon verre aux nombreuses occasions qui nous réuniront.

Nous faisons tous tinter nos verres, puis notre hôte se tourne alors vers Tyler qui resserre un peu plus sa main sur la mienne.

– Mon fils, nous savons comme tu souffres de l'absence de ton frère et nous te souhaitons donc de trouver une forme d'apaisement en cette nouvelle année qui s'annonce. Nous t'aimons plus que tout au monde et sommes très fiers de toi et de la façon dont tu te relèves des épreuves que la vie a mises sur ton chemin. Nous espérons que tu pourras lâcher prise et connaître enfin le bonheur que tu mérites.

Je n'ose pas jeter un œil à Tyler pour ne pas le mettre mal à l'aise, mais je le sens très ému quand il lui répond d'une voix basse et quelque peu étranglée :

– Merci, papa.

Nous buvons tous à nouveau une gorgée de ce fabuleux champagne, quand M. Cole, se tournant à présent vers moi, reprend son discours.

– Samantha, vous m'avez impressionné dès notre première rencontre dans un contexte professionnel. Impressionné par vos idées judicieuses et votre esprit logique, mais également par vos qualités de don de soi. Je n'ai pu que constater avec plaisir comme vous vous impliquez dans la cause pour laquelle nous travaillons ensemble, mais cela va au-delà de ça. Vous avez bon cœur, et nous sommes ravis de vous avoir rencontrée et que vous soyez des nôtres au sein de T. & C. Cosmetics, mais aussi plus personnellement.

Je suis rouge comme une tomate. Je ne m'attendais pas à ce qu'il parle également de moi. Je lui souris donc timidement, gênée.

– Merci, monsieur Cole, je suis aussi très contente de vous connaître tous, dis-je, intimidée.

– Allez, mes chers amis, le temps est à présent à la fête, je lève mon verre à vous tous et au bonheur de passer cette dernière soirée de l'année en votre compagnie, conclut-il.

Nous buvons donc tous silencieusement. Mme Cole est restée discrète mais n'a cessé de lancer des regards bienveillants autour d'elle, y compris à moi. La conversation reprend finalement et Tyler en profite pour me glisser à l'oreille qu'il me trouve très belle ce soir et qu'il est impatient de m'ôter cette jolie robe, plus tard dans la soirée. Cette idée fait immédiatement réagir mon corps et je serre les jambes instinctivement. Sa main, toujours sous la nappe, me caresse la cuisse, ce qui ne fait qu'augmenter mon désir pour lui. Je donnerais n'importe quoi pour être seule avec lui à cet instant précis et des idées coquines me traversent l'esprit. Je les repousse du mieux que je peux, mais Tyler, qui me dévore de ses yeux bleus si magnifiques et qui me fait son sourire le plus sexy, ne m'y aide pas. Je suis sous le charme de cet homme, de son corps, mais aussi de sa personnalité, aussi cabossée soit-elle.

Nous dégustons un repas digne d'un restaurant gastronomique, et chaque bouchée est un pur régal. La discussion va bon train à présent, l'ambiance est plutôt détendue, contrairement à ce à quoi je m'attendais. Je me détends peu à peu et apprécie de plus en plus les gens autour de la table. Kate semble un peu apaisée et me parle désormais de façon très complice. M^me^ Cole m'interroge sur ma vie, mais sans être trop curieuse, et me raconte des anecdotes sur Tyler petit, qui le mettent mal à l'aise, mais qui nous font tous rire. M. et M^me^ Lawson sont des gens simples et naturels, et parler avec eux s'avère très facile, mais je crois que M. Cole, qui m'a demandé de l'appeler William, est la personne que j'ai le plus de plaisir à découvrir. Quand je le regarde, je note désormais beaucoup de ressemblances physiques avec Tyler qui pourtant, à première vue, est le portrait de sa mère. William possède d'incroyables yeux, aussi beaux que ceux de son fils, et son regard doux et son attitude bienveillante font de lui un homme que l'on ne se lasse pas d'écouter. Lui et sa femme me mettent à l'aise toute la soirée et Tyler se comporte en parfait gentleman, si l'on oublie les moments où il profite du fait que tous les autres soient occupés pour me chuchoter tout ce qu'il veut faire de moi une fois la soirée terminée. Je profite d'une pause dans le repas pour offrir leurs petits cadeaux à mes hôtes, en remerciement de leur accueil.

– Vous avez très bien choisi, Samantha, me complimente William, pour moi qui suis amateur de bon vin, je suis gâté car un saint-émilion est un très bon choix.

– Et moi, j'adore le chocolat suisse ! m'assure Mme Cole en contournant la table et en me faisant une bise.

Cette femme est adorable. J'offre à présent un cadeau de naissance à Kate, qui semble adorer la petite tenue clin d'œil « costard-cravate » que j'ai choisie pour James. J'avais emporté des chocolats faits maison que je comptais offrir à Tyler, mais je les donne aux Lawson, qui me remercient eux aussi. Je chuchote à Tyler qu'il aura son cadeau quand nous serons seuls, et il me répond que la seule chose qu'il désire déballer à cet instant, c'est moi.

Nous commençons à peine à déguster un dessert à tomber par terre tout en plaisantant tous ensemble, mais bientôt le compte à rebours est lancé et nous passons le cap de la nouvelle année. Tout le monde s'embrasse chaleureusement en se souhaitant le meilleur pour l'année à venir. Mais quand arrive le tour de Tyler de me souhaiter une bonne année, je ne sais pas trop comment me comporter. Je ne sais pas exactement la façon dont il a décrit notre CDD à sa famille, et il ne m'a, pour l'instant, pas vraiment manifesté son affection en public. Il me regarde droit dans les yeux et j'y lis beaucoup de choses. J'ai l'impression que nous sommes seuls au monde à présent quand il passe ses bras autour de ma taille, qu'il approche sa bouche de mon oreille et qu'il me murmure :

– Je te souhaite une merveilleuse année. L'année dernière n'a pas été douce pour moi mais tu as été le rayon de soleil après de longs mois d'obscurité.

Je suis touchée par ses mots et, me hissant sur la pointe des pieds, j'approche à mon tour ma bouche de son oreille et lui réponds tout bas :

– Je te souhaite une merveilleuse et douce année, Tyler. Tu es tout ce dont j'ai envie.

Les autres personnes autour sont assez discrètes pour ne pas regarder vers nous et nous nous rasseyons tous pour terminer notre succulent dessert. Je me régale et leur demande de m'excuser pour que je puisse téléphoner à ma mère, à Pete et aux jumeaux pour leur présenter mes vœux. La fête bat son plein au Old Tavern et j'ai du mal à entendre mes amis, mais je les rassure en leur disant que je m'amuse, moi aussi, et nous nous promettons de nous voir le lendemain.

Je reviens dans la salle à manger au moment où Kate souhaite une bonne nuit à tout le monde. Elle est épuisée et monte se coucher. Ses parents lui emboîtent le pas et lui disent qu'ils s'occuperont de donner le biberon à James afin qu'elle passe une bonne nuit. Nous nous retrouvons donc à quatre et buvons un thé bien chaud au salon en discutant de tout et de rien. Le portable de Tyler émet alors un bip annonçant l'arrivée d'un SMS. À la lecture de ce dernier, son visage se durcit et je vois les muscles de sa mâchoire bouger à mesure qu'il serre fort les dents. Sa mère lui demande si tout va bien et il lui répond que c'est juste Liam qui lui présente ses vœux, comme chaque année. Ses parents se regardent, mais ne font pas de commentaire, tandis que Tyler se recompose un visage impassible qui ne me trompe pourtant pas. Je le sens très troublé, mais je n'ose pas poser de questions indiscrètes sur ce Liam. La conversation reprend sur un ton plus léger quand M^me^ Cole m'explique ses origines et me parle des traditions hawaïennes. Puis vers deux heures, les parents de Tyler décident de monter se coucher également et nous souhaitent une bonne nuit.

Une fois seule avec Tyler, je me blottis contre lui.

– Tu sais, j'appréhendais beaucoup cette soirée mais tes parents sont adorables, et ils ont tout fait pour que je me sente bien.

Il me sourit et acquiesce à mes paroles sans un mot.

– Tout va bien ? lui demandé-je. J'ai l'impression que depuis le SMS de ce Liam, tu es un peu perturbé, non ?

– Non, ne t'inquiète pas, ça va... répond-il un peu trop rapidement.

Je décide cette fois de ne pas lâcher l'affaire et reprends :

– Tu en es sûr ? Je te sens ailleurs tout à coup. Qui est Liam ?

– Il était mon meilleur ami.

– « Était » ?

– Oui, « était », mais je n'ai pas envie de parler de lui ce soir, je veux commencer l'année de la meilleure façon qui soit, c'est-à-dire en toi !

*Ou comment éviter de répondre à une question...* râle miss Van de Kamp, tandis que mon autre miss ébauche une danse de la joie.

Je décide de ne pas insister lourdement, je m'en voudrais de gâcher cette soirée si parfaite. S'il n'a pas envie de m'en parler ce soir, je respecte son choix. Je me promets pourtant d'essayer d'en savoir plus un peu plus tard.

Il se lève et me conduit à la chambre d'amis. Main dans la main, nous montons donc à l'étage de cette grande maison et il ouvre une porte derrière laquelle se trouve une chambre magnifique, on ne peut plus moderne et romantique. Elle est décorée dans des tons neutres et clairs alors que les meubles sont, eux, taillés dans du chêne massif, semble-t-il, ce qui donne un style incroyablement cosy à la pièce. Un bon feu brûle dans la cheminée, accentuant encore le côté intime et chaleureux.

– Waouh ! Un lit à baldaquin ? J'ai toujours eu envie de dormir là-dedans, comme une princesse, lui avoué-je avec enthousiasme, ce qui le fait rire doucement.

– Je suis ravi de pouvoir réaliser l'un de tes rêves alors, dit-il de sa voix grave, en m'enlaçant.

– Tu dors ici aussi ? demandé-je, pleine d'espoir.

– Non, je serai dans la chambre d'à côté, mais je te promets que tu seras tellement exténuée ce soir que tu ne te rendras même pas compte que je ne suis plus là, me susurre-t-il à l'oreille tout en m'embrassant dans le cou.

Je n'ai même pas la force d'argumenter et me laisse faire avec délice.

Sa langue se promène sur le lobe de mon oreille et descend le long de mon cou, me faisant frissonner.

– J'ai très envie de jouer un peu ce soir, tu es partante ?

– Que proposes-tu ? demandé-je, intriguée.

Il se place dans mon dos, se collant bien à mes fesses, et sort alors mon écharpe fine de sa poche arrière. Il me caresse les bras très délicatement et continue à embrasser mon cou, provoquant une impatience chez moi et une envie pressante de passer aux choses sérieuses, même si je souhaite que tout cela dure encore et encore. Il m'installe le bandeau sur les yeux, me privant ainsi de la possibilité de le voir et m'obligeant à lui offrir une confiance absolue. C'est à la fois terrifiant et très excitant de se sentir à la merci de quelqu'un.

Comme s'il lisait dans mes pensées, il me dit de sa voix veloutée :

– N'aie pas peur. Je veux que tu lâches prise, Sam. L'expérience d'être privée de la vue te permettra de prendre conscience de tous tes autres sens.

Je le laisse donc me guider jusqu'au lit, où il me fait asseoir sur un haut matelas ferme. Il me laisse quelques secondes ainsi, sans me toucher, et alors que je m'apprête à parler il me met la main sur la bouche et me glisse à l'oreille :

– Ne te pose pas de questions. Je veux juste que tu te laisses porter par l'instant, et fais-moi confiance tu ne seras pas déçue.

J'entends qu'il ouvre et referme une porte de placard et qu'il dépose quelque chose près du lit, sur le chevet, j'imagine. Puis je perçois comme un petit tintement, et il se déplace à nouveau très discrètement, me privant de la possibilité de deviner où il se trouve à présent. Je suis assise sur le rebord du lit, à son entière disposition et à son bon vouloir. Accepter de ne pas être dans le contrôle est assez difficile pour moi, mais je sais que le jeu en vaudra certainement la chandelle. Je suis impatiente de découvrir ce que Tyler a en tête même si j'ai du mal à me laisser aller complètement. L'excitation mêlée à de l'appréhension me provoque de légers frissons. Je ressens qu'il doit s'être agenouillé devant moi, car il caresse doucement mes chaussures à talons avant de faire glisser ses mains le long de mes mollets, puis de mes genoux… et quand il s'aventure sur mes cuisses, en relevant légèrement le tissu de ma robe, je rougis : il vient de toucher le porte-jarretelles que j'ai porté toute la soirée sans qu'il le sache. Je ne sais pas s'il aime ce genre de lingerie mais, en allant faire mon shopping l'autre jour avec Charlie, la vendeuse m'a affirmé ne pas connaître un seul homme à qui ça ne plairait pas.

– Bordel ! Tu es magnifique, Sam !

Sa réaction me rassure, mais je joue le jeu et ne parle pas. J'arrête de réfléchir quand il remonte encore ma robe plus haut et que je sens sa bouche déposer plein de baisers sur la jonction entre le tissu et la peau de ma cuisse. Il me fait basculer très doucement sur le lit, les jambes toujours pendantes, au bord du matelas. Savoir qu'il me regarde alors que je ne vois rien accentue en effet le côté excitant de la situation, même si je suis encore un peu gênée. Mes mains agrippent la couverture du lit comme pour me raccrocher à quelque chose de concret.

Il embrasse et lèche mes cuisses en décrivant des cercles qui me rendent dingue et font monter mon désir crescendo. Puis, une sensation glaciale me chatouille les cuisses et me fait sursauter. Ma peau se couvre instantanément de chair de poule en réponse au froid. Après quelques secondes de doute, je comprends alors qu'il promène un glaçon sur ma peau. Le contraste entre ce bout de glace et ma peau brûlante est étonnant, et une fois passé le premier effet de surprise, les sensations se révèlent exquises. Je ne peux m'empêcher de bouger et d'écarter mes jambes pour tenter de le guider là où je veux qu'il fasse fondre sa glace. Il joue un peu avec mes nerfs et, très lentement, enlève finalement ma petite culotte trempée d'avoir été parcourue par ce cube glacé. Il pose son pouce et caresse mon clitoris déjà gonflé de désir. Il arrête alors de me toucher, me frustrant terriblement. Il a embrasé mes sens, et j'ai mal au ventre tellement j'ai envie qu'il continue encore et encore. Je pousse un petit cri pour lui montrer ma désapprobation et je me cambre encore plus vers lui.

– Tu mouilles tellement ! Dis-moi ce que tu veux de moi.

Je me tortille, mais il immobilise mes jambes et réitère sa question.

– Caresse-moi, lui soufflé-je.

– Et ? me demande-t-il en posant juste un doigt sur mon sexe, sans le bouger.

C'est une incroyable et délicieuse torture.

– Et lèche-moi, lui intimé-je, le suppliant presque pour qu'il m'aide à libérer toute cette tension concentrée au même endroit, entre mes jambes.

Il reprend finalement ses caresses et me pénètre avec deux de ses doigts, très froids, ce qui me fait me cambrer de plus belle. Puis il promène le glaçon emprisonné entre ses dents, le long de ma fente, réussissant presque à me faire jouir tant la sensation est inédite et forte pour moi. Il se relève un peu et chuchote :

– Goûte comme tu es délicieuse.

Il glisse alors le glaçon dans ma bouche et me le fait sucer. C'est le geste le plus excitant qu'il m'ait été donné de faire, et je gémis de plus belle quand il s'agenouille à nouveau pour me lécher avidement, tout en me caressant avec, à tour de rôle, ses doigts et des morceaux de glace. Sa langue chaude lèche mes lèvres et énerve mon clitoris. Il le mordille doucement, ce qui me rend absolument dingue. Je ne peux m'empêcher de gémir de plus en plus fort, en priant pour que les murs soient bien insonorisés. J'attrape sa tête et m'accroche à ses cheveux. Je me frotte contre sa bouche et n'ai plus aucune retenue. Il enfonce alors à nouveau ses doigts en moi et entame un va-et-vient rapide tandis que sa langue s'occupe de lécher sensuellement mon sexe. Je n'y tiens plus et sens monter une boule de tension au creux de mes reins avant que je n'explose dans un second orgasme qui me fait totalement perdre pied.

Je suis haletante et reprends ma respiration, un sourire aux lèvres.

Je m'apprête à enlever mon bandeau improvisé quand il pose la main sur mon poignet et me chuchote à l'oreille :

– Je n'en ai pas fini avec toi ! Je veux admirer ton corps sublime et te baiser les yeux bandés, jusqu'à ce que tu perdes encore la tête et que l'on jouisse ensemble.

Ses mots et sa main qui recommence à me caresser réveillent à nouveau le désir en moi. Il est le premier homme à me donner envie de remettre le couvert tout de suite après un orgasme et cela me fascine à chaque fois. Il me fait à nouveau m'asseoir sur le rebord du lit et fait passer ma robe par-dessus ma tête. Je suis donc devant lui en talons, soutien-gorge et porte-jarretelles noirs, sans voir ce qu'il regarde, ni chercher un quelconque jugement dans ses yeux, et cela a un pouvoir libérateur.

J'entends le froissement quand il enlève sa chemise, un bruit métallique quand il défait la boucle de sa ceinture et le bruissement de son pantalon tombant par terre.

Je sens l'odeur délicieuse de son parfum et de sa peau. Il doit être debout devant moi mais ne bouge pas, ce qui ne fait qu'amplifier mon impatience. Je me passe la langue sur les lèvres et il choisit ce moment pour approcher sa queue de ma bouche. Ma langue effleure son gland, et très vite, je le lèche avec application et délice. Il gémit de plus en plus fort et guide finalement son sexe dans ma bouche, et donne le rythme de la façon dont il veut que je le suce, à savoir profondément et rapidement. Je me sens soumise, les yeux bandés, mais j'adore ça et ne peux m'empêcher de caresser mon sexe, déjà prêt à l'accueillir. Il baise ma bouche et utilise des mots crus pour me dire combien il aime ça. Je me touche de plus en plus fort, constatant que le port du bandeau a un fort pouvoir désinhibiteur sur moi. Cela semble l'exciter beaucoup de me regarder me masturber et, brusquement, il me retourne à quatre pattes sur le lit. Mais il ne se passe rien alors que je pensais sentir sa queue me pénétrer; il a placé mes mains devant moi et je ne peux donc pas me soulager par des caresses. Je n'ai jamais autant désiré me faire baiser et je tends mon cul vers lui, l'invitant à prendre possession de moi et ainsi à m'apaiser de tout ce désir frustré. M'attendant à sentir son sexe me pénétrer, je sursaute en sentant à nouveau sa langue parcourir mon intimité dans ses moindres recoins et le supplie d'arrêter, mais il ne m'écoute pas. Il décide de me torturer à nouveau avec un glaçon qui, promené en lascifs allers-retours entre le haut de mes fesses tendues vers lui jusqu'à mon clitoris impatient, me fait mouiller encore plus et me sentir plus libérée que jamais. Alors, sans même que j'essaie de lutter, il me fait jouir fort à nouveau.

Je suis haletante et sa main se pose sur le bas de mon dos qu'il caresse tendrement.

– J'adore te regarder lâcher prise, Sam. C'est le plus beau spectacle qui soit.

Je suis toujours à quatre pattes, il m'embrasse dans le dos et des frissons me parcourent le corps. Je n'ai jamais rien ressenti de pareil. Je n'ai jamais eu envie d'un homme à ce point. Il a le don de me donner envie de lui quasi instantanément. C'est très troublant, je me sens dévergondée, sexy, chaude comme la braise et presque insatiable, mais aussi on ne peut plus à ma place et plus à l'aise que jamais.

Je ne bouge pas, j'entends le bruit de l'emballage du préservatif qu'il jette au sol et j'imagine qu'il le déroule le long de sa queue. Alors que je pensais qu'il allait me prendre dans cette position, il me retourne sur le dos et je le laisse faire ce qu'il veut de moi. Je suis à sa merci pour mon plus grand plaisir. Il écarte mes jambes et frotte son gland contre mon sexe qui se gonfle à nouveau de désir. Cet homme sait s'y prendre mieux que quiconque et je ne demande qu'à le satisfaire. Je me caresse les seins de façon arrogante et prends un malin plaisir à l'imaginer en train de se branler au-dessus de moi.

– Tu es superbe, putain !

Je suis à nouveau prête pour lui et il le sait, il ne se fait pas prier et s'enfonce sans ménagement en moi. Le Tyler doux a laissé la place au Tyler passionnel, et je le laisse me pilonner avec plaisir en me cambrant le plus possible pour qu'il puisse se déchaîner encore plus fort et plus loin en moi. Le rythme de ses va-et-vient est plus effréné que jamais et, quand je sens que j'arrive au point de non-retour, il accélère encore le tempo de notre baise endiablée et nous jouissons ensemble dans une parfaite harmonie.

Je sens son poids sur moi et sa respiration saccadée tout comme la mienne. C'est la meilleure partie de jambes en l'air que j'aie jamais vécue, mais je ne trouve même pas la force de le lui dire. Il se retire doucement de moi et je ne bouge pas, je me sens bien et je n'ai pas envie de briser ce sentiment de douce léthargie qui s'empare de moi.

Je l'entends aller récupérer ses affaires par terre, puis j'entends qu'il doit être dans la salle d'eau, mais je n'ai toujours pas la force de bouger. Quelques secondes plus tard, je sens son poids sur le matelas quand il s'allonge près de moi et qu'il enlève doucement mon bandeau. La lumière de la chambre est très tamisée mais pourtant je plisse les yeux, habituée à l'obscurité procurée par l'écharpe sur mes yeux.

Il me sourit et m'aide à me glisser sous les draps de ce joli lit à baldaquin. Il se lève et va me chercher une bouteille d'eau fraîche dans un minibar dissimulé dans un coin de la chambre. Je le regarde et le trouve plus beau que jamais. Il est torse nu et son pantalon toujours ouvert à la taille laisse apparaître les poils du haut de son sexe. Une nouvelle version de lui si sexy que je veux la graver dans ma mémoire. Son dos est très musclé et recouvert d'une fine couche de sueur. Quand il se retourne et qu'il me sourit, je pense lire dans ses yeux toutes les choses qu'il s'interdit de ressentir ou de dire. Il me tend la bouteille d'eau et je la bois avidement pour soulager ma gorge sèche.

– Merci… pour l'eau et pour le reste, dis-je, coquine, en me pelotonnant contre lui.

– Tout le plaisir était pour moi, mademoiselle MacIntyre, répond-il en me serrant contre lui.

– Me priver de la vue a comme réveillé tous mes autres sens…

Je n'ai jamais rien ressenti de pareil.

– C'était l'effet recherché, chuchote-t-il, et un délice pour ma vue qui, elle, n'en a pas perdu une miette !

– J'espère juste que tes parents ne m'ont pas entendue… C'est à croire que j'ai perdu toute maîtrise de mes cordes vocales, avoué-je, un peu honteuse de ne pas avoir su me contenir.

– Ils dorment au rez-de-chaussée, donc aucune chance, et il n'y a que nos deux chambres à cet étage, me rassure-t-il.

Je pose ma bouteille sur la table de chevet, sur laquelle trône également un joli verre à pied rempli de glaçons.

– Je t'avoue que je n'aurais jamais pensé que ces petits bouts de glace pouvaient me procurer de telles sensations.

Il me sourit, enchanté.

– Ravi d'avoir pu te faire découvrir ça, mais sache que pour moi aussi, c'était incroyable. C'était si bon que je te promets de réitérer très vite l'expérience, me promet-il en embrassant doucement mes lèvres.

– Mmmhh, je valide, lui dis-je d'une voix traînante.

Je me sens tellement bien que je me blottis contre lui en espérant qu'au petit matin je le retrouverai dans mon lit, s'il s'endormait par chance près de moi… On peut toujours rêver !

– Fais de beaux rêves, me chuchote-t-il avant que je ne sombre dans le sommeil, plus détendue que jamais.

# 22

Quand j'ouvre les yeux le lendemain, je suis seule dans ce grand lit si confortable, comme je m'en doutais, mais je me sens si bien que je me force à ne pas y penser. J'ai dormi comme un loir. Je prends le temps de m'étirer et de me réveiller doucement avant de me lever, et je constate que les glaçons de la veille ont désormais fondu dans le verre posé sur mon chevet. Je souris béatement au souvenir de ce que Tyler m'a fait ressentir hier et je me lève afin d'ouvrir les gros rideaux. Une couche de neige décore ce qui doit être le plus grand jardin que j'aie jamais vu. L'atmosphère du lieu est incroyable et je reste de longues minutes derrière la vitre pour admirer ce paysage hivernal. J'inspecte rapidement ma chambre et constate avec soulagement que, hier soir, l'un des employés y avait déposé le sac contenant mes affaires personnelles. Je file donc prendre une douche dans la salle de bains immense mise à ma disposition. J'ai l'impression de vivre un rêve éveillé. Je me sens vraiment comme une princesse. Je m'habille avec les habits de rechange que j'avais emportés et, une fois coiffée et maquillée, je sors et ne vois personne. Il n'y a en effet que deux portes à cet étage.

Je sors sur le palier et m'approche de la deuxième porte. Je colle mon oreille pour voir si je perçois un mouvement ou quelque chose qui me confirmerait que Tyler est réveillé, et j'entends le bruit de l'eau qui coule. Je retourne dans ma chambre et réfléchis rapidement. J'ai très envie de rendre la pareille à mon homme. Il s'est tellement consacré à mon plaisir hier soir que je veux lui permettre de bien commencer sa journée en le faisant jouir sous la douche. À vrai dire, cette idée m'excite aussi !

Je prends dans mon sac le cadeau que je devais lui offrir hier et entre doucement dans la chambre d'à côté. Elle ressemble à la mienne si ce n'est qu'elle est peinte d'une couleur différente. Je l'entends siffler sous la douche et dépose mon paquet emballé sur son oreiller. J'ai hâte de voir sa réaction : quand il s'est déguisé en père Noël pour Ethan, Charlie a pris un magnifique cliché d'eux et je l'ai fait agrandir et encadrer. Le regard plein d'admiration de Ethan pour Tyler et leurs sourires échangés devraient lui plaire, du moins je l'espère.

Je m'approche de la porte de la salle de bains, impatiente de voir sa réaction, et appuie doucement sur la poignée pour permettre à la porte de s'ouvrir sans bruit. Tyler est debout, de dos, dans la douche, et l'eau ruisselle sur son corps alors qu'il fait son shampooing. Il est magnifique, et je le détaille avec gourmandise de haut en bas quand je ne peux m'empêcher de pousser une exclamation de surprise. Tyler sursaute et se retourne aussitôt vers moi. Je n'arrive pas à croire ce que je vois et pose ma main sur ma bouche, stupéfaite et incapable d'articuler le moindre mot, tellement mon cerveau ne veut pas comprendre ce que j'ai pourtant devant les yeux. Comment est-ce possible ?

– Qu'est-ce que… commencé-je, bégayant de confusion.

– Qu'est-ce que quoi ? demande agressivement Tyler. Tu n'as pas pu t'empêcher de venir fouiner, c'est ça ?

– Mais non, pas du tout, je voulais…

– Quoi, Samantha ? Venir foutre ton nez là où il ne faut pas ?

Eh bien, c'est réussi, bravo ! Alors ? Ça te fait quoi de voir que je ne suis pas l'homme que tu croyais ?

Face à mon silence, il poursuit en parlant plus fort encore.

– Eh ouais ; un putain de handicapé : surprise !

– Ne dis pas...

– Ne dis pas quoi, Sam ? Que je suis infirme ? C'est le mot qui te dérange ? Je suis navré, je n'ai pas d'autre définition... Alors, vos impressions, mademoiselle MacIntyre ? La situation est beaucoup moins glamour, hein ? Ben ouais, c'est pas joli joli, mais c'est dommage que tu l'aies découvert comme ça, ça aurait pu être moins choquant si j'avais au moins porté ma prothèse transtibiale. Non pas que je pense que ça aurait pu changer quoi que ce soit, dit-il plus doucement.

Les larmes me montent aux yeux et je m'en veux de ne pas avoir remarqué qu'il était amputé de la jambe, sous le genou droit. Je me mords la joue pour ne pas craquer. Cet homme a appris à me connaître, mais interprète mal mon expression, ce qui le remet tout de suite très en colère. Je n'ai même pas le temps de dire quoi que ce soit qu'il me crie dessus de plus belle :

– Voilà, le spectacle est fini. Je souhaiterais un peu d'intimité, maintenant !

Je ne bouge pas. J'ai envie de le rassurer et de lui dire que je m'en fiche, mais il s'emporte à nouveau et me lance :

– Je ne dois pas être assez clair : DÉGAGE, SAM !!! Tu prends tes cliques et tes claques et tu te tires. Sors d'ici, putain ! Je n'ai pas besoin d'une nana qui se mêle de ce qui ne la regarde pas ! Tu n'avais pas à pénétrer ici sans y être invitée, bordel ! Je déteste les fouineuses dans ton genre, donc maintenant tu te casses !

Il coupe le robinet et sort brusquement de la douche à cloche-pied et en me foudroyant des yeux. Je suis sidérée de l'entendre me parler de cette manière, mais je n'ai même pas le temps de lui répondre que déjà il enchaîne, hors de lui :

– Casse-toi ! Et il est évident que je mets fin à notre putain d'histoire complètement stupide de CDD, qui, au passage, ne voulait absolument rien dire, j'espère que tu en avais conscience, hein ? demande-t-il, tout cela sans reprendre son souffle et la hargne déformant les traits de son visage.

– Tu es injuste... commencé-je, mais il me coupe à nouveau immédiatement la parole.

– Stop ! C'était très sympa nos petites parties de baise, mais là, stop ! Je ne vais pas te supplier de te barrer pendant cent ans, donc aie un peu de dignité et tire-toi d'ici !

Ses mots me font l'effet de coups de couteau et j'ai du mal à respirer. Mes jambes flageolent et j'ai l'impression que mon cœur ne va jamais ralentir le rythme effréné de ses battements. Je ne peux pas avoir devant les yeux le Tyler dont je suis tombée amoureuse, ça n'est pas possible. Il ne peut pas être sincère... mais déjà il reprend :

– Je te demande juste de ne pas ébruiter ça chez T. & C. Cosmetics, si tu sais au moins un peu tenir ta langue, à défaut de ta curiosité, ce dont je doute !

– Arrête, je voulais simplement... reprends-je, mais il m'interrompt, indifférent.

– ... En effet, là-bas, personne, à part bien sûr mon père et Kate, n'est au courant, donc...

– Bien sûr que je ne...

– Bien entendu, conclut-il en me coupant à nouveau la parole, tout en se séchant rudement le corps avec sa serviette, tu recevras un chèque dans les prochains jours.

– Un chèque ?

– Ben oui, un chèque de dédommagement, pour avoir non seulement baisé avec un invalide mais surtout pour que tu tiennes ta langue sur tout ce qui s'est passé.

Les larmes coulent à présent sur mes joues, et j'ai l'impression que ma poitrine va exploser de douleur. Comment peut-il me proposer de l'argent ? Mais, alors que je pensais avoir tout entendu, il termine sans crier cette fois, mais très froidement :

– Ne le prends surtout pas pour toi, Sam. C'était sympa, mais c'est comme ça que je procède avec chaque fille. On a pris chacun du bon temps et je t'avais prévenue que je n'étais pas du genre à m'engager… mais je te garantis que le chèque que je rédige habituellement te fera très vite passer à autre chose.

– Arrête ! hurlé-je alors.

Il me regarde et ses yeux ne quittent pas les miens quand il continue impassiblement :

– Putain, je savais que tu serais plus chiante que les autres, mais j'adorais ton joli p'tit cul. D'ailleurs, si tu veux un bonus, je ne serais pas contre une dernière petite pipe si ça te tente ? À moins que tu ne préfères encore te tortiller comme une nympho sous mes coups de langue une dernière fois ?

C'en est trop pour moi et je n'ai même pas la force de lui répondre. Je me sens sale et anéantie. Ce mec m'a utilisée et baisée comme une vulgaire prostituée ! Mais comment ai-je pu être aussi crédule ? J'ai l'impression de nager en plein cauchemar. J'essuie rageusement les larmes qui coulent sur mes joues et ravale un sanglot avec le peu d'amour-propre qu'il me reste, puis je me retourne sans lui lancer un dernier regard.

Je retourne dans ma chambre comme un automate.

Comment j'ai pu me laisser berner de la sorte et surtout tomber amoureuse ? Je m'en veux terriblement. Je rassemble mes affaires rapidement pour descendre au rez-de-chaussée. Heureusement, je n'y croise personne et j'enfile donc mon manteau, mes gants et mon bonnet, puis je jette mon sac sur mon épaule et franchis la porte, en faisant attention de ne pas glisser dans les escaliers extérieurs gelés. Jack est près de la voiture et m'interpelle :

– Bonjour, Samantha, je vous présente tous mes meilleurs vœux pour cette nouvelle année, qu'elle vous apporte bonheur et santé !

J'ai l'impression d'être à côté de mes pompes dans le sens littéral, car c'est comme si je vivais la situation d'un œil totalement extérieur. Je réponds comme un automate :

– Bonne année à vous, Jack. Je vous souhaite également le meilleur.

– M. Cole m'a demandé de vous raccompagner, vous permettez ? demande-t-il en ouvrant la portière afin que je prenne place à l'arrière.

– M. Cole a demandé ça, hein ? Eh bien, je vous remercie de tout mon cœur pour votre extrême gentillesse, Jack, mais aujourd'hui je vais me débrouiller pour rentrer.

– Mais voyons, il va neiger à nouveau et les taxis ne travaillent pas beaucoup, et M. Cole…

– Ne vous en faites pas, Jack, j'ai une vieille connaissance qui habite dans le coin et à qui je souhaite présenter mes vœux, c'est pour cela que je préfère marcher un peu.

Je lui mens, sachant qu'il ne me laisserait pas rentrer seule par ce temps, et il est hors de question que j'aie encore quoi que ce soit à voir avec Tyler.

– Vous êtes sûre ? Je peux au moins vous accompagner là-bas…

– Non merci, Jack, c'est seulement à deux pâtés de maisons et c'est mon plaisir de marcher dans la neige. Bonne année encore et prenez soin de vous.

– Vous aussi, Samantha. À bientôt.

– Au revoir, Jack.

Je lui fais un geste de la main alors que je m'éloigne de la maison, le cœur battant à tout rompre. Ce n'est qu'en tournant au coin de la rue, hors de sa vue, que je me permets de m'arrêter pour respirer profondément. Je n'arrive pas encore à assimiler tout ce qui vient de se passer. D'ailleurs, je refuse d'y penser et me concentre sur mes pas pour reprendre un semblant de contrôle sur la situation. Les rues sont beaucoup plus enneigées que la veille, signe qu'il a neigé fort en cette nuit de Saint-Sylvestre. Je marche au ralenti, glacée. Il n'y a quasiment personne dehors et j'ai l'impression d'être encore plus seule au monde. L'angoisse monte peu à peu en moi et, apercevant un café ouvert, je m'y précipite pour me réchauffer un peu.

Je commande un allongé noir et m'installe à une table. Il n'y a presque personne. La petite serveuse dépose mon café devant moi ainsi qu'un muffin « offert par la maison ». Je la remercie et regarde par la fenêtre tomber quelques flocons. Mes mains se réchauffent doucement au contact de la tasse fumante. Un bip me tire de ma léthargie et je sors machinalement mon portable de la poche de mon manteau.

[Où es-tu ? Jack va venir te chercher.
Donne-moi un lieu de RDV à lui fournir
pour qu'il passe te prendre.]

S'il croit que je vais lui répondre, il peut toujours rêver ! Je fourre rageusement mon portable dans ma poche et essaie de me concentrer à nouveau sur la chaleur de ma tasse quand un bip retentit à nouveau cinq minutes plus tard. C'est plus fort que moi, je dois être maso, mais je ne peux pas m'empêcher de lire ce nouveau message.

[Ne fais pas l'enfant gâtée,
il fait un froid glacial dehors.

Je ne serai pas avec Jack
et tu seras chez toi plus vite.]

Ce mec a un culot phénoménal et je ne résiste pas au besoin de lui répondre :

[Fous-moi la paix !]

Je souris ironiquement car ce mec aura réussi à me faire me sentir bien dans ma peau pour la première fois de ma vie pour ensuite me faire me sentir plus minable que jamais. Une boule se forme à nouveau dans ma gorge face à cette constatation amère, et je sais que les prochaines gorgées de café ne passeront pas. Je me lève donc sans même avoir goûté à mon muffin et paie au comptoir en laissant un joli pourboire à la gentille jeune fille qui m'a servie. Je remonte mon écharpe sur mon visage et sors dans le froid glacial qui me pique le visage et les mains, que j'enfonce dans mes poches.

Je marche depuis ce qui me semble être des heures quand j'aperçois enfin mon immeuble. Je suis fatiguée, mais l'effort me permet de me concentrer sur quelque chose de concret plutôt que sur le fouillis de mon esprit. Quelques minutes me suffisent pour monter enfin les marches qui mènent à mon appartement. Je ne vois pas de lumière chez les jumeaux, qui ont dû partir déjeuner chez leur père, ce qui m'arrange car je n'ai pas le courage de parler.

Je ferme la porte derrière moi à double tour, et dans la douce chaleur de mon cocon je me déshabille doucement pour aller prendre une douche bien chaude. Je suis tellement frigorifiée que j'y reste longtemps jusqu'à ce que je sente l'eau tiédir d'elle-même. Puis, je passe un pyjama, me prépare une tasse de café, sors une boîte de biscuits et m'enroule dans une couverture sur le canapé, devant la télé, refusant de me retrouver seule sans un bruit, inactive et devant faire face à ce qui vient de se passer. Je regarde d'un œil absent une rediffusion de *Game of Thrones* mais le cœur n'y est pas, et je me rends compte au bout de longues minutes que je n'ai rien suivi de l'épisode. Je parviens néanmoins à me composer une voix neutre, voire enjouée, quand je téléphone à Ethan pour lui souhaiter une merveilleuse année et surtout une bonne santé. Notre conversation de quelques minutes me fait plaisir mais je retourne instantanément à ma léthargie dès que je raccroche.

En fin de journée, Charlie et Cam rentrent et viennent frapper chez moi, mais je n'ai la force de voir personne et je leur parle à travers la porte pour leur dire que j'ai dû attraper une gastro et qu'on se verra un autre jour, de peur qu'ils ne l'attrapent aussi. Ils me disent que je peux compter sur eux si j'ai besoin de quoi que ce soit, mais je suis dans un état second et j'ai vraiment besoin de me retrouver seule. Je les remercie et retourne m'allonger dans mon canapé.

Vers dix-neuf heures, le bip de mon portable retentit. J'hésite à y jeter un œil car je ne veux plus rien entendre de sa part, mais comme c'est le jour des vœux de bonne année, je me risque à regarder.

[Bonjour Samantha, je suis déçue
de ne pas t'avoir croisée ce matin.
Tyler est parti très vite, lui aussi, et
semblait très remonté… J'espère que
tout va bien entre vous ? Si tu as
besoin, je suis là, n'hésite pas.
Bonne année à nouveau ! Bises]

[Bonjour Kate, ne t'inquiète pas, ça va.
On parlera de vive voix. Prends soin de toi,
et encore tous mes meilleurs vœux
pour l'année qui s'annonce.
Bisous à toi et au joli James.]

J'aime beaucoup Kate, et elle va me manquer. Soyons réalistes, je ne pourrai pas continuer à la côtoyer sans prendre le risque de croiser Tyler. J'ai besoin de prendre du recul pour décider comment je vais affronter tout ça.

# 23

J'ai dormi par intermittence et je n'ai absolument pas envie de sortir de mon lit. Charlie m'a envoyé plusieurs messages pour prendre de mes nouvelles, et quand elle vient frapper à ma porte pour la troisième fois de la matinée, je me fais violence pour aller lui ouvrir.

– Qu'est-ce qui se passe, Mac ? Parle-moi, je vois que tu es mal et tu sais très bien que garder les trucs pour soi, ça n'est jamais bon.

– Je ne sais même pas par où commencer, mais, d'abord, je dois te demander de ne parler à personne de ce que je m'apprête à te dire, OK ?

– La vache, tu m'inquiètes ! Mais oui, évidemment que je te promets ! Allez, balance !

Je nous prépare un café à toutes les deux et commence par lui raconter que mon réveillon s'est très bien passé, que la nuit qui a suivi a sûrement sa place dans mon top trois des nuits les plus exceptionnelles de ma vie, mais que tout s'est dégradé le lendemain. Je joue toujours franc-jeu avec Charlie et lui explique tout, de mon désir d'aller le retrouver par surprise sous la douche, en passant par le choc de découvrir qu'il est en fait amputé sous le genou droit, et je termine en lui répétant tout ce que Tyler m'a dit avant que je ne rentre ici à pied. Je me doute que Tyler n'apprécierait pas que je confie tout ça à Charlie, mais je suis trop chamboulée. J'ai du chagrin et, même si je m'en veux quelque part de trahir ce secret qu'il m'a demandé de ne pas dévoiler, c'est plus fort que moi. J'ai trop besoin du soutien de ma meilleure amie et je sais surtout qu'elle ne répétera jamais mes secrets si je le lui demande.

Rien que le fait d'en reparler ravive toute la douleur et je pleure dans les bras de Charlie, qui ne m'a pas interrompue une seule fois et qui, comme toujours, est là pour moi. Les vannes s'ouvrent enfin, libérant un flot ininterrompu de larmes. J'ai l'impression que je ne pourrai jamais m'arrêter, mes yeux et ma poitrine me brûlent.

Ses caresses dans mes cheveux et ses mots réconfortants chuchotés parviennent à me calmer un peu, et je me mouche bruyamment dans le centième mouchoir qu'elle me tend.

– Ce mec est un sombre connard ! lâche-t-elle. OK, il est amputé, et j'imagine que c'est difficile, mais ça ne lui donne en aucun cas le droit d'être odieux comme il l'a été. En tout cas, il doit vraiment être mal dans sa peau pour réagir comme ça…

– Oui, je pense aussi, mais je n'ai pas eu le temps de lui dire que je me fous royalement de son handicap.

– Désolée de te demander ça mais tu ne t'en étais jamais aperçue, sérieux ?

– Non, jamais… Tyler et moi, c'était toujours tellement passionnel qu'on faisait l'amour sans forcément se dévêtir complètement, du moins de son côté. Je comprends maintenant que tout était en fait calculé…

– Au moins, tu sais pourquoi dormir avec toi était hors de question…

– Oui, et moi qui m'imaginais mille scénarios, je n'aurais pas pensé à ce cas de figure une seule seconde… Je m'en veux de ne m'être rendu compte de rien, Charlie. Si j'avais su…

– Eh bien ? me demande Charlie. Ça aurait changé quoi au fait qu'il ne voulait pas partager ça avec toi ? Tu as bien vu sa réaction, hier matin. Que tu le découvres comme ça ou d'une façon différente, je pense que la suite aurait été la même. Tu ne dois pas t'en vouloir de quoi que ce soit sur ce coup-là. C'est entièrement sa faute.

– Il n'a sûrement pas demandé à avoir une jambe en moins, dis-je un peu plus durement que je ne le devrais.

– Non, et ça n'est pas du tout ce que je dis, Mac. Mais être invalide ne te permet pas pour autant de traiter les femmes comme des jouets qu'on jette sur un caprice.

– Je sais que tu as raison, Charlie. Mais l'homme dans la douche est tellement à l'opposé de l'homme dont je suis tombée amoureuse que je ne sais plus quoi croire.

Ma meilleure amie me prend alors dans ses bras, car le chagrin d'avoir perdu Tyler reprend le pas sur ma volonté de ne pas pleurer.

– Il te faut juste du temps pour digérer tout ça, et tu verras qu'avec un peu de recul tu sauras faire la part des choses. Oh ! Mac, je suis désolée, mais je dois filer, j'ai un rendez-vous pour un entretien d'embauche, on m'a appelée le 31 dans la journée, je t'expliquerai, dit-elle en se levant. Va prendre une bonne douche, habille-toi, et je passe te raconter comment ça s'est passé en rentrant, OK ? Je suis navrée de te laisser maintenant…

– Oh ! Je croise les doigts, mais t'inquiète, tu vas tout déchirer, honey ! ajouté-je en me forçant à lui faire un piètre sourire.

Elle m'envoie un clin d'œil et un bisou de la main et claque la porte, me laissant à nouveau seule avec mes tristes pensées. Je suis son conseil, je prends une douche, m'habille et nettoie mon appartement en écoutant fort la musique pour concentrer mon cerveau sur des mélodies plutôt que de le laisser ruminer en boucle.

Je me lance même dans la confection des cookies préférés de Charlie. Elle revient vers midi et nous a acheté des sandwiches.

– Bref, j'ai tout déchiré, conclut-elle, enthousiaste, en terminant le récit de son entretien et en avalant la fin de son jambon-beurre. Ils doivent m'appeler demain pour me donner une réponse. Je sais que même si c'est négatif j'ai tout donné, donc je n'aurai rien à regretter, mais je serais bien dégoûtée quand même. C'est une place super sympa pour se faire connaître du grand public en tant que pigiste, et le directeur du magazine a même parlé d'une possibilité de mettre en valeur certaines de mes photos personnelles si ça colle au niveau des articles, tu imagines ? En plus, je pense que mon book lui a plu et que le fait d'avoir vendu des toiles à ton… euh… à Tohana & Cole l'a impressionné.

– Waouh ! Ma pote va devenir une super journaliste et une grande photographe. Je suis sûre que tu déchireras, il n'y a qu'à voir comme tu as le don de capturer les instants précieux mieux que personne…

– Croisons les doigts, on saura demain. Dis donc, je rêve ou ça sent bon dans ton four ?

On frappe à la porte et je me lève en lui disant de se servir et qu'ils sont tièdes.

J'ouvre à un livreur qui me tend une enveloppe et me demande de signer un accusé de réception.

Je retourne près de Charlie qui nous a servi un café et je décachette le pli. À l'intérieur se trouvent des feuilles semblant être des textes juridiques et composés d'alinéas on ne peut plus compliqués, ainsi qu'une lettre dactylographiée en bonne et due forme :

*Mademoiselle MacIntyre,*

*Merci de bien vouloir trouver ci-joint et comme convenu un document à me renvoyer signé et stipulant, en termes juridiques, que vous vous engagez à ne jamais divulguer ce que vous avez découvert le 1er janvier au matin.*

*Ce texte fait office de contrat entre vous et moi-même, et sachez qu'en cas de non-respect de votre discrétion, je serai dans l'obligation de faire appel à la justice pour régler ce litige devant les tribunaux.*

*Je vous prie également de bien vouloir trouver un chèque que vous pouvez encaisser dès ce jour, en guise de dédommagement pour le préjudice subi.*

*Cordialement,*

*Tyler Cole*

J'ai dû perdre toute la couleur de mes joues car Charlie se lève précipitamment et m'assied doucement. J'ai la gorge tellement nouée que je ne peux pas lui parler et je lui tends donc le document qu'elle lit à son tour attentivement.

– Comment peut-il me traiter comme l'une de ses pétasses ? Comment ai-je pu ne pas m'apercevoir qu'il n'en voulait qu'à mon cul, Charlie ? Il me traite comme une pute qu'il peut payer quand il en a eu assez !

Charlie regarde le montant du chèque et ses yeux tristes croisent les miens.

– Deux cent cinquante mille livres sterling ? demande-t-elle, incrédule tout comme moi.

Je ne peux m'empêcher de fixer ce bout de papier.

– Il me prend pour une pute, tu te rends compte ? Je suis tombée amoureuse de cet homme qui savait, dès le début, qu'il allait me filer du pognon en dédommagement pour m'avoir menti et prise pour une idiote… Comment j'ai pu être si naïve, putain ?

Je suis très en colère à présent.

– Ton frère et toi m'avez appris à être fière de moi et à me respecter, honey, et je ne vous en remercierai jamais assez. Tyler a réussi l'exploit de me faire me sentir bien dans ma peau, ce qui n'est pas rien, tu le sais ! Mais, paradoxalement, il m'a aussi fait me sentir comme une moins-que-rien aujourd'hui et, quoi que je pense valoir ou pas, je veux croire que je mérite mieux que ça !

– Et comment ! m'encourage Charlie.

Je lui souris et, impulsivement, déchire le chèque faramineux de Tyler. Charlie me regarde avec des yeux ronds et, après quelques secondes, éclate de rire :

– Tu es la nana la plus ouf que je connaisse, MacIntyre ! Bordel, tu viens de déchirer le moyen de changer totalement de vie, mais putain, qu'est-ce que je suis fière de toi !

Elle se met à glousser de plus en plus fort, et son rire est tellement communicatif que je ris malgré moi et que nous finissons toutes les deux en fou rire nerveux, affalées dans le canapé et nous tenant les côtes.

– Tu sais quoi ? lui demandé-je après m'être calmée. Je crois que je vais aller remettre ce contrat dûment signé à ce connard, car j'ai deux ou trois choses à lui dire pour en finir vraiment et pour pouvoir tourner cette page. Car peut-être que les pétasses avant moi n'ont pas demandé leur reste avec tout ce pognon, mais moi, j'ai besoin de comprendre… Je le mérite ! Et puis… Tu vas me prendre pour une tarée masochiste, honey, mais j'ai besoin de voir ce que ça me fait de lui parler une dernière fois. Je veux être sûre que le Tyler de ces dernières semaines a vraiment et définitivement cédé sa place au Tyler abject d'hier.

– Ne te fais pas trop d'illusions quand même, Mac…

– J'ai besoin de savoir s'il m'a vraiment prise pour une idiote depuis le début. J'ai cet infime et stupide espoir que l'homme dont je suis tombée amoureuse est en réalité tellement mal qu'il n'arrive pas à assumer tout ça… et peut-être même l'histoire liée à sa jambe, si son handicap n'est pas de naissance, bien sûr. J'ai besoin d'être certaine que Tyler Cole est un connard et que je me suis trompée depuis le début… ou pas… Enfin, bref, j'ai besoin d'y voir un peu plus clair pour avancer, tu comprends ?

– Oh que oui ! Je ne sais pas quoi te souhaiter car, dans les deux cas, ça ne sera pas facile, mais je serai là, quoi qu'il arrive ! Allez, je t'accompagne pour faire un bout du chemin, comme ça je vais profiter d'être en ville pour aller m'acheter un objectif.

Nous mettons nos manteaux et je signe le fameux contrat en prenant bien soin de remettre les morceaux du chèque déchiré à l'intérieur de l'enveloppe. Certes, il aura ma signature sur ce contrat mais il ne m'achètera pas comme une vulgaire nana avec qui il semble avoir l'habitude de s'éclater.

Il ne neige plus et nous pouvons donc marcher plus facilement. Au moment de nous séparer, Charlie me dit qu'elle m'invite à manger avec eux ce soir afin que je leur raconte tout, mais me promet de me laisser tout expliquer à Cam. C'est déjà difficile d'ouvrir mon cœur à mon amie la plus chère, mais j'appréhende de lire la déception dans les yeux de mon frère de cœur quand je lui raconterai ce soir que je me suis fait avoir et que je n'ai rien vu venir. Pour l'instant, je m'oblige à penser à une seule chose à la fois. Nous nous embrassons et je me dépêche de rentrer dans le hall du bâtiment de T. & C. Cosmetics, en priant pour ne pas avoir à discuter avec quiconque.

Je monte directement au quinzième étage et sors de l'ascenseur. Mon cœur bat à tout rompre et je ne sais même pas ce que je vais lui dire, ni s'il va accepter de me parler.

Je passe devant le bureau de la secrétaire « Kelly-la-parfaite », qui n'est malheureusement pas à son poste pour m'annoncer. Peu importe, je frappe à la porte du bureau de Tyler. N'obtenant pas de réponse, je pousse la porte et je vois Kelly en premier. Elle a le chemisier déboutonné face à Tyler assis, et qui la regarde. Ils ne s'aperçoivent pas de ma présence immédiatement et je reste choquée et sans voix face à cette scène. Soudain, Tyler tourne la tête vers la porte et me voit. Son regard révèle à cet instant de la surprise et de l'incrédulité. Moi aussi, et c'est la goutte de trop. Je réagis à l'instinct et je veux mettre le plus de distance possible entre eux et moi. Ni une ni deux, je pose le dossier sur un fauteuil et je m'entends m'excuser de les avoir interrompus.

– Sam, attends ! me crie Tyler, mais je ne veux plus jamais l'entendre.

Je prends mes jambes à mon cou et m'engouffre dans un escalier, le cœur battant. J'entends les pas de Tyler, qui pense certainement que j'ai pris l'ascenseur. Je descends rapidement plusieurs étages pour m'éloigner le plus possible de lui et m'arrête après quelques minutes, essoufflée et le cœur battant à tout rompre. Je me sens à nouveau comme une personne extérieure, observant une pauvre fille désormais prostrée et assise sur des marches.

*Mais qu'est-ce qui t'a pris de vouloir revoir ce sale type, tu es vraiment tombée si bas ?* me grondent mes deux miss, désormais soudées.

Je reprends un peu de courage et décide de mettre, comme la veille, un pied devant l'autre. Arrivée au rez-de-chaussée, j'entrouvre la porte et j'aperçois Tyler qui semble agité. Il parle au téléphone et crie sur un vigile. Il remonte finalement dans un ascenseur, son portable collé à l'oreille, et je parviens à sortir de ma cachette sans le croiser. Mon téléphone vibre dans ma poche et je devine que c'est moi qu'il cherche à joindre. Je me lance et passe dans le dos du vigile qui parle dans un talkie-walkie, puis je sors le plus naturellement possible. Après quelques mètres, j'aperçois Jack dans sa voiture, qui tourne à l'angle de la rue et se rapproche de T. & C. Cosmetics. Je me retourne rapidement en faisant mine de regarder une vitrine. Je me sens comme dans un film d'espionnage, mais cette constatation ne me permet même pas d'esquisser l'ombre d'un sourire.

Je suis mal, je n'arrive plus à réfléchir. Il faut que je m'asseye un peu car mes jambes tremblent à nouveau de plus belle. Je repère un pub de l'autre côté de la rue et j'y entre en mode automatique. Je m'installe au bar et le barman me salue. Je lui commande une tequila frappée. J'avale mon verre cul sec et le liquide transparent brûle ma gorge tandis que le sel et le citron l'apaisent instantanément. Je me force à regarder la vérité en face : Tyler n'a pas perdu de temps pour me remplacer. Et avec cette petite allumeuse de Kelly, en plus… Je savais bien qu'elle en avait après lui. Peut-être même que, pendant que j'étais persuadée d'être importante pour lui, il se la tapait aussi ?

Je me sens nauséeuse pour la deuxième fois en deux jours et j'en ai marre. La colère prend le pas sur la tristesse et, de rage, je commande un deuxième verre.

Mon téléphone qui n'arrête pas de sonner et que j'ignore depuis tout à l'heure émet le son d'un SMS, et je le sors, curieuse de voir ce que ce salaud a à me dire.

[Sam, réponds-moi,
on doit parler.]

[Va te faire foutre, Tyler !<br>Va te consoler dans les bras<br>de ta prochaine pétasse,<br>mais une chose est sûre :

tu ne me berneras plus,
et je ne veux plus entendre
parler de toi. PLUS JAMAIS !
Tu me fais pitié.]

[Inutile de me confirmer
ce que j'avais déjà deviné.]

Je suis si en colère et je tremble tellement que je ne peux que dicter ma réponse à mon smartphone.

[N'essaye même pas d'inverser
les rôles, Tyler Cole ! Jamais je n'ai
ressenti de la pitié pour ta jambe,
mais tu ne m'as même pas laissé
le temps de comprendre que tu m'as
jetée comme une merde, alors là oui,
j'ai pitié de toi, car je sais que tu ne seras
jamais capable d'être sincère et d'aimer!
Et je suis bien contente de ne plus être
ton jouet. Ce que j'ai vu aujourd'hui m'a
fait du bien, finalement! J'ai vu ton vrai
visage et c'est ce dont j'avais besoin
pour tourner la page.
Je crois qu'on s'est tout dit.]

[Je suis désolé.]

J'éteins mon portable pour ne plus être tentée de lui répondre.

Ma deuxième tequila me fait du bien et me redonne un coup de boost, mais je n'ai plus du tout envie de continuer à boire.

Je n'ai pas envie de prendre une cuite avant de reprendre le boulot demain et je ne veux qu'une chose : retrouver mon chez-moi. Je règle donc mes deux consommations et sors du pub. Je hèle un taxi qui s'arrête à ma hauteur et je monte à l'arrière en lui donnant mon adresse, car je n'ai pas la force de marcher. Je veux juste me pelotonner sous une couette toute la fin de journée. Je me laisse conduire, assise à l'arrière, et c'est tout ce dont je me sens capable : me laisser porter.

Quand nous tournons au coin de ma rue, il s'est remis à neiger, et je me félicite de ne pas être à nouveau rentrée à pied dans ce froid glacial. Je fouille dans mon sac à main pour chercher mon portefeuille et, au moment où je relève la tête, j'aperçois la voiture de Tyler garée devant mon immeuble. Je demande à mon taxi de bien vouloir se garer là où nous sommes et lui demande de patienter un peu. Je me penche en avant et aperçois Jack au volant de la voiture à l'arrêt. J'enrage de me dire que Tyler fait le pied de grue devant chez moi et je suis sur le point de demander au taxi de faire demi-tour quand je l'aperçois, assis sur les marches, en pleine discussion avec Cam.

Ce mec est sacrément gonflé, car non seulement il poireaute devant chez moi, mais en plus, il discute tranquillement avec mon meilleur ami, comme si de rien n'était. Si Cam savait tout, ça serait une autre histoire ! Je souris à l'idée que quand je lui aurai tout raconté, il risquera de vouloir lui foutre son poing dans la tête pour venger mon honneur.

Je ne peux plus supporter de le voir parler à mon ami et demande donc au taxi de me rapprocher. Une fois que nous sommes garés près de la berline noire, j'aperçois les garçons se lever des marches en voyant que c'est moi qui sors de la voiture.

– Qu'est-ce que tu fous là ? hurlé-je, tellement je suis folle de rage.

– Il faut qu'on se parle, Sam, ça n'est pas ce que tu crois, répond-il calmement.

– Il ne faut rien du tout, Tyler. J'ai pourtant été claire, non ? JE-NE-VEUX-PLUS-TE-VOIR !

– Sam, tu devrais peut-être écouter ce que Ty a à te dire, commence Cameron.

– Ty ? Merci, mais reste en dehors de tout ça, Cam, tu es loin de connaître toute l'histoire, et quand tu la sauras je doute que tu veuilles encore que je l'écoute !

– Écoute, ma beauté, ne t'énerve pas, mais en fait… je suis comme qui dirait… au courant, me révèle-t-il.

– Comment ça ? demandé-je d'une voix étranglée.

– Ben, à vrai dire, j'étais au courant pour la jambe de Tyler, Sam.

– Quoi ? Depuis quand ?

Je me sens trahie ; rester cohérente et calme me demande un effort surhumain. Mais je constate que Cameron est mal à l'aise. Je le connais par cœur et sa façon de gigoter un peu trop ne me trompe pas.

– Depuis quelques semaines, me souffle-t-il.

La boule dans ma gorge s'amplifie et menace d'exploser à mesure que je réalise ce que mon meilleur ami est en train de me dire.

– Sam, tout est ma faute, enchaîne Tyler. Quand nous avons eu la discussion sur les tatouages lors de la soirée chez les jumeaux, j'ai bien compris qu'un dessin ne peut refléter au plus près la réalité que si le tatoueur est en mesure de comprendre tous les tenants et les aboutissants de l'histoire du tatoué. J'ai donc appelé Cam peu de temps après, et nous nous sommes retrouvés pour boire une bière. Je ne lui avais donné qu'une idée générale du tatouage que j'aimerais et j'ai compris qu'il fallait que je me livre un peu plus pour qu'il me propose ce que j'attendais exactement de lui.

La neige commence à tomber de plus belle, mais je ne peux

pas bouger. Cam s'approche de moi et esquisse un geste pour me faire un câlin mais je le repousse. C'est la première fois que je suis fâchée contre cet homme qui m'a toujours protégée, mais là, je suis déçue qu'il n'ait pas su le faire. Il enlève sa main de mon bras, et je vois toute la tristesse dans ses yeux, mais je suis trop en colère. En deux jours, mon univers semble avoir perdu tous ses repères et je n'arrive pas à réfléchir posément. Je tremble et je frissonne des pieds à la tête, mais la neige n'y est pour rien.

– Et dis-moi, Cam, tu savais aussi que Tyler m'avait traitée comme une merde quand j'ai découvert son secret et qu'il m'a considérée comme une pute en me proposant un chèque exorbitant pour que je la ferme ? Tu le savais, ça ?

Rien qu'à l'expression de son regard, je comprends que Tyler n'a pas tout dit à mon meilleur ami.

– Quoi ? Ty ? Tu m'expliques, là ? dit-il, sa voix montant d'une octave et l'air en colère par ma révélation.

Mais avant que Tyler puisse répondre, Charlie arrive alors, elle aussi, à ce moment-là, et semble perplexe de nous voir tous les trois très tendus en bas des marches. Elle hausse un sourcil vers moi, et je lui demande :

– Sois honnête, Charlie ! Tu savais pour la jambe de Tyler ?

Je vois ce dernier se tendre, mais je m'en fiche complètement.

– Ben non, pas avant que tu me le dises tout à l'heure, si c'est ça que tu veux savoir, répond-elle, intriguée.

– OK. Parce que ton frangin est au courant depuis « quelques semaines », rétorqué-je en mimant les guillemets.

– Cam ? Oh là là, c'est quoi ce bordel, je ne comprends plus rien, se plaint-elle en nous regardant tous les trois. Écoutez, une chose est sûre, on va mourir de froid si on reste une minute de plus dehors. On ne paiera pas plus cher si on s'explique à l'intérieur, alors, rentrons chez nous.

# 24

Je n'ai même pas envie de rentrer chez les jumeaux. Je suis trop remontée. Je n'ai même plus envie de l'entendre se justifier. J'en ai marre, j'ai l'impression de ne prendre que des douches froides à cause de lui depuis qu'on se connaît, et là, j'en ai ma claque :

– Et puis merde, ras le bol de tout ça, dis-je en faisant volte-face, mais Charlie me rattrape.

– Tu l'as dit toi-même, Mac : il faut que tu saches une bonne fois pour toutes qui est vraiment ce mec, et si ce que tu entends ne te plaît pas, je me ferai un plaisir de lui foutre son joli p'tit cul dehors, je te le promets ! Mais tu le regretteras un jour si tu n'as jamais le fin mot de l'histoire, pas vrai ?

Elle sait trouver les mots et elle a raison. Je bougonne donc et la suis chez elle, la mâchoire serrée à m'en faire mal.

Nous sommes silencieux, les jumeaux assis dans leurs fauteuils et Tyler et moi, installés chacun à un bout du canapé. L'atmosphère est on ne peut plus tendue et personne ne semble décidé à prendre la parole quand Tyler inspire bruyamment et nous dit :

– Pour commencer, je ne suis pas né comme ça. Jusqu'à il y a trois ans, j'avais deux jambes. J'étais fiancé à une femme depuis un an, mais je n'étais pas vraiment amoureux et j'étais même plutôt volage. Un jour, alors que nous étions en voiture, elle m'a avoué qu'elle avait couché avec un autre. Je n'aurais pas dû lui en vouloir alors que je l'avais moi aussi trompée à quelques reprises sans le lui avouer.

Je hausse un sourcil malgré moi, et il reprend :

– Oui, je sais, je ne suis pas super fier de ça... J'étais déjà très remonté contre elle, mais elle m'a alors confessé avoir des sentiments pour l'autre. Elle m'a porté l'estocade finale quand j'ai appris qu'il s'agissait de mon meilleur ami, Liam.

Je me doute que tout cela n'est pas facile, mais j'attends la suite.

– J'ai été blessé dans mon amour-propre et je me suis senti trahi par ma fiancée, mais surtout par mon meilleur ami. J'ai cru devenir fou, je hurlais comme un dingue au volant et le ton est monté entre nous. Elle m'a demandé de me calmer, a essayé de m'expliquer qu'elle était perdue et qu'elle s'en voulait. Qu'elle m'aimait, mais qu'elle avait couché avec Liam après avoir découvert que je l'avais encore trompée. Elle voulait me faire souffrir, et ça a marché, mais pas dans le sens où elle le pensait. Je n'étais même pas jaloux mais atrocement blessé dans mon amour-propre de macho. J'ai accéléré et elle a eu très peur. J'étais comme possédé, hors de moi, et le seul moyen d'extérioriser ma haine était de me défouler au volant de mon petit bolide dernier cri. Sauf que tout ne s'est pas passé comme je le voulais et que j'ai perdu le contrôle. J'ai percuté une des glissières de sécurité et nous roulions tellement vite que nous sommes tombés en contrebas à pleine vitesse. Emily a été projetée hors de la voiture à travers le pare-brise quand nous nous sommes écrasés dans le ravin. J'ai perdu connaissance, et ce n'est que quand les pompiers sont arrivés que je suis revenu à moi. Une voiture derrière nous a vu notre chute et a prévenu immédiatement les secours qui sont intervenus rapidement.

Je suis désormais suspendue aux lèvres de Tyler, même si je redoute de connaître la suite de son histoire.

– J'ai perdu plusieurs fois connaissance jusqu'à l'hôpital et je n'arrivais pas à parler car ma mâchoire était fracturée. Je suis passé sur la table d'opération et je me suis réveillé avec des douleurs insoutenables quelques heures après. J'avais mal partout, et je voulais absolument savoir comment allait Emily ; mais je n'arrivais pas à me faire comprendre, et comme je m'énervais, ils me mettaient sous sédatif pour que je n'aggrave pas mon état de santé. À chaque fois que je me réveillais, les mêmes questions venaient me hanter et finalement, après deux jours passés dans le brouillard, mes parents, Jax et Kate ont eu l'autorisation de me voir quand je suis sorti des soins intensifs. J'étais amorphe et souffrant. J'ai essayé de leur poser des questions à l'aide d'une ardoise et j'ai senti leur malaise quand il a fallu répondre à ma première question : « Comment va Emily ? » Ils m'ont alors expliqué qu'elle avait subi un choc très important quand elle avait été expulsée de la voiture, qu'elle avait plusieurs membres cassés, et qu'elle était très abîmée au niveau du visage. J'ai insisté pour qu'ils continuent car je voyais bien qu'ils ne me disaient pas tout, et ils ont fini par m'avouer qu'elle était atteinte d'un grave traumatisme crânien qui risquait d'engendrer de profondes lésions cérébrales. Ils ont ajouté que son état était stabilisé, même si elle était plongée dans une quasi-inconscience qui, au dire des médecins, pourrait durer indéfiniment ou pas.

– Et elle a survécu ? demande Charlie qui ose poser la question qui me brûle les lèvres.

– Oui, mais elle est toujours dans un semi-coma, c'est-à-dire à un stade de coma où il reste une sensibilité mais sans conscience du patient, explique-t-il en secouant la tête d'un air résigné.

– Elle ne s'est pas réveillée, alors ? demande mon amie, semblant aussi abasourdie que moi par ces révélations, mais arrivant à dire tout haut ce que je n'arrive pas à exprimer.

– Non, elle n'a pas encore ouvert les yeux, même si depuis quelque temps, elle réagit aux stimuli des médecins. Quelques mois après le drame, quand ses parents et nous nous sommes renseignés sur un choix éventuel, on nous a répondu qu'une sortie spontanée du coma était possible mais sans garantie aucune. Les spécialistes ne savent toujours pas si elle sortira un jour de cet état, et surtout si elle gardera toutes ses capacités motrices et intellectuelles. Nous avons finalement pris la décision d'y croire, et, comme elle ne souffre pas, de la maintenir dans un service spécialisé jusqu'à un éventuel réveil.

Nous gardons tous le silence et je n'ose imaginer les moments difficiles par lesquels est passé Tyler. Je ne trouve même pas les mots pour compatir à son chagrin et à sa douleur. Mais déjà, comme s'il voulait être certain d'aller vite au bout de son histoire, il reprend :

– Les premiers jours, j'avais toujours ma jambe, qui avait été écrasée au niveau du mollet. Les médecins espéraient que l'opération ainsi que le traitement mis en place allaient suffire pour qu'elle tienne le coup, même si elle était mal en point. J'étais bourré de calmants, mais je souffrais terriblement. Puis au bout de quatre jours, ça a mal tourné. Ma jambe a commencé à se nécroser. Je les ai suppliés d'attendre encore un peu, mais la circulation sanguine ne se faisait plus et je risquais de mourir, alors ils ont pris la décision qui s'imposait : m'amputer sous le genou.

Tyler fait alors une pause pour remettre, je l'imagine, ses idées en place. Je n'ose ni ouvrir la bouche ni le regarder. Son honnêteté atténue ma colère et je joue bêtement avec les clés que j'ai en main pour ne pas lever les yeux et qu'il voie alors qu'ils sont humides.

– Je n'ai donné les détails de tout cela qu'à la police, et même mes parents ne savent pas tout. J'ai essayé de voir un psy, mais j'ai vite laissé tomber. Je ne voulais pas parler à un inconnu, même si son métier est d'aider les gens. Peut-être qu'il aurait réussi à me guider pour essayer de remettre les choses à leur place, mais ça n'est pas le cas et c'est toujours un bordel monstre là-haut, dit-il en désignant sa tête.

– Tout ça n'était qu'un accident… intervient à nouveau Charlie.

– Non. Si je n'avais pas été aussi imbu de ma personne et vexé, tout cela n'aurait pas eu lieu et je serais sûrement séparé d'Emily, mais elle mènerait une vie normale au lieu d'être immobilisée dans un lit sans même avoir conscience de ce qui se passe autour d'elle et pour elle, dit-il entre ses dents et en serrant très fort ses poings. Je m'en veux et je ne me le pardonnerai jamais.

– Et sans vouloir en remettre une couche, mais vu qu'on est là pour se dire les choses, pourquoi tu en as d'abord parlé à Cameron ? demande mon amie.

Je lève les yeux et il regarde Cam en réfléchissant, tandis que ce dernier garde une expression neutre.

– Quand on a passé la soirée ici, j'ai su que si je voulais retranscrire toute cette épreuve de la façon la plus vraie sur ma peau, il était l'homme de la situation. Il n'y a qu'à voir tes tatouages et ceux de Sam pour comprendre l'implication qu'il y a mis en tant qu'artiste. Je lui ai téléphoné et j'ai décidé de jouer franc-jeu pour qu'il puisse sortir un dessin de tout ça, avec tous les symboles que je souhaite y mettre. Nous nous sommes revus plusieurs fois et je me suis rendu compte que me confier à lui était facile et que je n'avais pas connu ça depuis longtemps… depuis Jax et Liam, en fait.

– Je suis honoré, mec, lui dit Cam, mais vu qu'on joue franc-jeu comme l'a dit ma frangine, il faut que tu m'expliques aussi pourquoi tu as traité Sam aussi mal. Elle est comme ma sœur et, pote ou pas, je ne laisserai jamais personne lui manquer de respect.

Son intervention me fait chaud au cœur et je suis heureuse qu'il prenne ma défense.

– Je vais y venir et tu auras tous les droits de me jeter ensuite, Cam, mais il est temps en effet que je répare mes erreurs et que je te parle à toi, Sam, me dit-il en se tournant vers moi. Sache que je n'ai jamais, et en aucun cas, considéré que tu étais moins importante que mon amitié pour Cameron, ou plutôt moins digne de connaître mon histoire. C'est juste que ça a été plus facile de me confier à un mec, je crois. Et surtout, j'avais peur. Peur, car je n'ai jamais montré volontairement mon handicap à n'importe laquelle de mes ex. Et s'il arrivait qu'elles le découvrent par erreur, comme toi, je les jetais le plus durement possible pour ne pas voir de jugement dans leurs yeux, ni avoir à me justifier. Je m'assurais alors que la perte de ma jambe reste une histoire privée en les motivant à l'aide d'un gros chèque. Elles ont toutes paru satisfaites, et moi je m'en fichais, donc tout le monde y gagnait dans l'histoire.

Les larmes me montent aux yeux malgré moi.

– Donc tu m'as traitée comme les autres, tu as tiré tes propres conclusions et tu m'as jugée sans même me laisser l'occasion de te parler. Si tu l'avais fait, Tyler, tu aurais su que j'ai été surprise, mais ni dégoûtée ni prise de pitié. Jamais je n'aurai pitié de toi.

– Je suis vraiment désolé, Sam, lâche-t-il, le souffle court. Tout s'est enchaîné, mes vieux démons ont pris le dessus et je n'ai pas été à la hauteur de la situation. Je n'aurais jamais dû réagir comme un con et je te promets que si je pouvais revenir en arrière je sauterais sur l'occasion. J'ai trouvé ton cadeau sur mon oreiller et j'ai complètement pété un plomb tellement ça m'a touché. Puis quand j'ai voulu venir m'excuser, tu étais déjà partie, et tu connais la suite. Quand tu m'as à ton tour dit stop par SMS, j'ai été blessé et j'en ai tout de suite déduit que tu ne voulais pas d'un homme avec un tel handicap. De colère, de honte ou je ne sais quoi, j'ai préparé le contrat et le chèque comme je le faisais à chaque fois, plus par réflexe qu'autre chose, car je n'avais aucune idée de comment réagir autrement. Je regrette vraiment, Sam.

– Je me suis sentie comme la dernière des idiotes après ta réaction, hier matin. Sous prétexte que tu souffres, et ça, je l'ai bien compris et ça me rend triste, tu ne peux pas jouer avec les gens et te défouler sur eux comme bon te semble, Tyler. Je n'accepterai jamais d'être le punching-ball de qui que ce soit, et tu m'as sacrément manqué de respect en me traitant comme tu l'as fait. Moi aussi, j'aurais pu avoir mon mot à dire et t'exprimer mes ressentis, mais non, tu as préféré me jeter et m'humilier. Tu m'as jugée incapable d'accepter la vérité et ton handicap, et c'est d'ailleurs bien dommage, vois-tu, car je pensais que tu me connaissais suffisamment pour savoir que je ne suis comme ça. Je suis vraiment désolée, moi aussi, mais j'ai eu besoin de me confier à Charlie, comme tu as dû le comprendre. Et malgré ce que tu sembles penser, je lui ai dit que je me fichais que tu sois amputé, Tyler. J'étais même prête à t'accorder le bénéfice du doute concernant ton comportement infect envers moi, et c'est pour ça que je suis venue jusqu'à ton bureau cet après-midi et que je t'ai trouvé avec cette… avec ta…

– Je t'assure que ça n'est pas du tout ce que tu crois, Sam ! Les apparences sont trompeuses, mais je peux te jurer que je ne faisais rien avec Kelly, crois-moi. Regarde-moi, s'il te plaît, me demande-t-il d'une voix suppliante.

Je le fixe mais mes yeux lancent des éclairs.

– Ah oui, vraiment ? Et qu'elle se trouve face à toi, les seins quasiment à l'air et tes mains sur elle, tu expliques ça comment ? réponds-je sèchement, à nouveau à fleur de peau en repensant à la vision d'horreur d'eux deux, si intimes ce matin.

– Tyler n'a rien fait avec cette nana, ma beauté, intervient Cameron.

– Ah ? Parce que tu étais là, Cam ? demandé-je, agacée, vu qu'il n'a pas vu ce que j'ai vu le jour même.

– Non, mais Tyler m'a souvent parlé de sa secrétaire qui l'exaspère depuis un moment à vouloir l'exciter par tous les moyens et qui tente de le mettre, coûte que coûte, dans son lit.

– C'est vrai qu'il n'y a rien de pire qu'une top model qui essaie de vous sauter dessus ! Je ne peux que compatir ! ironisé-je.

– J'ai viré Kelly ce matin, Sam.

– Avec un gros chèque et un contrat à signer ?

– Écoute, je vais être franc, j'ai embauché Kelly quelques jours avant notre rencontre et elle n'a eu de cesse d'essayer de me séduire. Au début, ça m'a plutôt amusé, mais je t'ai rencontrée et je n'ai pas cédé à ses avances qui sont devenues de plus en plus insistantes… jusqu'à ce matin où je n'étais pas d'humeur et qu'elle a ouvert son chemisier devant moi pour tenter le tout pour le tout. Je comprends que c'est un peu gros à avaler, mais c'est pourtant la vérité. Je l'ai virée immédiatement après ton départ. Quand tu nous as surpris, je lui intimais de remballer ses atouts, si je peux dire.

– Ma beauté, il dit vrai, intervient Cam. C'est même devenu un sujet de plaisanterie entre nous tellement elle en était ridicule. J'ai gardé les SMS qu'on a échangés, Tyler et moi, donc tu pourras y jeter un œil si tu veux.

J'ai la tête qui va exploser et je me masse les tempes. Je suis tellement perdue que je ne sais plus quoi croire.

– Tiens, Sam, une dernière petite chose. Je te promets que j'avais prévu de t'offrir ça le 1er Janvier, dit Tyler en me tendant une enveloppe.

Elle est jolie et surmontée d'un nœud brillant. Je la décachette le plus calmement possible mais mes mains qui tremblent un peu trahissent ma nervosité. À l'intérieur, se trouve la carte postale d'un luxueux hôtel sous la neige et, tout en haut, un mot : Courchevel.

Je retourne la carte et lis le message écrit de la main de Tyler :

*Joyeux Noël !*
*Je sais comme tu aimes la neige, mais je sais aussi que tu n'as jamais chaussé de skis.*
*Ceci est une proposition pour passer une semaine avec moi, en février, dans cette station française afin que je t'initie aux sports de glisse.*
*Je sais aussi ton envie de dormir avec moi, et je n'ai donc réservé qu'une chambre, ce qui signifie sept nuits à passer ensemble éventuellement. Dormir près de toi est ce que je désire également, mais avant de me donner ta réponse retrouvons-nous ce soir chez moi pour dîner afin que je t'explique pourquoi un acte si anodin est aussi compliqué pour moi.*
*Tendrement,*
*Tyler*

Je relis la dernière partie deux fois pour être sûre d'avoir bien compris. Je lève vers lui des yeux qui doivent refléter tout et son contraire, tant mes émotions se mélangent : soulagement qu'il ait eu envie de tout me dire avant ce fiasco, déception qu'il ne l'ait pas fait plus tôt, espoir…

Je cherche mes mots quand le téléphone portable de Charlie joue tout à coup une mélodie de Death Metal. Elle décroche et, au bout de quelques secondes, je note de l'inquiétude dans sa voix et sur ses traits, ce qui me fait me redresser.

– OK, merde, depuis quand ? demande-t-elle. Non, je pense qu'il doit être éteint, mais elle est avec moi, on arrive tout de suite. OK, merci de nous avoir appelés. À tout de suite.

Je me suis levée immédiatement, et Charlie m'explique :

– C'était Mia. Ethan n'est pas bien, les effets secondaires de sa dernière chimio le rendent plus malade que jamais !

– OK, j'y vais tout de suite.

Sans réfléchir, j'enfile mon manteau, Charlie et Cam mettent également le leur, et Tyler, qui s'est levé lui aussi, intervient alors :

– Jack est dans la voiture, il va nous y conduire. Vu comme il neige, vous ne trouverez pas de taxi facilement.

Je sais qu'il a raison et je ne cherche même pas à discuter. Nous sortons tous les quatre et montons à l'arrière de la berline. À croire que cette journée catastrophe ne s'arrêtera pas ! L'adrénaline me redonne un coup de fouet, et même si j'ai envie de craquer nerveusement, je me l'interdis. Je n'ai à présent qu'un espoir : qu'Ethan se relève de son traitement si lourd.

# 25

Jack est un conducteur hors pair, et, malgré la neige, nous arrivons en un temps record à l'hôpital. La neige tombe dru et de gros flocons se déposent sur nos vêtements. Nous nous engouffrons dans le hall d'accueil et montons en pédiatrie. Mon cœur bat à tout rompre, j'ai peur. Je lis sur les traits des jumeaux et de Tyler qu'ils n'en mènent pas large non plus. Mia nous accueille et nous fait un rapide résumé des soucis de santé d'Ethan. Il vomit beaucoup et est épuisé. Elle conclut son diagnostic en nous révélant qu'il souffre d'aplasie.

– De quoi ? demandent d'une même voix les jumeaux.

– D'aplasie. C'est une baisse des globules rouges, des globules blancs et aussi des plaquettes, répond Mia.

– Vous avez déjà envisagé une transfusion ? demandé-je, connaissant le protocole habituel.

– On attend d'abord de recevoir les résultats de la prise de sang qui sera faite d'ici une heure environ, dit-elle en regardant sa montre.

– Merci d'avoir appelé, Mia, je suis désolée de ne pas avoir été joignable plus tôt, expliqué-je, la gorge serrée, furieuse contre moi-même d'avoir éteint mon portable sur un coup de nerfs et d'avoir ainsi raté ses appels.

– Pas de souci, Sam, ne t'en veux pas. J'ai tout de suite appelé Charlie, donc ça ne change pas grand-chose. J'ai aussi prévenu Amelia, sa tutrice, elle devrait passer ce soir, après une réunion qu'elle ne pouvait manquer.

– OK, merci, Mia.

– Arrête de me dire merci et va vite embrasser Ethan !

Je ne me fais pas prier et me dirige donc vers la chambre, la boule au ventre. Je ne frappe pas et nous entrons tous les quatre sur la pointe des pieds, car Ethan dort.

Il est en effet très blanc et de gros cernes noirs entourent ses yeux fermés. Je constate que les infirmières ont posé une perfusion afin de l'aider à s'hydrater et à faire passer plus rapidement les antalgiques. Je n'ose pas le toucher de peur de le réveiller. Il dort bien tout en serrant Mimi, son koala, contre sa joue. Le voir si mal en point et seul me fend le cœur et j'ai beaucoup de mal à me retenir de pleurer. Nous restons tous les quatre sans échanger un mot, mais ça me fait plaisir que mes deux meilleurs amis soient là pour Ethan et pour moi par la même occasion. Je suis contente que Tyler soit présent aussi. Pour l'heure, je m'oblige à ne me concentrer que sur Ethan, et donc à ne pas faire le point sur tout ce que Tyler m'a révélé il y a à peine une heure. Je ne suis plus en état de réfléchir tant mon cerveau doit gérer d'informations, mais je sais juste qu'il est là et que, pour l'instant, ça me suffit, car là, tout de suite, j'ai besoin de sa présence. Nous n'osons pas trop parler, et au bout d'une demi-heure, comme il n'y a pas de changement notable, Charlie m'annonce qu'ils vont y aller et de ne pas hésiter à les appeler si besoin. Nous sortons tous dans le couloir pour nous dire au revoir et je me tourne vers Tyler. Le voir partir me rend particulièrement triste et je me sens presque angoissée, comme si sa présence, même silencieuse, suffisait à m'apaiser. Comme si rien de mal ne pouvait arriver quand ce géant est dans les parages. Mais je n'ose pas le lui dire, ne sachant pas vraiment où j'en suis.

– Merci d'être venu. C'était très gentil à toi, Tyler.

– De rien, c'est normal, dit-il en plantant ses yeux clairs et doux dans les miens, manquant de me faire craquer.

– Si, merci encore. Soyez prudents en rentrant, dis-je en embrassant Charlie puis Cam qui maintient alors son étreinte et me glisse à l'oreille :

– Tout va bien se passer, ma beauté. Ethan va s'en sortir, comme toujours. N'aie pas peur. Je t'aime.

Il ne me le dit pas souvent et je sais qu'il le fait car il ne veut pas que je ressasse notre dispute de tout à l'heure.

– Je t'aime aussi, Cam. Merci pour tout. Je vous tiens au courant, dis-je en l'enlaçant fort.

Quand je m'éloigne de mon ami, Tyler toussote alors et me dit doucement :

– Je vais les raccompagner avec Jack. Ne t'en fais pas, tout va bien se passer.

Je ne le touche pas car je sais que je ne pourrais pas m'empêcher de me cramponner à lui de toutes mes forces.

– Merci. Pour tout… dis-je en espérant qu'il comprendra que je suis réceptive à tout ce qu'il m'a dit tout à l'heure et, que même si j'ai besoin de temps, je ne lui ferme pas la porte.

Je les regarde s'éloigner, et quand Tyler se retourne je n'ai qu'une envie, courir me blottir dans ses bras et le laisser me câliner comme avant. Mais je me contente de lui faire un signe de la main et il me répond par un sourire triste.

Je me tourne rapidement, troublée par cet homme compliqué plus que je ne veux l'admettre, et ouvre doucement la porte de la chambre d'Ethan. Une chose à la fois et, pour l'instant, Ethan est ma priorité absolue.

Il dort toujours paisiblement et, quelques minutes plus tard, Amelia Lewis, sa tutrice, entre dans la pièce. Je lui explique ce que je sais et nous restons l'une et l'autre à regarder ce petit garçon lutter contre ce cancer qui le fait tant souffrir. On frappe doucement et je m'attends à voir entrer Mia, mais c'est Tyler qui passe la tête dans l'embrasure de la porte.

– Je peux entrer ?

– Oui, bien sûr, réponds-je à voix basse, étonnée mais contente de le voir revenir.

– Je vais laisser ma place, Samantha, m'informe Amelia en chuchotant. Vous devriez aller vous reposer aussi, je repasserai demain en fin de journée.

– Merci, Amelia. Ne vous en faites pas, je ne suis pas fatiguée, j'étais en vacances. On se voit demain. Soyez prudente en rentrant avec toute cette neige.

– À demain, Samantha. Monsieur, dit-elle à Tyler avant de quitter la pièce.

– Il y a du nouveau ? demande Tyler.

– Non, mais que fais-tu là ?

– J'ai déposé les jumeaux, mais il était hors de question que je te laisse seule ce soir. Du coup, je suis là… si tu m'y autorises ?

Je suis réellement touchée par le fait qu'il éprouve le besoin d'être là pour moi vu les circonstances, et même si rien n'est vraiment résolu entre nous, mon esprit est tellement préoccupé que je ne cherche même pas à le lui cacher, ni à garder mes distances.

– Merci, Tyler. Je suis contente que tu sois là.

Un sourire illumine son visage et je le sens soulagé, comme s'il avait craint que je le rejette encore une fois. Sa réaction me fait plaisir car elle me prouve qu'il veut être là pour moi dans ce moment difficile.

Une infirmière entre et nous informe qu'elle va faire la prise de sang programmée. Elle commence à bouger un peu le bras d'Ethan, qui se réveille alors. Il est tellement épuisé que parler lui est très difficile. Il nous regarde tous les deux tour à tour mais il n'a pas assez de force pour communiquer verbalement. Ça me rend malade de le voir dans cet état, mais il est hors de question qu'il voie à quel point je m'inquiète. Je m'approche et l'embrasse doucement sur le sommet de son petit crâne et lui dis d'un ton qui se veut le plus rassurant possible :

– Bonjour, mon grand, tout va bien. On va te faire une prise de sang pour voir où en sont tes globules et tes plaquettes. Ne t'inquiète pas, je suis là et je ne bouge pas.

Il me regarde et cligne des yeux en signe d'assentiment, puis il tourne lentement la tête vers Tyler à qui il adresse un faible sourire qui a dû lui demander beaucoup d'efforts. Contre toute attente, Tyler se place à côté de moi et s'adresse à lui, alors que l'infirmière pique sa petite veine :

– Tu es très courageux, Ethan. Pendant une longue période, j'ai été obligé de rester à l'hôpital, moi aussi, et je détestais les aiguilles et les soins. Alors, je te promets que quand tu pourras sortir comme moi, on fêtera ça en faisant plein de trucs chouettes.

J'espère de tout mon cœur qu'il saura tenir ses engagements. Je ne supporterais pas que ça ne soit que des paroles en l'air, car Ethan semble on ne peut plus réceptif à ce que Tyler vient de lui promettre. Ses grands yeux sont fatigués mais brillent néanmoins d'un nouvel élan quand il me demande tout bas :

– On le fera vraiment, Sam, hein ?

– Bien sûr que oui ! Mais il faut te reposer pour que ça arrive le plus vite possible, mon chéri. Alors, ferme les yeux et ne t'inquiète pas, on reste là.

– Je t'aime, murmure-t-il.

– Oh ! Moi aussi, je t'aime plus que tout, chuchoté-je à son oreille, en positionnant ses doudous tout près de lui pour le rassurer.

Il a les yeux à peine fermés qu'il s'endort et je peux alors laisser couler en silence les larmes que je me suis empêchée de lui montrer. J'ai rarement vu Ethan aussi affaibli et je suis morte de peur à l'idée qu'il pourrait lui arriver quelque chose. L'infirmière sort en nous disant que le médecin passera nous donner les résultats dès que les prélèvements seront analysés. Vu qu'Ethan dort, nous sortons sans un bruit de la petite chambre. Nous allons à la cafétéria déserte prendre un café à la machine, puis nous nous asseyons à l'une des tables. La discussion que nous avons eue avec les jumeaux me semble lointaine, tout à coup. Je me concentre uniquement sur mon petit bonhomme mais tout ce que je sais, c'est que je suis contente de ne pas être toute seule ce soir et, surtout, que ce soit Tyler qui soit là pour m'aider à traverser ce moment.

– Je peux te poser une question indiscrète, Sam ? demande-t-il.

– Vas-y toujours…

– OK, mais si tu ne veux pas répondre, je comprendrai… Je suis curieux, mais je me demandais… Tu n'as jamais envisagé d'adopter Ethan ? Tu aimes clairement cet enfant comme s'il était ton fils, non ?

Je prends une minute pour chercher mes mots et lui réponds :

– Je vais te faire la même réponse que j'ai faite à ma mère et à Pete il y a quasiment un an, jour pour jour. Nous avions alors obtenu le droit de passer les fêtes de Noël avec lui, et il a dû repartir au foyer, ce qui me fait très mal à chaque fois. J'étais chez nos parents avec les jumeaux et ils m'ont posé la même question que toi. Je leur ai simplement répondu que j'en mourais d'envie. Et un an plus tard, mon envie est encore plus forte. Mais tout ne s'est pas passé comme prévu, à vrai dire…

Tyler me regarde, intrigué, mais ne me coupe pas la parole, et je reprends donc :

– Quand j'ai enfin pris ma décision, j'ai en effet déposé une demande d'adoption, mais sans en parler à Ethan de peur que ça n'aboutisse pas. Et heureusement que je n'ai rien dit finalement, car la liste des critères pour adopter quand on est une femme seule est incroyablement longue, et ça a coincé dans un premier temps au niveau financier. Ils ont émis une réserve concernant mes revenus mensuels car ils étaient un peu en dessous de leur seuil minimum requis. Mais quand, en plus, la maladie d'Ethan s'est révélée être un cancer, les services sociaux ont tout bonnement préféré suspendre ma demande car ils ont jugé qu'il valait mieux qu'un projet d'adoption ne vienne pas le perturber et qu'il puisse se rétablir avant.

– Mais c'est toi, sa famille, Sam, depuis sa naissance ! Et si Ethan savait, ça lui donnerait encore plus envie de se battre, tu ne crois pas ?

– Je le pense aussi mais je ne peux pas m'élever contre eux. Je n'en ai pas les pouvoirs. Mais une chose est sûre : ce petit bout n'a que 5 ans et je veux croire qu'il a une bonne étoile qui va enfin se mettre à briller très fort au-dessus de sa tête. Je vais me battre et j'espère qu'un jour on sera une famille, même si pour l'instant le destin s'acharne, conclus-je.

Je sens que je n'arrive plus à parler, et la boule dans ma gorge grossit encore plus quand Tyler pose sa main sur la mienne et enroule ses doigts autour des miens. Il pose alors sa bouche sur le bout de mes doigts et ce geste si tendre fait céder le barrage de larmes qui menaçait d'exploser depuis un bon moment déjà.

Il rapproche sa chaise de la mienne et je pose ma tête dans son cou. Il me soulève alors et m'assied sur ses genoux. Je me blottis contre lui. Je ne sais pas où tout cela va nous mener, mais j'ai besoin de lui à cet instant précis et je ne peux plus réfléchir.

– Merci, Tyler, merci de t'être ouvert à moi, merci d'être aussi présent ce soir.

– Je le serai aussi longtemps que tu me le permettras…

Nous sommes interrompus par Mia, qui me prévient que le médecin de garde se rendra dans la chambre d'Ethan d'ici peu de temps.

Nous finissons donc rapidement notre café, et Tyler me demande un instant, car il doit passer un coup de fil. Je le laisse donc pour retrouver Ethan. Il est de retour rapidement et arrive en même temps que le médecin qui nous annonce que les résultats sont un peu meilleurs que ceux de la matinée et qu'ils ont donc pris la décision de procéder à une transfusion pour aider Ethan à reprendre des forces et à remonter ses taux de globules rouges et de plaquettes. Il me demande de bien vouloir aller nous équiper. Je le remercie et explique à Tyler :

– Une diminution du nombre de globules rouges provoque de la fatigue, et une diminution du nombre de plaquettes entraîne un risque d'hémorragie. Le transfuser lui permettra de compenser ses manques plus rapidement et de récupérer plus vite. Mais pour ce qui est du manque de globules blancs, cela entraîne une diminution des défenses immunitaires et induit un risque infectieux. Il faut donc que nous portions un masque et une tenue spécifique, afin de le préserver des microbes extérieurs.

– On va jouer au docteur si je comprends bien ? demande-t-il, les yeux pétillants de malice.

– C'est un peu ça, en effet, docteur Cole, lui réponds-je, amusée.

Me lancer dans un petit jeu de séduction avec lui serait si facile. Mais je dois garder la tête froide. Comme Ethan dort toujours, Tyler me demande de le suivre. Nous retournons à la cafétéria, où nous attend Jack, une pizza géante dans les mains.

– Je me suis dit que tu aurais sûrement faim, explique Tyler.

– Oh ! Merci, dis-je, mon ventre gargouillant bruyamment à la vue de ce repas.

– Je vous laisse, j'espère que le petit se remettra vite, dit Jack.

– Merci, Jack, vous avez dîné ?

– Euh non, mais…

– Restez manger un morceau avec nous, s'il vous plaît. Il fait glacial dehors et vous êtes bien mieux au chaud ici que dans la voiture, non ?

Il regarde rapidement son patron et Tyler lui demande à son tour de rester en lui tapant sur l'épaule. Jack me sourit et s'assied donc avec nous, visiblement content de déguster deux bonnes parts de pizza au chaud. Après avoir mangé, je me sens nettement mieux et d'attaque. Jack repart chez Tyler et nous allons nous équiper en passant des blouses, des calots et des chaussons afin d'éviter de ramener trop de microbes près d'Ethan. Je suis habituée aux tenues de ce genre, mais se « déguiser » de la sorte intrigue Tyler, ce qui me fait sourire à mon tour. Nous mettons nos masques avant de rentrer à nouveau dans la chambre. Mia a déjà posé la poche de sang qui commence à s'écouler doucement dans le bras d'Ethan dont le visage s'illumine quand nous entrons. Je ne voudrais être nulle part ailleurs et meurs d'envie de le câliner, mais il faut que je sois raisonnable pour éviter tout risque pour lui.

– Coucou, mon chéri, comment te sens-tu ?

– Je suis fatigué, répond-il faiblement.

– C'est normal, mais la transfusion va t'aider à te sentir mieux, mon chéri.

Nous restons près de lui le temps que la poche soit entièrement vide et pour surveiller qu'il ne fasse pas de réaction. Tout se passe bien, Mia passe la lui enlever en nous disant qu'elle fera une prise de sang demain et qu'elle me tiendra immédiatement informée de l'évolution.

– Je suis du matin demain, donc je descendrai directement après ma garde, mais s'il y a quoi que ce soit j'ai mon bip, réponds-je.

– OK, mais maintenant tu vas me faire le plaisir de laisser ce petit garçon dormir, m'ordonne-t-elle. Il doit récupérer, et que tu sois là ou pas n'y changera rien. Il n'a pas vomi ce soir, signe que ça va mieux du côté digestif, donc n'aie aucune crainte, et comme je termine bientôt aussi je vais demander à Chris de passer le voir toutes les heures, OK ?

– Merci, Mia, tu es géniale, dis-je en la serrant dans mes bras.

Puis je me tourne vers Ethan qui se force à sourire malgré sa faiblesse. Je lui caresse la joue et lui promets de revenir demain, après le travail. Tyler lui dit également au revoir et il lui demande tout bas :

– Vous reviendrez aussi, monsieur Cole ?

Il me regarde brièvement avant de lui répondre :

– Oui, bien sûr, si tu en as envie, mais seulement si tu m'appelles Tyler !

– Oh ! Oui, je veux bien ! Sam sourit plus quand tu es là, et j'aime bien ça ! dit-il, ce qui le fait sourire aussi.

– Moi aussi, j'aime bien quand elle sourit.

– Ça suffit tous les deux, allez, il faut dormir, mon chéri. À demain, fais de jolis rêves.

Je mentirais si je disais que cette complicité entre eux ne me plaît pas, mais j'essaie de garder la tête froide.

Je lui remets « Mimi le koala » en place, tout près de son visage.

Je lui souris sous mon masque, lui envoie un baiser volant, et nous sortons de la chambre. Nous enlevons nos tenues stériles, j'envoie un SMS aux jumeaux pour les rassurer, et nous prenons l'ascenseur pour descendre au rez-de-chaussée.

Nous sommes silencieux, et Tyler s'approche de moi, mais même s'il est suffisamment proche pour que je sente son parfum divin, je garde mes distances.

Je n'ai qu'une envie, me blottir dans ses bras, mais je sais que je dois faire le point sur tout ce qui vient de se passer avant que l'on décide où on en est. Je baisse la tête et il comprend que je ne suis pas prête.

– Il faut que je rappelle Jack, dit-il en s'éloignant.

Cette distance est une véritable torture pour moi, mais je me force à ne rien lui montrer.

– Regarde, il ne neige pas beaucoup, on pourrait peut-être prendre un taxi, non ?

– Non, Sam, dit-il, gêné. Je ne monte jamais en voiture, hormis avec Jack.

– Pourquoi ?

– J'ai embauché Jack après mon accident. C'est un pilote professionnel et je ne fais confiance qu'à lui.

– Oh ! Tu n'as jamais reconduit, depuis ?

– Non, et je ne pense pas en être capable un jour.

– Tu n'aimais pas ça ? Tu pourrais, avec une voiture automatique, non ?

– Oui, je pourrais si je le voulais. Avant l'accident j'adorais ça, mais je ne veux pas prendre le risque de revivre une situation similaire.

Nous patientons donc, assis sur les banquettes dans le hall. Je suis épuisée, tant physiquement que psychologiquement. La journée a été éprouvante et j'ai hâte de me coucher. J'ai envisagé d'appeler un taxi, après tout nous n'habitons pas du tout au même endroit, mais Tyler a refusé tout de go.

Jack me reconduit donc chez moi et Tyler me raccompagne

jusqu'à ma porte d'entrée. Un silence pesant s'installe et aucun de nous ne sait comment réagir. J'ai besoin de rester seule ce soir et je pense que lui aussi a besoin de se recentrer. Il prend la parole :

– Écoute, Sam, je sais que ça fait beaucoup de choses à digérer, donc si tu as besoin de temps, je peux comprendre, mais sache que, de mon côté, j'aimerais beaucoup retenter quelque chose avec toi. Nous ne sommes pas partis sur de bonnes bases, mais si tu décides de me donner une seconde chance, j'en serais heureux et j'aimerais tout reprendre depuis le début avec toi. Je veux juste que tu saches que je suis mort de trouille, que c'est la première fois de ma vie que j'ai vraiment envie de construire quelque chose avec une femme. Je ne l'ai compris que trop tard et je te présente encore toutes mes excuses d'avoir été un vrai connard.

Je suis comme paralysée et je le regarde s'éloigner. Il vient de prononcer les mots que j'attendais depuis longtemps, et je suis émue. Mon cœur bat dans mes tempes et mon rythme cardiaque s'accélère en le voyant partir. Tout est embrouillé mais j'agis à l'instinct.

– Tyler ?

Il se retourne et je le rejoins rapidement pour le serrer dans mes bras. Je ne trouve pas mes mots. Il m'embrasse sur le sommet du crâne et caresse ma joue, avant de rejoindre Jack à la voiture, me laissant seule et épuisée.

# 26

Quand mon réveil sonne à quatre heures trente, et même si je me suis endormie relativement vite hier soir, j'ai l'impression d'avoir à peine fermé l'œil. Il m'aurait fallu une bonne grasse matinée pour me remettre des émotions de la veille. Je prends ma douche et déjeune vite avant de m'habiller et de quitter la douce chaleur de mon studio pour affronter les températures extérieures négatives.

J'apprécie de rentrer à l'intérieur de l'hôpital et passe rapidement en pédiatrie où je questionne Chris qui me rassure en me disant qu'Ethan a passé une nuit correcte vu les circonstances.

Ma garde se passe bien, mais je suis contente de la voir se terminer. Ethan occupe mes pensées, talonné par Tyler. Maintenant que j'ai pris un peu de recul, je retourne en boucle les mots qu'il a prononcés hier soir et, même si je meurs d'envie d'y répondre favorablement, il va falloir tout de même qu'il me laisse lui dire ce que j'ai sur le cœur. Je passe me chercher une grande tasse de café pour me donner un coup de fouet et achète quelques biscuits secs si jamais Ethan a retrouvé un peu d'appétit. J'enfile la tenue de visite réglementaire et je frappe doucement à la porte notre code secret, au cas où il dormirait. J'entre et le trouve à moitié assis dans son lit, son doudou Mimi pressé contre sa poitrine, le pouce dans la bouche et regardant un dessin animé. Son visage s'anime quand il m'aperçoit, et je suis contente de voir qu'il a repris quelques couleurs et qu'il a meilleure mine que la veille. Mia passe et m'explique que ses résultats sont bien meilleurs et que ça devrait aller, désormais. Je souffle de soulagement et m'autorise à faire un câlin à mon petit bonhomme si courageux. Je m'assois près de lui et je m'apprête à lui lire une histoire quand on frappe à la porte. Je suis on ne peut plus surprise de voir Tyler, habillé de la tenue réglementaire, entrer avec des ballons de toutes les couleurs attachés à une ficelle et un cadeau dans les mains. Je ne m'attendais vraiment pas à le revoir ici aujourd'hui et cela me touche beaucoup qu'il vienne faire une visite surprise à Ethan qui lui offre un beau sourire.

– Tyler ? Tu es déjà revenu !

– Oui, j'avais envie de te voir, mon pote ! Tu as l'air d'aller mieux !

– Oui, je suis juste fatigué, dit-il en bâillant.

– Tiens, est-ce qu'il te reste un peu de forces pour ouvrir un petit cadeau ?

– Oh oui !

Pendant qu'Ethan déchire gaiement le papier cadeau, Tyler se rapproche de moi.

– Que fais-tu ici ? demandé-je en lui souriant.

– Je n'arrivais pas à me concentrer au boulot, je ne pensais qu'à Ethan et à toi. Je me suis dit que j'allais passer au lieu de ressasser tout seul au bureau. Ça ne te dérange pas ?

– Pas du tout, merci pour tout, dis-je en montrant les ballons et le cadeau.

C'est adorable, et je fonds de voir à quel point cet homme peut être attentionné et généreux.

Nous sommes interrompus par Ethan, heureux comme tout

avec son puzzle représentant Flash McQueen, son héros préféré dans *Cars*. Le sentant plus en forme, je lui propose des biscuits, qu'il grignote du bout des lèvres.

Le médecin entre et nous explique que l'état de santé d'Ethan s'est bien amélioré et me propose de fixer un futur rendez-vous avec sa tutrice Amelia, afin qu'il évoque avec nous deux les suites à prévoir. Les séances de chimio sont terminées et l'autre partie de la bataille, à savoir l'opération, sera sûrement le sujet de notre discussion. Même si j'ai peur de la suite, je tiendrai le coup et épaulerai du mieux que je pourrai mon petit bonhomme si courageux. Je veux y croire et j'espère que toute cette histoire sera derrière nous au plus vite. C'est mon souhait le plus cher, mais mon ventre se tord rien qu'à imaginer le contraire.

Ethan est épuisé et nous lui disons donc au revoir pour qu'il puisse se reposer.

Tyler me propose de me raccompagner et je l'invite à venir dîner chez moi. Il faut que je crève l'abcès, que nous parlions de tout en tête à tête, et je ne veux plus attendre. Repousser ce moment ne nous mènera à rien. Je sens une pointe d'hésitation, mais il accepte.

Il n'est que dix-sept heures trente quand nous passons le pas de la porte, et je nous prépare un café.

Je lui tends une tasse et m'assois près de lui, dans le canapé.

– Tyler, quand je t'ai vu partir hier soir, j'ai compris que je ne pourrais pas lutter contre ce que je ressens pour toi. Je suis amoureuse de toi et peu importe le nombre de casseroles que tu traînes, je veux seulement regarder droit devant, avec toi à mes côtés. Mais je ne serais pas honnête si je ne te disais pas ce que j'ai sur le cœur. Comme je te l'ai déjà dit, je n'accepterai jamais d'être traitée comme une moins-que-rien, et surtout pas par une personne en qui j'ai placé ma confiance. Alors si tu veux à nouveau vivre une histoire avec moi, même si tu vas mal, que tu souffres, que tu doutes ou je ne sais quoi d'autre, je n'accepterai plus jamais que tu me traites comme ça. Jamais, Tyler. Ça sera ma limite à ne pas dépasser. Je serai là, à cent pour cent à tes côtés, mais il faut me promettre de ne plus me faire mal, dis-je, émue mais aussi déterminée à être la plus franche possible.

– Tu as ma parole, Sam. Je m'en veux terriblement d'avoir réagi comme un connard et je suis prêt à te prouver que tu peux avoir confiance en moi. Tu verras au fil du temps que je tiendrai ma parole, je te le promets ! Mais… pour ma jambe ? Tu es sûre que ça ne te pose pas de problème ? demande-t-il, terriblement gêné, en baissant les yeux.

Je comprends alors avec tristesse que cet homme est capable de m'ouvrir son cœur, mais qu'il est loin d'avoir accepté son handicap qu'il vit très mal et comme quelque chose de honteux.

– Tyler, la personne que tu es ne se réduit pas à un handicap, à une jambe. J'aime quand tu réfléchis trop fort et que tu plisses les yeux, ce qui fait ressortir des petites rides au coin de tes yeux. J'aime ton rire, ton odeur et ta barbe qui me chatouille. J'aime quand tu me fais l'amour, que tes yeux soient braqués sur moi et que je puisse y lire tout ce que tu ressens pour moi. Je ne me suis jamais sentie aussi bien dans ma peau qu'avec toi. J'aime ta douceur, ta gentillesse et tout ce qui fait de toi l'homme dont je suis amoureuse.

– Sam…

– Attends, je n'ai pas fini. Si je devais choisir le moment où je t'ai trouvé le plus beau, je dirais que c'était ce fameux matin, quand je t'ai découvert sous la douche. Je t'ai découvert complètement nu, et ça n'est qu'à ce moment-là que je me suis rendu compte que je te voulais en entier. Ton amputation fait partie de toi, et même si cette histoire est difficile, je te prends comme tu es. Tu es l'homme le plus beau que je connaisse, Tyler Cole, autant en dehors qu'en dedans, et je serais folle de ne pas apprécier la chance que j'ai de t'avoir dans ma vie.

Il me regarde avec des yeux ronds et semble abasourdi par ce que je viens de dire, mais je ne regrette aucun mot prononcé. Quand il reprend la parole, sa voix est moins assurée et je sais que je l'ai touché.

– C'est moi qui ai de la chance, Sam, et tes mots me touchent plus que tu ne peux l'imaginer. Mais toi non plus tu ne te vois pas comme tu es, et pourtant tu es la plus belle femme que je connaisse, alors je compte tout faire pour t'ouvrir les yeux sur ton corps qui me plaît plus qu'aucun autre !

– Je ne suis pourtant pas le genre de mannequin avec qui tu sortais avant moi... dis-je en baissant les yeux.

– Avec qui je couchais, Sam ! Je n'ai jamais eu envie de fréquenter sérieusement une femme avant toi. Tu me rends dingue et tu es dans ma tête du matin au soir comme une obsession. J'ai essayé de lutter au début, mais plus ça va, plus j'ai envie de plus. Je n'arrive plus à me passer de toi, me dit-il en prenant ma main dans la sienne.

– Moi non plus, Tyler, avoué-je en plongeant mes yeux dans les siens.

– Alors il va falloir m'apprendre sur ce coup-là, mademoiselle MacIntyre, parce que je ne suis pas doué pour les histoires d'amour et j'ai une fâcheuse tendance à tout foutre en l'air.

Il embrasse alors doucement ma main en y déposant plein de petits baisers pour finalement prolonger le contact de ses lèvres sur ma peau.

Je pose ma tasse et le chevauche. Je passe mes doigts dans sa barbe de quelques jours et, de sa main posée sur ma nuque, il m'attire vers lui et m'embrasse avec une telle tendresse que je laisse échapper un petit soupir de soulagement. Je suis heureuse que nous ayons surmonté cette épreuve et je m'écarte un peu de ses lèvres pour lui chuchoter à l'oreille :

– Très bien, monsieur Cole, mais je ne suis pas une experte non plus, alors tâchons d'improviser, et on verra où tout cela nous mène, OK ?

– C'est un bon début, en effet.

Ses mains se promènent sous mon pull et, très vite, la température monte d'un cran. Néanmoins, après tout ce qui vient de se passer, je veux prendre les rênes, cette fois-ci. Je me relève donc du canapé, lui arrachant un grognement de frustration, mais je lui tends la main et le guide vers ma chambre. Il se laisse faire, même si je sens à la raideur de son corps qu'il est beaucoup plus nerveux que d'habitude, mais je veux lui faire oublier ses angoisses et qu'il profite du moment comme moi j'ai bien l'intention de le faire. Je le guide vers le lit, où il s'assoit. Je m'éloigne un peu de lui et passe mon pull par-dessus ma tête. Je descends ensuite mon pantalon et je me retrouve donc en sous-vêtements devant l'homme que je désire plus que tout. Son regard devient brûlant mais je veux faire durer le plaisir.

Je m'approche de lui et déboutonne lentement sa chemise que je fais ensuite glisser le long de ses épaules puis de ses bras.

Je trace du bout des doigts les contours de ses tatouages, lui donnant la chair de poule. Je n'ai pas demandé à Tyler ce que représentera le dessin réalisé par Cameron. Il m'a dit que le rendez-vous était fixé à dans quelques semaines, mais je ne veux rien savoir. Je préfère avoir la surprise de l'œuvre que va réaliser mon meilleur ami sur le dos de mon homme. Ses pectoraux musclés m'attirent comme un aimant et je me mets à genoux pour embrasser les muscles de son torse tandis que ma main ouvre doucement sa braguette. Je ne fais qu'effleurer son érection, en constatant que, comme d'habitude, il ne porte pas de boxer, et je lui souris en me relevant à sa hauteur et en lui mordillant la lèvre. Ma langue taquine la sienne, ce qui a le mérite de le détendre un peu. Il pose alors ses mains de chaque côté de ma gorge, rapprochant mon visage au plus près du sien, et m'embrasse. Ce baiser qui n'a plus rien de doux devient très vite passionnel et c'est comme si chacun de nous voulait goûter l'autre aussi intensément que possible.

Je m'éloigne à nouveau, haletante.

– J'ai très envie que tu me laisses m'occuper de toi. Tu me fais confiance ?

Il acquiesce et, ravie de reprendre la main, je dépose de tout petits baisers le long des poils de son torse. Il se laisse faire, posant ses deux mains à plat sur le matelas et acceptant ainsi d'être passif. Je joue avec les contours de ses abdominaux bien dessinés et plonge alors mes yeux dans les siens. Mais je le sens se raidir quand je lui ôte ses chaussures, que mes mains se positionnent de chaque côté de ses hanches et que mes yeux plongés dans les siens lui demandent ainsi silencieusement la permission d'enlever son pantalon. Il hoche brièvement la tête de haut en bas et je fais donc glisser son pantalon le long de ses cuisses de façon à l'ôter complètement. Une première depuis que l'on se connaît. Une fois nu, je le contemple : il porte une prothèse très réaliste. Il ferme les yeux et serre fort ses poings, visiblement mal à l'aise. Je ne fais pas de commentaire et continue l'exploration de son corps avec ma langue. Je lèche le haut de ses cuisses et évite savamment de toucher sa queue, qui, malgré le stress évident de Tyler, reste néanmoins dressée pour moi. Mes mains se promènent le long de ses jambes et je caresse simultanément sa jambe valide et sa prothèse. Je constate qu'il garde les paupières closes et que sa mâchoire est on ne peut plus contractée.

– Joker ? murmure-t-il.

Mon homme est si vulnérable à cet instant. Je réalise enfin à quel point cela peut être frustrant de ne pas réussir à rassurer une personne sur son physique et sur sa capacité à être désirable. Mais je ne veux pas baisser les bras et je décide donc d'agir aussi naturellement que d'habitude. Sans le brusquer, j'enlève néanmoins ma main de ses jambes.

– Joker accepté.

Ma réponse, un clin d'œil à l'une de ses répliques, a le mérite de le faire sourire, même s'il n'ouvre toujours pas ses yeux. Pour ne pas trop lui laisser le temps de réfléchir et de douter de lui, je remonte alors doucement ma bouche jusqu'à l'intérieur de ses cuisses, et après avoir déposé des baisers tout autour de son sexe, ma langue effleure alors ses bourses, lentement, ce qui le fait grogner de plaisir. Il ouvre alors ses yeux et me regarde tandis que ma langue trace une ligne invisible entre ses testicules et son gland. Je ne le quitte pas du regard et je le sens finalement se détendre. Je me sens très excitée de m'occuper de lui dans cette position coquine. J'engloutis sa queue et continue à le sucer, en m'aidant de mes mains pour choisir le rythme de ma fellation. Je lèche avec délice l'extrémité de son sexe humide. Il me laisse diriger et je suis contente qu'il joue le jeu. Je le torture, alternant des sessions très lentes avec ma langue et des va-et-vient très profonds. Il en veut plus et guide ma tête en soulevant ses hanches pour que je l'avale profondément, ce que je m'applique à faire du mieux possible.

– Putain, Sam ! Je vais jouir !

– Jouis pour moi, Tyler !

Quelques mouvements dans ma bouche et je le sens se raidir tandis qu'en gémissant, il jouit, envoyant de longues giclées de son sperme au fond de ma gorge.

Cet acte m'a excitée au plus haut point et il le sait. Il reprend donc les rênes, me relève et me fait basculer sur le lit tandis qu'il arrache ma culotte rapidement. Quand il enfouit sa langue dans mon sexe déjà trempé, je me tortille et il empoigne mes fesses pour mieux enfoncer sa langue en moi. Son savoir-faire a très vite raison de moi, et je sens monter la jouissance jusqu'au point culminant où je crie son nom, en bougeant les hanches contre sa bouche et que l'orgasme m'emporte de la meilleure façon qui soit. Il se redresse et je constate que le traitement qu'il m'a infligé lui a redonné faim, puisqu'une érection redresse à nouveau son sexe.

– Je ne crois pas que je serai un jour rassasié de toi, ma chérie, chuchote-t-il en grimpant sur le lit.

– C'est très bien, car moi non plus.

Il me retourne et reprend une nouvelle fois le contrôle de la partie, à mon plus grand plaisir.

Je suis désormais à quatre pattes, sur mon lit, et tandis qu'il enfile un préservatif, je le regarde par-dessus mon épaule de manière lascive, lui signifiant clairement que je veux qu'il me baise.

La base de son sexe taquine le mien à nouveau humide, et il s'enfonce en moi d'un seul coup, ce qui m'arrache un cri de plaisir. Je gigote sous lui en exigeant plus et plus fort, mais c'est lui qui a décidé de jouer avec mes nerfs.

– Ne bouge pas, m'ordonne-t-il. Je m'occupe de tout.

Rester immobile me demande un effort surhumain, mais je lui obéis de bonne grâce, tandis qu'il emprisonne mes cheveux en les enroulant autour de l'une de ses mains. Je ne me suis jamais sentie aussi soumise, mais je suis tellement en confiance avec cet homme que cela me rend dingue. Il me pénètre tantôt complètement, tantôt lentement, mais juste à moitié, ce qui fait monter mon excitation à un degré rarement atteint. Je râle et gémis.

– Dis-moi ce que tu veux, chérie…

– Je te veux, s'il te plaît, le supplié-je.

– Non, qu'est-ce que tu veux vraiment, Sam ?

Je respire de plus en plus vite et je sens qu'il faut qu'il me soulage, je n'en peux plus de cette torture.

– Baise-moi !

– Comment ?

– Fort, baise-moi fort, je t'en supplie.

– Hmmm, j'aime quand tu me supplies, dit-il en se retirant, ce qui me frustre plus que jamais, mais je ne peux rien faire car mes mouvements sont réduits par l'entrave de ses bras puissants.

Je tends ma croupe vers lui et il me pénètre exactement comme je le voulais. Il n'arrête plus ses va-et-vient et me baise fort, faisant claquer ses bourses contre mon cul. N'en pouvant plus, je perds la notion de tout, tant les sensations sont intenses. Je le sens lâcher prise en même temps que moi et son sexe se contracte en moi quand il jouit à son tour.

Je m'allonge sur le ventre et déplie mes jambes endolories par ces dernières minutes. Tyler, le souffle court, se hisse à mon niveau et je me blottis contre son torse, tandis qu'il ouvre les bras pour me serrer plus fort que jamais. Nous sommes tous les deux haletants, et nos cœurs battent au même rythme effréné.

– Merci de m'avoir laissé te voir nu en entier.

– En entier, je ne sais pas si le mot est bien choisi, mais je dois dire que tout le plaisir était pour moi, me répond-il en souriant.

– Si, il est bien choisi. Je me rends compte ce soir que le fait de ne pas t'avoir vu entièrement nu depuis que l'on se connaît me frustrait inconsciemment. C'est quand on goûte à quelque chose que l'on a du mal à s'en passer, et je ne veux plus jamais être privée de ça.

– Et moi, je ne peux plus me passer de toi.

Ses mots sont comme un baume sur les blessures que nous

avons subies et je me sens mieux que jamais. Je l'embrasse, puis à regret, je me lève car je meurs de faim. Je le laisse étendu sur mon lit, en lui disant que je vais préparer un truc à grignoter. Il me rejoint dans la cuisine, rhabillé simplement de son pantalon car je ne suis vêtue que de sa chemise. Cette intimité « post-baise » n'est pas vraiment dans ses habitudes, mais il semble étonnamment à l'aise.

Je m'excuse car je n'ai pas grand-chose dans mes placards et nous finissons par commander chinois. La soirée se déroule on ne peut mieux, nous savourons notre repas en discutant de tout et de rien, et je sens que ce soir nous a plus rapprochés que jamais, ce qui me rend heureuse.

Tyler est gai et souriant et insatiable ! Nous terminons notre dessert et il approche sa langue de mon index taché de chocolat pour le sucer avidement. Je fonds tellement ce geste est excitant et je fais le tour de la table pour m'installer sur ses genoux, quand le téléphone sonne. Je décroche car c'est Charlie qui devait m'appeler ce soir. Elle m'annonce qu'elle a décroché le job pour lequel elle avait postulé. Elle est sur un nuage et je la félicite chaleureusement. Elle continue de me raconter son histoire, mais les doigts de Tyler, qui ont trouvé mon clitoris, dessinent des cercles délicieux qui m'excitent de plus en plus. Je ne cherche pas à l'arrêter car ce petit jeu m'excite au plus haut point. Je gigote pour le diriger au mieux et tente en même temps de me concentrer sur mon amie qui est excitée comme une puce d'avoir trouvé la place de ses rêves, mais je galère à tout gérer et laisse s'échapper un petit gémissement malgré moi.

– Non mais, sans déconner ? Ben, ma coquine, heureusement que je ne t'ai pas appelée en visio, plaisante-t-elle. Allez, je te laisse ! Je passerai te raconter tout ça demain. Est-il nécessaire de te souhaiter une bonne nuit ?

Cela me fait rire doucement, et je lui réponds en essayant de garder une voix la plus neutre possible alors que Tyler me pénètre désormais avec deux de ses doigts.

– Inutile, en effet, honey…

– Méchante, tu n'es pas solidaire avec ta copine vieille fille, plaisante-t-elle. Allez, à demain, Mac ! Bisous.

Je ne réponds pas et je sais qu'elle comprendra. Tyler me fait alors pivoter de façon à placer mes jambes autour de sa taille et il me porte vers la chambre tandis que je lèche son cou, goûtant une nouvelle fois à la saveur salée de sa peau.

Insatiables, nous passons la nuit à explorer nos corps respectifs des manières les plus douces, incroyables, puissantes et intimes qui soient. « Baiser » n'a jamais été aussi éloigné de ce que nous faisons cette nuit-là, tant notre façon de faire l'amour reflète la tendresse, la douceur et l'amour que nous nous portons l'un à l'autre. La soirée se termine alors de la meilleure façon qui soit car Tyler se glisse dans mon lit, nu, près de moi, et m'offre ainsi la preuve qu'il est prêt à me faire confiance et à se battre contre ses freins et ses peurs. Je me blottis contre lui et m'endors paisiblement, pour la première fois dans les bras de l'homme dont je suis amoureuse.

# 27

En ce 20 février, nous passons la soirée chez les parents de Tyler en compagnie de Kate. Un mois et demi s'est écoulé et nous sommes tous réunis, assis sur les canapés de leur joli salon.

– Je suis complètement gaga de ce petit garçon ! Il est tellement souriant que c'est impossible de lui résister ! dis-je en tenant dans mes bras le filleul de Tyler.

– Oui, eh bien, viens passer une nuit chez moi et tu verras si tu le trouves toujours aussi craquant ! répond Kate en me faisant un clin d'œil.

– Il ne fait toujours pas ses nuits ?

– C'est mieux, il ne me réveille plus qu'une fois désormais, mais je rêve de pouvoir dormir vingt-quatre heures d'affilée !

– Si tu veux, je peux m'en occuper, tu n'as qu'à…

– Non, Sam, tu es un amour mais je ne laisserais pour rien au monde quelqu'un d'autre s'occuper de mon petit bout de chou la nuit. Je râle en me levant, mais dès que j'aperçois sa petite bouille, j'oublie la fatigue et je savoure ces moments précieux.

– Oh que oui ! Il est craquant, ajoute Maïna, la mère de Tyler, en prenant son petit-fils de mes bras. En plus, j'ai remarqué que sa fossette est de plus en plus marquée, non ?

– Oui, j'espère qu'elle restera comme ça, répond Kate en la

regardant avec tendresse.

J'ai vu, en regardant d'autres photos de Jax, qu'il avait en effet une fossette sur la joue gauche, contrairement à Tyler qui arbore la sienne du côté droit.

Nous passons à table chez les Cole, que j'ai peu à peu appris à connaître ces dernières semaines et que j'aime beaucoup. Ils sont les gens les plus fortunés que je connaisse, mais ils restent simples et sont d'une gentillesse sans bornes à mon égard.

Maïna est une femme adorable et William, la semaine dernière, m'a longuement parlé lorsque nous nous sommes croisés dans les locaux de T. & C. Cosmetics quand j'ai raccompagné Tyler après un déjeuner en amoureux. Il m'a invitée à boire un café dans son bureau et m'a avoué combien sa femme et lui étaient soulagés de voir leur fils aller mieux et combien ils m'appréciaient. Cela m'a un peu mise mal à l'aise, mais j'ai trouvé cela très délicat de sa part.

Tyler nous rejoint car il avait un coup de fil urgent à passer. Il s'assied près de moi et dépose un baiser tendre sur ma joue. Il ose être plus démonstratif en public désormais, et c'est loin de me déplaire.

– Qu'est-ce que j'ai loupé ? demande-t-il.

– On se disait que ton filleul ressemblait de plus en plus à Jax, répond Kate.

Je remarque que ses yeux se voilent à l'évocation de son frère et je pose ma main sur la sienne en signe de soutien. Il serre mes doigts en retour pour me signifier que tout va bien.

– Alors il va faire des ravages, ce petit, dit Tyler en souriant.

Je sais comme la perte de son frère est loin d'être guérie et, à chaque fois que quelqu'un mentionne Jax, son regard se perd au loin dans ses souvenirs.

Tyler est un homme fort mais qui a connu tant de malheurs en quelques années qu'il a du mal à trouver un nouvel équilibre dans sa vie. Il se sent coupable pour bien des choses et il arrive encore que je ne parvienne pas à le cerner, tant il est complexe. Mais, depuis peu, il a pris la décision d'aller consulter un psychologue afin d'essayer d'avancer.

Je sais que la route n'est pas droite et qu'il y aura de nombreux virages difficiles à prendre, mais qu'il accepte de se faire aider est déjà un bon départ.

Nous passons à table et tous me demandent des nouvelles d'Ethan, dont ils entendent régulièrement parler par moi ou même par Tyler, qui s'est attaché à mon petit protégé. Il me devance et déclare :

– Sa dernière chimio d'il y a un mois et demi l'a beaucoup affaibli, il faut donc attendre pour qu'il puisse récupérer ses forces. Après il devra se faire opérer afin de lui enlever le rein malade. Ensuite, il sera en convalescence encore un petit moment et pourra enfin regagner le foyer.

– Je ne te l'ai pas dit, mais aujourd'hui j'ai vu le médecin et ils ont programmé l'opération dans douze jours, au retour de notre séjour à Courchevel. Comme ça, je serai là s'il y a quoi que ce soit, ajouté-je, déjà anxieuse.

– Tout se passera bien, me rassure Tyler en serrant ma main un peu plus fort.

Son soutien me rassure et je sais qu'il sera là pour me soutenir pendant cette période qui s'annonce angoissante.

Comme pour m'éviter de trop réfléchir, la maman de Tyler nous demande alors :

– Vous partez à quelle heure ?

– Notre avion décolle à neuf heures demain matin, *makuahine*, et à nous les pistes demain après-midi ! déclare Tyler, enthousiaste, ce qui me fait sourire.

– Tu vas adorer, Sam ! enchaîne Kate. Tu verras, c'est superbe là-bas, le ski, les promenades et le village, tout est génial !

Je suis tellement impatiente d'y être ! J'adore déjà les quelques centimètres de neige qui tombent ici l'hiver, alors je ne sais vraiment pas à quoi m'attendre.

J'ai surtout hâte de profiter un maximum de Tyler. Ce voyage sera une façon de voir si nous nous entendons en vivant vingt-quatre heures sur vingt-quatre ensemble, mais je ne suis pas inquiète étant donné que nous dormons désormais l'un chez l'autre le plus souvent possible et que passer une journée sans lui relève du supplice. Tyler est toujours assez mal à l'aise avec son handicap et nous y allons tout doucement, étape par étape. J'imagine à quel point c'est difficile pour lui, alors il est hors de question pour moi de le brusquer.

– Je vais quitter le pays pour la première fois de ma vie et l'avion sera aussi une grande première ! Et là-bas, je vais sûrement passer la moitié de mon temps les fesses par terre et glacées, mais je dois être maso, car j'ai trop hâte d'y être.

Tout le monde rit et me raconte ses propres anecdotes de séjours aux sports d'hiver, la fin du repas se déroulant dans la bonne humeur.

Nous prenons finalement congé de sa famille pour nous rendre à quelques mètres de là, chez Tyler. Nous ne sommes qu'à la fin février et il fait encore froid, ce qui me donne une bonne excuse pour me blottir contre mon homme qui ne se fait pas prier pour me serrer fort contre son torse.

Nous entrons au chaud et montons directement dans la chambre de Tyler, où brûle un joli feu de cheminée. Je ne me lasserai jamais de contempler les flammes dansantes, allongée sur le lit avec mon amoureux. Mais avant de m'abandonner à ses bras, ce soir, je vérifie pour la énième fois que ma valise contient tout ce qu'il me faudra pour cette semaine en France. Tyler, qui a l'habitude de voyager régulièrement, est amusé, d'autant qu'il ne fait jamais ses valises lui-même : son personnel de maison s'en charge pour lui. Il se moque gentiment de moi, mais n'en fait pas trop car il sait combien ce voyage à l'étranger me fait plaisir.

Une fois que tout est vérifié, je passe dans la salle de bains afin de me mettre à l'aise et en ressors vêtue d'une petite nuisette achetée le jour même. Il n'a plus du tout envie de rire et je vois bien que l'atmosphère a immédiatement changé entre nous, se chargeant d'une intensité qui ne semble jamais vouloir faiblir depuis que je le connais.

– Tu es magnifique, murmure-t-il, son sourire et son regard appréciateur me prouvant la sincérité de ses mots.

– Merci, mais je n'ai déjà qu'une envie, c'est que tu m'enlèves ce petit bout de tissu, dis-je d'une voix un peu rauque.

Je grimpe sur le lit pour l'y rejoindre. Il porte un bas de pyjama et est torse nu. Prise d'une curiosité subite, je prends entre mes doigts les colliers qu'il porte toujours et je joue un peu avec. Je ressens alors qu'il se tend un peu et je me recule légèrement, ne comprenant pas si j'ai fait quelque chose de mal.

– Le collier en perles est celui de Jax, dit-il alors que je ne lui ai rien demandé. C'était un cadeau de *kupuna wahine*, notre grand-mère, si tu préfères. Elle est très superstitieuse et nous a offert à chacun un collier différent pour nos 18 ans. J'ai reçu cette chaîne en argent avec ce pendentif tiki, dit-il en me montrant la figurine stylisée noire et argent elle aussi. Il possède une valeur rituelle et se porte tel un talisman qui me protège. C'est un symbole fort pour les Hawaïens. Jax a reçu ces perles assemblées en collier, au bout duquel pend aussi une petite figurine tiki, représentant l'image d'un des dieux de la culture hawaïenne et apportant la protection à celui qui le porte. Tu sais, à Hawaï, la perle est à l'origine de beaucoup de croyances mystiques, religieuses et même superstitieuses. Il ne l'a jamais quitté jusqu'à sa mort et *kupuna wahine* m'a demandé de le récupérer pour porter un peu de l'âme de mon frère sur mon cœur. C'est un peu comme si une partie de lui vivait toujours, et j'ai envie d'y croire.

Qu'il me parle de Jax et se confie à moi sur un sujet si intime me fait extrêmement plaisir, car ce sont autant de preuves qu'il veut me faire entrer dans son univers, qu'il avait jusqu'à présent verrouillé à double tour.

Mais alors que je m'apprête à lui répondre qu'il a raison d'y croire, il m'attire à lui sur le lit et m'embrasse dans le cou, ce qui me chatouille mais provoque surtout en moi une montée instantanée de désir pour lui.

Alors que nous nous embrassons langoureusement, il se relève et me dit qu'il doit prendre rapidement un petit quelque chose dans la salle de bains. Je gémis de désapprobation mais il me promet que je ne serai pas déçue. Il m'ordonne de rester dans les mêmes dispositions et je joue à la soumise en lui répondant :

– Bien, monsieur. Vos désirs sont des ordres, monsieur. Je suis à votre entière disposition, monsieur.

Il sourit à pleines dents et je l'attends, impatiente de découvrir la surprise qu'il m'a réservée.

Son téléphone sonne tout à coup, et il me crie de la salle de bains :

– Tu peux répondre, Sam ? J'ai demandé à mon père une précision sur l'hôtel dans lequel nous nous rendons et ça doit être lui.

– OK, je prends !

Je décroche, m'attendant à entendre la voix de William au téléphone, mais c'est une femme qui demande à parler à M. Cole. Je lui demande si je peux prendre un message et elle m'annonce d'une voix neutre :

– À la demande expresse de M. Cole, je me permettais d'appeler pour le prévenir que sa fiancée, Emily Carter, vient de se réveiller et d'ouvrir les yeux. Pourriez-vous le prévenir qu'il peut venir quand il le souhaitera, s'il vous plaît ?

Je bafouille un merci et lui promets de faire la commission. Je suis choquée, j'ai du mal à croire ce que cette dame vient de dire. C'est une nouvelle si ahurissante que je ne sais pas comment réagir. Je me pose mille questions à la minute et mon esprit se met à cogiter à tout va. Je me redresse en position assise, tremblant de partout, et je me sens mal tout à coup. Quand Tyler sort de la salle de bains, un flacon d'huile de massage à la main, il se rend immédiatement compte que quelque chose ne va pas. Je dois être blanche comme un linge, car il s'approche rapidement de moi pour savoir si je vais bien. Mon cœur cogne dans ma poitrine et mon esprit tourne à cent à l'heure. Je vais devoir annoncer à mon homme que son ex-petite amie est sortie du coma dans lequel elle était plongée depuis des années, et mon instinct me dit qu'après cette déclaration plus rien ne sera jamais comme avant entre nous…

# II

## Trois mois et demi plus tard

Le samedi suivant, nous avons décidé d'aller passer une journée à la plage. Le soleil réchauffe ma peau et c'est la sensation la plus agréable que j'éprouve depuis longtemps. Je me laisse enfin aller sur ma serviette. Les bruits environnants sont familiers et rassurants, et ils m'aident à me détendre un peu. Les cris des enfants jouant sur la plage, le flux et reflux des vagues m'invitent à fermer les yeux. Je me concentre simplement sur les sensations de l'instant présent.

Étendue sur ma serviette, je peux enfin vider mon esprit de toutes ces angoisses et de ces questions qui m'empêchent de dormir depuis quelque temps. Le sable sous mes pieds, la chaleur du soleil sur mon corps ou encore l'odeur iodée de la mer chatouillant mes narines me permettent de m'ancrer dans une réalité agréable, et je m'autorise même à occulter ces derniers jours si compliqués. Peu à peu, je m'assoupis.

Une voix d'homme me sort de ma léthargie :

– Sam ?

Je me redresse brusquement, soudain prise de panique :

– Ethan ? Où est Ethan ?

– Calme-toi, il est là-bas. Regarde : il construit un château de sable, me rassure-t-il.

En effet, à quelques mètres de nous, au bord de l'eau, mon petit bonhomme me regarde et me gratifie de l'un de ses merveilleux sourires qui ont le don de me faire fondre.

Nous sommes assis sur nos serviettes respectives, mais ni l'un ni l'autre ne parlons. Au bout d'un long moment, il prend néanmoins la parole :

– Sam, je crois qu'il faut qu'on parle et qu'on s'explique. Il faut absolument que tu me dises tout. J'ai besoin de comprendre comment on en est arrivés là.

Je regarde cet homme que j'aime tant et je sais qu'il faut que l'on se dise enfin les choses. Je ne veux pas le perdre.

– Je ne sais pas par où commencer…

– Par le tout début, on a tout notre temps, Sam…

Il me faut un peu de temps pour remettre de l'ordre dans mes idées, mais au bout de quelques minutes de réflexion, je commence mon récit.

# 28

Je me réveille en sursaut quand la porte de la chambre s'ouvre. Je suis un peu à cran ces temps-ci.

– Oh, désolée, Sam ! lance Mia en entrant. Je ne savais pas que tu avais passé la nuit ici, j'aurais fait moins de bruit, sinon…

– T'inquiète pas, chuchoté-je, je pensais juste rester quelques instants hier soir après ma garde, mais je suis tellement crevée que j'ai dû m'écrouler sans m'en rendre compte. Mes nerfs ont dû lâcher après le stress de l'opération.

*Et tout le reste*, ajouté-je pour moi-même en repensant notamment à la sortie du coma d'Emily il y a un peu plus d'un mois maintenant.

Alors que nous discutons à voix basse, Ethan se réveille à son tour. Il a bien dormi mais ses antidouleurs ne font plus effet et il grimace. Pendant que Mia prend sa tension et s'occupe de lui injecter les médicaments nécessaires dans sa perfusion, j'en profite pour aller me passer de l'eau fraîche sur le visage. J'ai une mine horrible, heureusement que je ne travaille pas aujourd'hui.

De retour dans la chambre, j'embrasse Ethan qui me fait un gros câlin malgré tous les fils qui le relient aux différentes machines de surveillance et de traitements.

– Bonjour, Sam, tu as dormi sur le fauteuil ? demande-t-il, visiblement inquiet.

– Oui, mon chéri, mais j'ai dormi comme un loir.

Comme prévu, il a pu subir l'ablation de son rein et cela fait maintenant trois jours qu'il se remet doucement. L'opération a dû être néanmoins repoussée à cause d'une infection, et il aura fallu attendre plus d'un mois afin que sa condition physique lui permette finalement de se faire opérer dans des conditions optimales. Mais le plus difficile est derrière lui et, d'après ses médecins, il est hors de danger et il ne lui reste plus qu'à reprendre des forces désormais. Ces derniers temps ont été si éprouvants et angoissants que c'est un soulagement incroyable, même si j'ai du mal à me convaincre que ça y est, tout est derrière nous. C'est comme si j'avais peur de baisser ma garde.

Nous prenons notre petit déjeuner en bavardant et je peux vraiment constater qu'il a meilleure mine et semble aller de mieux en mieux. Ses petites joues roses en sont la preuve, car cela faisait des mois que son teint était trop pâle, voire gris.

Après le passage de son chirurgien, qui me rassure sur l'avancement de sa cicatrisation, je décide de le laisser devant ses dessins animés préférés, afin d'aller prendre une bonne douche. Je lui promets de repasser dans la journée et sors donc de l'hôpital.

Je remonte le col de mon manteau car, en ce début avril, il fait toujours très frais. Je monte dans un bus, trop lasse pour marcher jusqu'à mon appartement. Machinalement, je consulte mes messages sur mon portable. Comme tous les jours, Tyler, très inquiet également, prend des nouvelles d'Ethan, ce qui me touche beaucoup. Il a été d'un grand soutien psychologique pour moi et pour Ethan pendant cette période stressante, même s'il est également resté souvent au chevet d'Emily. J'ai donc dû accepter le fait qu'il passe du temps avec une autre, en l'occurrence avec son ex, ce qui ne m'a pas aidée à me détendre.

[J'ai essayé de te joindre hier soir
mais j'imagine que tu as dû rester
près d'Ethan. Tu me donneras
des nouvelles ? Je t'embrasse.]

[Coucou, tout va bien, il a passé
une très bonne nuit, ouf !
Moi par contre je ne peux pas
en dire autant, je suis complètement
courbaturée ce matin
et je n'aspire qu'à retrouver mon lit !]

[Je serai en réunion une grande partie
de la journée mais je peux m'arranger
pour finir vers 16 h 30. Je peux
te retrouver à l'hôpital, et si tu te sens
prête à laisser Ethan dormir seul
cette nuit je m'occuperai de tes
courbatures avec un bon massage.]

[Je pense en effet que je peux dormir
dans un vrai lit ce soir, et un bon
massage ne se refuse pas…
même si, te connaissant, la suite
du programme risque de me donner
encore plus de courbatures
que de dormir dans un fauteuil ! ;)]

[C'est effectivement un effet
secondaire possible !
À tes risques et périls :)]

[Je prends le risque !
Je t'attends en fin de journée
à l'hôpital, alors ! Je t'embrasse <3]

Il est neuf heures trente quand je monte les marches de mon immeuble et, ne voyant pas de lumière chez les jumeaux, j'en déduis qu'ils sont déjà partis au travail. Je n'ai pas eu l'occasion de passer du temps avec eux depuis l'opération, il va falloir remédier à ça, car, même s'ils passent régulièrement à l'hôpital, ils me manquent. Tyler a préféré repousser son projet de tatouage avec Cam, car il a couru partout ces derniers temps et qu'il n'avait pas la tête à ça. Mais ça y est, le nouveau rendez-vous a été fixé à demain et il me tarde de voir le résultat. Je me déshabille rapidement et saute sous ma couette.

Mon réveil sonne trois heures plus tard et je me sens beaucoup mieux. Je prends une longue douche chaude et, pour la première fois depuis des jours, je me permets de me pomponner un peu. Je peux finalement respirer car Ethan est enfin hors de danger. Cette situation occupait tellement mon esprit que je me rends compte à quel point je n'ai pas pensé au reste ces derniers jours.

Le reste… et en particulier à Emily. Depuis que j'ai reçu ce coup de fil il y a un mois et demi sur le portable de Tyler, m'annonçant sa sortie du coma, tout s'est enchaîné : l'annulation de notre voyage en amoureux à Courchevel, mon retour seule chez moi ce soir-là alors que Tyler se précipitait au chevet de son ex en s'excusant de devoir annuler notre escapade, mes mille questions silencieuses les jours qui ont suivi, les tentatives de mon homme pour me rassurer au sujet de son implication envers Emily (en vain, la plupart du temps, mais sans que je lui avoue !) et les moments passés à me confier à Charlie et Cam qui, comme d'habitude, ont su trouver les mots pour m'apaiser.

Puis il y a eu ce fameux jour où il a souhaité que je la rencontre dans sa chambre d'hôpital.

C'était il y a une petite dizaine de jours, cinq jours avant l'opération d'Ethan. Je crois ne jamais avoir été aussi nerveuse que ce jour-là…

***

Je ne sais pas à quoi m'attendre et c'est le ventre noué que je descends de la voiture après avoir salué Jack qui nous a conduits ce dimanche à l'hôpital. Mon lieu de travail… où je n'ai jamais eu peur de rentrer, si ce n'est quand Ethan était au plus mal.

Mes mains tremblent légèrement et Tyler s'en aperçoit et me tend la sienne pour me donner de sa force. Je me laisse guider dans les étages, pourtant familiers, tel un automate, et nous arrivons devant une porte du service de réanimation. Tyler m'embrasse rapidement et je respire un grand coup avant de rentrer dans cette chambre pour faire connaissance avec la femme qui était dans le cœur de Tyler avant moi.

J'avais imaginé mille et un scénarios de notre rencontre, supposé qu'elle ressemblait à telle ou telle femme, mais je n'aurais jamais pensé être face à celle qui se tient assise droite sur son lit.

En effet, sortie du coma depuis seulement un peu plus d'un mois, elle est néanmoins incroyablement élégante. Je ne sais pas pourquoi, et sans méchanceté aucune, je m'étais imaginé qu'elle sortirait certainement un peu « cabossée » de cet accident, mais le temps faisant bien les choses, et même dans le coma, elle a bien cicatrisé de ses blessures.

Elle ne porte pas de pyjama comme tous les malades habituels, mais est habillée d'une petite chemise à carreaux blancs et noirs et d'un jean slim.

Dès que nous entrons, elle adresse à Tyler un sourire resplendissant.

Miss Van de Kamp et miss Monroe ne peuvent d'ailleurs pas s'empêcher de grogner dans ma tête, tels deux bouledogues, contrariées que l'on s'approche un peu trop près de leur gamelle !

Puis elle me regarde. Nous restons là à nous jauger du regard pendant quelques secondes en silence. Je me sens mal à l'aise de sortir avec l'homme merveilleux dont elle était amoureuse avant moi et qui était à elle avant l'accident. Je n'ose même pas bouger ni dire un mot, alors elle prend les devants et me sourit avant de me saluer :

– Alors voici la fameuse Samantha ! Je suis ravie de faire enfin votre connaissance ! Comment allez-vous ?

– Sam, s'il vous plaît, lui réponds-je. Bien, merci, mais c'est à vous qu'il faut demander cela !

– Je me remets doucement. Si je ne devais pas avoir toutes ces séances de kiné qui m'aident à reprendre la masse musculaire que j'ai perdue, je serais déjà dehors !

– C'est une bonne nouvelle. Le médecin vous a-t-il donné une date de sortie potentielle ?

Mais à ce moment-là, je capte un regard furtif entre elle et Tyler. Un regard chargé de non-dits et de secrets. L'ambiance change alors du tout au tout et, malgré le sourire figé que Tyler m'adresse, je sais avec certitude qu'il y a des choses que j'ignore. Ils ont leurs petits secrets. Mon ventre se noue à cette idée.

Mon cœur se met à battre la chamade et dans ma tête mon cerveau tourne à cent à l'heure : miss Van de Kamp essaie de me calmer à grand renfort de pensées positives, tandis que miss Monroe émet des grondements quasi canins impressionnants. Je réussis néanmoins à garder une certaine contenance et à sourire, attendant patiemment d'entendre ce qu'ils ont à me dire.

– Eh bien, à vrai dire, commence Tyler, Emy a vu le docteur hier et il lui a dit qu'elle pourrait sortir d'ici deux semaines.

*Emy... bref...*

– C'est une bonne nouvelle, lui dis-je tout en attendant la suite, méfiante. Vous devez être super contente et soulagée de pouvoir enfin retrouver votre chez-vous ?

Mais c'est à ce moment-là que j'ai bien peur de comprendre. En effet, ils se regardent à nouveau et Tyler reprend la parole :

– Oui, c'est super, mais par contre, il y a un petit souci : les parents d'Emily habitent dans le nord de l'Angleterre et elle n'a pas l'autorisation de vivre seule dans un premier temps. Je voulais t'en parler et te demander si tu ne verrais pas d'inconvénient à ce qu'elle s'installe chez moi le temps de se rétablir complètement ? C'est vrai, la maison est tellement grande que ça serait bête de ne pas lui en faire profiter...

*Ouch ! Uppercut dans ta face, MacIntyre !* commentent mes miss d'une même voix.

Mais enfin, qu'est-ce qu'il croit ? Que je peux décemment lui dire non devant elle ? Il aurait au moins pu m'en parler avant, bordel...

– Tu comprends, reprend Emily, mes parents se sont tellement faits de mouron pour moi que je n'ai pas du tout envie d'être surprotégée pendant des semaines... Ce que je veux, moi, c'est reprendre le cours de ma vie.

*Mmmh, le cours de ta vie et Tyler, ouais !* ironise miss Monroe.

– Mais bien sûr, bégayé-je d'une voix mal assurée. Et puis, je n'ai rien à dire, si Tyler souhaite t'inviter chez lui, c'est sa décision... Je n'ai rien à voir là-dedans, après tout, il est chez lui et il invite qui il le souhaite, il est majeur et vacciné.

J'ai parlé un peu plus sèchement que je ne le voulais avant de fixer un sourire forcé à mes lèvres.

*Ne pas montrer sa faiblesse, MacIntyre !*

Tyler me sourit et Emily se met alors à battre des mains comme une gamine excitée, tandis que moi je me sens agacée, en colère, jalouse et surtout très mal à l'aise dans cette drôle de situation.

Cela a été la première et la dernière fois que je l'ai vue, car, par la suite, les événements se sont précipités avec l'ablation du rein d'Ethan et les jours suivants en soins intensifs. Je n'ai pas vraiment eu le temps de me poser pour réfléchir. Emily doit emménager chez mon homme dans cinq jours, et je ne sais pas quoi en penser, ni où est ma place.

# 29

Je frappe mes trois coups rapides suivis des quatre autres espacés et j'entends la petite voix d'Ethan me dire d'entrer. Je ne résiste pas au plaisir de lui faire un énorme câlin, qu'il me rend en me serrant avec une vigueur que je ne lui connaissais plus depuis longtemps !

– Mais, dis donc, jeune homme, tu as de plus en plus de muscles ! Bientôt, tu ne pourras plus me faire de câlins sans m'écrabouiller, plaisanté-je.

– Oh si, je ferai attention, Sam, me rassure-t-il immédiatement d'un air si sérieux que je ne peux m'empêcher de rire.

Alors que nous bavardons, celui que j'attends entre à son tour après avoir frappé. Il sort du travail et est donc très élégant dans son costume gris anthracite. Il a enlevé sa cravate et ouvert les premiers boutons de sa chemise blanche, laissant apparaître ses colliers. Il me décoche son sourire charmeur qui me fait fondre et m'embrasse doucement sur les lèvres. Sa barbe de trois jours me chatouille, mais j'adore ça. Il fait un check à Ethan, ravi.

Tous les deux se sont beaucoup rapprochés ces dernières semaines et cela fait plaisir à voir. Tyler est venu très souvent passer du temps avec mon bonhomme, même quand je travaillais et que je ne pouvais pas me rendre disponible. Je crois que l'hospitalisation et les épreuves d'Ethan ramènent Tyler à son propre vécu, et qu'au-delà de son empathie envers lui une vraie complicité est en train de se mettre en place entre ces deux-là. Cela me fait très plaisir, mais une part de moi espère juste qu'Ethan n'en serait pas trop affecté si ça tournait mal entre nous pour une raison ou pour une autre.

Alors qu'arrive l'heure du repas du soir, nous le laissons dîner tranquillement. Je lui promets de revenir le lendemain avant ma garde du soir et lui souffle un dernier baiser du seuil de sa chambre, alors qu'il mord avec plaisir dans son bagel au saumon.

Je rayonne, ravie de le voir reprendre du poil de la bête jour après jour.

Tyler me sourit et, main dans la main, nous rejoignons Jack qui nous conduit chez mon homme.

Cela fait longtemps que nous n'avons pas pu passer un moment rien que tous les deux, et je me sens légère après ces derniers jours stressants et l'ombre d'Emily qui plane au-dessus de nos têtes. Maintenant qu'Ethan est tiré d'affaire, je me rends compte que je pense de plus en plus à elle et j'ai peur que tout change. J'ai tout bonnement peur que Tyler se rende compte qu'il est finalement toujours amoureux d'elle. Mais si je cogite trop, je ne vais pas apprécier ma soirée, alors je me force à mettre les rouages de mon cerveau sur « off ».

Nous buvons un verre de vin blanc dans son salon. Nous sommes sur l'un de ses canapés si moelleux et il a allongé mes jambes de façon à me masser les pieds qui reposent sur ses cuisses.

– Je suis tellement soulagée, c'est comme si ma vie était en pause depuis quatre jours !

– C'est normal ! Tu vas pouvoir souffler et je vais prendre soin de toi, dit-il en accentuant la pression de ses doigts sur ma voûte plantaire.

Je lâche un gémissement de plaisir tant ce massage me détend.

Puis, au bout de quelques minutes de ce traitement délicieux, il me tire vers lui par les pieds. Je pousse un cri de surprise qui nous fait sourire tous les deux. Il me hisse ensuite sur ses genoux et me serre doucement contre lui. Je me sens toute petite entre ses bras et j'adore ça. Il embrasse mes cheveux et reprend :

– Tu es passée par des journées compliquées, mais tout va bien maintenant. Je suis là… et surtout, je n'ai pas oublié que j'ai pour mission de t'aider à te détendre ce soir, ajoute-t-il, les yeux pleins de malice. On monte dans ma chambre pour que j'honore ma promesse concernant cet autre massage ?

Sa main dans la mienne, il me guide vers sa chambre que je connais désormais puisque j'y ai dormi plusieurs fois. Au cours de ces quelques mois passés ensemble, mon désir pour lui ne s'est jamais amoindri, et je me demande encore quelle bonne étoile m'a mise sur la route de cet homme adorable et surtout si incroyablement sexy. Il entre tandis que je reste dans l'embrasure de la porte à le contempler. Je devine ses muscles bien dessinés à travers sa chemise. Sa carrure et sa taille sont impressionnantes, et moi qui ne mesure qu'un mètre soixante-deux je me sens petite près de lui. Mais je m'en fiche car, malgré notre différence de taille, c'est comme si nos corps étaient faits l'un pour l'autre et s'imbriquaient parfaitement… C'est comme si nous étions faits l'un pour l'autre. Il se retourne et ses yeux se connectent aux miens. L'intensité entre nous est palpable et je sais qu'il ressent le même besoin que moi de ne faire plus qu'un. Ces derniers temps ne nous ont pas permis de vrais moments d'intimité et je compte bien profiter de cette soirée pour y remédier.

Alors qu'il déboutonne lentement les boutons de sa chemise, je ferme la porte derrière moi et entreprends de l'imiter. J'ouvre donc un à un les boutons de mon chemisier en soie. Il m'observe avec un désir brûlant et je ne pourrai jamais me lasser de ce regard appréciateur qui me flatte et m'embrase à la fois.

Sans se démonter le moins du monde et comprenant mon petit jeu, il enlève sa ceinture d'un geste théâtral, un sourire amusé au coin des lèvres tandis que je mime son geste avec autant d'entrain que lui, ce qui nous fait éclater de rire. Je sais qu'il hésite toujours, malgré le temps, à enlever son pantalon et à dévoiler sa prothèse, je décide donc d'inverser les rôles et descends mon jean en me tortillant un peu, mais toujours sans prononcer le moindre mot. Je me débarrasse de mes chaussures en les faisant valser. Puis je ne bouge pas d'un pouce pour lui permettre de décider jusqu'où il veut aller… mais contre toute attente, un air de défi sur le visage, il fait glisser son pantalon qu'il envoie à l'autre bout de la pièce. Je me force à ne pas le détailler, plus pour lui que pour moi, car sa prothèse ne m'impressionne pas, mais je ne veux pas qu'il croie que je me focalise sur son handicap.

Nous sommes irrémédiablement attirés comme deux aimants et, alors que nous sommes tout proches, je me hisse sur la pointe des pieds pour déposer sur ses joues une multitude de petits baisers légers comme des papillons. Mes lèvres rencontrent finalement les siennes, et c'est à nouveau lui qui reprend le contrôle de la situation en glissant sa langue dans ma bouche de façon exquise et sensuelle.

Je suis toujours sur la pointe des pieds, mes jambes vacillent, et il me porte vers son grand lit douillet et accueillant avec une facilité qui m'étonnera toujours.

Couchée sur le dos, je me sens à nouveau minuscule sous mon géant aux muscles saillants. Il relève mes bras au-dessus de ma tête et, d'une main, les maintient, tandis que l'autre arrache mon soutien-gorge et que sa bouche s'empare de l'un de mes tétons, m'arrachant un gémissement de plaisir.

Cet homme sait exactement quoi faire pour m'embraser. Lâchant mes mains, il descend alors le long de mon ventre, et sa langue décrit des cercles jusqu'à mes hanches, puis mes cuisses, tandis que mon corps s'arc-boute rien qu'à l'idée de ce qu'il s'apprête à me faire.

Je suis brûlante de désir et mes mains agrippent ses cheveux pour guider sa tête vers mon sexe impatient. Quand sa langue caresse enfin mes lèvres, tout devient irréel, et je me cambre alors qu'il insère deux de ses doigts en moi.

– Tu m'as tellement manqué ces derniers jours, dit-il sans arrêter ses va-et-vient en moi.

Je suis tellement excitée que je n'arrive même plus à articuler pour lui répondre. Une accélération de son tempo vient alors à bout de mes dernières résistances et je jouis en criant son nom, encore et encore.

Quand je le sens s'allonger à côté de moi, j'ouvre les yeux et il me sourit de plus belle. Il est hors de question que je sois la seule à perdre pied ce soir, c'est pourquoi je me mets à califourchon sur lui. Je l'embrasse tout en me frottant contre son sexe dur et dressé vers son ventre. L'une de ses mains se positionne sur ma fesse, tandis que de l'autre il caresse mon clitoris, le faisant se gonfler de désir. Quand il se passe la langue sur les lèvres, mon corps réagit instantanément et j'ai plus que jamais besoin de le sentir en moi. J'attrape un préservatif dans sa table de chevet, quand il me surprend.

– Tu sais, j'y ai pas mal pensé et, si tu es d'accord, on pourrait faire en sorte de s'en passer… Je suis clean, j'ai refait tous les tests récemment. J'ai vraiment envie de te sentir sans ce bout de plastique entre nous.

– Je prends la pilule, donc je n'ai plus qu'à faire les tests, moi aussi, réponds-je timidement.

Je suis touchée et émue qu'il se sente prêt à franchir cette étape si importante. J'avoue que j'y avais pensé, mais je n'avais pas osé lui en parler de peur de le brusquer ou bien qu'il n'envisage pas notre relation comme moi. Cette proposition est donc un soulagement et, heureuse, je m'arrête pourtant de bouger quelques instants. Il perçoit bien évidemment mon trouble et m'allonge alors sur lui pour me faire un câlin d'une tendresse infinie.

– Tu comptes pour moi, Sam. Tu m'es essentielle, n'en doute jamais, me chuchote-t-il à l'oreille, terminant de me faire fondre et de me rassurer.

Nous nous embrassons, mais bientôt, mes hanches bougent à nouveau d'elles-mêmes et son sexe se frotte de plus belle contre ma chatte.

Je déchire donc l'emballage en plastique et déroule la protection le long de sa verge, avant de me soulever et de l'accueillir en moi.

Mes va-et-vient se font doux et lents et je vois bien qu'il aimerait que je passe à la vitesse supérieure, mais il m'a donné les pleins pouvoirs et je compte bien en profiter. Ses mains, plutôt passives jusqu'à maintenant, s'agrippent alors à mes hanches qu'il tire vers lui sans ménagement, pour mon plus grand plaisir. Ses coups de reins mettent ma résistance à mal, et mon excitation monte crescendo. J'intensifie mes mouvements presque malgré moi. Je me déchaîne sur son sexe et mes doigts s'accrochent à ses pectoraux, le griffant sans que je m'en rende vraiment compte. Ses gémissements et ses mots m'excitent et, déjà, je sens un picotement familier me parcourir la colonne vertébrale. J'essaie alors de ralentir la cadence pour lui permettre d'atteindre ce stade, mais il me pilonne de façon si brutale et délicieuse qu'il me fait instantanément atteindre le point de non-retour et que j'explose à nouveau, mais cette fois en symbiose avec lui. Les muscles de mon vagin se contractent violemment sur sa queue, elle aussi secouée de soubresauts.

Je ne sais pas combien de temps je reste couchée sur lui, les yeux clos, la respiration haletante et un sourire béat aux lèvres, mais je me force à glisser sur le côté, contre lui. Quand j'ouvre les yeux, il me regarde en souriant également. Il m'embrasse et passe une main dans mes cheveux.

– Tu es tellement belle ! J'adore ce moment après l'amour, où tu sembles si apaisée et heureuse.

– Les cheveux en bataille et les joues toutes rouges, tu veux dire ? plaisanté-je, mais tout de même flattée par ses mots doux.

Mais alors qu'il s'apprête à me répondre, son téléphone portable sonne.

– Excuse-moi, je dois répondre… Personne n'appelle sur ce numéro si ça n'est pas urgent, dit-il avant de décrocher. Oui ? Attends, calme-toi, que se passe-t-il ? Non, ne t'excuse pas… je sais ce que c'est. Je vais passer, je serai là d'ici une demi-heure. En attendant, respire, je ne serai pas long, conclut-il avant de raccrocher.

– Que se passe-t-il, Tyler ? demandé-je, inquiète, alors qu'il se lève et qu'il enfile déjà son pantalon à l'autre bout de la pièce.

– Je suis désolé, c'était Emily, elle ne va pas bien, m'annonce-t-il, tout en s'habillant.

Je me lève et l'imite, trouvant tout à coup ce jeu moins drôle qu'un peu plus tôt dans la soirée. J'agis comme un automate et j'ai du mal à sortir de cette douce léthargie qui m'habitait il y a encore quelques instants.

– Elle est malade ? demandé-je, essayant d'analyser l'urgence de la situation.

– Non, elle fait certainement une crise d'angoisse. Je sais ce que c'est, combien c'est difficile à vivre, surtout quand on est seul ! Ne m'en veux pas, Sam, mais je ne peux pas laisser une amie seule dans un moment comme celui-là, tu comprends ?

– Oui, bien sûr, vas-y ! réponds-je sincèrement, même si je suis triste de devoir écourter ce moment magique que nous venons de vivre.

– Tu es un amour, c'est pour ça que je t'... commence-t-il avant de suspendre ses paroles ainsi que ses gestes.

Son visage est toujours fermé par le stress, mais quand je rive mes yeux aux siens il me sourit timidement. Je suis moi aussi figée et j'ai arrêté de respirer. Nous ne nous sommes jamais avoué aussi clairement nos sentiments... Soudain inquiète, je baisse la tête et continue de reboutonner mon chemisier pour lui donner une échappatoire au cas où il se serait trop avancé. Je serais trop blessée qu'il retire ses paroles, je préfère donc faire comme si de rien n'était, même si mon cœur tambourine dans ma poitrine.

Il s'approche alors de moi, relève mon menton et m'embrasse tout doucement sur la bouche, mais il ne détourne pas le regard comme je le craignais.

– Écoute, je ne suis pas très doué pour ce genre de déclarations et, même si je sais qu'il y a des moments bien plus propices à cela, je... je t'aime, Sam, me dit-il droit dans les yeux, un timide sourire aux lèvres et en passant son pouce sur ma joue.

Si mon cœur n'était pas bien accroché dans ma poitrine, je suis certaine qu'il serait déjà en train de danser le *moonwalk* tout autour de la pièce ! Je suis tellement heureuse !

– Je t'aime aussi, avoué-je dans un souffle timide, mais en ne le quittant pas des yeux non plus.

Il m'enlace et mon cœur est sur le point d'exploser. Mais la réalité de la situation me ramène vite sur terre.

– Je suis navré de devoir te laisser, Sam, commence-t-il.

– Je comprends, le coupé-je, ne t'inquiète pas. C'est tout à ton honneur de vouloir aider une amie, et je suis épuisée, donc je vais en profiter pour me coucher tôt.

– Jack fera un détour par chez toi avant de me déposer à l'hôpital. Je sais qu'Emily n'est pas en danger, mais je veux l'aider à passer ces moments difficiles… tu comprends ?

Pour toute réponse, je l'embrasse.

Mon homme va aller consoler son amie, et je ne peux pas m'empêcher d'espérer, égoïstement, pour moi, pour nous, que ça ne se renouvellera pas trop souvent.

# 30

Il n'est que vingt et une heures trente quand je monte les marches menant à mon immeuble, et j'ai à peine le temps d'introduire ma clé dans la serrure que Charlie sort la tête par l'encadrement de sa porte. Elle est vêtue d'un bas de pyjama rayé et d'un pull à grosses mailles.

– Salut, Mac ! Je me disais bien que je t'avais entendue ! Tu rentres chez toi ou tu passes juste en coup de vent ? demande-t-elle en sortant et en me serrant dans ses bras.

– Salut, honey, je rentre vraiment, réponds-je en maintenant notre étreinte, trop contente de voir mon amie.

– Tu as mangé ? Sinon il nous reste deux belles parts de pizza au pepperoni, si tu veux...

– Oh oui, avec plaisir ! Je meurs de faim, je n'ai pas eu le temps de manger, dis-je en souriant bêtement.

– Putain, Mac, t'es pas possible ! Que tu t'envoies en l'air avec un mec canon est une chose, mais tu pourrais ménager ta vieille pote célibataire, râle-t-elle en me filant une petite tape sur l'épaule.

J'éclate de rire et la suis donc dans son appartement, où Cam est en train de regarder la télé, les jambes allongées devant lui sur la table basse. Lui n'est pas encore en pyjama et il porte un jean et un T-shirt blanc et noir à manches longues. Quand il me voit, son visage se fend d'un beau sourire. C'est bon de se sentir accueillie et bienvenue.

Je m'assois près de lui en lui faisant une bise.

– Ta frangine m'a dit qu'il vous restait un peu de pizza !

– Fais-toi plaisir, ma beauté, dit-il en me tendant le carton posé sur la petite table devant lui.

Je ne me fais pas prier et croque donc dans une belle part à pleines dents.

– Tu ne m'avais pas dit que tu dormais chez Tyler cette nuit ? Tout va bien ? demande ma meilleure amie, inquiète.

– Je devais, mais Emily a appelé Tyler ce soir, elle faisait une grosse crise d'angoisse et avait besoin d'être soutenue, donc il est parti la voir à l'hôpital.

– Ah, pas cool ! Quand est-ce qu'elle quitte l'hosto pour aller vivre chez ton mec ? demande Charlie, aussi peu enchantée que moi à cette perspective.

– Lundi prochain…

– Ne t'inquiète pas, ma beauté, intervient alors Cam, tu n'as aucun souci à te faire. Tyler est fou de toi, il l'a invitée parce qu'il se sent redevable et coupable, voilà tout…

– Je sais que tu as raison. Et même si je ne suis pas enchantée, je ne peux que l'accepter. J'ai confiance en lui, il n'y a aucune raison de paniquer… Et au fait, c'est bien demain que tu tatoues son dos ?

– Oui, il a rendez-vous à dix heures. Passe avant ta garde si tu veux ?

– Non, je préfère avoir la surprise totale en découvrant ton œuvre terminée. Tyler a sollicité mon avis, mais je n'ai même pas voulu voir tes dessins. C'est un hommage à son frère, je veux que les choix finaux soient les siens et qu'il ne soit influencé par personne d'autre… De toute façon, je sais que ça sera génial.

– J'espère que tu ne seras pas déçue, alors ! Perso, j'ai hâte d'attaquer, on a pris tellement de temps à peaufiner chaque détail que j'ai les aiguilles qui me démangent ! J'ai bloqué toute ma journée pour lui demain car il veut que je le tatoue en une seule fois. J'imagine que ça ne va pas être une partie de plaisir pour lui, mais je suis impatient ! Il risque de dormir sur le ventre pour les prochaines nuits à venir, un dos quasi entier tatoué en une fois restera forcément sensible quelques jours.

– Je verrai Tyler dimanche pour qu'il me le dévoile enfin, réponds-je en bâillant malgré moi.

– Tu ferais mieux d'aller te coucher, ma beauté, tu as l'air épuisé !

– Ouais, t'as une sale tronche ce soir, Mac, confirme Charlie avec son tact légendaire.

Je lui balance un coussin, l'air faussement vexé, puis je leur souhaite une bonne nuit à tous les deux en leur envoyant un baiser de la main. Après une bonne douche, je me mets vite au lit après avoir envoyé un SMS à Tyler.

[Bonne nuit ! Je suis morte
de fatigue, je suis déjà au lit.
J'espère qu'Emily va mieux.
Je t'embrasse fort.]

Je lutte quelques minutes mais, sans réponse de sa part, je m'endors comme une masse, épuisée de ma nuit passée au chevet d'Ethan.

Je me réveille à plus de onze heures du matin et découvre un SMS de Tyler.

[Bonjour, ma belle !<br>J'espère que tu as bien dormi.<br>J'arrive au Lond'ink,

je suis impatient d'attaquer !
J'ai hâte de te voir, bonne journée.
Bisous]

Il ne mentionne pas Emily, j'en déduis donc que la crise est passée. Au lieu de m'inquiéter, je préfère repasser en boucle dans ma tête les trois petits mots magiques qu'il m'a dits hier. C'est donc de bonne humeur que j'entame ma journée et qu'après être allée embrasser Ethan, qui va de mieux en mieux, j'attaque ma garde du soir.

En rentrant chez moi, j'envoie un SMS à Tyler pour lui demander des nouvelles de son tatouage. Nous échangeons quelques messages et il finit par me dire qu'il est devant un film, je le laisse donc tranquille et me couche, impatiente de le voir le lendemain.

***

Je me suis levée tôt ce dimanche matin pour aller courir et avoir le temps de me faire belle pour mon homme. Je déjeune chez lui ce midi et j'ai hâte de découvrir son dos. Vêtue d'une petite robe fleurie, de mes Dr Martens, d'une veste en cuir noire mais également d'une grosse écharpe, mauvais temps oblige, je descends de la voiture après que Jack m'a, comme à chaque fois, galamment ouvert la portière. Je salue Victor qui m'ouvre la porte, et nous échangeons quelques mots avant que Tyler ne vienne à ma rencontre. Je le trouve beau quoi qu'il porte, mais aujourd'hui, vêtu plus simplement que d'habitude avec une chemise et un jean basique, il est à tomber ! Il est lui-même et ne semble pas sorti d'un défilé haute couture. Je sais que son métier et son rang ne lui permettent pas souvent de s'habiller aussi simplement et je me sens chanceuse et spéciale de partager avec lui cette forme d'intimité où il peut être lui-même sans artifice.

Il m'embrasse en glissant ses mains au creux de mes reins et, naturellement, je me colle à lui et l'enserre de mes bras – geste impulsif mais non réfléchi, car il sursaute instantanément et je recule, mortifiée.

– Oh, pardon ! Comme je suis bête, je suis désolée, je...

– Pas de souci, c'est un peu sensible mais beaucoup moins que ce à quoi je m'attendais, m'assure-t-il d'une voix douce en me reprenant dans ses bras tandis que je me force à garder mes mains posées sur ses hanches.

– Je sais que c'est plus que « un peu sensible »... Quand Cam m'a tatoué le dos, je n'ai pas pu porter de soutien-gorge pendant deux semaines et je ne supportais qu'un léger T-shirt... Heureusement que c'était l'été !

– C'est douloureux mais déjà moins qu'hier. J'ai hâte que tu me donnes ton avis ! dit-il en attrapant ma main et en me guidant vers la pièce où je lui ai moi-même fait découvrir mon tatouage il y a quelques mois.

Je souris à ce souvenir et il se plante devant moi, exactement là où je me tenais. Les rôles sont inversés et c'est à lui de se dévoiler à moi, ce qui m'émeut et me fait on ne peut plus plaisir.

– Choix du lieu intéressant, dis-je avec malice.

– Content que tu t'en souviennes aussi bien que moi, répond-il, visiblement ravi de son petit effet.

Il déboutonne rapidement les boutons de sa chemise et l'enlève. Mes yeux se rivent instantanément sur son torse nu et je ne peux m'empêcher d'éprouver du désir pour lui, mais je le réprime aussitôt : pour rien au monde je ne voudrais gâcher ce moment important.

– Prête ?

– Je ne pense qu'à ça depuis des jours !

Il pivote sur lui-même et je découvre enfin l'œuvre d'art gravée à jamais sur sa peau. Je suis stupéfaite et je ne peux m'empêcher de m'approcher pour contempler de plus près tous les détails du dessin qui habille désormais son dos.

J'admire ce tatouage lourd de sens sans prononcer un seul mot, émue et bouleversée.

– Sur mon omoplate gauche, Cam a dessiné une aile qu'on pourrait comparer à celle d'un ange, si ce n'est qu'elle est noire aux extrémités, comme tu peux le voir. Je l'ai voulue comme ça, car j'ai l'espoir fou que mon frère veille sur moi de là où il est et qu'il est heureux. Quand je lève mon bras, c'est comme si l'aile se déployait, c'est pour ça que je voulais qu'elle continue le long de mon bras. J'ai choisi cette symbolique car il est pour moi comme un ange parti trop tôt et à qui l'on aurait brûlé les ailes. Le noir représente aussi ma colère. Sur mon omoplate droite, cet arbre représente les racines, bien entendu. Mais, comme tu peux le voir, la moitié de l'arbre, celle que je considère comme mon côté, est fleurie comme en plein été, tandis que l'autre moitié est représentée avec les branches nues, comme en hiver, comme à la fin d'un cycle… Et l'envol des centaines d'oiseaux qui formaient la partie fleurie représente le départ de ma moitié, de mon deuxième moi. Cam a finalement complété le tatouage par ce signe infini entre mes omoplates, comme des branches entrelacées, surplombées de notre date de naissance en chiffres romains. Alors, qu'en penses-tu ?

J'ai le souffle coupé tellement ce tatouage est criant de sentiments : douleur, colère, amour infini et tant d'autres. Les larmes me montent aux yeux, et Tyler, toujours de dos, qui attend que je dise quelque chose, se retourne doucement et, comprenant mon trouble, me prend dans ses bras.

– C'est magnifique ! soufflé-je. Je savais que Cam allait te dessiner quelque chose de beau, mais c'est bien au-delà de tout ce que j'avais pu imaginer… Je l'adore, Tyler ! Le symbolisme est parfait et très clair, je le trouve sublime !

– Je l'adore aussi ! J'avais peur que le côté un peu noir te déconcerte ou te trouble, je suis rassuré. C'est exactement ce que je voulais comme dessin pour rendre hommage à Jax, et je suis sûr qu'il l'aurait adoré ! dit-il, le regard triste et la voix plus basse d'une octave à l'évocation de son frère jumeau.

– Il était tatoué, au fait ? Je ne te l'ai jamais demandé.

– Non, il voulait le faire et m'avait confié qu'il se ferait sûrement tatouer le prénom de son enfant car il savait qu'il ne regretterait jamais de l'avoir gravé à vie dans la peau. Il était le plus raisonnable de nous deux et j'ai toujours été considéré comme le moins sage. À juste titre, je crois. Quoi qu'il en soit, il respectait ma passion pour le tatouage. C'était un mec bien… conclut-il, la voix tellement serrée par l'émotion qu'elle se brise.

Je resserre alors mon étreinte dans le bas de son dos pour ne pas lui faire mal et je ne relève pas la tête pour lui permettre de reprendre une contenance sans être gêné d'avoir craqué, car je sais à quel point il peut être difficile pour lui d'exprimer ses sentiments et surtout de montrer à quiconque sa vulnérabilité. Je suis moi-même émue et quelques minutes se passent avant que nous ne nous séparions.

– Cam avait hâte d'avoir ton avis, tu sais, dit-il, retrouvant une voix plus assurée, tout en enfilant sa chemise.

– Il a fait un boulot magnifique, j'ai hâte de le féliciter sur ce coup-là ! Et vivement que ton dos cicatrise pour que je puisse y planter mes ongles, ajouté-je pour alléger l'atmosphère un peu triste.

– Alors je mettrai de la crème plutôt deux fois qu'une pour que ça aille vite, répond-il, un sourire complice aux lèvres.

C'est alors que Victor frappe à la porte et entre, après y avoir été invité par Tyler.

– Excusez-moi de vous déranger, mais je voulais vous informer que M^lle^ Lawson est arrivée et qu'elle vous attend dans la salle à manger.

– Tu as invité Kate ? demandé-je surprise en tournant vivement la tête vers Tyler.

– Oui, j'espère que ça ne t'ennuie pas ? Comme tu m'as dit que vous ne vous étiez pas vues depuis un moment, j'ai pensé que ça te ferait plaisir de la voir, à vrai dire, dit-il, craignant peut-être que cette initiative m'ait contrariée.

– Oh que oui, tu as bien fait ! Je suis ravie !

– Alors allons-y, quand je l'ai eue au téléphone, elle aussi m'a dit qu'elle était impatiente de te voir.

À peine ai-je passé la porte de la salle à manger que Kate vient vers moi et me prend dans ses bras pour me faire un énorme câlin que je lui rends volontiers. Nous ne nous sommes vues qu'à deux reprises depuis le Nouvel An. Kate a repris le travail après son accouchement et nous devons d'ailleurs retravailler bientôt ensemble sur le projet de don de T. & C. Cosmetics à Saint-Thomas. Je trouve très délicat de la part de Tyler de m'avoir fait cette surprise, car je lui avais déjà confié vouloir la côtoyer plus souvent en dehors du travail. Kate est une femme que je considère désormais comme une amie, et la voir ici aujourd'hui me rend heureuse, d'autant plus qu'un petit cri m'indique qu'elle n'est pas venue seule.

– Oh, comme tu as grandi, joli James ! dis-je à son fils de désormais trois mois et demi, en le sortant de sa poussette et en le prenant dans mes bras. Il est de plus en plus magnifique, Kate !

– Normal, c'est mon filleul, après tout, rétorque Tyler.

– Je craque complètement sur mon fils, tu ne peux pas savoir, il me donne une telle énergie ! Il est mon rayon de soleil.

– Je suis heureuse de l'entendre, Kate, dis-je sincèrement.

Cette femme est tellement forte ! Elle a perdu l'amour de sa vie de façon tragique et brutale, alors qu'elle attendait ce petit garçon. Et elle a malgré tout réussi à traverser cette année la tête haute, sans jamais baisser les bras. Je l'admire beaucoup et me promets de le lui dire dès que j'en aurai l'occasion.

Nous passons un excellent moment à bavarder tout en dégustant un succulent repas préparé par Daisy.

– Je ne t'ai même pas demandé comment va Emily, demandé-je soudainement à Tyler. Sa crise d'angoisse est passée, finalement ?

– Sa crise d'angoisse ? relève Kate.

– Oui, elle a appelé vendredi soir, très angoissée. Je suis passé la voir pour essayer de l'apaiser.

– Et ? demande Kate d'un ton assez sec que je ne lui connais pas.

– Eh bien, quand je suis arrivé, ça commençait à aller un peu mieux, du coup je suis resté un moment pour lui changer les idées et m'assurer qu'elle allait bien… Nous avons bavardé un moment et je suis rentré vers minuit.

*Minuit ??? Non mais carrément ?* râle miss Monroe, jalouse, tandis que miss Van de Kamp essaie de la raisonner en lui rappelant qu'Emily sort d'une épreuve difficile et qu'il faut essayer de la comprendre…

Entre ces deux opinions mon cœur balance, mais pour être honnête ça ne m'enchante guère que mon homme reste aussi tard « bavarder » avec son ex.

– Et elle sort à quelle heure demain ? demandé-je à Tyler.

– Jack va la chercher à quatorze heures, sauf contrordre.

– Il la conduit jusqu'à Leeds ? demande alors Kate.

– Non, à vrai dire, Emy ne souhaite pas retourner chez ses parents. Du coup, le temps qu'elle se requinque… je lui ai proposé de vivre ici.

– Quoi ? Avec toi ? Sous ton toit ? Mais… pourquoi elle ne retourne pas chez ses parents ? Ils s'occuperaient bien d'elle et ce serait la meilleure solution, non ? Ou au pire, elle pourrait peut-être retrouver son ancien appartement, non ? demande Kate, le visage fermé et visiblement peu réceptive à l'idée qu'Emily emménage ici, ce qui ne me rassure pas.

– Non, on en a parlé, elle n'a pas le droit de vivre seule pour l'instant… et après tout ce qu'elle traverse, je lui dois au moins cette faveur, tu ne penses pas ? rétorque assez sèchement Tyler.

– C'est toi qui vois, mais je dis juste que…

– Ma décision est prise, de toute façon, donc inutile d'en débattre, conclut-il subitement, mettant un terme définitif à toute discussion.

La conversation a pris un tour inattendu et je ressens pour la première fois une certaine tension entre mon homme et sa belle-sœur, qui se regardent un peu en chiens de faïence. J'en suis très étonnée mais n'ose pas intervenir de peur d'envenimer les choses. Kate ne semble pas vouloir qu'Emily vive ici. Il est normal que Kate et Emily se connaissent vu qu'elles sortaient avec les jumeaux, mais le fait que Kate affiche clairement ses réticences m'intrigue et je me demande bien ce qui a pu se passer. Dans moins de deux semaines, nous nous rendons toutes les deux à Nottingham pour signer le contrat stipulant les clauses du premier « rêve coloré », comme nous l'avons surnommé. Je me promets de lui demander à ce moment-là pourquoi elle ne semble pas porter Emily dans son cœur.

Les pleurs de James brisent le silence et Tyler se lève pour le prendre dans ses bras et le calmer, ce qui a pour effet de détendre à nouveau l'atmosphère et de nous faire toutes les deux craquer. Cette armoire à glace cajolant ce bébé est la chose la plus mignonne qu'il m'ait été donné de voir, et à en juger par le sourire de Kate, elle fond, elle aussi.

– Jax a définitivement choisi le meilleur parrain au monde, dit-elle, faisant s'éclairer le visage de Tyler, si fier d'endosser ce rôle qui lui tient tant à cœur.

Nous nous disons au revoir et, après un énième bisou à James, nous les laissons, lui et sa mère, rentrer chez eux. Nous passons la fin de la journée à discuter de tout et de rien, blottis l'un contre l'autre dans son lit après une partie de jambes en l'air encore une fois mémorable. Je n'ai pas pris de vêtements de rechange et, comme je travaille le lendemain matin, c'est à contrecœur que je laisse mon homme, qui doit travailler sur certains dossiers.

# 31

Les jours suivants se succèdent et j'ai seulement Tyler au téléphone mais nous avons prévu de nous retrouver aujourd'hui. Lors de nos coups de fil, il m'a expliqué qu'Emily s'était bien installée dans une des chambres d'amis et qu'elle récupérait de jour en jour. Elle n'a pas le temps de s'ennuyer car elle a beaucoup de séances de rééducation pour redonner un tonus normal à ses muscles qui n'ont pas travaillé depuis si longtemps. À chaque fois qu'il mentionne son prénom, je ne peux pas m'empêcher d'éprouver une (grosse !) pointe de jalousie envers cette fille qui partage le quotidien de Tyler et qui passe plus de temps que moi en sa compagnie.

En terminant ma garde, c'est un petit garçon surexcité que je découvre en ouvrant la porte de sa chambre d'hôpital. Ethan, que je n'avais pas vu habillé en civil depuis longtemps, me saute littéralement dessus et m'annonce qu'il va pouvoir rentrer au foyer dès le lendemain. Mia et Amelia Lewis ne peuvent s'empêcher d'éclater de rire devant l'enthousiasme débordant de mon protégé. Ils m'expliquent que son oncologue leur a en effet annoncé la bonne nouvelle cet après-midi.

– Mais c'est génial, mon chéri ! dis-je en entamant une danse de la joie ridicule mais que reproduit immédiatement Ethan, lui-même très vite imité par Mia et Amelia à leur tour.

Nous sommes tellement en train de faire les fous que nous ne remarquons pas tout de suite que Tyler a passé la tête dans l'embrasure de la porte. Je ne peux m'empêcher de sursauter en le voyant et je rougis un peu du fait qu'il m'ait vue ainsi, gesticulant comme une folle. Mais je suis trop heureuse pour m'attarder là-dessus.

– J'ai raté quelque chose ? demande-t-il en riant et en haussant un sourcil.

Ethan lui prend la main et, après l'avoir fait s'asseoir, monte sur ses genoux et lui annonce la bonne nouvelle. Tyler le serre dans ses bras et lui fait un énorme câlin. Je craque de les voir si tendres l'un envers l'autre et je ne peux pas m'arrêter de sourire.

– Oh, c'est génial ! Quand on m'a dit que je pouvais enfin quitter l'hôpital, j'étais le plus heureux des hommes, moi aussi ! Et ça veut dire qu'on va enfin pouvoir fêter nos anniversaires, alors ! rappelle-t-il, très enthousiaste.

Avant l'opération d'Ethan, Tyler lui avait promis qu'ils fêteraient ensemble leurs anniversaires respectifs, Ethan étant né le 27 mars et Tyler le 27 avril. Se tournant vers la tutrice d'Ethan, mon homme lui demande :

– Amelia, croyez-vous qu'il serait possible qu'Ethan passe le week-end avec Sam ?

– Personnellement, je n'y vois pas d'inconvénient, il faudra juste déposer la demande assez rapidement, dit-elle, se tournant vers moi. Vous avez l'habitude, Sam, et le juge vous connaît bien désormais, donc je pense que c'est faisable malgré le délai un peu court.

– Super, alors on croise les doigts et, si c'est bon, on fera la fête en ton honneur samedi, Ethan !

– En ton honneur aussi, Tyler, c'est pour mes 6 ans et pour tes… combien déjà ?

– Mes 30 ans, mon pote.

– Tout ça ?

Cette dernière remarque nous fait éclater de rire à nouveau et, quelques minutes plus tard, alors que nous discutons entre adultes, c'est avec tendresse que je regarde Ethan se blottir un peu plus dans les bras de mon géant, son pouce dans la bouche, son doudou koala dans l'autre main et ses paupières se fermant malgré lui. Une fois ses dents brossées, nous le bordons en lui promettant que nous allons tout tenter pour le prendre avec nous le samedi suivant. C'est alors que je réalise que cela fait des mois que je peux lui rendre visite tous les jours en venant ici, mais que demain, jour de son retour au foyer, je ne pourrai pas le voir. Une boule se forme instantanément dans ma gorge, mais il est hors de question que je lui montre ma tristesse.

– Bonne nuit, mon chéri. Demain, ça va être super, tu vas enfin revoir tous tes copains et retrouver ta chambre ! dis-je avec le plus de naturel possible.

– Oui, j'ai trop hâte, répond-il en bâillant. À demain, Sam, je t'aime.

– À demain, mon chéri, moi aussi je t'aime, je t'appellerai demain soir pour que tu me racontes ta journée.

– Oh ! s'exclame-t-il en se redressant, et je comprends alors qu'il vient lui aussi de réaliser que l'on ne se verra pas demain.

Il me tend les bras et je lui fais un énorme câlin, mais je me rends compte qu'il pleure à chaudes larmes silencieusement. Je le berce doucement, essayant d'apaiser sa peine. J'ai peur de ne pas pouvoir prononcer le moindre mot sans craquer, mais je prends sur moi. Après tout, je suis l'adulte et ce petit garçon a besoin d'être consolé.

– Écoute, mon chéri, on ne se verra peut-être pas tous les jours mais on fera comme avant, on s'appellera tous les soirs et tu sais que, quoi qu'il arrive, tu peux demander à Amelia de m'appeler de son bureau, et tu pourras me parler quand tu en auras envie.

– Mais c'est pas pareil, Sam, j'ai envie d'être toujours avec toi, pas toi ? demande-t-il en sanglotant de plus belle.

C'est tellement difficile que je ne peux lui cacher les larmes qui me montent aux yeux. J'ai tellement de choses à lui dire, mais je suis incapable de prononcer un seul mot. Heureusement, Tyler vole à mon secours.

– Sam a aussi beaucoup de chagrin de ne pas pouvoir te voir tous les jours, mais les grands ne savent pas toujours dire les choses simplement comme le font les enfants. Elle ne veut pas te montrer sa peine, mais elle aimerait te voir tous les jours aussi, et tu sais, quelquefois on ne fait pas toujours ce que l'on veut… alors si on prenait la décision de prendre un jour après l'autre ?

– Comment ça ? renifle Ethan tandis que je lui tends un mouchoir.

– Eh bien, disons par exemple que demain est un grand jour et qu'il faut que tu savoures ta sortie de l'hôpital et tes retrouvailles avec tes copains du foyer… que tu sois heureux, et dis-toi que quand Sam te téléphonera demain soir, tu auras plein de choses à lui raconter… C'est super, non ?

– Oui, répond tristement Ethan en se mouchant bruyamment.

– Je t'aime, mon chéri. Je t'aime gros comme ça, dis-je en mimant une énorme boule avec mes bras.

– Et moi, gros comme ça, dit-il en écartant au maximum ses petits bras.

– Oh, tant que ça ? Je suis battue, alors ?

– Oui ! répond-il en retrouvant le sourire.

– Je vais vous montrer comme je vous aime, intervient alors Tyler en ouvrant grand ses immenses bras et en nous emprisonnant dedans.

Cet instant est si beau et si agréable que je ferme les yeux pour encore plus apprécier ce moment de tendresse entre nous trois. Je me sens entière, blottie contre mes deux amours. L'image d'une famille me vient même à l'esprit, mais je m'oblige à ne pas trop me projeter car rien n'est toujours moins sûr concernant l'adoption d'Ethan.

*Chaque chose en son temps !* m'intiment mes deux miss.

L'atmosphère est de nouveau détendue et c'est un petit garçon beaucoup plus serein que nous quittons un quart d'heure plus tard, après avoir tenté de lui changer les idées en le faisant parler de ses amis qu'il est désormais impatient de retrouver.

Je suis perdue dans mes pensées et, même si Tyler serre fermement ma main, je sens tout à coup un grand vide en moi. Je m'arrête net et me retourne. Je n'ai qu'une envie : aller serrer Ethan dans mes bras, mais Tyler dit tout doucement :

– Ça ne ferait que le perturber, je sais que c'est dur, mais il doit être déjà en train de s'endormir en pensant à ses amis. Je sais que tu en meurs d'envie, mais je ne crois pas que ça soit une bonne idée.

Je dois admettre qu'il a totalement raison et je le laisse me conduire à la voiture et à Jack que je salue distraitement. Ça n'est qu'une fois loin des yeux d'Ethan que je peux donner libre cours à ma tristesse en pleurant tout mon saoul. Je ne me rends compte que nous sommes arrivés chez moi que lorsque Tyler remercie Jack et que nous montons les marches menant à mon appartement. Je suis épuisée par toutes ces émotions et Tyler me propose d'aller prendre une douche bien chaude pendant qu'il nous prépare quelque chose à manger. L'eau chaude me fait un bien fou et force est de constater que je me sens un peu mieux.

Vêtue d'un T-shirt déformé et d'un pantalon de yoga, je pénètre dans mon salon, attirée par une odeur de nourriture. Tyler a déjà dressé la table et nous sert à chacun une belle part d'omelette aux champignons accompagnée de salade. J'ignorais qu'il savait cuisiner, j'ai toujours supposé que vu qu'il avait une cuisinière depuis toujours, il devait être incapable de se faire cuire un œuf. Je suis ravie de m'être trompée sur ce point, car l'odeur qui se dégage de nos assiettes est très alléchante.

– Je suis désolée, je ne sais pas ce qui m'a…

– Non, me coupe Tyler, tu n'as pas à t'excuser. Il s'est passé tant de choses ces derniers mois que tes nerfs ont lâché et c'est tout à fait normal.

– C'est au-delà de ça. Ethan m'a prise au dépourvu en me disant pour la première fois qu'il voulait être toujours avec moi et en me demandant si moi aussi. Je me suis trouvée bête et je n'ai pas su quoi lui répondre. Je ne sais pas comment lui exprimer tout l'amour que j'ai pour lui et à quel point j'aimerais être toujours avec lui. Mais tout ça est tellement compliqué… En tout cas, merci d'être là, ça compte beaucoup pour moi et… merci pour ça aussi, dis-je en désignant mon assiette, ça sent super bon !

Il me sourit, mêle ses doigts aux miens par-dessus la table et nous attaquons notre « festin » en mangeant d'une seule main, ne voulant ni l'un ni l'autre rompre ce contact. Néanmoins, la sonnerie du téléphone de Tyler nous y oblige. Alors que je débarrasse, j'écoute distraitement :

– Non, j'ai mangé chez Sam, du coup je passerai la nuit ici. D'accord. OK ! On se voit demain alors. Oui, merci. Bonne soirée, Emy.

Il raccroche et se tourne vers moi.

– C'était Emily qui voulait savoir si elle devait m'attendre pour dîner ce soir, explique Tyler. Elle te passe le bonjour.

– Vous mangez tous les soirs ensemble ? demandé-je.

– À vrai dire, oui. Depuis qu'elle a pris ses quartiers dans sa suite il y a une semaine, vu que je suis rentré tous les soirs, c'était aussi simple pour Daisy. Ça s'est fait naturellement, je n'y ai pas réfléchi. Ça t'ennuie ? demande-t-il en me tendant sa main.

– Non, je crois que je n'avais juste pas réalisé que vous alliez être amenés à partager ces moments du quotidien que personnellement j'adore vivre avec toi, réponds-je, un peu boudeuse, tandis que nous entrelaçons nos doigts.

– N'imagine même pas que ces moments soient comparables à ceux que nous vivons, Sam. Fais-moi confiance quand je t'assure qu'il ne se passera jamais rien avec Emily. Je t'aime comme je ne l'ai jamais aimée, elle, et rien ne changera ça, je te le promets, m'assure-t-il en m'attirant à lui.

– Je t'aime aussi, Tyler, de plus en plus chaque jour, dis-je en allant me blottir sur ses genoux, entre ses bras musclés, et en déposant une multitude de petits baisers dans son cou, à l'endroit qui le fait fondre.

– Et si nous allions nous coucher ? La journée a été longue, tu commences tôt demain matin et je veux prendre mon temps pour te faire l'amour comme il se doit, chuchote-t-il avant de me porter jusque dans ma chambre.

Cette nuit-là, il est on ne peut plus romantique et, au-delà de l'union torride de nos corps, nous parlons beaucoup et sommes plus complices que jamais. Nous avons vraiment envie de nous débarrasser de l'étape préservatif, nous décidons donc de faire les tests de dépistage le plus vite possible.

La semaine qui suit est interminable et très chargée, entre mes gardes et mes recherches de cadeaux d'anniversaire. Je n'ai même pas le temps de voir mon homme, c'est donc avec soulagement que je vois arriver ce long week-end de repos qui s'annonce festif. En effet, j'ai obtenu l'autorisation d'accueillir Ethan samedi et dimanche, et nous allons comme promis faire la fête.

Je n'ai rien pu organiser, mais Tyler m'a assuré que tout était sous contrôle, c'est donc l'esprit léger que le samedi je passe chercher Ethan au foyer et que nous allons déjeuner chez ma mère. Nous rentrons tous les deux en fin d'après-midi, le temps de nous habiller pour être les plus beaux possible. Vers dix-huit heures, Charlie et Cam nous rejoignent chez moi, eux aussi sur leur trente-et-un.

Jack passe nous chercher à dix-huit heures trente et ça n'est qu'en voyant les airs ébahis de mes amis que je me rends compte qu'ils ne sont jamais venus chez mon homme. Je sais que j'ai dû avoir la même réaction la première fois et souris à l'idée qu'ils ne sont pas au bout de leurs surprises ! En effet, après avoir été accueillis par Victor, nous sommes guidés dans le grand salon qui pour l'occasion a été redécoré sur le thème des héros de dessins animés : des banderoles colorées « Joyeux anniversaire » pendent du plafond et les chiffres 6 et 30 sont partout présents sous plein de formes : confettis, ballons et même dans les petits fours. D'immenses photographies de personnages de dessins animés recouvrent les murs et c'est comme si Mickey, Bart Simpson, Dumbo ou Mowgli étaient de la fête. Mon petit bonhomme, plus impressionné que jamais, serre fort ma main et ne sait plus où regarder tant il y a de choses à voir. C'est féerique. Il n'y a pas grand monde et je pense que Tyler a voulu organiser une soirée intime pour ne pas déstabiliser Ethan avec trop de monde et cette délicate attention me prouve qu'il l'a bien cerné. Seuls les parents de Tyler, Kate, qui doit arriver, et Emily lui sont inconnus. Tyler nous accueille chaleureusement : il porte un jean noir, un T-shirt gris et une veste noire en velours par-dessus. Un savant mélange de tenue « décontractée chic ». Il garde désormais une barbe beaucoup plus courte qu'avant et ça lui va à merveille. Je le trouve très beau, comme toujours. Il arrive vers nous et m'embrasse rapidement avant de se baisser à la hauteur d'Ethan. Il lui fait son check habituel, ce qui a pour effet de le détendre un peu.

– Alors, ça te plaît ?

Ethan hoche vigoureusement la tête.

– Je sais que c'est grand ici et que c'est assez impressionnant, mais ne t'inquiète pas, tu vas vite t'habituer. Que dirais-tu de goûter un gâteau en forme de Winnie l'ourson ? propose-t-il en le prenant dans ses bras.

Mais avant qu'il n'ait le temps de répondre, Emily rejoint notre petit groupe. La femme que j'ai vue habillée très simplement à l'hôpital est très sexy ce soir : elle porte une jupe crayon beige ainsi qu'un chemisier blanc dont le décolleté tombe si bas entre ses seins qu'il est évident qu'elle ne porte pas de soutien-gorge. Une ceinture noire vient marquer sa taille fine et des talons hauts finissent de compléter sa tenue qui la met très en valeur. Mon bon vieux complexe d'infériorité refait surface chez moi mais je n'en montre rien. Elle nous salue tous et serre la main d'Ethan. Mon bonhomme la salue très poliment, mais, assez intimidé, reste collé à ma jambe.

– Bonjour ! Tu dois être Ethan ? Je m'appelle Emily, je suis une bonne amie de Tyler et je suis ravie de faire ta connaissance ! Tu sais, c'est Tyler qui a organisé cette jolie fête d'anniversaire, alors j'espère que ça te plaira, mon chéri.

– Merci. C'est vrai qu'il y a des gâteaux Winnie ?

Nous sourions tous et Emily le lui confirme tandis qu'elle et Tyler vont donc montrer ces fameux biscuits à mon petit bonhomme qui se détend de plus en plus. Je les regarde s'éloigner tous les trois vers le buffet avec un pincement au cœur, et une sensation de malaise m'envahit. Charlie me chuchote à l'oreille :

– Bon, OK, Mac, c'est vrai qu'elle est pas moche, mais les vraies femmes n'ont pas à se mettre des décolletés de sal…

– Charlie ! la gronde Cam tout bas. Arrête tes bêtises… De toute façon, Sam n'a aucun souci à se faire, donc pas de jugement hâtif. Et puis, elle veut juste être sympa avec Ethan, c'est plutôt gentil. On pourrait peut-être lui laisser une chance quand même, non ?

– Mouais… Forcément, tu dois apprécier la vue plongeante vu que t'es un mec. Mais bon, OK, on va lui accorder le bénéfice du doute, répond Charlie en boudant un peu.

Je sais qu'elle veut juste être solidaire avec moi car je me suis confiée à elle il y a quelques jours sur le fait qu'objectivement Emily est une femme magnifique, sexy et classe, et que je ne peux m'empêcher de me sentir moins jolie qu'elle physiquement.

Kate, qui a laissé James à ses parents pour l'occasion, vient d'arriver et met un terme à notre discussion. Je lui présente les jumeaux et, comme je m'en doutais, le courant passe très vite et ils parlent facilement ensemble. La soirée se poursuit dans la bonne humeur et Tyler se montre aux petits soins pour Ethan, absolument ravi. Les parents de Tyler font connaissance avec lui et Ethan a l'air de beaucoup les aimer. Maïna le chatouille et il ne peut plus s'empêcher de rire. Tyler a même prévu des coloriages pour qu'il ne s'ennuie pas trop, étant donné qu'il est le seul enfant de la soirée. Puis nous passons à table et nous nous régalons des prouesses culinaires de Daisy.

Vers vingt-deux heures, Emily annonce que l'heure est venue pour les deux rois de la soirée de déballer leurs cadeaux.

Elle demande à Ethan de s'approcher d'une grande table sur laquelle sont disposés les paquets de tout le monde et elle se charge de les lui offrir après avoir lu pour lui le nom des personnes qui les lui offrent. Je suis un peu jalouse du fait qu'elle prenne en main la distribution des paquets, car j'aurais beaucoup aimé m'y coller, mais je préfère m'effacer pour ne pas gâcher la découverte de ses cadeaux à Ethan. Il est gâté comme jamais et n'en revient pas lui-même du nombre conséquent de présents pour lui. C'est des étoiles plein les yeux qu'il me retrouve pour grimper dans mes bras.

– Tu as vu tout ce que j'ai eu ? Merci pour les Playmobil, je voulais trop la pension des animaux ! Je vais tout monter avec Martin dans notre chambre, il va être trop content ! Et tu as vu, Tyler m'a même offert un téléphone où il y a son numéro, le tien et ceux de Charlie et Cam, comme ça, je pourrai vous appeler quand je voudrai, même si je sais qu'Amelia ne voudra jamais que je le garde toute la nuit, si ? m'interroge-t-il, songeur.

– Non, pas la nuit, mais tu pourras lui demander dans la journée. Je suis contente pour toi. Encore bon anniversaire, mon chéri.

– Merci, Sam, dit-il en entourant mon cou de ses petits bras et se blottissant contre moi.

Je suis tirée de mes pensées par Tyler s'asseyant sur la chaise près de moi et caressant doucement ma joue. Ce moment doux et tendre me redonne le sourire, mais il est interrompu par Emily qui demande à Tyler de venir à son tour déballer ses cadeaux.

Je me suis creusé la tête pour lui offrir un beau cadeau symbolique pour ses 30 ans et j'ai finalement opté pour une bouteille de vin rouge de son année de naissance, car je sais que comme son père il est amateur de bon vin. Je me suis rendue, sur les bons conseils de Donovan, dans une cave à vins réputée de Londres, et le patron m'a conseillée en m'assurant qu'il ne serait pas déçu par sa bouteille de bordeaux « Château Margaux » de 1989.

Après avoir déballé les cadeaux des jumeaux (une paire de chaussures Nike, les mêmes que celles de Cam et sur lesquelles Tyler avait flashé, ainsi qu'une photo encadrée de lui et moi, que Charlie a prise et qui reflète parfaitement l'émotion de cet instant où nous riions à gorges déployées) et celui de Kate (une box pour un dîner gastronomique pour deux), il ouvre à présent mon paquet et je suis ravie de voir un grand sourire éclairer son visage. Il s'approche de moi et me serre fort dans ses bras, puis il m'embrasse sans se soucier du monde autour de nous. Il me murmure à l'oreille qu'il m'aime, qu'il va laisser vieillir ce bon vin et qu'on l'ouvrira ensemble un jour pour une grande occasion. Cette promesse discrète de projets d'avenir me comble plus que jamais. Une fois encore, Emily rompt l'instant en s'approchant de nous, un gros cadeau dans les bras. Tyler déballe donc ce dernier présent. Emily ne le quitte pas des yeux, ce qui me déplaît car elle ne le regarde pas comme on regarde un ami. Je sors de mes pensées quand je m'aperçois que non seulement nous avons eu la même idée, mais qu'elle ne s'est pas contentée d'une bouteille mais d'une caisse de six bouteilles millésimées. Je n'aurais jamais pu lui offrir ça à moins de faire un crédit, et mon cadeau doit paraître bien ridicule désormais. Je rougis mais essaie de garder la tête haute en souriant aux jumeaux qui ont ressenti ma gêne. Je pensais avoir tapé dans le mille avec ma bouteille, mais celle que je considère comme une rivale me prouve une fois encore que nous ne jouons pas dans la même cour, ce qui me blesse. Je n'en montre rien à Tyler qui ne me quitte pas des yeux et me fait un sourire complice comme pour me rassurer, ce que j'apprécie.

– Les grands esprits se rencontrent, on dirait ! Il faut croire que nous l'avons bien cerné, notre Tyler, dit-elle en me lançant un clin d'œil.

*« Notre » Tyler ? Je vais lui en donner moi du « notre » à cette pétasse !* s'enflamme instantanément miss Monroe… *« M$^{me}$ Pétasse »*, rectifie miss Van de Kamp, d'humeur taquine.

J'échange un regard explicite avec Charlie, visiblement aussi remontée que moi.

– En effet, les grands esprits se rencontrent ! lance Tyler. Mais voyez-vous, les Margaux et les Mouton Rothschild, même s'ils sont excellents l'un et l'autre, sont néanmoins très différents. Merci en tout cas à vous tous ! Et maintenant, et si Ethan et moi soufflions les bougies sur un bon gâteau ?

Avec un parfait timing, et sur la musique de *Shrek*, le film d'animation préféré d'Ethan, Daisy entre avec deux magnifiques gâteaux : l'un en forme de Shrek et l'autre en forme de l'âne du même film d'animation. Ils sont tous les deux magnifiques et j'en mettrais ma main au feu que c'est Daisy elle-même qui les a confectionnés. Ethan reste bouche bée tant il est surpris et, finalement, se joint à tous les invités qui applaudissent au rythme de la chanson. Je souris à Daisy, lève mon pouce et articule un « merci » silencieux pour lui montrer combien je suis touchée pour tout le travail que cela a dû représenter. Elle me sourit en retour et me fait un petit signe de la main comme pour me signifier que ça n'est rien, même si je me doute qu'elle a dû y passer des heures. Ethan et Tyler se dirigent alors vers leurs gâteaux et soufflent ensemble leurs trente-six bougies.

Je me rends compte après que nous ayons terminé le dessert qu'Ethan est épuisé par toutes ces émotions et qu'il commence à s'endormir sur sa chaise près de moi. J'en avise donc Tyler et les jumeaux, et décide de rentrer à la maison pour le mettre au lit. Tyler me propose de revenir le lendemain pour déjeuner et pour que nous puissions passer la journée tous les trois avec Ethan, et j'accepte volontiers. Nous ne pouvons pas dormir ensemble ce soir, je n'ai qu'un studio et Ethan dort dans mon lit pendant que je serai dans mon petit canapé. Tyler m'a bien proposé de rester chez lui avec Ethan, mais je trouve que cela ferait beaucoup d'un coup pour lui, je préfère donc rentrer dans un environnement connu, qui lui permettra de bien récupérer en passant une bonne nuit de sommeil.

Ce n'est qu'une fois assise dans la voiture avec Ethan, Cam et Charlie, que je ressens un énorme pincement au cœur en voyant Tyler et Emily nous faire coucou de la main sur le pas de la porte, tel un couple qui salue ses invités.

Je ne me sens à nouveau pas à ma place et je me pose beaucoup de questions pendant que, dans ma tête, miss Monroe me reproche de ne pas avoir su montrer à cette fille que j'étais dans la place, alors que miss Van de Kamp, toujours moins impulsive, me rappelle qu'Emily a tout de même tout fait pour qu'Ethan passe une bonne soirée, jusqu'à lui offrir une magnifique peluche de Bourriquet alors qu'elle ne le connaît même pas, preuve qu'elle est généreuse.

Arrivés à bon port, nous embrassons les jumeaux, et après nous être mis en pyjama, je m'assois sur le lit pour lire une histoire à Ethan, mais j'ai à peine entamé le livre que, déjà, il dort à poings fermés. Je m'éclipse donc et me couche à mon tour dans mon canapé quand je reçois un SMS de Tyler.

[Bonne nuit ! Mon grand lit
me paraît bien vide sans toi.
J'espère qu'Ethan a pu trouver
le sommeil. Merci pour ton magnifique
cadeau de ce soir, tu m'as gâté,
et je suis le plus heureux
des hommes. Je te montrerai
très vite à quel point je te suis
reconnaissant ! ;)
Fais de beaux rêves, je t'aime.]

[Merci à toi, Ethan avait des étoiles
plein les yeux ce soir,
c'est bon de le voir si heureux
et insouciant. À demain,
il me tarde d'y être.
Encore joyeux anniversaire. Je t'aime.]

# 32

Cela fait déjà quinze minutes qu'Ethan a le nez collé à la fenêtre pour guetter l'arrivée de Jack.

– Il est là ! Il est là, Sam ! Oh ! Il a encore une autre voiture ! Vite, Sam, vite !

– Ne t'inquiète pas, il va nous attendre. Allez, mets ton manteau !

Ethan a adoré son trajet d'hier avec un « vrai » chauffeur et dans une belle voiture aux vitres teintées « comme dans les films ». Fier comme un paon, il salue Jack qui lui serre la main.

– Bonjour Ethan, bonjour Sam. Vous allez bien ?

– Oh oui ! répond Ethan, plein d'enthousiasme, en montant à l'arrière.

– Alors, en route ? demande Jack en souriant tout en le regardant dans le rétroviseur.

– Oui ! Dites, Jack, c'est pas la même voiture qu'hier, c'est la vôtre ?

– Non, jeune homme. Toutes les voitures que je conduis appartiennent à M. Cole.

– Et il en a beaucoup ? demande le petit garçon, visiblement intrigué.

– Il en a huit.

– Huit ? Waouh ! Tu te rends compte, Sam ? Toi, tu n'en as

même pas une seule… Je pense que Tyler doit avoir plus de sous que nous ! réfléchit tout haut Ethan en tapotant sa bouche d'un doigt pensif, ce qui nous fait sourire, Jack et moi.

– Il a travaillé très dur pour se payer ses voitures, mon chéri, et peut-être qu'un jour, toi aussi, si tu travailles dur, tu pourras bien gagner ta vie et t'offrir la voiture que tu veux.

– Ou bien quand je serai grand, je ferai comme Jack : je serai chauffeur, ça serait génial ! Et vous, c'est quoi votre voiture préférée ? enchaîne-t-il.

– Eh bien, je dirais que j'ai un faible pour la Porsche 911.

– Oh !!! Tyler a vraiment une Porsche 911 ? Tu te rends compte Sam, c'est la voiture de *Cars*, c'est Sally, l'amoureuse de Flash MacQueen ! Tu crois que je pourrais la voir un jour, dis ? s'exclame-t-il, plus excité que jamais à cette idée.

– Je suis certaine qu'il n'y aura pas de problème ! Tu demanderas la permission à Tyler tout à l'heure, si tu veux.

– Si je peux me permettre… comme de toute façon je dois ranger la voiture au garage en arrivant, si ça te fait plaisir, Ethan, on peut déposer Sam devant le perron et j'irai te montrer la Porsche. Puis nous retrouverons Sam et M. Cole tout de suite après.

– Oh, c'est vrai ? Je peux, Sam ? demande Ethan, ses yeux me suppliant de dire oui.

Bien sûr, pas de souci, mon chéri ! Merci, Jack, vous allez faire un heureux !

– J'en suis ravi. Pour une fois que je rencontre quelqu'un d'aussi passionné que moi, c'est un plaisir.

Gonflant le torse, mon petit bonhomme hoche la tête et ne peut s'arrêter de sourire. Comme convenu, je sors de la voiture devant la porte d'entrée et remercie Jack qui me fait un clin d'œil complice avant de redémarrer la voiture.

Je suis contente de voir Ethan si heureux et je suis impatiente de raconter tout ça à Tyler. Je suis accueillie par Victor qui me dit qu'il est dans le petit salon. Connaissant le chemin, je lui explique que je vais me débrouiller et lui faire la surprise, et me dirige vers la pièce si cosy que j'affectionne particulièrement. La porte est entrouverte et je surprends une conversation entre mon homme et Emily. Même si je sais que c'est mal, je ne résiste pas à l'envie de les écouter.

– J'ai eu de la chance dans mon malheur, mais j'ai quand même de vilaines cicatrices sur les bras et le haut du corps... Je sais que je devrais m'estimer heureuse, mais j'appréhende le moment où je devrai les montrer à quelqu'un... Regarde, elles sont imposantes, non ?

J'imagine qu'elle doit être en train de les lui montrer et je résiste à l'envie de pousser un peu plus la porte, car je me demande jusqu'à quel point elle s'est dévêtue... Je sens monter en moi une bouffée de colère, mais déjà Tyler reprend :

– Par ma faute, ton corps est abîmé et j'en suis désolé. Mais elles ne sont pas si imposantes que tu le penses, Emy, honnêtement ! Et puis tu sais, Cameron, le meilleur ami de Sam, est tatoueur et il fait des miracles pour recouvrir des cicatrices. Tu devrais le contacter si vraiment tu n'arrives pas à vivre avec ; ça pourrait t'aider, non ? propose-t-il de sa voix douce et rassurante.

– Merci, Ty, c'est une bonne idée, je le ferai. Et toi ? Comment vis-tu le fait d'être « abîmé » ?

– J'ai toujours beaucoup de mal à vivre avec une jambe en moins. Je m'y suis habitué au quotidien, j'arrive même à courir avec une prothèse sur mesure, mais c'est dans l'intimité que c'est le plus difficile. Je ne l'ai montré à personne, si ce n'est à Sam et c'est toujours très délicat, répond-il pudiquement.

– Tu me montres ?

Contre toute attente, le bruit de la ceinture de Tyler se fait entendre et il accède à sa demande. Il m'a caché son handicap pendant des mois, il a eu du mal à s'assumer dans nos moments intimes, cette nana le lui demande et, sans réfléchir, il obtempère ?! Les larmes me montent aux yeux malgré moi. Dans ma tête, c'est un véritable maelström d'émotions qui s'enchaînent : je suis blessée qu'il puisse naturellement partager cela avec *elle* et non avec moi, jalouse de leur complicité évidente, furieuse de ne pas m'être rendue compte qu'ils étaient si proches. À ne pas vouloir jouer la femme jalouse, je me suis peut-être voilé la face ? Je ne sais plus quoi penser.

C'en est trop, et j'entre dans la pièce où Tyler et moi avons partagé tant de moments intimes. Intimes… mais finalement, étaient-ils aussi intimes que celui qu'il vient de vivre avec Emily ? À cette conclusion, mon ventre et mon cœur se serrent.

Emily est assise sur le canapé moelleux que j'aime tant, et Tyler, le pantalon aux chevilles, le remonte rapidement, les yeux paniqués. J'ai beau savoir qu'il ne me trompait pas, ce que je viens d'entendre de leur complicité n'en est pas moins douloureux.

– Sam ? Ça n'est pas du tout ce que tu crois… Je montrais juste ma prothèse à Emily, m'assure-t-il, l'air très gêné.

– Tyler a raison, nous ne faisions rien de mal, confirme son ex aussi calmement que je suis énervée, tout en refermant doucement les boutons de son chemisier et en m'offrant un sourire figé.

– Emily, tu veux bien nous laisser un moment, s'il te plaît ? J'aimerais parler à Tyler.

– Bien sûr, dit-elle en quittant la pièce, offrant un vrai sourire cette fois à Tyler qui ne le lui rend pas, visiblement nerveux.

Mon instinct, bien représenté par mes deux miss, me crie de faire attention à cette fille. Au-delà de la jalouser et de la trouver bien supérieure à moi à bien des niveaux, elle ne m'inspire pas confiance, et la façon dont elle reluque mon mec ne trompe pas.

– Sam, les apparences sont trompeuses, commence Tyler, mais je te promets que ça n'est pas ce que tu…

– Je sais, j'ai entendu votre conversation. Mais s'il n'y a rien entre vous, comment expliques-tu que tu peux montrer à ton ex ta prothèse, alors qu'avec moi, c'est une tout autre histoire ? demandé-je sèchement.

– Arrête, Sam, tu te fais des idées pour rien, je t'assure ! Emily est juste peut-être plus à même de comprendre, voilà tout, et puis, c'est pas pareil…

*Ouch !*

– Ce que je comprends, c'est que vous êtes toujours très complices, et bien au-delà de ce que j'imaginais. Et que je trouve qu'elle prend beaucoup de place dans ta vie : quand tu es avec moi, tu reçois ses textos, elle vit avec toi et, ici, elle se comporte comme la maîtresse de maison. Et là, je vous trouve en train de vous montrer vos cicatrices respectives, ça fait un peu beaucoup, tu ne penses pas ?

– Je te trouve injuste, Sam. Et tu ne peux pas dire qu'elle m'envoie des textos tout le temps non plus, si ? me dit-il en s'asseyant et en me faisant signe de l'imiter.

Je préfère néanmoins rester debout.

– Non, mais c'est comme si elle avait toujours un œil sur toi, comme quand elle te souhaite une bonne nuit, comme le ferait une petite amie. Je n'envoie pas de textos à Cam pour lui souhaiter de faire de beaux rêves, personnellement !

– Tu te fais des films, Sam, ça en devient ridicule ! Elle est juste une bonne amie à qui je voulais montrer les blessures dues à notre accident commun. Elle a eu le courage de me montrer ses cicatrices, j'ai décidé de faire pareil… alors inutile d'en faire toute une histoire car c'est injustifié, conclut-il froidement en se relevant et décidant ainsi de mettre un terme à notre échange.

Je suis vexée. Cela fait des semaines que nous faisons l'amour depuis que j'ai découvert le handicap de Tyler, et c'est toujours très difficile pour lui d'être assez en confiance avec moi pour me montrer sa jambe mutilée. Or, avec elle, il n'hésite pas une seconde. Je suis blessée par le fait qu'il ne tienne pas compte de mon ressenti et de mes impressions. Sans crier gare, mon sentiment d'infériorité refait alors surface et, malgré moi, les larmes commencent à monter. Je refuse de le lui montrer et, heureusement, c'est le moment que choisissent Ethan et Jack pour frapper à la porte. Mon petit bonhomme est surexcité d'avoir pu découvrir les voitures de Tyler et se lance dans un récit détaillé de ce qu'il a vu. Quand son engouement retombe un peu, l'atmosphère est toujours très tendue entre nous et cela ne s'arrange pas quand Emily rentre pour nous annoncer que le repas est prêt et que nous pouvons passer à table. Cette intervention ne m'aide pas à me calmer. Cette fille joue clairement à la maîtresse de maison et ça me gonfle terriblement.

Nous la suivons, et Tyler me glisse à l'oreille, la mâchoire crispée :

– Je me suis permis ce matin de lui proposer de se joindre à nous, je suis désolé mais c'était avant que je comprenne que tu risquais d'en faire toute une histoire.

Je m'arrête net, c'est la goutte de trop. Il a l'air de sous-entendre que je suis la méchante femme jalouse qui ne supporte pas que l'ex garde une place dans sa vie ! C'est fou comme en quelques minutes tout a dérapé. Malgré mon manque de confiance en moi, il me reste une grande fierté et il est hors de question que je le laisse m'octroyer le mauvais rôle. Je ne veux pas faire d'esclandre, surtout devant Ethan, je prends donc sur moi et m'assois à table. Ni Tyler ni moi ne décrochons un mot, et c'est Emily qui parle gentiment avec Ethan qui se régale du repas préparé par Daisy. La tension est palpable et dès le repas terminé, j'annonce à Ethan que nous rentrons, car Charlie nous attend pour confectionner des cookies au beurre de cacahuètes. Il est ravi et nous nous dirigeons donc vers la sortie.

Je salue froidement Emily qui nous accompagne sur le perron de la maison et, comme elle ne semble pas vouloir en bouger, je salue Tyler de la même façon, sans le toucher ni l'embrasser. Il me fusille du regard, ce qui ravive encore ma colère. Ce mec est gonflé : après tout, je n'ai rien fait de mal, moi ! Ethan fait un énorme câlin à Tyler qui lui promet de lui téléphoner dans la semaine et le serre fort dans ses bras. Nous montons en voiture avec Jack, direction chez Charlie, à qui j'annonce par SMS que nous arrivons pour un atelier cookies, mais que ça n'est qu'une excuse pour Ethan car j'ai surtout besoin de son avis sur Emily.

Quand nous frappons à la porte des jumeaux, ma meilleure amie porte déjà un tablier et a tout préparé pour que nous puissions cuisiner de beaux biscuits pour tous les copains du foyer. Cam travaille sur un tatouage qu'il doit réaliser le lendemain. Charlie et lui sentent bien que quelque chose ne colle pas mais nous ne pouvons pas discuter devant Ethan. Alors que la deuxième fournée cuit au four et comprenant que j'ai besoin de parler à Charlie, Cam prend l'initiative d'aller acheter du lait avec Ethan vu qu'il n'y en a plus.

Alors que j'attaque rageusement la vaisselle, Charlie grimpe sur le plan de travail pour s'y asseoir. Ma meilleure amie a un sixième sens car elle me demande :

– Ne me dis rien, Mac, l'ex-petite amie n'aurait-elle pas déjeuné avec vous ?

– Bingo, honey ! Mais ça n'est pas tout, Tyler et moi avons eu notre première dispute.

Je lui relate tout ce qui s'est passé et lui demande son avis objectif et qu'elle n'hésite pas à me dire si elle pense que je suis allée trop loin.

– De toute façon, tu me connais : je ne sais pas te mentir, donc aucune chance que je te ménage, MacIntyre, dit-elle en me faisant un clin d'œil. Mais revenons à nos moutons. Primo, je ne la sens pas du tout, cette nana. Alors oui, il y a sûrement un peu de jalousie de ta part mais même ça, ça me paraît légitime : la meuf vit quand même chez ton mec ! J'aimerais bien voir la tête de Tyler si tu lui annonçais que ton ex vient vivre chez toi ! Deuzio, je dois avouer que j'ai eu la même impression que toi, et c'est vrai qu'elle s'est comportée hier comme si elle nous recevait chez elle, jusqu'à venir nous dire au revoir en compagnie de Tyler, comme un couple. C'était super bizarre, j'avoue, alors si tu me dis qu'elle a refait le coup aujourd'hui, c'est que c'est délibéré et qu'elle veut te montrer qu'elle est dans la place. Tertio, je voulais te parler d'elle de toute façon, car j'ai remarqué qu'elle lorgne ton mec dès que tu as le dos tourné, et ça ne me plaît pas. Elle a beau être charmante et faire des sourires à longueur de temps, une fille bien ne regarde pas le mec d'une autre comme un chien devant un os, et sur ce coup-là, Mac, vu ses regards, je te garantis que le clebs est affamé, si tu vois ce que je veux dire !

– Tu crois que j'ai du souci à me faire, alors ? demandé-je, triste de ne pas m'être trompée et paradoxalement rassurée de ne pas être à côté de mes pompes, vu que Charlie partage mes doutes.

– Je te dis juste d'ouvrir l'œil ! Je ne crois pas que Tyler rentre dans son délire, je pense même qu'il ne s'aperçoit de rien. Et puis, même si je comprends que ça te saoule qu'il soit à l'aise pour lui montrer sa prothèse, ça veut peut-être aussi dire qu'il n'y a aucun jeu de séduction de sa part, non ?

– Si, peut-être, je ne voyais pas ça comme ça. Je déteste être fâchée contre lui, mais il prend systématiquement sa défense et du coup je me sens idiote, je m'emporte, et lui aussi. Et puis, je ne me sens pas à la hauteur… C'est une sacrée fille, elle est canon, tu ne peux pas dire le contraire !

– Je t'arrête tout de suite, tu n'as pas à te comparer à elle ! OK, elle est peut-être super bien foutue et plutôt jolie, mais tu sais aussi bien que moi que ça ne fait pas tout ! Et puis, avant l'accident, elle a quand même trompé Tyler, ça nous donne un bon indice sur le genre de fille qu'elle est, non ?

Je n'ai pas le temps de répondre que Cam et Ethan sont de retour avec du lait pour que nous fassions un goûter digne de ce nom tous ensemble. Je suis toujours perdue entre colère, jalousie et tristesse. Le temps passe trop vite et déjà Amelia vient chercher Ethan pour le raccompagner au foyer. C'est les bras chargés des cadeaux de son anniversaire que nous l'escortons jusqu'à la voiture de sa tutrice. Je ne m'habituerai décidément jamais au fait de devoir le laisser le dimanche soir quand il passe le week-end chez moi. Il dit au revoir aux jumeaux puis je le porte pour le serrer fort dans mes bras.

– Je t'aime, Sam. C'était trop bien, on refera ça encore, hein ?

– Promis, mon chéri !

– Bientôt ?

– Le plus vite possible, mais en attendant tu vas être très occupé à jouer avec tous tes cadeaux, tu ne vas pas voir le temps passer !

– Je crois que tu en as des choses à me raconter sur ce week-end, mon chéri, intervient Amelia pour faciliter le départ et je lui en suis reconnaissante.

– Oh oui ! Tu sais ce que j'ai eu avec Tyler ?

– Non, mais tu vas me raconter tout ça en route, jeune homme !

Ethan me fait un dernier câlin et je lui chuchote que je l'aime.

Attaché dans son siège auto, il nous fait au revoir de la main à travers la vitre et je me force à lui sourire pour ne pas lui donner le cafard.

La voiture hors de vue, je me sens très seule tout à coup. Je suis bien contente que mes deux amis soient là !

# 33

Devant ma triste mine, Cam et Charlie décident qu'il est impératif que je me change les idées et nous nous rendons au Old Tavern de Don pour finir ce drôle de week-end. Je dois avouer que la perspective de passer une soirée avec mes amis me réjouit, et je décide de mettre mon esprit et mes soucis sur pause le temps de la soirée. Le pub de Don est une affaire qui marche de mieux en mieux et je suis ravie pour lui car il travaille dur. Pour la première fois depuis qu'il a acheté son pub, il a même pu embaucher un serveur, Garrett, qu'il nous présente rapidement, étant donné qu'ils sont en pleines « happy hours » et que le bar est bondé.

Comme toujours, je me sens bien ici, mais je dois avouer que Tyler, malgré notre dispute, ne sort pas de mes pensées. Avalant une gorgée de bière bien fraîche, je lui envoie un SMS. Je n'ai jamais été de nature rancunière et je décide de faire un premier pas vers lui. Certains diront que je n'ai pas de fierté mais je suis comme ça, je déteste rester fâchée avec les gens que j'aime, et c'est aussi une bonne manière de voir si Tyler va camper sur ses positions et être froid ou s'il ouvrira le dialogue tout comme moi.

[Notre première dispute :(
Je n'aime pas que nous soyons fâchés.
Je pense à toi...]

Sa réponse ne se fait pas attendre.

[Moi non plus je n'aime pas ça,
surtout que tu es ravissante ce soir...]

Il me faut relire le message deux fois pour comprendre, et quand je me retourne je le vois. Il est là, à la porte d'entrée du pub, me regardant de ses yeux bleus magnifiques. Je ne peux pas m'empêcher de sourire, soulagée qu'il me sourie en retour alors qu'il me rejoint.

– Les grands esprits se rencontrent, on dirait ? me glisse-t-il à l'oreille alors qu'il prend place sur un tabouret près de moi et des jumeaux. J'ai reçu ton texto alors que je sortais de la voiture. Moi non plus, je ne voulais pas qu'on se fâche pour si peu. Du coup, il y a une demi-heure, j'ai appelé Cam et il a vendu la mèche.

– Tu étais si triste après avoir laissé Ethan que j'ai pensé que ça te ferait du bien de voir Tyler, ma beauté, explique Cam.

– Tu as très bien fait, dis-je en me levant pour lui faire un câlin. Et d'ailleurs, pour fêter ça, c'est ma tournée !

– Alors tequila frappée ? demande Donovan dans un grand sourire en saluant mon homme.

– Et comment !

– Kate devait passer à la maison ce soir pour me déposer un dossier urgent, je pense que ça lui ferait du bien de prendre un peu de bon temps... Ça ne vous dérangerait pas trop si je lui proposais de se joindre à nous ?

– Avec plaisir ! J'ai bien aimé parler avec elle hier, elle me plaît bien, cette fille, dit Charlie, tandis que Cam accepte lui aussi avec enthousiasme.

Ça me fait super plaisir de voir que Kate et mes meilleurs amis s'entendent bien, cela facilitera les choses à l'avenir car j'adore cette fille et je compte bien la voir régulièrement.

Une heure plus tard, Kate nous rejoint après que Tyler lui a donné le nom et l'adresse du pub. Elle salue tout le monde et me serre dans ses bras, visiblement ravie de passer une soirée avec nous. Pourquoi n'ai-je pas pensé à organiser ça avant ? Elle est habillée beaucoup plus décontractée que d'habitude et je la trouve encore plus jolie. Ses longs cheveux blonds tombent librement dans son dos et elle porte un jean taille haute qui met en valeur sa silhouette fine. Elle a déjà retrouvé la ligne depuis la naissance de James. Nous trinquons tous ensemble et les shots commencent à me faire de l'effet. Tyler et moi sommes très complices et il se plaît à me rappeler notre première fois ici. Nous sourions bêtement quand il me dit qu'il file aux toilettes, petit clin d'œil que seuls lui et moi comprenons. Charlie, elle aussi très gaie, m'entoure de ses bras pour me faire un câlin tandis que Cam et Kate sont en grande discussion.

Nous rions comme deux ados quand, soudain, le portable que Tyler a laissé sur le bar s'allume, et un SMS apparaît à l'écran. Désinhibées, nous osons un coup d'œil en riant bêtement, mais notre rire est de courte durée.

[Jack m'a dit qu'il t'avait déposé
en ville pour que tu retrouves
Samantha. J'espère que tout
va bien ? Comme je te disais,
tu aurais dû laisser passer

un peu de temps avant
de la contacter mais c'est toi
qui vois… J'espère que tu passeras
une bonne soirée, ici la maison
est vide sans toi… Bisous]

– C'est quoi ce bordel ? attaque Charlie, fidèle à elle-même. Non seulement elle se permet de donner des conseils à ton mec sur votre histoire, mais en plus elle parle de la maison comme si c'était leur baraque ! Dis-moi que tu es d'accord avec moi, Mac ! Elle veut foutre la merde qu'elle ne s'y prendrait pas autrement, c'est assez clair, là, non ?

– Oui, honey, je suis complètement d'accord, mais on passe une si bonne soirée que là je n'ai vraiment pas envie de me prendre encore la tête à cause de cette fille. Elle ne fichera pas ma soirée en l'air, il est avec moi et pas avec elle et c'est tout ce qui m'importe ! Je sais que demain on va en reparler toutes les deux et que je serai beaucoup moins zen, mais j'en ai marre qu'elle soit toujours dans ma tête, alors il est hors de question que je lui donne la satisfaction de m'embrouiller avec mon mec ce soir. Tu sais quoi, on va faire comme si de rien n'était ! Je ne dirai même pas à Tyler que j'ai vu qu'il a reçu ce SMS…

– C'est toi qui vois, MacIntyre, mais je te l'ai déjà dit, garde les yeux grands ouverts !

– Je te promets, lui dis-je en levant la main.

C'est ce moment que choisit Tyler pour revenir et m'embrasser avec fougue avant de se rasseoir à sa place. Il jette un coup d'œil à son portable et lit le SMS d'Emily. Il le remet alors en veille sans lui répondre, cela me rassure et me conforte dans l'idée que j'ai bien fait de ne pas donner d'importance à ce texto.

Charlie et moi nous défoulons en dansant, et trois chansons

plus tard, c'est essoufflées que nous rejoignons le bar où Don, toujours aussi prévenant, nous sert un grand verre d'eau fraîche. Je me blottis contre Tyler, histoire de récupérer tranquillement, et me rends compte que Kate et Cam sont toujours en grande discussion. Ils se sourient beaucoup et leur complicité est évidente. Kate, plutôt réservée d'habitude, est beaucoup plus volubile ce soir, alors que mon meilleur ami semble presque timide. Ils feraient un très joli couple. Je ne peux m'empêcher de sourire et fais part de mes pensées à Tyler.

– C'est vrai que je n'ai pas vu Kate aussi épanouie depuis très longtemps, me confie-t-il, à vrai dire pas depuis Jax…

– Oh, je suis désolée, je n'ai pas réfléchi. Je suis vraiment débile, je…

– Non, ne t'excuse pas, et puis c'est évident que Kate a le droit de refaire sa vie et de trouver le bonheur, alors si c'était avec Cam, j'en serais très content. C'est un mec bien et je le respecte beaucoup, c'est vraiment un très bon pote désormais, alors tu as raison, ça serait génial… mais laissons faire les choses, Kate a besoin de temps, je pense, pour passer ce cap.

– C'est évident, et je dois avouer que j'aimerais que ça le fasse, mais tu as raison, ne jouons pas les cupidons ! De toute façon, ce soir, je n'ai d'yeux que pour toi !

– Vous êtes saoule, mademoiselle MacIntyre !

Pour toute réponse, je l'embrasse tendrement, puis j'entrouvre mes lèvres, et sa langue, impatiente, trouve rapidement la mienne et donne un rythme nouveau à notre baiser qui se fait plus passionné. Il me chuchote alors à l'oreille :

– Si tu continues à me chauffer comme ça, je vais devoir te porter de force dans les toilettes et tu sais très bien ce qui va s'y passer. Mais ce soir, je préférerais te faire l'amour dans ton lit moelleux où je pourrais t'attacher les mains et te rendre folle en te…

– Offerts par la maison ! nous interrompt Donovan en posant deux verres devant nous.

– Merci, Don ! le remercie Tyler, alors que je rougis et que je suis incapable de parler tant j'ai envie de connaître la suite du programme de mon homme.

Il me regarde et nous éclatons de rire, plus complices que jamais.

Cam sort fumer et Kate se rapproche de nous. Elle est joyeuse et ne peut s'empêcher de sourire. Je lui souris en retour, et sans rien lui dire je lui fais un clin d'œil et elle éclate de rire en rougissant comme une collégienne.

– Alors ? lui demandé-je, alors que nous nous retrouvons seules, car Charlie a défié mon mec à une partie de billard.

– Alors quoi ?

– Tu vas vraiment me faire le coup du « je comprends pas ce que tu veux dire, on ne fait que parler » ?

Elle sourit à nouveau mais redevient plus sérieuse :

– Je ne sais pas quoi te dire, Sam. Je me sens étonnamment bien en compagnie de vous tous. Non pas que vous ne soyez pas géniaux, mais j'ai toujours un peu de mal à me lier, et Cam est si gentil et intéressant que c'est très facile d'échanger avec lui. J'ai la sensation de pouvoir être moi-même et ça fait un bien fou.

– Alors ne réfléchis pas trop, ma belle, et essaie juste de profiter de ta soirée comme moi. On laisse tout de côté ce soir et on vit l'instant, OK ?

– OK, tu as raison. Lâchons un peu prise le temps d'une soirée, on le mérite, Sam ! dit-elle en trinquant avec moi.

Le reste de la soirée se déroule dans la bonne humeur et, déjà, l'heure est venue pour les clients de quitter l'établissement, mais notre petit groupe reste à l'intérieur une fois les portes verrouillées. N'est pas VIP qui veut !

Comme souvent par le passé, nous donnons un coup de main à

Don pour ranger plus vite et mettre les chaises sur les tables. Une fois cela terminé, et en attendant que Jack vienne nous chercher, Don nous ressert un dernier verre. Il s'assoit à notre table et se sert lui aussi une tequila qu'il boit cul sec. Je n'ai jamais vu mon ami aussi nerveux et ça m'inquiète. Je sens bien qu'il n'est pas comme d'habitude. Il a l'air tellement tendu que Cam, qui le connaît par cœur et n'a pu que ressentir la même chose que moi, lui demande ce qui se passe.

– Je ne sais pas par où commencer, à vrai dire… mais une chose est sûre : je dois vous dire quelque chose, commence-t-il, l'air grave.

Son entrée en matière ne me rassure pas le moins du monde et mon ventre se tord d'appréhension.

Charlie, étonnamment, garde les yeux rivés sur lui et lui prend la main comme pour l'encourager.

– Il ne faut surtout pas m'en vouloir de ne pas vous en avoir parlé plus tôt, mais je voulais en être certain, alors voilà, dit-il en serrant fort la main de ma meilleure amie. Je suis amoureux… de Garrett.

– Que, quoi ? lui demandé-je la première, pensant avoir mal compris.

– Je sais que c'est un choc, Sam… Mais oui, tu as bien compris, je suis gay.

J'ai beau chercher rapidement dans mes souvenirs, je n'ai en effet jamais vu Don avec une femme. J'étais tellement persuadée que lui et Charlie étaient attirés l'un par l'autre que mon esprit n'a même pas envisagé une autre possibilité.

– Mais enfin pourquoi ne pas nous en avoir parlé ? Tu avais peur qu'on te juge mal ? Tu sais très bien que tu es notre ami, hétéro ou homo, Don !

Il me sourit et serre ma main.

– J'avais peur que tu changes d'attitude envers moi, dit-il à Cam en se tournant vers lui. Tu es mon meilleur ami depuis toujours et quand j'ai compris que j'étais plus attiré par les mecs, j'ai eu peur de te le dire, que tu croies que j'étais attiré par toi et que notre amitié change du tout au tout, même si je n'ai jamais rien ressenti d'autre que de l'amitié envers toi. Et puis, on était beaucoup plus jeunes, moins matures...

Je comprends alors qu'il ne s'agit pas de moi, mais surtout de Cam.

– Je n'ai jamais supporté qu'on juge mal ma frangine parce qu'elle se colorait les cheveux, qu'on me traite de bête de foire parce que j'étais tatoué de partout, ou qu'on se moque du poids de Sam à l'époque, dit Cam. Une chose est sûre, si tu m'avais dit ton secret avant, je n'aurais jamais laissé personne te juger, et c'est encore valable aujourd'hui. Tu es mon meilleur ami et ça ne changera pas, alors qu'est-ce que tu attends pour nous présenter ton mec ?

Nous sourions tous, conscients de vivre un moment fort et heureux. Je serre la main de Don pour l'encourager, tandis qu'il fait signe à son homme de nous rejoindre. Charlie, pourtant toujours très forte, a les larmes aux yeux.

Garrett s'assoit près de Don, visiblement mal à l'aise face à notre troupe qu'il ne connaît pas encore. Il semble avoir une petite trentaine d'années et est aussi grand que Don, même s'il n'est pas aussi baraqué. Il porte un sweat à capuche blanc et un jean. Il a des cheveux courts châtain clair et, détail étonnant, maintenant que je le vois de plus près, je constate qu'il a des yeux vairons : l'un est aussi clair que le bleu des yeux de mon homme tandis que l'autre est un savant mélange de marron et d'un vert émeraude magnifique.

– Les amis, je vous présente Garrett Davis.

– Enchanté, mec, dit Cameron en lui tendant la main, alors raconte ! Comment vous êtes-vous rencontrés ?

– Il y a six mois, Don est venu prendre un petit déjeuner dans le pub dans lequel je servais à l'époque. Et quand il est revenu le lendemain matin, j'ai espéré que ça n'était pas juste pour nos fabuleux muffins. Il s'est avéré que non.

– Nous sommes très vite devenus inséparables et, comme je passe le plus clair de mon temps à travailler au pub, l'idée de bosser en binôme s'est imposée à nous peu à peu. On se complète autant au travail que lorsque nous sommes de repos, conclut Don en regardant amoureusement Garrett, qui pose alors sa main sur sa nuque.

– Je suis très heureuse pour vous. C'est génial que tu aies osé nous parler ce soir, Don, dis-je en me levant pour lui faire un énorme câlin.

Je suis d'ailleurs très vite imitée par Cam, Tyler, et même Kate qui ne le connaît pas très bien. Jack nous attend pour nous accompagner, nous nous levons donc tous à tour de rôle, et c'est à grand renfort de mots, de sourires et d'accolades que nous rassurons notre ami sur le fait que nous sommes tous très heureux pour lui et Garrett.

Nous rejoignons la voiture et montons tous les cinq pour que Jack nous raccompagne chez nous. Kate a trop bu et il est prévu que Jack la ramène chez elle ensuite. Devant les marches de notre immeuble, nous lui disons donc au revoir tandis que Cam l'embrasse doucement sur la joue en lui souhaitant de passer une bonne nuit. Quelle soirée ! Je n'aurais pas cru possible de vivre autant d'émotions en si peu de temps et, vu le regard brûlant de Tyler quand nous nous retrouvons seuls, je sens que je ne suis pas au bout de mes surprises, pour mon plus grand plaisir !

# 34

Nous nous réveillons le lendemain avec un mal de crâne carabiné et, heureusement pour moi, ayant enchaîné plusieurs jours de garde, je ne travaille pas pendant les quatre jours à venir. Tyler ne peut pas en dire autant et je me lève tout de même par solidarité.

Contre toute attente, alors que nous buvons silencieusement notre café, il me sourit, prend son portable et appelle sa nouvelle secrétaire, Marisa (*Hasta la vista, Kelly !* se moquent mes miss), pour l'informer qu'il ne viendra pas au bureau aujourd'hui, qu'il lui demande de bien vouloir décaler tous ses rendez-vous, mais qu'elle peut le joindre sur son portable en cas d'urgence. Je ne peux m'empêcher de sourire et, quand il raccroche, je fais le tour de la table pour me blottir contre lui et lui suggérer que nous retournions au lit pour commencer à profiter comme il se doit de cette journée volée. Mon homme ne se fait évidemment pas prier et me fait passer la plus jolie des matinées. Alors que nous sommes toujours au lit à discuter sur l'oreiller, j'évoque le fait que je dois réserver mes billets de train pour me rendre à Nottingham avec Kate, afin que nous finalisions les derniers détails du premier « rêve coloré ».

– Tu peux demander à Jack de t'y conduire, ça serait plus facile, non ? Quand est-ce que vous devez y aller, déjà ? demande-t-il en caressant du bout de ses doigts la paume de ma main.

– Demain. Nous avons rendez-vous à midi pour déjeuner en ville avec l'un des protagonistes du projet. Kate sera déjà sur place, elle prenait la route aujourd'hui.

– Mince, c'est demain que je dois me rendre à Southampton, pour midi également, et je ne peux vraiment pas décaler ce rendez-vous, dit-il tandis que ses doigts dessinent désormais des petits cercles à l'intérieur de mon avant-bras, ce qui me chatouille.

– Ce n'est absolument pas un problème, j'ai l'habitude de prendre le train et ça me coûte moins cher que de louer une voiture, réponds-je sincèrement en me tortillant un peu, à cause de l'effleurement de ses doigts sur ma peau.

– Tu as ton permis ? demande-t-il visiblement très surpris et arrêtant son petit jeu tactile.

– Oui, môssieur ! Qu'est-ce que tu crois ? réponds-je, faussement outrée. Je l'ai passé à 18 ans, ma mère a insisté pour que je le passe et les jumeaux aussi, d'ailleurs, mais en plein centre de Londres, nous n'avons jamais jugé nécessaire de nous acheter une voiture, même si j'adore conduire.

– Je l'ignorais ! Tu sais, Sam, j'ai beaucoup de mal depuis l'accident et je ne peux envisager de reprendre le volant, j'ai confiance uniquement en Jack, mais si tu aimes conduire, pourquoi ne pas m'emprunter l'une de mes voitures ? propose-t-il, même si je sens une grande réticence dans le ton de sa voix.

– Vraiment ? Oh, j'adorerais ! Tu m'en prêterais une, vraiment ? demandé-je, très enthousiaste, conquise par cette idée.

– Bien sûr, pourquoi pas ! Mais à une condition : que tu promettes d'être on ne peut plus prudente. J'ai assez perdu à cause de la route… souffle-t-il, et sa voix se brise.

– Je te le jure ! assuré-je en me blottissant dans ses bras et tentant à mon tour de lui provoquer des chatouilles, l'air de rien, en passant mes doigts à divers endroits de son corps.

Cela fait un bon moment que je n'ai pas conduit la vieille bagnole de ma mère et je suis trop contente à l'idée de conduire une belle voiture pendant les deux heures qui me séparent de mon point de rendez-vous avec Kate ! Alors que nous discutons du choix du véhicule, puis que Tyler, ayant bien compris mes tentatives, m'explique n'être chatouilleux qu'à un seul endroit de son corps (que je vais me faire un défi personnel de découvrir !) son téléphone sonne et il décroche :

– Allô ? Salut, Emy… Non, j'ai dormi chez Sam… Non, je vais rester ici cet après-midi… Non, demain j'ai un rendez-vous toute la journée… Oui… D'accord, alors à ce soir. C'était Emily, m'annonce-t-il après avoir raccroché, visiblement gêné vu la teneur de notre dernière dispute à son propos. Elle s'inquiétait et voulait savoir si j'allais bien puisqu'elle ne m'a pas vu ce matin.

Je ne relève pas et lui souris pour lui montrer qu'il n'y a pas de souci, même si ça commence à m'agacer que madame s'inquiète des faits et gestes de mon mec dès qu'elle n'a pas l'œil sur lui. Je repense aux conseils de Charlie et me promets de lui parler de ce coup de fil. Tyler me propose alors que nous allions manger un morceau, vu qu'il fait beau en ce jour d'avril. Nous sortons et j'emmène Tyler déjeuner au Woody Grill, mon restaurant fétiche, pour déguster mon plat préféré de tous les temps : un kebab et des frites ! Avoir l'estomac plein nous requinque et, après avoir flâné dans Camden Market, Jack vient nous y chercher afin que j'aille récupérer la voiture chez Tyler.

J'hallucine en entrant dans son garage. Certes, Ethan m'en avait parlé, mais voir toutes ces jolies voitures me laisse sans voix. Il doit y en avoir une petite dizaine, certaines plus luxueuses que d'autres, mais toutes semblent très récentes et elles sont rutilantes. Je ne sais pas laquelle choisir, même si je sais que je préfère une petite voiture. Jack et Tyler me conseillent alors la New Beetle cabriolet, pour laquelle j'ai effectivement un coup de cœur. Après avoir fait le tour du pâté de maisons avec Jack, condition obligatoire de Tyler pour la prendre correctement en main, je le retrouve à la même place où nous l'avons laissé et je me rends alors compte de l'angoisse que la voiture génère chez lui depuis son accident. Il est très nerveux et son visage est fermé. Je le rassure donc autant que possible et refuse à regret son invitation à dîner car il me reste des dossiers à travailler ce soir pour être totalement au point demain midi lors de notre déjeuner d'affaires.

Je le rassure pour la énième fois sur le fait que je serai très prudente sur la route, avant de l'embrasser tendrement et de rentrer chez moi. Nous avons passé de si bons moments que je pars guillerette en conduisant, mais avec néanmoins un gros pincement au cœur à l'idée qu'Emily va passer la soirée avec mon homme. Il a beau me rassurer, je ne peux pas contrôler ce sentiment de jalousie.

***

C'est à neuf heures le lendemain que je décide de partir afin de me laisser de la marge pour arriver à l'heure. Je conduis sur les petites routes périphériques avec un plaisir non dissimulé et je laisse mon esprit divaguer. Alors que je souris en repensant à Don et Garrett, mon téléphone portable sonne. J'ai oublié de le brancher en Bluetooth et je quitte la route des yeux une seconde pour l'attraper. Mais tout s'enchaîne : je ressens d'abord un énorme choc et ma voiture part violemment vers le côté gauche de la chaussée. Paniquée, j'essaie tant bien que mal de reprendre le contrôle et de redresser le volant mais rien n'y fait, je zigzague malgré moi et heurte une première fois la glissière de sécurité à ma droite. Malgré mes vaines tentatives de reprendre le contrôle, je termine ma course folle en percutant à vive allure et de plein fouet un arbre sur le bas-côté.

J'ai du mal à respirer tant le choc a été violent. Pourquoi je ne vois pas devant moi ? Est-ce l'airbag qui s'est déclenché et qui obstrue ma vision ? J'ai l'impression que les sons sont très étouffés. Un sifflement continu arrive à mes oreilles mais je ne saurais dire si cela est dans ma tête ou à l'extérieur. Ma tête… J'essaie de la bouger mais une douleur fulgurante me stoppe dans mon élan. Je dois appeler Tyler. Mon téléphone portable était sur le siège passager… Je tends le bras gauche mais, une fois encore, c'est un geste avorté tant je souffre. Ma ceinture de sécurité est bloquée et serre ma poitrine. À croire qu'elle est rentrée sous ma peau, ça brûle. Je n'arrive pas à me souvenir… ai-je perdu connaissance ? Je commence à paniquer. Je dois être sur une route assez passante, mais si personne ne venait ? Je sens quelque chose couler le long de ma joue, je présume que je saigne.

*A comme animal, B comme baignoire, C comme caravane. Je ne dois pas perdre connaissance.*

Des cours de ma première année de médecine me reviennent, et je me force à réciter les lettres et à leur attribuer un mot pour ne pas perdre connaissance. Je suis fatiguée.

*D comme diabolo, E comme étoile, F comme… F comme… qu'est-ce que c'est que ce bruit ? De la musique ?*

– Madame ? Madame ? Vous m'entendez ?

*C'est à moi qu'on s'adresse ?*

J'ai envie de répondre mais je suis fatiguée, si fatiguée.

*F comme fermer les yeux, juste une minute...*

Quand je les ouvre à nouveau, j'ai le réflexe de me débattre. Quelque chose m'empêche de respirer, qui sont tous ces gens ?

– Restez tranquille, madame. Vous êtes en sécurité, vous êtes dans une ambulance. Vous avez eu un accident de la route. Ce masque vous aide à respirer. Ne bougez pas, ça va aller, me dit-on.

J'ai mal partout, j'ai peur. Il faut prévenir Tyler. Il va être furieux, je lui avais promis d'être prudente. Je m'en veux. Je sens à nouveau un liquide inonder mes joues mais je sais que cette fois il ne s'agit que de mes larmes. Les infirmiers au-dessus de moi s'activent et je sens qu'ils m'installent une perfusion. Je n'arrive pas à parler pour leur demander de m'expliquer mon état, je n'entends rien. Je suis trop fatiguée. À nouveau, je ferme les yeux, juste une petite minute.

J'ouvre les yeux et la lumière m'éblouit, je les referme donc aussitôt.

J'entends une voix qui appelle quelqu'un et qu'on s'active autour de moi.

Je tente encore de rouvrir les yeux et un médecin me sourit.

– Vous êtes en sécurité, madame. Vous avez eu un accident de la route et vous êtes à l'hôpital. Pouvez-vous me donner votre nom ?

Les sons peinent à franchir mes lèvres, mais je parviens néanmoins au prix d'un réel effort à lui répondre d'une voix rauque.

– Parfait, Samantha. Suivez la lumière, s'il vous plaît, demande-t-il en faisant bouger devant moi une petite lampe manuelle d'auscultation.

Il enchaîne avec d'autres examens de contrôle et déclare que tout semble normal et qu'il faut que je me repose. Il reviendra d'ici quelque temps pour m'ausculter de nouveau. Je hoche la tête, ce qui me fait grimacer et, alors qu'il sort de mon champ de vision, je le vois, les traits déformés par ce que j'imagine être de l'angoisse. Tyler. Ses yeux sont rouges et cernés et il s'approche doucement de mon lit. J'ai envie de le toucher, mais tendre le bras m'arrache un gémissement. Si je voulais le rassurer, c'est pas gagné !

Il déplace sa chaise tout près de moi et m'explique que je suis toujours en soins intensifs. Il pose précautionneusement sa main sur mon bras et me répète ce que les médecins lui ont dit, à savoir que je n'ai rien de grave, que j'ai tout de même un traumatisme crânien et de multiples lésions sur tout le corps, mais rien qui ne se guérisse avec le temps. J'ai une luxation de la rotule de mon genou droit et une légère entorse au poignet droit, mais rien de cassé, et ça tient du miracle selon les médecins vu la violence de l'impact. Je laisse échapper un soupir de soulagement et lui souris difficilement. Je ne dois pas être belle à voir car je sens, en souriant, que mes joues sont enflées.

– Je t'aime, Sam. Tellement. Je n'aurais pas supporté de te perdre. Je t'aime, je t'aime, je t'aime, murmure-t-il, les yeux brillants des larmes qu'il tente de contenir.

Il pose alors délicatement son front sur ma main et après quelques instants je me rends compte qu'il pleure silencieusement. Je retire doucement ma main et lui caresse les cheveux, le laissant extérioriser cette peur que je lui ai causée et le ramenant une nouvelle fois à son passé compliqué. Je suis malheureuse de le faire renouer avec de mauvais souvenirs et j'ai beaucoup de chagrin de voir mon géant craquer de la sorte et être si vulnérable à cet instant. Mes larmes affluent également et piquent mes yeux, mais je rassemble toutes mes forces et parviens à lui dire de ma voix enrouée :

– Moi aussi, je t'aime. Je suis si désolée, pardon… je t'aime.

Il relève la tête, essuie ses yeux d'un revers de la main et me regarde avec tant d'amour et de douceur qu'à mon tour je me laisse aller et que je sombre à nouveau dans l'inconscience.

# 35

Je ne vois pas grand-chose du jour suivant. J'alterne de longues périodes de sommeil avec des phases de réveil plus ou moins inégales, mais je ne reste pas longtemps consciente, ce qui est normal, d'après les médecins. Néanmoins, à chaque fois que j'ouvre les yeux Tyler est à mes côtés. Il refuse d'aller se reposer malgré mes demandes répétées. Égoïstement, cela me rassure énormément qu'il soit si présent. On me fait passer toute une batterie d'examens mais les soignants se veulent rassurants.

Le surlendemain, les docteurs jugent mon état assez satisfaisant pour que je quitte les soins intensifs et je suis donc transférée vers une chambre en médecine. Sur le brancard qui me transporte, j'observe les lieux de l'autre côté de la barrière. Je ne suis plus soignante ici, mais désormais et pour quelque temps une patiente au Saint-Thomas Hospital.

Une fois bien installée dans ma nouvelle chambre, je demande à Tyler s'il a prévenu mes proches et, bien entendu, il me confirme ce que je pensais. Ma mère, Pete et les jumeaux sont venus à tour de rôle me voir cinq minutes chacun en soins intensifs et sont impatients de pouvoir me voir plus longuement. Il m'explique qu'il est resté près de moi mais que, normalement, il n'aurait pas pu. J'imagine donc qu'il a dû batailler ferme pour arriver à convaincre le corps médical. Comme il est déjà dix-huit heures, ma famille passera demain après-midi. Tyler bâille discrètement, je tente alors de le raisonner :

– Tu es épuisé, tu n'as quasiment pas dormi depuis des jours. Tu as entendu les médecins : je suis complètement hors de danger, alors reviens-moi demain en forme. Allez, ouste ! Rentrez chez vous et au lit, monsieur Cole, c'est un ordre ! dis-je en secouant ma main.

– OK, tu sais que je ne peux rien te refuser quand tu m'appelles comme ça, mon amour. J'avoue que prendre une douche et dormir dans un lit ne me feront pas de mal ! On se voit demain ? Je serai là à la première heure. Tu es sûre que tu n'as besoin de rien ? Je peux rester sinon et…

– Non, je suis bien, le coupé-je. Je vais sûrement m'endormir rapidement, alors tu peux partir tranquille. Toi aussi, tu as besoin de souffler, alors vas-y.

Il m'embrasse le front délicatement et se lève visiblement à regret pour rentrer chez lui. Je le rappelle :

– Tyler ? Je t'aime, ajouté-je, de plus en plus à l'aise pour lui dire ces trois petits mots si forts et vraiment reconnaissante d'avoir l'opportunité de le faire après ce drame.

– Oh moi aussi, ma chérie, à un point que tu ne soupçonnes même pas, ajoute-t-il en revenant vers moi et en m'embrassant la tempe, rare endroit non sensible de mon visage.

Il se redresse et s'éloigne doucement. Puis après un dernier regard pour moi, il referme la porte pour rentrer chez lui. Je me retrouve donc seule pour la première fois depuis l'accident et cela me fait tout drôle. Les événements se sont précipités et je dois dire que, seule, je commence seulement à réaliser que j'aurais pu mourir et ne plus revoir les gens que j'aime. Cette pensée m'angoisse terriblement et je me force à jouer avec la télécommande de la télé pour ne pas trop réfléchir, quand on frappe doucement et que je vois entrer Charlie. La voir là, alors que je suis tourmentée, me fait un bien fou. Elle referme la porte derrière elle, et je vois bien qu'elle est inquiète, car comme à son habitude dans ces cas-là elle ne tient pas en place et fait les cent pas. Je lui souris du mieux que je peux pour essayer de la rassurer mais elle a le visage toujours crispé quand elle me demande d'une voix tendue :

– J'ai attendu que Tyler sorte. Je voulais vous laisser en tête à tête, j'allais finalement rentrer quand je l'ai vu sortir il y a cinq minutes. Alors me voilà, je ne pouvais pas encore passer une nuit supplémentaire sans m'être assurée que tu vas bien et que tu ne risques rien. Tu ne risques plus rien, hein, Mac ?

– Les médecins m'ont rassurée sur mon état, tu peux te détendre, je n'ai rien de cassé mais j'ai mal partout.

Je constate qu'elle n'arrive pas à se calmer et j'imagine que mon état lui fait peur.

– Tu veux bien me prêter ton miroir de poche, honey ? Il est temps que je regarde en face l'étendue des dégâts, demandé-je, essayant de lui soutirer un sourire, mais en vain, ce qui ne me rassure pas outre mesure.

Elle ne me dit rien, ce qui n'augure définitivement rien de bon, et après avoir vidé la moitié du contenu de son sac à main sur le lit, elle me tend une petite glace. J'approche ma main et peux enfin regarder mon visage si abîmé. La paupière de mon œil gauche est si tuméfiée que je ne peux pas l'ouvrir pour l'instant. Elle est gonflée et d'un violet presque noir. On dirait un rugbyman au sortir d'un match particulièrement violent. Mes joues sont couvertes de bleus et ma lèvre a dû être recousue, car je constate que j'ai un point de suture dessus, comme je m'en doutais en y passant ma langue. Je lève un peu plus le miroir et constate qu'ils m'ont recousu le cuir chevelu au sommet du crâne et que, pour le faire, ils ont dû raser mes cheveux, ce qui me donne une sacrée touche à la « Bozo le clown ». Plus moche, tu meurs ! Je regarde Charlie d'un air tellement ébahi et consterné qu'elle ne peut s'empêcher d'éclater de rire. C'est ça que j'aime chez cette fille, sa spontanéité à toute épreuve. Elle rit désormais franchement, et je ne peux m'empêcher de me moquer de mon allure et ris autant que faire se peut, sans trop étirer mes lèvres sensibles.

– Ça fait du bien de te retrouver, Mac, dit-elle en se calmant et en s'allongeant près de moi sur le lit pour me faire un câlin. J'ai eu tellement peur, je n'aurais pas supporté de te perdre !

La sentir tout contre moi me fait un bien fou et je me détends en posant ma tête contre la sienne. Je remercie le ciel de m'avoir laissée en vie pour profiter encore et encore des gens que j'aime tant.

– Je suis toujours là, honey. Moche, mais toujours là, dis-je, ce qui la fait rire à nouveau.

– Il faut vraiment qu'on trouve une solution pour tes cheveux, c'est juste pas possible.

– Je sais quoi faire. Si tu veux bien, va à l'accueil et demande que Phyllis MacKenzie descende, si elle travaille toujours à cette heure-ci. Elle me doit un service car je lui ai décroché un rencard avec un infirmier de mon service, elle ne peut rien me refuser.

– Mais qu'est-ce que tu vas faire ?

– Tu verras, mais si tu n'as rien à faire ce soir, reste un peu si tu veux avoir la primeur.

***

Le lendemain matin, je me fais réveiller à l'aube pour que l'infirmière de service prenne mes constantes et on me sert mon petit déjeuner. Ensuite, une aide-soignante vient faire ma toilette et je me sens beaucoup plus fraîche que la veille. Charlie m'a déposé une tenue confortable pour remplacer l'affreuse blouse ouverte dans le dos que l'on m'a mise d'office. Me voilà donc habillée d'un legging et d'un T-shirt qui sent bon la lessive. Tyler ne devrait plus tarder et j'ai hâte de voir sa tête. Quelques minutes plus tard, il frappe à ma porte et entre, un énorme bouquet à la main.

– Mais ?

Il est bouche bée et ne semble pas savoir quoi dire. Tout à coup je me sens mal. Et s'il me trouvait laide ? Je ne sais pas quoi lui dire, mais il se remet rapidement de sa surprise et, s'approchant de moi pour m'embrasser délicatement, il me chuchote que je suis magnifique, ce qui a pour effet de me rassurer et de me faire rougir de plaisir. Même quand je suis toute cabossée, il sait trouver les mots pour me faire me sentir bien et ça me touche beaucoup.

– Quand as-tu fait ça ? demande-t-il en caressant mes cheveux.

– J'aurais peut-être dû t'en parler avant, mais je n'ai pas supporté de voir mon crâne rasé au milieu comme ça, lui dis-je en lui montrant. Du coup, Phyllis, une amie coiffeuse qui travaille ici pour les patients, est venue hier soir et je lui ai demandé de m'attacher les cheveux pour pouvoir les couper et les offrir à Little Princess Trust. C'est une association qui, grâce aux dons de cheveux, permet de fournir des perruques aux enfants et jeunes adultes atteints d'un cancer. Cela faisait un moment que j'y songeais et, vu ma tête, il n'y avait pas de meilleur moment que celui-ci. Du coup, elle a réussi à me faire cette coupe à la garçonne, qui parvient néanmoins à cacher le milieu rasé de ma tête.

– C'est un geste magnifique et en plus tu as très bien fait : cheveux courts ou longs, tu es superbe, dit-il en portant ma main à ses lèvres et en me regardant droit dans les yeux comme pour donner encore plus de poids à ses mots… Et puis, on est raccord comme ça, ajoute-t-il en faisant un clin d'œil, ce qui me fait sourire.

On frappe à la porte et les jumeaux, ainsi que ma mère et Pete entrent à leur tour.

– Oh, zut, j'ai loupé ta tête ! Je voulais arriver avant toi, râle Charlie en s'adressant à Tyler qui éclate de rire.

– Carrément canon, ma beauté, enchaîne Cam en me faisant un câlin. Content de voir que tu vas mieux, j'ai eu trop peur… Ne nous refais plus jamais ça, OK ?

– Promis, réponds-je, les larmes aux yeux, émue de voir à quel point ces gens tiennent à moi.

Car même si je n'en doutais pas, s'entendre dire ces choses-là remue forcément un peu. Ma mère m'étouffe en me serrant dans ses bras, mais il est hors de question que je le lui dise. Je me sens chanceuse d'être si entourée par ces personnes formidables et je réalise que je l'ai échappé belle.

Plus tard, dans la journée, deux policiers viennent prendre ma déposition, et je leur avoue que je n'ai pas été prudente en voulant attraper mon téléphone. Ils prennent des notes sur leurs calepins et m'annoncent que la coccinelle est partie en expertise et que nous aurons les résultats dans quelques semaines. Ils me saluent après m'avoir souhaité un prompt rétablissement et, une fois seule avec Tyler, je pleure. Je pleure car j'ai eu peur d'avoir, sans le vouloir, mis en danger d'autres conducteurs en perdant le contrôle. Je pleure car j'ai bousillé la voiture de Tyler. Je pleure car j'ai les nerfs qui lâchent, tout simplement. Il me laisse pleurer et, quand mes sanglots se calment, allongé près de moi sur le lit, il caresse doucement mes cheveux courts, jusqu'à ce que je m'endorme.

***

Les jours se succèdent et je me sens de mieux en mieux, même si je suis courbaturée de partout. Les parents de Tyler passent me voir, ce qui me fait très plaisir, et ils me répètent combien ils sont heureux que je fasse partie de la vie de leur fils. Don vient également me rendre visite avec Garrett, ce qui me permet de faire mieux connaissance avec ce dernier, qui se révèle être un homme génial.

J'ai même reçu un très joli bouquet et des chocolats de la part d'Emily, qui l'eût cru ! Elle a appelé un soir pour me dire qu'elle savait ce que cela faisait d'être sur un lit d'hôpital et qu'elle compatissait vraiment. Puis elle m'a souhaité un prompt rétablissement. Je suis restée presque sans voix et je m'en suis un peu voulu, car après tout elle n'est peut-être pas si mauvaise qu'elle en a l'air. Elle a juste perdu Tyler, j'imagine que j'en serais dévastée, moi aussi.

Kate est également venue passer un long moment hier avec moi et nous avons beaucoup ri. Elle est vraiment devenue en quelques mois une très bonne amie. Je la charrie un peu sur notre dernière soirée et sur Cam mais, comme je la sens perturbée, je ne veux pas trop l'embêter avec ça, ni lui mettre la pression après toutes les épreuves qu'elle a dû subir dans le passé. Je lui conseille de prendre comme ça vient et de se laisser porter. Que si ça doit se faire, ça se fera, ou pas… Elle m'écoute attentivement mais ne parle pas trop. Je sais qu'elle est secrète et qu'elle ne doit certainement pas trop savoir où elle en est, mais je lui dis que je suis là si un jour elle a besoin de parler. Ma proposition semble lui faire plaisir car elle me promet d'organiser une soirée filles quand j'irai mieux. Je n'ai même pas envie de lui poser des questions sur Emily, comme je comptais le faire lors de notre déplacement professionnel. Ce n'est ni le lieu ni l'endroit et, surtout, je n'ai aucune envie de parler d'elle. Je veux me concentrer sur le positif et ne plus m'attarder sur le reste. La vie est trop courte, je l'ai récemment bien compris.

Mais aujourd'hui, Ethan doit également venir me voir avec Tyler. Je fais donc en sorte d'être à mon avantage pour ne pas l'effrayer. Mon visage a bien dégonflé et mes ecchymoses ont déjà pris une teinte beaucoup plus claire. J'ai tenté de camoufler tout ça avec un peu de fond de teint et je me suis habillée. Même mon attelle au genou est cachée sous mon pantalon large.

On frappe à ma porte trois petits coups rapides, suivis de quatre autres espacés et je souris à notre code secret. Tyler et Ethan entrent et je m'efforce de sourire le plus naturellement possible. Mon petit bonhomme est blindé, il en a tellement vu pendant ses séjours à l'hôpital. Mais je sais aussi que quand cela touche une personne à qui l'on tient, on peut être beaucoup plus impressionnable. Il ne semble pas si stressé et vient spontanément se blottir dans mes bras pour me dire bonjour.

– Sam, tu as très mal ?

– Non, ça va, c'est pas joli joli à voir mais je n'ai pas mal.

– Oh si, tu es encore jolie ! Et encore plus avec tes cheveux courts ! m'assure-t-il sérieusement.

Ce petit garçon est la gentillesse incarnée, et ses mots me touchent en plein cœur.

– Merci, mon chéri, tu es adorable, dis-je d'une voix émue, c'est Phyllis qui me les a coupés.

– Elle est gentille, Phyllis, elle a promis de passer au foyer me couper les cheveux comme tonton Cam quand ils auront assez poussé… Et j'ai une surprise pour toi, devine ? demande-t-il en passant du coq à l'âne.

– Hum, voyons voir… Non, vraiment, je suis nulle en devinettes, je ne vois pas. Tu me dis ?

– J'ai quelque chose pour toi dans ma poche, dit-il, triomphant. Regarde, un gros cookie au beurre de cacahuètes, ton préféré !

Et il me tend son biscuit soigneusement emballé.

Je suis très touchée car il a voulu inverser les rôles, et faire pour moi ce que j'avais l'habitude de faire pour lui il y a quelques semaines encore. Je suis émue, et il sort alors Mimi, son doudou koala, de son sac à dos, et très sérieusement m'annonce qu'il accepte de me le prêter car, quand on est triste ou qu'on a mal, ça fait du bien d'avoir un « Mimi ». Tyler et moi échangeons un regard ému. Cet enfant est si parfait, si attendrissant !

– Oh, mon chéri, je suis très touchée que tu veuilles me prêter Mimi, mais tu sais, je suis grande, alors il vaut mieux qu'il reste avec toi… Et puis, tu ne crois pas que Mimi aura du chagrin de ne pas dormir avec toi ? Moi je pense que si, alors qu'est-ce que tu décides ?

– Que je garde Mimi ! répond-il immédiatement, finalement soulagé que je n'aie pas accepté sa proposition.

– Tu as bien raison, mon pote, j'aurais fait pareil ! dit Tyler en lui faisant un check.

Nous mangeons des biscuits pendant qu'Ethan me raconte sa vie au foyer et les dernières péripéties de ce clown de Martin, le petit garçon qui partage sa chambre. Il me demande alors quand il pourra revenir passer un week-end chez moi. Je lui réponds que je suis censée rentrer rapidement et qu'évidemment, quand je serai remise complètement sur pied, nous passerons un long moment ensemble.

– Avec toi aussi, Tyler ?

– Avec plaisir, mon grand, lui répond mon homme, mais on va peut-être laisser Sam récupérer ? Avant de retourner au foyer, Charlie et Cameron ont proposé qu'on aille manger des hamburgers, ça te dit ?

– Oh oui, je veux bien ! s'exclame Ethan, un grand sourire aux lèvres.

– Alors, c'est parti ! Mets ton manteau, il ne faut pas attraper froid.

Ethan s'exécute et, tandis que Tyler me prend dans ses bras, je le remercie pour tout le temps qu'il consacre à mon petit protégé.

Après plein de câlins, je les regarde s'en aller, main dans la main, et je laisse mon imagination s'emballer pour me demander ce que serait notre vie si…

*Stop !*

Je me force à ne pas y penser. Cela serait trop précipité, trop impensable, trop beau ! Je sors de mes rêveries quand le docteur qui me suit entre et m'annonce que je pourrai enfin sortir dans deux jours. Je suis tellement contente ! J'aurais bien aimé pouvoir partager ma joie avec quelqu'un, c'est pourquoi j'envoie un SMS groupé à tous les gens que j'aime et, quelques secondes plus tard, c'est un concert de bips qui me prouve que j'ai beau être seule ici, à l'instant T, j'ai vraiment beaucoup de chance d'être entourée de personnes merveilleuses.

# 36

Cela fait maintenant quelques jours que je suis rentrée chez moi et je me requinque peu à peu. Mes bleus ont viré au vert jaunâtre pas très glamour, mais il faut bien en passer par là, et c'est le signe que je suis sur la voie de la guérison. Je souffre de migraines affreuses qui me clouent au lit, mais d'après les médecins, c'est tout à fait normal après le choc qu'a subi ma tête. Je suis de moins en moins courbaturée même si le matin, à froid, j'ai l'impression d'avoir vingt ans de plus au compteur.

Charlie et Cam viennent me rendre visite régulièrement, et ma mère et Pete ont passé la journée d'hier avec moi pour me changer les idées. J'ai un meilleur moral, mais je m'en veux beaucoup d'avoir perdu aussi vite le contrôle de mon véhicule, surtout à cause d'un téléphone portable. Nous reverrons d'ici quelques semaines l'inspecteur chargé d'enquêter sur mon accident et il nous donnera alors les conclusions du rapport d'expertise de la coccinelle. Ils ont mentionné l'hypothèse d'un problème technique, mais j'en doute. Tout cela me travaille beaucoup car, même si Tyler me jure qu'il se fiche du côté matériel du moment que je sois en vie, je m'en veux énormément d'avoir bousillé une voiture qui n'était même pas la mienne.

Tyler est venu dormir ici tous les soirs. J'aime le voir partir au travail le matin et le voir rentrer le soir. Partager le quotidien de Tyler me plaît énormément et sa présence me fait du bien et m'aide à aller mieux. Ce soir, il arrive très souriant et un bouquet de fleurs à la main. Ou peut-être devrais-je dire un énième bouquet car, depuis mon retour, il me couvre d'attentions. Cela me touche : pour un mec qui se disait peu doué pour les histoires d'amour, il se débrouille plutôt pas mal jusqu'à présent. Dans la cuisine, je dispose mes roses dans un vase, et Tyler, derrière moi, enserre ma taille de ses grands bras musclés. J'adore cette sensation d'être protégée et à l'abri de tout quand je suis contre lui.

– Comment tu te sens aujourd'hui, ma chérie ?

– Beaucoup mieux, mais je t'ai déjà dit que tu n'avais pas besoin de m'offrir quelque chose à chaque fois que tu rentres !

– J'en ai envie et, aujourd'hui, j'ai deux bonnes nouvelles à t'annoncer !

– Je t'écoute ? dis-je en me retournant pour nouer à mon tour mes bras autour de sa taille.

– Eh bien, tout d'abord, Emily m'a annoncé qu'elle avait trouvé un appartement. Elle se sent désormais assez forte pour vivre seule et elle a compris que la situation pouvait te déplaire. Elle m'a dit qu'elle ne s'était pas vraiment mise à ta place et qu'avec du recul, elle comprenait que tu ne sois pas ravie qu'elle vive sous mon toit… Elle quitte la maison demain pour un duplex à Kensington. Elle m'a confié qu'elle était impatiente de reprendre le cours normal de sa vie.

– C'est une bonne nouvelle, je suis contente pour elle !

– Moi aussi, il est vraiment temps qu'elle vive à nouveau normalement. Tu sais, elle a beau être mon ex, c'est une chic fille !

*Une chic fille qui t'a trompé avec ton meilleur pote dès qu'elle en a eu l'occasion, ouais !* râlent miss Monroe et miss Van de Kamp, unies face à l'ennemie.

Je ne peux m'empêcher de sourire de mes pensées et ne dis rien pour ne pas me disputer avec mon homme : après tout, la situation est en train de s'améliorer, donc inutile de remettre mes a priori sur le tapis.

– Et j'ai une autre nouvelle... reprend Tyler en caressant très tendrement mes cheveux courts. Que dirais-tu si nous partions en week-end tous les deux ? Nous n'avons pas pu aller à Courchevel et je m'en suis beaucoup voulu de te priver de ça... Alors, même si ça n'est pas à la montagne, je te propose un petit séjour rien que toi et moi, en amoureux. Qu'en dis-tu ?

– Ça serait génial, mais quand ? Et où ? m'exclamé-je, très enthousiaste à l'idée de partir à deux.

– Dès ce soir ! Tu ne réfléchis pas, et Jack nous conduit là où on doit aller...

– C'est-à-dire ?

– Ça n'est que deux petites nuits, alors fais-moi confiance et laisse-moi te surprendre, OK ? dit-il en me faisant un clin d'œil et en m'embrassant rapidement dans le cou.

Mais j'ai du mal à tenir en place et je me questionne trop, comme d'habitude.

– Mais qu'est-ce que je dois prendre comme fringues ? Oh ! Mais Ethan doit venir ce week-end ici... Je ne peux pas annuler au dernier moment, il va être très déçu et...

– Et je me suis occupé de ça. Cam et Charlie l'accueillent chez eux dès samedi matin, dit-il en emprisonnant mes mains agitées pour m'aider à me détendre. Je lui ai même demandé la permission de te voler à lui le temps d'un week-end et il a tout de suite accepté... mais il faut dire que Cam lui a quand même promis d'aller au bowling, ajoute-t-il en me faisant un clin d'œil et en portant mes mains à sa bouche pour y déposer des petits baisers.

– Eh bien, je crois que je n'ai qu'à me laisser porter, alors ! Je dois mettre quoi dans ma valise ?

– Eh bien, à vrai dire, j'ai demandé à Charlie de te la préparer en cachette quand tu es allée chez ton kiné ce matin. Elle est déjà dans le coffre de la voiture et tu n'as plus qu'à enfiler ton manteau. Alors, on y va ? demande-t-il en plongeant ses yeux irrésistibles dans les miens.

– Et comment ! Plutôt deux fois qu'une ! lui dis-je, impatiente, tandis qu'en parfait gentleman il m'aide à enfiler ma veste et me tend mes béquilles, même si j'ai le droit désormais de m'en passer la plupart du temps.

Je n'ai pas l'habitude de partir et même si je sais que nous n'allons pas loin (seul indice que Tyler a accepté de me donner), je suis excitée comme une puce. Au bout d'une bonne heure et demie de route, nous arrivons finalement dans ce qui semble être une jolie station balnéaire. Nous longeons une plage qui s'étend à perte de vue et cela fait tellement longtemps que je ne suis pas venue en bord de mer que je meurs d'envie d'aller mettre mes pieds dans l'eau. Je remarque plein de petites boutiques sur le front de mer. Le soleil n'est plus aussi haut à cette heure de la journée, mais inonde le paysage d'une belle luminosité orangée. J'ouvre ma fenêtre et respire les embruns de la mer en fermant les yeux pour mieux m'imprégner de ce lieu qui me plaît déjà.

– Nous y voilà, Sam, à Brighton. Comme lundi matin je dois être au travail à la première heure, nous n'avons qu'un week-end, mais je voulais vraiment te faire découvrir cet endroit, car j'y suis venu plusieurs fois avec mon frère plus jeune et j'y ai passé de très bons moments en famille.

– J'ai déjà entendu parler de cette ville et j'ai hâte de la découvrir ! dis-je en l'embrassant tendrement, heureuse qu'il me fasse découvrir ce lieu que je ne connais que de nom et qui compte pour lui.

Nous descendons de la voiture et, après avoir salué Jack et récupéré nos valises dans le coffre, nous nous tenons devant le plus luxueux hôtel que j'ai vu : The Grand Brighton Hotel. Je marque une pause, épatée par tant de beauté, mais je me sens tout à coup mal à l'aise. Non seulement je suis habillée de façon très simple pour ce lieu, mais qui plus est, mon visage n'a pas encore totalement cicatrisé et je risque de détonner sérieusement avec les autres femmes présentes. Cette constatation me serre l'estomac et je ne peux m'empêcher de rester immobile.

– Ça va, chérie ? Tu as mal ? demande Tyler, inquiet.

– Non, tout va bien, mais à vrai dire, j'aurais préféré savoir que nous venions dans un lieu si chic. C'est une première pour moi, et j'ai bien peur qu'avec mon jean, mes béquilles et mes bleus, je ne sois pas très en adéquation avec les autres clients.

– Ne dis pas de bêtises. Tu es superbe, mon amour. Tu mérites les plus beaux lieux et tu es parfaitement à ta place ici. Fais-moi confiance, dit-il en passant son bras autour de ma taille comme pour me rassurer et me donner de la force, tandis que nous marchons vers l'endroit le plus sublime qu'il m'ait été donné de voir.

Ses attentions ont raison de mes craintes et il sait décidément trouver les mots pour me flatter, me rassurer et, surtout, pour me donner confiance en moi.

L'hôtel est un superbe et immense bâtiment de style victorien et je suis obligée de lever haut la tête pour voir flotter, au sommet du toit, un drapeau anglais. De jolies fleurs rouges ornent chaque balcon de façon régulière. Alors que j'avance timidement vers la grande porte d'entrée en verre, un homme d'une cinquantaine d'années, vêtu d'un uniforme de portier bleu marine et impeccable, nous salue et nous souhaite la bienvenue. C'est la première fois que je rentre dans un endroit si luxueux, et Tyler resserre un peu plus son bras autour de ma taille pour me rassurer.

Une fois à l'intérieur, j'ai du mal à ne pas regarder partout, tant ce qui nous entoure est nouveau pour moi : d'immenses tapis jonchent le sol, quant aux plafonds d'une hauteur incroyable, ils ne sont que moulures et lustres à pampilles. Ces derniers, d'un autre temps, ajoutent une touche de raffinement à ce hall. Sur la gauche, un beau piano à queue est mis à la disposition de la clientèle. Nous avançons jusqu'à un comptoir en bois noble où nous sommes accueillis par un homme qui nous informe qu'une suite au dernier étage a été préparée pour nous. Puis, constatant que je m'aide de béquilles pour marcher, il nous indique l'emplacement de l'ascenseur. C'est d'ailleurs bien dommage car l'escalier en colimaçon est de toute beauté et je me promets d'en parler à Charlie car je suis sûre qu'elle pourrait faire de sublimes photos ici. Arrivés au septième étage, nous pénétrons à l'intérieur de la suite et je reste sans voix : on pourrait facilement vivre à plusieurs ici tant la suite ressemble à un petit appartement. Les tons de la pièce principale sont un camaïeu de vert pastel et de blanc cassé. Un canapé et une table à manger sont à notre disposition et de grandes baies vitrées offrent une perspective imprenable sur la mer. Je n'arrive pas à me détacher de cette vue grandiose, et Tyler, beaucoup plus habitué à ce luxe, me laisse le temps de tout découvrir comme une enfant. J'ai une main sur la bouche et les yeux écarquillés face à tant de beauté. Nous sommes arrivés au moment où le soleil se couche sur la ligne d'horizon.

– Je dois avoir l'air stupide mais, aussi bête que cela puisse paraître, c'est la première fois que j'observe un coucher de soleil. C'est magnifique. Merci…

– Je suis heureux de te faire vivre quelques premières fois. Certaines personnes, et moi le premier, ne se rendent même plus compte du privilège de pouvoir profiter de ces lieux ou de ce panorama. Merci à toi de me le rappeler, ma chérie, dit-il en se positionnant derrière moi et en posant ses mains sur mes épaules qu'il masse doucement. Je sens ma tension s'envoler peu à peu et profite avec délice de ses mains habiles. Je gémis de plaisir et, totalement détendue, je me retourne pour l'embrasser dans le cou et me blottir dans ses bras, ma place préférée au monde.

Puis, curieuse, je poursuis l'exploration de la suite en ouvrant une porte et découvre une grande chambre au milieu de laquelle trône un lit *king size*. Elle est élégamment décorée et des fleurs fraîches posées sur le bout du lit finissent de conférer à la pièce cette touche de raffinement propre à l'établissement. Sur le lit se trouve également une robe de soirée incroyable. Je me retourne vers Tyler en haussant un sourcil interrogateur et il me propose de la porter le soir même, lors de notre dîner au restaurant. Je caresse du bout des doigts l'étoffe bleue et hésite un instant en me demandant si une telle robe pourrait m'aller, à moi qui suis toute cabossée en ce moment. Mais je ne veux pas montrer mes doutes une nouvelle fois à mon homme qui veut tant me faire plaisir, et je le serre donc fort dans mes bras pour le remercier de ce joli cadeau.

Je passe dans la salle de bains entièrement en marbre blanc et me fais la plus jolie possible pour mon amoureux. La robe est tellement bien coupée qu'on dirait qu'elle a été taillée exprès pour moi. Elle épouse parfaitement mes formes et me fait me sentir plus belle et sexy que d'ordinaire. De plus, un coup d'œil dans le miroir me conforte dans l'idée que j'ai bien fait de couper mes cheveux : non seulement ma nouvelle coupe ne demande que très peu de coiffage, mais elle me confère une assurance que je n'ai jamais ressentie auparavant.

Quand je passe timidement la tête hors de la salle de bains, Tyler, élégant comme jamais dans un smoking, me regarde intensément. Je vois que je lui plais et cela suffit à me rassurer. J'ai camouflé au mieux mes ecchymoses et, heureusement, la robe longue dissimule l'attelle de mon genou. Il s'approche de moi et, posant sa main sur mon cou désormais nu, il embrasse cet endroit particulièrement sensible et qui me fait fondre, réveillant en moi l'envie de lui faire l'amour. Je me colle donc contre lui mais comme à chaque fois depuis mon accident, il me repousse gentiment en trouvant cette fois l'excuse que notre réservation nous attend. Je prends sur moi pour ne pas lui montrer ma frustration, mais il va bien falloir que nous parlions de son refus de me toucher. J'ai l'impression qu'il a peur de me faire mal depuis mon accident, mais même si je suis courbaturée et couverte de bleus, je ne suis pas en sucre et je compte bien le lui prouver ce week-end !

Le dîner se déroule comme dans un rêve, nous mangeons des plats succulents tout en discutant ou en riant discrètement des gens plutôt coincés autour de nous. Je prends le bras de Tyler (j'ai troqué mes béquilles pour ses muscles ce soir) et nous rejoignons notre suite.

Les antidouleurs et autres cachets que j'ai pris durant le repas commencent à faire effet et je ne peux m'empêcher de bâiller discrètement. Mais rien n'échappe à mon homme qui, se couchant près de moi, me prend dans ses bras et me souhaite une bonne nuit. J'ai envie de lui, mais le docteur m'a prescrit des somnifères pour éviter les cauchemars fréquents après un traumatisme tel que mon accident. Ces cachets sont définitivement trop forts. Je n'arrive pas à lutter et je sombre malgré moi dans le sommeil en me promettant de ne pas les prendre le lendemain.

***

J'ouvre un œil quand Tyler tire en grand les rideaux de la suite, permettant ainsi au soleil d'inonder la chambre. C'est agréable de se dire que l'on a toute la journée pour juste être ensemble et je suis impatiente d'en profiter pleinement ! Cela commence par un petit déjeuner gargantuesque, pris dans notre suite. Tout me fait envie : des petits pains au chocolat aux œufs brouillés en passant par les fruits frais, et je termine ma tasse de café le ventre bien rempli. Tyler me propose alors que nous allions nous promener et il me fait la surprise de m'emmener au British Airways i360. Il s'agit d'une sorte de grande capsule en forme d'ellipse qui monte le long d'une tour toute fine. L'ensemble a un petit air de vaisseau spatial. Nous grimpons à l'intérieur avec une centaine d'autres touristes et nous nous élevons tout doucement jusqu'à atteindre une hauteur de cent trente-huit mètres ! Nous nous déplaçons à l'intérieur car nous pouvons jouir d'une vue vitrée à trois cent soixante degrés. D'après les brochures, nous pouvons voir les environs de Brighton et du Sussex jusqu'à quarante-deux kilomètres à la ronde. C'est impressionnant et si vertigineux que nous sommes bouche bée et apprécions silencieusement ce spectacle, main dans la main. Tyler me confie qu'il n'était jamais monté lui non plus, ce qui me fait plaisir car j'adore l'idée que nous découvrions des choses ensemble.

Mais je ne suis pas au bout de mes surprises : il m'emmène alors à la jetée de Brighton Pier, une jetée aménagée en complexe de loisirs. Une petite fête foraine avec la mer en toile de fond. À peine avons-nous franchi les grilles de l'entrée que nous pénétrons dans un autre monde : de nombreux manèges anciens et colorés attirent l'œil et on ne sait plus où regarder. Vu que je dois utiliser des béquilles et que je suis toujours un peu courbaturée, je n'ai pas l'intention de prendre le risque de monter dans l'un d'eux, mais la visite vaut clairement le détour. Tout en marchant précautionneusement sur les planches en bois, à travers lesquelles on peut observer les remous de la mer sous nos pieds, nous nous arrêtons régulièrement pour observer les plus téméraires essayer les attractions les plus spectaculaires, tandis que les moins aventureux tentent, eux, leur chance aux machines à sous ou dégustent des churros ou des Brighton Rock, gros sucres d'orge bien connus des locaux. Tyler s'essaie à un stand de tir et me gagne une peluche : c'est un panda noir et blanc qui arbore un énorme cœur rose sur le ventre avec l'inscription *I love you*. Plus cliché, tu meurs – mais je l'adore. Pour rester dans le kitsch, je décide de l'appeler « Samer », contraction de nos deux prénoms. Tyler lève les yeux au ciel et se moque gentiment de moi, mais je m'en fiche.

En marchant, une fois encore je pense à Charlie et aux sublimes photos à faire ici, et je me promets d'organiser prochainement un petit week-end avec toute la troupe.

Il est déjà dix-sept heures et, comme mon genou me fait un peu souffrir à force de marcher, nous dégustons un café et des scones aux raisins, assis à la terrasse d'un bar. De là, nous pouvons profiter d'une superbe vue sur la plage qui s'étend devant nous à perte de vue. J'adore cette période de l'année où les jours sont longs, où l'atmosphère se réchauffe et où les gens ressortent petites robes et T-shirts. Il fait très doux aujourd'hui et le soleil ne fait qu'ajouter une cerise sur le gâteau de cette journée parfaite.

– Je crois que c'est le meilleur séjour que j'ai passé loin de Londres, non pas que j'aie beaucoup d'expérience en la matière, mais j'aimerais que cette journée ne finisse jamais. Le soleil, l'ambiance de la ville, l'hôtel génial et toi, je suis au paradis ! dis-je en soupirant d'aise et en mettant mes deux bras derrière ma nuque tout en allongeant mes jambes devant moi.

– Il nous reste encore plein de choses à faire avant de rentrer, ne t'inquiète pas, dit Tyler en souriant et en plissant les yeux à cause du soleil qui tape fort.

– Génial ! Par contre, on va encore marcher ? Parce que pour être honnête, mon genou me lance beaucoup et je crois qu'il a gonflé…

– Non, regarde : on voit l'hôtel derrière nous. Si tu veux, on rentre pour que tu puisses prendre un bon bain. Ça devrait te faire du bien et le faire désenfler, non ? Sinon, on fera appel à un médecin et s'il le faut… commence-t-il, au taquet et prêt à tout pour que je me sente bien, ce qui me touche une fois de plus.

Je lui coupe alors la parole pour le rassurer :

– Ne t'inquiète pas, ça va le faire, c'est juste un effet secondaire de la marche, tout va bien… et puis même si je dois prendre un antidouleur de plus, ça n'est pas grave. Par contre, je voulais te dire que je ne prendrai pas mon somnifère ce soir, car je veux éviter de m'endormir comme une masse. Je sais que je ne risquerai pas de faire de mauvais rêves, surtout si je suis très bien reposée, si tu vois ce que je veux dire ? demandé-je, le regard coquin et les yeux pétillants de malice.

– Mais vos désirs sont des ordres, mademoiselle MacIntyre, répond-il, visiblement ravi de relever le défi de me faire plaisir de cette façon-là également.

– Bonne réponse, monsieur Cole ! dis-je d'une voix la plus suave et sensuelle possible.

C'est sur cette perspective alléchante que nous finissons notre boisson et que, clopin-clopant, je parviens à rejoindre notre suite avec l'aide de Tyler.

# 37

Je crois que j'ai sous-estimé le gonflement de mon genou, comme le prouve l'œdème qui entoure ma rotule. Je sors de la salle de bains pour montrer l'étendue des dégâts à Tyler qui décide qu'il est hors de question que je remarche aujourd'hui et qui me propose que nous dînions en amoureux dans la chambre, ce qui me convient très bien. En parfait gentleman, il me fait couler un bon bain chaud et me demande de me détendre le temps qu'il aille commander notre repas. Je suis soulagée de rester tranquille ce soir et profite donc de la chaleur de l'eau qui commence à faire effet sur ma douleur. J'entends que Tyler est de retour dans la chambre, mais je profite encore un peu de ce moment relaxant.

Au bout d'un quart d'heure, Tyler ne semblant pas décidé à me déranger, je me motive enfin à sortir de ma bulle. Pour être à l'aise, j'enfile un bas de jogging et un débardeur, mais je me promets de passer ma jolie petite nuisette blanche en soie dès que nous aurons terminé de dîner.

J'ouvre la porte donnant sur le salon et reste bouche bée, émerveillée.

Des bougies ont été disséminées un peu partout dans la pièce et les lumières sont tamisées. Des centaines de pétales de rose jonchent le sol de la suite, et il émane d'eux une délicieuse odeur de fleurs fraîchement coupées. Tyler, de dos, s'affaire autour de la chaîne hi-fi et les voix de Bradley Cooper et Lady Gaga résonnent dans la pièce. Il sait comme j'aime cette chanson et je suis touchée qu'il s'en soit souvenu. Il se retourne et un large sourire éclaire son visage. Je le lui retourne puis je le détaille et me rends alors compte qu'il s'est mis sur son trente-et-un. Il porte un smoking noir comme la veille, mais sans cravate. Il est tellement sexy que je ne me lasse pas de l'observer. Il vient à moi et me demande comment je me sens, si mon genou ne me fait pas trop souffrir. Je le rassure et, me tendant sa main, il me demande :

– Alors m'accorderiez-vous cette danse, mademoiselle MacIntyre ?

– Avec joie, monsieur Cole !

Blottie contre son torse, je me laisse porter par le rythme doux, et ses caresses le long de mon dos finissent de me détendre complètement.

– Je suis tellement bien, je ne me suis jamais sentie aussi à ma place qu'en ce moment dans tes bras. Merci pour cette belle surprise ! Je t'aime, dis-je tout bas, toujours bercée par le rythme de nos deux corps.

Il se recule un peu et me fait tourner comme si j'étais une experte de la danse, ce qui est tellement éloigné de la réalité que cela me fait sourire. Puis il me regarde intensément.

– Peut-être faudrait-il que j'aille passer une tenue un peu plus en accord avec la tienne ? J'avais compris que le *dress code* de ce soir était plutôt de l'ordre de la soirée pyjama, dis-je pour justifier ma tenue.

– Ne change absolument rien, ma chérie. Tu es parfaite, m'assure-t-il.

– Et toi, tu n'es pas impartial ! On dit bien que l'amour rend aveugle, non ?

Il sourit et me guide alors vers la table dressée magnifiquement.

Je suppose que lorsque j'étais dans mon bain, des employés de l'hôtel sont venus tout mettre en place pour cette soirée on ne peut plus romantique, et ils ont fait un super boulot. La vaisselle est élégante et tous les mets disposés en guise d'amuse-bouches sont plus appétissants les uns que les autres. Tyler nous sert une coupe de champagne et je m'assois pour soulager ma jambe qui me lance à nouveau.

– Je voudrais porter un toast, dit Tyler en levant son verre. Je voulais te dire à quel point notre rencontre a changé ma vie. J'étais dévasté depuis mon accident, la perte de ma jambe et la mort de Jax, et je crois que si le destin ne t'avait pas mise sur ma route il y a huit mois, je serais resté muré dans ma tristesse, mes regrets et dans l'idée que je n'aimerais plus jamais. Ça a été une sale période, tous mes proches te le diront. J'ai été odieux et les femmes que j'ai côtoyées et qui me faisaient un tant soit peu d'effet ont toutes fini dans mon lit, comme pour me prouver que j'étais encore capable de coucher avec qui je voulais. Et puis je t'ai rencontrée à la vente aux enchères et j'ai eu envie de toi. Je n'ai pas fermé l'œil cette nuit-là, trop impatient de te revoir le lendemain. Le destin a bien fait les choses et il est arrivé ce qui devait arriver au pub de Don. Sauf que cette fois, c'était différent. Tu m'intriguais plus que les autres femmes et ta tendance à me contredire bien souvent m'a plu. C'est vrai que j'avais l'habitude qu'on ne me refuse rien, comme s'il fallait tout passer à Tyler, vu son état. Et j'ai eu peur. Peur que ton regard et ton attitude changent comme tous les autres avant toi si tu découvrais la vérité, et tu connais la suite. Je suis tombé amoureux de toi un peu plus chaque jour, Sam. Tu m'as redonné la confiance en moi que je ne pensais plus jamais retrouver et un apaisement certain, car j'ai enfin accepté mon état et j'ai relativisé bien des choses.

J'ai les larmes aux yeux tant tout ce qu'il me dit me touche et m'émeut. Il embrasse ma main comme lors de notre première rencontre, ce qui fait naître un sourire sur mes lèvres. Puis il reprend la parole.

– Et puis, j'ai cru mourir de peur quand tu as eu cet accident. Te perdre est la pire chose qui pourrait m'arriver parce que tu fais partie intégrante de ma vie. Tu es tout pour moi, ma chérie. Alors oui, c'est fou… Oui, c'est prématuré diront certains, mais…

Mon homme se lève alors de sa chaise et, pliant sa jambe valide, se met à genoux devant moi. Tout va trop vite et je ne suis pas sûre de ce qui est en train de se passer mais, alors que mon cœur se met à battre très fort dans ma poitrine, il sort un écrin de la poche intérieure de sa veste et l'ouvre devant moi.

– Je n'ai qu'une certitude à ce jour, c'est que je t'aime plus que je n'ai jamais aimé. Je ne veux plus passer une seule journée loin de toi. Tu as bouleversé ma vie et je veux consacrer la mienne à te rendre la plus heureuse possible. En robe de soirée, en tenue de sage-femme, nue ou en pyjama, tu es la plus belle à mes yeux. Je ne voudrais rien changer de toi. Tu es parfaite. Alors si tu es prête à faire un long chemin avec un mec un peu cabossé… je voudrais savoir si, vous, mademoiselle MacIntyre, accepteriez de devenir ma femme ?

Je suis sous le choc, les larmes coulent le long de mes joues, mais je ne peux m'empêcher de sourire et, en mon âme et conscience, je m'entends prononcer un oui tout en riant et en pleurant à la fois. Sans que j'aie le temps de comprendre, Tyler glisse alors sa magnifique bague à mon annulaire et se redresse un peu pour m'embrasser et me prendre dans ses bras, son cœur battant à tout rompre au point que je le sente à travers sa chemise.

Je contemple le bijou à mon doigt et il m'explique qu'il a choisi cette bague car elle est surmontée de trois diamants qui lui ont fait penser à moi : au passé, au présent et à l'avenir qu'il rêve pour nous. Mais également au fait qu'il sait que nous ne sommes pas que deux, qu'un certain petit garçon fait forcément partie de l'équation et que c'est une manière pour lui de me signifier par là qu'il me prend moi et Ethan aussi, si je me décidais à l'adopter… ou plutôt, si nous l'adoptions.

C'en est trop pour moi et je lui saute dans les bras, enroulant mes jambes autour de sa taille et l'embrassant avec toute la passion que je ressens pour lui en cet instant magique. Je pleure à chaudes larmes et je n'en reviens pas de tout ce qui vient de se passer ces dernières minutes. La chaîne joue désormais une chanson d'Ed Sheeran et je soupçonne mon homme d'avoir enregistré cette playlist spécialement pour moi. Je reste cramponnée à lui, n'envisageant même pas de mettre un seul centimètre de distance entre nous et le laissant me bercer au rythme de la musique. Bientôt, l'on frappe à la porte et un homme portant deux grandes cloches les dépose dans nos assiettes et s'éclipse rapidement. Je me rassois donc en face de Tyler et essuie mes yeux avec le mouchoir qu'il me tend.

– Allez, on ne peut pas vivre d'amour et d'eau fraîche, alors mangeons ! propose-t-il.

Je soulève la cloche sur mon assiette, curieuse de voir ce que nous allons déguster ce soir et découvre, contre toute attente, un kebab et des frites ! J'éclate de rire, tellement tout cela est décalé, et Tyler, un grand sourire aux lèvres, m'avoue avoir voulu me faire passer la meilleure soirée possible et que cela passait bien évidemment par l'élaboration de mon plat préféré ! Nous attaquons nos frites avec les mains en riant et en nous demandant ce que le cuisinier du restaurant a bien pu se dire en prenant connaissance de cette commande inhabituelle pour un lieu étoilé comme celui-ci. Nous avons passé tellement d'étapes depuis notre rencontre que tout cela me donne un peu le vertige, mais je suis heureuse comme jamais.

– C'est fou comme tu peux me dire les choses facilement, maintenant. Tu t'ouvres à moi et c'est le plus beau cadeau que tu pouvais me faire, mon amour.

– Alors je lève mon verre à ces mots pleins de justesse !

– Ce champagne est délicieux et ce dîner est parfait, si ce n'est que…

– Que ? me demande-t-il, visiblement inquiet tout à coup.

– … que tu ne m'as pas fait l'amour depuis mon accident et que je meurs d'envie de ne faire qu'un avec mon fiancé !

– Mais s'il n'y a que ça pour vous satisfaire, mademoiselle, alors…

Il contourne la table et, me hissant sur son épaule comme si je n'étais pas plus lourde qu'une plume, il me porte jusqu'à notre immense lit, parsemé lui aussi de pétales de rose. Il me dépose doucement sur le matelas moelleux et alors que je proteste, ayant dans l'idée de mettre ma petite nuisette, il baisse mon bas de jogging et passe mon débardeur par-dessus mes bras. Je me retrouve donc nue et à sa merci, pour mon plus grand plaisir.

– Tu m'as tellement manqué, murmure-t-il en déposant plein de baisers dans mon cou, en suçant ma peau et en y laissant certainement des marques.

Mais peu m'importe, il a réveillé en moi un désir tel qu'à cet instant précis, j'ai besoin de cette fougue.

Mes jambes pendent sur le rebord du lit, il s'agenouille et, après m'avoir rendue dingue en embrassant mon ventre, mes cuisses, mes mollets, j'en arrive à le supplier. J'ai besoin que ce soit passionnel, que nous ne fassions plus qu'un et que nous nous perdions ensemble.

À peine effleure-t-il mon clitoris de sa langue que je me tortille de plus belle. Sa déclaration a mis tous mes sens en émoi et je bous intérieurement. Lui aussi est excité, ses gestes sont sensuels au possible et, en quelques minutes, il me fait atteindre un orgasme inoubliable. Mais immédiatement, j'en veux encore plus ; c'est comme si je n'étais pas rassasiée de lui ni de son corps, j'ai absolument besoin de le sentir… et quand il se hisse sur le lit après avoir ôté son pantalon, il n'a plus rien de l'homme doux que je connais. Mes prises de sang de ces derniers jours à l'hôpital ont confirmé que je suis clean, et Tyler l'est également. Ça tombe à pic, car ni l'un ni l'autre n'avons en cet instant précis l'idée ou même l'envie de nous protéger. Le Tyler qui me dévore des yeux en me répétant inlassablement qu'il m'aime tout en s'enfonçant en moi a besoin de me sentir et de vivre ce moment en communion totale. Il me baise de la façon la plus sexy qui soit en me murmurant des mots coquins. Ses mains agrippent mes fesses pour pouvoir me pilonner de plus en plus fort et je bouge moi aussi au rythme de ses hanches en demandant toujours plus. Je n'en peux déjà plus de sentir son sexe en moi, c'est un pur délice. Il nous fait alors basculer pour que je me retrouve sur lui, puis se redressant un peu il mordille mes tétons, envoyant le signal de trop à mon entrejambe. Je me cambre alors de plus belle et jouis en me déchaînant sur son sexe si gonflé que Tyler atteint la jouissance en même temps que moi.

Je glisse sur le côté et Tyler sort du lit et remonte les couvertures sur mon corps. Il va chercher une bouteille d'eau et revient se pelotonner contre moi. J'enroule mes jambes autour de lui telle une liane et je soupire d'aise.

– Je crois que mon moment préféré de la journée, c'est le soir quand je suis dans tes bras… Dis-moi, tu es vraiment sincère en ce qui concerne Ethan ?

– La question ne se pose même pas, j'adore ce petit garçon. Comme pour toi, dès notre première rencontre, j'ai su que je voulais qu'il fasse partie de ma vie d'une façon ou d'une autre.

– C'est merveilleux !

– Je me verrais bien dans le rôle de son père, tu sais… J'en serais même très honoré tellement ce gosse est extra.

– Merci, Tyler. Merci pour cette soirée magique, pour ces mots, pour cette bague, mais surtout de nous prendre, moi et Ethan. Merci d'être si doux, attentionné, à l'écoute. Merci tout simplement d'être toi, dis-je en resserrant mes doigts autour des siens, faisant briller ma bague en or blanc et diamants.

J'hallucine.

– J'ai tellement hâte de l'annoncer à tout le monde, j'ai envie de le crier sous tous les toits : je suis fiancée !

– Vu que ton genou est gonflé, que dirais-tu que nous rentrions dès demain en début d'après-midi ? Ainsi, on pourrait voir un peu Ethan avant qu'il ne retourne au foyer et on pourra l'annoncer aux jumeaux…

– J'en dis que tu es définitivement parfait ! C'est une excellente idée ! Il vaudra peut-être mieux en parler à Ethan quand ce sera un peu plus concret, par contre, non ? On va devoir faire les bons choix et prendre les choses les unes après les autres, car tous ces bouleversements ne peuvent se faire à la va-vite, et je ne voudrais pas qu'il soit déçu au cas où tout ne se passe pas comme prévu.

– Tu as raison, on va faire les choses dans l'ordre. De toute façon, il est la priorité. On en parlera avec Max, l'avocat de mon père, pour savoir comment nous y prendre et de la meilleure façon qui soit. Maintenant que tu as dit oui, on fera les choses comme tu le souhaiteras et quand tu seras prête. On est une équipe, ma chérie, pour toujours, ajoute-t-il tout en me retournant doucement sur le côté pour me caresser le dos.

J'adore cela et il sait à quel point cela me détend. C'est comme si j'avais une petite boule à l'estomac tant je ressens un trop-plein de bonheur en moi. Ce soir, avec mon fiancé, je suis pleinement heureuse !

# 38

La route me paraît beaucoup plus longue qu'à l'aller. Il faut dire que je suis impatiente de voir Ethan, et ce soir nous avons prévu d'annoncer la bonne nouvelle à nos amis en les emmenant boire un verre au Old Tavern. J'ai donc enlevé à regret ma belle bague pour garder l'effet de surprise.

Devant les marches de mon immeuble, nous saluons Jack et sonnons directement chez les jumeaux. Charlie nous ouvre et me saute littéralement dans les bras.

– Ben dis donc, honey, quel accueil ! Je t'ai manqué à ce point-là ?

– Tu n'as pas idée, Mac, grommelle-t-elle avant de faire deux bises sonores à mon mec.

Nous entrons dans l'appartement et entendons Cam et Ethan rire à gorges déployées. Ils sont assis dans le salon, absorbés par une partie de jeux vidéo. Ils tournent tous les deux la tête vers nous en même temps et Ethan lâche instantanément sa manette pour me sauter dans les bras. Sam : 1 – jeux vidéo : 0 !

Je suis ravie car à peine je le libère de mon étreinte que déjà il s'empresse de grimper dans les bras de Tyler pour lui dire bonjour et lui faire un gros câlin. J'embrasse Cam et m'assois dans le canapé, quand la chasse d'eau se fait entendre et que je constate que les jumeaux ont sûrement un invité.

– Oh, pardon, je ne savais pas que vous receviez du monde. On peut y aller, dis-je en me levant à moitié.

– Non, pas question ! T'es chez toi, Mac, tu le sais, alors restez, insiste Charlie en me lançant un drôle de regard insistant.

Cam, lui, ne dit rien. C'est alors qu'Emily sort des toilettes et nous adresse un petit sourire avant de nous faire la bise. Tyler et moi nous lançons un regard discrètement et je vois bien que je ne suis pas la seule à ne pas comprendre ce qu'elle fait ici, un dimanche après-midi, avec mes deux meilleurs amis.

– Emily ? Bonjour, intervient Tyler, visiblement aussi incrédule que moi.

– Salut, vous deux, vous devez vous demander ce que je fiche ici. À vrai dire, euh...

– Emily est passée au salon pour un *cover* de ses cicatrices vendredi soir, explique Cam en se passant la main dans ses cheveux, signe de nervosité chez lui. On est allés boire un coup chez Don et une chose en entraînant une autre, eh bien...

Je ne sais pas quoi dire et je ne suis pas sûre de bien comprendre. Je lance un regard furtif à Charlie et le haussement d'un de ses sourcils me confirme ce que je craignais : l'ex de mon mec a séduit mon meilleur ami.

– Je voulais te parler avant, mec, reprend Cam. Tout est allé assez vite... Tu es avec Sam, maintenant, alors je me suis dit que tu ne verrais pas d'inconv...

– Arrête, tu n'as pas du tout besoin de te justifier, et tout va bien, le rassure alors Tyler. Je suis content pour vous deux.

Cam attend certainement que je prenne la parole mais je suis sans voix, je n'ai pas les mots et, alors que je m'apprête à dire une banalité, Ethan m'interpelle. Sauvée par le gong !

– On est allés au bowling hier et j'ai mangé une glace au chocolat avec plein de chantilly dessus. C'est Emily qui a dit que j'avais le droit. Et j'ai fait un *flare*, j'étais dans l'équipe d'Emily et on a presque battu Cameron, tu sais ! Hein, c'est vrai, Emily ?

– Oui, c'est vrai, mon petit cœur, répond-elle en lui faisant un clin d'œil.

Sa façon de l'appeler « mon petit cœur » m'exaspère et je ne comprends pas moi-même ma réaction. Je devrais être contente qu'elle détourne son attention de mon mec, mais pas Cam, bordel… Je ne sens pas cette meuf, mais je ne peux rien montrer. Je me pare donc d'un sourire figé et écoute *mon* petit bonhomme nous raconter quel beau week-end il a passé. Il est hors de question que je gâche son plaisir et s'il est heureux, c'est le principal. Je ris donc à ses anecdotes et je fais même mine de m'intéresser quand Emily et Cam nous expliquent qu'il sera possible de recouvrir intégralement une grosse cicatrice sur le bras droit d'Emily. Cette dernière est littéralement collée à Cam et elle lui caresse la cuisse avec sa main. Cam est un peu moins à l'aise, car je sais qu'il n'est pas très démonstratif, mais il ne la repousse pas pour autant. Elle l'écoute parler de sa passion et, à un moment, l'embrasse dans le cou comme s'ils étaient seuls, ce qui a pour effet de tous nous mettre assez mal à l'aise.

Je me lève finalement et vais aider Charlie à préparer un café. La cuisine étant ouverte sur le séjour, impossible de parler mais nos regards en disent long. L'après-midi se déroule dans une drôle d'atmosphère, et c'est la mine triste que je dis au revoir à Ethan qui retourne au foyer avec Amelia, venue le chercher comme à chaque fois.

Avant d'avoir pu proposer notre sortie chez Don, Cam nous devance en nous annonçant qu'Emily et lui ont prévu de manger dehors. Je fais un signe discret à Tyler, qui comprend que nous annoncerons notre bonne nouvelle une autre fois. Voyant nos plans tomber à l'eau, Tyler me dit alors que, si je suis d'accord, il voudrait rentrer assez tôt pour travailler un peu vu qu'il a une réunion très importante pour T. & C. Cosmetics le lendemain matin. Je lui avoue ne pas avoir très envie de passer la soirée seule chez lui et je lui propose que nous nous retrouvions le lendemain soir chez moi. Il n'insiste pas, preuve qu'il doit avoir beaucoup de travail et se lève pour saluer tout le monde.

Je le raccompagne jusqu'à la voiture et, blottie dans ses bras, je lui confie avoir hâte de pouvoir annoncer notre mariage à nos amis pour pouvoir remettre ma bague cachée dans mon sac à main, qui manque déjà à mon annulaire. Il me propose de demander à Daisy d'organiser un repas dans la semaine pour tout dire à nos proches et je trouve l'idée très bonne. Nous nous séparons à regret et je retourne dans mon immeuble.

Je remonte les marches et croise Cam et Emily, main dans la main, qui s'en vont déjà dîner en ville et me saluent gaiement. Les voir ensemble et complices est vraiment très bizarre pour moi et j'ai du mal à réaliser qu'ils sont en couple. Je leur souris en retour mais je dois avouer que je ne suis pas ravie de cette nouvelle plus que surprenante. Je retrouve Charlie qui mime un vomissement et ça me fait forcément beaucoup rire de constater qu'elle et moi sommes encore sur la même longueur d'onde.

– C'est quoi, ce délire ? J'ai loupé un épisode ou quoi ? Raconte-moi tout, honey, dis-je en m'installant sur le canapé et en acceptant le verre de vin qu'elle me tend.

– Je te rassure, j'ai rien compris non plus. J'étais en train de boire un coup avec Don et Garrett, et là, je vois arriver mon frangin avec l'ex. Ils nous expliquent qu'elle a pris rendez-vous pour un *cover* et que c'est plus sympa de continuer la discussion autour d'un verre, genre… Bref, ils ont passé la soirée ensemble, lui à faire son beau gosse et elle à rire trop fort à ses blagues pourries. Résultat, en fin de soirée, ils se roulaient des pelles, et quand il m'a dit qu'ils rentraient ici, j'ai bien senti que si je dormais là, je n'allais pas beaucoup fermer l'œil. Heureusement, Don a compris et m'a proposé de dormir chez lui. Je suis rentrée samedi matin pour accueillir Ethan et l'appartement était vide. J'étais contente sauf qu'ils sont arrivés vers dix-sept heures et elle est restée jusqu'à ce soir. Et je peux te dire que comme je le craignais j'ai pas bien dormi, grogne-t-elle. À croire que cette meuf a du temps à rattraper, elle et mon frère ont fait un boucan d'enfer : beurk !

– Oh, carrément ? Je compatis, honey, je n'aurais pas voulu être à ta place. Et tu sais si Kate est au courant ? demandé-je en grimaçant.

– Non, je n'en sais rien. Je ne sais pas vraiment où ils en étaient tous les deux, tu connais Cam, il est en général plutôt secret de ce côté-là, sauf avec elle, visiblement, dit-elle en levant les yeux au ciel. Une chose est sûre : tout ça ne me plaît pas, Mac. Mon frère partage son lit avec qui il veut, mais elle, je la sens pas. Elle est fausse. Depuis le début, je te dis de t'en méfier, mais là c'est le pompon ! J'aurais préféré qu'elle jette son dévolu sur quelqu'un d'autre que mon frangin. Elle ne lui a même pas parlé tant que ça aujourd'hui et elle n'était pas aussi démonstrative avant que vous arriviez, à croire qu'elle en faisait des caisses exprès.

– Bizarre… et avec Ethan, ça a l'air de s'être bien passé, non ?

– C'est facile, elle lui dit oui à tout… mais elle l'a à peine calculé hier soir au bowling, et avant que vous n'arriviez, elle était sur son smartphone pendant que Cam et lui jouaient aux jeux vidéo.

– Pourtant, elle en a fait des tonnes pour nous montrer qu'ils étaient potes, elle et son « petit cœur », lui dis-je en mimant les guillemets et en imitant la voix d'Emily.

Nous faisons tinter nos verres et buvons une gorgée, mais déjà elle reprend :

– C'est pour ça que je te dis que tout ça est chelou… Elle est bizarre. Je te jure, j'ai essayé de prendre sur moi et de lui donner une chance mais elle ne me calcule pas et je n'aime pas ça, surtout qu'elle est chez moi ici, et en plus…

Nous sommes interrompus par la clé dans la serrure et voyons entrer Cam, seul cette fois.

– T'as oublié un truc ? demande Charlie.

– Non, Emily a reçu un coup de fil, on a dû reporter notre soirée… Je la verrai demain normalement, dit-il visiblement très déçu en secouant tristement la tête.

– Eh ben, vous ne vous quittez plus, on dirait ! ajoute-t-elle sur un ton de reproche.

– Ben ouais, elle est cool, cette fille, finalement. J'avais des a priori mais c'est une chouette nana… C'est dommage, j'aurais bien profité de ce soir pour mieux la connaître.

– Elle aurait pu parler avec toi cet après-midi déjà, non ? insiste Charlie.

– Lâche-la, sœurette. C'est pas forcément facile pour elle, avec toi et Ethan ici, elle n'était peut-être pas à l'aise.

– Désolée d'être chez moi !

– Ce n'est pas ce que je dis, ne joue pas sur les mots, Cha !

– Ça vous dit une pizza, ce soir ? demandé-je pour apaiser un peu la tension entre les jumeaux.

– Ouais ! Je vais même aller les chercher à pied, ça va me calmer, annonce Charlie, en colère contre son frangin.

Elle enfile sa veste en cuir et attrape son sac à main avant de claquer fort la porte. Je reste donc à siroter mon verre de vin en compagnie de mon meilleur ami, qui s'assoit près de moi, pas le moins du monde mal à l'aise, et faisant comme si tout était normal de sortir avec l'ex qui m'a causé tant de tracas ces derniers temps, ce qui m'agace un peu. Je ne peux m'empêcher de remettre ça sur le tapis.

– Je t'avoue que j'ai été surprise en arrivant et en voyant Emily ici, je n'ai pas tout compris, je me suis même demandé si je ne m'étais pas trompée d'appart, dis-je sur le ton de la plaisanterie alors que je n'en pense pas moins.

– J'imagine, ma beauté. Mais comme je vous l'ai dit, rien n'était prévu, ça m'est un peu tombé dessus, à vrai dire…

– Et tu crois que c'est sérieux ? Ou que c'est juste… enfin, tu vois… dis-je en secouant ma main de droite à gauche.

– J'en sais rien, tu me connais, je prends comme ça vient, donc on verra, répond-il en souriant.

– Mais, et Kate ? J'avais pourtant cru que vous vous étiez rapprochés l'autre soir, non ? continué-je, incapable de me retenir de poser cette question qui me brûle les lèvres.

– Oui, moi aussi. On s'est même écrit plusieurs textos les soirs qui ont suivi, mais elle n'est pas aussi ouverte qu'Emily. J'ai l'impression qu'elle ne sait pas vraiment ce qu'elle veut… dit-il en haussant les épaules d'un geste désinvolte comme s'il s'en fichait un peu.

– Tu connais son histoire, Cam, c'est normal qu'elle prenne son temps, insisté-je en ayant à cœur de parler en faveur de mon amie.

– Je ne dis pas le contraire, mais même si je pense que le courant est très bien passé entre nous, Emily m'a un peu cassé le mythe, à vrai dire.

– Ah bon ? Comment ça ? demandé-je en fronçant les sourcils.

– Elle m'a fait jurer de ne pas en parler, alors je te fais confiance… mais, a priori, à une époque, Kate aurait voulu mettre le grappin sur le mec d'Emily et ça aurait foutu leur couple en l'air. Elles ne s'entendent plus depuis cette époque. Bref, selon Emy, la petite Kate ne serait pas aussi « parfaite » qu'elle veut laisser le penser, dit-il en mimant les guillemets, ce qui m'agace un peu plus encore.

– J'ai du mal à le croire et j'ai du mal à croire que toi, qui ne veux jamais juger les gens, tu sois d'accord avec ça, lui dis-je en levant les yeux au ciel et en me redressant au bord du canapé, de plus en plus énervée par la teneur de ses propos.

– Je ne suis d'accord avec rien, mais justement, je donne du crédit à Emy… que je ne juge pas, contrairement à toi, on dirait, me balance-t-il assez sèchement et apparemment prêt à défendre sa copine coûte que coûte.

Je n'aime pas le tour que prend cette conversation mais je ne peux pas ne pas prendre le parti de mon amie.

– Je dis juste que j'espère que tu ne jugeras pas Kate sur les affirmations d'une nana que tu ne connais que depuis deux jours.

– Elle et moi avons parlé de beaucoup de choses, Sam. Elle est drôle, belle, et elle aime ce que je fais. Elle était très intéressée par mes tatouages et elle ne tarit pas d'éloges sur mon métier. Et nous sommes compatibles sur bien des choses, ajoute-t-il en haussant un sourcil.

– Kate aussi aime les tatouages et…

– Mais arrête, Sam. Je n'ai pas besoin que tu ramènes tout à Kate, je suis bien avec Emy, point. Je n'ai jamais jugé tes choix, donc fais-en autant, s'il te plaît ! ajoute-t-il, voulant clairement que je cesse de défendre mon avis.

Je prends sur moi pour rester le plus calme possible et poursuis :

– Je ne te juge pas, je veux juste, en tant qu'amie, te dire que je ne sens pas forcément cette fille. Peut-être que je me trompe, mais c'est bizarre ! D'après ce que j'en sais, elle n'est pas du genre à aimer le bowling ou…

– Ou les mecs comme moi ? C'est ça ? demande-t-il de façon agressive, haussant le ton pour la première fois depuis que je le connais.

– Mais pas du tout ! Comment dire… je dis juste qu'elle n'évolue pas dans les mêmes sphères que nous et que…

– Que je ne suis pas assez bien pour elle, c'est ça ? me coupe-t-il, énervé et se levant du canapé pour faire les cent pas.

– Arrête, Cam ! Tu es le meilleur des hommes, ça n'est pas du tout ce que je dis. Au contraire, tu mérites...

– Une femme qui sait ce qu'elle veut, qui me désire et qui n'a pas froid aux yeux, contrairement à d'autres femmes qui ne savent pas se décider.

– Tu es injuste, Cam. Kate est...

– Stop avec Kate. Je suis avec Emy, point barre, alors si ça ne vous plaît pas...

– Eh bien ? Va au bout de tes pensées, lui dis-je en me levant, à présent moi aussi de plus en plus en colère contre lui.

– Ben ça sera pareil ! crie-t-il. Je me sens spécial quand je suis avec cette fille, alors arrêtez de la juger, toi et Cha ! Tyler ne côtoie pas non plus les mêmes sphères que nous, à ce que je sache, et il est tombé amoureux de toi, donc si tu émets des doutes sur ce que je vis avec Emy, c'est que tu penses que je ne suis pas assez spécial pour qu'elle puisse réellement tomber amoureuse, et ça me déçoit. Je ne pensais vraiment pas que tu étais comme ça, à vrai dire, conclut-il sèchement.

Les larmes me montent aux yeux mais, pour la première fois, je refuse de le montrer à celui que j'aime comme un frère et qui retourne complètement la situation. Je préfère arrêter là notre conversation car je sais que, sinon, nous risquons tous les deux de dire des bêtises sous le coup de la colère. Je prends donc sur moi et, sans un mot, je sors de l'appartement pour retrouver le mien juste en face. Après y avoir tourné en rond pendant dix bonnes minutes sans parvenir à me calmer, je prends la décision de me rendre chez Tyler. J'envoie un SMS à Charlie pour la prévenir que je me suis disputée avec Cam, que je dors chez mon mec ce soir et qu'on discutera de tout ça demain.

J'ai besoin de retrouver un semblant de calme et de me confier à mon homme. La journée avait si bien commencé que je n'arrive pas à croire qu'elle se termine sur un tel fiasco ! Je sais que Tyler saura trouver les mots pour m'apaiser et il me tarde de le rejoindre. J'emporte la valise que je n'ai pas défaite, appelle un taxi pour ne pas déranger Jack un dimanche soir et me laisse porter, le cœur lourd d'être pour la première fois de ma vie fâchée avec Cam.

# 39

Dans le taxi, je sors le petit écrin de mon sac à main et m'autorise à remettre ma bague de fiançailles, ce qui a le mérite de me rendre le sourire malgré ma tristesse. Ce petit objet plein de promesses me permet de me concentrer sur les heures merveilleuses que nous avons passées à Brighton plutôt que sur notre retour pour le moins détonant.

Je règle le chauffeur et monte les marches désormais familières de la maison de Tyler. Je ne l'ai pas prévenu car je veux lui faire la surprise et je sais qu'il m'aurait envoyé Jack. Or, cet homme génial a passé le week-end à Brighton à notre disposition et je me doute que quelques heures de répit ne lui feront pas de mal. Je sonne et Victor m'ouvre la porte.

– Oh, bonsoir Samantha, entrez, je vous en prie. Comment allez-vous ?

– Bonsoir Victor, bien, merci ! J'avais envie de faire une petite surprise à Tyler, il est là ?

– Oui, il est dans son bureau. Je vais lui annoncer votre arrivée.

– Ne vous embêtez pas, Victor, je connais la route et je veux voir sa tête, dis-je en lui faisant un clin d'œil.

– En général, monsieur aime être prévenu de toute arrivée, mais je suppose que je peux faire une exception pour vous, assure-t-il en me souriant.

– Merci Victor, j'y vais, alors. À tout à l'heure !

Je longe les baies vitrées sur ma gauche et, dépassant le salon que j'aime tant, je continue de marcher le long du couloir jusqu'à la porte de l'antre de Tyler. Il travaille si souvent dans ce bureau que c'est sûrement la pièce qu'il occupe le plus souvent quand il est à la maison.

Je frappe à la porte et passe ma tête dans l'embrasure de la porte.

– Sam ? Mais qu'est-ce que tu fais là ?

J'ai réussi à le surprendre ! Le sourire aux lèvres, je rentre vite embrasser mon homme assis derrière son bureau. Je me glisse sur ses genoux et il m'embrasse dans le cou.

– Tu ne peux plus te passer de moi, on dirait ?

– J'avais trop envie de te voir. À vrai dire, j'ai besoin de me confier… Je viens de m'engueuler avec Cam, expliqué-je d'une voix triste en enfouissant à nouveau ma tête dans son cou pour y puiser le réconfort dont j'ai besoin à cet instant.

– Vraiment ? Pourquoi ? demande-t-il en me serrant un peu plus fort.

– À propos d'Emily.

– On parle de moi ? Bonsoir Samantha, me dit gaiement cette dernière en rentrant dans la pièce, deux verres de vin dans les mains.

Je me raidis et regarde Tyler qui hausse légèrement les épaules et me sourit comme pour m'apaiser.

– Emily ? Je ne savais pas que tu étais là ce soir ! dis-je sèchement en me remettant debout, très surprise à mon tour, mais pas dans le bon sens.

Cette femme est partout où je suis, et là, ça commence à faire beaucoup.

– Quand j'ai su que Tyler était seul ce soir, je suis venue car j'avais besoin de parler à mon ami de tout ce qui s'est passé pour moi ces derniers jours, ça ne t'ennuie pas ?

Mes deux miss sont en plein conflit dans ma tête, l'une me conseillant de garder mon calme, l'autre m'aidant à me visualiser en train de dire ses quatre vérités à cette femme que j'ai de plus en plus de mal à supporter. Comme je ne réponds rien, elle me demande alors :

– D'ailleurs, je ne savais pas non plus que tu serais là ce soir ?

– Et ? Il faut que je te tienne au courant quand je veux voir mon mec ? demandé-je froidement en sentant la colère monter en moi crescendo.

Cette fille est tellement culottée qu'elle se permet même de me demander pourquoi je suis là !

– Pas du tout, je dis juste que si tu étais là je ne serais pas passée, c'est sûr…

– C'est sûr que c'est vachement moins sympa quand je suis là, pas vrai ? demandé-je ironiquement, ayant de plus en plus de mal à me contenir.

– Sam, mais qu'est-ce qui se passe ? intervient Tyler.

– Non, je dis juste que je ne serais pas venue pour ne pas vous déranger, Sam, répond-elle de sa petite voix de sainte-nitouche.

– Oh, arrête, tu avais la possibilité de passer la soirée avec Cam, et dès que tu as su que Tyler était seul, comme par hasard, tu le décommandes et je te retrouve ici. Bizarre, non ? dis-je d'une voix aiguë en sentant mes mains trembler tellement je suis hors de moi.

– Sam, tu te fais un film, ma chérie. Emy avait juste besoin de parler à un ami, tu vois le mal où il n'y en a pas. Elle est juste passée sans arrière-pensées. Calme-toi, tout cela n'est qu'un malentendu, dit-il en essayant de me prendre la main.

– Et une amie a besoin de se changer et de passer une robe

sexy au décolleté super plongeant pour venir voir un simple « ami » ? demandé-je amèrement.

– Bon, je crois que je vais vous laisser, je ne voulais pas créer de tension entre vous, dit Emily, l'air gêné bien que je n'y croie pas un instant.

– Oui, ça serait une bonne idée, en effet, rétorqué-je, de plus en plus furax contre elle.

– Non, Emy, reste ! Tout cela n'est qu'un malentendu, je suis certain qu'on va trouver un terrain d'entente, dit Tyler en lui proposant de s'asseoir. Sam, je vois bien que tu es remontée contre Emily, mais je ne sais pas comment te faire comprendre qu'il n'y a rien entre nous et que tu n'as aucune raison d'être jalouse.

Le fait qu'il n'écoute pas ce que j'essaie de lui dire et qu'il lui propose en plus de rester avec nous me vexe beaucoup, et ma peine se manifeste même physiquement par un coup au cœur. Je tente à nouveau de lui expliquer.

– Je trouve étonnant de ne pas pouvoir faire un pas sans qu'elle soit là, d'abord chez Cam, et ici ce soir, ça commence à faire beaucoup, alors oui, permets-moi de me poser des questions ! Non pas sur toi, car j'ai une confiance aveugle en toi mais pas du tout en elle.

– Tu dis que tu es fâchée avec Cam à cause de moi, me coupe Emily. Je peux savoir pourquoi ?

– Si tu veux tout savoir, je lui ai dit que j'avais des doutes sur ta sincérité envers lui.

D'un calme olympien alors que je perds de plus en plus patience et que je hausse le ton, elle lance alors un regard à Tyler et reprend très posément :

– Si je peux me permettre, Samantha, désolée, mais moi aussi je suis en droit de me poser des questions : je suis venue parler à un ami ce soir en tout bien tout honneur, mais toi, pourquoi es-tu si embêtée que je sorte avec Cam ? Ne serais-tu pas un peu jalouse ?

– Waouh, tu es trop forte ! Moi, jalouse ?

Je m'entends ricaner comme une hystérique devant son culot, mais avant que j'aie pu lui répondre, Tyler me demande d'une drôle de voix, où perce a priori une pointe d'agacement :

– Emy n'a pas tort, tu devrais être contente pour eux, non ? À moins qu'en effet tu n'éprouves un peu de jalousie ?

C'est à ce moment-là que je perçois le léger sourire narquois qu'esquisse Emily avant de très vite se recomposer un visage neutre. Je sors alors de mes gonds :

– Mais tu ne vois donc pas ce qu'elle essaie de faire ?

– Je crois surtout que c'est toi qui te fais un monde de rien, ma chérie. Tu dois être fatiguée de notre week-end, que dirais-tu de…

– De quoi, Tyler ? De me calmer ? Cette fille…

– Stop, répond-il de façon beaucoup plus dure tout à coup et en haussant le ton. Cette fille, comme tu dis, est mon amie et elle n'a pas à supporter tes accusations ridicules. Elle n'a jamais eu de comportement déplacé avec moi, elle sort avec Cam, alors je ne vois pas ce qui te fait réagir de façon si démesurée ce soir.

– Démesurée ? Mais tu es aveugle ou quoi ? Tu ne vois donc pas comment elle te regarde ? Tu prends son parti, c'est bien cela ? crié-je désormais, terriblement humiliée.

– Je ne prends le parti de personne, mais là tu dis n'importe quoi, Sam. D'ailleurs, ça ne serait peut-être pas une mauvaise idée que tout le monde rentre chez soi pour que nous puissions reparler de tout ça à tête reposée demain, non ?

C'est la goutte qui fait déborder le vase. Je me sens rabaissée d'être congédiée de la sorte comme une vulgaire enfant qu'on envoie se coucher parce qu'elle a fait une bêtise, et c'en est trop pour moi. Mon esprit bouillonne et toutes sortes de pensées me traversent la tête. Mais en une seconde, étrangement, je me calme. Je suis fatiguée de devoir me battre contre cette femme qui depuis des mois a tous les droits aux yeux de mon homme sous prétexte qu'elle a le statut de sainte à ses yeux depuis son coma. Je sais que je vais sûrement souffrir de ce que je vais faire, mais, lentement, j'enlève ma bague de mon doigt, j'ouvre doucement la main de Tyler et la lui dépose au creux de sa paume.

– Tu disais que nous étions une équipe, c'était nous contre le reste du monde, tu te souviens ? Si ça avait été le cas, tu me ferais confiance quoi qu'il arrive.

Tyler garde la main ouverte et je vois sa mâchoire se contracter au fur et à mesure qu'il serre les dents. Il ne sourit plus du tout et son visage est plus froid et plus fermé que jamais, ce qui, le connaissant, n'augure rien de bon pour la suite. Il finit alors de me convaincre que j'ai fait le bon choix en restant sur ses positions :

– Sam, arrête tes bêtises maintenant ! siffle-t-il, les dents toujours serrées. Je t'aime plus que tout et tu le sais, mais ce soir tout a pris des proportions de dingue et tu es allée trop loin avec Emily. Je ne te reconnais pas et…

– OK, Tyler, j'ai bien compris que tu me trouves injuste avec elle, blablabla… Une chose est sûre, je ne peux pas être avec quelqu'un qui doute de moi à la première occasion. Je suis venue ici pour me confier et t'expliquer les choses, mais *elle* est encore là, comme toujours depuis des mois et j'en ai assez. Je n'ai rien dit quand elle s'est installée ici, rien dit non plus qu'elle soit toujours collée à toi, mais là, stop. C'est ton amie, soit, mais je suis fatiguée de tout ça et j'ai besoin de prendre de la distance. Je n'ai pas douté une seconde que tu la repousserais si elle tentait quelque chose, alors que toi, à la première occasion, tu remets en doute mes affirmations, voire mes sentiments pourtant si fraternels envers Cam. La confiance est la base d'une relation stable, et ce soir est la preuve que nous ne sommes sûrement pas prêts pour tout cela, lâché-je le cœur lourd et battant à tout rompre de devoir prononcer ces mots difficiles.

– C'est n'importe quoi, Sam ! s'emporte Tyler. Je ne vais quand même pas devoir choisir entre ma petite amie et mon amie pour te faire plaisir, si ?

Il est raide comme un piquet et nous nous faisons face tandis qu'Emily, toujours tranquillement assise dans son fauteuil, ne perd pas une miette de notre échange que j'aurais préféré garder intime.

– Je ne te l'ai jamais demandé, mais a priori tu as pourtant choisi ce soir celle qui méritait d'être défendue, non ? insisté-je avec l'infime espoir qu'il retourne sa veste et demande finalement à Emily de partir.

– Je pense que tu es jalouse et, désolé, mais tu n'as pas à être défendue vu qu'Emy ne t'a pas attaquée, si ? Excuse-moi d'être réaliste et de faire ce qui me semble le plus juste, mais je ne changerai pas d'id…

– OK ! le coupé-je, lasse d'entendre sa rengaine. On ne va pas répéter inlassablement nos points de vue divergents ce soir, je vais y aller.

– C'est toi qui vois, lâche-t-il froidement en me tournant alors le dos pour regarder à la fenêtre. Jack peut te raccompagner.

Même si c'est moi qui ai dit que je partais, j'ai l'impression de me faire jeter comme il y a quelques mois. Je jette un coup d'œil furtif à son poing si serré qu'il est tout blanc, et qui renferme la bague qui a fait de moi il y a quelques heures à peine la plus heureuse des femmes. Mon ventre se serre à ce souvenir si proche et j'ai l'impression qu'on m'arrache le cœur, mais hors de question de flancher devant eux.

– Merci mais non.

Je lui jette un dernier regard mais il reste obstinément tourné vers le jardin. Quand je regarde Emily, un sourire arrogant éclaire son visage et elle me fait un petit au revoir silencieux avec sa main. Je rêve de lui coller mon poing dans la figure, mais Tyler prendrait sa défense et je suis fatiguée d'être la méchante de l'histoire. Je ne vais pas tarder à craquer et je ne veux pas leur donner cette satisfaction. Aussi dignement que possible, je quitte donc la pièce où ce soir l'homme que j'aime m'a tourné le dos dans tous les sens du terme.

# 40

– Vous auriez vu sa tête de sainte-nitouche ! J'aurais tellement aimé lui refaire le portrait ! dis-je à mes amies en reniflant et en attrapant un énième mouchoir en papier.

– Ben t'aurais dû ! s'énerve Charlie. La vache, elle est vraiment très forte, celle-là, je ne comprends même pas que Tyler ne voie pas clair dans son petit jeu. Elle est maligne mais quand même...

– Oh que oui, elle est maligne ! C'est une enfant gâtée depuis toujours et ce qu'elle veut, elle l'obtient... alors vu qu'elle ne peut pas avoir Tyler, elle fait ce qu'elle sait faire de mieux, à savoir manipuler les gens, ajoute Kate.

J'ai eu besoin de parler à mes deux amies, et tout de suite, Kate nous a invitées à passer chez elle, puisqu'à cette heure-ci James dormait déjà. Charlie ne s'est pas fait prier pour se joindre à nous, vue l'ambiance glaciale entre elle et son frère à l'appartement.

Cela me fait du bien de me retrouver avec elles deux. J'ai commencé par leur raconter tout depuis le début, de notre week-end idyllique (sans mentionner la demande en mariage, c'est au-dessus de mes forces ce soir), à notre retour et à ma dispute avec Cam. Je vois bien que Kate tique à cette partie de l'histoire car elle ne savait pas pour Cam et Emily, et la tristesse se lit sur son visage, ce qui me fait très mal au cœur. Elle nous confie d'ailleurs qu'elle est un peu déçue car elle avait l'impression qu'il se passait quelque chose d'un peu spécial entre eux. Charlie la rassure en lui disant que, de toute façon, ça n'est que du vent avec Emily et que c'est sûrement purement sexuel, mais je vois bien qu'elle est blessée et que si Cam voulait la séduire à nouveau, ce n'est plus certain du tout qu'il y parviendrait. Quel crétin ! Trop pudique pour se livrer à nous, Kate redirige la conversation sur le sujet d'Emily et je lui révèle alors ce qu'elle a dit à Cam :

– Tu aurais fait du rentre-dedans à son mec de l'époque et cela aurait foutu leur couple en l'air.

– Quelle petite garce ! C'est complètement faux, je vous jure ! s'écrie-t-elle, outrée et très remontée. Elle est vraiment gonflée ! C'est même elle au contraire qui a dragué Jax un soir en boîte de nuit ! Tyler et elle avaient une nouvelle fois rompu et il ne semblait pas disposé à la reprendre aussi vite que les autres fois, du coup elle a tenté sa chance avec Jax, même si elle savait très bien qu'il était en couple avec moi depuis quelques mois. C'est pour ça que c'est très tendu entre nous deux. Il l'a rembarrée devant moi et elle a été odieuse, elle nous a insultés, elle était complètement hystérique, une vraie furie ! Bref, la femme rejetée et méchante dans toute sa splendeur. Je vous garantis que j'ai vu son vrai visage ce soir-là et que ça n'était pas beau à voir, affirme-t-elle en hochant vivement la tête pour mieux appuyer ses propos.

– Mais pourquoi Jax, si elle voulait Tyler ? demande Charlie.

– Elle a toujours eu une obsession pour Tyler. Elle n'avait d'yeux que pour lui et elle lui pardonnait tout, jusqu'à ses infidélités qui n'étaient un secret pour personne. J'imagine que ce soir-là, elle s'est imaginé que comme ils étaient jumeaux, ça se tentait. C'était ridicule car ils se ressemblaient peut-être comme deux gouttes d'eau, mais il ne pouvait y avoir de personnalités aussi différentes que celles des deux frères Cole. Jax en a parlé à Tyler le lendemain mais ça l'a juste fait rire. Il faut dire qu'ils étaient plutôt... comment dire... libres dans leur couple de ce côté-là. Même si je pense qu'au fond d'elle, Emily aurait préféré l'avoir pour elle toute seule. Donc je comprends tout à fait quand tu dis qu'elle a plusieurs facettes. J'ai vu l'une des plus sombres et je te garantis que ça n'était pas joli.

Je hoche la tête, rassurée de ne pas être prise pour une femme complètement jalouse et dont les réactions semblent démesurées comme l'a pourtant insinué Tyler ce soir.

– Et puis, il y a eu l'accident. Tyler s'en est beaucoup voulu, bien entendu, mais, au fil des mois, après qu'il a pu quitter l'hôpital, il s'est mis à sortir avec des filles différentes chaque soir. C'était une frénésie de rencontres, et son frère a voulu lui en toucher un mot un jour, mais il lui a seulement dit qu'il agissait de la sorte car il ne méritait pas d'être heureux après ce qu'il avait fait. Qu'il prenait juste la vie du bon côté et que Jax ne devait pas s'inquiéter pour lui. Il n'aimait pas Emily, mais si elle ne pouvait pas vivre dignement, alors lui non plus. Il avait comme occulté tous ses mauvais côtés, et je pense qu'il se punissait en s'empêchant ainsi de s'attacher à quiconque. Et puis Jax est mort et ça a empiré. Il était dévasté et d'une froideur incroyable avec tout le monde, moi et sa famille comprises. Il était devenu un autre homme, retranché dans sa carapace et s'interdisant d'éprouver quoi que ce soit qui puisse ressembler à de l'amour. Et puis il t'a rencontrée, Sam. Et j'ai enfin vu renaître l'homme qu'il était dans sa plus jolie version. Jax t'aurait adorée, dit-elle, un sourire aux lèvres, mais la voix tremblante, il voulait tant que son frère connaisse un amour aussi fort que le nôtre.

Cela me fait un bien fou de l'entendre et je suis tout à coup envahie par plusieurs émotions : je suis toujours en colère, bien sûr, mais je suis également émue, touchée, et surtout fière et heureuse d'être celle qui a pu redonner la joie de vivre à cet homme qui en a vu de toutes les couleurs. Je prends la main de Kate pour lui montrer que ses mots me font beaucoup de bien et pour l'encourager à reprendre son récit.

– Il est redevenu le Tyler qu'on aimait tous, et Emily s'est réveillée. Et il s'est passé ce qu'on sait tous, mais si j'ai un conseil à te donner, méfie-toi d'elle, Sam. Tyler n'est pas amoureux d'elle, j'en suis certaine, mais il s'en veut tellement qu'il lui passe tout. Elle le sait et elle n'aura aucun mal à le manipuler et à essayer de l'éloigner de toi dans un premier temps en se faisant passer pour la martyre, comme ce soir.

– Je sais qu'il m'aime, mais je suis blessée par le fait qu'il préfère lui donner raison à elle, réponds-je, abattue, c'est très humiliant pour moi qu'il préfère la défendre, elle. J'aimerais tant lui ouvrir les yeux sur celle qu'elle est vraiment… dis-je tristement, presque résignée à l'idée de ne jamais y parvenir.

– Et moi donc, je ne l'aime pas du tout. Tout ce qu'elle touche, elle l'abîme. Cette fille n'a peur de rien pour arriver à ses fins. Elle a même réussi à bousiller l'amitié entre Tyler et son meilleur ami de l'époque !

– Liam ? demandé-je.

– Oui, je ne pensais pas que Tyler t'en avait parlé. Il refuse même de prononcer son prénom. Je n'ai jamais cru que Liam pouvait être capable de trahir Tyler. Ils étaient très proches, mais quand j'ai voulu soumettre l'idée qu'Emily était peut-être fautive, il n'a rien voulu entendre et l'a encore placée sur son piédestal. Il n'a jamais accepté de s'expliquer avec Liam, et pourtant je pense que ça aurait peut-être clarifié bien des choses.

– Qu'est-il devenu ? demande alors Charlie.

– Je crois qu'il vit toujours ici. J'ai reçu une très belle carte de condoléances de sa part à la mort de Jax, et l'adresse au dos était la même qu'avant.

– Qu'est-ce qu'on attend ?

– Pour quoi, honey ?

– Ben, Kate semble penser que ce Liam n'est pas le grand méchant loup dépeint par Tyler depuis le début, ça vaudrait peut-être le coup de le contacter pour avoir sa version des faits, non ?

– Ça ne nous regarde pas, honey. Ça ne serait pas correct de ma part d'aller parler à l'ennemi numéro un de Tyler dans son dos, j'aurais l'impression de le trahir.

– Mais si Kate a raison et que ce Liam n'est pas un connard fini, ça serait un bon moyen de piéger cette nana, non ?... Écoute, Mac, tu es folle amoureuse de ton mec qui, pour je ne sais quelle foutue raison d'autopunition, refuse de voir qu'elle est mauvaise. Elle sort avec mon débile de frère, et ça, c'est au-dessus de mes forces, alors si tu n'y vas pas, c'est moi qui trouverai un moyen de révéler son vrai visage.

Kate et moi sourions en nous regardant car, tout bien considéré, c'est vrai que je n'ai pas grand-chose à perdre. Peut-être que Liam pourrait m'aider ? Elle attrape une feuille de papier d'un bloc-notes et, après avoir fouillé dans son portable, note le numéro de cet homme dont je ne sais absolument rien, mais qui, à en croire Kate, mérite peut-être le bénéfice du doute. Je regarde machinalement ma montre et non seulement il est trop tard pour l'appeler, mais il est temps pour nous de prendre congé, car Kate travaille demain et il est déjà trois heures du matin.

Nous prenons un taxi pour rentrer et Charlie vient dormir chez moi. Je me couche le cœur plus lourd que jamais. Je n'ai pas reçu de SMS de Tyler et ça me chagrine beaucoup car, bêtement, j'avais l'espoir fou que je lui manque assez pour qu'il revienne sur ses paroles. Pas de nouvelles de Cam non plus, c'est vraiment la totale ! Bien entendu, je ne trouve pas le sommeil et je tourne et vire dans mon lit… à croire que cette foutue journée catastrophe ne s'arrêtera jamais.

***

Après le petit déjeuner, c'est fébrile mais soutenue par ma meilleure amie que je compose le numéro de Liam. Après deux sonneries, une voix d'homme répond :

– Allô ?

– Monsieur Thomas ? Liam Thomas ?

– Oui, c'est moi…

– Bonjour, alors voilà… euh… à vrai dire, je ne sais pas trop par où commencer, j'aurais besoin de vous parler, si vous êtes d'accord ?

– Qui est à l'appareil ?

– Je m'appelle Samantha MacIntyre. Je suis la… euh… la petite amie de Tyler Cole.

– Tyler sait que vous me téléphonez ?

– Non.

– Alors je crois que ça n'est pas une bonne idée. Je ne veux pas envenimer la situation, ni qu'il s'imagine des trucs. D'ailleurs, pourquoi vous voulez me parler ? Il a des soucis ?

– En fait, je… je souhaiterais entendre votre version des faits sur ce qu'Emily a dit à Tyler à l'époque. Je sais que vous êtes fâchés depuis, mais ayant moi aussi eu affaire à Emily, je crois qu'elle est assez maligne pour parvenir à éloigner Tyler des gens auxquels il tient. Je sais que vous ne me connaissez pas, mais j'aimerais vraiment discuter un peu avec vous. Ça n'est pas du tout un traquenard, je vous assure.

Après un long silence à l'autre bout du fil me faisant même

penser à un moment qu'il a dû raccrocher, il reprend la parole :

– OK, en fin d'après-midi ?

– Oui, parfait ! réponds-je, un peu surprise mais soulagée qu'il accepte si rapidement.

Je note l'adresse qu'il me donne et raccroche. Charlie pousse un long soupir de soulagement et me sourit. Elle me propose de venir avec moi vu qu'elle est disponible et qu'elle veut connaître elle aussi le fin mot de cette histoire. J'accepte volontiers.

Je n'ai toujours pas de nouvelles de mon homme ni de Cam, ce qui m'attriste un peu plus à chaque minute qui passe. Heureusement que Charlie est là. Nous prenons le bus vers dix-sept heures et arrivons un peu en avance au lieu de rendez-vous. Le numéro du lieu correspond à un pub situé dans Brixton. Je comprends alors que Liam a volontairement choisi un endroit public plutôt que de me recevoir chez lui, ce qui n'est pas plus mal, en effet.

Nous entrons dans le Duke et allons commander deux bières au bar pour ensuite nous asseoir à l'une des tables disponibles. Charlie et moi guettons nerveusement la porte à chaque fois que quelqu'un entre, mais au bout d'une demi-heure Liam n'est toujours pas là. Alors que nous commençons à douter qu'il viendra, un homme s'approche de notre table, une pinte de bière à la main. Il est à l'opposé de l'image que je me faisais de lui. Je l'imaginais en costume d'homme d'affaires, tout comme Tyler, or, devant nous se tient un homme à l'allure très simple. Il porte un jean, une chemise à carreaux et il a des Dr Martens aux pieds. Il a des cheveux blonds assez longs attachés au niveau de la nuque et arbore une barbe de quelques jours qui lui confère un air de bad boy. Il s'assoit directement à notre table et se présente :

– Liam Thomas. J'imagine que l'une de vous est M$^{lle}$ MacIntyre ? demande-t-il d'une voix claire et directe.

– C'est moi, en effet, et voici Charlotte Harris, une amie, dis-je en lui tendant la main.

– Je suis désolé pour le retard, une cliente est venue à la dernière minute pour un pneu crevé, je l'ai dépannée, du coup, dit-il en essuyant sa main sur son pantalon avant de nous offrir une poignée de main ferme.

– Vous êtes mécanicien ?

– Oui, dans le garage d'en face. Laissez-moi deviner, vous vous attendiez à voir un mec tout droit sorti de la City, c'est ça ? demande-t-il, un léger sourire aux lèvres.

– À vrai dire, oui. C'est bête, je sais, avoué-je en levant les yeux au ciel.

– Vous inquiétez pas, les amis de Ty avaient toujours cette réaction au début, à la différence près qu'ils me regardaient souvent comme si j'étais de la merde. Le choc de deux mondes. Du genre, comment un mec comme Tyler Cole pouvait-il avoir ce genre de fréquentations ?

– On n'est pas non plus de ce monde, intervient pour la première fois Charlie.

Il ne lui répond rien mais boit une longue gorgée de sa bière. Je décide de rompre le silence :

– En fait, voilà, je vous ai demandé que l'on se rencontre car, comme je vous l'ai dit, je sortais avec Tyler.

– Sortais ? Vous ne m'avez pas dit que vous étiez sa nana ? demande-t-il, méfiant, en haussant un de ses sourcils.

– Si… enfin, c'est compliqué… bafouillé-je, cherchant les mots appropriés.

– Laissez-moi deviner : Emily a réussi à foutre la merde entre vous ?

– C'est ce que je pense, oui, soufflé-je, soulagée qu'il ait déduit aussi vite où se situe mon problème.

Je lui raconte mon histoire avec Tyler dans les grandes lignes. Il reste très silencieux. Souriant parfois et hochant la tête de temps en temps, mais me laissant lui exposer mon histoire sans m'interrompre. Il est le genre d'homme qui ne parle pas pour ne rien dire, et comme on ne sait pas vraiment ce qu'il pense, c'est assez intimidant. Son regard perçant mais plutôt bienveillant m'invite à terminer mon récit jusqu'au bout et sur notre dispute de la veille.

Il interpelle alors le barman pour commander une autre tournée de bières.

– Une deuxième pinte ne sera pas de trop, déclare-t-il, résumant bien ce que je ressens également.

Charlie, quant à elle, reste bien silencieuse comparé à d'habitude. J'imagine qu'elle attend de voir ce qu'il va nous raconter.

– Donc si je comprends bien, vous voulez que je vous raconte ce qui s'est passé entre Emily et moi, c'est ça ?

– Oui, si ça ne vous ennuie pas, cela pourrait peut-être nous aider à y voir plus clair et à la cerner un peu mieux.

– Je veux bien, mais autant vous le dire tout de suite : ne vous faites pas de films, j'ai effectivement couché avec cette fille.

J'imagine que j'espérais un peu le contraire au fond de moi et j'avale à mon tour une longue gorgée de bière pour écouter le récit de cette fameuse soirée où tout a basculé.

# 41

– Ça n'allait pas très fort entre Ty et Emy. Ils étaient très passionnels mais s'engueulaient souvent, et Ty revenait toujours vers elle. Je le charriais souvent en lui disant qu'il était foutu et qu'il allait finir la bague au doigt. Ça le faisait marrer. Mais Ty n'était pas un modèle de vertu, il se tapait souvent d'autres nanas lors de nos virées entre mecs. Je n'ai jamais rien dit ; après tout, je n'avais pas à fourrer mon nez dans leurs affaires et de toute façon, je ne la sentais pas, alors si mon pote voulait s'envoyer d'autres filles, je n'avais pas à juger. Même quand elle apprenait qu'il l'avait trompée, elle lui pardonnait. Et elle parvenait à chaque fois à le récupérer. J'ai toujours eu le sentiment qu'elle était obsédée par lui. Elle ne jurait que par lui et lui passait tout.

– C'est ce que Kate a ressenti aussi bien des fois, d'après ce qu'elle m'a dit.

– Kate… une chic fille. J'ai été très triste d'apprendre la mort de Jax. Ils formaient vraiment un couple solide, eux…

Il se tait quelques instants, perdu dans ses pensées. Je lui laisse le temps de trouver ses mots et ce qu'il souhaite me confier ou non. Ses traits se durcissent à nouveau et il reprend le cours de son récit :

– Bref, tout ça pour dire qu'Emily était vraiment accro à Ty.

Je me souviens qu'après une énième rupture avec elle, Tyler a rencontré une serveuse. Elle s'appelait Molly, c'était une fille sympa avec qui il est sorti plusieurs soirs. Une jolie fille avec qui le courant passait plutôt bien, mais elle a quitté la ville du jour au lendemain. Elle a dit qu'elle avait trouvé un job bien payé et qu'elle partait pour Paris. J'ai trouvé ça bizarre à l'époque, et même si ça paraît dingue je me suis souvent demandé si Emily ne s'était pas arrangée pour qu'elle parte loin de son mec. Selon moi, elle aurait fait n'importe quoi pour le garder et « éliminer » tous ceux qui pouvaient se mettre en travers de sa route. Quand ils cassaient, ils finissaient toujours par se réconcilier sur l'oreiller. Mais peu avant l'accident, cela faisait déjà un petit moment qu'ils n'étaient plus sur la même longueur d'onde. Ty sortait souvent avec moi et semblait décidé à ne plus se prendre la tête avec elle, même s'ils étaient toujours plus ou moins ensemble. Un soir, elle m'a téléphoné et supplié de venir chez elle pour parler car elle avait des choses importantes à me dire sur Tyler qui, selon elle, avait des problèmes. Elle a piqué ma curiosité et je suis donc allé la rejoindre chez elle. Elle m'a accueilli et nous a servi à boire. Elle me parlait de Tyler, mais au bout d'une bonne heure, à force de l'entendre rabâcher, je lui ai demandé ce qu'il en était des soucis de mon pote. Elle s'est lancée dans un discours sans queue ni tête, comme quoi il ne serait jamais heureux sans elle, et là, j'ai compris qu'elle n'avait aucune réelle révélation à me faire. Je lui ai demandé de m'expliquer ce que je faisais là et j'allais partir, mais elle s'est mise à pleurer. Elle est venue près de moi et je l'ai consolée du mieux que je pouvais, mais ses sanglots n'en finissaient plus et elle était vraiment malheureuse. J'ai beaucoup trop bu ce soir-là car si j'avais été à jeun, je n'aurais jamais fait ce que j'ai fait. Je ne suis pas fier de ce qui s'est passé cette nuit-là. Je n'ai pas beaucoup de souvenirs, à vrai dire. Je me suis réveillé le lendemain à poil dans son lit et avec une gueule de bois d'enfer. J'ai vite compris que j'avais déconné en couchant avec la nana de mon pote. J'étais super mal, mais Emily semblait hyper détachée de tout ça, on aurait dit qu'elle s'en foutait, elle était même limite gaie ce matin-là. Elle m'a dit qu'elle allait tout avouer à Tyler le jour même. J'ai accepté sans broncher. Pour moi, il était hors de question que je lui cache ça. Je comptais le voir le soir pour m'excuser, mais ils ont eu ce foutu accident, et ensuite il n'a plus jamais voulu entendre parler de moi… et je ne peux pas le lui reprocher. J'ai fait l'erreur de ma vie cette nuit-là, mais j'ai beaucoup réfléchi depuis. Je suis sûr qu'elle avait tout organisé et qu'elle m'a manipulé pour le rendre jaloux : elle savait que Tyler serait beaucoup plus touché si elle se tapait un ami à lui plutôt qu'un inconnu et je n'ai été qu'un pion sur son échiquier. J'ai déconné et je m'en voudrai toujours, mais je lui en veux à elle aussi. Quelque temps après l'accident, j'ai voulu parler à Tyler, mais il m'a rembarré à chaque fois. Je voulais m'excuser bien sûr, lui expliquer ce que je vous raconte aujourd'hui, mais il n'a jamais accepté de m'en donner l'occasion et j'ai arrêté d'insister. Après tout, j'avais merdé, il avait le droit de me zapper de sa vie. Je ne lui ai envoyé qu'un texto ou deux depuis. Je me suis résigné et j'ai accepté le fait qu'il ne me pardonnera jamais. Ce n'est pas l'histoire que vous vouliez entendre, je me trompe ?

Je lance un regard à ma meilleure amie qui ne sait pas cacher ses émotions et j'y lis de la colère.

– Bon, MacIntyre, il me paraît évident que même si monsieur ici présent aurait pu essayer de garder son service trois-pièces bien au chaud ce soir-là, et de moins picoler, elle avait tout manigancé, non ? Déjà, on ne couche pas avec le meilleur ami de son mec, mais surtout, on ne se fait pas une joie d'aller le lui annoncer, si ? Et le coup de la petite nénette qui part à Paris : tu en connais beaucoup, toi, des serveuses qui ont assez de thunes pour partir à l'étranger du jour au lendemain ? Et puis, même si elle est toujours arrivée à ses fins jusqu'ici, il est hors de question que je la laisse manipuler mon idiot de frère et que tu la laisses bousiller votre histoire d'amour !

Elle avale d'un trait la fin de sa bière et hausse un sourcil interrogateur en constatant que Liam la regarde, un air amusé sur le visage. Elle se lève et nous annonce le plus naturellement possible que la bière, c'est bien, mais qu'il faut qu'elle aille là où on ne peut pas aller pour elle, ce qui détend l'atmosphère et a le mérite de nous faire sourire.

– Sacré phénomène, votre copine !

– Et vous n'avez encore rien vu ! dis-je avec un clin d'œil.

– En tout cas, elle n'a pas tort sur le fond. Emily sort avec son frère ? Je n'ai pas tout compris…

Je lui explique donc la situation et Charlie nous rejoint à table.

– Bon, j'ai eu une idée. Que diriez-vous de piéger cette garce ?

– Oui, mais comment, honey ?

– Disons que l'histoire de la serveuse m'a donné une petite idée. Tu vas lui faire croire que tu as cassé avec Tyler, elle va venir chez toi, et Lucky Luke ici présent filmera discrètement votre rencontre et surtout ses réponses. Si tu t'y prends bien, et on va bosser le truc avant, t'inquiète, elle devrait vite se griller toute seule. Moi, je m'occupe de permettre à Tyler et Cam d'assister à distance à tout ça.

– Je ne suis pas sûre d'avoir tout compris. Ça me paraît un peu tordu comme plan, non ?

– Oui, mais pour réussir à piéger cette fille barrée, il faut au moins ça, tu ne crois pas ? Et réfléchis, Mac, ça sera peut-être l'unique occasion qu'on aura de montrer à Tyler et Cam le vrai visage de cette fourbe, argumente Charlie.

– C'est pas faux. C'est fou mais oui, je crois que je suis partante. Liam, vous accepteriez de nous donner un coup de main ?

– Oui, il est temps que Tyler ouvre les yeux sur cette fille et j'ai besoin qu'il entende une bonne fois pour toutes ce que j'ai à lui dire, même s'il ne veut plus jamais me parler par la suite. Oh ! Et, Charlie… Sachez que je ne tire jamais plus vite que mon ombre, et surtout pas au lit !

J'éclate de rire et, pour la première fois, je vois rougir Charlie. Pour une fois que quelqu'un a de la repartie face à ma tornade, j'en mets ma main au feu que les prochaines entrevues s'avéreront intéressantes !

Tout en mangeant sur le pouce un excellent hot dog, nous passons la fin de la soirée à mettre au point le plan qui devrait nous permettre de faire sortir Emily de ses gonds, de la percer à jour, mais surtout de le faire de façon à ce que Cam et Tyler en prennent conscience. Nous avons prévu de nous revoir le mercredi après-midi chez moi afin de tout finaliser pour le début du piège, prévu ce soir-là à dix-huit heures.

Au moment de monter dans le bus, Liam interpelle Charlie du trottoir et lui crie un « Bonne nuit, Calamity Jane » juste au moment où les portes se ferment, ne permettant pas à Charlie de répliquer et accordant le dernier mot à Liam. Ma meilleure amie fait mine d'être agacée, mais son petit sourire laisse sous-entendre qu'il lui a cloué le bec et qu'elle a peut-être apprécié ce petit jeu, finalement.

Nous restons silencieuses tout le reste du trajet. Je rumine cette idée de plan et j'espère que nous ne signons pas là le début d'une période encore plus catastrophique qu'elle ne l'est déjà.

Pourtant, je crois que Charlie a raison. Je n'ai plus grand-chose à perdre. Mon homme ne m'a même pas envoyé un seul SMS depuis notre dispute et je ne peux m'empêcher d'imaginer les pires scénarios, sachant qu'Emily est restée avec lui et que j'en mets ma main à couper qu'elle n'attend qu'une chose : remettre le grappin sur mon mec. Charlie me dit qu'elle n'a fait que croiser Cam ces derniers jours. Il passe le maximum de temps en dehors de l'appartement et ne rentre que pour dormir, ce qui limite leurs occasions de se disputer et ses chances de me croiser. Ils me manquent terriblement tous les deux. Ce triste constat me conforte dans ma décision et, le mercredi suivant, j'envoie le SMS censé être le déclencheur de notre plan :

[Bonjour, Emily. Je me permets de t'écrire
car j'ai des choses à te révéler qui concernent
Tyler. C'est définitivement terminé entre nous
depuis notre dispute de l'autre soir
et je souhaiterais te parler de femme à femme.
Accepterais-tu de passer chez moi en fin
d'après-midi ? Disons vers 18 h ?]

Liam, Charlie et moi sommes chez moi et, fébriles, nous attendons sa réponse. Nous avons soigneusement choisi nos mots pour piquer sa curiosité et, petite vengeance pour Liam, nous avons utilisé les mêmes termes qu'elle quand elle l'a piégé : œil pour œil, dent pour dent !

Un bip retentit et j'ouvre vite le SMS.

[Bonjour, Samantha, je suis navrée
de l'apprendre. Je serai là
à 18 h. À tout à l'heure.]

– Navrée ? Mais bien sûr, on n'en doute pas une seconde ! Ma cocotte, tu ne vas pas être déçue ! Bon… première étape accomplie ! annonce alors Charlie en levant sa tasse de café pour trinquer avec nous.

Nous passons l'heure suivante à peaufiner notre plan. Liam sera caché dans la salle de bains de mon minuscule appartement au cas où ça tourne mal et mon smartphone est placé de telle manière qu'il sera en mesure de tout filmer de la scène. Cam a accepté le rendez-vous que Charlie lui a fixé au Lond'ink à dix-sept heures quarante-cinq sous prétexte de s'expliquer « en terrain plus neutre qu'à la maison ». Puis elle a contacté Tyler et lui a dit que je n'allais pas très bien et qu'il fallait qu'elle lui parle. Il a ainsi accepté de se rendre également au salon de tatouage. Il est prévu que mon téléphone diffuse en direct notre entrevue sur un compte Instagram que nous avons créé spécialement pour l'occasion et ne possédant qu'un seul abonné : Charlie, bien sûr. Si tout se passe bien, Charlie et les hommes devraient donc voir en temps réel ce qu'il se passe ici entre moi et Emily. Si nous nous sommes trompés, en revanche, je sais que Tyler et Cam auront beaucoup de mal à me pardonner cette mise en scène, et rien qu'à cette idée je sens la nausée m'envahir. Je respire un grand coup et, encouragée et rassurée par mes deux complices, je reprends un peu confiance, même si une partie de moi me serine que ce plan est complètement fou et que c'est quitte ou double : soit je perds le peu qu'il me reste, soit je retrouve l'amour et l'amitié qui comptent tellement pour moi.

Quand Charlie quitte l'immeuble vers dix-sept heures vingt, le nœud dans mon ventre se resserre de plus en plus et je dois avouer que je suis bien contente que Liam soit là pour m'apaiser et me donner la force d'aller jusqu'au bout. Nous vérifions pour la centième fois que l'angle de la caméra filmera bien le canapé sur lequel je suis censée la faire s'asseoir. Liam restera en retrait dans la salle de bains, et, au cas où, enregistrera notre conversation grâce à l'enregistreur vocal de son smartphone. Nous avons répété les phrases pièges des dizaines de fois et j'espère juste être assez bonne actrice pour qu'elle ne se doute de rien. Quand on sonne à ma porte, Liam me fait un hochement de tête et déclenche la caméra avant de filer se cacher.

# 42

Emily se tient sur le pas de la porte et je l'invite à rentrer. Elle est comme toujours très élégante, ses cheveux blonds tombent librement sur ses épaules et elle porte un tailleur blanc assorti à ses Louboutin qui mettent parfaitement en valeur ses jambes interminables. Les seules touches de couleur de sa tenue sont le rouge faisant la renommée de ses talons hauts et le rouge à lèvres qu'elle a choisi de la même teinte. Elle est sublime et je comprends que les hommes ne lui résistent pas facilement. Quand elle entre, je constate qu'elle ne peut s'empêcher de scruter l'endroit où je vis et où je me sens bien, mais qui tout à coup me semble minuscule.

Nous nous asseyons sur le canapé.

– Je suis vraiment désolée d'apprendre que Tyler et toi avez vraiment rompu, Samantha. Je pensais que ça n'était qu'une petite dispute. Comment te sens-tu ? demande-t-elle gentiment en prenant un air contrit de circonstance.

– Eh bien, à vrai dire, je suis désolée que ça se finisse comme ça, mais je sais désormais que c'est bel et bien terminé entre nous et qu'aucun retour en arrière ne sera envisageable.

– Vraiment ? Que s'est-il passé ? demande-t-elle, très intéressée tout à coup.

– C'est que… c'est délicat, Emily. À vrai dire, ça a un rapport avec toi. Oui, j'ai été jalouse, tu l'as bien compris, mais… eh bien, voilà… Tu avais raison, en fait, j'ai réalisé que je suis amoureuse de Cameron.

Je laisse planer ma phrase et un silence s'installe tandis que résonnent encore ces mots si improbables à mon oreille. Avant de poursuivre, je remarque le léger sourire fugace passé sur son visage avant qu'elle ne reprenne une expression neutre. Cela me conforte dans l'idée que je ne fais pas complètement fausse route, et je continue ma tirade, un peu plus sûre de moi.

– Cameron ? Mais ? Et Tyler ? demande-t-elle calmement en haussant un sourcil révélant son incrédulité.

– Pour être honnête, j'ai réalisé il y a quelques semaines que j'aimais Cameron, Emily. C'est pourquoi je t'ai fait venir. J'imagine que tu as peut-être des sentiments envers lui, mais il fallait que je te le dise. Je suis désolée, je n'avais rien prémédité, je t'assure, mais c'est un fait : je suis amoureuse de lui.

– Et qu'attends-tu de moi, exactement ?

– Rien, mais par souci d'honnêteté, je veux que tu saches que je compte lui en parler. Je ne m'attends pas à ce qu'il partage mes sentiments, mais il faut que je lui avoue tout. C'est risqué car je vois bien qu'il t'aime beaucoup et qu'il commence peut-être même à ressentir quelque chose de fort pour toi, mais peu m'importe, je suis enfin prête à tout lui dire et je ne laisserai personne m'en empêcher, dis-je en relevant le menton.

– Soit. Donc tu es en train de me dire que tu n'aimes plus Tyler ? Comme ça, du jour au lendemain ? demande-t-elle, suspicieuse.

– Disons que je l'aime beaucoup, c'est un homme exceptionnel, j'en conviens, et nous avons passé de très bons moments. Je me suis bien amusée avec lui au début, mais ça n'est rien comparé à ce que j'éprouve pour Cam. Entre nous, si je suis restée avec lui, c'est pour essayer de provoquer une réaction chez Cam… Je voulais le rendre jaloux. Tu sais ce qu'on dit : la fin justifie les moyens, conclus-je en espérant qu'elle va me croire sur parole.

Je prends vraiment sur moi pour garder mon calme et afficher un air hautain, tandis que je soutiens son regard sans ciller.

– La petite Samantha cacherait-elle bien son jeu ? s'interroge-t-elle à voix haute d'un ton narquois, avec un rictus moqueur relevant une moitié de sa bouche.

– Disons qu'on ne choisit pas de qui on tombe amoureux, mais une chose est sûre, et je dois être honnête avec toi, je suis prête à tout pour obtenir l'homme que j'aime. D'ailleurs, je voudrais bien savoir ce que tu ressens pour lui…

– Je ne sais pas si je dois te parler de tout cela, à vrai dire ce revirement de situation est assez inattendu.

– Je sais, mais je suis franche, et quand j'ai quelque chose à dire je n'y vais pas par quatre chemins, et j'aime que les gens en fassent de même avec moi. Écoute, je ne vais pas tourner autour du pot, je ne suis pas bête. Je vois bien la façon dont tu regardes Tyler et c'est beaucoup plus intense que quand tu es avec Cam. Tu es très maligne, je te l'accorde, mais je sais reconnaître les vrais sentiments des faux et, pour tout te dire, ça m'arrangerait beaucoup qu'on puisse tomber d'accord sur ce coup-là. Je veux l'homme avec qui tu sors et celui que tu aimes vraiment est à nouveau libre…

– Si c'est vrai, tu es une bonne actrice car j'ai vraiment cru…

– Quel serait mon intérêt de te mentir là-dessus ? Certes, je n'ai quand même pas eu à beaucoup me forcer avec Tyler. Je ne vais pas le nier, j'ai pris mon pied plus d'une fois, mais quand ça ne veut pas, ça ne veut pas. Maintenant, à toi de voir, je pensais juste qu'on pourrait trouver un terrain d'entente.

Je vois bien que j'ai attisé sa curiosité et qu'elle hésite à se livrer. Face à son silence, je tente un dernier coup de poker.

– Bon, écoute, je vois bien que tu ne me crois pas… Il n'y a pas de souci, tu peux y aller. Sache juste que comme je te l'ai dit, je suis franche, donc quand j'ai rompu avec Tyler, je lui ai expliqué ce qu'il en était. Tu peux aller chez lui et tu verras que je ne mens pas. Et après, si tu veux, on en reparle et je te dirai ce que Tyler m'a confié te concernant, dis-je en me levant du canapé et en espérant de toutes mes forces que mon ultime coup de bluff fonctionne.

Elle reste en effet assise et mon cœur bat si fort dans ma poitrine que j'ai l'impression qu'elle doit l'entendre elle aussi. Elle me fait un petit signe pour que je me rasseye.

– Bon, je pense qu'il y a une chance que l'on trouve un arrangement, dit-elle. Je ne pensais pas que tu étais ce genre de femme, je me suis trompée sur toi. Finalement, tu sembles être une adversaire à ma taille. Tu as vraiment utilisé Tyler pour arriver à tes fins ?

– Oui, et si c'était à refaire je n'hésiterais pas, mens-je avec un aplomb que je ne me connaissais pas.

Je ne peux m'empêcher de penser brièvement à Tyler et Cam qui doivent assister à ce dialogue atroce, mais je remets très vite mon esprit en mode concentration car ce n'est vraiment pas le moment de me relâcher.

– Waouh ! Tu dois vraiment le vouloir, ton Cameron ! Bon, c'est vrai qu'il est plutôt pas mal, le petit tatoueur. Moi aussi, j'ai passé du bon temps avec lui, mais surtout en position allongée, à vrai dire, car sinon il faut être réaliste, nous n'avons rien en commun. Nous ne jouons pas dans la même cour, et le fossé entre nos deux classes sociales est infranchissable. Donc si ça peut te rassurer, moi aussi je l'ai utilisé pour essayer de rendre Tyler jaloux. On dirait que nous ne sommes pas si différentes l'une de l'autre au final, dit-elle.

J'imagine à nouveau la réaction de Cam qui doit être en train de voir tout cela en direct, et cela me met encore plus en colère et me donne la force de garder mon rôle de composition face à cette fille sans scrupule et qui s'est jouée de mon meilleur ami pour essayer de récupérer mon mec.

– Donc tu es en train de me dire que tu ne tiens pas du tout à Cam ?

– Non, ça a toujours été Tyler et ça ne changera jamais… mais tu me comprends, visiblement. Maintenant, c'est donnant-donnant : si tu veux que je mette un point final à mon « histoire » avec le petit tatoueur pour vous laisser une chance, il va falloir me dire tout ce que tu sais à propos des sentiments de Tyler envers moi.

Cette fille ne perd pas le nord !

– Disons que j'espère pour toi que Tyler aura ce fameux déclic car il t'aime vraiment beaucoup, je dirais même qu'il t'adore !

– Oui, tu ne m'apprends rien. Moi aussi, je l'adore.

– Il m'a plusieurs fois répété à quel point il avait eu peur de te perdre, et ça lui a fait prendre conscience que tu étais la sœur qu'il n'avait jamais eue.

Emily change immédiatement d'expression et son visage se durcit. Comme le pressentait Liam, si elle est toujours réellement accro à Tyler, elle ne pourra pas supporter longtemps ces insinuations. Sans prévenir, elle éclate alors de rire.

– Une sœur… C'est tellement drôle que c'en est ridicule. Jamais Tyler n'aurait insinué une chose pareille, Samantha, alors je ne sais pas à quoi tu joues, mais je n'ai pas de temps à perdre… Que sais-tu d'autre et, surtout, de plus plausible ?

Je décide de jouer le tout pour le tout et d'enfoncer un peu le clou pour la tester.

– Mais… je ne voulais pas t'offenser, je t'assure, Emily. Je ne vois pas pourquoi je te mentirais, il me l'a souvent répété…

– Oui, sûrement pour mettre fin à tes foutues crises de jalousie !

Tu sais, pour garder un homme tel que Tyler, il ne faut pas être possessive, il ne supporte pas ça. Je te parle en connaissance de cause.

– Tu as peut-être raison, mais ça aurait pu marcher… enfin, avant que je ne réalise mes sentiments pour Cam. Disons qu'à chaque fois qu'il me faisait l'amour, c'était très explosif, et il me répétait qu'il n'avait jamais ressenti ça avec aucune autre femme, jamais.

Je sais que j'ai visé juste car elle se tient droite comme un piquet, et je la vois contracter sa mâchoire de toutes ses forces. Les jointures de ses mains sont blanches à force de serrer fort le bord de mon canapé. Cela me rassure : j'ai fait mouche, comme le prédisait Liam. Je m'enhardis et poursuis donc selon le scénario prévu :

– Sauf…

– Sauf ? m'interroge-t-elle du tac au tac, espérant clairement être l'exception pour Tyler.

– Un soir, il m'a fait des confidences sur l'oreiller. On discutait de nos ex et il m'a parlé de celle dont il était tombé amoureux, autrefois. Une serveuse, d'après ce que j'ai compris, une fille qui est partie vivre en France, je crois.

– Ils ne se sont vus que quelques soirs, il ne va pas me faire croire qu'il était amoureux de cette petite serveuse sans classe ! s'énerve-t-elle soudain.

– Je ne sais pas, je te dis juste ce qu'il m'a dit. Tu la connais ?

– Quand Tyler et moi avons rompu, il s'est un peu perdu et il a baisé cette fille, Molly Pritchard. Une idiote écervelée, tout juste bonne à servir des pintes et à essayer de mettre le grappin sur les hommes riches. Par chance, cette petite garce a « comme par magie » trouvé un emploi dans un autre pays et contre un joli chèque à plusieurs zéros, elle a vite déguerpi. Je te le dis, Sam, pour être avec un homme tel que Tyler, il faut savoir réagir au quart de tour, et moi non plus je ne recule devant rien pour obtenir ce que je veux… et depuis toujours il s'agit de Tyler.

– Tu l'as payée ? demandé-je en essayant de garder un ton détaché, même si je bous intérieurement en constatant à quel point cette fille a un fond mauvais.

Je n'ai jamais rencontré personne d'aussi manipulateur et malsain.

– Elle était endettée à cause de son prêt étudiant, nous avons facilement trouvé un terrain d'entente… répond-elle simplement sans rougir ni se démonter. Comme tu l'as dit, il faut savoir oser prendre les bonnes décisions au bon moment et ne pas hésiter à tout faire pour garder celui qu'on aime.

– Et Liam ? Tyler m'a raconté que tu avais vraiment des sentiments pour lui, c'est vrai ou c'était comme avec Cameron ?

– Liam, encore un mec avec qui je n'avais aucun atome crochu ! Un petit mécanicien avec qui Tyler s'était lié d'amitié… Je n'avais donc pas d'autre choix que de le supporter. Puis, quand Tyler m'a à nouveau trompée, je me suis dit que ça serait une bonne idée de le rendre jaloux avec ce type. Tyler est orgueilleux et l'amitié est sacrée pour lui. Je savais que je ferais d'une pierre deux coups quand je lui dirais que j'avais couché avec son ami : non seulement je le rendrais jaloux mais cela mettrait fin à cette stupide histoire d'amitié entre eux, du coup il sortirait moins et reviendrait vers moi comme à chaque fois.

– Et tu as couché avec lui ? parviens-je à lui demander malgré la boule qui prend de plus en plus de place dans ma gorge au fur et à mesure de ses révélations machiavéliques.

– Crois-le ou pas, cet idiot avait trop le sens de l'amitié pour trahir son pote malgré le fait que je lui aie sorti le grand jeu. Du coup, j'ai mis des somnifères dans son whisky et il s'est endormi comme un bébé. J'ai réussi à le traîner dans mon lit et à le déshabiller, et au réveil il était persuadé qu'on avait baisé. Tu aurais vu sa tête ! raconte-t-elle comme si nous étions à présent de bonnes copines. Bon, tout ne s'est pas vraiment passé comme prévu car quand j'ai « soi-disant » tout avoué à Tyler, on a eu cet accident. Et quand je me suis réveillée de ce foutu coma, tu étais dans sa vie. Si j'avais su que tu ne l'aimais pas vraiment et que tu étais de la même veine que moi, je ne serais pas allée si loin… mais je croyais vraiment que tu étais accro, tu comprends ?

– Tu n'as pas dépassé les bornes, j'ai simulé quelques crises de jalousie, certes, mais je serais allée bien plus loin que toi, personnellement, dis-je en jouant le jeu, même si toutes ses confidences me donnent la nausée.

– Oh, ma pauvre chérie… mais tu ne feras jamais le quart de ce dont je suis capable par amour ! J'espère que ton genou se remet bien, à propos ? demande-t-elle, un grand sourire éclairant à présent son visage.

– Ça va. Mais pourquoi tu…

– Un peu lente à la détente, non ? J'espère que tu ne m'en voudras pas pour ton petit « dérapage sur route », dit-elle en mimant les guillemets avec ses doigts tout en ricanant.

– Quoi ? C'était toi ? lui demandé-je aussi horrifiée qu'atterrée par cet aveu.

– Tu me sortais par les yeux et je n'en pouvais plus de te voir tourner autour de Tyler comme une abeille attirée par le miel… Du coup, quand j'ai su que tu avais rendez-vous avec Kate, je t'ai suivie. Je voulais t'éliminer, tout bonnement. Moi aussi, je sais être franche, tu vois ? dit-elle en me lançant un clin d'œil complice. Du coup, j'ai fait sonner ton téléphone et, en une fraction de seconde, j'ai réussi à te faire sortir de la route en te fonçant dedans avec ma voiture. Tu t'es encastrée à pleine vitesse dans cet arbre. Comme il n'y avait personne sur la route à cette heure-là, j'ai pu déguerpir sans problème, et le tour était joué, conclut-elle simplement en faisant un petit geste désinvolte de la main, comme si elle parlait d'un acte parfaitement normal.

– Tu as voulu me tuer ? m'écrié-je, perdant mon sang-froid, tandis que mon cœur bat à tout rompre dans ma poitrine.

Cette fille n'est pas seulement mauvaise, elle est folle !

– Oh, tout de suite les grands mots ! Bon, OK, ça aurait été l'idéal, mais au mieux je voulais te faire peur et t'abîmer un peu, du moins assez pour t'éloigner de nous, le temps que je ressorte le grand jeu à Tyler et qu'il revienne naturellement vers moi.

– Mais tu es cinglée ! crié-je en me levant, et tellement submergée par l'émotion que j'en oublie mon rôle à tenir. Tu es une vraie psychopathe, on ne peut pas agir de la sorte et ne s'attendre à aucunes représailles, bordel !

Je suis hors de moi. C'est la goutte d'eau qui fait déborder le vase. Cette femme a manipulé tant de monde et en plus elle avoue avoir voulu m'éliminer ! Elle se lève également et tout se passe incroyablement vite. Je la pousse, mais pas assez fort pour la faire tomber, et sans que je ne la voie arriver elle me gifle de toutes ses forces. La joue en feu, j'oublie alors tout de notre piège et n'ai qu'une idée en tête : la faire autant souffrir qu'elle a fait souffrir tout le monde. Mais cette garce n'est évidemment pas naïve et elle me pousse avec une telle violence que je vacille et que j'en tombe sur le canapé. Elle se place alors au-dessus de moi, agrippe ma gorge d'une main pour s'assurer de me tenir à sa merci, ce qui m'empêche de respirer correctement, puis relâchant un peu sa prise elle me sourit de façon diabolique. Enfin, employant un ton menaçant, elle rapproche son visage du mien pour me chuchoter à l'oreille :

– Tu crois vraiment que tu as le droit de poser tes putains de mains sur moi ?

Elle libère l'emprise de sa main sur ma gorge pour agripper mes cheveux courts à pleines mains et tirer dessus de toutes ses forces jusqu'à ce que je sente des larmes me piquer les yeux. Réunissant mes forces, je me redresse un peu et lui empoigne à mon tour sa longue chevelure. Nous crions comme deux chiffonnières. Elle me porte le coup final en me donnant un énorme coup de poing au visage suivi d'un grand coup de pied bien placé dans mon genou fragilisé, et je hurle de douleur.

Je vois des étoiles et j'ai le temps de la voir attraper un vase sur mon petit guéridon avant de me couvrir la tête de mes bras en guise de protection, mais le coup n'arrive pas car Liam bondit derrière elle et tient les bras d'Emily dans son dos pour l'immobiliser. Je vois alors passer sur son visage mille interrogations avant qu'elle ne comprenne qu'elle est tombée dans un piège. Elle se rebiffe, hurle, menace et essaie même de mordre Liam. Elle est complètement hystérique et défigurée par la haine. Je vois enfin son vrai visage et, effectivement, comme nous le racontait Kate, ça n'est pas beau à voir. Liam, alors qu'il maîtrise du mieux qu'il peut cette folle furieuse, me demande avec douceur :

– Ça va, Sam ? Tu tiens le coup ? Tu es en état d'appeler la police ?

Je hoche la tête et tente, tant bien que mal, de me relever, mais mon genou me fait atrocement souffrir. J'arrive néanmoins à composer le 999 et explique rapidement la situation à un policier qui nous envoie une patrouille de police.

Je tremble comme une feuille et n'arrive pas à enrayer la crise d'angoisse qui me submerge à présent.

Moins de dix minutes plus tard, après avoir supporté les insultes et menaces d'Emily et, alors que nous commençons à expliquer la situation aux forces de l'ordre, Charlie, Tyler et Cam débarquent dans l'appartement, complètement paniqués. Je lis la peur sur leurs visages. Charlie se précipite sur moi et m'enlace, ce qui me réconforte beaucoup et permet aux battements de mon cœur de ralentir un peu leur course folle.

– Quelqu'un a-t-il appelé une ambulance ? crie Tyler à la ronde, plus inquiet que jamais et blanc comme un linge.

– Oui, monsieur, des urgentistes ne devraient plus tarder, le rassure un policier.

Il s'assoit alors près de moi et sans rien dire serre ma main de toutes ses forces. Je le regarde et c'est seulement à ce moment-là que je permets aux vannes de s'ouvrir et que les larmes inondent mes joues. Je pleure à gros sanglots et j'ai l'impression que je n'arriverai jamais à m'arrêter. Je tremble de tous mes membres et Tyler me berce doucement contre son torse en me murmurant des mots apaisants, mais rien n'y fait.

– C'est tout à fait normal, explique l'un des policiers à Tyler que je sens plus démuni que jamais devant son incapacité à m'aider. C'est le choc post-traumatique. Les médecins vont l'aider, ne vous en faites pas.

Je jette un coup d'œil à Cam, qui, lui, a le visage décomposé et reste prostré sur le fauteuil en face de moi. Il ne me regarde même pas. J'imagine qu'il m'en veut terriblement et cette constatation ne fait qu'augmenter mon désarroi. Charlie se relève alors brusquement pour aller se placer devant Emily et pointe un index menaçant vers elle :

– Vu que tous tes aveux ont été filmés, je te garantis qu'on va faire en sorte que tu ailles direct en taule pour tentative de meurtre, et j'espère vraiment, mais alors vraiment, que tu vas en chier !

Emily, plutôt sereine depuis qu'on lui a passé les menottes et qu'elle a demandé à parler à son avocat, semble enfin se rendre compte que, cette fois, elle ne s'en sortira pas facilement, et elle se tourne alors vers Tyler.

– Tyler, n'écoute pas ce qu'elle raconte. Cette fille fait tout pour nous séparer et tout cela est un coup monté. Je t'aime et...

– Stop ! crache-t-il en se relevant et en lui faisant face de toute sa hauteur. Charlie a parfaitement résumé la situation, et moi aussi j'espère que tu vas payer pour t'en être prise à Sam. Mes avocats y veilleront, je te le garantis, mais quoi qu'il en soit, je ne veux plus jamais avoir affaire à toi. Jamais ! Tu n'existes plus pour moi !

– Non ! Tyler, je t'en prie ! gémit-elle.

– On y va ! dit alors un policier en la guidant de force vers la porte d'entrée, malgré ses cris et ses contorsions pour lui résister. On va démêler toute cette histoire au commissariat. Mademoiselle MacIntyre, je vous attends demain pour votre déposition, comme convenu.

Après leur départ, le silence se fait tout à coup et je parviens enfin à calmer mes pleurs. Nous restons tous silencieux, abasourdis par ces révélations ahurissantes. Charlie tamponne le sang qui coule de mon arcade avec un mouchoir, Cam est toujours silencieux et Tyler se lève quant à lui du canapé. C'est une vraie pile électrique quand il se dirige vers Liam, mais il lui tend la main, et je peux lire le soulagement sur le visage de celui-ci.

– Merci d'avoir sauvé Sam des griffes de cette folle... J'ai tout vu et tout entendu...

– Je n'ai pas réagi assez tôt, tout est allé si vite, j'aurais dû sortir de ma planque un peu plus vite. Pardon, Sam, dit-il en tournant la tête vers moi.

Les deux hommes ne se disent rien de plus, par pudeur ou par gêne, mais se sourient et hochent la tête comme pour se dire l'un à l'autre que ça va aller désormais. Quand arrive le médecin, il demande à toute la petite troupe de me laisser un peu d'air et, après avoir nettoyé la plaie de ma joue et m'avoir administré un léger calmant, il m'annonce qu'il faut me conduire à l'hôpital pour une radio et établir un diagnostic pour mon genou mal en point. Tyler souhaite venir avec moi.

– Écoute, Tyler, j'ai besoin d'un petit peu de temps. Tout ce qui s'est passé ces derniers temps, que ça soit notre dernière dispute ou bien tout ce qui s'est enchaîné depuis, m'a épuisée, et j'ai besoin de quelques jours pour me poser et réfléchir, tu comprends ? Je ne ferme aucune porte mais je ne sais plus où j'en suis.

– Sam, je... je suis tellement désolé, me dit-il, s'agenouillant à ma hauteur en baissant la tête.

Je ne peux m'empêcher de caresser ses cheveux jusqu'à ce qu'il relève doucement son visage vers moi. Je peux alors y lire tous ses remords, ses regrets et sa tristesse. Je veux néanmoins tenir bon, et c'est sans méchanceté aucune que je lui explique :

– Je sais, Tyler, vraiment. Mais il s'est passé tant de choses en moins d'une semaine que je suis paumée. J'ai besoin de me retrouver seule, tu comprends ? Je ne sais plus où j'en suis, j'ai besoin de temps.

– Je comprends. Je suis désolé, Sam. Pour tout. Je te laisserai le temps qu'il faudra, mais sache que je serai là quand tu voudras me parler. Quelqu'un m'a dit un jour que, dans un couple, la communication était la clé... Dès que tu auras envie de parler, je serai là. Je ferai en sorte de rattraper mes erreurs, je ne veux pas te perdre, conclut-il tristement en caressant tendrement ma joue du revers de ses doigts.

J'ai bien du mal à ne pas craquer mais je dois avoir les idées claires pour faire le point, ce qui est loin d'être le cas ce soir. Il m'embrasse doucement sur la tempe et je ferme les yeux pour apprécier ce geste tendre. Quand je les ouvre à nouveau, il articule un « je t'aime » silencieux et ferme doucement la porte derrière lui. Les jumeaux veulent m'accompagner à l'hôpital (du moins Charlie, car Cam reste toujours muet) et Liam me salue en me promettant de me téléphoner le lendemain pour prendre de mes nouvelles et en s'excusant encore une fois de ne pas avoir su éviter tout ce carnage. Je le rassure à nouveau et embarque donc avec le médecin et mes amis, direction l'hôpital... encore une fois !

# 43

Le samedi suivant, nous avons décidé d'aller passer une journée à la plage. Le soleil réchauffe ma peau et c'est la sensation la plus agréable que j'éprouve depuis longtemps. Je me laisse enfin aller sur ma serviette. Les bruits environnants sont familiers et rassurants, et ils m'aident à me détendre un peu. Les cris des enfants jouant sur la plage, le flux et reflux des vagues m'invitent à fermer les yeux. Je me concentre simplement sur les sensations de l'instant présent.

Étendue sur ma serviette, je peux enfin vider mon esprit de toutes ces angoisses et de ces questions qui m'empêchent de dormir depuis quelque temps. Le sable sous mes pieds, la chaleur du soleil sur mon corps ou encore l'odeur iodée de la mer chatouillant mes narines me permettent de m'ancrer à une réalité agréable, et je m'autorise même à occulter ces derniers jours si compliqués. Peu à peu, je m'assoupis.

Une voix d'homme me sort de ma léthargie :

– Sam ?

Je me redresse brusquement, soudain prise de panique :

– Ethan ? Où est Ethan ?

– Calme-toi, il est là-bas. Regarde : il construit un château de sable, me rassure-t-il.

En effet, à quelques mètres de nous, au bord de l'eau, mon petit bonhomme me regarde et me gratifie de l'un de ses merveilleux sourires qui ont le don de me faire fondre.

Nous sommes assis sur nos serviettes respectives, mais ni l'un ni l'autre ne parle. Au bout d'un long moment, il prend néanmoins la parole :

– Sam, je crois qu'il faut qu'on parle et qu'on s'explique. Il faut absolument que tu me dises tout. J'ai besoin de comprendre comment on en est arrivés là.

Je regarde cet homme que j'aime tant et je sais qu'il faut que l'on se dise enfin les choses. Je ne veux pas le perdre.

– Je ne sais pas par où commencer...

– Par le tout début, on a tout notre temps, Sam...

Il me faut un peu de temps pour remettre de l'ordre dans mes idées, mais au bout de quelques minutes de réflexion je commence mon récit.

Je lui explique tout d'abord la sortie du coma d'Emily et les petits détails qui m'ont mis la puce à l'oreille sur le fait qu'elle voulait récupérer Tyler. Je lui explique aussi que Charlie et Kate étaient au courant de tout car elles étaient mes confidentes et que je regrette de ne pas lui en avoir parlé car cela aurait peut-être limité la casse. Cam me regarde et pour la centième fois de la journée me présente ses excuses.

– Je suis navré, ma beauté, si j'avais eu le moindre doute sur Emily, je ne me serais pas laissé berner et, surtout, je n'aurais jamais dû prendre son parti plutôt qu'écouter vos mises en garde. Je me suis laissé aveugler par son petit jeu de séduction et je n'ai pas voulu voir la vérité en face. Charlie est ma jumelle, et toi tu es ma sœur... Je ne douterai plus jamais de vous ; je te le promets, Sam, dit-il en prenant ma main.

– Cette fille est très forte et super maligne, c'est normal que tu te sois fait avoir comme tout le monde. Je sais que tu es désolé ; alors, s'il te plaît, arrête de t'en vouloir et tournons cette affreuse page. Reprenons nos vies là où on les a laissées avant tout ce chambardement. Je t'aime et je ne veux pas donner le plaisir à cette garce d'avoir tout bousillé.

Cam hoche la tête et sourit enfin pour la première fois aujourd'hui.

– Alors, comme ça, tu m'aimes comme tu n'as jamais aimé, ma beauté ? dit-il en pouffant.

– Tu peux rigoler mais je t'assure que pour avoir réussi à garder mon aplomb en affirmant un truc pareil, je mériterais au moins un Oscar, réponds-je en riant à mon tour.

– Tu aurais vu la tête de Tyler quand tu as commencé à tout déballer de tes sentiments pour moi ! Il est devenu livide, j'ai cru que j'allais m'en prendre une. Heureusement, Charlie nous a vite expliqué votre plan ! Mais je peux te dire que si tu doutais de ses sentiments, il est raide dingue de toi ! Là non plus, ne laisse pas Emily gâcher votre histoire, Sam, vous êtes faits l'un pour l'autre, ça crève les yeux.

– Je l'aime aussi, Cam. Plus que tout. Mais j'ai été très blessée par la façon dont il a pris la défense de son ex et, une fois encore, je me suis sentie rejetée et pas à la hauteur. Tu connais mon passé, je me suis sentie trahie par celui à qui j'avais complètement ouvert mon cœur. J'avais besoin de ces quelques jours pour digérer tout ça, mais pour tout te dire, il me manque déjà.

Mon regard fixe la ligne d'horizon et je regrette à cet instant qu'il ne soit pas là. Sa peau me manque, mais aussi son odeur, ses yeux expressifs qui me parlent sans qu'il n'ait besoin de dire un mot, sa bouche, sa façon de me serrer fort contre lui et ses mains qui savent si bien me caresser… Je sors de mes pensées qui sont sur le point de dérailler quand Cam me demande :

– Tu ne lui as pas parlé depuis ?

– Seulement par texto. J'ai apprécié qu'il respecte le fait que je prenne du recul, mais je l'ai quand même prévenu de notre escapade tous les trois.

Après être allée passer les radios et avoir constaté que mon genou n'avait qu'un énorme hématome intérieur, je suis rentrée et j'ai dormi jusqu'au lendemain midi. J'étais vidée. Charlie est passée me voir à plusieurs reprises, mais j'ai vite éprouvé le besoin d'aller prendre l'air. J'ai réussi à obtenir qu'Ethan passe le week-end suivant chez moi. J'ai alors proposé à Cam, avec qui nous n'avions échangé depuis ce mercredi que quelques mots gênés, de nous accompagner pour une virée pendant la journée du samedi suivant. J'ai choisi de partir à deux heures de chez nous, là où nous avions coutume d'aller avec ma mère et Pete plus jeunes. Cet endroit, Sunny Sands, est synonyme de bons souvenirs et je savais qu'en plus de le faire découvrir à Ethan, Cam et moi aurions tout le loisir de parler, de mettre les choses à plat et de repartir de zéro en terrain neutre.

C'est la première fois qu'Ethan et moi partons pour la journée et c'est une aventure pour lui. Puis il m'a immédiatement demandé si Tyler venait aussi. Je lui ai juste dit qu'il avait beaucoup de travail et que nous le ferions avec lui une autre fois. Charlie, quant à elle, a compris qu'il fallait que Cam et moi nous retrouvions seuls pour régler cette histoire une bonne fois pour toutes. Et maintenant que c'est fait, je me sens beaucoup plus légère. Ethan s'attelle à la construction d'un château de sable avec un autre petit garçon sur la plage, tandis que Cam est assis sur sa serviette, regardant l'horizon, un petit sourire sur les lèvres. Je sais que lui aussi se sent bien mieux à présent.

– Tu sais ce que je regrette le plus, ma beauté ? demande-t-il sans quitter la mer des yeux.

– Dis-moi ?

– Je crois que j'ai bien merdé parce que Kate et moi on s'est parlé plusieurs fois après la soirée au Old Tavern et c'était facile… Je veux dire, c'était naturel, je pouvais être moi-même. Quand Emily m'a dragué en venant au Lond'ink, je me suis senti bien aussi, mais c'était différent. C'est une belle femme, on ne peut pas le nier, c'était difficile de lui résister, et je me suis laissé porter. Du coup, j'ai laissé Kate de côté et je ne lui ai pas parlé depuis, et ça me manque plus que je ne l'aurais pensé, avoue-t-il dans un souffle, et son visage affichant désormais un air très triste. J'imagine qu'elle est au courant ?

– Oui, je suis désolée. Je me suis confiée à elle dimanche soir dernier, j'avais besoin de ses conseils. J'aime beaucoup cette fille, elle est devenue une véritable amie pour moi, ajouté-je pour me justifier d'avoir vendu la mèche. Tu sais que c'est elle qui nous a parlé de Liam, d'ailleurs.

– Liam… Ça aussi, ça a été un choc pour Tyler, ma beauté. Il ne tenait plus en place et n'arrêtait pas de répéter qu'il aurait dû lui accorder le bénéfice du doute. Il s'en veut beaucoup, je crois.

Nous sommes interrompus par Ethan qui rit à gorge déployée avec l'autre petit garçon en constatant que l'eau monte plus vite que prévu vers leur chef-d'œuvre. Nous rions à notre tour tellement leur amusement est communicatif.

– J'ai un secret à te révéler, Cam. Je n'en ai parlé à personne, mais j'ai besoin de te le dire : Tyler m'a demandée en mariage !

– Waouh ! Sans rire ? Mais quand ? s'exclame-t-il, très surpris, mais surtout clairement ravi de cette nouvelle, vu le large sourire qui éclaire son visage.

Je lui explique tout de notre week-end précédent, de la demande en mariage au projet d'adopter Ethan.

– Tu sais, je comptais redéposer une demande d'adoption de toute façon. Avec tout ce qui s'est passé ces derniers mois, je ne veux plus perdre une minute. J'ai trop besoin de lui dans ma vie et Tyler est fou de lui aussi, mais dis-moi honnêtement, tu crois que c'est une bonne idée ? En fait, j'avais besoin de faire le point loin de tout, surtout par rapport à ça. Je suis morte de trouille car si Tyler et moi on venait à se séparer ? Comment gérer ça avec Ethan ? Et si je me plantais ?

– Tu es la personne la plus importante pour lui depuis sa naissance, ma beauté. Tu l'aimes, et quoi qu'il arrive avec Tyler ça ne changerait rien à ça, je me trompe ?

– Non, mais…

– Mais tu réfléchis trop sur ce coup-là. On ne sait jamais de quoi demain sera fait, Sam.

Je ne réponds rien, je sais qu'il a entièrement raison et je me contente de me relever pour le serrer fort dans mes bras.

– Tu es mon frère, Cameron Harris, et je t'aimerai toujours, et ça non plus ça ne changera jamais !

Il resserre un peu plus notre étreinte et nous sommes interrompus par Ethan, heureux comme jamais, qui se joint à notre câlin.

– Et si on allait manger une glace ? propose Cam.

Nous ramassons donc nos affaires et, armée de mes béquilles qui s'enfoncent inexorablement dans le sable, nous allons tant bien que mal nous installer à la terrasse d'un petit restaurant en bord de mer. Nous commandons trois grosses coupes de glace surmontées de dômes de chantilly et décorées de vermicelles de toutes les couleurs.

Il fait magnifiquement beau en ce début juin et nous passons un bon moment. Alors que Cam emmène Ethan faire un tour de manège tout à côté, je préfère rester assise à contempler la plage. Les deux miss dans ma tête, qui s'étaient faites discrètes ces derniers temps, sont une nouvelle fois tombées d'accord et elles me soufflent d'envoyer un texto à M. Sexy. J'en meurs d'envie, donc je n'hésite pas et je prends d'abord un cliché de la mer avec mon portable.

[Une petite photo de la vue.
Pas mal, non ? Cam et moi
nous sommes parlés et ça va
beaucoup mieux. J'ai hâte de te voir
pour que toute cette histoire
soit réglée une bonne fois
pour toutes. Je t'embrasse.]

Sa réponse ne se fait pas attendre, ce qui me fait très plaisir.

[Je suis heureux que vous passiez
un bon moment. Tu me manques
énormément et moi aussi
j'ai hâte de te voir…]

[PS : Je t'aime]

Ces trois petits mots provoquent immédiatement des papillons dans mon ventre et je ne peux m'arrêter de sourire bêtement en continuant à fixer mon écran. Je sais à ce moment précis que je veux le voir le plus vite possible. Je lui réponds que je l'aime aussi mais suis sortie de ma rêverie par Ethan, tout excité, qui me propose de choisir l'une de ses mains cachées derrière son dos. Je choisis la bonne du premier coup et il me tend une petite boule.

– Qu'est-ce que c'est, mon chéri ?

– Cam a bien voulu que je prenne ça pour toi dans les machines à tirettes là-bas, dit-il, très fier de lui. C'est une bague. Je ne l'ai pas fabriquée comme à Noël mais comme je te trouve un peu triste aujourd'hui, j'ai voulu l'acheter pour toi.

Ses mots si simples et pourtant si forts me font monter les larmes aux yeux et je m'empresse de le lui cacher en ouvrant précautionneusement la petite boule en plastique. Dans du papier de soie se trouve une bague en forme de papillon. Il la sort lui-même et, comme elle est trop petite pour moi, il me la passe à l'auriculaire. Je serre mon petit bonhomme dans mes bras. Mes larmes coulent à présent et Cam comprend mon ressenti en un regard. Malgré sa pudeur, il laisse lui aussi les larmes lui monter aux yeux. Nous nous reprenons très vite et décidons de retourner un peu en bord de mer pour profiter de notre fin d'après-midi.

Un bip retentit, annonçant un message sur mon portable. Je lis à haute voix le SMS de Kate :

[Salut Sam, j'organise un petit repas
à la maison demain midi
avec tout le monde. J'ai su que
tu étais à Sunny Sands avec Ethan
et Cam, profitez-en bien ! J'espère
compter sur vous demain ? Bisous]

– Quelque chose me dit que nous allons passer un bon moment, dis-je en lui donnant une tape sur l'épaule.

– Tu crois que je suis inclus dans le « vous » ? Il vaut peut-être mieux que je vous laisse y aller seuls, toi et Ethan, non ? questionne-t-il, l'air inquiet.

– Elle t'a nommé dans le SMS, non ? Et Kate n'est pas du genre à mettre volontairement quelqu'un de côté. Elle est assez intelligente pour mettre ses griefs de côté et permettre à tout le monde de se réunir, donc je n'ai aucun doute sur le fait que tu es également invité, mais si tu veux je lui pose directement la question ?

– Oui, je veux bien, je ne veux pas m'imposer à elle après ce que j'ai fait avec… répond-il, honteux, en baissant les yeux sans terminer sa phrase.

J'envoie donc un SMS pour demander à Kate si Cam peut se joindre à nous et, comme je l'imaginais, elle me répond par l'affirmative, ce qui rassure mon meilleur ami sur le fait qu'il ne sera pas trop malvenu chez elle.

– Allez ! On a passé une super journée et je ne vois pas ce qui nous retient ici. Que dirais-tu qu'on prenne la route ? Soirée pizza ce soir ? proposé-je gaiement.

Nous rejoignons donc la voiture de location empruntée pour l'occasion. Au bout de seulement dix kilomètres, Ethan dort à poings fermés à l'arrière dans son siège auto.

– Je crois que j'aimerais assez utiliser mon « bon cadeau pour un tatouage » de Noël dernier, dis-je subitement à mon meilleur ami.

– Super ! Quand tu veux, ma beauté, tu as une idée du motif ?

– Oui, ça y est, je sais exactement ce que je veux. Maintenant, c'est à toi de jouer pour me créer un unalome sur mesure. Tu sais ce que c'est ?

– Oui, c'est un symbole spirituel bouddhiste, c'est ça ? J'en ai tatoué quelques-uns. Il faut que tu me dises ce que tu souhaites représenter abstraitement dedans et je m'y mets dès demain.

Cela fait déjà un moment que je réfléchis à ce dessin et c'est donc assez facilement que je le lui décris : sur la partie haute, des spirales qui zigzaguent représenteront les obstacles que j'ai rencontrés tandis qu'une ligne droite correspondra à l'harmonie enfin trouvée et à ce nouveau départ dans ma vie. Pour moi, ce symbole de la ligne droite surmontée d'un petit point s'est imposé comme la parfaite représentation de ce nouveau tournant dans mon existence, qui annonce le point d'orgue de ce que je m'apprête à vivre grâce à Tyler et Ethan. Mon épanouissement trouvé grâce aux deux hommes de ma vie. Sinon j'aimerais que sur la partie basse, il crée une sorte d'arabesque de nos trois initiales : S, T et E.

– Et tu veux le faire où, du coup, pour que j'estime les dimensions ? demande Cam, toujours aussi impliqué et précis quand il s'agit de son art.

– Idéalement, je veux le faire sur mon avant-bras droit, pour le voir le plus souvent possible. Il me donnera du courage pour traverser les épreuves que la vie mettra sur mon chemin. On a beau avoir des virages difficiles dans la vie, le calme vient toujours après la tempête et je sais que, comme pour tout le monde, il y en aura certainement d'autres. Ce tatouage me donnera de la force et me rappellera qu'il y a une solution à tout.

– J'adore l'idée, ma beauté. Je m'attaque à ton dessin dès demain.

– OK, et si ce n'est pas trop abuser, je te demanderai autre chose, mais là, aucune création ne sera nécessaire. Je t'expliquerai en temps voulu.

– Tout ce que tu voudras.

# 44

Nous rentrons chacun chez nous afin de prendre nos douches pour enlever tout le sable ramené sur nous de Sunny Sands. Alors qu'Ethan, fatigué de sa journée à la mer, regarde un dessin animé en suçant son pouce avec Mimi dans ses bras, je m'active dans la cuisine pour préparer l'apéritif. J'ai invité les jumeaux ce soir, et quand ils frappent à la porte, je leur réponds d'entrer, mais je me retourne brusquement quand j'entends Ethan s'exclamer :

– Tyler !

Mon géant se baisse et fait sauter Ethan à bout de bras par-dessus sa tête, ce qui provoque des rires incontrôlables chez mon petit bonhomme. Puis il le serre dans ses bras et lui fait un gros baiser sur la joue. Il le repose et lui dit alors :

– J'aimerais vraiment bien parler un peu avec Sam, juste nous deux… Ça ne t'ennuie pas si je te dépose un petit moment chez Cam et Charlie, mon bonhomme ? Je leur ai demandé et ils sont d'accord, si toi tu veux bien.

Ethan se retourne vers moi et je hoche la tête en lui faisant un clin d'œil.

– Vas-y, mon chéri. En plus, je crois que Cam a téléchargé le dernier Disney, alors je suis sûre que si tu lui demandes gentiment avec le mot magique, il te laissera le regarder.

Un large sourire éclaire alors son visage tandis que Tyler l'accompagne de l'autre côté du palier.

Je ne m'y attendais pas et je dois dire qu'il m'a encore prise au dépourvu. Mais je suis plutôt contente car plus nous parlerons tôt, plus vite nous pourrons mettre à plat nos différends et avancer, du moins je l'espère.

Quand il rentre à nouveau dans mon petit appartement, je retiens ma respiration et le détaille. Ses yeux bleus posés sur moi me troublent et je me surprends à rougir comme si c'était la première fois que je le rencontrais. Malgré le temps qui passe, un homme ne m'a jamais fait autant d'effet. Lui non plus ne bouge pas. Il est solide et remplit tout l'espace. Il est incroyablement beau et sexy ce soir. Sa barbe est parfaitement taillée et ses cheveux courts sont disciplinés avec du gel. On peut aisément deviner la musculature cachée sous son T-shirt à col en V. Par-dessus ce haut, il porte cette veste décontractée en denim que j'adore. Son jean à la mode lui va à ravir et ne permet à personne de deviner ce qui se cache en dessous. Je me demande encore comment il a réussi à me cacher sa prothèse pendant si longtemps malgré nos parties de jambes en l'air pourtant si débridées. Je souris à cette idée et il me rend mon sourire. Lui aussi me détaille et je peux lire toute l'intensité de ce qu'il ressent pour moi. Je m'approche de lui, comme attirée par un aimant et il m'embrasse tout doucement dans le cou, à cet endroit précis que lui seul connaît et qui me fait fondre. Je respire alors *L'homme Idéal* de Guerlain. J'ai regardé la marque sur le flacon dans sa salle de bains il y a quelques semaines, et cela m'a d'ailleurs fait sourire tant cela reflète ce que je pense de lui. Mais au-delà de la fragrance, je sens surtout l'odeur naturelle de sa peau. L'alliance des deux m'a tant manqué ces jours derniers que je sais désormais qu'elle est définitivement ma senteur préférée au monde.

Lui aussi me respire et il soupire d'aise en me serrant fort entre ses bras musclés.

J'enserre sa taille et lui rends son étreinte. Pas un mot n'a encore été prononcé, mais nos corps parlent d'eux-mêmes pour exprimer le manque, le soulagement, l'amour, mais aussi le désir irrépressible que nous éprouvons l'un pour l'autre. L'heure n'est finalement pas aux explications. Non, avant, nous avons besoin de nous reconnecter de la meilleure façon qui soit.

Il pose sa main dans mon cou et dessine du bout de son pouce les contours de ma mâchoire. Je ferme les yeux pour savourer cette caresse. Mes sens sont plus que jamais réceptifs à lui et à tout ce qu'il voudra bien me donner.

Instinctivement, mon corps se colle un peu plus à lui et je ne peux m'empêcher d'onduler mon bassin contre son entrejambe déjà dur.

Sa main affirme alors sa prise quand il serre ma mâchoire et qu'il m'embrasse avec passion. Sa langue cherche la mienne et nos dents s'entrechoquent, donnant le ton de ce que nous voulons à présent. Je le veux et il me veut. Nous voulons retrouver ce « nous ». Nous sommes impatients et notre baiser se fait plus rude. Il n'y a plus d'hésitation ni de doute dans ma tête, seulement du désir et un besoin insatiable de nous sentir ne faire plus qu'un. Il me hisse alors de façon à me porter sous mes fesses sans cesser de taquiner ma langue avec la sienne. Puis il m'allonge sur le lit et son regard en dit long sur ce qu'il compte me faire. Il arrache alors ma chemise en faisant sauter les boutons mais je m'en contrefiche, j'ai besoin de ça. Comme d'habitude, nous sommes en symbiose et ressentons exactement les mêmes besoins et, en l'occurrence ce soir, il faut que ça aille vite. Il descend alors mon pantalon ainsi que ma culotte et dépose des baisers sur mes seins. Il n'enlève pas mon soutien-gorge, se contente de le baisser sous ma poitrine, puis il titille mes tétons de sa langue experte et les mordille en m'arrachant des gémissements de plaisir.

Il se redresse alors et ôte son pantalon. Il me prouve ainsi qu'il s'offre à moi corps et âme, et peu importe sa prothèse. Cela me touche et je lui souris pour lui faire comprendre que je suis fière de lui. Mais j'en veux plus. Encore plus. Je saisis mes seins et les caresse en agaçant du bout de mes doigts mes pointes durcies. Ce qu'il voit semble lui plaire vu la façon dont il me regarde. Il me dévore des yeux et, pour la première fois de ma vie, il parvient à me faire me sentir belle et désirable. Son sexe est dressé vers son ventre et je ne veux qu'une chose : le sentir en moi. Comme s'il lisait en moi, il me retourne alors sur le lit, me positionnant à quatre pattes. Il se place derrière moi et promène son gland le long de ma fente trempée. Sa main caresse ma colonne vertébrale tandis que je tends mon cul vers lui, l'implorant de me donner ce que je veux. Puis, immobilisant sa main au creux de mes reins, il s'enfonce doucement, de façon à ce que je sente chaque centimètre de son sexe prendre possession de moi. Il s'amuse à faire durer cette douce torture et je ne peux alors m'empêcher de bouger mon bassin plus vite que le rythme qu'il a instauré jusque-là. Il empoigne alors mes hanches et accélère le tempo, répondant ainsi à ma supplique silencieuse. Ses coups de reins n'ont plus rien de tendre et le bruit de nos deux corps se heurtant à chaque coup de boutoir contribue à m'exciter plus encore.

Je l'entends gémir derrière moi et cela m'enhardit pour exprimer moi aussi mon plaisir en gémissant de plus belle. Je me fous qu'on m'entende, c'est juste lui et moi et je vis l'instant pleinement. Il place alors l'une de ses mains sous mes seins pour affirmer sa prise, et ce geste est le déclic qui envoie une décharge de plaisir à ma colonne vertébrale. Les petits picotements familiers s'intensifient tandis que je hurle son prénom en jouissant si fort que ma chatte est secouée de spasmes qui enserrent alors le sexe de Tyler. Il me rejoint immédiatement dans la jouissance en grognant mon prénom tandis que je sens sa jouissance se déverser en moi.

Nous reprenons notre souffle tranquillement et je m'allonge sur le lit à plat ventre, les jambes engourdies par le traitement qui leur a été infligé. Tyler se positionne près de moi et je me pelotonne contre lui, de façon à réduire le plus possible la distance entre nous et que nos fronts se touchent pratiquement. Certains ne verraient peut-être ce que nous venons de faire que comme une simple partie de sexe endiablée mais il n'en est rien. Cela relevait plutôt d'un besoin absolu de nos corps de ne faire qu'un. Ces gestes, ces souffles, ces positions sensuelles, coquines, ne sont en fait que le reflet de l'intimité que nous sommes parvenus à créer au fil de ces derniers mois. Ce lâcher-prise que seuls les couples soudés et fous l'un de l'autre connaissent. Cet abandon à l'autre. Cette certitude que peu importe la façon dont on fera l'amour, dans l'urgence comme ce soir ou en faisant durer le plaisir des heures, chaque fois sera mémorable, délicieuse et inoubliable.

– Bonsoir, chuchote-t-il sans me quitter des yeux.

Cela nous fait tous les deux sourire. C'est vrai que nous n'avons pas encore échangé une seule parole, mais je m'en fiche. J'avais besoin de ne faire qu'un avec l'homme que j'aime.

– Bonsoir, réponds-je d'un ton alangui, tandis qu'il caresse mon dos d'une main paresseuse.

– Tu m'as manqué, Sam. J'ai beaucoup réfléchi et je reconnais que j'aurais dû t'écouter. Je n'ai pas voulu voir à quel point Emy était mauvaise et manipulatrice. Je crois que je culpabilisais tellement de lui avoir fait perdre tant de temps à cause de notre accident et du coma que je voulais me rattraper coûte que coûte. Histoire de moins m'en vouloir. Mais je n'aurais pas dû le faire à ton détriment. Alors je m'excuse sincèrement !

– Tyler, je comprends bien, ne t'inqu…

– Non, Sam, laisse-moi finir. Tous les torts sont pour moi. Depuis le départ, tu t'es offerte à moi sans restriction ni hésitation, et moi je n'ai pas arrêté de foirer en n'étant ni franc ni honnête. Mais si tu veux bien me donner une deuxième chance, je ferai en sorte de ne plus rien te cacher et d'être le plus sincère possible. Je sais à présent que je suis prêt à m'offrir à toi sans retenue aucune et à passer chaque jour du reste de ma vie à tout faire pour être digne de ton amour.

On ne m'a jamais fait de telle déclaration et je ne peux empêcher les larmes de me monter aux yeux. On ne se refait pas.

– Je t'aime, Tyler Cole, parviens-je à lui chuchoter malgré la boule d'émotions qui me serre la gorge.

– Ça veut dire que tu me pardonnes ?

– Pas de pardon… Ça veut juste dire qu'on oublie tout et que nous allons enfin pouvoir vivre notre histoire comme il se doit ! réponds-je le plus sincèrement du monde en embrassant ses joues dont les poils me chatouillent agréablement.

Je crois que je ne pourrais plus me passer de sa barbe douce qui fait tellement partie de lui.

Nous restons là, allongés sur mon lit, et je me sens plus heureuse que jamais. Je suis apaisée et je réalise que j'ai enfin la tête libre de toutes les pensées parasites et de toutes les angoisses qu'Emily générait en moi depuis des mois.

Mon téléphone sonne mais il est dans le salon, donc je ne réponds pas. Puis c'est au tour de celui de Tyler de sonner. Il préfère donc se lever à contrecœur et je l'entends décrocher. Il revient quelques secondes plus tard dans la chambre pour me dire que c'était notre petit bonhomme qui nous informait que le livreur de pizza venait d'arriver.

Je souris à l'idée de ce « notre » et me lève également. Je me hisse sur la pointe des pieds et embrasse mon homme sur ses lèvres si douces. Puis, tandis qu'il se rhabille, je ramasse ma chemise à présent dépourvue de ses boutons, ce qui fait pouffer Tyler. Je passe donc un pull et enfile un jean à la hâte puis nous allons rejoindre les jumeaux et Ethan pour cette soirée pizza que je n'imaginais pas commencer de la sorte, ce qui est loin de me déplaire. Je me sens légère et profite de ma soirée entourée des personnes qui comptent parmi celles que j'aime le plus au monde. Les heures suivantes se déroulent dans la bonne humeur et j'ai la sensation d'être pleinement heureuse et comblée pour la première fois de ma vie.

Vers vingt-trois heures trente, nous retournons tous les trois de l'autre côté du couloir et Ethan s'endort rapidement dans mon lit, tandis que Tyler et moi nous contentons du canapé-lit tout petit de mon salon, ce qui ne nous déplaît pas le moins du monde.

# 45

Kate nous accueille le lendemain midi et me serre dans ses bras en me disant qu'elle a appris par Tyler tout ce qui s'est passé le mercredi. Je lui rends son étreinte et elle embrasse chaleureusement Ethan, Charlie et Tyler. Puis elle se tourne vers Cam et le salue poliment. Un silence gênant s'impose, que brise Ethan en demandant si le bébé est réveillé.

– Non, il fait dodo mais, si tu veux, quand il se réveillera tu monteras avec moi le chercher ? propose-t-elle gentiment alors qu'Ethan hoche vigoureusement la tête.

Liam, qui est déjà là, me salue chaleureusement et je suis heureuse que Kate l'ait également invité. J'ai vraiment envie que Tyler renoue avec son meilleur ami, et j'aimerais aussi apprendre à mieux le connaître. Nous nous installons autour d'une table basse sur des canapés pour boire un apéritif et Ethan s'empresse de grimper sur les genoux de Tyler.

Nous passons à table et dégustons notre repas dans la bonne humeur. Je me sens incroyablement bien. J'observe tous ces gens que j'aime, réunis et riant tous ensemble et je me sens chanceuse comme jamais. Cam est mal à l'aise, je le vois bien, mais j'ai aussi remarqué que Kate lui lance des regards à la dérobée dès qu'elle en a l'occasion, ce qui prouve bien que le temps devrait arranger les choses et permettre à ces deux-là de mieux se connaître. Je l'espère vraiment car, même sans vouloir jouer les cupidons, ils iraient très bien ensemble, ça crève les yeux.

Je sors de mes pensées pour écouter ma meilleure amie nous raconter que depuis qu'elle travaille comme pigiste pour le magazine qui l'emploie, elle a découvert un univers intéressant et qu'elle a une bonne nouvelle à nous annoncer :

– Je suis trop contente car hier le rédacteur en chef m'a convoquée et m'a dit qu'il était très satisfait de mes articles « rafraîchissants », comme il dit. Il sait que j'adore ce milieu, alors il m'a demandé non seulement d'écrire un article d'une pleine page sur le monde du tatouage, mais en plus, cerise sur le gâteau, je serai chargée de photographier ce qui illustrera mon texte. Vous imaginez ? Je vais pouvoir parler de ce que j'aime et être payée pour ça ! En plus, d'après lui, cela pourrait m'aider à me faire connaître en tant que journaliste et photographe, et il pense que ça serait une bonne occasion d'enrichir mon CV… Comme si j'avais besoin de ça pour dire oui !

Nous éclatons de rire, cette fille est tellement spontanée et pleine de vie qu'elle a le don de rendre les gens autour d'elle plus gais et détendus. Nous la félicitons tous et son frère lève son verre pour porter un toast à sa sœur :

– À toi, ma sœurette, et à cette opportunité qui te rend heureuse et qui me rend très fier de toi… ! Et surtout qui va te permettre de faire une pub d'enfer pour le Lond'ink, cela va de soi !

Nous rions tous, l'ambiance est détendue et Liam demande alors :

– Pourquoi le Lond'ink ? Vous connaissez le tatoueur ?

– Un peu, ouais, lui répond Cam avec un clin d'œil.

Mais avant qu'il lui dise que c'est sa boutique, Liam poursuit :

– Il a l'air bon, non ? J'ai navigué un peu sur son site Internet et, franchement, je suis assez tenté de prendre rendez-vous.

– Tu peux y aller les yeux fermés, intervient Tyler, c'est la boutique de Cam et il faudra que je te montre mon dos pour achever de te convaincre.

– Oh, vraiment ? J'ignorais ! Bon, ben, je crois qu'il va falloir qu'on se cale un petit rendez-vous d'ici peu, alors ?

– Quand tu veux. Par contre, ça dépend de ce que tu veux faire car j'avoue qu'en ce moment ça marche pas mal et qu'il y a pas mal d'attente. Il faudra voir avec ma secrétaire ici présente, dit-il en désignant sa sœur.

– Mais tu as combien de boulots, Calamity Jane ? demande-t-il à Charlie, se tournant vers elle.

Elle fait la moue à l'évocation de ce surnom mais lui répond tout de même d'un air détaché :

– Je parlerais plus de bénévolat en ce qui concerne le Lond'ink personnellement, dit-elle en levant les yeux au ciel à l'intention de son jumeau, mais sinon je bosse pour ce magazine et je termine mon cursus aux Beaux-Arts le mois prochain.

– Impressionnant…! Et tu trouves du temps pour tout ça ?

Charlie hausse les épaules, un peu gênée par les compliments, et est sauvée par le gong, ou plutôt par les cris provenant du babyphone.

– Ah, excusez-moi, je crois que c'est l'heure du biberon, dit Kate en se levant de table.

– Attends, reste assise, je vais m'occuper de mon filleul préféré, propose Tyler.

– Oh, merci, tu n'as qu'à monter le chercher pendant que je te prépare son biberon, si tu veux, alors, dit-elle en se relevant pour aller dans la cuisine.

– Je peux monter voir le bébé avec toi, Tyler, s'il te plaît ? demande Ethan qui n'a pas oublié la proposition de Kate.

En guise de réponse, Tyler s'accroupit à sa hauteur, et Ethan grimpe sur son dos, fier comme un paon. Je suggère alors à voix basse à Cam que ça serait peut-être une bonne idée de rejoindre Kate pour qu'ils puissent parler seulement tous les deux, et il acquiesce, puis pousse un long soupir trahissant son appréhension avant de quitter la table à son tour.

Liam, Charlie et moi discutons gaiement tous les trois, et ils n'arrêtent pas de se charrier l'un l'autre. C'est à savoir lequel aura le dernier mot. La façon dont Charlie rougit de temps à autre et le fait que Liam ne semble n'avoir d'yeux que pour elle sont très certainement les signes que quelque chose d'autre que de l'amitié est en train de naître sous mes yeux ce soir. J'avais un doute déjà depuis notre première rencontre, mais j'ai ce soir la confirmation que ces deux-là se plaisent, et il me tarde de me faire une soirée entre filles pour que je puisse à mon tour titiller Charlie.

Tyler et Ethan descendent avec le petit James qui a déjà cinq mois et demi. Il crie très fort, ce qui semble outrer mon petit bonhomme qui a les mains sur ses oreilles. Je prends donc Ethan sur mes genoux et lui explique que les bébés ne savent pas parler, et que pleurer est le seul moyen de faire comprendre aux autres quand ils ont faim, par exemple. Kate, en bonne mère poule, accourt avec son biberon et Tyler, comme par magie, fait revenir le silence sur notre petite assemblée. Cam revient à table également et je constate qu'ils sont tous les deux un peu plus détendus. J'imagine donc qu'ils ont pu parler un peu. Cam me sourit et me fait un clin d'œil complice confirmant mon intuition.

Quelques minutes plus tard, James a terminé de boire et, après avoir rejoint les bras de sa mère, il fait un rot tellement tonitruant qu'Ethan ne peut plus s'arrêter de rire à gorge déployée avec nous tous. Alors qu'un ange passe, Tyler se lève et tapote sur son verre avec son couteau pour prendre la parole.

– Je voudrais que nous portions un toast. Nous sommes tous passés par des moments compliqués ces derniers temps et je voulais vous dire que je m'estime très chanceux de vous avoir tous. Liam, on a perdu beaucoup de temps et j'espère qu'on va se rattraper parce que c'est bon de te revoir, mon pote.

Il fait tinter son verre contre celui de Liam qui, souriant à pleines dents, lui fait pudiquement un check de son autre main.

– Kate, merci pour cette belle soirée, poursuit-il. C'est une excellente idée d'avoir réuni tout le monde après ce que nous avons tous vécu ces derniers jours. Tu es toujours pleine de petites attentions pour les gens que tu aimes, alors merci d'être toi. Sache que maintenant, ce petit garçon nous lie pour toujours et je serai ravi de faire partie de votre vie aussi longtemps que vous le souhaiterez.

Kate se lève et vient serrer Tyler dans ses bras, émue et touchée par ces mots.

– Les jumeaux, quelle paire vous faites ! J'ai tout de suite aimé votre côté décalé mais entier. Je t'admire, Cam, pour cet art que tu maîtrises à la perfection et je te considère comme l'un de mes meilleurs amis aussi, sache-le. Charlie… Comment dire ? C'est vrai que tu es une vraie tornade et ce surnom de Calamity te va à ravir ! lui dit-il alors qu'elle lui flanque un coup de poing dans l'épaule, nous faisant tous rire. Non, plus sérieusement, tu es une personne entière en amitié et j'adore ça. Tu es très douée et je suis certain que toi aussi, bientôt, comme ton frère, tu t'épanouiras dans ton propre art.

Ils trinquent tous les trois, puis Tyler se tourne alors vers moi.

– Sam. On est passés par tellement de moments compliqués, mais pourtant il me suffit de te regarder pour tout oublier. Notre rencontre est la plus belle chose qui me soit arrivée dans la vie et je ne remercierai jamais assez mon père de m'avoir forcé à me rendre à sa place à ce gala de charité où j'ai littéralement craqué sur le portrait du visage du petit bonhomme à côté de toi, dit-il en faisant un clin d'œil complice à Ethan qui lui fait son plus beau sourire. Alors, ce soir, je n'ai envie que d'une chose, me dit-il, les yeux dans les yeux et en se mettant à genoux devant tous nos amis médusés : ce soir, devant tous nos amis, ferais-tu de moi le plus heureux des hommes en acceptant une deuxième fois ma demande de faire de toi ma femme ?

Je ne peux m'empêcher de sourire. Je n'ai plus aucun doute sur ce que je veux. Avant de répondre, je jette néanmoins un regard interrogateur vers Ethan qui me chuchote alors qu'il n'y a plus un bruit dans la pièce :

– Dis oui, Sam…

Je m'entends donc prononcer ce « oui », et Tyler passe à mon annulaire la magnifique alliance à trois diamants si pleine de promesses. Il caresse également du bout des doigts ma petite bague papillon en levant un pouce appréciateur vers Ethan qui, très fier, gonfle le torse. Nous nous enlaçons et je me sens exactement à ma place dans ses bras. Brisant alors le calme de l'instant, tous nos amis applaudissent et se lèvent pour nous embrasser tous les deux et nous féliciter.

Après toutes ces effusions, Tyler réclame à nouveau le silence en refaisant tinter son verre :

– Je n'avais pas vraiment terminé mon toast, à vrai dire. Je voudrais lever mon verre à Ethan Smith.

Nous l'imitons et je jette un regard à mon bonhomme qui est tout rose d'émotion.

– Nous nous sommes rencontrés à l'hôpital et je t'ai tout de suite admiré pour ton courage, car je sais bien ce que ça fait d'être cloué toute la journée sur un lit par la douleur. J'ai su ce jour-là que j'avais beaucoup de chance de te connaître et j'espère que nous nous verrons de plus en plus souvent désormais. Mais à vrai dire, j'ai une question à te poser : vu que Sam a dit oui pour m'épouser, accepterais-tu d'être mon témoin ce jour-là ?

Ethan se penche alors vers moi et me demande discrètement ce que ça veut dire. Tyler se baisse alors à son niveau et lui explique que c'est lui qui aura la responsabilité des alliances, par exemple, et que c'est un rôle important qu'on confie à une personne qu'on aime vraiment beaucoup. Très sérieusement et l'air grave et solennel, Ethan lui tend alors sa petite main et lui dit :

– D'accord, je veux bien !

Je trouve très attentionné de sa part d'avoir réservé cette place spéciale à Ethan et cela me prouve une nouvelle fois que j'ai définitivement fait le bon choix. Après toutes ces émotions et alors qu'Ethan ne parvient plus à masquer ses bâillements en cette fin de journée, je décide qu'il est grand temps de rentrer. Heureusement, Amelia ne viendra le rechercher que demain soir, ce qui nous permet de profiter de lui un peu plus longtemps. Tyler se lève en même temps que moi. Nous laissons donc nos amis terminer cette belle journée sans nous et rentrons.

# ÉPILOGUE

Le lendemain est un dimanche idyllique. Nous passons la journée rien que tous les trois. Le temps s'y prêtant, nous allons d'abord nous promener au marché de Camden en nous arrêtant au gré de nos envies. Nous flânons dans le quartier en admirant les graffitis décorant parfois des façades entières d'immeubles, puis nous nous rendons chez Poppies pour déguster leur incroyable *fish and chips*. Et, malheureusement, nous devons nous résoudre à rentrer et Amelia revient chercher Ethan. Il nous fait de gros câlins et je vois bien que, pour lui aussi, c'est de plus en plus difficile. Après avoir regardé la voiture tourner au coin de la rue, c'est la mort dans l'âme que nous remontons à l'appartement.

Cette nuit-là, nous ne fermons pas du tout l'œil. Nous sommes au lit mais impossible de nous endormir. Je rallume ma lampe de chevet et nous parlons. De ce que nous voulons vraiment. Nous arrivons à la conclusion évidente que nous voulons former une vraie famille et donc adopter légalement Ethan le plus rapidement possible.

Dès lundi, fatigués de notre nuit blanche mais excités comme jamais, nous appelons Amelia pour lui faire part de notre décision. Elle est ravie de l'apprendre et nous explique les démarches à suivre auprès des services sociaux. Nous allons d'abord la voir dans la semaine qui suit et elle nous aide à remplir tous les papiers nécessaires au dépôt de demande légale d'adoption. Il y a de grandes chances d'avoir une réponse relativement rapide car vu que je m'occupe d'Ethan depuis sa naissance, c'est un argument de poids. De plus, j'ai déjà déposé de nombreuses demandes de week-ends au fil des années, les décisionnaires apprécient cet argument.

Nous avons beaucoup de mal à ne pas en parler au principal intéressé mais, sans réponse définitive, nous ne voulons pas prendre le risque de devoir lui annoncer un refus éventuel.

***

L'été se déroule paisiblement et laisse place à l'automne. Nous parvenons à réunir famille et amis pour notre mariage. Tyler et moi ne voulions pas attendre plus longtemps et nous avons réussi le pari d'organiser tout cela en un laps de temps très court. Mais je dois admettre que rien n'aurait été possible sans l'aide précieuse de ma mère et de Maïna qui, toutes deux, ont pris à cœur de tout gérer et qui, cerise sur le gâteau, se sont liées d'amitié au fil de ces cinq derniers mois. Nous avons décidé de célébrer notre union à Brighton et avons même eu la chance de pouvoir privatiser pour l'occasion l'hôtel où Tyler m'avait fait sa demande. Ce lieu symbolique s'est imposé à nous et jamais de ma vie je n'aurais imaginé pouvoir me marier dans un cadre aussi enchanteur. De plus, je voulais à tout prix faire découvrir cet endroit à mes amis. Nous avons choisi de nous marier au début du mois d'octobre pour profiter des derniers rayons de soleil de l'été indien. J'ai prévenu la maîtresse d'Ethan de son absence et nous sommes donc partis hier, vendredi 4 octobre au matin. Mon petit bonhomme a profité de la plage pour parfaire ses châteaux et s'est éclaté dans les manèges de la fête foraine avec Charlie. Cette dernière, comme je l'imaginais, a pris de magnifiques clichés des lieux symboliques, et je sais avec certitude qu'elle saura capturer les moments-clés de la cérémonie et de tout le reste. Quand je lui ai demandé si elle acceptait d'être ma photographe officielle ce jour-là, elle a pouffé et m'a répondu oui à une condition : que ce soit son cadeau de mariage. Tyler et moi avons pourtant insisté pour la rémunérer, mais c'est mal connaître ma meilleure amie et témoin ! Nous avons donc capitulé et avons accepté ce magnifique cadeau.

Kate et Cam ont profité également de ce séjour pour officialiser leur relation. À vrai dire, nous savions tous ce qu'il en était, mais nous avons respecté leur choix de prendre leur temps et de vivre leur histoire un peu cachés. Je suis heureuse pour eux : heureuse que Kate soit enfin prête à aller de l'avant et heureuse pour Cam que je n'ai jamais vu si amoureux et épanoui que ces dernières semaines.

Liam nous a rejoints seulement aujourd'hui car il ne pouvait pas fermer le garage la veille. Alors que nous prenions tous notre petit déjeuner, il est arrivé ce matin et Charlie s'est à nouveau métamorphosée. Ils se cherchent tout le temps tous les deux et je sais qu'elle craque pour lui. Leur complicité et leur attirance sont évidentes. Je n'ai pas pu lui parler vraiment posément en tête à tête depuis une éternité : il va vraiment falloir que je lui fasse passer un interrogatoire en bonne et due forme quand tout le stress et l'agitation du mariage seront retombés. Mon amie a beau être extravertie et très expansive, elle peut aussi être très secrète quand il s'agit de sa vie amoureuse.

Liam est venu accompagné de Don et Garrett, qui ont fermé le pub exceptionnellement pour l'occasion. J'ai appris à mieux connaître Garrett et nous nous entendons très bien. C'est comme s'il avait toujours fait partie de l'équipe.

Et me voilà seule dans ma suite. Un coiffeur et une maquilleuse ont passé les deux dernières heures à me pomponner pour le plus beau jour de ma vie. Mes cheveux sont désormais ramassés en un chignon savamment coiffé, et quelques mèches laissées libres entourent mon visage. Je me poste devant l'immense baie et je contemple la mer, ce qui me permet de me relaxer un peu. Je n'ai aucun doute quant au fait d'épouser Tyler, c'est plutôt que j'espère que tout se passera bien et que tous les invités seront contents. Le stress de toute future mariée, en somme ! Heureusement, Tyler et moi avons tout de suite eu la même envie d'un mariage intime et nous avons convié seulement les gens qui comptent pour nous. Ses grands-parents n'ont malheureusement pas pu voyager jusqu'ici à cause de petits soucis de santé, mais nous leur avons promis d'organiser une cérémonie traditionnelle à Kailua pour sceller notre union selon les rituels de leur pays. Nous devons nous y rendre l'été prochain et il me tarde de les rencontrer et aussi que Tyler me fasse découvrir les endroits dont il me parle régulièrement et qui lui manquent… Je vais aller à Hawaï ! J'ai encore du mal à y croire !

Je suis tirée de ma rêverie par des coups frappés à ma porte.

Charlie et ma mère entrent toutes les deux. Elles sont là pour m'aider à m'habiller. Elles me découvrent coiffée et maquillée et ma mère, émue, ne peut empêcher les larmes de lui monter aux yeux. Elle s'évente avec ses mains.

– Oh là là ! Il ne faut pas que je pleure ! Pour une fois que je me fais maquiller, je ne vais quand même pas tout gâcher ! se sermonne-t-elle en se dirigeant vers un miroir.

– Allez, Mac ! C'est vrai que tu es magnifique, mais on va te rendre carrément inoubliable grâce à ça, dit-elle en sortant de ma penderie l'énorme housse qui dissimule la robe.

Je suis allée la choisir il y a quelques semaines avec elle et Kate et, quand je l'ai passée, j'ai su que c'était la bonne. J'en ai essayé de plusieurs formes mais j'ai littéralement craqué pour celle-ci.

Je ne voulais pas d'une meringue en guise de bas de robe et j'ai préféré opter pour une coupe évasée et un tissu très fluide. Un joli décolleté met en valeur ma poitrine, et ma taille est marquée par la forme en V du bustier qui est, lui, décoré de dentelle et d'organza. Elle est simple, belle et élégante.

Charlie s'applique à lacer mon bustier dans le dos, comme le lui a montré la vendeuse. Quand je me retourne, ma mère ne peut s'empêcher de se mettre à pleurer pour de bon, cette fois.

Charlie a elle aussi les larmes aux yeux et je dois avouer que j'ai beaucoup de mal à me retenir moi aussi de craquer. C'est un moment très émouvant et je suis très heureuse de le partager avec les deux femmes de ma vie. Nous reprenons une contenance et, après quelques retouches maquillage pour toutes les trois, il est l'heure pour moi de retrouver mon fiancé.

Je descends le magnifique escalier que je n'avais pas pu emprunter lors de notre week-end en amoureux, à cause de mes béquilles. Tyler m'attend en bas des marches et je vois son souffle se couper quand il me découvre en mariée. Il ne me quitte pas des yeux et je peux y lire tout l'amour qu'il me porte. Son regard bleu m'hypnotise littéralement mais je baisse à regret la tête pour fixer les marches. Je dois me concentrer pour ne pas tomber car ce ne serait pas très glamour ! Quand j'arrive en bas, il sourit de plus belle puis il m'embrasse chastement sur la joue et me souffle à l'oreille, d'une voix où perce l'émotion :

– Tu es la plus belle femme sur cette terre, ma chérie ! Tu n'as jamais été plus resplendissante que maintenant ! Tu es tout simplement sublime !

Je rougis de plaisir et le complimente à mon tour. Il est à tomber dans son costume de marié. Son pantalon et sa veste sont noirs tandis que son gilet et sa cravate sont d'un gris anthracite. Une chemise blanche et une petite pochette de la même couleur, glissée dans la poche de sa veste, viennent trancher avec le côté sombre de l'ensemble. Même si j'adore quand il garde une barbe de trois jours, il s'est rasé de près aujourd'hui et il est tout simplement canon.

– Et je me demande encore quel ange t'a mis sur ma route, Tyler Cole, lui dis-je en lui caressant sa joue imberbe.

– C'est moi qui suis chanceux, ma chérie ! On se retrouve devant l'autel ? me demande-t-il en me faisant un baisemain et en me lançant un clin d'œil tout en s'éloignant de moi, tandis que Pete s'avance vers moi.

Je lui ai demandé il y a quelques semaines s'il accepterait de me mener à l'autel, et cela a été un moment fort pour tous les deux. Je lui ai expliqué que je le considérais comme bien plus que mon beau-père et, quand il m'a confié que j'étais comme sa deuxième fille, nous sommes tombés dans les bras l'un de l'autre et nous avons pleuré tous les deux, submergés par l'émotion d'avoir osé nous dire ces choses, nous, si pudiques d'ordinaire.

– Tu es prête, mon ange ? s'enquiert-il avant de me proposer son bras.

– Plus que jamais, Pete, réponds-je, le cœur tambourinant dans ma poitrine en m'accrochant à lui de toutes mes forces.

Puis tout s'enchaîne très vite et, avant de dire ouf, je deviens M^me^ Samantha Cole !

La journée passe à vitesse grand V et tout se déroule comme dans un rêve : de l'échange de nos alliances apportées par notre petit homme, plus fier que jamais d'endosser cette grande responsabilité, à notre premier baiser en tant que mari et femme. Après une belle réception et le dîner gastronomique arrive l'heure d'ouvrir le bal. Moi qui stressais beaucoup à la perspective de danser juchée sur des talons hauts, je me laisse porter par mon mari. Puis nous faussons compagnie à nos invités et montons dans notre suite nuptiale. Nous y buvons une coupe de champagne et Tyler m'aide à ôter ma jolie robe. Nous profitons du jacuzzi à disposition et mon mari me fait l'amour toute la nuit, en me répétant à quel point il est heureux que je sois sa femme. Le lundi suivant, nous rentrons chez lui, ou plutôt chez nous car j'ai, quelques jours avant notre cérémonie, résilié le bail de mon appartement et déménagé mes affaires à Notting Hill.

***

Quelques jours plus tard, je suis toujours sur un petit nuage. Ce matin, alors que je sors d'une garde de nuit à l'hôpital, mon téléphone sonne et je décroche en voyant le prénom d'Amelia s'afficher à l'écran.

– Je ne vous dérange pas ?

– Je sors de l'hôpital et je rentrais à la maison, tout va bien avec Ethan ? demandé-je, inquiète de ce coup de fil si matinal.

– Tout va bien, ne vous inquiétez pas. À vrai dire, je voulais vous avertir de vive voix que le jugement venait d'être rendu et que votre demande d'adoption vous avait été accordée : Ethan va officiellement devenir votre fils à vous et à Tyler, Samantha !

Je ne sais même pas quoi répondre tant je suis abasourdie. Je repère un banc dans la rue et m'y assois, les mains et les jambes tremblantes tout à coup.

– Samantha ? Tout va bien ? Vous êtes toujours là ?

– Oui, ça va, Amelia, la rassuré-je, c'est juste que je ne sais même pas quoi dire tellement je suis heureuse.

J'ai envie de crier, de danser, de pleurer et de rire en même temps ! Je l'entends rire et elle me dit alors :

– C'est une réaction tout à fait normale. J'aurais peut-être dû vous l'annoncer de vive voix mais je me suis dit que plus vite vous sauriez mieux ce serait, non ?

– Vous avez très bien fait, Amelia ! Vous m'avez apporté la plus belle des nouvelles, alors merci ! la rassuré-je sincèrement.

– Alors, tant mieux… Quoi qu'il en soit, vous pourrez venir dans la semaine signer les papiers, et je vous expliquerai tout cela de vive voix. Je dois vous laisser maintenant, je vous dis donc à très bientôt ?

– Le plus vite sera le mieux ! réponds-je avec enthousiasme. Merci pour tout, pas seulement pour ça, mais pour tout ce que vous avez fait pour Ethan depuis toutes ces années, je vous serai éternellement reconnaissante !

– C'était un vrai plaisir, Samantha, répond-elle, tout émue également.

Nous raccrochons et j'ai toujours les jambes coupées. Je reste de longues minutes à savourer cette nouvelle en souriant. Ethan va devenir notre fils ! Je suis sonnée et malgré tout envahie par la plus forte poussée d'adrénaline que j'aie jamais connue. Comment annoncer une telle nouvelle ?!

Je pensais que nous serions forcément informés en même temps et je n'avais jamais réfléchi à cette possibilité que je devrais le dire moi-même à Tyler. Alors que je cogite à la meilleure façon de le lui annoncer à mon tour, une idée me vient, quitte à garder le secret quelques heures de plus.

Je téléphone à Cam pour lui demander un service pour ce soir mais sans toutefois lui révéler la grande nouvelle. Puis je remonte rapidement dans mon service de maternité et rentre finalement à la maison. Tyler est déjà parti travailler et, toute la journée, je prends sur moi pour ne pas me jeter sur le téléphone pour tout lui révéler, mais je tiens le coup. Je n'arrive même pas à fermer l'œil malgré ma garde de nuit. Quand mon mari arrive à la maison, je demande à Jack de nous déposer au Lond'ink et Cam nous y accueille. Tyler qui a besoin de tout contrôler est de plus en plus nerveux et n'arrête pas de chercher à comprendre pourquoi nous sommes là. Je lui dis juste que je veux me faire tatouer quelque chose qui me tient à cœur. Cam qui devait de toute façon me tatouer prochainement mon fameux unalome a accepté lors de notre coup de fil matinal de le faire ce soir pour moi. Alors qu'il décalque le motif sur mon avant-bras, je prends tout le temps d'expliquer à mon homme la création de Cam. Il a, selon ma volonté, intégré à la base de l'unalome les initiales fines et stylisées de Tyler, d'Ethan et moi. Puis les différentes lignes à virages remontant pour atteindre un point culminant symbolique. Tandis que Cam me tatoue, Tyler ne quitte pas le dessin des yeux et je vois bien qu'il est ému que j'aie voulu associer nos trois initiales à ce symbole qui me tient tant à cœur. Au moment de dessiner le point final tout en haut je demande à Cam d'arrêter un instant et je sors un petit papier millimétré de ma poche. Je demande une dernière faveur à Tyler, celle de bien vouloir nous laisser un instant le temps que j'explique une petite chose à Cam. Je lui fais un clin d'œil et il accepte de jouer le jeu et d'aller rejoindre Jack stationné devant le studio. Il revient cinq minutes plus tard quand Cameron, penché sur sa planche à dessiner, termine de décalquer un deuxième motif. J'ôte alors mon soutien-gorge et cache ma poitrine à l'aide de mes mains. Tyler hausse un sourcil, de plus en plus intrigué, et Cam, sans faire de blague et très professionnellement, positionne alors son calque entre mes seins, symboliquement sur mon cœur, et se recule pour laisser Tyler découvrir le dessin. Ce dernier se penche et, quand il relève les yeux vers moi, je lui explique :

– Il s'agit d'une petite partie du tracé électrocardiogramme enregistré à la naissance d'Ethan. Je l'ai retrouvé dans son dossier médical ce matin et, comme ça, à défaut de l'avoir porté neuf mois dans mon ventre, il sera gravé à vie dans ma peau, au niveau de mon cœur.

Un large sourire étire alors la bouche de Tyler :

– C'est une idée sensationnelle, chérie ! C'est symboliquement très fort, j'aurais adoré avoir cette idée moi-même ! dit-il en se penchant pour m'embrasser.

Je lui rends son doux baiser et prends sa main en enserrant mes doigts autour des siens :

– Je suis contente que l'idée te plaise. Tu as raison, moi aussi je voulais un symbole fort étant donné que j'ai appris aujourd'hui que nous serons officiellement ses parents la semaine prochaine, dis-je en laissant à mes mots le temps de cheminer et d'atteindre son cœur…

Je ne m'attendais pas à sa réaction, car, tout comme moi le matin même, mon géant doit alors s'asseoir tant l'émotion est forte. Nous pleurons de joie tous les trois. Puis Cam grave symboliquement les battements de cœur de notre fils en moi. C'est l'un des moments les plus intenses de ma vie.

Enfin, mon meilleur ami termine la séance en dessinant le point final au-dessus de mon unalome. Ce point situé après les spirales qui zigzaguent et symbolisent les épreuves de ces derniers mois. Ce point final symbolisant si bien ce moment culminant de ma vie. De notre vie.

**FIN**

# REMERCIEMENTS

Merci,

à toi, dont le soutien m'a portée jusqu'à ces dernières lignes, à toi que j'aime plus que tout, mon amour, mon meilleur ami, mon confident, mon homme qui jour après jour me rend tellement heureuse ;

à toutes les deux, vous, mes merveilles dont je suis si fière et que j'aime d'un amour maternel inconditionnel et sans limites, jamais je n'aurais osé espérer être une mère aussi comblée que je le suis, alors merci d'être vous, ne changez rien ;

à toi qui m'as donné la vie, mon modèle, ma confidente, toi qui m'es si essentielle et que j'aime infiniment et au-delà, merci de toujours m'offrir une oreille attentive et des mots bienveillants ;

à toi, que j'aime de ce même amour absolu, toi avec qui j'aime ramasser des mûres chaque été, qui aime nous réunir autour d'un bon petit plat et avec qui j'aime rire à gorge déployée des mêmes bêtises ;

à toi, la petite dernière du « clan » initial, toi que j'aime fort, qui tient une place toute particulière et unique dans mon cœur et qui, pour mon plus grand bonheur, fait les meilleurs cookies et brioches du monde entier ;

à toi, ma honey, ma complice depuis tant d'années, toi qui as tout su de cette histoire au fur et à mesure de mes idées. J'ai adoré partager ces moments précieux (parmi tant d'autres !) avec toi et, une chose est sûre, nos marches en duo auront été très inspirantes pour moi… Il est temps à présent de rechausser nos baskets ;

à toi, ma poulette, qui lors de nos longs coups de fil m'a aidée à y croire et à ne jamais douter que ce livre verrait le jour, et ça y est, après cette longue attente, le fin mot de l'histoire est enfin entre tes mains, et ça c'est chouette ;)

à toi, ma belle, qui m'a soutenue avec tes encouragements fréquents et motivants, à vous, ma team GOT, à vous mes géniaux 76, vous, mes ami(e)s qui m'avez encouragée dans cette aventure et avez cru en ce livre et en moi ;

aux Éditions Addictives d'avoir donné sa chance à l'histoire de Sam et Tyler, et plus particulièrement à Marianne, mon éditrice, qui a su m'aider à révéler le meilleur de mon écriture, avec gentillesse, talent et bienveillance.

Enfin, une énorme pensée pour vous qui n'êtes plus, vous qui me manquez beaucoup et à qui je pense quotidiennement.

## *Extrait*

# THE DOMINANT

## Ana Scott

Dans la collection addictives

### 1

**Gabriel**

Le téléphone de voiture résonne dans l'habitacle. Je me penche pour appuyer sur un bouton et prendre la communication.

– Monteiro, j'écoute !

– Nous l'avons localisée, monsieur.

Un rictus étire mes lèvres.

Où ça ?

– Dans un bar-brasserie, Le Select. Elle est accompagnée, monsieur.

*Que voulez-vous que ça me foute !*

– Tout s'est déroulé comme prévu ?

– Parfaitement, monsieur. Tout a été orchestré selon vos directives. Nous n'avons eu aucune difficulté à lui transmettre l'invitation.

– Comment ?

*Je m'en tape ! Peu m'importent les moyens, l'important est que le but soit atteint !*

– Nous sommes passés par Steven Marshal, l'un de vos nouveaux employés. Il est entré en contact avec la personne qui travaille avec elle, en insistant sur le fait qu'il était très important qu'elle soit à cette soirée, continue mon interlocuteur. Tout le monde a un prix monsieur, vous aviez raison.

J'inspire profondément, extirpe la photo de ma poche intérieure. Avec la vague conscience de faire ce geste des dizaines de fois par jour depuis un mois. Depuis que je sais ce qui se trame dans l'ombre contre nous.

*Sophia…*

Je caresse son visage du bout des doigts.

Elle est au bras de son père. Fière. Élégante. Dans une belle robe rouge qui met en valeur son corps sculptural. Et si lui m'inspire une bouffée de ressentiment, proche de la haine, elle, avec sa beauté latine, ses yeux immensément bleus, ses longs cheveux noirs, sa peau mate, ses lèvres pleines et sensuelles, éveille un intérêt indéniable.

*Je vais adorer jouer avec toi, belle Sophia.*

Oh que oui !

Me servir d'elle pour abattre son père promet d'être une réelle jouissance !

Enzo Rinaldi n'aurait pas dû s'en prendre à ce qui m'appartient. J'ai été un jour dépossédé de tout, cela ne se reproduira plus jamais ! Je préserverai le patrimoine de ma famille, dussé-je y laisser la vie ! Depuis que ce plan a germé dans mon esprit, je ne pense qu'au moment où elle sera toute à moi, soumise à mon bon vouloir. Pour ensuite devenir la clé ! La clé de mon avenir. De l'avenir de ma boîte. De l'avenir de ma famille. Le pass qui m'ouvrira les portes de l'empire Rinaldi, qui mettra ce connard à genoux avant qu'il ne le fasse.

Je m'éclaircis la voix.

– Merci, Bradford.

– Je vous en prie, monsieur Monteiro, à votre service.

Je coupe la communication.

– Vous avez entendu, Bruce ?

– Oui, monsieur.

– Conduisez-moi au Select.

– Tout de suite, monsieur.

Mon chauffeur et garde du corps pianote quelques secondes sur l'écran digital, puis il met son clignotant, s'insère lentement dans la circulation. La limousine glisse silencieusement sur l'asphalte.

Je plante ma canine dans ma lèvre inférieure alors qu'un sourire m'échappe.

*À nous deux, Enzo Rinaldi…*

# 2

## Sophia

Matthew et moi sommes attablés au Select, un bar proche de la boîte de nuit, privatisée pour l'occasion, où doit se dérouler la soirée M.A.G. – un consortium spécialisé dans la vente de spiritueux, entre autres choses d'après ce que m'a dit Matthew. Soirée à laquelle Steven, la nouvelle conquête de mon meilleur ami, nous a gracieusement invités ; ce qui sera pour moi l'occasion de faire sa connaissance.

J'en suis à mon troisième mojito.

Je bois trop. Trop vite ! Je vais certainement le regretter demain au réveil, mais c'est trop bon ! L'alcool commence à se répandre dans mes veines. Plus les minutes passent, plus je ris pour tout et n'importe quoi. La moindre grimace de Matt me fait rouler sous la table. Il faut dire qu'il prend un malin plaisir à déclencher mon rire en caricaturant certains de nos clients, en tant qu'« hôtesse d'accueil » – selon ses propres mots ! — dans la galerie d'art que je possède dans le quartier de Chelsea.

Nous nous sommes connus sur les bancs de la School of Visual Arts de Manhattan, l'une des écoles les plus prisées en matière d'art et de dessin, et plus jamais quittés. Jusqu'à travailler ensemble. Nous nous complétons parfaitement : j'ai l'œil pour débusquer des merveilles et lui sait les mettre en valeur.

Je ris tellement que j'ai mal aux abdos.

Matt prend ma main, soudain sérieux.

– C'est bon de t'entendre rire. J'ai l'impression de faire un bond en arrière de deux ans et de te retrouver. Un autre ?

– Et comment !

Je tends mon verre avec un grand sourire. Il lève le bras pour faire comprendre au serveur de nous resservir : mojito pour moi, martini dry pour lui. L'euphorie a du bon ; je ne suis plus capable de penser, et c'est très bien comme ça ! Ce soir, je vais profiter. Enfin, essayer, car parfois l'alcool me rend triste et nostalgique.

Matt me désigne de la main.

– Tu es contente du résultat ?

– Très !

Je réprime un fou rire en repensant à nos délires dans la cabine d'essayage, aux gros yeux de la vendeuse qui pensait que nous étions en train de nous faire des choses inavouables en nous entendant glousser, alors que mon meilleur ami ne faisait que m'aider à enfiler cette robe qui me colle comme une seconde peau : rouge, avec un bustier orné de milliers de strass.

– Tu es toujours très élégante, mais là, je dois dire que tu as fait le bon choix. Cette robe est magnifique. Et te va divinement bien.

Je fais une petite grimace.

– Je m'y connais pour cacher la misère.

Il serre mes doigts.

– Tu es plus forte que tu ne le crois, Soph. Tu es une battante, tu m'en donnes la preuve chaque jour.

*Ai-je le choix ?*

– Lorsque je suis à la galerie, je joue un rôle, Matt, une comédie. J'oublie celle qui est en moi, qui souffre. Je prends de la distance, je deviens une autre, celle que j'aimerais être, mais que je ne peux plus être. Je ne sais pas si tu comprends ce que j'essaie de te dire.

– Je comprends très bien. Je sais que tu réussiras à tirer un trait sur ton passé. Un jour, un autre homme te fera oublier cette histoire, qui ne sera plus qu'un mauvais souvenir. Ce n'est pas ta faute.

J'ai soudain les larmes aux yeux.

– Je sais.

– Silvio était un connard !

– Je sais, soupiré-je. Mais je ne peux pas m'empêcher de culpabiliser. J'aurais dû…

– Ce type a un gros problème d'ego, m'interrompt-il, alors je t'interdis de culpabiliser, OK ? Tu as bien fait de le virer. Quand je pense à ce qu'il t'a fait pendant tout ce temps, j'ai des envies de meurtre. Encore une fois, je t'en veux de ne pas m'en avoir parlé.

– Je sais, réitéré-je en lui faisant un petit sourire contrit. Je ne pouvais pas me confier. J'avais… je ne sais pas, j'avais peur, j'étais terrifiée. Je pensais que personne ne me croirait. Il était tellement… tellement avenant, sympathique avec tout le monde. Le genre « gendre idéal ».

– Tu parles ! Un connard dans toute sa splendeur !

– Peut-être, mais je l'aimais.

Je me suis laissé embobiner par sa belle gueule, son charisme, sa position sociale – il est l'un des plus jeunes avocats de sa génération, promis à un grand avenir –, sans me rendre compte de sa personnalité trouble, manipulatrice, de son caractère entier et dominant. Je suis rapidement devenue dépendante. J'étais complètement sous son emprise, jusqu'à ce qu'il soit trop tard. J'étais amoureuse de lui à en crever. Et j'ai bien failli en crever.

Il m'a frappée.

Une seule et unique fois, parce que j'avais mis une robe trop courte pour nous rendre à un cocktail. Une robe parfaite, mais indécente à son goût, alors qu'il disait continuellement qu'il aimait que je me mette en valeur, que je me fasse belle pour lui. Il disait aimer mon corps qu'il trouvait parfait ; les regards d'envie des autres hommes sur moi. Ça flattait son ego, lui donnait de l'importance ; ses collègues l'enviaient. J'étais son faire-valoir. Lorsque nous revenions de dîners, de soirées mondaines où il aimait se montrer, s'il avait vu des hommes me parler et s'intéresser à moi, il se comportait de façon encore plus possessive que d'habitude, en me répétant que j'étais à lui, rien qu'à lui. Puis il avait cette façon de s'excuser aussitôt, de se faire pardonner d'avoir été quelque peu excessif en me gâtant, et cela marchait : je lui pardonnais. Je lui ai toujours tout pardonné, je l'aimais tellement !

Oui, il m'a frappée, une seule et unique fois. Au visage. Une claque monstrueuse, inattendue, complètement injuste, car si la robe n'était pas à son goût, il s'est bien gardé de le dire. Une claque d'une telle violence que je n'ai pu l'éviter ; elle a éclaté ma lèvre. Et là, j'ai su qu'il y en aurait certainement beaucoup d'autres. Que ce n'était que le début. J'étais dans l'incompréhension la plus totale, j'avais peur. Je ne le reconnaissais plus. Silvio était devenu, en une fraction de seconde, un étranger. Alors, pour ne pas envenimer sa colère, je n'ai pas répliqué, je ne me suis pas défendue. Au contraire, je l'ai apaisé du mieux que j'ai pu, et quand enfin il s'est écroulé sur le lit, pour s'endormir aussitôt, j'ai pris mes affaires et je suis partie. Pour ne plus jamais revenir.

Pourquoi est-ce que ça a dérapé cette nuit-là ? Pourquoi était-il à ce point en colère contre moi ? Qu'avais-je fait de mal ?

Je n'en sais rien, je n'ai pas compris. Cette question m'a hantée pendant des mois, jusqu'à ce que je comprenne, avec l'aide de ma psy, que ce n'était pas moi le problème, mais lui.

Il avait franchi une ligne de non-retour, pour moi, ce n'était pas acceptable. J'avais supporté beaucoup de choses, son caractère de merde, ses sautes d'humeur, ses colères, son égoïsme, sa jalousie maladive, mais qu'il lève la main sur moi a été la goutte qui a fait déborder le vase.

Il était plus que temps que j'ouvre les yeux sur la réalité de sa personnalité, de notre relation. J'étais amoureuse, mais j'ai réagi à temps, Dieu merci, notre vie commune n'a duré que six mois ! Je ne sais pas dans quel état je serais aujourd'hui si je ne l'avais pas quitté. Comme toujours après ses colères injustifiées, il a cherché à se faire pardonner avec des excuses bidon, des cadeaux dont je n'ai pas voulu. Puis sont arrivées les menaces. Mais là encore, je n'ai pas cédé. J'étais partie, je l'avais quitté, et retournée dans mon appartement que, heureusement, j'avais conservé.

L'arrivée de nos consommations m'empêche de me laisser aller plus avant dans des souvenirs que je préférerais aujourd'hui chasser de mon esprit. Je m'en suis sortie ! Je suis sortie de cette relation abîmée, mais pas brisée. Abîmée, certes, mais plus forte, plus téméraire, plus regardante quant à mes fréquentations, plus méfiante aussi. J'ai compris la leçon, je ne referai pas les mêmes erreurs.

Le serveur s'incline en déposant mon verre sur la table.

– De la part du monsieur, là-bas.

Il me désigne du menton un type assis au bar. Seul. L'intensité de son regard me déstabilise un instant. Je lui fais un léger signe de tête en remerciement, auquel il me répond en levant son propre verre, un sourire aux lèvres.

Matt a suivi notre petit manège.

– Nom de Dieu ! Voilà qui est intéressant !

– Mmm…

– Quoi ? Tu l'as vu ?

– Oui. Il est pas mal, rétorqué-je, pour aussitôt m'en désintéresser.

– Pas mal ? Tu plaisantes ! Tu l'as bien regardé ? Il est canon, ce mec !

– Je te le laisse ! Le genre brun ténébreux, imbu de lui-même, arrogant et sûr de lui, j'ai donné, merci !

Pourtant, je dois reconnaître que Matt a raison. Tout en aspirant mon mojito par petites gorgées, je ne peux m'empêcher de le contempler. Châtain clair, les cheveux souples dans lesquels il ne cesse de passer la main, des yeux visiblement très clairs, de belles lèvres ; des traits fins, racés, harmonieux, une courte barbe impeccablement taillée. Distingué. Bien sapé.

Un putain de canon !

Un mâle alpha dans toute sa splendeur !

La testostérone exsude de chacun des pores de sa peau, et je réitère : merci, mais non merci !

Matt est tellement survolté qu'il bafouille :

– Putain, c'est un dieu vivant ! Et ces yeux, *mamma mia* ! J'aimerais qu'un mec me dévore du regard comme ça, chérie. Comme s'il… putain, comme s'il n'avait qu'une envie, me foutre à poil, et me baiser, ajoute-t-il en se penchant, tout en baissant la voix, en roulant des yeux, m'arrachant un rire. Visiblement, tu lui plais, ajoute-t-il.

Je fronce les sourcils face à ce regard pénétrant qui, effectivement, continue de me déshabiller sans aucune retenue.

– C'est plutôt cavalier comme attitude, non ? Je hais ce genre de type qui ne doute de rien, qui se croit tout permis sous prétexte qu'ils ont une belle gueule, de la prestance. Très certainement beaucoup de fric si j'en crois la qualité de ses fringues.

– C'est parce qu'il le peut, chérie. Avec cette belle gueule, comme tu dis, aucune femme ne doit refuser une invitation, quelle qu'elle soit, si tu vois ce que je veux dire.

– Je vois très bien, espèce d'obsédé, me moqué-je.

Il se redresse en mettant une main sur son cœur.

– Moi ? Bon, ouais, OK, j'avoue, je suis accro au sexe.

– Tu ne m'apprends rien, Matt, je te connais par cœur, je connais tes travers. Tous tes travers.

C'est à son tour de rire.

– Tu devrais profiter de la vie, chérie, plutôt que de te morfondre dans ton coin. Ton corps a des besoins que tu te forces à ignorer, mais qui te rattraperont tôt ou tard.

*Plutôt tard que tôt…* pensé-je aussitôt.

Je ne suis pas prête à refaire confiance à un homme. Et pour ce qui est de baiser, aucun n'a encore su réanimer mon corps, ni me tenter suffisamment pour me donner envie de lui.

– Je vis très bien sans sexe. Contrairement à toi, crois-je bon de souligner.

– Que tu dis ! Avant, tu étais aussi portée que moi sur les beaux mecs.

– Je ne dis pas le contraire, mais aujourd'hui, j'ai mûri. Les coups d'un soir ou les relations éphémères ne m'intéressent plus.

– La belle Sophia Rinaldi rêverait-elle du prince charmant ? Parce que permets-moi de te dire qu'il n'existe pas, chérie, dit encore Matt.

*Ça, je ne le sais que trop !*

– Il n'y a pas de mal à se faire du bien, continue cet obsédé qui me tient lieu de meilleur ami et collègue.

– Changeons de sujet, veux-tu ? Parle-moi plutôt de Steven, vous vous êtes rencontrés comment ?

Il se recule pour se carrer dans sa banquette, tandis qu'un sourire s'épanouit sur son visage.

– Il est tombé du ciel ! Dès qu'il a franchi la porte de la galerie, j'ai senti qu'il se passait quelque chose. Il a fait le tour des toiles, puis il s'est immobilisé devant l'une des miennes. Je me suis avancé, nos yeux se sont croisés, pour ne plus vouloir se lâcher. J'en ai encore des frissons. C'est fou, j'avais l'impression de le connaître, de tout savoir de lui, sans l'avoir jamais vu. Il te plaira, j'en suis sûr.

– Il n'y a pas de raison. Si ce garçon te plaît, si tu es bien avec lui, s'il est gentil avec toi, alors il n'y aura aucun problème. En revanche, s'il te fait du mal, il me trouvera en travers de son chemin.

Matt se met à rire, puis il s'empare de ma main.

– Ma belle amazone. Que ferais-je sans toi ?

– Et moi sans toi, réponds-je, attendrie.

– Il est encore en train de te mater.

– Qui ça ?

– Le casanova, Soph, soupire-t-il. Pas la reine d'Angleterre !

Je reporte mon attention sur le beau brun qui, effectivement, semble toujours autant subjugué par ma personne.

– Il ne te quitte pas du regard, c'est fou. Il est comme aimanté.

– Pff, n'importe quoi !

Le bellâtre me sourit. Malgré moi, j'ai un coup au cœur. Des milliers de petites fléchettes me traversent de part en part, pour venir se loger dans mon ventre ; dans cette petite zone qui ne demande qu'à renaître. Je dois reconnaître que son sourire est diablement attirant, alliant une forme de douceur à une certaine… dangerosité. Un sourire carnassier, mais tout en subtilité. Avec la lueur profonde de ses iris, le cocktail n'en est que plus attractif.

Je m'en détourne, plus attirée que je ne le devrais, mais souvent, trop souvent, je me perds dans la contemplation de son visage. Nos iris se croisent. Je comprends, à la lumière fugace qui traverse les siens, qu'il le sait parfaitement, que c'est exactement ce qu'il recherche. Et qu'il s'en amuse. Quant à Matt, il ne cesse de parler de sa nouvelle conquête dont il est déjà accro. J'espère que cette histoire ne va pas trop vite. Que cette fois-ci il est tombé sur quelqu'un de bien. Matt a lui aussi souffert de relations destructrices ; son petit cœur tout mou, trop mou, comme le mien, quoi qu'il en dise, en a pâti.

– C'est très gentil de sa part de nous inviter. Après tout, vous ne vous connaissez pas depuis longtemps.

– Une petite semaine, rétorque Matt avec un clin d'œil. Mais je dois dire qu'il est charmant, attachant. Comme tu pourras en juger par toi-même.

– Il te plaît vraiment, à ce que je vois.

– Très !

Son regard dérive.

– Hé ho ! Arrête de l'imaginer dans ton pieu et réponds-moi ! Cette soirée ?

– Comment le sais-tu ?

– Je te connais, Matt, tu as ce petit regard malicieux qui ne trompe pas.

Je crois le voir rougir.

*Oh mon Dieu, c'est plus grave que je ne le pensais. Il est mordu.*

– Tu n'as toujours pas répondu à ma question.

– Hmmm ?

Je pouffe.

– La soirée, Matt ?

– Oh, euh… oui, bien sûr, enchaîne-t-il, comme s'il sortait d'un rêve érotique, ce qui est sans doute le cas. La boîte de Steven a été rachetée par ce grand groupe dont je t'ai parlé, M.A.G., et le big boss, un Irlandais, Duncan MacAllen, se présentera à eux lors de cette soirée d'inauguration où sont conviés tous les employés, ainsi que le gratin, je suppose. Par la même occasion, puisqu'il se retire des affaires, il désignera celui qui dirigera dorénavant l'empire MacAllen. Chacun des employés pouvait inviter deux personnes, donc voilà, Steven a pensé à nous. On va faire la fête, se bourrer la gueule aux frais de la princesse et s'envoyer en l'air.

– Parle pour toi ! grogné-je. Moi, je me contenterai de boire et danser.

– Tu pourrais inviter le BG, dit-il en me désignant le casanova.

– Je ne crois pas, non ! rétorqué-je d'un ton ferme.

Il lève les mains.

– Comme tu veux ! C'est toi qui décides, ma belle ! Je te laisse quelques minutes, je vais voir où en est Steven.

Avant que j'aie le temps de protester, il est déjà debout.

Je le suis des yeux tandis qu'il se dirige vers la sortie, ne pouvant m'empêcher de sourire en le voyant tortiller du cul outrageusement. Il aime provoquer, jouer de ses atouts, de ses penchants ; nul en le regardant ne peut ignorer où vont ses préférences sexuelles. Il en joue, en abuse même, tout en assumant. Je me surprends à penser que je n'aurais pas ce courage. Le rejet dont il est l'objet au sein de sa propre famille l'a endurci. Aujourd'hui il se moque de ce que les gens pensent, et pour ça, pour ce courage, je ne l'en aime que plus. Matt est un homme exceptionnel ! Je me répète sans doute, mais je ne sais pas où je serais à l'heure qu'il est sans sa présence, son soutien de tous les instants.

– Mademoiselle ?

Je sursaute. Lève la tête pour découvrir ce beau brun, qui tout à l'heure m'a offert un verre, debout à côté de ma table.

Il me désigne la chaise de Matt.

– Vous permettez ?

Il est encore plus beau de près.

Ses yeux sont si clairs, on les dirait presque transparents. Verts, d'une couleur surréaliste. Je me contente de le regarder, un peu subjuguée, je dois le dire, par l'apparition. Sans attendre ma réponse, il prend place.

– Votre petit ami prend des risques. Si vous étiez à moi, je ne vous laisserais pas seule. Ne serait-ce qu'un instant.

Sa voix est chantante, avec un léger accent, que je serais bien en peine de définir.

*Italien, peut-être…*

À cette hypothèse, un sourire se dessine sur mes lèvres. Je connais très bien les Italiens, mon père l'est : macho, dragueur, beau parleur… je sais parfaitement comment ils fonctionnent et cet homme assis en face de moi semble répondre parfaitement à ces critères.

*Casanova… parce qu'il le peut, évidemment !*

– Ce n'est pas un peu cliché comme phrase ?

– Peut-être, mais c'est ce que je pense et ce que vous m'inspirez, rétorque-t-il en me fixant avec intensité.

Un frisson me parcourt l'échine. Ce type est une bombe atomique à lui tout seul. Hautement radioactif.

– Alors la question ne se pose pas. Puisque je ne serai jamais à vous, rétorqué-je.

Il lève un sourcil.

– En êtes-vous si sûre ? Si je vous demandais, là, maintenant, d'abandonner votre amant et de passer la soirée avec moi, que répondriez-vous ?

– Que vous êtes fou !

Il se passe la main dans les cheveux, s'adosse, l'air très sûr de lui.

– Toutes les femmes rêvent d'une petite pointe de folie qui leur ferait oublier leur quotidien sordide ou ennuyeux. Je peux être très surprenant, vous faire vivre des choses extraordinaires.

*Quelle arrogance !*

Il ne doute de rien, comme je l'avais pressenti.

– Je n'en doute pas un seul instant, monsieur, mais je ne suis nullement intéressée. Ma vie me convient parfaitement telle qu'elle est. Merci.

Il passe ses doigts sur sa barbe naissante, l'air rêveur.

– Je veux bien croire qu'avec votre physique votre vie est tout sauf sordide ou ennuyeuse, mais laissez-moi quand même vous surprendre. Vous verrez, vous ne le regretterez pas.

Je le contemple quelques secondes sans rien dire. Il pose les coudes sur la table, se penche pour plonger ses magnifiques yeux verts dans les miens.

– Je ne m'étais pas trompé, vous avez les yeux les plus incroyablement bleus qu'il m'ait été donné de croiser. Vraiment magnifiques !

Je prends le parti d'en rire.

– Peut-être que ce genre de baratin fonctionne avec d'autres, mais en ce qui me concerne, il me laisse de marbre.

Ses sourcils se froncent alors qu'un léger sourire narquois distend ses lèvres.

– Vous n'aimez pas les compliments ?

– Non.

– Dites-moi ce que vous aimez et je me ferai un plaisir de répondre à tous vos désirs.

Je ris de nouveau et je fais comme lui : je pose mes coudes sur la table, me penche, jusqu'à sentir son souffle sur mes lèvres. Son odeur me séduit, un mélange subtil de parfum haut de gamme et de whisky. Nos bouches sont si proches que je pourrais l'embrasser en me penchant juste un peu plus. J'ai la satisfaction de le voir se troubler ou, en tout cas, il joue merveilleusement la comédie car je ne suis pas naïve au point de penser qu'il est déjà à mes pieds, et que je pourrais faire ce que je veux de lui. Pas un homme comme lui.

– Des promesses ? Déjà ? Alors que vous ne me connaissez pas. Vous prenez des risques, monsieur.

– Toujours lorsqu'une femme me plaît. Et vous me plaisez. Beaucoup.

– Alors je ne vous dirai rien. Je vous laisserai le découvrir par vous-même. Je ne vais certainement pas vous simplifier la tâche, je suis persuadée que vous n'apprécierez même pas.

– Vous êtes très intuitive, mademoiselle, j'aime les complications, c'est vrai, et quand je veux quelque chose, je fais tout pour l'obtenir.

– Quelque chose ?

– Ou quelqu'un.

– Me rabaisseriez-vous au rang d'objet, monsieur ?

Il se racle la gorge, se passe de nouveau la main dans les cheveux.

– Loin de moi cette idée, je me suis mal exprimé. Pardonnez-moi.

– Vous vous exprimez très bien au contraire, et j'ai parfaitement compris comment vous fonctionnez. Alors je vous le répète, je ne suis pas intéressée.

Il me surprend en se saisissant de ma main, la retient alors que je veux lui échapper, pour la porter à ses lèvres. Délicatement. Son regard, insistant, ne quitte pas un instant le mien.

– Passez la soirée avec moi, insiste-t-il.

J'ai l'impression d'être au XVIII^e siècle, de me faire draguer par Casanova en personne. J'avoue que cet exercice me séduit, mais ce n'est pas pour autant que j'ai envie de lui céder. Je ne suis pas prête pour cela, même s'il est hautement attirant, qu'il a tout de l'idéal masculin ; qu'il est sans conteste l'homme le plus charismatique, le plus dangereux que j'ai jamais approché. D'une dangerosité différente de Silvio, mais tout aussi dévastatrice.

*Punaise ! Vais-je toujours tomber sur le même genre d'homme ?*

– Je ne suis pas libre, finis-je par répondre.

– Une autre fois, alors ?

– Peut-être. Si le destin nous remet en présence l'un de l'autre.

– Je m'arrangerai pour qu'il me soit favorable, soyez-en persuadée.

Son regard énigmatique m'arrache un faible soupir.

Je me mettrais des baffes. Comment ce dragueur de pacotille peut-il me faire de l'effet ? Il a ce petit quelque chose dans l'œil, dans sa façon de m'observer, dans son attitude, qui m'attire indiscutablement. Peut-être pour me mesurer à lui, pour le contrer, lui rabattre sa suffisance. Peut-être aussi pour un challenge personnel, je ne sais pas. Ce que je sais, en revanche, c'est que je me surprends à prendre plaisir à ce petit jeu de séduction et à l'envie irrésistible de l'attirer dans mes filets.

– Sophia ? Tout va bien ?

Le beau ténébreux se lève après avoir toisé Matt des pieds à la tête, qui, nullement impressionné, lui renvoie son regard.

– Je vous rends votre place, monsieur. Permettez-moi de vous dire que vous avez beaucoup de chance.

Les deux hommes s'affrontent quelques instants. Je me retiens de rire devant cet étalage de manœuvres d'intimidation typiquement masculines.

– Vous ne m'apprenez rien, lance Matt, remplissant à merveille son rôle de petit ami possessif.

– Mademoiselle, je serais très heureux que nos chemins se croisent à nouveau. Et cette fois-ci, je vous fais la promesse de ne pas vous laisser m'échapper.

*Pardon ?*

Il s'éloigne, se retourne avant de franchir la porte du bar. Le regard incendiaire qu'il me lance fait s'envoler mes battements cardiaques. J'ai envie de me frotter les yeux ou de me pincer pour revenir sur terre.

– Waouh, quel mec !

– À qui le dis-tu ! Il semble tout droit sorti d'un manuel d'histoire, bien élevé, un peu précieux, intimidant.

– Intéressant ou pas ?

Je prends le temps de la réflexion.

– Il est indiscutablement séduisant, attirant, sûr de lui, arrogant, mais tout en subtilité et mystère, avec une petite pointe de fragilité, de retenue, ce qui fait, je dois le reconnaître, un mélange détonnant. J'avais presque envie de le secouer ou de le provoquer pour le faire sortir de sa réserve.

Je m'éclaircis la voix, encore sous le charme de cette rencontre. J'ai un sourire en repensant à la façon dont il a traité mon meilleur ami.

– En tout cas, le fait que je sois accompagnée ne l'a pas dérangé. Il t'a traité comme quantité négligeable. Un aristo, non ? Et son accent ? Tu as reconnu son accent ? À ton avis, il vient d'où ?

Matt s'esclaffe.

– En tout cas, il a su piquer ta curiosité. Remarque, je te comprends, il est canon. Bordel, je suis heureux, ça fait longtemps que je ne t'ai pas vu rayonner de la sorte !

– Contente-toi de répondre à ma question, Matt.

Son rire s'amplifie.

– Je ne sais pas. Italien ?

– C'est ce que je me suis dit, mais il y a autre chose. Bref, oublions cet apollon que je ne reverrai sans doute jamais. Alors, qu'a dit Steven ?

Il regarde sa montre, pose quelques billets sur la table.

– Il nous attend à l'entrée.

Nous nous levons, et il me serre contre lui.

– À nous la soirée de folie ! Tu me suis ?

Je lui fais un baiser sur la joue.

– Oui, Matt, je te suis.

*Extrait*

# STRONG ADDICTION

## Erin Graham

### PROLOGUE

**Ambre**

*DÉPENDANT, mon blog*
*Préambule*

*« “On parle d'addiction sexuelle ou de sexualité compulsive pour définir une dépendance entre une personne et un comportement sexuel, que celui-ci soit normal pour notre société ou considéré comme déviant. Cette relation est intense, excitante, envahissante, répétitive, sans contrôle et isole le sujet de toute intimité sexuelle et réciprocité affective. Les addictions sexuelles les plus fréquentes sont la masturbation compulsive, l'addiction aux sites pornographiques, le cybersexe, le sexe par téléphone, la fréquentation compulsive des clubs de strip-tease et certains comportements d'exhibitionnisme, de voyeurisme, de fétichisme, de travestisme…”*

*Voilà ce que dit l'Institut fédératif des addictions comportementales sur son site. Il existe des gens malades de sexe. Je n'invente rien…*

*Alors, sympa me direz-vous, bandes de petites perverses que vous êtes ! Je vous comprends, moi aussi, quand je lis cet article, mon premier réflexe est de ne pas le prendre au sérieux et de résumer le tout par : "Ah ben c'est cool, il s'éclate, en résumé !" Sauf que ce n'est pas le cas. Lorsque le sexe devient votre manière de vivre, votre oxygène, la seule chose pour laquelle vous vous levez le matin, ce n'est plus un jeu. Ce n'est plus "cool". Il s'avère que c'est une véritable maladie. Mon compagnon en est atteint. Pour lui, le sexe n'est plus un jeu depuis longtemps.*

*Aujourd'hui, j'ai décidé de l'accompagner plutôt que de le juger. Nous sommes au centre d'une orgie de sexe discontinue depuis que nous nous connaissons. Nous vivons de manière surréaliste en nous complaisant chaque jour un peu plus dans la luxure. Et cette aventure est unique en son genre.*

*Pour l'aider à accepter son état, je préfère faire de cette addiction une expérience. Le déculpabiliser. La rendre gérable, et pourquoi pas agréable ? Car nous parlons de sexe malgré tout, et que deviendrait la vie si le sexe devenait un ennemi ? Un cauchemar, je vous l'accorde… Je vais donc essayer de rendre cette contrainte ludique et vivable pour lui… Alors, j'ai décidé de la partager avec vous parce qu'il y a des choses à dire… Je commence donc cette chronique pour vous dévoiler nos secrets les plus infimes et intimes, les bas-fonds les plus sombres de ses besoins, et les expériences les plus inavouables que nous traverserons. Tout, je vous dirai tout. Déjà parce que je suis sûre que ça vous plaira, et ensuite parce que ça nous excite de savoir que vous nous suivrez dans nos perversités. À l'heure où je vous écris, je l'attends déjà dans la cuisine, nue et offerte pour assouvir son envie du matin.*

*La seule chose que vous ne saurez jamais, pour des raisons évidentes, c'est notre identité. Je m'appellerai donc Eva et lui Romuald… Et… considérez que nous habitons Sydney…*

*Maintenant je vous laisse, je l'entends arriver… Pas de panique, je reviens tout vous raconter très vite (ou pas, ça dépend de lui… :) )*

*Bizzz les coquines »*

*Eva*

Tous les matins depuis un peu plus de deux ans, je relis ce préambule. Parce que c'est là que tout commence. Sur le moment, ça me paraissait une bonne idée. Un moyen comme un autre d'assouvir nos besoins, enfin surtout ceux de Liam. Parce que Liam est effectivement malade. Son esprit a un besoin viscéral de sexe. N'importe où, n'importe comment, et SURTOUT n'importe comment devrais-je dire, à deux, à trois, à dix… Nous nous sommes rencontrés comme ça. Un soir où il était « en chasse ». Enfin, je le connaissais avant, mais pour des raisons purement professionnelles. Puis un soir, nous nous sommes croisés dans un club… Nous nous sommes revus souvent après cela et j'ai été subjuguée par cet homme et par son côté sombre. Et il a apprécié mon ouverture d'esprit lorsque j'ai compris son problème. Pour moi ce n'était pas un souci. Faire l'amour avec lui est tellement magique…

Nous avons testé des milliers de choses, ensemble, en couple, et ça l'a rassuré. Des orgies sexuelles, des putes, des hommes, de l'exhibitionnisme, de l'échangisme, bref, tout pour qu'il trouve enfin la paix. Paix de courte durée, mais paix quand même. Et toutes ces expériences, je les ai relatées sur mon blog chaque matin pendant deux ans. Chaque expérience, chaque doute, chaque épreuve, tout a été raconté, et lu par des milliers de personnes. Pari risqué, car tout ceci, ce petit jeu pervers, a un impératif : l'anonymat.

Certes, cela paraît évident. Mais si ça l'est effectivement pour une personne lambda, ça l'est encore plus dans notre cas. Pour commencer par moi, je m'appelle Ambre Leroy, je suis éditrice dans une grande maison d'édition qui a pignon sur rue. C'est d'ailleurs par ce biais que j'ai rencontré Liam, qui n'est autre que Liam Nicols, l'écrivain de romances, multi-best-seller mondialement connu. C'est un Américain résidant en France depuis des années mais dont les romans sentimentaux sont distribués par milliers d'exemplaires à travers le monde, traduits dans plus d'une quinzaine de langues. Son credo ? La romance fleur bleue, les bons sentiments, l'amour avec un grand A qui fait pleurer les femmes de 15 à 90 ans. Toutes les choses qu'il ne connaît pas dans sa vie, en définitive.

Il a l'image du *lover*, du tendre, et avec son physique à tomber, n'importe laquelle d'entre nous lui donnerait le bon Dieu sans confession, voire beaucoup plus. Le gendre idéal, en quelque sorte. Ses lectrices l'ont surnommé l'Ange de la Romance. Et ça fait son fonds de commerce. Entre deux romans, il parcourt le monde pour des colloques, salons, interviews et autres, et chacune de ses apparitions provoque des rassemblements importants. Les femmes sont fébriles, les filles, les mères et même parfois les grands-mères s'évanouissent, veulent le toucher, enfin bref, l'homme de ma vie est le fantasme d'un nombre incalculable de femmes romantiques et en manque.

Imaginez que, demain, quelqu'un fasse le lien entre lui et mon blog ? Ce serait la fin. Notre fin. Moi, je pense que je pourrais m'en remettre, mais lui ? Une telle découverte serait terrible. Et à la vitesse où circulent les informations aujourd'hui, nous irions au-devant d'un véritable cataclysme. Et c'est justement sur ce point que réside mon problème aujourd'hui.

# 1

## Ambre

La porte du couloir s'ouvre brusquement en face de moi. Mon homme apparaît, les yeux encore endormis, vêtu d'un simple pantalon de coton à peine resserré à la taille et tombant bas sur ses hanches, m'offrant ainsi une vision au paroxysme de la sensualité. Son torse imberbe et sec, ce V dont la pointe est à peine dissimulée par le tissu léger, mais aussi son regard vert pailleté, ses cheveux clairs en bataille dans lesquels il passe une main paresseuse… C'est certain, si lui souffre d'un besoin sexuel hors norme, je ne peux qu'adorer être le palliatif de tout ça. Trois ans qu'il joue avec mon corps autant qu'il le peut, et trois ans que je me pâme de désir et d'amour pour lui.

Ses lèvres s'étirent dans un sourire lourd de sens pendant que ses yeux me détaillent avec bestialité. Je suis allongée sur le canapé, l'ordinateur portable posé sur mon ventre, les genoux relevés pour servir de dossier à mon écran, ma nuisette recouvrant à peine mon intimité, voire pas du tout après réflexion. Position tout à fait volontaire de ma part. Simplement pour lui indiquer que je suis à sa disposition. Il n'a pas besoin de parler. Un regard suffit. Il parcourt de sa démarche féline les quelques mètres qui nous séparent, son objectif bien en vue. Aussi doucement qu'il le peut, il s'allonge au bout du canapé en baissant son pantalon.

– Continue d'écrire, Ambre…

Sa voix est rauque et ne permet aucun refus. Non pas que j'aie envie de lui refuser quoi que ce soit, bien au contraire. Je reprends donc mes écrits en écartant un peu plus les cuisses comme ses mains m'y invitent. Cachée derrière l'écran de mon ordinateur, je ne le vois pas. Je ne peux que ressentir. L'attente est de courte durée. Ses lèvres douces et furieuses en même temps se posent sur mon intimité et me dévorent sans attendre. Sa langue experte est partout à la fois. Elle tente plusieurs invasions, joue avec mon clitoris, descend le long de mon intimité tout entière puis remonte. J'ai beau en avoir plus que l'habitude, mon corps, lui, ne se lasse pas de l'assouvir. J'aime plus que tout être son objet, son médicament, celle dont il a besoin pour survivre. Sa langue s'anime de plus en plus. J'arrête d'écrire, de toute manière je n'arrive plus à aligner deux mots depuis cinq bonnes minutes. Je jette un œil sur le côté de mon écran pour voir son bras droit s'animer autour de son membre. Il se branle en me dévorant. Cette situation m'excite un maximum. Mon ventre se tend lorsqu'il insère plusieurs doigts sans préavis au plus profond de moi.

Oh, Seigneur, je crois que ce mec me fera mourir d'extase un jour !

Mon corps ondule de plus en plus sans que j'arrive à maîtriser quoi que ce soit. Je m'agrippe à mon ordinateur qui tangue dangereusement sous les mouvements fébriles de mon ventre et de mes jambes. Qu'est-ce qui retient l'autre ? C'est ça la vraie question. J'ai besoin de m'accrocher à quelque chose. Besoin accentué lorsque des picotements de plaisir se répandent en moi à la vitesse de l'éclair, sans prévenir. Mes jambes, mes orteils, mes bras, mon cou, mon cerveau, tout se tend et se détend en attente d'une délivrance qu'il a l'air de ne pas vouloir faire traîner, pour mon plus grand bonheur. Je relève le bassin nerveusement.

– Oh, putain, Liam !

Il grogne contre mon pubis et me déclenche par cette simple vibration calculée, un orgasme tonitruant. Je me tends tout entière contre sa bouche, lâchant mon ordinateur qui dégringole sur le tapis, pour me mordre le poing. Mon corps tremble sans discontinuer, alors que je peux enfin admirer mon amant qui relève le visage vers moi au même moment, aux prises avec son propre orgasme en train de l'ensevelir. La bouche entrouverte, ses yeux s'envolent dans un autre univers alors que sa main s'active toujours sur son membre. Il est magnifique quand il jouit. Sa main libre s'agrippe à mon genou et sa bouche vient mordre violemment l'intérieur de ma cuisse en même temps qu'il étouffe un rugissement dont je sais qu'il le considère comme honteux.

C'est à ce moment que je baisse systématiquement les yeux. Parce que, suite à la félicité de l'extase, la lueur de bien-être de son regard se transforme furtivement en éclair de tristesse. C'est court, presque indétectable. Sauf pour moi qui le connais par cœur. Et ça me rappelle que nous ne sommes pas dans la passion. Nous sommes dans la maladie. Il est comme le drogué qui vient de prendre sa dose, heureux de l'apaisement qu'il ressent et désespéré d'être dépendant à ce point. J'ai trop vu ce désespoir, maintenant, je ne le supporte plus. Il me rappelle que ce qu'il m'offre n'est pas l'amour, mais bien de la baise. Je m'en contente, car je sais qu'il ne peut pas donner plus, de par sa maladie qui annihile sa perception des choses et des sentiments. Je sais que je tiens une place importante dans sa vie, mais j'aimerais plus. J'aimerais tellement qu'il puisse m'aimer vraiment !

Il s'écroule sur moi, la tête sur mon ventre. Mes mains viennent enlacer son visage et il me laisse le bercer quelques instants en embrassant mes avant-bras. Je l'adore à un point qui n'est pas permis. Il frotte son menton sur mon ventre.

– Bonjour ma chérie.

– Bonjour mon cœur. Bien dormi ?

Il lève un œil vers moi en se tordant le cou.

– Ça va. Tu bosses déjà ? Tu vas leur raconter celle-là ?

Je lève les épaules d'un air indifférent.

– Comme tu veux. T'en penses quoi ?

Il reporte son attention sur le mur du salon.

– Je ne sais pas… Oui, vas-y. Je le relirai ce soir à l'hôtel.

– Ton avion est à quelle heure ?

– Dans moins de deux heures.

Il embrasse mes doigts tendrement.

– Tu vas me manquer. Deux nuits…

Son corps se tend légèrement. Je sais que ce n'est pas moi qui vais lui manquer. Mais mon corps. Parce que si j'accepte tout, ses déviances, ses envies, ses jeux, j'y pose une seule condition : jamais sans moi. Que je participe ou ne participe pas, je veux être présente dès qu'il partage quelque chose avec quelqu'un. Ce qui signifie clairement pour lui que lors de ses déplacements, il doit se contenter de sa main, puisqu'il préfère voyager seul. C'est une condition impérative. Je veux tout savoir et contrôler ses parties de jambes en l'air.

Liam étant un homme sincère et tendre à côté de ses troubles, il a compris et accepté. Content, sans doute, de trouver une femme capable de le suivre sur son terrain sans le brimer, et comprenant la contrepartie de mon ouverture d'esprit. Et je sais qu'il se plie à mon exigence. Parce qu'il a besoin de moi, je lui permets de vivre tout ça sans culpabiliser en lui offrant un certain cadre. Il remarque mon PC étalé sur le sol.

– Merde ma puce, ton ordi !

Il se redresse et le récupère pour le reposer sur mon ventre. Puis se lève, remonte son pantalon, s'occupe de nettoyer ses dégâts sur le cuir du canapé et se dirige vers la cuisine avec une démarche nonchalante.

– Tu veux un café ?

– Oui, si tu veux.

Je me réinstalle et rallume mon écran. Il a l'air de fonctionner. Trop bien même. J'ai reçu des messages. Toujours ces messages Messenger que je ne supporte plus. Mon sang se glace d'un coup alors que j'ouvre les fenêtres qui clignotent un peu partout. J'ai cinq bonnes minutes avant son retour. Je consulte le premier message.

**Prunelle_**Hello Salope, alors comment va Liam ? Tout va bien à Rambouillet ? Il part à quelle heure ? Boston c'est ça ?

**Arc-en-ciel_**Salut toi, alors l'orgasme de ce matin ? T'as pris ton pied j'espère ? Tu sais que je me suis touchée en pensant à lui ? Je crois que je vais aller à Boston moi ! Il dira quoi, tu penses ? Si je lui raconte tes petites confidences ?

Un tremblement me paralyse tout entière. Je ne sais plus quoi leur répondre. Elles m'ont contactée il y a quelques mois, et au début, elles étaient adorables. Je ne me suis pas méfiée, beaucoup de lectrices me contactent pour papoter un peu. Et je joue le jeu, c'est le business. Sauf que ces deux-là m'ont séduite. Elles se sont confiées, et j'ai fait de même. J'ai ouvert en grand mes portes, et j'ai dévoilé des choses. Beaucoup trop de choses. Et elles ont tout noté. Chaque petit détail, chaque réponse. Et elles ont compris. Je ne sais pas comment elles ont deviné. Je suis toujours restée évasive dans mes réponses. Mais apparemment, pas assez. Au bout de quelques semaines, les filles adorables et drôles sont devenues mon pire cauchemar. Elles me menacent. Tous les jours. Toutes les heures. Elles m'envoient des messages plus affolants les uns que les autres.

Je crois qu'elles se connaissaient avant mais je n'ai pas de preuve. En tout cas, elles se sont vite liées toutes les deux. Tout part d'un groupe Messenger où j'ai créé une discussion pour nous trois. Et tout a basculé peu de temps après ça. Je ne sais pas comment les identifier. Elles ont vraisemblablement de faux comptes très bien protégés, et j'ai eu beau chercher, fouiller partout, rien ne me permet de trouver ne serait-ce qu'un indice. Je suis allée porter plainte. Mais là encore, il n'y a pas de menace de mort, donc le flic m'a ri au nez. Il n'avait pas vraiment les moyens de dépêcher une brigade de recherche pour ce genre d'enfantillage. Vu de sa fenêtre je peux comprendre. Mais vu de la mienne c'est autre chose. Parce que si elles le désirent, ces filles peuvent nous détruire totalement. Pour plusieurs raisons.

Tout d'abord, elles ont gardé les messages que nous avons échangés depuis le début. Et je ne peux rien effacer. Chaque discussion Messenger reste enregistrée à vie ! Moi, je peux les effacer de mon côté, mais ça n'efface que ma vision à moi. Pas la leur. Elles, conservent tout. Et dans ces conversations, j'ai été stupide. Lorsqu'elles ont commencé à me menacer, mes réponses, complètement paniquées, ont confirmé qu'elles étaient dans le vrai. Elles ont donc la preuve noir sur blanc que mon Romuald, le pervers sexuel décadent, n'est autre que Liam Nicols. Le grand écrivain romantique et parfait. Si l'envie leur prend, elles peuvent détruire sa réputation, sa carrière et sa vie, juste en publiant sur certains groupes de lecture deux ou trois copies d'écran. Et aussi, ce qui est loin d'être négligeable, elles ont ce pouvoir de toucher l'état mental de mon homme. Parce qu'il a déjà du mal à accepter son addiction secrète, alors si elle venait à devenir publique, je pense que ça le perdrait définitivement.

Donc, déjà, ce premier point est effroyable. Mais ce n'est pas le seul, loin de là. Lors d'une nuit, suite à une réception relativement arrosée, pendant que Liam était parti dormir, et alors qu'à cette époque j'avais stupidement accordé toute ma confiance à ces harpies, je leur ai avoué, sans réellement réfléchir à la conséquence de mes propos, que j'avais revu l'un de nos partenaires sexuels. Sans Liam. Ce jour-là, il était en déplacement à Marseille, et j'avais ressenti une angoisse inexpliquée en le voyant aux infos entouré de plusieurs femmes un peu trop proches de lui à mon goût. J'étais alors sortie avec mes deux amies, Eleanor, la sœur de Liam, et sa meilleure amie, Angel. Je les fréquente assez souvent, elles sont plutôt sympas. Elles ne sont pas au courant des troubles de Liam, et même si elles l'étaient, je ne leur aurais jamais parlé ouvertement de ce sujet. Même aujourd'hui, je ne m'imagine pas exposer les déviances sexuelles de Liam à sa sœur. Bref, nous sommes sorties ce soir-là, et j'ai retrouvé, par hasard, accoudé au bar où je passais commande, le beau Stefano, Italien genre *latin lover* au physique éblouissant. Et j'en savais déjà beaucoup sur ses attributs, puisque nous l'avions, deux nuits auparavant, avec Liam, invité à prendre part à nos petits jeux érotiques. Il a été très chaleureux avec moi, et l'alcool aidant, ma jalousie impossible à calmer au fond de moi, et notre univers sexuellement décadent toujours présent autour de moi, je n'ai pas résisté. Je l'ai rejoint dans sa chambre d'hôtel et j'y suis restée une bonne partie de la nuit. Jusqu'à ce qu'il fasse ses valises tôt le lendemain matin pour repartir en Italie, pour être exacte.

Cet écart, j'aurais pu l'assumer, s'il était resté secret. Il était injustifié car il s'avère que Liam n'a pas fauté, il me l'a prouvé par la suite, mais tant qu'il ne sait rien, personne ne souffre. C'est une simple erreur, qui ne remet pas en cause mon amour pour lui, car pendant toute la durée de mes ébats avec Stefano, je n'ai pensé qu'à Liam. Donc à quoi bon en faire toute une histoire ? Et pourtant, allez savoir pourquoi, je me suis sentie obligée de le révéler. Aux pires personnes qui soient. Arc-en-ciel et Prunelle. Si jamais elles contactent Liam... Si jamais elles lâchent cette bombe... Je le perdrai à jamais. Comment pourrait-il en être autrement ? Alors que je lui impose de souffrir sans sexe une bonne partie du temps ? Alors que son corps tout entier lui crie constamment de se laisser aller, comment pourrait-il accepter que moi, qui n'ai aucun problème de ce côté, je lui fasse un affront pareil ? C'est tout bonnement impossible ! Même si je lui expliquais que toutes mes pensées étaient tournées vers lui à ce moment, ce ne serait pas suffisant. Et je ne veux pas le perdre. Jamais. Je l'aime trop. J'en deviendrais folle. Parce que s'il a besoin de sexe, moi, j'ai besoin de lui. Nous souffrons tous les deux d'une dépendance, en définitive.

Ce qui m'amène au troisième point qui clôture ce sac de nœuds inextricable. Je suis seule face à tout ça. Je ne peux pas en parler à Liam. Si je ne lui divulgue qu'une partie de la réalité, il voudra forcément s'en mêler, et je risque que tout soit révélé. Qu'il apprenne mon infidélité. Qu'il me quitte. Qu'il disparaisse de ma vie. Et comment survivre à son abandon ?

Je suis perdue. Je les ai suppliées. Je les ai menacées à mon tour, mais je n'ai rien à leur opposer. Je n'ose pas les signaler à Messenger, sous peine de représailles. Si je ne leur réponds pas, elles me menacent. Si je leur réponds, elles me menacent aussi. Je vis depuis plus d'un mois dans cette peur perpétuelle, dans cette recherche de solution que je ne trouve pas. Je ne dors plus, ne mange plus, et passe mon temps à trouver l'énergie nécessaire pour paraître calme et détendue devant Liam. J'ai tellement envie de tout lui avouer. De soulager ma conscience. Je n'en peux plus, pour être parfaitement honnête. Je me suis vue obligée de suivre un traitement médical pour réussir à me détendre, traitement que je lui cache, je ne suis plus à ça près. Ma vie est devenue un enfer. À chaque notification Facebook, ou sur mon blog, à chaque vibration de mon téléphone en annonce de messages Messenger, mon ventre se tord de peur et une nausée me vient. Et je ne parle même pas des crises de panique lorsque Liam emprunte mon ordinateur pour une recherche rapide ou mon téléphone pour une raison quelconque.

Je suis devenue fausse et minable. Écrasée par le poids d'une erreur sans conséquence, à la merci de deux garces que je ne connais même pas. Peureuse face à ma propre ombre. Je ne le supporte plus. J'ai même pensé à en finir définitivement.

Ma réflexion est coupée par un nouveau message. Sur le groupe de trois cette fois.

**Arc-en-ciel_**Ben alors, tu réponds plus ? Si tu nous bloques, on balance tout, ma belle. Tu le sais ça ?

Sa copine reprend derrière.

**Prunelle_**Non seulement on balance, mais en plus, je vais m'occuper de la queue de ton mec.

**Arc-en-ciel_**Ah ah ah ! Je peux venir, Prunelle ?

**Prunelle_**Ben oui, plus on est de fous ! Deux nanas, ça lui fait pas peur à l'étalon ! Bon, connasse, tu réponds ? T'as deux minutes !

Et c'est comme ça tout le temps. J'ouvre une autre fenêtre Messenger. Parce que quand je disais que j'étais seule, ce n'est pas totalement exact. J'ai un autre contact sur le réseau. Elle, je lui fais entièrement confiance. Elle est psy et a contacté Eva il y a un an pour lui proposer de travailler sur nos problèmes d'addiction. Elle veut écrire une thèse à mon sujet. Au début, j'ai été curieuse et j'ai accepté. Je me suis pas mal confiée, à elle aussi, mais contrairement aux deux garces, Méli-mélo, Jade de son vrai prénom, semble droite et elle respecte le secret professionnel. Elle connaît également l'identité de Liam et la mienne. Oui, je sais, c'est risqué. Mais pour les besoins de sa thèse, et parce qu'elle m'a mise en confiance, j'ai tout déballé.

Aujourd'hui, j'en ai marre de ses conseils et analyses. Je n'avais pas réalisé que travailler sur nos addictions signifierait essayer de les éradiquer. J'ai besoin de ce monde de perversité avec Liam. Je ne veux pas me soigner. Parce que je considère que je ne suis pas malade. Et si lui ne l'est plus, voudra-t-il encore de moi ? Maintenant que nous sommes deux, il gère mieux son addiction, et je préfère vivre comme ça plutôt que de le perdre parce que… parce que personne ne peut savoir à quoi il aspirerait sans cette dépendance. Et je sais pertinemment que pour lui, il n'est pas question d'amour. Juste de sexe. Ce qui est loin d'être rassurant.

Donc j'ai plus ou moins mis en pause ma thérapie, même si je sais que ce n'est pas sympa pour elle. J'essaie de faire quelques trucs, mais souvent, j'oublie ses conseils. Je ne lui tourne pas le dos parce que je l'aime bien, et aussi parce que dans tout ce bazar organisé qu'est ma vie virtuelle, elle est la seule personne de confiance à qui je puisse parler sans tabous ou non-dits. Elle sait tout, de toute manière. Et en plus elle répond toujours présente. À chaque fois je la sollicite parce que je ne sais plus quoi leur répondre.

**Eva/Romuald_**Cc Jade t'es là ?

Elle répond presque instantanément.

**Méli-mélo_**Oui juste réveillée. Bien dormi ?
**Eva/Romuald_**Elles sont déjà là. Je fais quoi ?
**Méli-mélo_**Ambre, ça ne peut plus durer ! Dis tout à Liam.
**Eva/Romuald_**Tu sais que je ne peux pas. Je l'aime trop pour le perdre.
**Méli-mélo_**La vérité est ta seule option, Ambre.

En plus d'être une psychologue pertinente, Jade est une grande romantique. Elle est d'ailleurs fan de Liam et de ses romans. Malgré tout ce qu'elle sait sur lui, elle est persuadée qu'il est un romantique au fond de lui. J'aimerais avoir cette même certitude, mais malheureusement, on n'en est pas là. Liam me virera aussitôt que j'avouerai. C'est une évidence.

**addictives**

**Romans déjà parus et à paraître**

**Rose Becker**
*Le Bébé, mon milliardaire et moi* (aussi en poche)
*Torride, sexy & dangereux*
*Forever You* – saisons 1 et 2
*Dangerous*

**Phoebe Campbell**
*Tes ordres sont mes désirs* – poche
*Lui résister… ou pas* – l'intégrale
*You Again*
*Single Daddy. Try Me if You Can*

**Mia Carre**
*Bad for You*
*Teach Me Everything*
*Charmant connard !*

**Mélodie Chavin**
*Campus Rules*

**Olivia Dean**
*À lui, corps et âme* – volumes 1 et 2 – poche

**Ann Fox**
*Spring Break* – l'intégrale

**Emma Green**
*Toi + Moi : L'un contre l'autre* (aussi en poche)
*Toi + Moi : Envers et contre tout* (aussi en poche)
*Toi + Moi : Seuls contre tous* (aussi en poche)
*Call Me Baby* – volumes 1 et 2
*Call Me Bitch*
*Love Me if You Can*
*Kiss Me if You Can*
*Bliss. Le faux journal d'une vraie romantique* – volumes 1 et 2
*Jeux interdits*
*Jeux insolents*
*Jeux imprudents*
*Une toute dernière fois*
*Fallait pas me chercher !* – volumes 1 et 2
*Corps impatients* (aussi en poche)
*Cœurs insoumis* (aussi en poche)
*Âmes indociles*
*Cent facettes de Mr Diamonds* – l'intégrale

*Bliss. Le faux journal d'une vraie romantique* – l'intégrale
*(Im)parfait*
*Love Me if You Can* – l'intégrale
*Kiss Me if You Can* – l'intégrale
*It's Raining Love!*
*The Boy Next Room*
*Call Me Baby* – l'intégrale
*Call Me Bitch* – l'intégrale
*PS: Oublie-moi!*
*Fallait pas me chercher!* – l'intégrale
*Recherche coloc: emmerdeurs, râleurs, lovers… s'abstenir!*
*10 bonnes raisons de te détester !*
*Just 17*
*Love & Lies on Campus*

**Kim Grey**
*Insolent Bastard*

**Megan Harold**
*Sublime-moi!* – poche
*Breaking the Rules*
*Initiation with my Boss*

**Amy Hopper**
*Gone Boy*
*Le Coloc*

**Julie Huleux**
*Alpha Player*

**Kate Jacobson**
*Révèle-moi* – volumes 1 et 2

**Charlie Lazlo**
*Mon insupportable boss*

**Sienna Lloyd**
*Mords-moi!*

**Caroline Mongas**
*Mariage forcé. Un contrat indécent*

**June Moore**
*Étreinte* – volumes 1 à 3

**Zoé Murat**
*Stepbrother Love*
*Boss Me Around*

**Clara Oz**
*Arrogant*
*Te séduire, te trahir*

**Lise Robin**
*Infiltrée. Sex, Drugs & Danger*
*Love Scandal*
*Forbidden Stepbrother* – poche

**Alex Roussel**
*The Casting*

**Gaëlle Sage**
*Kiss, Kill & Ride*

**Ana Scott**
*Dark Ride*
*Last Ride*
*Vicious Ride*
*The Dominant*

**Camilla Simon**
*Le voisin parfait est un enfoiré*
*Initiation With my Enemy*

**Ève Souliac**
*Sexy Mistake*

**Liv Stone**
*Love Lessons*

**Lisa Swann**
*Adore-moi !* – l'intégrale

**Louise Valmont**
*Toi & moi, c'est compliqué !*
*Mine Again*

**Chloe Wilkox**
*Ordonne-moi !* – l'intégrale
*Extreme Lover* – l'intégrale
*Immoral*
*Your Game, My Rules* – poche
*Dominant Boss. Apprends-moi*
*The Virgin's Price*

Luv

**Romans déjà parus et à paraître**

**Ana K. Anderson**
*Indompté*
*Scottish Bastard*

**Sophie Auger**
*Be with Me*

**Laura Black**
*Dark Initiation*
*Games of Desire*
*H.A.R.D. - Hot, Arrogant, Rebelle, Déterminé*

**Margot D. Bortoli**
*Too Young*

**Juliette Brunel**
*Delicious*

**Anne Cantore**
*On the Road with You*
*Promets-moi. Louise et Marco*

**Sarina Cassint**
*Avec toi... peut-être*
*Insolent Boss*

**Mary Ann Davis**
*Coach Me Love !*

**Nora Davy**
*Absolute Boss*
*Don't Resist*

**Gwen Delmas**
*Noël, toi & moi*
*Perfect Boss*

**Cléa Dorian & Ninon Vars**
*Dark Love*

**Laurie Eschard**
*Love Naked*

**Lil Evans**
*Savage Rider*
*Crash & Burn*
*Boss Affair*

**Alexandra Gonzalez**
*Shades of You*

**Erin Graham**
*Teach Me Love*
*The Boss*
*Secret Stepbrother*
*Strong Addiction*

**Joh Harper**
*Crazy Love*

**Marie Hayle**
*Under Control*

**Iris Julliard**
*Prends-moi contre toi*
*Catch & Shoot*

**Lucie F. June**
*Fight with Darkness*

**Sara June**
*Rider in the Dark*
*Sexy Wild Rider*

**Lena Jung**
*Mon coloc, mes désirs & moi*

**Emily Jurius**
*Love to Hate You*

**Allie Krown**
*High School Challenge*

**Pauline Libersart**
*Tiger. Entre ses griffes*

**Ella Lores**
*Mariée par accident à un connard arrogant rencontré la veille…*

**Jessica Lumbroso**
*Emma X. Secrète et insoumise*

**Mila Marelli**
*Dark Man in Love*

**Mag Maury**
*Fast Games*
*No Love, No Limits*
*My Hipster Christmas*

**Jeanne Pears**
*Insupportable coloc*
*Colocs & Sex Friends*

**Jeanne Périlhac**
*Only You… & Me*

**Alexia Perkins**
*Arrogant Fake Lover*

**Sophie S. Pierucci**
*L'Inconnu de l'ascenseur & Moi* (aussi en poche)
*My Stepbrother. L'initiation*

**Silvia Reed**
*Darkest. La dernière heure*
*Too Close*

**Anita Rigins**
*No Rules*

**Avril Rose**
*Coffee, Sex & Law*

**Jana Rouze**
*Effet de vague* – saisons 1, 2 et 3

**Wendy Roy**
*Une seule fois (ou presque)*

**Ana Scott**
*À corps brisés*

**Léana Soal**
*Fight & Hope*

**Cara Solak**
*Perfect Obsession*

**Liv Stone**
*Initie-moi. Mes jours contre tes nuits*

**Lena K. Summers**
*Perfect Bad Boy*

**Kaly Swann**
*Austin. Breathe with Me*

**Lily Tortay**
*Dance for Me*

**Flore Valier**
*Ta peau contre la mienne*

**Anna Wendell**
*Arrogant Bad Boy*
*Apprends-moi le désir*

Marie Hayle

Edisource – Éditions Addictives
100, rue Petit, 75019 Paris
Imprimé par FINIDR – Lipova cp. 1965 – 73701 Cesky Tesin,
République tchèque
Dépôt légal : mars 2021 – Achevé d'imprimer : janvier 2021
ISBN : 978-2-37126-351-2
Réf. contrats : ZRIN_001